BIBLIOTECA PRÁTICA MANDALA

1. O LIVRO DE OURO DAS PLANTAS MEDICINAIS — Jaap Huibers
2. GUIA DAS MEDICINAS ALTERNATIVAS — (Todos os Sistemas de Cura Natural) — Ann Hill (Organizadora)
3. A SAÚDE PELA NATUREZA (A Vida Natural traz a Cura de todos os Males) — Rafael Lezaeta e Pérez Cotapos
4. MEDICINA NATURAL (Ao Alcance de Todos) — Manuel Lezaeta Acharan

SÉRIE EXTRA

1. SAÚDE COM ALHO, LIMÃO E CEBOLA — Andree Cochand
2. NOSSO AMIGO O CÃO (Conhecer, Cuidar, Adestrar) — Alan Rusell

O LIVRO DE OURO
DAS
PLANTAS MEDICINAIS

BIBLIOTECA PRÁTICA MANDALA

Vol. **1**

JAAP HUIBERS

O LIVRO DE OURO DAS PLANTAS MEDICINAIS

MANDALA

Copyright © 2003 - Villa Rica

MANDALA
Rua do Serro, 1399
Santa Luzia - Cep. 33.010-350
Belo Horizonte/MG - Brasil
Tel.: (0XX) 31 3641-6843 e 3212-4600
Fax.: (0XX) 31 3224-5151

SUMÁRIO

1. CURE DOR DE CABEÇA COM PLANTAS MEDICINAIS 7/58
Introdução 9
1. Vários tipos de cefaléia e sua origem 13
2. A teoria do Dr.Bircher Benner e as publicações do Dr. Alexander Haig em 1886 19
3. Como usar as plantas medicinais 25
4. Algumas plantas medicinais contra a dor de cabeça 30
Alfazema 30, Zimbro 32, Valeriana 34, Hipérico 36, Vara-de-ouro 38, Urtiga 39, Hortelã-pimenta 41, Alho 43, Melissa 45
5. Alguns remédios homeopáticos contra a dor de cabeça 47
6. Continuação prática do capítulo 2. A alimentação diária: causa e cura da cefaléia 51
7. Pequeno vade-mécum e conclusão 56

2. DORMIR BEM COM PLANTAS MEDICINAIS 59/108
Introdução 61
1. O sono como cura 63
2. O homem e sua bipolaridade 67
3. O uso prático das plantas medicinais 70
4. Poder curativo das plantas medicinais e a insônia 72
Melissa 72, Lúpulo 75, Aneto 77, Timo, tomilho 79, Valeriana 81, Hipérico 83, Alfazema 85, Sálvia 87, Camomila 89, Aveia 89, Cardo-santo 92, Chicória ou escarola-belga 94
5. Alguns remédios homeopáticos 97
6. O nosso alimento cotidiano e o sono 102
7. Pequeno vade-mécum e conclusão 105

3. CURA DAS DORES REUMÁTICAS COM AS PLANTAS MEDICINAIS 109/168
Introdução 111
1. O reumatismo é a manifestação física do nosso "frio psíquico" 114
2. O ácido úrico é um agente pernicioso no nosso organismo 118
3. O uso prático das plantas medicinais 121
4. Algumas plantas medicinais para a prevenção e a cura do reumatismo 124
Barba-de-bode 124, Bonaga 127, Vara-de-ouro 129, Salgueiro-do-rio 132, Groselheira-preta 135, Bétula 137, Zimbro 139, Urtiga, Urtiga-menor 142, Álamo-preto 145, Arnica 147, Consólida 149, Hipérico (ou Erva-de-são-joão) 151
5. Alguns remédios homeopáticos para o reumatismo 153
6. Uma alimentação adequada pode prevenir o reumatismo e contribuir para a sua cura 157
7. Pequeno vade-mécum e conclusão 163

4. COMO CURAR O ESTÔMAGO COM AS PLANTAS MEDICINAIS 169/209
Introdução 171
1. As "impressões" psíquicas e físicas que o homem deve assimilar todo dia 174
2. A digestão em um contexto cósmico 179
3. O emprego das ervas medicinais 185
4. Algumas ervas para os órgãos do nosso aparelho digestivo, com atenção especial aos diversos tipos humanos 188
Agrimônia 188, Anis 190, Hortelã-pimenta 192, Centáurea-menor 194, Funcho ou erva-doce 195, Bérberis, espinho-santo ou uva-espim 197, Celidônia, erva-porrácea 200, Dente-de-leão 201, Tormentilha 203, Sanícula 205, Sementes de linho ou linhaça 206, Sanguinária, sanguínea 207, Batata 210, Camomila 211
5. A homeopatia e os órgãos de nosso aparelho digestivo 213
6. A nossa alimentação e o aparelho digestivo 219
7. Pequeno vade-mécum e considerações finais 223
Sumário das plantas mencionadas 226

5. PLANTAS MEDICINAIS CONTRA O "STRESS" 231/282
Introdução 233
1. O homem, "criatura nervosa" 236
2. As plantas, amigas do homem 239
3. O emprego das ervas medicinais 241
4. Algumas plantas medicinais e suas virtudes terapêuticas, com especial atenção ao sistema nervoso 244
Camomila 244, Hipérico 247, Valeriana 249, Arnica 251, Líquen-islândico 253, Potentilha 255, Melissa 257, Vara-de-ouro 258, Arruda 261, Maçã 263, Alfazema 265, Noz 267, Espinheiro-alvar 269, Aveia 271
5. Os remédios homeopáticos e o nosso sistema nervoso 273
6. Alimentação e sistema nervoso 277
7. Um pequeno vade-mécum 280

6. AS PLANTAS MEDICINAIS E O CORAÇÃO 283/332
Introdução 285
1. O coração e nossa índole 288
2. O coração como símbolo 290
3. O uso das plantas medicinais 293
4. Ações terapêuticas e ilustrações de diversas plantas medicinais 295
Espinheiro-alvar 295, Aquiléia 296, Cebola 298, Alho 299, Bolsa-de-pastor 301, Visco 302, Cardíaca 304, Arnica 306,

Junípero 307, Valeriana 308, Arruda 310,
Cavalinha 311, Septo de noz 312,
Dente-de-leão 313, Aspérula 314
  5. Nosso coração e nossa
     alimentação cotidiana ... 317
  6. Alguns remédios da terapia
     homeopática ... 320
  7. Pequeno vade-mécum e conclusão ... 325
     Descrição das plantas medicinais
     citadas ... 329

7. VENCER A ANSIEDADE COM AS PLANTAS MEDICINAIS 333/400
  Introdução ... 335
  1. O medo é a conseqüência dos acontecimentos dos quais tivemos "consciência" ... 337
  2. Como o temor pode levar à sabedoria ... 342
  3. O uso das plantas medicinais ... 346
  4. Algumas plantas medicinais que atuam como reguladoras nas síndromes de ansiedade e de medo ... 350
Valeriana 350, Argentina 354, Consólida 357,
Arcangélica 360, Passiflora 364, Lúpulo 367,
As plantas medicinais ansiolíticas ... 368
Licopódio 372, Celidônia-maior 377,
Labiadas 380
  5. Quais possibilidades oferece a homeopatia? ... 381
  6. As pedras preciosas nos protegem ... 391
  7. Engolimos ansiedade todos os dias! ... 396

8. AS PLANTAS MEDICINAIS E O AMOR 401/456
  Introdução ... 403
  Preâmbulo ... 405
  1. Amores XYZ ... 407
  2. Marte, Vênus e Netuno. Sexo, relação e espírito ... 415
  3. Uso das plantas medicinais ... 420
  4. Plantas que influenciam a nossa vida afetiva ... 422
Segurelha 422, Alecrim 425, Valeriana 426,
Aipo 428, Salsa 431, Alho 433, Alfazema 434,
Lúpulo 436, Melissa 437, Aveia 439
  5. O amor passa pelo estômago ... 442
  6. Metais e pedras preciosas podem ter uma influência favorável, mas também muito desfavorável sobre nossa vida amorosa ... 446
  Conclusão ... 454

9. CURAR O FÍGADO COM AS PLANTAS MEDICINAIS 457-516
  Introdução ... 459
  1. Vivemos graças ao fígado ... 462
  2. A bílis digere o nosso mau humor ... 468
  3. Plantas medicinais usadas de modo correto ... 475
  4. Ervas medicinais para o fígado e a bílis ... 480
Celidônia 480, Dente-de-leão ou taraxaco 483,
Hera 485, Agrimônia 488, Bérberis 491,
Morango 493, Segurelha 495, Chicória 497,
Rúbia 500, Cardo-santo 501,
Hortelã-pimenta 503, Cúrcuma 505
  5. Medicamentos homeopáticos contra os distúrbios hepatobiliares ... 507
  6. Como prevenir e tratar as afecções hepatobiliares mediante uma dieta apropriada ... 511
  7. Pequeno vade-mécum e considerações finais ... 514

10. CURA DOS ÓRGÃOS RESPIRATÓRIOS COM AS PLANTAS MEDICINAIS 517-588
  Introdução ... 519
  1. Os órgãos respiratórios como transformadores da energia cósmica (divina) ... 524
  2. Algumas normas concernentes à respiração ... 530
  3. O uso das plantas medicinais ... 533
  4. Compêndio de plantas medicinais para os órgãos respiratórios ... 538
Tomilho 538, Tanchagem 542,
Tanchagem-maior 542, Sálvia 545,
Hera-terrestre 548, Raiz de ênula 551,
Pulmonária 555, Cebola 557, Funcho 559,
Drósera 561, Pinho 563, Tussilagem 565,
Alcaçuz 567
  5. Alguns remédios homeopáticos para as afecções dos nossos órgãos respiratórios ... 569
  6. A nossa alimentação diária e suas implicações terapêuticas ... 576
  7. Pequeno vade-mécum e conclusão ... 589

11. COMO CURAR OS OLHOS, A PELE E OS RINS COM AS PLANTAS MEDICINAIS 589/644
  Introdução ... 591
  1. A dor espiritual é suportada, em nosso corpo, pelos rins, pelos olhos e pela pele ... 595
  2. Curar-se amando o próximo ... 602
  3. Como servir-se das plantas medicinais ... 606
  4. Algumas plantas medicinais para os rins, os olhos e a pele ... 611
Vara-de-ouro 611, Onônide ou resta-boi 612,
Urtiga 614, Camomila 617, Aipo e Salsa 618,
Eufrásia 620, Arnica 622, Licopódio 623,
Abrunheiro 625, Ruiva 626,
Flores de tília 627, Melissa 628
  5. Algumas possibilidades oferecidas pela ciência homeopática ... 631
  6. A terapia do nosso alimento cotidiano ... 636
  7. Pequeno vade-mécum ... 639
  8. Conclusão ... 641

12. PLANTAS MEDICINAIS PARA REGULAR A PRESSÃO SANGÜÍNEA 645/702
  Introdução ... 647
  1. A pressão sangüínea reflete o estado do nosso "eu consciente" ... 652
  2. Qual pressão sangüínea nos convém? ... 656
  3. Uso das plantas medicinais ... 667
  4. Algumas plantas medicinais para regular a pressão sangüínea ... 670
Visco 670, Arruda 672, Espinheiro-alvar 675,
Melissa 677, Valeriana 678, Vara-de-ouro 681,
Verônica 682, Aipo 684, Mil-folhas 686,
Rosmaninho 688, Segurelha 690,
Alfazema 691,
  5. Alguns remédios homeopáticos para a hiper e a hipotensão ... 692
  6. Valor terapêutico da nossa ... 695
     alimentação cotidiana ... 695
  Conclusão ... 699

1
CURE A DOR DE CABEÇA COM PLANTAS MEDICINAIS

Determinação das causas e a cura
da cefaléia

Título original:
HOOFDPIJN GENEZEN MET KRUIDEN EN VOEDING

© Copyright by Uitgeverij Ankh-Hermes bv — Deventer, Holanda.

© Copyright 1983 by Hemus Editora Ltda.
Mediante contrato firmado com o Editor.

*Todos os direitos adquiridos para a língua portuguesa
e reservada a propriedade literária desta publicação.*

Tradução:
Carlos A. Lauand

Ilustrações:
Gerry Daamen

Introdução

Para encorajar o leitor, trataremos imediatamente o núcleo da questão: *a cefaléia é sem dúvida curável*. Isto estabelecido, diremos, a seguir, em quais condições. Agora que você o sabe, podemos nos dedicar com maior tranqüilidade às várias origens da dor de cabeça. Não podemos, infelizmente, fazer menos que constatar, atualmente, a dor de cabeça como sendo um distúrbio extremamente difundido. Algumas pessoas sofrem de dor de cabeça ocasionalmente, outras são vítimas dela permanentemente. A dor de cabeça pode ser tão violenta de modo a alterar completamente o curso da vida diária. O número de mulheres que, por um certo número de dias por mês, se sente "fora de ação" por causa de uma dor de cabeça quase insuportável, é quase ilimitado. Continuamente se encontram pessoas que, de há muitos anos, sofrem persistentes cefaléias. Assim mesmo têm consultado um especialista após outro, mas sem o mínimo resultado. A nossa cabeça é, sem dúvida, de primária importância, embora certas pessoas lhe dêem pouca atenção. Há também quem "bateria com vontade a cabeça na parede" de tanta dor que a aflige. A cefaléia parece entretanto ser uma herança destes últimos séculos; de fato, o fenômeno da *"dor* de cabeça" é desconhecido em todas as antigas culturas. Nas antigas escrituras, podem-se encontrar muitas afecções físicas, mas a expressão "dor de cabeça" nunca aparece. E a cabeça, como parte do nosso corpo, vem sempre mencionada. Isso é bastante lógico, se admitirmos que a cabeça foi considerada, no decorrer dos séculos, a sede do nosso pensamento (causal). Uma pergunta que nós queremos fazer, com base nesta constatação, é a seguinte: Como nunca aparece a palavra dor de cabeça nas antigas escrituras, especialmente na cultura hebraica, e como é possível que uma relevante parte da humanidade atualmente sofre de todas as mais variadas formas de cefaléia? Para responder a esta questão não é preciso promover uma pesquisa científica nem possuir instrução acadêmica. Se nos aprofundarmos no estudo dos hábitos primordiais de vida (e aqui entendemos mais de mil anos atrás), e dos de hoje, parece evidente que o homem moderno construiu para si um esquema de vida de tal modo ruim, que a dor de cabeça pode ainda ser considerada uma manifestação inócua (pelo menos em parte) com relação às numerosas desarmonias físicas, conseqüentes de um esquema de vida semelhante.

O nosso esquema de vida, sob vários aspectos, é literalmente "doente". A nossa alimentação, o nosso modo de pensar e as condições em que vivemos constituem-se nos maiores responsáveis por esse problema. Em toda a história da humanidade, nunca houve um período, como o atual, em que o valor essencial de nossa alimentação cotidiana tenha sido considerado com tanta superficialidade. "Bonito e prático" é o lema da vida doméstica de nosso século: contanto que o produto seja de emprego cômodo e tenha uma aparência satisfatória de pureza, de modo que também a mamãe possa trabalhar em outra parte, como mulher emancipada! Eis o *slogan* dos nossos tempos. O valor intrínseco do que é de importância vital para a nossa "harmoniosa sobrevivência" parece passar cada vez mais para o segundo plano. Já há muito tempo, comer "apressadamente" algumas vezes por semana não deve mais ser considerado uma exceção. "Coma um pouco de batatinhas e almôndegas, enquanto eu escaldo uma caixinha de feijões brancos com tomate" é uma das frases obrigatórias nos dias chamados "de refeições rápidas". Contanto que o alimento seja "saboreado", toda a família fica satisfeita. Mas o nosso corpo, estará também ele satisfeito? No início de nossa análise, chegamos já a uma zona muito sensível. Ampliaremos a questão nos capítulos seguintes. Neste meio tempo, duas palavras para nos refazer do primeiro susto!...

Um problema posterior aos nossos tempos depende das circunstâncias em que se desenvolve a vida de um grande número de pessoas. O pensamento tem inumeráveis possibilidades de atuação. Impõe-se, porém, a questão de se a vida moderna se harmoniza pelo menos com os princípios naturais a que todos estamos sujeitos. Se pudermos nos examinar intimamente, descobriremos uma propensão para evitar justamente o que nos faz bem. Sem dúvida, podemos explicar tudo racionalmente, mas se quisermos, pelo menos uma vez, ser o mais sinceros possível, descobriremos como, com o concurso de nosso intelecto, notavelmente desenvolvido, nada mais fazemos que "contrastar" os princípios que na realidade formam a base de nossa existência.

O pior mal está no fato de o homem, fazendo uso exagerado do conhecimento (causal), ter conseguido preparar remédios que podem "atenuar" as conseqüências errôneas (entre outros a dor de cabeça). Aqui refiro-me ao uso de remédios antinevrálgicos (a aspirina, sob todas as formas encontradas). Com efeito, tenta-se combater com um conceito errado um modo errado de pensar. Qual é a *causa*? Este é o verdadeiro problema. Você nunca se perguntou se está verdadeiramente satisfeito com seu único comprimido antinevrálgico?

Por que contentar-se e não procurar, ao invés, a verdadeira origem do mal?

Não é talvez extremamente inconcludente para o homem de hoje, que quer uma explicação para tudo, continuar com a recorrente "andança em círculos" de um comprimido antinevrálgico qualquer ou da aspirina? Até em nossas escolas são distribuídas aos alunos grandes quantidades de comprimidos de ácido acetil-salicílico (um dos componentes principais dos preparados antinevrálgicos). Quantas vezes um aluno, que reclama de dor de cabeça, é mandado à secretaria para tomar um comprimido! Por que deixamos que os nossos filhos se sirvam destas substâncias nocivas para o físico, ao invés de mandá-los fora para respirar ar fresco e falar com eles, para perscrutarmos juntos a origem do mal-estar?

Pode-se crer que vale somente uma lei: a lei da "utilidade" e, mais precisamente, a lei da "utilidade social". Não devemos nos maravilhar se, dentro em breve, ouvirmos dizer que o indivíduo representa a soma de suas qualidades comercialmente úteis. Tudo é codificado, desde o berço até à sepultura. Mas a possibilidade efetiva de "ser homem" foi também confirmada? O homem médio de nossos dias se encontra talvez em circunstâncias semelhantes ao quanto deveria, na realidade, permitir-lhe a sua origem de "criatura de Deus"?

As casernas "da vida" (e me refiro aqui aos apartamentos), o trabalho em série, o ensino e muitas outras coisas, tudo está subordinado ao funcionamento "sem estorvos" do sistema social relativo.

Não considere tudo acima como um protesto. Não o é, realmente. Considere-o, outrossim, um estímulo à *reflexão*.

Se nos fizermos a pergunta: O que estamos fazendo em *nome de Deus*? Não criamos, por acaso, uma imensa confusão com o nosso pensamento humano? Veremos então que os "frutos" do pensamento não apresentam somente lados negativos. Tencionamos dizer que não é necessário parar para idolatrar tudo o que pertence ao passado. Pelo contrário, o indivíduo deve suportar as dificuldades do próprio desenvolvimento.

Do mesmo modo que, no devido tempo, indicaremos à criança que em seu pequeno mundo enfrenta o próprio desenvolvimento, as conseqüências de seu modo de agir, assim a humanidade deverá refletir-se na "imagem pedagógica" da criança. A antiga cultura hebraica já declarava: "Quem não se tornar uma criança não herdará o reino dos Céus". Não é preciso para isso tornar-se "pueril", mas simplesmente aprender alguma coisa da mentalidade da criança. A criança, de fato, se *admira*, é *receptiva* e descobre o mundo por meio de sua *espontaneidade*. Não deixe que a sua *cabeça* (o pensamento) se torne um peso, mas faça com que ela enriqueça a sua existência.

Vivemos em tempos em que as invenções estão ao alcance das mãos, mas as suas conseqüências muito difíceis de suportar. O nosso pensamento pode e deve se desenvolver. Tomamos como ponto de partida o provérbio que concluirá esta introdução:

"Não acenda o fogo que não se pode apagar".

1 Vários tipos de cefaléia e sua origem

A dor de cabeça não é uma doença. Não podemos comparar, por exemplo, este distúrbio com uma irritação da garganta, com uma afecção do estômago, ou com uma inflamação dos intestinos, etc. A dor de cabeça, na maioria dos casos, é o sintoma de uma afecção que surge em alguma parte do corpo. Podemos também nos exprimir de outro modo: a dor de cabeça é um fenômeno colateral de um mal físico ou psíquico. Destas observações podemos deduzir que, em caso de dor de cabeça, será sempre necessário pesquisar as origens deste fenômeno extremamente molesto. Do ponto de vista puramente físico, a cefaléia pode ter várias origens. Encontramo-la muitas vezes como fenômeno associado à gripe, ao resfriado, à pressão alta, às afecções do estômago ou biliares, às inflamações pulmonares, às doenças cerebrais, às dos órgãos sexuais (especialmente femininos), à anemia, ao esgotamento nervoso, aos excessos alcoólicos, à prisão de ventre, ao cansaço físico e/ou psíquico, ao *stress* e, em muitos casos, a uma *alimentação errada*. Como vemos, as origens da dor de cabeça são bastante diversas. A relação entre as condições físicas e fisiológicas acima mencionadas e a cefaléia pode, talvez, ser facilmente explicada do ponto de vista clínico. É certamente demonstrável que existe uma relação entre o estado fisiológico de nosso cérebro e de suas conexões nervosas com as outras partes do nosso corpo. Aqui fazemos uma pergunta muito importante: Por que uma afecção, que afeta uma parte qualquer do corpo, se manifesta entre outros com a dor de cabeça? Como jamais a cabeça está envolvida nas afecções do estômago, do fígado, dos pulmões, dos vasos sangüíneos, do coração, etc.?

Para encontrar uma explicação, devemos fazer uma breve incursão no mundo que se encontra além dos estreitos limites do pensamento causal (entre outros, o científico). O homem, nos dias de hoje, vive em um mundo em que o método experimental parece constituir a única base, sobre a qual e da qual a vida pode adquirir forma. Não apenas acaba de ser argumentado e discutível, o seu direito à existência parece em perigo. Certamente, dado que podemos documentar a existência das coisas, estamos em condições de construir certezas e conseqüentemente servirmo-nos destas bases para atingir prognósticos circunstanciados inamovíveis. O resultado será o de reprimir a origem da "insegurança".

Resumindo: o indivíduo de hoje tenta, mediante reflexões lógicas e causais, construir o maior número possível de certezas em seu esquema existencial. Devemos porém reconhecer que a vida, graças a Deus, não consiste em certezas computáveis, mas é a manifestação de fenômenos naturais (cósmicos) que, certamente, do ponto de vista científico, nem sempre são casualmente explicáveis. A formulação precedente pode também ser exposta mais simplesmente. Servir-nos-emos então das palavras que muitas vezes ouvimos dizer, quando aparece o porquê da vida e da morte: "Há mais mistérios entre o céu e a terra do que imagina o homem".

Na realidade, isso quer significar: há muito mais entre a terra e o céu do que o homem pode *demonstrar*. Segundo os esquemas com base nos quais está construído o homem, o nosso pensamento é, sem dúvida, uma parte do todo.

Muitas vezes pode ocorrer de se encontrar o tipo científico particularmente brilhante, cuja figura do "homem" aparece piedosa, porque incapaz, ou quase, do mínimo contato com o próximo; ou mesmo a pessoa particularmente sensível e espiritual, sem possibilidade de formular "claramente" os próprios conceitos segundo o pensamento causal. Em ambos os casos, trata-se de limitação. É preciso, de fato, que uma parte da personalidade humana seja gravada de modo excessivo, originando uma situação de desequilíbrio. Se compararmos a essência do homem moderno com a de mil anos atrás, veremos que o indivíduo de hoje é inclinado a escolher o racional, o causal, o determinável. Depois da ascensão das ciências naturais, vivemos em um mundo no qual o pensamento (e aqui se entende o pensamento causal, racional) se impõe. Com isso deduz-se que todas as nossas ações são determinadas pelo nosso pensamento racional. As faculdades posteriores do homem foram muitas vezes sufocadas, porquanto havíamos escolhido o pensamento racional como base de nossa existência. Quantas vezes pudemos constatar, ultimamente, como um modo de agir, extremamente sensato na prática, é rejeitado como "superstição", chalras irracionais, fatos indemonstráveis e portanto inexistentes.

A ciência, como tal, não somente pode, mas deve fazê-lo. Todavia, deve-se aprender que "há mais coisas entre a terra e o céu" do que se pode demonstrar. Toda a criação (cosmo) é um jogo de conjunto, de "princípios", às vezes de tal natureza que nem sempre se pode demonstrar com explicações racionais.

A ciência interpreta os princípios naturais segundo as normas que se harmonizam a tudo o que é racionalmente declarável.

Se assumirmos o conceito de que o indivíduo está condicionado por princípios totais do universo, é supérfluo dizer que a aproximação científica, tida nestes tempos em tão grande consideração, é excessivamente unilateral.

O pensamento é um bem, até quando permanece somente um dos elementos constitutivos do indivíduo completo. O pensamento não deverá jamais tomar vantagem, porque isso viria em detrimento das outras faculdades do indivíduo. É, sem dúvida, claro, como já dissemos na introdução, que a dor de cabeça era consideravelmente menos freqüente nos tempos passados do que nos dias de hoje. A explicação pode ser encontrada no fato de que o homem moderno sobrecarrega o próprio pensamento de um modo ou de outro.

O raciocínio do indivíduo reside sempre na cabeça. Esta é a sede da faculdade racional e causal do homem. Tendo presente o que foi dito anteriormente, parece evidente que a cefaléia tenha se tornado, precisamente nestes tempos, um mal bastante difundido. O homem de hoje, em muitos casos, perdeu o contato com as raízes da existência humana e vive unicamente segundo o próprio raciocínio. Procura as certezas que lhe são necessárias e nas quais tem plena confiança. Este modo de viver é comparável a "esconder a cabeça na areia", isolar-se das coisas, e que talvez ainda realmente existem. O indivíduo se contunde como nunca antes. Encontra sua completa felicidade (pelo menos assim lhe parece) na posse da matéria tangível (ou seja, demonstrável) e continua a vegetar (espiritualmente).

É, sem dúvida, evidente que a dor de cabeça é considerada como um fenômeno acessório de outras afecções físicas.

Ainda assim, sujeitamos o nosso corpo às curas médicas mais estritamente racionais, sem nem mesmo nos perguntarmos quais são as causas reais de nossa afecção.

Comportamo-nos do mesmo modo para combater a nossa dor de cabeça. Que não nos venha à mente, porém, procurar sua causa! Muito melhor engolir logo um analgésico para não sentir mais a dor, e, por conseguinte, nem levar em conta por que ela existe, atitude esta que equivale também a "esconder a cabeça na areia", porquanto, na realidade, estamos caminhando em círculos. Ninguém poderá tirar vantagem do fato de que os fenômenos desaparecem sem que lhes seja procurada a causa. Adotando este modo de agir, podemos até descobrir quanto a superioridade de nosso pensamento é ilusória. A principal causa da dor de cabeça deve ser procurada em nossa alimentação cotidiana. Voltaremos a falar sobre isso mais detalhadamente no capítulo seguinte. Devemos, porém, ainda acrescentar que o nosso atual esquema alimentar é simplesmente digno de piedade. A indiferença pela nossa alimentação cotidiana resulta também do pensamento racional, superior, unilateral. De resto, na prática, nos damos conta continuamente de que a natureza não se deixa caminhar em círculos. Segue o seu curso segundo princípios e esquemas predeterminados. Tão logo o indivíduo esteja novamente em condições de harmonizar o seu raciocínio, com o grande esquema que se chama "vida", boa parte das cefaléias pertencerá ao passado. Vivemos em um período em que a capacidade inventiva do homem é quase que incalculável. Perguntamo-nos, porém, que vantagem tirará o nosso bem-estar físico e espiritual das conseqüências de todas essas descobertas. Pensando bem, ocorre de fato a dor de cabeça!

A cefaléia é um sinal de alarme do nosso corpo e pode nos ensinar muita coisa. Esta dor específica, toda vez que se apresenta, nos adverte de que estamos novamente seguindo um sistema de vida muito unilateral, racional e dogmático. É o "porta-voz" de todos os elementos do nosso "ser" completo. Elementos que, conseqüentemente a uma posição muito unilateral, causal e racional, em parte permanecem reprimidos e em parte ignorados. Podemos comparar a dor de cabeça a uma criança, à qual não se presta suficiente atenção. Assim mesmo, a própria criança provavelmente não terá um caráter impróprio para disposição natural, mas se, por outro lado, a atenção lhe faz falta (e a essa atenção ela tem absolutamente direito!) tornar-se-á importuna, experimentando como último recurso reclamar a atenção sobre sua pequena pessoa. Não acontece nada de diferente, com efeito, com os órgãos do nosso corpo. Se os órgãos têm falta de "atenção" e de cuidado, conjuntamente a um modo de viver antinatural, não somente artificial mas sobretudo justificado pelo nosso raciocínio, parece que os referidos órgãos respondam atacando o correspondente físico de nossa mente e de nosso raciocínio, ou seja, a *cabeça*. Se afastarmos regularmente a criança que solicita a nossa atenção, mandando-a embora com belas palavras sem demonstrar verdadeiro interesse pelas coisas que naquele momento a ocupam, o seu desenvolvimento físico e psíquico não resultará, com isso, certamente avantajado. Os pais propensos a este modo de agir descobrirão também na personalidade de seu filho (oxalá depois de anos!) conseqüências extremamente desagradáveis.

O nosso corpo apresenta um quadro análogo. Se continuarmos a "expulsar" a nossa dor de cabeça com todos os remédios imagináveis, a nossa razão, que procura sempre resolver todas as questões (e assim parece) se encontrará, provavelmente, defronte a problemas estranhos. A despeito de toda a "sagacidade" racional, não se pode transgredir a lei da causa e efeito. Não devemos portanto combater o fastidioso fenômeno da dor de cabeça. Ela começará a aparecer quando, precisamente como ocorre com a criança entediada (que requer atenção), começarmos a "coloquiar", atribuindo aos nossos conceitos um valor real. Os doentes crônicos de cefaléia devem, antes de mais nada, impor-se espiritualmente um "exame de consciência". Devemos subordinar o seu modo de viver, do qual faz parte o pensamento (mesmo que não se trate da parte mais importante!) às regras da "sabedoria" e aos princípios naturais. Provavelmente, a dor de cabeça se transformará em uma sensação que poderia se exprimir com as palavras: "raramente tenho sentido minha cabeça tão leve". Referimo-nos novamente ao exemplo da criança, que finalmente obtém a atenção devida. Manifestará sua alegria e a sua felicidade de maneira quase irrefreável e se ocupará em *colaborar* de todos os modos com as pessoas que lhe tenham demonstrado um afetuoso interesse. A dor de cabeça é muitas vezes a conseqüência de contínuas e aflitivas preocupações. O indivíduo, de fato, procura se explicar (racionalmente) o que lhe sucede e se agarra com tenacidade às últimas certezas que o "pensamento" pode lhe oferecer. Muitas vezes esquecemos que prestar atenção a alguém, isto é, demonstrar o nosso afeto, é o mesmo que fazer um sacrifício. O significado mais profundo da dor de cabeça, com relação ao *significado*, me aparece claramente quando um dia meu avô se pôs a citar a poesia de um velho pároco de campanha do Mar em Kessel (N.B.). O pároco havia escrito um manual para o curso de agricultura, freqüentado também por meu avô como filho de camponês. Quase setenta anos antes, havia escrito o que segue:

Fazer sacrifícios significa privar-se;
fazer sacrifícios significa extinguir
tudo o que o mundo nos oferece;
fazer sacrifícios significa esforçar-se
em fazer tudo o que nos é possível,
a fim de que a vontade de Deus se manifeste em nós.

Considere o seu corpo e o seu intelecto com o espírito que se exprime nesta poesia. O sacrifício que o homem tiver a coragem de fazer, às expensas do próprio raciocínio, servirá para esclarecer a vontade divina (isto é, o princípio do universo, do cosmo, do qual todo indivíduo é parte indivisível). A nossa *cabeça* (isto é, o nosso pensamento) não deve jamais prevalecer no contexto divino (cósmico) das coisas. Tenha cuidado para que a sua cabeça não exija atenção, mas esteja de acordo com o que sugere o seu coração (ou seja, a sede da sua verdade pessoal). Tão logo o coração (sentimento) se deixa vencer pela mente (o pensamento, a cabeça), vão se criar novas situações. São aquelas descritas por Jó no homônimo livro da Bíblia:

"Tira o seio (coração) das *cabeças* da terra e lhe faz errar em solidão sem destino...".

(Jó, 12, 24)

Se a *cabeça* e o *coração* trabalham em harmonia, o corpo e o espírito receberão aquela atenção e afeto que lhes são devidos. Aprender a entender quanto transparece do contexto acima, é o primeiro passo para o caminho do pensamento "sadio" e, por isso,

inicie uma existência livre de dor de cabeça!

2 A teoria do Dr. Bircher Benner e as publicações do Dr. Alexander Haig em 1886

O conhecido médico suíço Bircher Benner foi um dos pioneiros no campo da terapia naturalista e, de determinado modo, no campo concernente à alimentação, este possuindo especial importância. A sua terapia consistia principalmente em prescrever uma dieta correta e um comportamento adequado (mesmo psíquico). Os elementos fundamentais das teorias de Bircher Benner se encontram em seu livro *A nossa alimentação como causa de doenças*.

Além do estudo das vitaminas e dos minerais (elementos-esporos) tão importantes para a nossa saúde, o tratado se baseia na influência exercida pelo chamado *ácido úrico* sobre nosso organismo. O ácido úrico é um produto residual derivado especialmente de uma dieta muito rica em proteínas. Determinados alimentos determinam uma chamada reação *básica*, outros, ao invés, uma reação *ácida*. Até que o equilíbrio entre bases e ácidos fique inalterado, não se verificam fenômenos dignos de monta. As dificuldades aparecem quando em um organismo, de há muito tempo afligido por um excesso de ácidos, se formam depósitos de ácido úrico. Em seu livro, baseado nas publicações do Dr. Alexander Haig, Bircher Benner descreve a relação existente entre o mau funcionamento do nosso organismo e o ácido úrico. Reproduzimos abaixo, literalmente, a citação extraída das publicações de Haig.

"No outono de 1882, após eu mesmo ter sofrido (Haig) de dor de cabeça durante toda a vida, finalmente duvidando em obter benefícios apreciáveis dos remédios, e temendo ter sido atingido por alguma doença orgânica, não comi mais carne, substituindo-a por leite e peixe (este último em pequenas quantidades), até que o leite e o queijo, como ainda hoje, acabaram por constituir os meus únicos alimentos animais. Logo depois de ter abolido a carne de minhas refeições diárias, pude constatar uma mudança que se manifestou: as minhas dores de cabeça diminuíram progressivamente, tanto de intensidade como de freqüência, caindo da média de uma vez por semana a uma vez por mês, e em seguida até uma única vez durante um período de três, seis, oito e doze meses. Já se passaram até dezoito meses sem que se verificasse uma sequer crise digna de nota.

Desde aquele dia nunca mais voltei a comer carne, nem tenho a intenção de recomeçar, pois assim estou seguro de livrar-me de um mal que, antes, me paralisava, pelo menos temporariamente.

Após ter chegado à conclusão de que, renunciando à carne, havia me livrado da dor de cabeça, comecei a procurar qual a razão. Fui imediatamente propenso a presumir que a causa da doença fosse atribuída a algum tóxico ligado à ptomaína, que se formava no aparelho digestivo durante a digestão da carne.

Estudos posteriores da história clínica da cefaléia colocavam em evidência uma correlação tão estreita com a gota que me fez suspeitar que o ácido úrico pudesse ser o tóxico que eu estava pesquisando, e portanto iniciei o estudo da secreção do ácido úrico e da uréia... Após haver constatado a conexão entre a dor de cabeça e a secreção do ácido úrico, observei que todos os fenômenos colaterais tinham uma relação idêntica com o ácido úrico e, portanto, quando o pulso era lento e forte, verificava-se uma secreção de ácido úrico maior que quando o mesmo tinha características opostas.

Relação igual existia entre a depressão psíquica e a menor quantidade de urina eliminada."

Até aqui, a citação literal, seguida da reação do Dr. Bircher Benner (também literalmente citada):

"É grave o que Haig experimentou. Mais grave ainda o que segue: Transcorreram-se mais de quarenta anos da descoberta de Haig (N.B. Bircher Benner o escrevia em 1830). Naquele período, todas as descobertas sobre a troca com acúmulos de ácido úrico testemunharam em favor da descoberta original, ou a completaram oportunamente. O grande erro, no que concerne ao valor nutritivo da carne e ao uso que se pode impunemente fazer dela, foi cientificamente esclarecido de modo tão inequivocável e tão evidente, que o médico que ainda hoje afirmasse a eficácia da carne como reconstituinte do organismo descobriria as próprias lacunas em fato de conhecimento e de pensamento científico. Há quarenta anos, quando a teoria da proteína triunfava, o médico podia acreditar, com a consciência tranqüila, que o alimento animal teria um determinado potencial nutritivo. Atualmente, todavia, a afirmação não seria realmente possível, a partir do fato de que não existe prova científica atestando a validez desse valor nutritivo. Por outro lado, segundo muitas outras pessoas (aliás, o mais importante), o poder nutritivo da carne seria pequeno, discutível e até nocivo. Apesar disso — e aqui, conforme nossa opinião, se encontra o ponto mais grave da questão — *os doentes de cefaléia são curados de modo insensato*. São prescritos comprimidos, alimentos substanciosos, repouso no leito, na montanha e, não obstante isso, os pacientes não se curam, porque a rapidez do resultado aumenta sua confiança no método terapêutico (pense por um instante no que eu disse no capítulo 1), até que não haja mais comprimidos que chegue, ou seja substituída a cefaléia por uma outra doença mais grave. Mas *ninguém* controla a troca de ácido úrico nesses pacientes, conforme os métodos elaborados com tanto cuidado pelo Dr. Haig. Ninguém lhes ensina a diminuir, controlando a alimentação diária, a formação de ácido úrico e aumentando sua excreção com uma dieta rica em alimentos básicos. Eis como se explica que a escola oficial, a faculdade de Medicina da Universidade, haja *negligenciado* em verificar as pesquisas e os resultados de Haig, e levá-los ao conhecimento dos estudantes de Medicina. O médico poderá talvez ter ouvido falar da obra de Haig e se, de um modo ou de outro, vier a conhecer sua existência, não lhe foi dito para prestar atenção suficiente. Nesse meio tempo os doentes, e não somente os que sofrem de dor de cabeça, como veremos, não serão certamente ajudados por esse estado de coisas.

Esta citação, talvez um pouco longa, não podia deixar de ser mencionada, por amor à autenticidade.

Procuraremos resumir a teoria de Bircher Benner com uma breve narrativa.

O núcleo desta teoria é o chamado equilíbrio ácido-básico. Todos os alimentos provocam uma determinada reação no nosso organismo. Pode ser *ácida* ou *básica*. Falaremos então de excesso ácido e de excesso básico. O que resultar, durante o período das vinte e quatro horas, o nosso corpo registra, tanto uma proximidade do excesso ácido como básico. Das onze da manhã até aproximadamente as três da madrugada, no metabolismo predominam os *ácidos*. O ponto máximo deste período se encontra por volta das onze da noite. Entre as três da madrugada e as onze da manhã, o metabolismo é dominado pelos processos básicos. O ápice deste período coincide com as nove da manhã, aproximadamente. Durante o período do excesso ácido (isto é, entre as onze da manhã e as três da madrugada) o nosso sangue contém uma porcentagem de ácido úrico bastante reduzida. O ácido úrico produzido pela nossa alimentação é mantido até um certo ponto nos tecidos e nos órgãos. Dado que os ácidos não se encontram no sangue, nos sentimos bem e "em forma", graças à boa circulação nos capilares. Todo o organismo recebe, portanto, suficiente oxigênio e outras substâncias nutritivas. A prova deste processo nos é fornecida pelo fato de que, quando predominam os ácidos, a considerável quantidade de urina eliminada apresenta uma cor pálida. A urina então está limpa e não contém ácido úrico, que é filtrado pelo sangue por meio dos rins. O fato de eliminar urina "limpa" e de sentir-se bem e "em forma" não significa portanto que o corpo esteja livre de um excesso de ácido úrico. Significa, ao contrário, que não se acha no sangue, mas é retido pelos tecidos e pelos órgãos. Durante o período em que os *processos básicos* dominam o metabolismo, o processo é completamente diferente. De fato, o ácido úrico retido pelos tecidos e pelos órgãos volta ao nosso sangue. A própria natureza estabelece, por isso, que o ácido úrico não deve permanecer nos tecidos e nos órgãos, trabalhando para retorná-lo ao sangue; e tenta eliminar seu excesso por meio dos rins. Neste período de excesso básico, nos sentimos menos bem e menos "em forma". O fato deve ser atribuído principalmente à quantidade de ácido úrico presente no sangue, que impede a sua circulação fluida nos capilares. Como demonstração desse processo, podemos notar que, durante o período de excesso básico, eliminamos pouca urina e de cor relativamente escura. Tão logo introduzimos novamente em nosso corpo por meio da alimentação uma certa quantidade de ácido úrico fecha-se o processo pelo qual os ácidos dos tecidos passam ao sangue. Mediante alguns determinados alimentos contendo uma grande quantidade de ácido úrico, podemos influenciar o processo do metabolismo.

Resumindo: durante o período de excesso de ácidos, o ácido úrico presente no sangue é impelido o mais possível para os tecidos e para os órgãos. Então nos sentimos de novo bastante "em forma". Não devemos, porém, esquecer que o estado de coisas é somente aparente, dado que o "perigosíssimo" ácido úrico se encontra ainda em nosso organismo. Durante o período de excesso básico, o corpo trabalha para desfazer-se do excesso de ácido úrico acumulado nos tecidos e nos órgãos, deixando-o passar no sangue, e, conseqüentemente, eliminando-o através dos rins. Neste período de "depuração" nos sentiremos menos bem. Se o interrompermos, ingerindo determinados alimentos, o ácido úrico será retido pelos tecidos e pelos órgãos e assim, após muito tempo, se formarão depósitos de ácido úrico. A condição física será então extremamente perigosa, visto que o organismo se tornará vulnerável a qualquer tipo de afecção grave. Reumatismo, artrite e gota são a conseqüência direta do excesso de ácido úrico. Esta é a teoria. Como a experimentamos na vida de todos os dias? Havíamos dito: o ponto máximo do período de excesso básico está situado próximo às nove da manhã. A essa hora, as pessoas que no dia anterior hajam consumido alimentos contendo grandes quantidades de ácido úrico não vêem a hora de beber uma xícara de café: "Após o café me sinto muito melhor!", repete-se freqüentemente. Não lhe será difícil agora entender o porquê. Café, chá, chocolate e os alimentos animais são os maiores fatores de ácido úrico; de modo especial, o café. Em outras palavras: tão logo o físico se prepara para liberar-se dos perigosos excessos de ácido úrico (pelo que nos sentimos menos em forma devido à quantidade de alimentos contendo ácido úrico que havíamos ingerido) a xícara de café terá como resultado a regressão do ácido úrico presente no sangue, nos tecidos e nos órgãos. Deste modo, nada mais fazemos que procurar frear e impedir diariamente as tentativas do organismo de livrar-se do ácido úrico. Agora você pode entender por que muitas vezes, em caso de dor de cabeça, é imediatamente proposta uma xícara de café (melhor sem leite). Devemos nos perguntar seriamente que real vantagem nos pode proporcionar o resultado temporário desta "solução". Poderá também bastar por um certo tempo, mas, com o correr do tempo, os tecidos não estarão mais em condições de absorver posteriormente o ácido úrico, favorecendo o aparecimento de várias moléstias, como o reumatismo, a artrite, etc. É inconcebível, por isso, que nos casos de cura, também sob conselho médico, se possa dar ao paciente um caldo "substancioso" (melhor se muito restrito). Para o organismo já enfraquecido do paciente, isto poderia mesmo se constituir em um "golpe de misericórdia". Lembre-se, antes de tomar um caldo tão saboroso e "substancioso", que ele, com efeito, contém os mesmos elementos da urina matutina de um paciente com uma forte gripe!

Para nos sentirmos em forma, podemos seguir dois caminhos:

1. ater-nos a um esquema de alimentação que compreenda o menor número possível de alimentos que determinam uma reação ácida no organismo (de preferência uma dieta vegetariana);

2. ater-nos a um esquema de alimentação próprio para repelir nos tecidos o ácido úrico, que por meio do sangue tende continuamente a abandonar o organismo. Sentir-nos-emos sem dúvida em forma, mas os efeitos não tardarão em se fazer sentir com o passar do tempo.

Devemos absolutamente levar em conta que o chamado "equilíbrio ácido-básico" é um dos princípios mais importantes que regem o nosso organismo. A "vida" não perdoa o indivíduo que continuamente transgride as suas leis. Não obstante, quantas vezes me senti desconcertado pelo fato de que até os médicos nos hospitais, durante a hora de consulta, parecem "recarregados" tão logo é servido o café. A ética, evidentemente, não nos permite comentários, mas na realidade... se pudéssemos falar e alertá-los a respeito do prejuízo que proporcionam ao *próprio organismo!* Mas, que paciente está disposto a trazer à tona, casualmente, os fundamentos da "existência humana"? No capítulo que concerne à alimentação, tornaremos a falar amplamente da prática concretização da referida teoria. Vamos encontrar aí algumas regras para limitar o mais possível o ácido úrico, mediante uma dieta diária adequada. A nutrição adequada é a melhor medicina, não somente para a dor de cabeça, como também para uma quantidade de diversas moléstias, que podem ser a conseqüência (indireta, se derivada de acúmulos prolongados de ácido úrico) de um distúrbio no nosso equilíbrio ácido-básico.

Finalmente, procuraremos resumir a teoria do equilíbrio ácido-básico em um esquema, no qual são apresentados os alimentos essenciais.

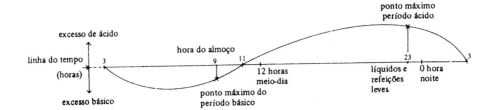

Períodos de excesso básico
O ácido úrico entra no sangue. Desejo de tomar café, etc. Urina escassa, mas escura; nos sentimos menos em forma. Nota-se a necessidade de alimentos que formam ácido úrico.

Período de excesso ácido
O excesso de ácido úrico é rejeitado pelo sangue nos tecidos e nos órgãos. Sentimo-nos (aparentemente) em forma. Urina abundante e clara.

3 Como usar as plantas medicinais

O uso dos vegetais por parte do homem remonta provavelmente a tempos imemoráveis. As plantas representavam para ele um alimento indispensável. Não significavam somente alimento, mas também coeficientes importantes para a vida cotidiana. Com os vegetais, podem-se fazer determinados corantes, vestiário (linho e algodão), cosméticos, cordões, "embalagens", etc. Mas os homens, sobretudo nos séculos passados, se valeram das propriedades curativas de determinadas plantas. De fato, quando ainda não se falava de produtos químicos, as plantas ocuparam um lugar proeminente no conjunto da ciência médica. O uso das plantas não se baseava no conhecimento das matérias químicas e de sua influência no organismo, mas era determinado em grande parte pela experiência e pela tradição. Nos tempos antigos, o indivíduo se encontrava em contato mais estreito com a natureza que atualmente. Hoje nos contentamos com os materiais produzidos quimicamente de que, então, não se podia (felizmente) dispor. Dependiam completamente do que a natureza lhes podia oferecer. Hoje, que a terapia naturalista está conquistando uma importância cada vez mais crescente, percebemos que os conhecimentos esquecidos são resumidos e postos em prática. Muitas pessoas exprimentam até novos métodos de cura vegetal com a esperança de obter bons resultados para sua saúde. Nestas experiências pessoais, não está porém isento um certo perigo. Também no passado, quando a saúde dependia exclusivamente do uso das ervas medicinais, os homens não experimentavam sozinhos, mas procuravam conselho com os conhecedores da matéria. Não devemos jamais esquecer disso. Vai daí que o indivíduo poderá sempre recorrer aos chamados "remédios familiares" do "tempo da vovó". Estas antigas receitas dão geralmente ótimos resultados. No caso, porém, da presença prolongada de um determinado distúrbio, fará bem você procurar conselho de um especialista, porquanto ele será capaz, melhor que você, de especificar sua causa.

Quanto às plantas citadas no presente volume, você poderá sempre experimentá-las em determinados períodos. Talvez não lhe ajudarão, mas, certamente, não lhe farão mal. Não podemos, evidentemente, nos servir das plantas como "comprimidos contra a dor de cabeça" ou como aspirina. Para escolher o tipo de planta que necessitamos, devemos levar em conta as origens do mal e sobretudo o tipo de indivíduo ao qual a planta se destina. Um produto que se apresenta ótimo para uma determinada pessoa pode não sê-lo para outra. É portanto um erro querer estabelecer o poder curativo de uma planta conforme o efeito exercido no organismo por determinadas substâncias.

A planta é uma entidade completa e harmoniosa, como o é (em princípio) o indivíduo.

Se não quisermos nos limitar somente à cura dos desagradáveis fenômenos fisiológicos, procuraremos obter a cura do indivíduo em seu conjunto, mas não nos devemos servir de uma planta com base nas determinadas substâncias que ela contém. Devemos considerar a planta, assim como o indivíduo, em seu todo. Se quisermos adentrar no reino vegetal, perceberemos que toda planta tem um caráter todo seu, uma estrutura própria, um *esquema* próprio, como qualquer indivíduo. Estudar os vários esquemas das plantas é de essencial importância. Devemos comparar o esquema de uma determinada planta com o esquema do indivíduo.

Para esclarecer o conceito, daremos o seguinte exemplo: a pessoa que sofre de complicações psíquicas em seguida a dificuldades nos contatos humanos normais, quando ninguém a escuta seriamente (falta de atenção), encontrará uma ajuda notável no uso da flor de camomila. Como se explica este caso? Se levarmos em consideração o esquema da camomila, veremos que a flor nos "olha" com o seu coração dourado, enquanto as pétalas, que de cada flor constituem o orgulho, estão dobradas para trás, como se a flor ouvisse dizer: "Fui posta um pouco para trás" (diminuí minha importância) "para lhe escutar melhor, para prestar-lhe atenção com todo o coração". O esquema desta planta se adapta perfeitamente ao tipo de indivíduo supradescrito. É necessário servirmo-nos de plantas com base a uma certa *afinidade de esquema* e não unicamente com base nas substâncias químicas conhecidas e em seu efeito no organismo. Não se devem considerar as plantas medicinais na proporção da aspirina ou de comprimido antinevrálgico, isto é, como "remédios alopáticos"; toda planta tem a sua história, a história de sua essência, do seu caráter, de seu próprio *esquema*. Acontece exatamente a mesma coisa nos seres humanos: um indivíduo, por exemplo, pode determinar a cura de um outro, com base no fato de que, como se ouve dizer, os dois "simpatizam-se". Na realidade, são os seus esquemas que apresentam afinidades. De fato, o mesmo indivíduo que exerce uma influência sanadora sobre outro, poderia ao invés ser a ruína de um terceiro, porquanto entre os dois esquemas de caráter não existe analogia.

Em cada um dos meus volumes, você encontrará a história das plantas medicinais aqui referidas no capítulo 4, que lhe servirá de base para julgar se uma determinada planta é indicada realmente para você. Tenha bem em mente este princípio. Ele lhe evitará muitas desilusões e lhe impedirá, por outro lado, de iludir o seu organismo com um dos tantos remédios. Não é somente o seu "eu" (o ego) que exige atenção, mas também o seu físico, o qual não pode ter com isso senão uma "cura apressada". Não devemos enganar o nosso organismo com meios racionais (químicos). Quando há alguma coisa que não funciona, recorremos imediatamente ao remédio que nos assegura um rápido resultado, livrando-nos no mínimo de nossos distúrbios físicos. Não nos damos conta, ou nem percebemos, que o nosso organismo está trabalhando vinte e quatro horas ininterruptamente. Procuramos sempre manter em eficiência o nosso automóvel mais que o nosso próprio corpo. Se algum coisa não funciona no carro, nos empenhamos em procurar sua causa, e consertá-lo do melhor modo possível (portanto, não somente do modo mais rápido). Não economizamos esforço nem dinheiro. Se uma marca de óleo não nos satisfaz, compramos imediatamente a melhor, ainda mais cara, e ainda mais formidável. E o nosso físico, ao invés? Forçam-nos a engolir um comprimido e, com pressa e fúria, "comemos um bocado" (não temos tempo de fornecer ao organismo os "meios de subsistência") e via de regra voltamos à garagem para descobrir o porquê do defeito do carro. Deve-se talvez admirar que o invólucro material (o corpo) que abriga o nosso "eu", a um certo ponto ponha-se a protestar? É de se admirar que por tanto tempo pudesse se contentar com o modo em que geralmente o tratamos? Por isso, se você estiver doente, não ingira imediatamente um remédio qualquer, nem procure determinar onde pode ser criada uma desarmonia física, psíquica ou circunstancial. Estes três elementos estão indissoluvelmente ligados entre si. Devemos aprender a entender as coisas em sua *essência*. Somente então compreenderemos os elementos interatuantes. Não se deve conduzir uma vida espiritual em detrimento do físico ou vice-versa, mas aprender a nos enxergar claramente e compreender, para podermos nos aceitar. Uma parte desta concessão de vida é posta em relevo em uma antiga parábola chinesa, como a conta o Dr. H. van Praag, em seu livro *Espelho da civilização chinesa*:

"Um lutador, um artista, um avarento e um sábio, viajando juntos, encontraram uma gruta profunda e escondida entre as rochas.

O lutador disse: 'Que maravilhoso refúgio!

O artista disse: 'Que maravilhoso espaço para quadros murais!
O avarento disse: 'Que maravilhosa caverna para esconder o ouro! Mas o sábio disse somente: 'Que gruta maravilhosa'!".

Depois desta introdução às plantas medicinais, nos ocuparemos de *seu uso prático* na maior parte dos casos sob a forma de infusão, tintura ou comprimidos.

A infusão

A infusão se prepara com as plantas secas: uma colher de sopa para meio litro de água, aproximadamente (três xícaras de chá). Ponha o produto em uma chaleira de *terracota* (jamais sirva em uma chaleira de metal, que poderia dar origem a reações químicas); derrame sobre ela meio litro de água fervente. Deixe a mistura descansar durante quinze a vinte minutos, após o que passe-a no coador. Pode-se conservar a infusão (sem, portanto, a planta seca) por cerca de doze horas, em lugar fresco, pelo que será possível preparar a infusão pela manhã para o dia inteiro. Geralmente, a dose é de uma xícara três vezes ao dia, um quarto de hora antes das refeições.

A tintura

A tintura é a infusão com base alcoólica. Não é fácil prepará-la em casa, porquanto, entre outras, deve-se levar em conta várias porcentagens alcoólicas. São necessárias técnica e experiência para preparar uma boa tintura de qualidade constante. Geralmente, a dosagem vai de cinco a quinze gotas de tintura tomadas em uma colher de água, sempre quinze minutos aproximadamente antes da refeição. Pode-se repetir essa dose três ou quatro vezes ao dia.

Comprimidos

Algumas plantas se prestam muito dificilmente a serem elaboradas em tintura. Nesse caso, elas são utilizadas sob forma de comprimidos, consistentes de plantas finissimamente trituradas e prensadas. Esses comprimidos podem também ser o resultado de uma chamada "composição", isto é, um composto de várias plantas, entre as quais predomina uma determinada planta. Em geral, a posologia é de um a dois comprimidos, três vezes ao dia.

Quanto à dosagem, é preciso sempre levar em conta a intensidade do mal-estar, a índole da pessoa em questão e a ação exercida pela planta. No seguinte tratamento, acerca do uso das plantas medicinais, será sempre indicada a possibilidade de dosagem. Permanecem entretanto indicações gerais que você poderá seguir segundo seu bom senso, mas dentro de determinados limites.

Doses para crianças

As crianças reagem muito bem aos remédios naturais, provavelmente porque o seu organismo ainda não está intoxicado por qualquer tipo de fatores químicos e gêneros voluptuários, como chá, café, cigarro e álcool. É verdade que, nesses tempos, o consumo de açúcar pelas crianças tenha atingido pontos alarmantes. Elas sentirão suas conseqüências, provavelmente entre dez ou quinze anos. Os doentes de distúrbios intestinais aumentarão, porque o açúcar é o maior inimigo de uma flora intestinal sadia. No que concerne à quantidade de infusão, tintura e comprimidos a ingerir, você pode se ater à seguinte regra: para crianças de 6 a 14 anos, metade da dose indicada; de 3 a 6 anos, um quarto; e para recém-nascidos, um oitovo e até menos. Não use nunca açúcar para infusões. Se não puder servir sem adoçá-la, utilize preferentemente uma colher de mel.

4 Algumas plantas medicinais contra a dor de cabeça

Se bem que o aspecto alimentar seja de há muito tempo o mais importante na terapia da cefaléia, pode-se todavia obter um alívio temporário de eventuais plantas medicinais. Além disso, podemos nos servir dessas plantas até para atuar (e se possível curar) sobre um ou mais órgãos responsáveis pela dor de cabeça. Fazemos, por isso, uma distinção entre ação *direta* e ação *indireta*.

Tomamos sempre como ponto de partida os esquemas completos, tanto do paciente como da planta. O uso de uma determinada planta deverá sempre depender da analogia existente entre a natureza desta e a do indivíduo.

Alfazema *(Lavandula spica)*

A alfazema é uma verdadeira planta medicinal para as mulheres. As suas propriedades são apreciadas desde a Antigüidade. As flores dessa planta, colhidas antes de desabrochadas, portanto somente *em botão*, servem para preparar alguns medicamentos, condição especialmente importante para determinar em que casos é aconselhável a alfazema. Esta planta se harmoniza com o tipo de pessoas que às vezes, mesmo por um período de vários anos, parecem no ponto de desabrochar, ainda que não conseguindo atingir a "plena" florescência. Essas pessoas possuem geralmente dotes e capacidades que não são jamais completamente conhecidas, qualquer que sejam as circunstâncias. No ambiente em que vivem, são consideradas de modo bastante positivo, mas à medida que envelhecem, são julgadas diferentemente. E haverá o momento em que as pessoas acabarão dizendo: "Não conseguiu fazer-se valer; esperávamos muito mais".

As pessoas, em muitos casos, não percebem que não se trata de uma vontade, mas geralmente de uma impossibilidade. Não poder atingir como indivíduo o pleno florescimento, depende muitas vezes do esquema de caráter. Essas situações podem determinar variadas tensões.

Lavandula spica

Depressões nervosas, colapsos, insônia e dor de cabeça não são excepcionais, sobretudo se o indivíduo tiver a sensação de ter ficado "arenado" e, conseqüentemente, desprezado; sofrerá, portanto, de um complexo de inferioridade. Nos casos de dor de cabeça, pertencentes ao esquema supradescrito, use a infusão ou a tintura de alfazema. Pode-se até aspirar várias vezes por dia a água de alfazema durante os ataques de cefaléia. O seu perfume reforça a "consciência do eu" e infunde nova coragem para enfrentar a vida. No século XVI, Dodonaeus escrevia que "a alfazema é boa para o cérebro e para os nervos". Ao tipo supradescrito se aconselha beber diariamente infusão de alfazema para melhorar todo o organismo. Para a dor de cabeça, podem-se tomar de 10 a 15 gotas de tintura, três ou quatro vezes ao dia. Em caso de forte cefaléia, 5 gotas cada quarto de hora de tintura poderão aliviar a dor. A dose não é repetida mais de cinco vezes consecutivas. Ótima a combinação da infusão de alfazema com a vara-de-ouro, o hipérico e a raiz de valeriana. Prepare a infusão com meio litro de água e uma colher de sopa de mistura. Sorver uma xícara três vezes ao dia antes das refeições.

Zimbro *(Juniperus communis)*

A chamada dor de cabeça-zimbro é de natureza totalmente diferente. O zimbro se adapta ao tipo de indivíduo sério, um tanto pessimista, que de preferência se atormenta por todas as coisas que vão mal no mundo, e por todo eventual futuro adverso. O seu cérebro, eternamente fantasista, negligencia as funções físicas e, em um contexto mais amplo, até as vitais. O físico, de fato, vive em completa simbiose com a mente. Tão logo o espírito seja sublevado, o corpo trabalha alegremente, mas se o espírito se "cristaliza" nos problemas, e portanto não participa mais completamente do ritmo da vida, também o corpo começa a "ruminar" as várias sensações recebidas (a alimentação). Esta imagem se harmoniza completamente com a própria do zimbro. Na Holanda esse arbusto é chamado com o nome de *wakel*, que significa guardião.

O zimbro, com efeito, parece um habitante solitário, como uma sentinela do brejo, absorto em profundos (e atormentados) pensamentos. O seu aspecto exterior não é a expressão de um crescimento fácil e viçoso. Assim nos parece a pessoa que se harmoniza com este arbusto. Nesse indivíduo, a eliminação da água procede lentamente; o trabalho dos intestinos é medíocre e basta a menor corrente de ar para provocar-lhe um solene resfriado. A relativa formação de muco é eliminada com dificuldade, ameaçando atacar também as vias respiratórias. A dor de cabeça daquela mente atormentada poderá encontrar alívio no uso de bagos de zimbro, que atingem a maturação a cada dois anos.

Por quê? Se considerarmos atentamente a imagem do tipo de indivíduo supradescrito, veremos que esta, na fúria de se atormentar, impede a própria melhora. Refletir no quanto aconteceu poderá fornecer-nos a experiência que nos ajudará no futuro, mas atormentar-se no que aconteceu impede a renovação. Imagem esta que encontramos no zimbro.

Para o uso medicinal, nos servimos dos bagos maduros, bienais. Pode-se portanto supor que o zimbro floresce uma vez a cada dois

Juniperus communis

anos, e que na maturação do fruto é preciso um período bienal posterior. Mas não é assim. O zimbro floresce todo ano, dando prova de querer começar "uma nova vida", entretanto a maturação dos bagos é mais longa que na maior parte das plantas. Parece até que o zimbro, como o indivíduo supradescrito, hesita em continuar o que iniciou. A planta, porém, se diferencia substancialmente pelo fato de que o indivíduo, sempre com intenção de se atormentar, nunca chega a nada de novo. Enquanto o zimbro, malgrado seu vínculo tenaz com o passado, prossegue no desenvolvimento de novas forças. Toda planta de zimbro apresenta sempre este duplo aspecto: o bago imaturo, anual, e o maduro, bienal. Se, por natureza, você for inclinado a ficar matutando, deve aprender, considerando o exemplo do zimbro, a transformar os seus pensamentos em "reflexões" inovadoras.

A dor de cabeça causada por um trabalho constante do cérebro pode ser curada, em muitos casos, com a infusão ou a tintura de zimbro. Os que sofrem de cefaléia podem encontrar alívio mastigando alguns bagos maduros de zimbro, aconselhável também contra o impulso de fumar. A tintura de zimbro pode ser usada contra a dor de cabeça, esfregando-se-a levemente na cabeça e no colo, cada quarto de hora, se necessário. Considere bem que o conhecimento do esquema psíquico, existente na base desta forma de cefaléia, é sem dúvida o melhor dos remédios.

Lembre-se de que o indivíduo, muitas vezes preocupado com exagerados problemas, envelhece antes do tempo.

Valeriana *(Valeriana officinalis)*

A valeriana, desde os tempos antigos, é conhecida como planta curativa do sistema nervoso. Os nossos avós e bisavós chamavam a tintura da valeriana de "gotas para os nervos".

O que nos ensina a valeriana e como devemos utilizá-la?

Antes de mais nada, nos servimos da raiz da planta, desenterrada no outono, quando na superfície a própria planta quase não existe mais. Devemos ter presente esta imagem, considerando o tipo de indivíduo a quem esta planta poderá ajudar. A mente humana compreende, entre outros, uma consciência e um subconsciente. O subconsciente parece ser o "receptáculo" das impressões não elaboradas pela consciência. Nele se acumula tudo o que não queremos ou não podemos mais considerar, mas com o que, ainda algumas vezes, sonhamos. Eis por que se fala da consciência como "consciência diurna" e do subsconsciente como "consciência noturna". A luz do dia não pode ou não quer suportar o que se desenvolve no subconsciente. Se compararmos todo este estado de coisas com a imagem da planta, o subconsciente resultará análogo à sua raiz. A raiz, o sabemos, é a parte da planta que não suporta a luz do dia, e exerce uma função "subterrânea". O uso de todas as plantas munidas de rizoma ajuda o indivíduo a estar cônscio dos motivos do subconsciente, e o disciplina; o que nós mesmos, vivemos em plena consciência, não estamos quase em condições de fazer. Nos dias de hoje, quando o nosso subconsciente está sobrecarregado de impressões não elaboradas, fala-se facilmente de *frustração*. A raiz da valeriana se adapta ao tipo de indivíduo que psiquicamente, e por conseguinte também fisicamente, ameaça perder o seu equilíbrio, seguidamente a uma sobrecarga do subconsciente. O indivíduo então não domina mais as tendências do subconsciente,

Valeriana officinalis

que muitas vezes podem ser pela ação, ou pela renúncia. O indivíduo se perturba e sofre de nervosismo. Se essa situação tiver que se prolongar demais, surgirá a hemicrania, ou hemialgia (chamada também dor de cabeça hemicefálica) (*).

Para estes casos de dor de cabeça, tome de dez a vinte gotas de tintura de valeriana. Duas horas depois, mais dez gotas, se necessário. Para a harmonia de todo o organismo (onde se verifica o esquema supradescrito) aconselham-se cinco gotas de tintura de valeriana três vezes ao dia, durante três ou quatro semanas. Não a use, porém,

(*) Cf. os volumes *Vencer a ansiedade com as plantas medicinais* e *Dormir bem com as plantas*, publicados nesta série.

durante muito tempo e sem interrupção, nem quando a sua mente estiver em plena atividade. Nesses casos, a cefaléia aumentará notavelmente. A valeriana deverá ser sempre usada como remédio temporário. Serve para projetar um pouco de luz no mundo das trevas (o subconsciente). Todavia, como acontece também na natureza, um excesso de luz projetada na zona originariamente escura (o nosso subconsciente e a raiz da planta) pode danificá-la. A raiz (também a raiz do nosso "ser") tem necessidade de ar e de alimentos, mas pode, com efeito, se eximir da luz.

O indivíduo hormoniosamente estruturado não tem necessidade de distinguir mormente as luzes e as sombras de seu subconsciente. Não jogue fora jamais, portanto, as impressões, mesmo que dificilmente assimiláveis. Elas, cedo ou tarde, se reapresentarão.

Hipérico *(Hypericum perforatum)*

O hipérico é uma das minhas plantas preferidas. Nela, materializa-se a energia solar. Podemos considerar o sol como "imagem primitiva" da nossa "energia espiritual". O sol é a analogia cósmica do nosso "eu", do nosso coração, da nossa mais íntima verdade pessoal. No indivíduo que dispõe de muita "força solar", o espírito será forte e vital. O hipérico possui tanta força solar (isto é, força divina) que o diabo (a antítese do divino) — assim conta uma antiga lenda — não a podia suportar. A um certo ponto, o diabo procurou destruí-la, fazendo-a em pedaços com os dentes. Mas a energia solar da planta era tão forte, que os esforços do diabo fracassaram. Ficaram, porém, ainda visíveis nela as cicatrizes. E é por isso que nas folhas, postas contra a luz, se vêm pontos translúcidos. Confirma-o também o nome latino *Hypericum perforatum*. Que tudo isso não passe de pura fantasia, não tem importância; conta somente o significado profundo da imagem, que não parece, de fato, diminuída.

Até que ponto esta planta ajuda quem sofre de dor de cabeça? Ela é própria para o tipo de indivíduo que supervaloriza a própria "energia solar" e a consome muito. Esse acaba então por se encontrar em uma situação que se poderia definir com o conceito de "vazio espiritual". Uma situação desse tipo se repercute imediatamente no físico. O indivíduo é nervoso, desconfiado e desanimado. Não tem mais a força de enfrentar as circunstâncias da vida diária e está a ponto de renunciar a tudo. Entre as conseqüências desse estado de alma temos provavelmente a insônia. De fato, para ador-

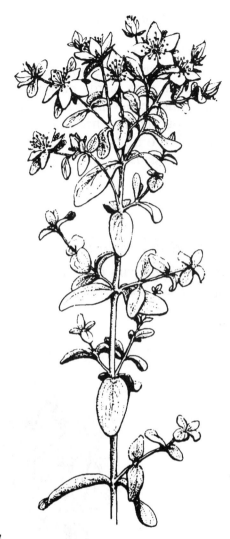

Hypericum perforatum

mecer normalmente é necessária uma certa energia.

Quando, pois, uma situação de nervosismo e de insônia se prolonga durante muito tempo, geralmente sobrevém a dor de cabeça.

O hipérico não cura a hemicrania, mas sim a dor de cabeça causada pelo "vácuo espiritual". O indivíduo não consegue mais pensar, não por causa da dor, mas devido a uma falta de energia para enfrentar a vida. Se a dor de cabeça for conseqüência do esquema supradescrito, pode-se obter uma ajuda notável usando a tintura do hipérico. A dose é de duas a quatro gotas, três ou quatro vezes ao dia, um quarto de hora antes das refeições. Também a fricção na cabeça com óleo extraído do hipérico tem uma ação curativa. Este último, enfim, é um ótimo remédio para todas as cefaléias.

Com o uso do hipérico, recarregamos o nosso "eu", isto é, a nossa consciência solar. Ela fará renascer a nossa coragem e nos ajudará a encontrar a confiança em nós mesmos. Ela nos liberta da depressão e nos ensina a voltar a ver o lado bom das coisas.

Deve-se considerar uma planta particularmente adequada para as pessoas que diariamente devem manifestar grande parte do próprio "eu". É indicada particularmente aos artistas e aos indivíduos criativamente esforçados: o hipérico infunde-lhes nova carga de energia.

Não desfrute demasiadamente o seu eu!

Vara-de-ouro *(Solidago virgaurea)*

Esta planta é própria para combater todas as formas de cefaléia, que estão ligadas aos chamados mal-estares femininos. Desde a

Solidago virgaurea

Antigüidade, a vara-de-ouro era conhecida como planta útil para os rins. Ela é condizente com o tipo de pessoa sensível que tenta assimilar a "dura realidade" da vida. A vara-de-ouro se harmoniza com o indivíduo que a receptividade e a sensibilidade para com as coisas que o circundam tornam extremamente vulnerável e exposto a ter que suportar, durante a vida, as inevitáveis "contusões" infligidas aos seus sentimentos afetivos. Ele não é bastante "duro" para enfrentar os acontecimentos. São os rins que devem suportar os "golpes" desferidos pela vida espiritual. Os afãs, os desejos vão por água abaixo.

Portanto, numerosos artistas e pessoas extremamente sensíveis sofrem dos rins. No tipo vara-de-ouro, os rins funcionam preguiçosamente e, muitas vezes, até mal. Se voltarmos aqui à teoria do ácido úrico, já exposta no capítulo 2, tornar-se-á evidente que um funcionamento indolente dos rins não será suficiente para a excreção do ácido úrico, e poderá favorecer a dor de cabeça. É, sem dúvida, notável o fato de que muitas mulheres sofrem de dor de cabeça antes e durante o período menstrual. Neste período, todo o físico feminino tende a *purificar-se*. Trata-se então de uma dupla forma de purificação, isto é, aquela diária do ácido úrico, e outra ligada às menstruações. Se for usada a pílula anticoncepcional, a dor de cabeça fará parte dos fenômenos regularmente ocorrentes.

Na prática, parece evidente que nesse período particular, muitas mulheres encontram ajuda no uso da tintura de vara-de-ouro. Esta planta ativa os rins e reforça o processo de purificação. Em muitos casos, o uso diário de dez a quinze gotas tomadas em jejum demonstrou ser muito eficaz. Inicia-se a cura uma semana antes da menstruação e continua-se tomando a tintura por catorze dias após. A dose é aumentada até quinze gotas três vezes ao dia. É preciso sempre lembrar que o resultado será melhor se a tintura for administrada a pessoas do tipo supradescrito. É uma planta própria para os indivíduos hipersensíveis.

Urtiga (menor) *(Urtica urens)*

A urtiga é própria para o indivíduo que sofre de dor de cabeça, como conseqüência de um modo de vida ilustrado pelo conhecido provérbio "quem tudo quer, nada tem". Como parece evidente no capítulo 2, o verdadeiro doente de cefaléia está predestinado a tornar-se um reumático se não se decidir a mudar seu sistema de vida. A urtiga é um dos melhores remédios para o reumatismo.

Esta planta, de fato, contribui eficazmente para eliminar o ácido úrico em excesso. Não é por menos que os romanos procediam à cura com urtiga na primavera, para liberar o físico dos ácidos supérfluos produzidos pela alimentação invernal, geralmente muito má e gordurosa. Não nos esqueçamos de que as plantas primaveris temporonas exercem geralmente uma determinada ação sobre nosso metabolismo e, em particular, no equilíbrio ácido-básico. A natureza as faz crescer, quando são necessárias! Infelizmente, acreditamos saber disso demais, recorrendo a toda espécie de preparados vitamínicos. O "ardor" da urtiga é universalmente conhecido. São verdadeiramente raras as pessoas que nunca tenham experimentado a característica dessa planta. Ela é, sobretudo, indicada às pessoas com temperamento colérico (tipo pletórico e impetuoso).

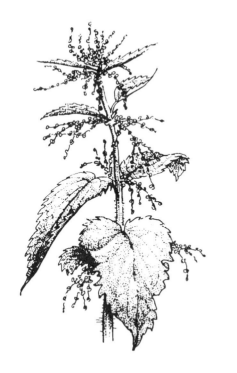

Urtica dioica   *Urtica urens*

São estas as pessoas que vivem intensamente; grandes comedores e bebedores, fervem de energia. Mas também esse tipo de indivíduo deve ficar atento para não ultrapassar as leis naturais. Se o modo de viver "fogoso" se tornar excessivo, formar-se-ão no organismo depósitos de ácido úrico, com todas as respectivas conseqüências, e será especialmente o coração do indivíduo supradescrito quem vai pagar o castigo das próprias penas. O sangue será totalmente saturado de substâncias como ácido úrico, colesterol, triglicerídeos, etc., que as veias a um certo momento se obstruirão, colocando em perigo a indispensável circulação sangüínea.

O único modo de prevenir uma situação tão nefasta consiste em uma depuração contínua. Deve-se observar, além disso, que o indivíduo em questão sofre geralmente de dor de cabeça, sobretudo depois de uma refeição "superabundante", ou depois de uma noite de festa.

Nesses casos específicos, será aconselhável o uso da urtiga; essa planta possui uma força depurante inimaginável, e expele energicamente do organismo as substâncias inúteis e nocivas. Ao colérico aconselhamos, todo ano, uma cura primaveril de brotos "frescos" de urtiga. Em caso de dor de cabeça pode-se usar tanto a infusão como a tintura de urtiga. A dose necessária é de quinze a vinte gotas, quatro ou cinco vezes ao dia. O uso da urtiga será acompanhado de uma dieta desintoxicante. Não nos devemos servir da urtiga como uma "patente de imunidade", par continuar a viver como sempre havíamos feito, dando origem a todos os nossos males. Não use nunca a urtiga além de uma semana seguida. Especialmente se você pertencer ao tipo colérico supradescrito. De fato, nesse tipo de indivíduo, a urtiga deve ser considerada um remédio heróico, em caso de urgentes necessidades, a se prevenir antes que se repita!

Hortelã *(Mentha piperita)*

A hortelã dá bons resultados quando se trata de dor de cabeça causada por afecções do estômago. Esta planta é adequada, sobretudo ao tipo de indivíduo que se cansa em assimilar todas as *primeiras impressões*. O indivíduo se sente à vontade somente em um ambiente conhecido e de confiança. Se, ao invés, se encontrar continuamente em contato com novas sensações, tornar-se-á inquieto e às vezes até ansioso, porquanto ser-lhe-á difícil avaliá-lo. A função do nosso estômago é estritamente ligada ao nosso esquema psíquico. Considerado sob um ponto de vista físico, é o órgão que em primeiro lugar deve elaborar os fatores materiais que lhe chegam de fora (a nossa alimentação). De fato, nos ocorre sempre constatar que as pessoas, cuja mente assimila dificilmente, encontram muitas dificuldades na elaboração dos ingredientes materiais, isto é, de seu alimento. De fato, tão logo o indivíduo consegue adaptar-se melhor, psiquicamente, às circunstâncias, também o estômago melhorará e se tornará mais eficiente. O tipo de indivíduo que se harmoniza com a hortelã sofre de dor de cabeça sobretudo quando o seu estômago deve enfrentar cargas que não consegue digerir. Esta forma de cefaléia é um exemplo válido de qual pode ser a origem do próprio mal, como já tratado no capítulo 1. O nosso estômago encontra dificuldades de elaboração, mesmo porque colocamos em nosso prato uma série de alimentos errados. A dor de cabeça concomitante indica onde se encontra a verdadeira causa do

Mentha piperita

fenômeno: *em nosso pensamento* (simbolicamente: em nossa cabeça). Tão logo o nosso modo de pensar (ou seja, a nossa visão e portanto a nossa orientação da vida) se afasta dos princípios naturais, as conseqüências físicas e psíquicas não tardarão em se fazer sentir. É verdadeiramente surpreendente observar como em todos os males causados substancialmente por um modo de viver e de pensar errados, se manifesta sempre a cefaléia, como fenômeno concomitante. O tipo supradescrito poderá beber uma xícara de infusão de hortelã, várias vezes ao dia, de preferência *meia hora após as refeições*. Ajudará também banhar as mãos e os pés na água de hortelã.

Alho *(Allium sativum)*

À primeira vista, poderá parecer estranho encontrar o alho na relação das plantas medicinais contra a dor de cabeça. Não obstante, é de valor inestimável, sobretudo para as pessoas que sofrem de cefaléia de modo mais ou mesmo crônico. Já tivemos oportunidade de falar amplamente, no capítulo 2, sobre o fenômeno do ácido úrico e do porquê ele pode ser causa da dor de cabeça. O conceito "depuração" é o centro deste assunto. Ao que parece, o alho possui uma força depurativa bastante acentuada; atua, além disso, de modo desintoxicante e elimina as substâncias alheias ao organismo.

O uso do alho não ajuda a todos: ele é indicado a um determinado tipo. Em 1554, Dodonaeus, em seu famoso *Livro das plantas,* após haver falado do alho, acrescentava a seguinte advertência: "É perigoso para o indivíduo colérico e para todos os que tenham temperamento fogoso por natureza". A força agressiva desta planta é tão pronunciada, que se indica sobretudo ao tipo fleugmático, o qual tem necessidade de uma "boa limpeza", tendendo, por si só, a reter as escórias no próprio organismo. Para o tipo colérico, o alho será também muito eficaz, dado que este tipo de pessoa já é agressivo por índole. A ação depurativa desta planta não será nunca suficientemente sublinhada. O tipo de indivíduo mais fleugmático, que sofre de dor de cabeça constante, encontrará notável alívio no uso regular desse vegetal.

Pode-se ingerir o alho banhando-o no leite. (Coloque alguns dentes de alho de molho em leite por cerca de um quarto de hora.) Ou então, corte-o finamente e misture-o na salada, ou ainda passe-o em fatias de pão de fermento.

Segundo Dodonaeus, em caso de cefaléia, é aconselhável esfregar

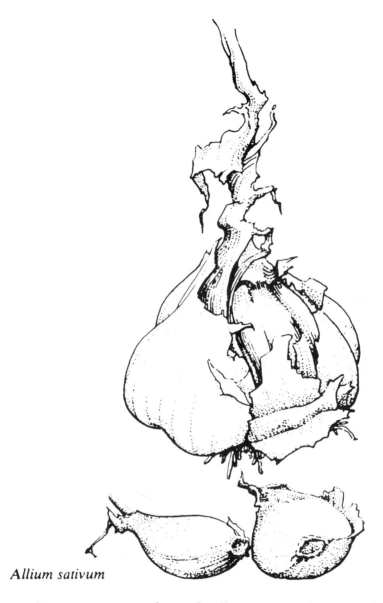

Allium sativum

as têmporas com um dente de alho e eventualmente aplicá-lo sobre elas antes de dormir.

Na Idade Média, era chamada planta *antidiabólica*. O alho representava uma defesa contra o diabo (isto é, a moléstia) e protegia o indivíduo. Em substância, isso quer significar que o alho protege o indivíduo contra o *pensamento errado* (o diabo), porquanto purifica o organismo das substâncias "perniciosas". Quando se tratar de expressões medievais, não devemos porém interpretar a palavra diabo como de uso em várias igrejas cristãs. O divino e o diabólico no pensamento medieval eram conceitos muito menos restritos que hoje. O alho não protege somente o seu físico, mas favorece o pensamento positivo e harmonioso.

Melissa *(Melissa officinalis)*

O nome melissa significa doce (mel), pelo que podemos encontrar nela uma analogia com o conceito "consolação". Encontramos este pensamento na expressão "depois do amargo, o doce", como também no exemplo da criança que vai à mãe chorando porque caiu. A mãe, o mais das vezes, lhe dirá: "Veja que bela bala (doce); chupe-a e tudo passará! (consolação)". A bala substitui, por isso, o amor da mãe, que por várias circunstâncias nem sempre pode tomar a criança no colo e prestar-lhe real atenção (amor).

A melissa é indicada ao tipo doce, um pouco ansioso; é própria para o indivíduo que perde o seu equilíbrio quando a relação, o

Melissa officinalis

vínculo com o próximo ameaça conturbar-se. O tipo melissa por isso é particularmente vulnerável na sociedade atual, em que os vínculos afetivos se tornam cada vez mais raros. Os interesses pessoais estão se tornando cada vez mais importantes, e a esta tendência, o tipo melissa, bom e sensível por natureza, não consegue enfrentar.

O indivíduo absorve o golpe, mas com o resultado que pode manifestar-se entre outros, num aumento da pressão arterial, acompanhada de insônia, palpitações e sobretudo cefaléias. Tão logo, portanto, possa delinear-se um desequilíbrio no campo das relações humanas e o contato com o próximo encontre dificuldades, deve-se recorrer à melissa. Em caso de dor de cabeça, tome de dez a quinze gotas, três a quatro vezes ao dia. A fim de regularizar a situação, na qual as tensões espirituais tenham certamente dado origem, pode-se tomar de dez a quinze gotas de tintura de melissa por dia, mesmo por tempo prolongado e sem interrupções.

Quando, pois, se tratar de dificuldades no plano relacional, que se desenvolvem principalmente no subconsciente — ninguém por isso se dá conta de que atrás de relações aparentemente harmoniosas se esconde um certo desacordo — ter-se-á alívio pelo uso da diluição homeopática de melissa D12. Você pode solicitá-la em qualquer farmácia especializada.

Tome dez gotas três vezes ao dia. Entende-se muitas vezes constatar a ação extraordinária deste remédio, pelo que o indivíduo do tipo supradescrito consegue superar uma depressão ou até uma crise psíquica. A planta, então, honrará o próprio nome! É a prova evidente de que ao amargo se segue o doce.

5 Alguns remédios homeopáticos contra a dor de cabeça

A homeopatia e a fitoterapia (terapia mediante as plantas medicinais) podem ser consideradas como manifestações da terapia naturalista. Sob determinados aspectos, existe uma espécie de concordância entre as duas terapias, mesmo se os pontos de partida são diferentes. A fitoterapia se serve da planta em sua forma diluída, enquanto a homeopatia utiliza seus elementos constitutivos por uma *diluição* conjunta de plantas, metais e minerais. Segundo o método homeopático, com o auxílio de uma planta podem-se curar numerosas pessoas, enquanto que, segundo o método fitoterápico, para a cura de uma pessoa são necessárias numerosas plantas. O axioma da homeopatia foi descoberto pelo Dr. Hahnemann (1755-1843): *O semelhante se cura com o semelhante* ("similia similibus curantur"). Isso significa que se podem curar os sintomas de uma doença, produtos de uma determinada substância tomada em forma não diluída, ingerindo a mesma substância em forma altamente diluída.

Um exemplo demos no uso da digital: tomada em forma não diluída, esta planta provoca distúrbios às vezes tão graves de modo a provocar a morte por insuficiência ou parada cardíaca. Na forma muito diluída, a digital é um ótimo remédio para "fortificar" o coração, caso este esteja seriamente enfraquecido, como ocorre no caso da *angina pectoris*. O grau de diluição é indicado na fabricação do remédio pela letra D, o que significa decimal. D1 é portanto a primeira diluição decimal, isto é, 1:10; D2 = 1:100; D4 = 1:10.000; D6 = 1:1.000.000.

Os remédios homeopáticos são geralmente produzidos em forma tríplice:

diluição fluida: diluições
granular: pílulas
comprimidos

Visto que determinados remédios não podem ser dissolvidos ou diluídos em álcool ou na água, utiliza-se a lactose, quimicamente pura, com a qual a respectiva substância será "pulverizada" na

47

porcentagem desejada. As drágeas e os comprimidos são o resultado final desse trabalho.

A dosagem

Diluições fluidas: cinco gotas em uma colher de sopa de água pura
Granular: cinco pílulas por vez
Comprimidos: um comprimido por vez

A freqüência depende do caráter da afecção. Mais aguda a moléstia, mais vezes se tomará o remédio. Em determinados casos, pode-se tomar uma dose a cada uma ou duas horas. Nas doenças particularmente agudas, como em certas inflamações, pode-se atingir até uma dose a cada quarto de hora.

O grau de diluição tem a sua importância para estabelecer a freqüência das doses.

A regra seguinte pode servir de ponto de partida:

Potências baixas
(D1 a D6)   três vezes ao dia

Potências médias
(D6 a D30)   uma vez por dia

Potências altas
(D30 a D200)   uma vez por semana, até uma vez por mês

Além disso, pode-se assegurar na prática que, nos estados agudos da doença, é sempre aconselhável o uso das potências baixas, e nas de caráter crônico, pelo contrário, aconselha-se o uso das potências médias ou altas.

Os remédios seguintes são aconcelháveis em caso de cefaléia:

Nux vomica (D3 e D4)

Este remédio é eficaz na dor de cabeça causada por uma afecção do estômago, o chamado estômago intoxicado, e pelo abuso do álcool e de gorduras.

Característico é o fato de que a dor de cabeça curável com a *nux vomica* muitas vezes é acompanhada de náuseas.

Jodium (D6)

A cefaléia pode, às vezes, depender de um afluxo de sangue na cabeça. Esta dor de cabeça é caracterizada por palpitação, rubores de calor na face, às vezes até zumbido nos ouvidos, vertigens. O jodium atua particularmente na tireóide, que, entre outros, subentende uma considerável parte de nossas atividades.

As pessoas ativas, por natureza, mas constrangidas por circunstâncias a levar uma vida sedentária (por exemplo, atividades de empregados) sofrem muitas vezes desta forma de dor de cabeça, para as quais podem ajudar o movimento, os banhos quentes dos pés e um regime sadio de vida. Ao invés do jodium, pode-se utilizar também o kalium jodatum D4.

Lachesis (D12)

Quando a dor de cabeça está ligada a problemas ginecológicos, o lachesis é eficaz. O sofrimento é caracterizado pela pronunciada palidez da face e pela sensação de grande opressão na cabeça. Este remédio deve ser utilizado também em casos de dor de cabeça provocada por um excesso de banho de sol.

Natrium muriaticum (D6 e D12)

Ajuda na dor de cabeça crônica caracterizada por palpitação, sob forma de ataques, especialmente nas pessoas que sofrem de anemia. O remédio é específico para as dores que surgem *depois* do período menstrual (em contraste com a vara-de-ouro, que atua nas dores que aparecem antes e durante o referido período). O natrium é próprio também para a dor de cabeça dos escolares, cuja cor é particularmente pálida. Nesse caso, a cefaléia é geralmente a conseqüência de um esforço excessivo da vista e da mente de alunos bastante jovens.

Este remédio poderá, além disso, se demonstrar eficaz para a dor de cabeça originada por afecções renais.

Juglans cinerea (D3 a D6)

É especialmente indicada para a cefaléia localizada no occipital. As dores têm caráter lancinante e são, o mais das vezes, o resultado de um mau funcionamento do fígado. Orientativo para o uso deste remédio é o fato de que o paciente se levanta com dor de cabeça nas primeiras horas da manhã (por exemplo, às 4 ou às 5) e não consegue retomar o sono. Esta forma de cefaléia é acompanhada freqüentemente de uma dor sob o homoplata direito. Se este fenômeno se apresentar, será sem dúvida oportuno adicionar ao uso da *juglans cinerea* de três a quatro gotas de *chelidonium* D3, dado que este remédio exerce uma ação extraordinariamente eficaz sobre as funções do fígado.

Platinum (D6 a D30)

Este remédio é usado para a cefaléia que se manifesta de uma semana a quatro dias antes e durante o período menstrual. Característica desta dor é o fato que surge lentamente, atingindo uma fortíssima intensidade, para decrescer em seguida com a mesma lentidão (veja também a vara-de-ouro).

Existem ainda outros remédios para se usar contra a cefaléia. Não é o caso de denominá-los e tratar deles na presente obra, dada a escassez de suas características gerais.

De resto, o seu uso deverá sempre ser controlado por um especialista.

No caso de se utilizarem os remédios indicados neste volume e não houver melhora digna de nota, será necessário consultar um especialista.

6 Continuação prática do capítulo 2. A alimentação diária: causa e cura da cefaléia

Como já vimos no capítulo 2, o excesso de ácido úrico no organismo constitui um formidável inimigo da saúde. O excesso de ácido úrico, de fato, não somente é o principal fator da dor de cabeça, como também pode ser causa de uma série de afecções físicas, das quais o reumatismo, a gota e a artrite são os primeiros anunciadores. A cura da dor de cabeça, em determinados casos, se fundamenta na necessidade de livrar o corpo do ácido úrico excessivo e de prevenir acúmulos anormais posteriores. O único modo de se chegar a isso é seguir um esquema alimentar diário com vistas ao consumo de maior quantidade possível de alimentos sem ácido úrico, ou de reação ácida no organismo. Entretanto, muitíssimas pessoas não estão em condição de efetuá-lo na prática, pela única razão de não poderem se eximir de determinados alimentos. Eis por que começamos este livro com uma breve consideração sobre o fundo psíquico da cefaléia. Melhor teria sido falar da falta de resistência psíquica necessária para suspender certos alimentos, ou pesquisar o porquê dessa necessidade de alimentos notoriamente nocivos à nossa saúde.

A comida permite ao indivíduo compensar um grande número das suas desarmonias físicas. Trata-se de um fenômeno que muitas vezes se manifesta na prática. Um indivíduo muito nervoso pode chegar a se empanturrar de doces sem limites. É possível, às vezes, superar determinados contrastes com um consumo exagerado de comida. O fenômeno da "solidão", muito freqüente em nossos tempos, muitas vezes desaparece em um excessivo uso de doces ou de refrigerantes. Antes de começar uma alimentação diária sadia, devemos experimentar atingir um *método de vida espiritualmente sadio*, sem o qual não estaremos provavelmente em condições de prosseguir no caminho iniciado. Toda vez que a tentação das chamadas "comidas saborosas" — que em muitos casos são a maior causa do excesso de ácido úrico — se tornar muito forte, devemos nos esforçar em compreender a razão do desejo de uma coisa que sabemos ser decididamente perniciosa. Mesmo que no início esta atitude possa se tornar difícil para muitos, o prazer de viver de modo sadio não poderá senão aumentar, à medida que constatemos os resultados em nosso organismo. Finalmente, chegaremos a considerar como perfeitamente natural um modo sadio de vida e nos perguntaremos como pode ter sido possível sobreviver por tantos anos, malgrado uma culinária toda em desordem simplesmente horrível.

Um indivíduo o conseguirá antes de outro, mas quem quer que tenha consideração pela própria saúde, conseguirá sempre em seus esforços atingir um modo de viver sadio, sobretudo por meio da nutrição diária.

Consideremos agora a mesma prática de um esquema nutritivo adequado. Será de utilidade principalmente aos que sofrem de cefaléia, o que não impede que os seguintes conselhos possam ser seguidos mesmo pelo indivíduo "sadio".

Segue o esquema alimentar resumido em uma série de normas e conselhos:

1. Não se sirva de produtos animais, com exceção do leite e da manteiga de creme de leite batido. A carne, a gordura e os ovos são as causas principais do ácido úrico. As proteínas necessárias podem ser obtidas de vários outros modos. Se não puder absolutamente se eximir da carne, limite-a a pequenas quantidades de carne magra, como a defumada e o fígado.

2. Consuma todo dia verduras frescas, em boa parte cruas, frutas e batatas (cozidas com a casca). Todas as verduras e frutas produzem no organismo uma reação básica, e têm uma importância insubstituível na neutralização dos excessos de ácido úrico.

3. Os legumes, os produtos de grão integral e o arroz não-beneficiado são particularmente necessários à nossa saúde. Não obstante isso, esses produtos proporcionam ao nosso organismo reações ligeiramente ácidas, não perigosas se contrabalançadas por elementos básicos suficientes. Ingerimos, portanto, uma maior quantidade de substâncias de reação básica, ao invés de reação ácida.

4. Todos os gêneros voluptuários, como chá, café, chocolate, álcool e açúcar provocam um forte excesso de ácido úrico. Os que sofrem de cefaléia devem evitá-los absolutamente. Substitua o café pelo chamado "café de fruta" e o chá por uma ou outra infusão (por exemplo, de hortelã, camomila ou melissa). Evite todas as variedades de bebidas do comércio, mas prefira fazer uso de sucos de fruta e de verdura, preparados em casa.

5. Utilize um pouco de gordura em cada refeição. Na falta de

genuíno óleo de oliva, sirva-se exclusivamente do óleo, prensado a frio, de girassol, gergelim, milho e cardamono. Dê sabor com algumas gotas desses óleos às saladas e verduras, ao invés de acepipes e salsas. Será também questão de se habituar, mas, de qualquer maneira, depois de algum tempo, você não vai mais querer mudar este ótimo condimento por qualquer outro molho, por mais substancioso e saboroso que seja.

6. Fervente o mínimo possível as verduras, ou as cozinhe a vapor em uma grande panela, com um pouco de óleo. Deste modo, a verdura cozinhará mais rapidamente sem perder, por assim dizer, nenhum de seus preciosos constituintes.

7. Como acompanhante, serão preferíveis as frutas (maçã, tomates, peras, etc.). Para quem gosta de alguma coisa mais substanciosa, são aconselháveis sucos de vegetais, queijo e eventualmente uma pequena quantidade de carne defumada (excluindo-se, porém, para quem sofre de cefaléia). Quem preferir o doce, poderá fazer uso limitado de mel, produto alimentar que jamais será suficientemente elogiado. A manteiga de amendoim, as marmeladas e o chocolate granulado estão proibidos, dado que esses produtos dão uma reação fortemente ácida.

As regras supra-indicadas não devem ser consideradas prescrições dietéticas, mas servem somente para lhe dar uma idéia de como atuam os vários elementos do nosso organismo. Não devemos nem ter a sensação de seguir uma dieta, que por si já seria considerada como um vínculo. Quantas vezes ouvimos dizer: "Quando estivermos curados, nada mais de dieta!". Mas não é absolutamente essa a nossa intenção! As regras acima referidas e a relação seguinte de gêneros alimentícios, dos quais o que sofre de cefaléia deve guardar bem, valem para quem desejar manter-se em boa saúde.

I. Quem sofre de cefaléia fará bem em evitar os seguintes produtos, dado que causam um forte excesso de ácido úrico:

— todas as qualidades de carnes e todos os produtos que contenham carne
— todos as gorduras animais e todos os produtos que as contenham
— sementes torradas e salgadas
— arroz branco (beneficiado)
— pão branco e todos os produtos que contenham farinha branca
— todos os produtos de confeitaria e biscoitos finos
— margarina (substituí-la por uma pequena quantidade de manteiga)

- sorvetes
- café
- chocolate
- chá
- bebidas alcoólicas
- ovos
- refeições previamente preparadas
- açúcar
- molhos para salada, etc.
- caldo de carne, como também ingredientes para o caldo

II. Os seguintes produtos podem e devem ser usados em quantidades abundantes:

- todas as verduras, das quais uma boa parte crua
- todas as frutas
- batatas (cozidas com a casca)
- de meio litro até três quartos de litro de leite por dia, queijo ou iogurte (evitando pudins de creme, etc.)
- mel, extratos vegetais

III. Os produtos seguintes são permitidos, desde que equilibrados com uma quantidade suficiente de alimentos relacionados na lista II. (Esses gêneros alimentícios não são omitidos porque contêm preciosas substâncias construtivas, mas devem ser adequadamente integrados):

- produtos de grão integral
- legumes (especialmente feijão preto, contanto que não em lata)
- queijos (exceto os especiais)
- óleo vegetal prensado a frio
- nozes frescas e sobretudo avelãs
- carne defumada ou fígado (para os que não podem passar sem carne, mas sempre com moderação!)
- garapa de melaça
- açúcar mascavo (açúcar de cana)

Quem quiser se aprofundar no assunto e conhecer alguma boa receita, encontrará um ótimo fio condutor no *Grande livro de cozinha*, de Bircher Benner.

O volume contém uma infinidade de ótimas e sadias receitas, que lhe garantirão um esquema alimentar muito variado. Não hesite, por isso, em experimentar você mesmo o preparo dos alimentos, atendo-se às regras acima referidas. Para lhe dar um exemplo de uma das tantas guloseimas que se encontram no referido livro de cozinha, tomemos os croquetes de batatas:

— 700 gramas de batatas
— um ovo, três colheres de queijo ralado
— uma pitada de sal de cozinha e um pouco de noz-moscada
— salsa finamente cortada
— um ovo batido
— três colheres das de sopa de farinha de rosca

Cozinhe as batatas com a casca e descasque-as. Reduza-a a purê com o descascador de batatas ou com uma batedeira. Adicione o queijo, a noz-moscada, o ovo e a salsa, e misture tudo até obter uma pasta homogênea que lhe servirá para os croquetes. Passe-os no ovo batido e depois na farinha de rosca e frite em óleo vegetal. (N.B.: Quando as pessoas estiverem com boa saúde, Bircher Benner não se atém sempre às rígidas instruções acima; o que demonstra que o uso parcimonioso dos ovos, se for bem equilibrado, não pode fazer mal. Quem sofre de cefaléia, poderá facilmente substituir o ovo da receita precedente por um pouco de leite.)

A receita foi tomada em parte do livro de cozinha de Bircher Benner.

7 Pequeno vade-mécum e conclusão

Se me perguntassem: "As plantas medicinais e os remédios homeopáticos são eficazes contra a dor de cabeça?", a minha resposta deveria ser não. A coisa poderá parecer pelo menos estranha, considerando que este volume trata das plantas medicinais contra a dor de cabeça. Entretanto, pode-se entender facilmente porque à pergunta acima respondi com um não. De fato, somente com a ajuda das plantas medicinais e dos remédios homeopáticos não o poderemos conseguir. Esses remédios poderão talvez nos dar um alívio temporário, mas não, certamente, uma cura completa. Para conseguirmos isso, é preciso mais. Se quisermos verdadeiramente atingir a cura definitiva, não devemos nos perguntar o que faremos para livrarmo-nos do mal, mas sim como podemos nos tornar *sadios*. Trata-se de um modo efetivamente diferente de conduzir um problema. É estranho dever constatar que nos tratados de medicina, a palavra saúde apenas consta. Faz-se referência somente às doenças e aos respectivos sintomas. O caminho que conduz a uma verdadeira cura parece ainda estar obstruído. Não será, portanto, nossa obrigação combater a dor de cabeça, mas sim adquirir uma boa saúde.

Se perguntarmos a um número não indiferente de pessoas o que significa verdadeiramente a palavra saúde, devemos esperar um número relevante de respostas. Cada um terá expresso a própria opinião sobre o significado da palavra. Entretanto, todos estarão de acordo que não estar mais doente tem uma certa atinência com o conceito de saúde. E assim mesmo, também isto não é completamente verdadeiro. Não estar mais doentes, não quer dizer que estamos completamente sãos. A saúde é muito mais. É justa reação do corpo às circunstâncias em que se encontra. Se partirmos dessa definição, entenderemos a grande importância das próprias circunstâncias. De fato, quanto mais forem naturais e harmoniosas, maiores serão as possibilidades de se estar com saúde. O segundo fator é determinado pelas reações do organismo. De resto, mesmo quando as nossas condições parecerem ótimas, é igualmente possível ficarmos doentes, porque o organismo não consegue reagir.

Para dar-lhe essa possibilidade no melhor modo possível e em circunstâncias favoráveis, devemos purificá-lo. A depuração interessante do ácido úrico e o alimento residual nos intestinos é uma das principais condições para uma boa reação do corpo.

Se não tivermos compreendido o conceito supra-indicado, as plantas medicinais e outros remédios não poderão, em verdade, resolver definitivamente o problema da cefaléia. Serão somente paliativos, dado que o organismo não estava predisposto a uma cura completa.

Experimente, portanto, antes de mais nada mediante um regime de vida racional, fazer com que o seu corpo possa novamente reagir de modo ótimo.

A página que segue está em contraste lógico com o conteúdo deste volume. Um vade-mécum é geralmente usado para encontrar o mais rapidamente possível um remédio qualquer para um determinado mal. É inútil dizer, então, que se trata de um sistema reprovável, já que neste caso as plantas medicinais ou os remédios homeopáticos sejam empregados do mesmo modo que os remédios alopáticos. Sirvam-se, porém, deste vade-mécum de modo completamente diferente. Ao lado das várias formas de cefaléia, se encontram sempre indicados um ou mais remédios. Estude inicialmente o que foi dito a propósito do uso das plantas medicinais respectivas, e aprofunde-se sobretudo nas eventuais causas psíquicas da sua dor.

Não hesite, se necessário, em modificar o seu regime de vida. Muitas vezes a tensão psíquica é motivada por circunstâncias procrastinadas por anos, que exercem uma influência hostil sobre seu organismo; as conseqüências físicas não poderão faltar. Não combata jamais um fenômeno fisiológico (doença). Faça, pelo contrário, muito mais: experimente obter uma cura completa (também física, psíquica e circunstancial) e você poderá viver, desse modo, em perfeita harmonia.

Cefaléia como conseqüência de:

— depressão e autocrítica	zimbro
— nervosismo, angústia, agitação	valeriana
— falta de energia vazio interior	hipérico
— distúrbios femininos	vara-de-ouro
a. antes e durante a menstruação	lachesis platinum (!)
b. depois da menstruação	natrium muriaticum

— regime de vida excessivo	urtiga
	nux vomica
	tintura Ononis
— distúrbios do estômago	hortelã
	nux vomica
— possibilidades de depuração, sobretudo intestinal	alho e cebola
— relações sociais difíceis	melissa
— afluxo crônico de sangue à cabeça (vida sedentária)	jodium
	kalium jodatum
— prolongada exposição ao sol	lachesis
— fígado preguiçoso	juglans cinerea
	chelidonium

Para a dose exata (diluição) dos remédios homeopáticos, reporte-se ao capítulo 5.

A hemicrania ou hemialgia pode depender de uma comoção cerebral negligenciada, uma afecção cerebral somente parcialmente curada, uma fratura da base do crânio, ou uma vértebra cervical exposta. Neste último caso, poderá bastar a operação por um cirurgião. Quanto às outras três causas, será possível obter alguns resultados somente mediante um regime de vida extremamente rigoroso, mas sadio. Será este o único modo para dar ao indivíduo a possibilidade de curar-se completamente. Também uma comoção cerebral pode, depois de longos anos, dar sinal de uma melhora qualquer, com a condição que se passe (sobretudo no que concerne à alimentação) a um regime de vida absolutamente natural (entre outros, sem carne nem gordura animal). Nos casos de hemicrania causada pelas afecções supramencionadas, as plantas medicinais e os remédios homeopáticos não poderão ter grande eficácia.

O ponto principal cairá, portanto, no assunto alimentação. Liberar o corpo do ácido úrico deve servir de máxima para quem sofre de dor de cabeça.

Conclusão

Finalmente, devemos ainda chamar a atenção do leitor para o uso dos numerosos sedativos que se encontram no comércio, excessivamente potentes, muitos dos quais têm indesejáveis efeitos colaterais. Deve-se, portanto, perguntar se uma terapia corresponde a um determinado caso, ou se o remédio terá o efeito desejado.

2
DORMIR BEM COM PLANTAS MEDICINAIS

Plantas medicinais, homeopatia e alimentação equilibrada como cura dos distúrbios do sono

Título original:
KRUIDEN OM TE SLAPEN

© Copyright by Uitgeverij Ankh-Hermes bv – Deventer, Holanda.

© Copyright 1983 by Hemus Editora Ltda.
Mediante contrato firmado com o Editor.

*Todos os direitos adquiridos para a língua portuguesa
e reservada a propriedade literária desta publicação.*

Tradução:
Carlos A. Lauand

Ilustrações:
Gerry Daamen

Introdução

O mundo em que vivemos é para muitos tão frustrante que as noites de insônia estão se tornando sempre mais freqüentes. Ansiedade, pressa, luta pela vida, preocupações, problemas e muitas outras causas molestam cada um de nós.

A vida que levamos não é salutar, e não o é, conseqüentemente, nem mesmo o sono. Com isto dissemos tudo: mudar o modo de viver, para que o sono se torne salutar. Mas nem todos se encontram em circunstâncias tais para poder mudar, de um dia para outro, um modo de vida que geralmente é o resultado de um processo de anos. Portanto, um volume sobre plantas que nos ajudarão a dormir será sem dúvida interessante, mas é também verdade que estas plantas não poderão ser apenas um paliativo, se não estivermos prontos a enfrentar as causas reais da insônia. As plantas podem ajudar-nos durante o período de "transição". São pequenos suportes bem menos prejudiciais, para não dizer de todo inócuos, para o nosso corpo, em relação a muitos soníferos que se encontram no comércio.

Sem dúvida, ir à farmácia para comprar um sonífero qualquer não apresenta nenhuma dificuldade. É reprovável que este gênero de remédios possa ser adquirido livremente e conseqüentemente seja facilitada a tentação de servir-se dele.

O perigo apresentado pelo uso dos soníferos "químicos" evidencia-se em muitos casos de hábito e condicionamento ao produto, que se verificam no decorrer do tempo.

Se acontece de dormirmos mal uma noite, recorremos imediatamente ao sonífero, acreditando resolver o problema; realmente não é um bom método.

É todavia reprovável o hábito enraizado nas clínicas de fornecer a torto e a direito diversos soníferos, a maioria das vezes quase impondo-os ao paciente, que não "consegue" pegar no sono.

Ao invés de se levarem em conta, muitas vezes, as verdadeiras causas da insônia, escolhemos geralmente por comodidade o caminho dos barbitúricos. É inacreditável que os médicos autorizem esse modo de proceder. Eles próprios deveriam saber quanto é extraordinariamente perigoso reduzir uma pessoa, por meios artificiais, a um estado de "normalidade aparente". Muitos soníferos produzem resultados semelhantes aos das drogas: um produto específico poderia transformar-se em condição de vida. Este sistema é análogo ao seu contexto social. Em nossa época a medida das exigências naturais do homem desapareceu. O homem de hoje, se não opuser a necessária resistência, tornar-se-á uma máquina, um objeto de se fazer funcionar. Muito freqüentemente ele é "considerado" somente em virtude de suas qualidades socialmente utilizáveis, mas na realidade é bem mais que isto. O homem nasceu para viver, não para sobreviver. Este conceito é muito mais profundo do que se possa pensar à primeira vista. De fato é a própria "vida natural" que estamos lesando em grande escala, para não dizer que a estamos destruindo. Se você der ouvido às pessoas, chegará à conclusão de que são as coisas mais desagradáveis que vão "mantê-lo acordado". O automóvel, a TV a cores que não funciona, a máquina de lavar mal instalada e cuja garantia está vencida, as férias de inverno esportivas que não se poderão gozar, porque não se conseguiu depois de tudo enquadrá-las no orçamento, os vizinhos que logo agora estão partindo para os esportes de inverno, a nova mobília da casa do colega, a promoção que lhe passa bem debaixo do nariz, e daí por diante.

É estranho que não se escute dizer simplesmente por qualquer um que sofre de insônia: "É só que não consigo dormir". Certo, porque se fosse esta a única razão de ficar acordado, se adormeceria logo, porquanto se reconheceria o absurdo de todas as preocupações que nos levam à insônia. Não há nada de absoluto, tudo é relativo.

Considere a relatividade dos problemas individuais e experimente modificar as circunstâncias, a fim de que o leito seja novamente local de repouso, onde o corpo e o espírito se restauram.

Viva de acordo com a sua natureza, de modo que nenhuma tensão falsa insidie sua existência. Dormir significa repousar, isto é, dar ao corpo e ao espírito a oportunidade de "recarregar-se" da energia necessária para viver um outro "dia solar".

O sono é o maior remédio que a natureza nos oferece e pode ser rico de benefícios muito mais que os produtos de toda a indústria química do mundo. O sono nos faz tornar nós mesmos.

Não procure nunca obter uma "condição natural" com os expedientes. O resultado será apenas um vão artifício. É preciso que o indivíduo esteja novamente consciente de sua condição de ser humano. Esta condição é o maior segredo cósmico que ameaça perder-se nestes tempos. Qualquer tomada de consciência individual não poderá ter outra conseqüência senão um sono restaurador.

1 O sono como cura

Para entender alguma coisa das premissas deste capítulo, devemos antes de tudo fazer um breve reconhecimento no mundo do ritmo natural. Podemos, sem dúvida, falar de reconhecimento, visto que a maior parte dos homens quase já esqueceu sua existência.

Trata-se, na realidade, do ritmo normal que deveria regular a vida do homem, o qual, infelizmente, engendra-se em investigar todas as descobertas possíveis que permitam negligenciar o próprio ritmo.

Assumindo-se o conceito de que o indivíduo é um ser naturalmente (isto é, cosmicamente) vinculado, vai daí que deve viver no âmbito de um esquema cósmico. Em outras palavras, o indivíduo deverá viver como a planta e o animal, de acordo com os princípios do condicionamento natural.

Não devemos refletir muito para chegar à conclusão de que o homem de há muito já não vive mais desse modo. Ao contrário, é tão seguro de sua própria superioridade, que crê poder-se autocondicionar impunemente. Tomemos como exemplo os "turnos noturnos", adotados por muitas indústrias. O indivíduo é obrigado a sacrificar o próprio ritmo natural a favor de um processo produtivo qualquer. Vemos até no esquema de vida "normal" de muitas pessoas produzir-se um defasamento do conhecimento do tempo.

Os contatos sociais, por exemplo, não conhecem mais limites de horário. Observa-se também que as reuniões se prolongam cada vez mais noite adentro. Atualmente a noite começa depois das 21 horas! Parece encontrar-se um fascínio especial nas horas noturnas. Há atividades que se desenvolvem à luz do dia, outras, ao invés, que se realizam somente à tarde e à noite.

Experimentemos considerar um prospecto de processo vital durante um período de vinte e quatro horas. Inicialmente, deveremos tomar consciência da diferença dia/noite. Esta diferença origina-se do fato de que o Sol, durante determinado período das vinte e quatro horas, é visível aos nossos olhos e não o é para o resto.

À primeira vista tudo isso parece extremamente simples; são coisas óbvias. Em verdade, o contraste resultaria muito mais significativo se pudéssemos conceber alguma coisa da "força solar". O Sol não é somente "doador de luz", mas também fonte de energia vital. Tratar por extenso a profunda essência do Sol nos conduzirá muito além das intenções deste pequeno volume. Devemos porém estar cônscios de quanto a energia solar é indispensável à nossa vida ativa.

A força do Sol, necessária ao nosso processo biológico cotidiano, permite-nos enfrentar o período construtivo. Este período realiza-se entre o nascer do Sol e o seu zênite (meio-dia). Neste período de tempo devemos tomar iniciativas, construir, agir, reestruturar. Estamos ocupados criativa e praticamente. É a parte das vinte e quatro horas durante a qual estamos materialmente empenhados e que se harmoniza com a filosofia chinesa do conhecido conceito *yang*.

Após as doze horas, começa um período que se poderia chamar "do Sol minguante". O Sol terá ultrapassado o zênite. Neste período tudo é tranqüilidade. A soneca pós-meridiana, ou "sesta", como é chamada em certos países, não é portanto somente um pretexto. Das 15 horas em diante o Sol toma uma evidente direção oposta. Este é um período espiritual e de reflexão, que segue a atividade da manhã. Terminam agora as atividades manuais ou de qualquer maneira materiais, mas se aprofundam as idéias e penetra-se no abstrato.

Se tivéssemos que descrever estas duas grandes fases diárias, poderíamos fazê-lo de maneira melhor com duas palavras: *ação* e *reflexão*. Algumas horas após o crepúsculo inicia o período da purificação. É o período *yin*, durante o qual o indivíduo deve "recarregar-se" a fim de adquirir novas forças para o sucessivo período de "consciência ativa". Durante a purificação o nosso fígado assume um papel importante. É compreensível, se pensarmos que o fígado é um dos órgãos depurativos essenciais. Portanto, é péssimo hábito comer abundantemente antes de ir dormir. Todas as saborosas "refeições ligeiras" noturnas atuais impedem notavelmente a depuração natural do organismo durante o sono.

Grande parte deste raciocínio encontramos nos antigos hábitos de vida cotidiana.

Quantas vezes ouvimos dizer que os doentes ou os fracos morrem geralmente antes do nascer do Sol. Nestes casos, o indivíduo, após uma noite geralmente insone, está completamente esgotado. A energia solar está de volta e o indivíduo não pôde purificar-se suficientemente para adquirir novas energias. Por esta razão, desde tempos imemoráveis, as sentenças de morte são executadas ao amanhecer. Também o doente, que toda a noite não pôde dormir, adormece quando começa o alvorecer. O Sol não nos dá, portanto, somente a luz!

Conforme o que dissemos até aqui, é sabido que um período de purificação é de extrema importância para o homem. Quem se purifica na maneira justa libera o corpo de substâncias nocivas e permite-lhe absorver a força necessária. É portanto evidente que o período de sono (equivale a dizer o período de purificação) poderá ter efeitos salutares. Quantas vezes se diz de um doente: "Menos mal, finalmente dorme!" Sentimos todos, instintivamente, que o sono contribui para o restabelecimento.

Vamos dormir quando estamos exaustos, em seguida aos múltiplos acontecimentos do período consciente. Graças a um sono restaurador, o indivíduo pode regular o excesso das sensações recebidas e assim fazendo tornar o corpo novamente apto a enfrentar a fase de construção.

Se o indivíduo passar o seu período de purificação indo dormir muito tarde, levantar-se-á de manhã com o organismo não completamente livre de venenos, porque o sangue ainda conterá uma grande quantidade deles. Ele por isso não estará em condições de retomar uma vida realmente ativa. Tenham consciência do profundo significado do sono e levarão uma vida salutar de acordo com o ritmo vital (mas que se trate do natural). Veja o esquema "força solar" na página seguinte.

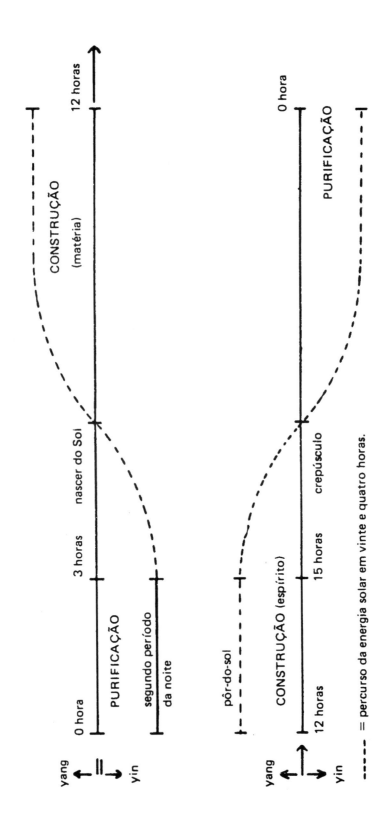

2 O homem e sua bipolaridade

O número 2 exerce um papel importante no mundo do homem. No número 2 simboliza-se a maior faculdade do indivíduo, a de poder *escolher*, distinguindo-se assim dos animais. O indivíduo está em condições de escolher entre várias possibilidades, pois o raciocínio lhe permite contrapesar vantagens e desvantagens das circunstâncias.

Concepções que se refletem em todas as culturas. Na narração bíblica da criação, encontramos escrito: "Não é bom que o homem esteja só". Eram nascidas as duas unidades humanas: o homem e a mulher. Seja no mundo animal, seja no vegetal, uma subdivisão análoga se verifica geralmente e de modo natural.

No decorrer dos séculos notamos a biporalidade também em campos diversos. Um dos mais importantes, para nós ocidentais, é o do *bem* e do *mal*. Todo o nosso sistema legislativo é construído sob essa concepção. Na vida diária encontramos todas as possíveis derivações deste conceito: bonito e feio, frio e quente, delicado e cruel, complacente e intratável, etc. Esta bipolaridade a encontramos igualmente no conjunto dos acontecimentos naturais (isto é, os acontecimentos cósmicos, dos quais também o homem faz parte). A antiga filosofia chinesa indica os dois pólos com a expressão bastante conhecida nos tempos atuais: *yin* e *yang*.

Os dois nomes são símbolos de um esquema unitário fundamental. Estudaremos mais de perto estes dois conceitos, descrevendo seus aspectos singulares e suas características essenciais.

Yang: todos os processos *yang* se reconhecem por sua *construtividade*. O indivíduo é produtivo ou, por assim dizer, "centrífugo". Todos os processos *yang* estão ligados à Lua crescente e subentendem uma "expansão". Psicologicamente pode-se falar do tipo extrovertido. Segundo a velha teoria constitucional (que, para dizer a verdade, é ainda sempre atual!), os tipos tendentes ao "yang" são coléricos e sanguinários. Características do tipo *yang* são a iniciativa, a organização, a comunicabilidade etc.

Yin: todos os processos *yin* tendem a livrar das impurezas e conseqüentemente parecem mormente introspectivos. Neste caso o indivíduo não é construtivo, mas sim estritamente egocêntrico ou, por assim dizer, "centrípeto". Agora à "expansão" substitui a "introspecção". Psicologicamente, fala-se agora do tipo introvertido. O indivíduo linfático e melancólico identifica-se com o *yin*. As suas características são: a meditação, a contemplação, a aprendizagem etc.

Estes dois princípios estão sempre presentes na nossa vida. Determinados comportamentos são *yang*, outros *yin*. Esta bipolaridade assume um papel importante em nosso ritmo vital. De fato, todo indivíduo possui uma consciência diurna (*yang*) e uma noturna (*yin*).

O grande segredo está no equilíbrio entre os dois pólos (nisto se baseia também toda a terapia da acupuntura). O sono é condição "essencial de vida" e necessita de uma consciência noturna equilibrada.

A consciência diurna vive de conceitos concretos e é sensivelmente perceptiva.

A consciência noturna manifesta-se em *imagens*. São as realidades individuais, elaboradas por nosso inconsciente, que tomam forma nos sonhos. A nossa consciência diurna tem sede no *cérebro*, enquanto a consciência noturna é condicionada ao *fígado*. Não devemos, por isso, sobrecarregar-nos de lastro "material", antes de iniciar nossa viagem noturna, porque nesse caso o nosso fígado estará sujeito a um esforço excessivo. De fato, é sabido que um jantar abundante, consumido pouco antes de deitar-se, poderá causar sonhos opressivos.

A máxima da governanta, no conto *Pieter Bas* de Gotfried Bomans, não é de todo vivida no ar. Os três irmãozinhos, entre eles Pieter Bas, todas as noites, sentados no vasinho, ouviam a governanta repetir-lhes: "Não convém a um cristão ir dormir com tanta coisa ruim no corpo". Provavelmente ela mesma não percebia o profundo significado de suas palavras. A qualidade do nosso sono é de importância fundamental para uma consciência noturna equilibrada. Por isso, se o indivíduo quer estar em perfeita forma, não deve desconhecer a função vital do sono.

Dormir não constitui portanto somente uma "pausa" necessária entre duas fases conscientes; é condição essencial para a sobrevivência da nossa consciência ativa. Tão logo um dos dois pólos seja carente, o outro ficará desequilibrado.

Se programamos *ad libitum* o nosso ritmo vital, arriscamo-nos a cair em um círculo fechado de completo desequilíbrio.

Nesse caso, a insônia não poderá ser combatida com os remédios (e nem com as plantas medicinais!); será necessário, ao invés, adotar um sistema de vida adequado aos acontecimentos naturais.

Isto, é claro, não se conseguirá de uma só vez; todavia, se persistirmos firmemente em nosso intento, o resultado não falhará e poderemos gozar de um sono completo e de um sucessivo período diurno bem equilibrado.

Considerem, pensem, construam o seu esquema pessoal de vida para a sua saúde, para todos aqueles que amam e que os amam.

3 O uso prático das plantas medicinais

O poder curativo das plantas medicinais pode ser utilizado de vários modos. Podemos servir-nos da planta fresca, da seca, das confecções em compressas, da tintura e da pomada, do banho de vapor etc. Aqui nos limitaremos apenas à infusão das plantas medicinais, ou seja, feita com as plantas secas, e à tintura.

Pegue uma colher de planta seca (geralmente uma mistura de diversas plantas) para cada meio litro de água fervente. Ponha a mistura em uma chaleira de *terracota* (não utilize chaleira de metal, porque poderiam produzir-se reações químicas). Derrame em cima meio litro de água fervente e deixe em infusão de 15 a 20 minutos. Passe no coador, beba logo a primeira xícara bem quente e conserve o resto em lugar fresco. Desse modo você poderá fazer a infusão para um dia inteiro. Tome-a cerca de 15 minutos antes das refeições e meia hora antes de deitar-se. Não tome mais de três ou quatro xícaras de infusão por dia. No que se refere à tintura, a dose é de 5 a 15 gotas por vez em um pouco de água. Cada um deve estabelecer, a seu critério, o número de gotas necessário, conforme a própria natureza e o próprio temperamento. A tintura é tomada 15 ou 20 minutos aproximadamente antes das refeições e meia hora antes de deitar-se. Faça com que o uso das compressas não se torne um "automatismo". Use-as exclusivamente conforme as necessidades. Você vai perceber tais necessidades se mantiver seu organismo sob controle.

Também aqui é válida a regra: viva mais naturalmente e melhores serão suas condições físicas. Em caso de dúvida quanto ao uso da planta específica, peça sempre conselho a uma pessoa com experiência. Não hesite em experimentar diversas plantas medicinais, porque o uso das mesmas, se não ajudar, em qualquer caso mal não faz. Faça o possível — sobretudo quando se tratar de plantas soporíferas — para evitar que se tornem um substituto "alternativo" dos soníferos conhecidos. Se não estiver em condições de especificar as verdadeiras causas da insônia, nem as plantas medicinais vão ajudá-lo.

Experimente fazer um juízo independente sobre as plantas em questão. Avalie pessoalmente o uso apropriado e não siga uma posologia padronizada. Torne-se *independente* e poderá especificar as suas reais necessidades.

4 Poder curativo das plantas medicinais e a insônia

Melissa (*Melissa officinalis*)

A melissa adapta-se ao tipo humano dócil (astrologicamente caracterizado no tipo Vênus). É o indivíduo do qual se diz geralmente "Não faz mal a uma mosca" e cujo equilíbrio pode ser minado pela falta de ligações com o próximo, e conseqüentemente é particularmente vulnerável nesta sociedade. De fato, onde ainda é considerado válido o vínculo afetivo? O interesse pessoal exerce geralmente um papel predominante. Estranhamente, a melissa contém muito *cobre*.

Ora, é justamente o cobre o elemento que (segundo os antigos alquimistas) corresponde ao planeta Vênus e por isso ao esquema que podemos definir com a palavra "ligação".

Na vida diária não faltam as analogias; de fato, muitos processos conectivos afetam o cobre. Basta pensar nas juntas de cobre das tubulações de água e dos fios elétricos.

Quando o tipo de indivíduo acima descrito tem de lutar com as adversidades da vida, seu equilíbrio é perturbado, o que pode provocar toda sorte de distúrbios nervosos. Um dos males mais recorrentes é a insônia. O indivíduo é tão perturbado pelas circunstâncias, que arrisca perder a conexão com o próprio ritmo.

A melissa pode dar resultados em todos os casos de insônia derivados do esquema supradescrito.

Nos "períodos de tensão" tome de 10 a 15 gotas, três vezes ao dia, e de 15 a 20 gotas antes de deitar-se.

Em todos os casos que incluam distúrbios conectivos incidentais, tome de 15 a 20 gotas antes de ir dormir. Se as circunstâncias permanecerem tais a não permitir qualquer solução que elimine a oposição das partes, entre as quais deve restabelecer-se uma conexão, pode-se integrar o uso da melissa com o cobre homeopático: Cuprum D12 ou D30.

O assunto será tratado mais detalhadamente no capítulo 5.

Melissa officinalis

Lúpulo (*Humulus lupulus*)

Que o lúpulo* pudesse agir como soporífero já se sabia no fim da Idade Média.

Como devemos fazer com qualquer planta, também neste caso perguntamos: A que tipo humano e a que situação se aplica o lúpulo? Mesmo a planta que para uma pessoa atua como soporífero pode ter para outras efeito contrário.

Para entender alguma coisa da relação planta-indivíduo, devemos nos dirigir à origem do nome da planta.

H. Klein faz menção dela em seu livro *As plantas e o seu nome*. Klein escreve na pág. 154: "Segundo os escritores alemães do final da Idade Média, a planta se chama Hoppen...

"O nome deriva do alemão *heben*: levantar, porquanto a planta sobe para o alto com os seus ramos".

Este subir-se com ramos enraizantes é indicativo. A planta adapta-se analogamente ao tipo humano; o indivíduo levado por um impulso irresistível de se fazer valer, de levantar-se com a ajuda e se necessário também a expensas dos outros, para seu interesse pessoal (por exemplo, no campo social).

Quem vive sempre mais atormentado por um impulso interior de ascensão contínua deverá esperar por algumas noites de insônia. Neste caso o uso do lúpulo poderá ter ação sedativa.

O lúpulo contém além disso uma substância amarga. Todas as substâncias amargas atuam sobre o fígado e ativam-lhe o funcionamento. Como já dissemos, o fígado condiciona o nosso "pensamento noturno", portanto o lúpulo pode exercer uma influência benéfica. É uma ação que convém ao indivíduo supradescrito: um indivíduo sempre com intenção de ir para a frente, que vive sobretudo em seu "pensamento diurno" e não se concede períodos de descanso (para meditar e purificar-se). Considera o repouso como uma paralisação, e segundo o seu raciocínio estar parado quer dizer mover-se para trás. Ele não se apercebe de que o repouso (o sono) é justamente a condição necessária para atingir uma manifestação equilibrada da personalidade (base do aperfeiçoamento).

O tipo supradescrito, mesmo no campo da vida amorosa, é condicionado, a maioria das vezes, pelo desejo irresistível de comprovar sempre novamente a si mesmo a própria potência. Não somente quer considerar-se "superpotente" nos acontecimentos sociais, mas também na relação sexual. Mesmo neste caso será de ajuda o lúpulo, antiafrodisíaco, conhecido desde os tempos antigos (remédio para

---

* A denominação do lúpulo, em holandês, é *hop*.

Humulus lupulus

moderar o exagero mórbido do desejo sexual). Vemos claramente como um tipo de indivíduo, com afinidade pelo lúpulo, apresenta um grande número de manifestações, que à primeira vista não parecem ter relação entre si, mas que após análises aprofundadas resultam intimamente ligadas.

Se se quiser preparar a infusão com as flores de lúpulo seco, o melhor modo será combiná-lo com a vara-de-ouro e a camomila. Tome uma parte de vara-de-ouro, uma parte de camomila e três partes de lúpulo. Misture bem e sirva com uma colher de sopa para meio litro de água fervente. Se percebermos em nós mesmos uma certa analogia com o modelo acima descrito, faremos bem em beber todo dia de duas a três xícaras de infusão, durante quatro semanas. Nos casos de insônia secundária, que poderá afligir o tipo de indivíduo supradescrito, pode-se tomar de 5 a 10 gotas de tintura, meia hora antes de deitar.

É uma planta especial, que poderá ajudar os tipos acima mencionados a dirigir positivamente a sua necessidade de fazer-se valer, dispensando certo equilíbrio a todo o organismo.

Aneto (*Anethum graveolens*)

O aneto é uma planta conservatória. Suas sementes são adicionadas às conservas de pepinos, pepininhos e tomates, para impedir a fermentação. Além do efeito aromático, o aneto exerce uma ação conservadora, que aumenta consideravelmente a duração dos produtos no vidro.

O aneto é indicado ao indivíduo pálido, com poucas energias, que enjoa facilmente e não consegue encontrar um interesse específico, e que dificilmente se entusiasma por qualquer pessoa ou coisa. Esta condição é muitas vezes causa de profunda insatisfação pelo interessado.

A insônia, neste caso, deve-se atribuir ao fato de que o indivíduo na fase *yang* (veja capítulo 2) não constrói nada, pelo que durante a fase *yin* (período de sono) não tem necessidade de repouso. É em realidade muito fraco, muito inerte, não suficientemente enérgico para dormir. Assim como aumenta o sabor das verduras insípidas, pouco saborosas, o aneto poderá reavivar o caráter do tipo de indivíduo supradescrito. A ação estimulante é devida sobretudo ao fato de que o aneto (o qual, aliás, já foi enumerado entre as plantas medicinais termógenas) aumenta o calor interno da pessoa e conseqüentemente também o impulso afetivo por qualquer pessoa ou coisa.

O aneto, portanto, aumenta e ativa o interesse pela vida. Esfor-

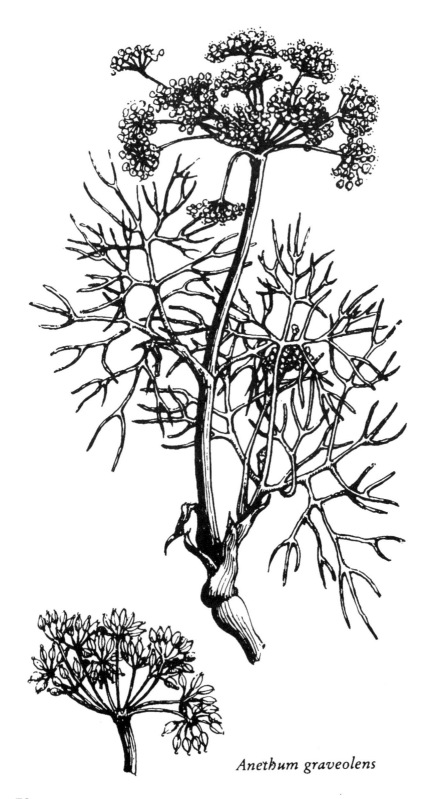

Anethum graveolens

cem-se em aceitar desde o início o impulso aparentemente simples do aneto. Voltar-se-á a dormir de modo normal, não apenas o equilíbrio entre "a ação e a renúncia" será restabelecido. Em um certo sentido, o aneto pode ser definido como um estimulante suave, mas não um "excitante". O aneto favorece a absorção da energia solar, ajudando o indivíduo a enfrentar as circunstâncias com empenho verdadeiramente sentido.

Prepare uma infusão soporífera combinada com o aneto: uma parte de camomila, uma de valeriana, meia-parte de hipérico e três partes de sementes de aneto. O preparo será feito do modo geral (veja o capítulo 3). A infusão de aneto é além de tudo aconselhável nos distúrbios intestinais.

Timo, tomilho (*Thymus vulgaris*)

A ação curativa mais conhecida e importante do tomilho é a anticatarral. Trata-se de um remédio muito conhecido, indicado contra a tosse e as afecções das vias respiratórias. Muitas crianças têm conseguido o benefício da ação curativa desta planta. É um dos mais velhos remédios caseiros que, felizmente, muitas mães ainda conhecem, pelo que podem ser administrados aos filhos durante a estação úmida, quando tosse e resfriado se fazem particularmente sentir. Além da ação anticatarral, superior a qualquer elogio, o tomilho possui uma outra qualidade raramente conhecida. Trata-se de uma ação suporífera. Devemos, porém, considerar que essa ação adapta-se com um esquema de temperamento bem definido, ou seja, o tomilho não produzirá o efeito desejado em todos os casos de insônia.

Esta planta é indicada aos tipos "intelectuais" superativos, assiduamente estudiosos. São pessoas (sobretudo crianças) que querem sempre *saber* mais. A sede mais aplacada de conhecimentos predomina na estrutura deste esquema. O "pólo do pensamento" supera "o pólo da vida", provocando um desequilíbrio. A acossante atividade intelectual provoca um impedimento ao sono, de tal modo forte, que não é possível mais adormecer-se, no temor de perder, mesmo por poucas horas, a percepção ativa. Inconscientemente se percebe, neste caso, que o pensamento não está mais sob controle direto e conseqüentemente não subsistirá nenhuma possibilidade de avaliação *racional*.

A predominância do pólo do pensamento opõe obstáculos até a uma respiração boa e equilibrada. A respiração muito superficial torna-se incompleta. É evidente que a ação do tomilho sobre as vias

Thymus vulgaris

respiratórias não é, pois, tão simples, desde o momento em que sua função recai no esquema acima citado. Astrologicamente considerado, o esquema está compreendido entre dois "princípios primitivos", em colaboração desarmônica: Mercúrio (isto é, o pensamento) e Saturno (ou seja, a ação, por si mesma, limitante). Sirva-se do tomilho como infusão mista. Misture uma parte de camomila, uma parte de valeriana e três partes de tomilho. Tome uma colher de sopa desta mistura e prepare a infusão do modo já descrito. Examine-se, isto é, procure compreender qualquer coisa de você mesmo (pesquisa que se adapta perfeitamente ao esquema) e restabeleça-se com os meios que a natureza lhe oferece.

Valeriana (*Valeriana officinalis*)
Quássia amarga

As gotas de valeriana são um remédio bastante conhecido. A valeriana é um ótimo medicamento para determinados casos de nervosismo. No volume dedicado às *Plantas medicinais contra o stress* o esquema desta planta é completamente examinado.

A quássia amarga é menos conhecida. Provém de uma árvore que não se encontra na Europa, mas somente nas Índias Ocidentais e na América do Sul. Pertence à família das Simarubáceas.

A combinação destes dois remédios vegetais é totalmente análoga ao princípio bipolar (como ilustrado no capítulo 2). A valeriana exerce uma ação sobre nosso pensamento, enquanto a quássia atua diretamente sobre nosso fígado. Em outras palavras: a valeriana acalma o pensamento consciente (a consciência diurna) enquanto a quássia ativa o fígado, pelo que a consciência noturna se reanima. Repare bem que a valeriana se aplica às pessoas que não podem reordenar a multiplicidade das próprias idéias e sofrem de um sentimento de ansiedade e inquietude derivado do fato de que o bom senso não controla ainda totalmente as correntes instintivas do pensamento. Esta planta é um calmante e um equilibrador da mente em suas manifestações conscientes.

A valeriana regulariza o pólo *yang*, enquanto a quássia restabelece a ordem no pólo *yin*.

Em caso de insônia derivada das circunstâncias anteriormente descritas, tome de 10 a 20 gotas antes de deitar-se. Se a valeriana não se adaptar ao seu esquema, o eventual uso poderá ao invés ser causa de insônia e dor de cabeça.

Não tome a tintura de valeriana por muito tempo seguido, pois

Valeriana officinalis

poderá dar lugar a irritações na mucosa do estômago. A advertência é válida somente quando se usa a "tintura primitiva", isto é, a tintura não diluída. Se for usada por exemplo a D1 (isto é, a primeira diluição decimal), não se verificará senão uma mínima ação "colateral".

A homeopatia combina a valeriana com o zinco. Falaremos novamente dela no capítulo 5.

Visto que a tintura de valeriana/quássia não é muito conhecida, remetemos o leitor ao final deste livro para conhecer seus efeitos.

Hipérico (*Hypericum perforatum*)

Poderá parecer estranho encontrar o hipérico enumerado entre os soporíferos. Em vários livros sobre plantas medicinais, ela é descrita somente como planta que exerce uma ação fortificante sobre o sistema nervoso e transmite a "força solar" a quem a utiliza. Por conseguinte, do uso de uma planta semelhante esperaremos provavelmente tudo, menos o sono. E em parte é justo, porque o hipérico não representa a solução para todo caso de insônia. Como para todas as outras plantas, devemos identificar o esquema relativo e entender, de algum modo, que este esquema resulte ser correspondente a uma situação humana especial.

Em primeiro lugar, o hipérico atua sobre os indivíduos que não respondem à ação sonífera da valeriana. Nos casos em que a valeriana provoca dor de cabeça, o hipérico funciona como regulador.

Quando abusamos da nossa força solar (ou quando confiamos demais em nós mesmos), determina-se uma situação de vazio interior. Falta-nos energia para lutar. Conseqüentemente, podemos perder o sono, não tendo a força necessária para adormecer, devido ao excesso de cansaço. Nestas circunstâncias, quando estamos muito cansados, muito fracos para iniciar o processo do sono, o hipérico pode ser útil. Esta planta medicinal nos fornecerá justamente aquele pouco de energia e a força solar de que necessitamos para iniciar nossa consciência noturna.

Tal esquema é muito típico do indivíduo racional, que baseia firmemente a própria vida no pensamento consciente e quer torná-lo produtivo. Muitas vezes, ele não sabe regular nem o modo nem a medida e cai em uma outra forma de cansaço. Neste caso, não use nunca tranqüilizantes e assemelhados, considerando que eles exercem uma ação narcótica de entorpecimento. É verdade que pareceremos mais calmos, mas na realidade teremos perdido a possibilidade de aproveitar a salutar consciência noturna (do sono). Dorme-se então

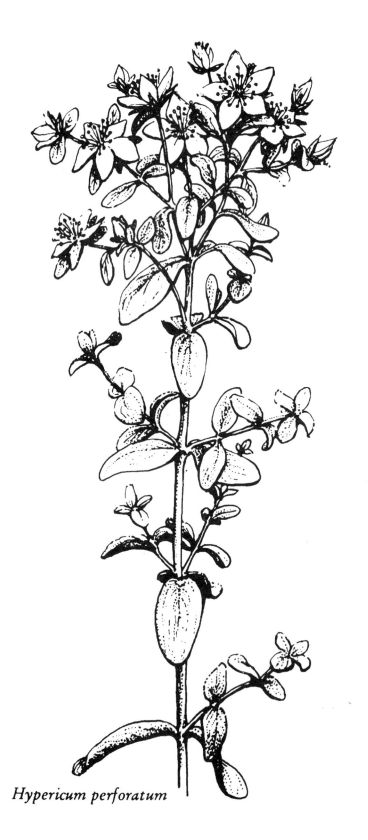

Hypericum perforatum

em uma espécie de torpor, pelo que também o processo de purificação será insuficiente e portanto impedirá a cura. Use o hipérico nos casos de insônia derivados do esquema supradescrito, na medida de 10 a 15 gotas antes de deitar-se.

Nos casos em que não se trate de insônia ocasional, mas de um esgotamento nervoso conforme o esquema acima, será oportuno tomar o hipérico três vezes ao dia (10 gotas por vez), durante três ou quatro semanas.

O hipérico reforça o seu "ego" até ao íntimo e dispensa força solar a todo o organismo.

Alfazema (*Lavandula spica*)

Para utilizar completamente a ação salutar das flores de alfazema é preciso colhê-las quando ainda estão em botão, pouco antes que a florzinha se abra. A alfazema, por isso, é aconselhada ao tipo humano que está "eternamente para desabrochar". É o indivíduo que nunca consegue atingir a "plena florescência". No livro *Plantas medicinais contra o stress* este esquema é mais aprofundado. A alfazema é a planta mais estreitamente ligada à nossa vida afetiva; é a erva medicinal para as pessoas que não conseguem enfrentar a força prevalecente das emoções. Podem então apresentar-se os mais disparatados distúrbios nervosos, entre os quais a insônia.

Nos tempos passados usava-se, às vezes, dormir sobre um travesseiro cheio de alfazema. A ação do perfume é calmante e atua tão bem como regulador das emoções que se encontra a calma e com isso também o sono.

Para o tipo humano sensível, oprimido por injustiças que lhe são feitas, pode demonstrar-se eficaz uma xícara de infusão de alfazema, melissa e vara-de-ouro.

Misture duas partes de melissa, duas partes de vara-de-ouro e uma parte de alfazema. Prepare a infusão no modo já indicado. As pessoas sujeitas a perder a consciência do próprio eu (ou mesmo desmaiar) devem proceder de modo a ter sempre água de alfazema ao alcance da mão.

Aspire-se um pouco e o "ego" retomará as suas faculdades.

Lavandula spica

Sálvia (*Salvia officinalis*)

Quando em 1842 o escritor E. J. Potgieter, em seu livro *Jan, Jannetje e o seu filho menor*, introduziu no mundo da vida literária o personagem de Jan Salie, não podia certamente supor que a criatura de seu espírito tivesse um significado bem mais profundo e sábio do que ele pensava.

Pelo contrário, a personalidade de Jan Salie* não despertava simpatias especiais. Jan Salie era o símbolo da indolência, da fraqueza, do holandês sem energia. É compreensível que o homem pouco desperto, representado por Jan Salie, não se afinasse com uma época em que tudo se concentrava em um só pensamento: trabalhar, dar prova de si e fornecer exemplos de operosidade, características das pessoas que têm intenção de subir na vida. Quanto ao personagem em si, não temos naturalmente nada contra o trabalho e os seus resultados, com a condição de que se desenvolva de modo digno pelo homem. Jan Salie era na realidade bem mais racional que muitos de seus contemporâneos. Jan Salie era o representante do pólo *yin* (veja capítulos 1 e 2) que já naquele tempo, do ponto de vista social, começava a ser esmagado e que, neste século de produtividade que não pode parar, ficou completamente marginalizado. Jan Salie era a verdadeira antítese do espírito atual. Na sua figura encontramos um pouco do conceito: "O arco não pode ser sempre esticado"; mesmo a inatividade pode, às vezes, ser funcional.

Não fazer nada pode significar fazer muito, pode-se dar o repouso necessário à purificação do organismo. Se compararmos a doutrina de Jan Salie com os efeitos da sálvia, veremos em ambos um processo de purificação.

A sálvia é também um desinfetante; de fato, nos tempos passados, era usada para muitas moléstias contagiosas (M. Uyldert). A ação depurativa desta planta é tal que o físico retoma seu funcionamento de modo ótimo, permitindo aos processos vitais reequilibrar-se. Conseqüentemente, atua no sistema nervoso do indivíduo e colabora com sua purificação favorecendo o sono, cuja importância nunca poderá ser suficientemente sublinhada.

Uma xícara de *leite de sálvia*, iniciando este processo, será de muita ajuda. Para servir-se das imagens atuais, o melhor exemplo que se pode aplicar à sálvia é o do processo comum de lavagem mecânica: a sálvia ocupa-se da pré-lavagem, o sono da lavagem principal e os sonhos se encarregam das várias enxaguadas.

---

* Salie, em holandês, quer dizer sálvia.

Serão suficientes de duas a quatro folhas de sálvia (duas frescas ou quatro secas) em uma xícara de leite. Deixe-as aquecer cerca de dez minutos (sem ferver) e beba a poção ainda quente.

Salvia officinalis

Camomila (*Matricaria chamomilla*)

Como o hiperico, a camomila destina-se ao indivíduo que dificilmente consegue dominar o próprio "eu", porque se sobrecarrega de trabalho e irrita-se sob argumentos exclusivos e muitas vezes unilaterais.

O processo de purificação, que deveria verificar-se uma vez dentro das vinte e quatro horas, não é completo; o resultado, por isso, é um acúmulo de "velhas escórias".

Como exposto no meu livro *Plantas medicinais contra o stress*, a estrutura das flores de camomila é indicativa. De fato, todas as pétalas são viradas para fora, enquanto o coração dourado parece olhar-nos. A planta não ostenta a sua beleza e é como se nos dissesse: "Fala-me com franqueza, a minha atenção é incondicionada".

O efeito desta conformação floral é relaxante e a sua manifestação parece um convite simbólico à purificação.

As cãibras podem ser causa de insônia e, sem dúvida, o são quando originadas do supercansaço mental. Neste caso o nosso "eu" transcende e atrai a atenção sobre si.

Observamos por isso muitas vezes que a insônia, própria do tipo que reage à camomila, vem acompanhada de palpitações e uma sensação de opressão no peito. Tudo isso não é pois assim tão estranho, se pensamos que o coração é a imagem sensória do nosso "eu" psíquico. Esta planta pertence ao signo astrológico do Leão, que corresponde ao nosso coração e ao nosso "eu".

A camomila contém muito magnésio. Esta substância tem forte ação antispasmódica. Use-a por isso em todos os casos de insônia, causada por uma cãibra que advém quando você está deitado, acompanhada de palpitações e zumbidos nos ouvidos.

Uma xícara de camomila antes de dormir pode fazer muito bem. Acrescente eventualmente um pouco de tormentilha argentina (*Potentilla anserina*) e se as palpitações forem muito fortes, também uma dose igual de espinheiro-alvar (*Crategus oxyacanta*).

Aveia (*Avena sativa*)

O leitor pode ter considerado casualmente que existe uma relação entre as plantas que conciliam o sono e a função purificadora.

Também a aveia exerce uma ação válida purificadora, pela elevada quantidade de ácido silícico (sílica) que ela contém. Nos tempos passados usava-se purificar as vias respiratórias com infusões de *palha de aveia*.

Matricaria chamomilla

Avena sativa

Com a palha de aveia confeccionavam-se também bolinhas, que eram muito eficazes contra a tosse. Todavia, elas não refreavam o estímulo da tosse, como muitas pastilhas e xaropes dos nossos dias, mas purificavam as vias respiratórias mediante uma ação expectorante. A aveia é ótima para os cavalos, faz brilhar seus pêlos e torna-os "fogosos".

A aveia pertence astrologicamente ao signo do Sagitário, representado pela figura do centauro (metade homem e metade cavalo). Sob o signo do Sagitário encontramos os grandes idealistas, que por amor ao ideal estão prontos a destruir qualquer outra expressão do pensamento (como no caso da caça aos hereges).

O ácido silícico tem a mesma função sobre nosso organismo. Expele todas as substâncias estranhas, eliminando as impurezas. A aveia contém também elementos integrantes, que exercem uma ação excepcional sobre o restabelecimento e a readaptação do sistema nervoso. O indivíduo sob o impulso de um grande ideal qualquer torna-se de tal modo obcecado para entregar-se aos períodos de repouso. A pessoa não se concede um momento de descanso, porque é tomada do receio de perder de vista o seu fim. Que um gênero de vida semelhante provoca distúrbios nervosos, e conseqüentemente a insônia, não requer argumentos posteriores.

Você pode servir-se da aveia mesmo sob a forma de tintura (*avena sativa*), por exemplo, segundo o preparado do dr. Vogel (encontrado entre os produtos dietéticos). Neste caso, não tome somente ocasionalmente, pois a insônia curável com a aveia não tem origens ocasionais. Nem mesmo os ideais são esquemas de pensamento ocasional. O dr. Vogel une a aveia à melissa e ao lúpulo.

Para o indivíduo supradescrito, este remédio revelou-se um ótimo sonífero.

Cardo-santo (*Cnicus benedictus*)

O cardo-santo (ou cardo-bento) é de inestimável valor para a nossa bílis.

Nos casos de afecção biliar o uso desta planta poderá ser muito eficaz. Se penetrarmos no campo das doenças biliares, e considerarmos mentalmente o aspecto do cardo, descobriremos imediatamente uma característica: a *espinhosidade*.

São constantemente as contrariedades e as espinhosidades da vida a causa das doenças biliares. Visto que uma boa digestão é condicionada ao bom funcionamento da bílis, o indivíduo que se inquieta

Cnicus benedictus

facilmente provoca sem dúvida uma interrupção em seu processo digestivo.

O resultado psicológico se manifestará nas várias formas de hipocondria e de melancolia. Tal indivíduo descobre continuamente "a pedra do escândalo" em seu caminho. O fato pode provocar um distúrbio muito profundo do ritmo vital de modo a influenciar até o sono.

As pessoas que são oprimidas (outra ocasião para inquietar-se) pelo peso constante de uma digestão mal feita, como nos casos supradescritos, podem colocar-se em ordem com a ajuda da tintura do cardo-santo, e conseqüentemente gozar de um bom repouso noturno.

Cinco gotas, três vezes ao dia, são suficientes. Não se esqueça além disso de observar sua dieta habitual, muitas vezes causa concomitante da doença.

Chicória ou escarola-belga (*Cichorium intybus*)

Pode parecer pelo menos estranho enumerar uma verdura comum na série das plantas medicinais que podem favorecer o sono. A ação da escarola-belga e o seu modo de crescer justificam seu tratamento no presente livro.

Antes de mais nada, consideremos o modo de cultivá-la. A céspede da escarola-belga é uma planta que cresce da mesma raiz da chicória. Cultiva-se, portanto, antes a raiz (sob a influência do Sol), em seguida se transplantam as raízes para fazer crescer a escarola-belga (não se trata por isso de um processo de enxerto). Quando a raiz tenha vingado, é coberta com uma camada de areia que impede a luz solar de atingir as folhas em crescimento. A escarola-belga é, portanto, um produto da "escuridão". Cresce graças a uma pequena parte de "força solar" (a raiz), em analogia à nossa fase diurna, enquanto o resultado comestível é análogo à nossa fase noturna. A escarola-belga contém muitas substâncias amargas e, conseqüentemente, atua sobre o fígado. Pelas suas várias propriedades, combina completamente com a fase de purificação do homem, visto que em todo o processo o fígado exerce um papel importante. As pessoas com função hepática entorpecida farão bem em comer regularmente a escarola-belga crua.

O processo de crescimento da escarola-belga é totalmente análogo ao nosso processo do sono. De fato, a base (a raiz) necessita de luz solar para acumular as forças necessárias ao desenvolvimento da parte comestível (a céspede). Consideremos, agora, o processo do sono: o homem tem necessidade da energia solar (força *yang*) para

Cichorium intybus

chegar a um sono equilibrado (força *yin*). Com base neste raciocínio parece evidente que a escarola-belga exerce um influxo equilibrador sobre nosso esquema *yin*. A evolução deste vegetal, conciliador do sono, apresenta notáveis analogias com o período invernal (este também considerado fase). Trata-se de resto de uma verdura invernal de primeira ordem. Durante esta estação consuma diariamente, e de preferência ao jantar, uma certa quantidade de escarola crua, de modo que seu organismo se predisponha ao período que segue a fase diurna. Não a coma nunca, por isso, de manhã e ao meio-dia, porquanto ela é um alimento tipicamente noturno. Aproveite este milagroso capricho da natureza, descoberto por puro acaso (por um agricultor de Bruxelas). Astrologicamente a escarola-belga harmoniza-se com a conjunção Sol-Saturno. O Sol representa o dia e Saturno, a noite. O Sol é o símbolo da coragem e Saturno, do medo. Esta conjunção significa que as duas forças cósmicas atuam de modo desarmônico, tanto que o Sol "encapa", isto é, está sujeito à força saturnal.

A escarola-belga ajuda-nos a superar o medo e a noite, clareando-nos as sombras.

5 Alguns remédios homeopáticos

O princípio da terapia homeopática pode-se definir brevemente como segue:

Os fenômenos causados por determinada substância presente, em forma não diluída, podem ser curados tomando a mesma substância em forma diluída.

O homem conhece a ação fisiológica de muitas plantas, metais, minerais e de outras substâncias. Estas reações foram demonstradas e são chamadas "sintomas condutores", porque indicam a linha de ação para especificar o remédio oportuno. O médico homeopata, portanto, não considerará importante somente o distúrbio específico, pelo qual você foi consultá-lo. Deverá ouvir a sua "história" e de um certo número de coisas que você lhe disser, a seu pedido, reconhecerá o quadro clínico e, conseqüentemente, poderá prescrever-lhe o remédio adequado. Trata-se geralmente de sintomas que, à primeira vista, não têm nenhuma ligação com o mal, mas que, ao invés, têm relação com todo o esquema. Existem remédios que atuam sobre a parte direita e outros sobre a parte esquerda do corpo. O fato pode ser importante, por exemplo, em uma afecção dos ovários, do olho, do ouvido. Se o mal afetar o ouvido esquerdo, não será levado em consideração um certo número de remédios homeopáticos, porque atuam na parte direita, mesmo se comumente usados para as afecções auriculares genéricas.

Uma preferência especial por certo sabor pode resultar indicativa, pois certos remédios têm um gosto característico. Você não deve portanto admirar-se se um médico homeopata lhe perguntar qual o tipo de chocolate preferido: com leite ou amargo. Aparentemente a coisa não tem nada a ver com os seus distúrbios, embora o dado possa ter um significado decisivo para o seu médico.

Tomemos um exemplo. A maior parte das pessoas sabe o que é o arsênico. Muitas porém ignoram que esta substância é vegetal e provém do arsênico-branco. Se ingerimos arsênico puro, produzem-se inevitavelmente os seguintes fenômenos: graves afecções do estômago e do intestino (entre outras inflamações), pulso rapidíssimo e fraco, pele fria e pálida coberta de suor, diarréia violenta e ardente, que leva ao definhamento extremo, fortes palpitações, acompanhadas de uma sensação intensa de angústia, tosse seca, com dificuldade de respiração, inchação do abdome e das pernas.

Todas estas características indicam se uma pessoa, em relação aos seus distúrbios, tinha ou não necessidade deste medicamento, em forma diluída. Pôde-se verificar, de fato, que nos casos de cólera não existe melhor remédio que o arsênico. Em conseqüência, também em casos especiais de hidropisia o arsênico pode fornecer ótimos resultados.

No que concerne às diluições, estas são indicadas com a letra maiúscula D. O D é variadamente classificado em D3, D4, D12, D30 etc. D4 significa: a quarta diluição decimal (1 : 10 000). Estas diluições chamam-se potências. Na palavra encontramos o significado de seu funcionamento. Potência quer dizer força. Mais alta a potência, maior a força que se liberta. As potências altas atuam por isso mais demoradamente que as menores. Da D1 à D12, inclusive, falamos de baixas potências. Da D12 à D200 e até à D1 000, falamos de altas potências. As baixas potências são geralmente usadas em pacientes na fase aguda das doenças, enquanto as potências mais altas são aconselháveis para os casos crônicos. Pôde-se, além disso, constatar que as potências baixas atuam sobre o físico, enquanto as potências mais altas influem sobre o espírito (por exemplo, em toda espécie de doenças nervosas). Quem estiver interessado saiba que há no comércio ótimos livros que tratam do assunto.

No meu livro *Plantas medicinais contra o stress* são ilustrados alguns aspectos da homeopatia. Os mesmos assuntos encontram-se em minha outra publicação: *As plantas medicinais e o coração*.

Em cada livro é inserido um aspecto particular da teoria homeopática. Os remédios abaixo relacionados contra a insônia podem revelar-se eficazes, embora os distúrbios derivem de uma situação de incômodo genérico.

Pulsatilla

Este remédio é indicado quando a insônia é causada pelo estômago sobrecarregado. Pode ser usado à D6. Experimente ao mesmo tempo estimular a ação intestinal, eventualmente com um clister, para evitar obstruções.

Avena sativa

O abuso de soníferos pode conduzir a um enfraquecimento típico geral. A avena sativa atua de modo satisfatório, especialmente após o emprego prolongado de barbitúricos. Use-a sob a forma de tintura (isto é, não diluída, e indicada geralmente com o sinal ⌀) ou mesmo na concentração da D1 à D3.

Passiflora

Este remédio especial é indicado em todos os casos de insônia, ligada a uma invencível irrequietação das pernas. Adapta-se a pessoas que, na cama, não podem manter as pernas imóveis e procuram de todos os modos livrar-se das cobertas. É usada da D1 à D3.

Ignatia

A ignatia pode vir em seu auxílio quando as contrariedades e as preocupações são, em parte, a causa da insônia. Tome o remédio à D6.

Cafeína

Este remédio interessará a muitas pessoas, já que seu efeito predominante é de há muito conhecido. Não encontramos talvez abundantemente esta substância em nossa xícara diária de café? Quantas pessoas existem que não bebem o café à noite, pois sabem por experiência que assim o fazendo não conseguem dormir? Se pensamos que o café serve para manter-nos acordados (sobretudo as pessoas cuja atividade exige particular tensão noturna) não é de surpreender que a diluição homeopática do café possa favorecer o sono. Usa-se da D6 à D30, conforme a intensidade da tensão psíquica que haja precedido a insônia.

Senecio aureus

Este remédio deve ser tomado em consideração a todos os casos de insônia crônica e de situações em que o indivíduo parece extremamente indolente (portanto necessitado de sono), mas não consegue dormir. Uma particularidade interessante observa-se no fato de que a pessoa afligida por este tipo de insônia é propensa a deitar-se. Este remédio convém também às pessoas muito velhas que sofrem de insônia crônica. Use-a à D3.

Zincum valerianicum

Já falamos qualquer coisa em relação a este remédio, tratando das diversas qualidades de plantas medicinais. Falamos agora da valeriana combinada com a quássia. Combinação que se harmoniza com o princípio da bipolaridade *yang* e *yin*.

No caso da combinação zincum valerianicum, o zinco reforça o efeito da valeriana. Esta última atua como ordenadora de nosso "pensamento diurno", enquanto o zinco exerce uma ação antispasmódica. Se colocarmos o zinco em um esquema mais amplo, veremos que se harmoniza com o planeta Urano. Para indicar um vínculo qualquer entre os dois dados, basta recordar que o planeta Urano e o zinco foram descobertos no mesmo tempo, isto é, no fim do século dezoito. Também na imagem do mundo verificou-se algo que, no curso do pensamento e dos eventos humanos, não havia ainda aparecido sobre a terra: a Revolução Francesa. Entre estes dois dados, que parecem à primeira vista não ter nada em comum entre si, encontramos uma analogia logo que conseguimos perceber seu intrínseco significado. São manifestações do mesmo esquema.

A característica essencial de Urano é a equivalência. É claro que toda vez que se perturbe o equilíbrio (ou seja, a equivalência) permaneçam tensões que podem manifestar-se sob a forma de *cãibras*. Se nossos pensamentos parecem desequilibrados, eles podem dar lugar a situações de espasmo. Encontrar-nos-emos assim em um estado espasmódico, que influenciará todo o organismo com tanta tenacidade, de modo a impedir-nos um relaxamento suficiente para ter sono. Neste caso será eficaz o uso do zinco.

Astrologicamente podemos assemelhar tal imagem a uma situação de conflito entre *Mercúrio* (isto é, o pensamento e a valeriana como agente terapêutico) e *Urano* (isto é, o equilíbrio rítmico próprio do zinco). Uma situação de conflito significa que dois "esquemas de vida" dominados por Mercúrio e Urano não atuam harmonicamente, mas dentro de certos limites se opõem. Use o zincum valerianicum da D4 à D30. Ocasionalmente, tome-o à D4 até à D6. Nos casos, pois, em que as características do esquema supradescrito se tornem permanentes, o remédio poderá ser tomado uma ou duas vezes por semana à D30 (cinco pílulas por vez).

Uso dos remédios homeopáticos

É aconselhável perguntar ao farmacêutico, ao qual você encomenda determinado remédio, em que forma ele vem preparado. Há diversas preparações: tintura, comprimidos, pílulas e pó.

Tintura: geralmente cinco gotas por vez, possivelmente meia hora antes das refeições e meia hora antes de deitar-se.

Comprimidos: um por vez.

Pílulas: cinco de cada vez e, quanto ao pó, uma ponta de colher por vez.

Cada preparado será sempre tomado meia hora antes das refeições. Em casos de insônia ocasional, pode ser suficiente uma única dose ao dia, meia hora antes de deitar-se. Se a insônia for conseqüência de um esquema crônico, você obterá mais benefícios escalonando o produto durante o dia (três vezes antes das refeições são o suficiente).

Leve bem em conta que na base de determinado fenômeno não se encontra somente uma origem física e psíquica. O mais das vezes estes fenômenos físicos ou psíquicos podem-se explicar segundo as circunstâncias individuais.

Considere por isso sempre a insônia como derivada de condições pessoais e não se sirva de algum meio natural se não estiver pronto, no momento, a agir sobre as circunstâncias isoladas.

Uma forma "alternativa" de cura poderá talvez atrai-lo mais, mas você não aproveitará se não estiver já preparado a examinar o seu esquema de vida e modificá-lo, se necessário.

O uso dos remédios homeopáticos terá melhor resultado se a cura for confiada a um médico homeopata. No final deste livro você encontrará informações posteriores a esse respeito.

6 O nosso alimento cotidiano e o sono

É supérfluo dizer que atualmente não se dá importância ao verdadeiro significado dos nossos alimentos. Que a culpa seja da mulher, do homem ou do produtor é irrelevante. O fato é que estamos ficando cada vez mais preguiçosos no que se refere à nossa alimentação cotidiana. Os métodos de conservação são extrema e perigosamente desenvolvidos e a indústria do "pronto na mesa" economiza-nos muito trabalho. Às vezes, a preparação dos alimentos diários parece ter entrado no número dos males necessários. Devemos, todavia, levar em conta que o alimento é o remédio principal e mais eficaz que se pode imaginar. Não se trata portanto somente de encher nosso estômago, mas de absorver substâncias necessárias ao nosso organismo, a fim de que possa funcionar de modo ótimo. Partindo desta ordem de idéias não é muito difícil entender que todas as formas de conservação e purificação, de cocção, ou de qualquer outra elaboração, prejudicam a qualidade do produto. O dr. R. G. Jackson, em seu livro *Nunca mais doentes*, advoga o uso dos alimentos "primários", isto é, de um alimento que não tenha sido sujeito a manipulações de qualquer espécie. Todos estarão de acordo que esta seria a situação ideal.

O nosso esquema de vida diário está de tal modo longe do esquema de vida "segundo a natureza" que um raciocínio semelhante é dificilmente aceitável. Nem todos podem ir à horta, cinco minutos antes de pôr-se à mesa, para colher os pés necessários de salada. Por outro lado, se quiséssemos reconhecer a importância das teorias de Jackson, o "trabalho na cozinha" não deveria mais ser considerado um mal necessário, mas sim uma das contribuições mais importantes para nosso bem-estar.

Partindo desta ordem de idéias, cozinhar tornar-se-á novamente "arte da vida" e a mulher (e, no que me concerne, também o homem, para boa paz dos "detectores" da discriminação) não deverá mais considerar o preparo dos alimentos um trabalho aviltante. A preparação do alimento, contanto que seja "verdadeiro alimento", enumera-se entre as mais dignas ocupações do homem. A meu ver, não é justo que a mulher, no esforço de emancipar-se, tente invadir a área de trabalho do homem. Assim procedendo, ela subestima a sua função, atribuindo maior prestígio à masculina.

A preparação do alimento é um trabalho essencialmente bem mais importante que qualquer "atividade social masculina". Pena que muitas mulheres não tenham entendido e se deixem encantar pela miragem dos chamados deveres superiores.

Considere bem que na cozinha não é o "equipamento" — masculino ou feminino — que importa, embora se admita que a arte culinária é antes de tudo aviltante. Partindo do conceito de bipolaridade descrito neste livro, o nosso alimento será enquadrado no esquema *yang*. A sua característica é, portanto, *construir*. Visto que o homem, segundo esta idéia da bipolaridade, é também *yang*, é fácil entender por que com o correr dos séculos o preparo do alimento tenha sido deixado sempre ao *cozinheiro*. O homem na cozinha é portanto coisa "natural". Infelizmente, o nosso esquema social é tão carente, que muitos homens sabem, a custo, cozinhar uma batata, para não falar de um prato que seja verdadeiramente considerado como tal. O homem na cozinha não é, portanto, a conseqüência da emancipação, como geralmente se crê atualmente, mas sim um princípio ancestral do qual o homem se afastou. Todavia, mesmo neste caso, devemos encarar a realidade, para não nos limitarmos a considerar o homem como o único ser capaz de cozinhar! Disso deve ocupar-se tanto o homem como a mulher. O que mais conta é estar consciente do processo vital do qual fazemos parte.

O esquema da nutrição

Os hábitos nutritivos dos homens podem ser muito diversos. Isto sucede porque o indivíduo, segundo a sua índole pessoal, segue um esquema diferente do de seu próximo.

Segundo o princípio da bipolaridade, o período da construção encontra-se entre o nascer do Sol e o meio-dia. Pode-se pois concluir que a refeição principal não deve ser consumida à noite — como atualmente se verifica na maioria das vezes — mas sim cerca do meio-dia.

O jantar deve ser a introdução à fase *yin*, isto é, ao período do sono. Vai daí que não nos devemos sobrecarregar com muita comida, mas limitar-nos a uma refeição facilmente digerível e de preferência do tipo purificante.

Quase sempre comer antes de recolher-se ao leito perturba o ritmo construção-purificação. Com o estômago pesado, passamos da fase *yang* à *yin*, sobrecarregando o "pensamento noturno" de sonhos inquietos e, nos casos mais graves, de pesadelos.

A fase construção e a fase purificação devem ser sempre ponto de partida para o esquema nutritivo. A conexão entre estes dois elementos parece, por exemplo, com o que comumente se diz: "Se como bem (muito, em geral), me vem uma grande sonolência".

O verdadeiro significado desta expressão é que o organismo, após um excesso de substâncias construtivas, adverte por si que deve purificar-se (dormir).

Se, por um motivo qualquer, aliás sempre desaconselhável, você tiver comido demais, não reprima sua sensação de sonolência, pois, nesse caso, privará seu corpo da possibilidade de purificar-se. Melhor, portanto, um breve sono, mas antes de tudo procure evitar tal hábito, se não quiser alterar o seu esquema pessoal.

Quem sofre de insônia deveria comer regularmente alface repolhuda. Contém muito bromo, favorecendo por isso o sono. Aconselha-se também adicionar à alimentação diária chicória e escarola crua. De fato, estas verduras exercem uma influência equilibrante sobre nosso fígado, tudo em prol do "pensamento noturno" (isto é, a fase de consciência durante o sono). Harmonize o esquema nutritivo à sua estrutura pessoal. Há quem tenha necessidade de uma dieta "substanciosa" mais que outros.

Experimente manter um equilíbrio geral de modo que as funções naturais se desenvolvam melhor. Se a insônia derivar de fraqueza nervosa, será bom que na dieta alimentar estejam diariamente presentes as vitaminas do grupo B. Estas vitaminas encontram-se nos produtos de grão integral, nas verduras, legumes, leite, levedura, ovos, produtos do milho e, se nada houver em contrário, na carne e no fígado. Não se deixe nunca seduzir pelo uso de um preparado vitamínico farmacêutico qualquer. Sem dúvida seria muito mais cômodo. Melhor será porém superar a necessidade de modo mais natural.

Não siga nunca uma dieta antes de ter examinado suas necessidades pessoais. Viva em harmonia com as que o próprio organismo lhe exige e não com as "ilações" que lhe são propiciadas.

7 Pequeno vade-mécum e conclusão

A maior parte das pessoas tende à indolência, pelo que uma rubrica de "pequenas moléstias – pequenos remédios" constitui, em geral, uma conclusão bem aceita de um livro como este.

O indivíduo é pouco propenso a examinar as verdadeiras causas dos distúrbios do próprio físico e tem maior necessidade de um remédio rápido que o livre das doenças. Uma forma de "política do avestruz", porque, fazendo desse modo, o indivíduo desconhece o fenômeno, desprezando as causas. Inelutavelmente, as recidivas serão a ordem do dia.

O vade-mécum seguinte nada mais é que um panorama sistemático das mais diversas formas de insônia com os remédios adequados, que são estudados para estabelecer a cura adequada ao seu caso pessoal.

Antes de decidir-se ao emprego de uma planta medicinal particular ou outro remédio, leia o que foi escrito com relação a ele. Desse modo poderá estabelecer a terapia com base na condição geral e servir-se do remédio não somente para combater um fenômeno.

Quadro das diversas formas de insônia

Insônia como conseqüência de:

— Dificuldades em relação ao ambiente, emotivamente absorvidas de modo errado   melissa, solidago

— Superenergia, mesmo sexual   lúpulo, hipérico

— Fraqueza e energia insuficiente para dormir   aneto

— Azáfama mental que não encontra paz   timo, hipérico

— Confusão e sensação de inquietação, medo e excesso de sensações inconscientes   valeriana/quássia

— Excesso de cansaço e de sensações conscientes	hipérico e senecio aureus (hom.)
— Excesso de emotividade e sensibilidade e sensação de não ser capaz de superá-lo	alfazema
— Fraqueza física e modo errado de viver	sálvia, chicória
— Sentimentos não elaborados e emoções frustradas que se acompanham de palpitações, sobretudo quando se está deitado	camomila, anserina
— Excessivo esforço dos pensamentos idealísticos, pelo que a mente não consegue repousar	aveia
— Mau humor e digestão difícil também depois do estômago sobrecarregado	cardo-santo, ignatia, (hom.) pulsatilla (hom.)
— Uso errado de soníferos enérgicos, dos quais se tende a aumentar a dose	avena sativa (hom.)
— Excesso de tensões espirituais, especialmente durante as horas noturnas	cafeína (hom.)
— Excesso espasmódico e situação espasmódica (estamos muito tensos para dormir)	zincum valerianicum (hom.)

A abreviação (hom.) após alguns remédios significa que são remédios homeopáticos.

Leia-se sempre atentamente o que foi dito a propósito da planta ou remédio em questão, na primeira parte deste livro.

Ocupe-se também de seu quarto de dormir. Tome cuidado para que esteja sempre fresco e "arejado". Não durma nunca em um quarto sufocante e quente, porquanto não é favorável ao sono.

Algumas indicações práticas para concluir

Não continue a curar indefinidamente um mal-estar se não obtiver qualquer resultado. Peça freqüentemente conselhos a um médico homeopata, que em todo caso saberá encaminhá-lo em atenção a tudo quanto foi ilustrado neste livro.

As plantas medicinais secas podem ser obtidas geralmente nas casas especializadas. Atualmente você encontrará também algumas tinturas. Observe sempre a qualidade das plantas secas.

3
CURA DAS DORES REUMÁTICAS COM AS PLANTAS MEDICINAIS

Prevenção e cura dos reumatismos
com as plantas medicinais e
alimentação apropriada

Título original:
VOORKOM EN BEHANDEL REUMA

© Copyright by Uitgeverij Ankh-Hermes bv – Deventer, Holanda.

© Copyright 1983 by Hemus Editora Ltda.
Mediante contrato firmado com o Editor.

*Todos os direitos adquiridos para a língua portuguesa
e reservada a propriedade literária desta publicação.*

Tradução:
Danuza Scarton Rabello Alves

Ilustrações:
Gerry Daamen

Introdução

O número de pessoas que sofrem de artrite reumática crônica (inflamação das articulações) é bastante elevado. Podemos, portanto, incluí-la entre as doenças sociais. Sob este ângulo, e também do ponto de vista econômico, o próprio reumatismo deveria até ser considerado como uma das piores doenças sociais.

Mesmo que um reumatismo crônico não seja necessariamente considerado trágico ou mortal, a vida do reumático freqüentemente sofre transformações radicais, porque teme a aproximação de um mal pior: a invalidez permanente. A dor é intensa, e os inconvenientes físicos que ela provoca não são subestimados. Mas seria, sobretudo, uma invalidez permanente que poderia destruir completamente a vida psíquica do indivíduo.

Nestes últimos anos, a ciência médica pesquisou intensa e ativamente os sintomas do reumatismo. Existem também clínicas reumáticas especializadas na cura do reumatismo. Apesar da quantidade sempre maior de novos medicamentos, o problema básico ainda não foi resolvido. A ciência ainda não sabe dar explicações suficientes sobre as causas determinantes das afecções reumáticas das articulações. O fenômeno reumático depende da hereditariedade, da constituição física, de uma determinada infecção, do metabolismo ou de fatores psíquicos?

A resposta é: não o sabemos.

Se o cientista não consegue resolver o problema, como poderá o "leigo" encontrar resposta a estas perguntas?

A solução progressiva de um problema científico depende de um raciocínio, o qual deve levar em conta todas as causas e efeitos. Isto significa que a ciência aceita um princípio somente quando ele é comprovado por um número suficiente de elementos. Método por si só louvável, já que inspira, na medida do possível, uma sensação de certeza. O reverso da medalha está no fato de que tal mentalidade analítica pode obstar a aplicação dos chamados "princípios seculares", nem sempre racionalmente explicáveis, mas, todavia, existentes.

O método científico seria perfeito se a natureza, e, especialmente, o homem, não se apresentassem sob aspectos extremamente variáveis. Segundo um velho ditado: nada é mais inconstante do que o homem. Este valor de variabilidade, interpondo-se ao objetivo a atingir, constitui a frustração do método descrito. A análise médico-científica de um problema resulta, por isso, sempre muito difícil, admitindo-se que a variabilidade dos indivíduos em exame não permite uma aproximação razoável à totalidade dos dados racionais solicitados.

Quando estivermos dispostos a aceitar e a examinar também outras possibilidades, além daquelas instituídas pelo método científico, descobriremos que as causas do surgimento do fenômeno reumático podem residir também na própria personalidade do indivíduo, como de resto se verifica em cada forma de desarmonia do ser que, encontrando também origem no íntimo, provoca sofrimentos físicos. Será então o próprio indivíduo que deverá, principalmente, ajudar no processo de cura. Trata-se realmente, aqui, de um princípio secular!

Se admitirmos a incidência do fator natural, descobriremos neste um princípio recorrente: o imenso poder regenerativo do qual a natureza é dotada. A tendência à autoconservação não é menor e reaparece cada vez mais forte que as desarmonias do ser, que são a causa do mal. Quando estivermos verdadeiramente cônscios desta nossa força interna, teremos certeza de que a doença é curável e que a própria força é o melhor remédio.

Os únicos remédios que a medicina pode atualmente prescrever para o reumático são os sedativos e os anti-reumáticos. Mesmo no caso de tais remédios resultarem em valiosíssima ajuda para um grande número de pacientes, não constituirão a solução desejada; de fato, a eliminação dos sintomas não significa cura. Todavia, mesmo com dificuldade, as afecções reumáticas podem ser evitadas e até mesmo curadas. A solução resultará na aplicação das leis moderadas daquela natureza da qual o próprio indivíduo faz parte, e que está sempre disposta a revelar os seus segredos a quem realmente os procura. Por que devemos nos resignar às conclusões de um raciocínio humano unilateral? É melhor se dedicar desde o princípio à redescoberta das verdades fundamentais que sempre existiram e sempre existirão. Infelizmente, tais verdades, que poderemos definir como "cósmicas", são mais facilmente confundíveis que a inteligência racional, erroneamente considerada a "potência superior" do homem. Então nós, sem nos esquecermos, antes de tudo, que a inteligência humana é composta tanto dos mais divinos fatores quanto dos mais diabólicos, procuraremos as causas da verdadeira cura no conhecimento da existência de um regime de vida físico e psíquico natural. As plantas medicinais não o beneficiarão se as usar com o mesmo pensamento de quem ingere um sedativo. Pena que o doente seja, normalmente, tão pouco cônscio! Atualmente, quando as plantas medicinais estão, sem dúvida, tendo crédito, somos muito freqüentemente obrigados a constatar que o uso delas não é feito em paralelo com uma conduta justa de vida individual.

A planta medicinal, porém, é o produto da própria natureza. Nasce e cresce de acordo com as leis da cultura das ervas e as leis naturais (físicas ou psíquicas). Estas podem significar qualquer coisa para os seus semelhantes que têm, também eles, a coragem de viver segundo as leis da natureza. Somente então se realizará uma feliz combinação.

As plantas medicinais não podem rejuvenescer o indivíduo que, por um lado, desejaria fazer uso de tais remédios, mas, por outro lado, abandona as leis da natureza, sejam físicas ou psíquicas, porque em tal caso a planta não encontrará um terreno adequado onde possa desenvolver a sua ação saneadora.

Não espere, por isso, que as plantas façam milagres, se as usar como uma aspirina. Mas logo que adquirir a capacidade de ter um regime de vida natural, os milagres se tornarão normalidade cotidiana. Estes, de resto, não desapareceram ainda do nosso mundo.

Neste volume ocupar-me-ei sobretudo dos fenômenos sobrenaturais que se manifestam no indivíduo, porque poderiam ser determinantes para as afecções reumáticas.

Como acontece com as pessoas, também cada planta apresenta o seu caráter específico. A afinidade entre o indivíduo e a própria planta constitui a base da terapia.

Também a nossa alimentação cotidiana atesta quais desarmonias e quais tendências permanecem em desacordo com a natureza.

Procurarei descobrir, no presente volume, quais diferenças existem entre aqueles que hoje são definidos como os nossos "alimentos naturais", segundo os conceitos já expressos.

Quando estes "gêneros alimentícios" se tornarem novamente víveres naturais e cada planta medicinal voltar a ser amiga, então se vislumbrará um futuro harmonioso.

Uma alimentação adequada, uma conduta normal de vida e a ajuda das plantas medicinais poderão realmente evitar os reumatismos e, desde que não tenham atingido um estágio muito avançado, até curá-los.

Desejo que a leitura dos próximos capítulos se torne uma "viagem de descoberta" em benefício do corpo e do espírito. Mas, ao estudar o conteúdo, não esqueça, sobretudo, de escutar a "palavra do seu coração".

"Se estou saciado, e se assim estou constantemente,
Os olhos se fecham e o coração endurece
Contra os obstáculos freqüentes,
E por riquezas e luxo o Homem em mim fenece."

(Extraído de *Querido ser humano, te amo*, de Phil Bosman.)

1 O reumatismo é a manifestação física do nosso "frio psíquico"

Quando freqüentava a universidade, aprendi uma lição que somente vim a compreender plenamente muito tempo depois. Por um determinado período, durante os cursos de pedagogia, estávamos ocupados com o argumento: "O que é o homem?". Os meus colegas e eu chegamos à conclusão de que a uma tal pergunta não poderíamos responder, dada a extrema complexidade e vastidão do tema. Quem poderia descrever o nosso estupor quando o professor, após terminar de falar e perguntar as horas, disse: "O homem é um ser humano racional, ligado às coisas".

Aceitamos, então, aquela fórmula, sem compreender a "profundidade" real.

Somente anos depois descobrimos a verdade. A história da própria vida, narrada para mim por um paciente reumático, me levou à seguinte conclusão: a causa mais íntima do surgimento de fenômenos reumáticos está, entre outras, num distúrbio da relação funcional no homem e, resumindo, chega-se ao resultado de que o reumatismo, além das afecções dos nossos rins, pele e olhos, tem o mesmo denominador comum, isto é, que as causas mais profundas são estreitamente concomitantes e apresentam um caráter afim.

Quando estudamos a vida psíquica de um paciente reumático, em muitos casos acabamos nos deparando com um processo de relações psíquicas. Quaisquer que sejam a índole, a predisposição, a constituição e analogias do paciente, haverá sempre qualquer coisa de relativo a ponto de iniciar e desenvolver os contatos, seja em relação ao próprio paciente, seja nos confrontos com o próximo. Darei aqui uma explicação psicotécnica ou uma definição. Talvez fosse mais aconselhável chegar a uma conclusão simples e inteligente. Conversando e vivendo com o paciente reumático, tem-se a sensação de que ele (ou ela) se encontra (psiquicamente) no "frio". É uma imagem tomada ao pé da letra. Imaginemos um indivíduo que se encontra num ambiente gelado e demonstra não poder resistir (porque está nu) àquela espécie de frio. Quando faz frio, o indivíduo se refugia em si mesmo, e não é mais capaz de se exteriorizar livremente; ao contrário, arrasta-se à procura de proteção contra as circunstâncias adversas.

É digno de nota o fato de que os homens entusiastas do frio e do ar pungente raramente sofrem de reumatismos.

A disposição física é análoga à psíquica: é-se resistente ao frio.

A pessoa que não pode suportar o frio evoca da mente uma imagem "amedrontada", como se estivesse exposta ao gelo. Num caso deste gênero, o frio dará ao indivíduo um aspecto "comovente". Observe, por exemplo, uma criança que, depois de tomar um banho quente, deve correr num ambiente mais frio para se vestir. Tremendo, com os braços cruzados diante do peito, a criança corre no próprio quarto com movimentos tímidos, quase rígidos, evocando da mente a imagem comovente de um pequeno ser indefeso. *O frio impede e limita sua liberdade de movimentos.* Esta é a causa substancial do reumatismo. A partir do momento no qual o homem se acha psiquicamente no frio (não consegue estabelecer contatos e relações que no fundo deseja), se determina um modo de viver tão inatural que o reumatismo, entre os outros fenômenos, poderá ser a conseqüência. O calor é um benefício para o paciente reumático. Não significa apenas o calor físico, mas também o calor psíquico. O indivíduo reumático sente o calor benéfico que advém de um interesse sincero e de um afeto verdadeiro. Ao paciente reumático falta, antes de tudo, a maior fonte de calor à disposição do homem: *o afeto profundo e a solicitude*.

Podemos senti-lo todas as vezes que observamos as condições de um reumático. É verdade que a solução não é fácil, uma vez que o próprio reumático, freqüentemente, não só dificilmente poderia dar afeto aos outros, como também lhe custaria muito aceitar aquilo que lhe fosse oferecido. Seria necessário uma exigência de muito afeto unilateral, para não dar nada em troca. Vale dizer que, não obstante sentindo amizade pelo outro, devemos deixá-lo completamente livre para aceitar e elaborar o quanto lhe é oferecido. O paciente reumático deverá, antes de tudo, sentir um ambiente "quente e protetor", onde poderá alcançar uma absoluta "liberdade de movimentos". A investida fria, concisa e hipercrítica com o paciente reumático provoca a pior e mais catastrófica das conseqüências experimentadas por um homem são, que saia nu ao ar livre com uma temperatura de $-20°$. Não devemos por isso nos empenhar exclusivamente na procura das causas fisicamente explicáveis do reumatismo. Causas que, sem dúvida, existem, sem constituir, no entanto, a razão essencial da afecção.

Na prática, os resultados continuam a nos demonstrar que uma fonte afetiva de calor (afeto) poderá curar mais de um paciente reumático.

Tente olhá-lo no fundo dos olhos; será realmente uma grande experiência. Descobrirá que os olhos — os quais são verdadeiramente o espelho da alma — pedem, para não dizer gritam, desesperadamente por uma grande ajuda. Irradiam uma vontade de viver que não pode ou não pôde explicar. E é por isso que a irradiação dos olhos contrasta de modo tão chocante com o ar comovente do corpo debilitado.

A despeito de todos os exames médicos, devemos constatar que a verdadeira origem do reumatismo não se encontra nos chamados fatores físicos, mas que se trata da conseqüência de uma constituição psíquica do homem, que produz determinados fenômenos físicos. Um outro passo será aquele de procurar como a imagem psíquica do paciente reumático se manifesta nas suas ações e nas suas renúncias. Ambas estão sempre unidas entre si por laços irremovíveis.

No capítulo seguinte analisarei os hábitos físicos derivados do quadro psíquico descrito anteriormente. Aprofundar-me-ei nos hábitos nutritivos do paciente reumático, estudo que não servirá para explicar a causa do reumatismo, mas como este se determina. A causa, encontrada no quadro psíquico, terá como conseqüência um tipo particular de comportamento psíquico. Um modo errado de viver nunca é, portanto, a causa, mas a conseqüência. Reflita bem! Não deixe, por isso, que "as flores de gelo" sobre os vidros da janela lhe ofusquem a visão; goze, ao invés, das maravilhosas estruturas que nos oferece o frio. Também isto tem o seu fascínio, se pelo menos dispusermos de um calor íntimo. Devemos considerar o frio como um desafio saudável a uma outra faceta da nossa criatividade. O calor nos faz viver mais rapidamente. O frio conserva e nos permite um prazer mais longo.

Aconselho os livros de Selma Lagerlof. É raro que se tenha descrito um amor tão profundo e tão comovente na sua própria substância. Foram os mares gélicos, cobertos de gelo, da alta Escandinávia a fornecerem a base sobre a qual se modela a forma. Deixe que o paciente reumático penetre na vida, como descrito no primeiro capítulo do livro *Gösta Berling,* superior a qualquer elogio, da supracitada escritora. É o mundo gélido do frio, seja físico ou psíquico, que é superado por uma fé inextinguível na própria vida. Quando o paciente reumático puder ter um primeiro contato (quase romântico) com este nosso mundo, se sentirá invadido por uma sensação de calor. Descobrirá que o frio mais intenso não será capaz de ofender a liberdade dos movimentos (reumatismo Gösta Berling), mas o frio intenso (também psíquico) deverá ceder diante da força do "fogo interior". Atice este fogo e faça dele um símbolo. É o único modo de reconquistar a força e a liberdade de movimentos.

Supere o seu frio com o calor
Supere o seu medo com a confiança
Supere os seus limites com a liberdade
Supere os seus escrúpulos com a fé
Supere a sua limitação de movimentos se aproximando de alguém que o ame verdadeiramente.

Tudo isto significa curar o reumatismo, independentemente da mordaça do frio!

2 O ácido úrico é um agente pernicioso no nosso organismo

No capítulo precedente falei sobre a estrutura do paciente reumático. Uma das conseqüências determinantes de tal estrutura reside no modo errado de se nutrir. O alimento, neste caso, deveria compensar o "frio psíquico".

O quadro psíquico de um paciente reumático apresenta a imagem de procura de calor, afeto, proteção e bem-estar. Do quadro da nutrição se obtém uma imagem análoga. O paciente reumático parece preferir os alimentos que lhe propiciarão uma sensação de bem-estar. Mas esta sensação de bem-estar é aparente e os alimentos poderão ser definidos como não-sadios.

Para esclarecer este conceito, devemos nos aventurar um pouco no campo da química.

Da química, conhecemos, entre outras coisas, duas espécies de reações: uma ácida e a outra básica. Está confirmado que o alimento, durante o processo digestivo, produz uma determinada reação no organismo. Conforme as substâncias contidas no próprio alimento, a reação (urina) é ácida ou básica. Os albúmenes (especialmente os animais) e, em menor grau, os grãos beneficiados produzem reação ácida, enquanto que para todas as hortaliças, frutas e em menor grau os produtos de grãos integrais, a reação é básica. No caso dos albúmenes, há uma diferença entre os albúmenes animais e os vegetais. A reação ácida dos albúmenes animais parece ser bem mais acentuada que a vegetal. Até que a relação entre ácidos e básicos se mantenha equilibrada, não se apresentará quase nenhum problema do gênero. As coisas serão diferentes se predominarem os ácidos úricos, isto é, quando na alimentação houver carência de componentes básicos dos quais o ácido úrico possa ser neutralizado. O equilíbrio ácido-básico do corpo é absolutamente vital.

Tentaremos resumir estes complicados processos químicos. Todos os alimentos, portanto, agem no corpo humano com uma determinada reação que pode ser ácida ou básica. Se determinado alimento consumido produz uma reação ácida maior, diz-se haver *excesso de acidez*. Se, ao invés, o alimento reage basicamente, diz-se haver *excesso básico*. Como resultado, o nosso organismo, durante as refeições, pode estar predisposto à reação ácida ou básica. Entre as 11 horas da manhã e as 3 horas da madrugada, os processos de metabolismo das substâncias são dominados pelos ácidos. Este período atinge o próprio ápice aproximadamente às 23 horas. Entre as 3 e 11 horas da manhã, os processos de metabolismo das substâncias são dominados pela reação básica. O ápice deste período calcula-se estar em torno das 9 horas da manhã.

Durante o período de excesso de ácido, o nosso sangue contém pouco ácido úrico. O ácido úrico, produto do alimento, é retido pelos tecidos e pelos órgãos, mantendo o nosso sangue "puro". Dado que os ácidos não estão presentes no sangue, sentimo-nos bem e em forma, porque nos capilares ocorre uma boa circulação sangüínea. Todas as partes do nosso corpo recebem suficiente oxigênio e outras substâncias nutritivas. A prova deste estado físico é dada pelo fato de que durante o período de excesso de acidez eliminamos uma quantidade relativamente maior de urina de cor pálida. Estando o sangue relativamente puro, também o estará a urina! Isto, porém, não significa que o nosso corpo esteja puro (isto é, livre de ácido úrico). O ácido úrico, portanto, não se encontra no sangue, mas nos tecidos e nos órgãos.

No período durante o qual os processos básicos dominam o metabolismo, o ácido úrico, retido nos tecidos e nos órgãos, retorna ao sangue. Por intermédio deste, o excesso de ácido úrico pode abandonar o corpo, admitindo-se que os rins depuram o sangue. O excesso de ácido úrico é eliminado do corpo juntamente com a urina. Durante o período no qual os processos básicos dominam o metabolismo, não nos sentimos bem e não nos sentimos em boa forma porque a circulação sangüínea nos capilares é menos ativa. O impedimento é provocado pelo ácido úrico presente no sangue. Esta situação é comprovada pelo fato de que durante o período de excesso básico a urina é escassa e de coloração relativamente escura.

O que segue é de uma importância verdadeiramente vital para o paciente reumático. Não devemos criar impedimentos ao corpo no seu esforço de se purificar e de se libertar do ácido úrico excedente. Quando, porém, durante o período do "fluxo básico" (termo do dr. A. Haig, 1886), consumimos alimentos ricos em ácido úrico, impedimos o processo por meio do qual os ácidos, saindo dos tecidos e dos órgãos, penetram no sangue. Isto significa que, através dos alimentos que contêm relevantes quantidades de ácido úrico, podemos influenciar fortemente o nosso metabolismo. Pode-se entender facilmente, agora, por que muitas pessoas não podem beber nem uma xicarazinha de café puro no desjejum (rico em ácido úrico!). "Sinto-me reviver somente depois da minha xícara de café", ouve-se dizer.

É compreensível, mas ao mesmo tempo condenável. A xícara de café bloqueia imediatamente o processo de purificação em ação. Que a necessidade de beber café pela manhã seja particularmente sentida é natural, já que o ápice do fluxo básico (processo de purificação) está situado em torno das 9 horas. Com o café ou outros alimentos que contêm ácido úrico — como o chá — sentimo-nos certamente melhor. Trata-se, porém, de um estado ilusório, porque não faremos outra coisa do que expulsar o ácido úrico presente nos tecidos e nos órgãos. Se perdurarmos por muito tempo neste modo de viver, os ácidos atacarão os tecidos e, de modo especial, as cápsulas articulares com conseqüentes reumatismos, artrites e hemicranias. Resumindo: a predisposição psíquica incita o uso de alimentos que contêm ácido úrico.

Se não interviermos "tecnicamente" e insistirmos, ao invés, em consumir alimentos que contêm grande quantidade de ácido úrico, certamente nos sentiremos pior. Como conseqüência, com este modo de proceder alteraremos o curso natural das coisas no nosso organismo, impedindo o processo de purificação, e nos sentiremos melhor apenas aparentemente. Mas uma quantidade de ácido úrico se acumulará, o que, em última análise, provocará uma diátese úrica (disposição ao reumatismo e à gota).

Em primeiro lugar, devemos ter consciência do estado psíquico com base no quadro reumático. Em segundo lugar, devemos ter em mente que o ácido úrico para o paciente reumático (e também para o homem são) constitui um perigo mortal. Em terceiro lugar, devemos nos tornar mais conscientes da importância da nossa alimentação.

3 O uso prático das plantas medicinais

O poder saneador de cura das plantas medicinais pode ser usado de vários modos. Pode-se preparar infusões com plantas medicinais secas, tinturas, compressas, pomadas e soluções para banho.

Antes de tudo, devo esclarecer que o uso de plantas medicinais não é absolutamente compatível com aquele dos medicamentos alopáticos. Estes últimos são indicados para combater os sintomas. Uma aspirina elimina a dor, uma pílula diurética provoca a micção, a "reserpina" diminui a tensão, o valium tranqüiliza, o apisato limita o apetite, o tegretol reprime o aparecimento da epilepsia, a quinidina atenua os distúrbios cardíacos, a codeína acalma a tosse, o bellergal combate a enxaqueca, a adrenalina funciona como antiespasmódico nas vias respiratórias durante uma crise de asma, o limbitrol elimina a sensação de depressão, etc. Noventa por cento dos medicamentos conhecidos são usados para "eliminar" os sintomas desagradáveis. Se usarmos de sinceridade, esta eliminação das manifestações físicas fastidiosas não significa cura. A cura exige muito mais que a simples subministração de uma determinada substância. Freqüentemente, aliás, ocorre que se deve interromper o uso de um medicamento porque os fenômenos colaterais são mais fortes do que o efeito curativo. A verdadeira cura não se obtém apenas com remédios e plantas medicinais. Seria assim se a afecção física não fosse interdependente de outras causas. Esta é que é a verdade.

O indivíduo é um ser que encontra a essência de sua existência em três campos diversos. O seu tipo "toma forma" com o quadro físico, psíquico e circunstancial. Vale dizer, por exemplo, que toda afecção física ocorre paralelamente com fenômenos análogos na vida psíquica e afetiva.

As plantas medicinais não são, por isso, utilizadas para combater determinados fenômenos físicos, mas para influenciar harmonicamente o tipo do indivíduo. Toda planta possui seu tipo específico; representa uma vida completa por si só, como a do homem e do animal. A habilidade consiste em aprender e em aprofundar a *essência* (isto é, o tipo intrínseco) da planta e confrontá-la com a natureza do indivíduo que se encontra em dificuldades. Adotando este modo de pensar, pode-se então chegar a um "confronto" entre os dois tipos.

A estrutura de um tipo que tem sua origem em um dos mundos (por exemplo, aquele das plantas), será de grande valia para uma estrutura análoga pertencente a um mundo diverso (por exemplo, aquele do homem). O indivíduo, o animal e a planta diferenciam-se na própria essência bem menos do que se possa imaginar. Na verdade, o homem não representa uma forma superior da matéria, mas apenas uma forma diversa, formada da própria matéria das plantas.

A planta, como o indivíduo, pode certamente dispor de uma determinada forma de vida psíquica. Não podemos, porém, compará-la razoavelmente à "racionalidade" do homem. Trata-se aqui da "existência primitiva" das coisas. Quando reconhecemos a planta como "semelhante", ainda que pertencente a um outro mundo, o resultado não poderá ser negativo.

Antes, porém, de se chegar a tanto, muita coisa deverá mudar no nosso modo (ocidental) de pensar. As nossas concepções deverão estar de acordo com a consciência de que todas as coisas, neste cosmo (a natureza), estão unidas entre si segundo determinados princípios. O indivíduo então poderá compreender que, para obter o melhor prêmio reservado a toda criatura humana, isto é, tornar-se um ser vivente sobre a terra da energia das conjunções divinas (cósmicas), não é suficiente perseguir apenas um resultado material.

Depois desta introdução, poderei iniciar com tranqüilidade a exposição de como fazer uso (de um ponto de vista prático) das plantas. De agora em diante — e o desejo ardentemente — não as usaremos mais como um expediente pouco considerado, mas como um "nosso próximo" de grande experiência, que vem de um mundo diverso para nos ajudar.

Infusão de plantas medicinais

Prepara-se com as ervas medicinais secas. A receita básica é de uma colher das de sopa em meio litro de água. Coloque a erva num bule de chá de terracota, eventualmente também de vidro, e despeje meio litro de água fervente. Deixe-a descansar de quinze a vinte minutos e depois coe-a. Tire a erva medicinal da infusão e conserve-a num ambiente fresco, onde poderá permanecer até por um dia inteiro. De modo geral, toma-se uma xícara de infusão três vezes ao dia, vinte e cinco minutos antes das refeições.

Tintura de plantas medicinais

Trata-se de um líquido com base alcoólica, extraído da planta medicinal seca. A preparação caseira das tinturas não é fácil, pois determinar as várias relações, como o percentual de álcool e a quantidade das ervas, exige capacidade profissional e experiência.

O fato de numerosas lojas de produtos naturais também venderem freqüentemente as tinturas é sinal, sem dúvida, de progresso.

As tinturas, desde que colocadas num lugar fresco e escuro, se conservam por muitos anos, mesmo se durante este período o frasco for aberto. Os frascos abertos devem, porém, ser tratados o mais higienicamente possível, inclusive evitando-se tocar as bordas com os dedos. Isto para impedir que substâncias estranhas se introduzam na tintura, diminuindo assim, sensivelmente, a sua conservação.

Geralmente, toma-se a tintura em doses de cinco a quinze gotas, três ou quatro vezes ao dia. Nas afecções crônicas, a dose é menor do que aquela aconselhável nos casos agudos. Nas afecções agudas, a quantidade do medicamento é menos importante do que a freqüência com que é ingerido. Três gotas numa colher das de sopa d'água, ingeridas mais freqüentemente, por exemplo a cada dez minutos, poderão ter um efeito maior do que vinte gotas três vezes ao dia.

Dosagem para crianças

Geralmente as crianças reagem particularmente bem à ação das plantas medicinais. Atribui-se esta reação provavelmente ao fato de que todo o seu organismo não está ainda profundamente "intoxicado" por toda espécie de aditivos químicos do nosso alimento diário. Sem dúvida alguma, quanto mais natural é o sistema de vida, mais eficaz é a reação aos medicamentos naturais. Quanto à dosagem, podemos seguir a seguinte regra: para as crianças de 6 a 12/14 anos, usa-se a metade da dosagem indicada; de 3 a 6 anos, um quarto; e para até 3 anos de idade, um oitavo ou menos ainda. Como para os adultos, as doses prescritas serão administradas três ou quatro vezes ao dia, sempre quinze minutos antes das refeições.

Uma piora inicial da situação poderá se verificar, especialmente nas crianças. O fato não deverá provocar preocupações, já que, se o remédio escolhido for o adequado, tratar-se-á de um quadro normal. Diz um velho ditado que se deve primeiro piorar para depois melhorar.

4 Algumas plantas medicinais para a prevenção e a cura do reumatismo

Barba-de-bode (*Spiraea ulmaria*)

Esta planta é especialmente indicada para o indivíduo que caminha encurvado como conseqüência emotiva de um reumatismo nas articulações. Podemos atribuir a ação desta planta às combinações do ácido salicílico que ela contém; entretanto, não são unicamente estas substâncias que determinam o uso do medicamento. A barba-de-bode convém a um determinado tipo. É útil ao homem que sofre de reumatismos freqüentes e excesso de experiências e tensões emotivas, não suficientemente "curadas". Considerada do ponto de vista do ensinamento clássico dos elementos, a sensibilidade se combina com a *água* e o reumatismo é a conseqüência do frio (ver Capítulo 1).

Quando os dois elementos se combinam, temos a seguinte imagem: depois de nos termos "banhado" (excesso de emoções e sentimentos), não nos "enxugamos" o bastante (o calor e o afeto não foram suficientes). Como conseqüência, sentimos frio (reumatismo). A barba-de-bode é de grande ajuda para estes casos. Esta faz descarregar a água (os sentimentos que não foram suficientemente elaborados) e age como adstringente (protetor), através do qual o corpo se libera de um distúrbio excedente.

O uso desta planta é típico, à medida que as queixas do reumático se agravam com a umidade. Sempre em relação a isto, é digno de nota o comportamento das vacas, que durante as chuvas e os temporais do fim do verão procuram de preferência esta planta que cresce ao longo dos cursos d'água, ou à margem de valas e valetas dos pastos úmidos. As vacas se agrupam então em círculo, com a cabeça voltada para as plantas e a parte traseira do corpo contra o vento e a chuva. Parece até que os animais fizeram amizade com a planta, que é capaz de registrar as perturbações borrascosas e de desviá-las.

Quando – psiquicamente falando – estamos deprimidos, esta planta, de flores brilhantes, surge para nós como a nossa última esperança (o Sol). Não combina, por isso, com o indivíduo tímido, de vida muito parcimoniosa (pertence astrologicamente ao tipo Saturno), mas com o indivíduo que se torna reumático por um excesso de ações, por uma emotividade muito grande, que não consegue se decidir, por isso se encontra no "frio" (tem-se a impressão de que a "base" da vida lhe falta).

Como primeira sugestão, aconselharei a todo paciente reumático do tipo supracitado a ir um dia a uma ilha, procurar a planta e, com as costas contra o vento, semelhante às vacas, também psiquicamente, pensar. Considere a extensa e aquosa paisagem do pôlder (água: emotividade) e se esforce em descobrir que também ali há lugar para as criaturas de Deus. Aprenda a conhecer o seu espaço vital olhando o reflexo do seu ponto mais fraco (sobretudo psíquico) de cabeça baixa.

Homem reumático, vença o seu mal ficando de pé no palude ou em qualquer terreno pantanoso, para encontrar o seu terreno, o que significa concretizar de novo as *suas* emoções. Se hesita em caminhar só, faça-se acompanhar de qualquer pessoa pronta a lhe estender a mão. De volta à casa, poderá beber uma infusão de barba-de-bode. Use todas as partes desta plantinha: flores, caule, folhas e raízes. Uma colher das de sopa cheia do produto seco em meio litro de água e a infusão estará pronta depois de um quarto de hora: uma xícara três ou quatro vezes ao dia. Continue a tomar a infusão freqüentemente e a longo prazo. Também neste caso é válida uma lei natural: qualquer coisa que exigiu um longo período de tempo para se formar (reumatismo), também terá necessidade de muito tempo para ser curada. Não é possível se libertar em algumas semanas das emoções não assimiladas durante anos.

Cure então a si mesmo, homem sofredor, entrando no palude, mas desta vez deverá voltar como indivíduo consciente. Se tiver a coragem de iniciar esta tarefa incômoda, procure refletir sobre os seguintes pensamentos, que lhe poderão ser de grande ajuda:

Lute como um leão,
Resista como um cabrito montês,
Ore como um homem,
        mas,
Creia como uma criança.

Encontrará então o amor verdadeiro, o calor, em benefício da alma e do corpo.

Spiraea ulmaria

Bonaga (*Ononis spinosa*)

Como vimos no capítulo precedente, o excesso de ácido úrico é a causa mais determinante do reumatismo, e que este excesso é o resultado de um regime de vida excessivo, especialmente no que se refere aos albúmenes animais e as gorduras contidas nos nossos alimentos. Não é à-toa que a bonaga é freqüentemente chamada cansa-boi. É apropriada para o indivíduo que sofre de reumatismos como resultado de uma existência cuja melhor definição poderia ser a seguinte: "Vive para comer".

Não existe outra planta com maior capacidade depurativa do que a bonaga. Elimina o ácido úrico e a água, passando pelos rins, e libera o corpo da carga supérflua e nociva. O uso desta planta é aconselhável nos casos de inchação hidrópica. Age melhor e é mais inócua do que qualquer pílula diurética. É usada sobretudo como cura preventiva do reumatismo. Infelizmente, serão poucas as pessoas que de acordo com seu sistema de vida estão entre os reumáticos potenciais, lerão estas linhas! A bonaga é eficaz também quando existe afecção reumática contínua. É indicada principalmente ao indivíduo que não consegue controlar as suas emoções, porque está sempre sobrecarregado de dificuldades (irritações). O seu reumatismo não é conseqüência do frio, mas o resultado de um "hiperaquecimento". Ele reage de modo excessivo aos acontecimentos diários. Este estado de espírito poderá ter como conseqüência uma alimentação errada (compensação). O indivíduo tenta compensar a desarmonia psíquica com um regime alimentar descomedido. Faz corresponder à "comilança" da qual diariamente participa (e que no fundo solicita) com uma "comilança" no que se refere aos alimentos.

Do ponto de vista astrológico, o reumatismo que reage à bonaga pertence ao signo de Sagitário e, geralmente, começa nos quadris. Trata-se de uma batalha perdida que só pode ser amenizada por uma comida apetitosa. Se o quadro, ano após ano, se consolida, haverá um excesso de ácido úrico.

Seja pela prevenção, ou pela cura, use diariamente a tintura de bonaga. Recomendo dez a quinze gotas, quatro vezes ao dia. Este remédio pode ser usado durante longo tempo (cinco ou seis meses).

É indicada, de preferência, ao paciente reumático, pletórico e corpulento, e não àquele magro e delgado.

Uma das melhores provas da eficácia deste remédio para o paciente que sofre de reumatismo é dada pelo fato de que o sedimento no sangue, às vezes aumentado de modo bastante acentuado, retorna lentamente ao valor normal. Além disso, pode-se constatar freqüentemente que o uso da tintura de bonaga pode acarretar um processo reumático premente, onde tal uso ocorre concomitantemente com o retorno a um tipo de alimentação natural.

Ononis spinosa

Vara-de-ouro (*Solidago virgaurea*)

A vara-de-ouro tem uma múltipla ação. Em primeiro lugar, é conhecida como a planta medicinal mais eficaz para os rins. Considerando que não se usa esta planta unicamente pela substância ativa que ela contém, aprofundar-me-ei à procura do tipo que forma a base da ação saneadora. A vara-de-ouro é indicada ao indivíduo que "se consome" em silêncio, após numerosas desilusões encontradas na própria vida, especialmente no campo sentimental. Para ele, as relações com os outros ou são eternamente difíceis, ou não são nem sequer iniciadas. Quando uma situação deste tipo se estabelece por longo tempo, surgem tensões que podem levar até a um esgotamento nervoso.

Tal situação não deve ser confundida com uma hipertensão psíquica, que também pode ser o resultado da nossa sociedade com a atividade espasmódica e de um certo sentido irreal. Trata-se, ao invés, de uma forma de sobrecarga que ninguém percebe acontecer, apesar de, improvisadamente, a vida sensitiva do indivíduo parecer "saturada".

Se transportarmos esta imagem ao mundo da eletricidade, diremos que "os fusíveis queimaram". No nosso corpo ocorre algo similar: "os *rins* param de funcionar". Os nossos rins são, sem dúvida, os reguladores da vida sensitiva*. Quando estes são de constituição forte, as conseqüências da situação supracitada se farão sentir numa "fase" ulterior.

Voltando novamente ao exemplo do campo elétrico, às vezes ocorre que não foi o interruptor do nosso contator que falhou, mas o incidente depende também do interruptor principal, ao qual, pessoalmente, não podemos ter acesso.

Podemos verificar algo similar também no nosso organismo. Não são então os rins que "falham", mas as nossas próprias articulações. Sem colocar em dúvida as declarações médicas com relação ao problema do reumatismo agudo, suspeito bastante que seja essa a conseqüência da situação acima mencionada. Os resultados dos exames bacteriológicos, viróticos, etc., são indubitavelmente reais, mas não individualizam a origem íntima e profunda do mal. Tente estudar a condição psíquica da pessoa acometida de uma crise de reumatismo. Chegará à conclusão de que, nestes casos, se tratará sempre de pessoas extremamente sensíveis e vulneráveis, que em silêncio se tornaram vítimas de desilusões sofridas pela sua sensibilidade, no âmbito do

---

*Leia, a propósito, *Como curar os rins, a pele e os olhos com as plantas medicinais*, de Jaap Huibers, Hemus Editora. (N.E.)

Solidago virgaurea

mundo sentimental. E a vara-de-ouro é indicada ao indivíduo continuamente atormentado por frustrações sem perspectivas de uma melhora real. O indivíduo se sente prisioneiro do espírito e tem a sensação de que o seu ser e a sua própria individualidade são completamente absorvidos pelos outros. As fortíssimas conseqüências que podem advir serão controladas pela vara-de-ouro.

Use a tintura ou a infusão tanto para a prevenção quanto para obter a cura. Se você, baseado na descrição acima mencionada, se reconhece como um paciente reumático "em potencial", fará bem em tomar dez gotas de tintura por dia, em jejum. Os pacientes reumáticos podem continuar por um longo período ininterrupto, tomando dez gotas quatro a cinco vezes ao dia. No caso de reumatismo agudo, poderá, de acordo com o médico, e durante as primeiras semanas, tomar o remédio até dez vezes ao dia (dose de cinco gotas).

Juntamente com a vara-de-ouro, é aconselhável tomar três vezes ao dia cinco gotas de erva-cidreira a D12. Esta última exerce uma ação reguladora da nossa "vida afetiva". A vara-de-ouro age fisicamente, a erva-cidreira age sobre nossa psique.

Salgueiro-do-rio (*Salix alba*)

> Lá, junto aos rios da Babilônia,
> Sentávamos e também chorávamos
> Recordando Sião.
>
> Nos *salgueiros* das margens
> Tínhamos pendurado nossas cítaras,
> Uma vez que lá, aqueles que nos haviam espancado no cativeiro
> Rogavam por cânticos
> E aqueles que nos roubavam, canções alegres, dizendo:
> Cantem-nos as canções de Sião!
> Como podíamos nós cantar as canções do Eterno em terra estranha?
>
> (Salmo 137, vs. 1/5)

Se bem que naturalmente não tenhamos certeza, provavelmente eram os salgueiros chorões que estavam ao longo dos rios da Babilônia. Se não interpretarmos a supramencionada citação de modo dramático, não poderemos deixar de concluir que o salgueiro deve ser, sem dúvida, uma árvore importante. Somente o salgueiro, e nenhuma outra árvore, demonstrou ser digno de conservar o símbolo da alegria humana (a música).

O indivíduo que não pode mais cantar ou se divertir, o indivíduo incapaz de se mover (pense no reumatismo) procura sua salvação no salgueiro. O indivíduo "arrasado" sabe que não há ninguém "semelhante" na natureza mais "tenaz" e mais "resistente" do que o salgueiro. Este, simbolicamente falando, possui uma capacidade de tolerância tão grande que se deixa "podar totalmente", fazendo depois brotar alegremente das suas "feridas" uma vida jovem e nova. É quase impossível considerar como motivo a imagem do salgueiro escolhida pelo salmista numa situação onde se fala de seres humanos "arrasados".

Não nos deixemos, porém, atrair muito pela exegese teológica da imagem das "cítaras penduradas nos salgueiros". Podemos interpretá-la literalmente e também transpô-la positivamente para a realidade. Trata-se, na verdade, de uma indicação evidente, destinada ao uso cotidiano. Para que tipo de indivíduo é indicado o salgueiro? Trata-se de um indivíduo que, por causa de uma vida "desiludida", perdeu a alegria de viver. Melancólico, triste, angustiado, sem confiança em si próprio. O salgueiro pode ser o "sustentáculo" dos nossos sentimentos de alegria não realizados (a harpa, os instrumentos musicais, a própria música). O impacto contínuo com a impossibilidade de exprimir os nossos sentimentos de alegria levará, a longo prazo, a um grave "estado espasmódico". Esquece-se de cantar e, sobretudo, de "se divertir". E é então, infelizmente, que o corpo se adequa ao espírito. E se o todo continua a piorar, a incipiente rigidez dos nossos membros se transformará num reumatismo, que não permitirá mais movimento algum.

Isolados, também psiquicamente, estaremos com o corpo e o espírito "enrijecidos". Felizmente, temos o salgueiro para nos ajudar. É uma das poucas criaturas da natureza capaz de renovar sempre a sua resistência frente às recorrentes "mutilações". A força do salgueiro é tão grande que a planta consegue pôr à disposição dos outros as cicatrizes que gradualmente se aprofundam ao longo de seu tronco. Os pássaros podem ali fazer os seus ninhos e outras plantas ali criar raízes. Que milagre de harmonia divina!

Homem reumático, aprenda a assimilar o exemplo do salgueiro e procure tirar vantagem dele. Os pacientes *crônicos*, principalmente, encontram grandes benefícios no uso diário da tintura de *Salix*. Quinze gotas três vezes ao dia, durante um longo período, produzem melhoras no corpo e no espírito.

A pessoa que se sentir afim com o tipo acima mencionado deve levar sempre consigo um pedacinho do tronco do salgueiro, mesmo se se tratar apenas de um raminho. Leve-o pendurado no pescoço, preso a um cordão, de modo que o pedacinho de tronco esteja em contato com a pele. Renove-o semanalmente! Não creia que se trate de sugestão ou superstição! Muito pelo contrário. Por que se deveria levar consigo a fotografia da pessoa a quem se estima muito e não a imagem do que é análogo à própria situação psicofísica? Carregando um pedacinho de salgueiro, temos na realidade conosco "a imagem" da materialização natural da nossa condição pessoal. Teremos por isso sempre conosco o "suporte" ideal para a nossa cítara (a nossa alegria), e mesmo se não tivermos vontade de tocá-la, nunca a perderemos completamente de vista. Talvez o uso do salgueiro fará com que também uma outra palavra extraída do livro dos Salmos, tão praticamente compreendida, se torne realidade. E cantando e dançando, dirão:

"Todas as fontes da minha alegria *estão em ti*".

(Salmo 87, vs. 7)

O salgueiro se tornará então a caixa harmônica do canto e da música, porque vem do nosso coração (isto é, do nosso íntimo).

Salix alba

Groselheira-preta (*Ribes nigrum*)

Com as folhas frescas e novas da groselheira-preta, prepara-se uma infusão que estimula a função renal. Contribui realmente para eliminar uma quantidade relevante de líquidos e, principalmente, de ácido úrico. Na primavera, o paciente reumático deve beber a infusão algumas vezes durante a semana. Não deverá usar mais depois do dia mais longo do ano. Esta regra vale especialmente se a moita da groselheira cresce num terreno relativamente pobre de potássio. Tal teor de potássio é comprovado quando as extremidades das moitas, que crescem no terreno com pouco potássio, já em pleno verão começam a escurecer. Se o odor característico desta moita provocar uma sensação de náusea, será aconselhável não se servir destas folhas. É uma regra que, na prática, pode ser muito útil. O uso das folhas exerce uma importante ação saneadora sobre as pessoas que particularmente conhecem o odor. O suco da groselheira-preta amadurecida ao sol é benéfico tanto para os pacientes reumáticos quanto para as pessoas sãs. É uma fonte maravilhosa de vitamica C. Além disso, o suco da groselheira-preta determina uma forte reação básica no nosso organismo, neutralizando ulteriormente o ácido úrico. Trata-se, pois, de uma planta extremamente preciosa para regular o metabolismo dos que sofrem de reumatismo.

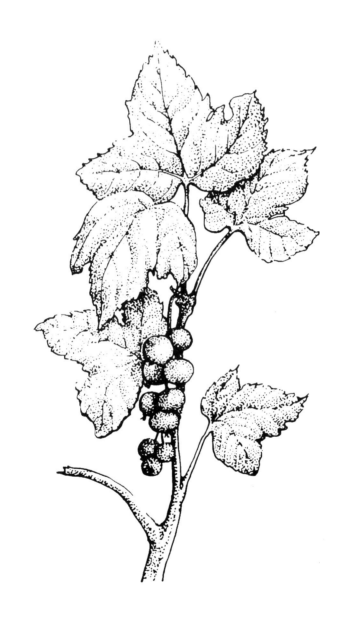

Ribes nigrum

Bétula (*Betula alba*)

Uma antiga tradição diz que não devemos confiar nunca um segredo perto de uma bétula ou de um álamo, porque cedo ou tarde será revelado. Se escutarmos o sussurrar das folhas destas árvores quando bate o vento, podemos quase acreditar que são capazes de repetir qualquer coisa. Seja a bétula ou o álamo, com relação aos grandes esquemas cósmicos, são manifestações do chamado "esquema Mercúrio". Isso significa que a *essência* destas árvores é análoga à imagem cósmica, como a vemos personificada na história dos deus grego Mercúrio (Hermes). Mercúrio é representado como o mensageiro dos deuses, que se ocupava em levar as notícias sem se aprofundar na essência e no conteúdo do que transmitia.

Se transferirmos esta característica do tipo Mercúrio para as nossas contingências diárias – sejam físicas ou psíquicas –, a melhor definição atribuível será: *circulação*. Todos os processos circulatórios do corpo são dominados por Mercúrio (considerado como esquema). Neste esquema, estão compreendidos também a circulação sangüínea, o processo digestivo, as correntes nervosas, etc. Também a nossa atividade motora, quando implica uma ação de transferência, se inclui no mesmo esquema. Sobretudo os movimentos dos braços, das mãos e dos dedos, se efetuam no âmbito do esquema Mercúrio.

Ora, é um fato conhecido que, em muitos casos, os primeiros sintomas se manifestam nas *articulações principais*. A estas pertencem, entre outras, as articulações do polegar e do dedão do pé. São estas as duas partes do corpo análogas ao esquema Mercúrio. O reumatismo nos limita nos movimentos (Mercúrio).

O uso da bétula é eficaz sobretudo no estágio inicial do reumatismo, quando as dores se manifestam nas articulações acima mencionadas. A bétula, como forma análoga ao esquema Mercúrio, fortalece e sustenta a estrutura de tal esquema quando este começa a ceder.

Do ponto de vista astrológico, a bétula combina com a relação desarmoniosa entre Mercúrio (movimento) e Saturno (impedimento). Psiquicamente corresponde ao comportamento do indivíduo muito formal nas suas relações com o próximo. Estabelecem-se vínculos verdadeiros, através dos quais o indivíduo tem continuamente a sensação de ter sido abandonado no frio (reumatismo). Juntamente com o uso da bétula, é imprescindível uma dieta favorável à desacidificação. Pode-se usar tanto a folha da bétula seca como a tintura. Nos casos de reumatismo inicial, a dose será de quinze gotas três vezes ao dia.

Uma ótima combinação é a tintura de bétula e urtiga. A dose será de cinco gotas, três ou quatro vezes ao dia.

Recapitulando, podemos dizer que a bétula é indicada para o indivíduo de natureza bastante vivaz (Mercúrio — o sussurrar das folhas da bétula!), ao qual o reumatismo surge como um "obstáculo" inimaginável. Dormir sobre um colchão forrado com raminhos de bétula seca também se inclui no processo deste esquema.

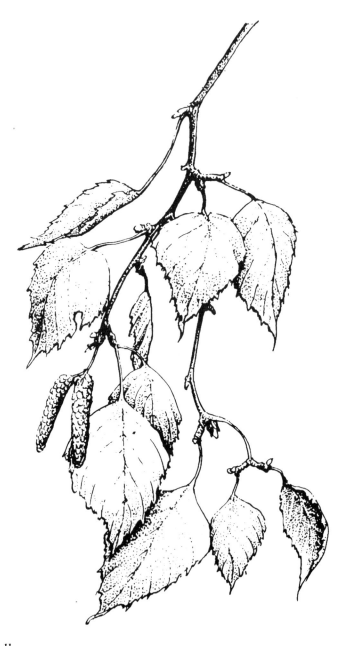

Betula alba

Zimbro (*Juniperus communis*)

O zimbro (junípero) está para a bétula como o ancião severo e reservado está para a criança esperta, brincalhona e irrequieta. Assim como a bétula é benéfica no processo inicial do reumatismo, o zimbro age sobre o reumatismo que já se tornou crônico. A pessoa ágil, célere e de reações rápidas não encontrará benefícios no uso desta planta. Ao contrário, o indivíduo sério, crítico, de humor um tanto sóbrio, perfeccionista, poderá usar esta planta, também esta severa e solitária.

Tudo nesta planta se desenvolve lentamente, o crescimento, a absorção dos nutrientes e até a produção das bagas que demoram dois anos para atingir a maturação completa.

Será assim também para o tipo humano análogo ao zimbro. É a pessoa na qual todos os processos vitais se desenvolvem lentamente. Por um lado é bom que o indivíduo se apresente adequadamente preparado para a ribalta da vida. Por outro lado, haverá desvantagens, a partir do momento em que o indivíduo é tão consciencioso e de certo modo pedante; tudo nele se desenvolve lentamente; o organismo não se purifica suficientemente e, a longo prazo, vão se acumulando escórias, grande veneno para o corpo. O reumatismo poderá ser a conseqüência. O zimbro é indicado para aquele tipo de reumatismo que surge muito gradativamente na idade avançada e demonstra ser um tanto persistente. Aconselho ao tipo acima descrito beber diariamente um xícara de infusão de bagas de zimbro maduras. Em perfeita analogia com o modelo desta planta, o indivíduo não deverá começar com uma infusão muito forte. Muito pelo contrário. É preciso que ele comece lentamente, e lentamente deixe que o processo se desenvolva. Aja conforme o seu esquema! Comece, por exemplo, com uma xícara de infusão feita com duas bagas. Depois de alguns dias, aumente a dose gradualmente: três, quatro, até chegar a doze bagas. Mantenha este número por uma semana inteira e volte depois gradualmente até à dose de duas bagas. Depois de algumas semanas de interrupção, repita o ciclo. Obtém-se também um efeito favorável mastigando-se uma ou duas bagas maduras. Este último processo parece influir, em alguns casos, sobre os fumantes inveterados. Na verdade, o desejo do charuto ou do cigarro se torna menos estimulado. Uma planta rígida, o zimbro; todavia, capaz de eliminar muitas impurezas no nosso corpo. Não é talvez surpreendente constatar como o próprio zimbro está envolvido em graves situações? Encontramo-lo, por exemplo, na Bíblia, nos *Livros dos Reis*. Trata-se da história do profeta Elias que, tomado de angústia (astrologicamente análoga àquela sofrida pelo tipo Saturno), procurou refúgio no

Juniperus communis

deserto, onde se sentou sob uma "árvore de zimbro" (infelizmente esta palavra foi traduzida na nova versão como giesta, expressão que me parece errada). A continuação da história confirma que o zimbro contribui para resolver muitos problemas angustiantes. Elias, sentado sob o zimbro, expressou o desejo de morrer. Não poderia estar mais deprimido e melancólico. O que aconteceu, então? Nos *Livros dos Reis* (19, vs. 5), lê-se: "Depois (Elias) se deitou e adormeceu sob uma planta de zimbro, quando então um anjo o tocou e lhe disse: Levante-se e coma". Podemos deixar o texto da história ou mesmo esquecê-lo. É principalmente o significado que se reveste de particular importância, isto é, a demonstração que um desejo de morte se desenvolve sob o zimbro a tal ponto que o ser se sente solicitado para uma nova vida.

Esperemos que sejam os sofredores de reumatismo que se sintam "exaltados" pela antiquíssima simbologia e pela "força" que advém da imagem supradescrita. Graças a Deus, a Bíblia não é unicamente o livro da Igreja, mas a própria "verdade primordial". Leia-se sem a carga das eventuais "deformações" teológicas e descubra a inegável realidade independente de tempo e lugar. Sob este aspecto, não é de admirar que o zimbro fosse bastante considerado no tempo dos alquimistas (entre outros, Paracelso). É certamente uma planta que, na sua imagem material, se adapta perfeitamente ao grande processo da "alquimia do espírito". Da morte para a vida e do não-válido para o válido, esta é a primeva imagem do zimbro. Considere sempre esta maravilha do sistema cósmico.

Urtiga (*Urtica dioica*)

Urtiga-menor (*Urtica urens*)

Algumas plantas possuem características tão poliédricas e a sua essência é tão complexa, que se poderia falar extensivamente sobre elas. A urtiga, por exemplo, pertence a este gênero de plantas. Além da ação saneadora que exerce sobre os que sofrem de reumatismo, esta planta pode proporcionar alívio a numerosos distúrbios físicos. O argumento é discutido nos outros volumes desta série, no que se refere às plantas medicinais.

Sabe-se que as pessoas que estão sempre em contato com as abelhas, e conseqüentemente são picadas com freqüência, são menos predispostas do que as outras às afecções reumáticas. Atribui-se esta imunidade parcial ao ácido fórmico, inoculado com a "picada" da abelha.

Todos sabem que não existe outra planta pronta a "picar" de modo tão venenoso como a urtiga. Podemos, portanto, considerar na mesma proporção a urtiga e a abelha como dois aspectos do mesmo esquema. Ademais, encontramos uma analogia também nos lugares de onde extraem o seu sustento; a urtiga cresce de preferência sobre as estrumeiras e nos terrenos ricos em azoto. A própria planta é rica em albúmen. A abelha se encontra de preferência próxima às flores, ricas também em albúmen, já que a flor é a expressão da capacidade reprodutora da planta (entre outros, é o elemento essencial da fecundação). A urtiga e a abelha são, ambas, expressões do *pólo da vida*. Isto acontece com as pessoas que sobrecarregam o *pólo do pensamento*, que consideram a mente e o intelecto entidades superiores e de menor importância as funções puramente físicas.

As pessoas que se comportam segundo as diretrizes de um esquema similar geralmente estão sujeitas à asma, ao eczema e ao reumatismo. A causa disto tudo está concentrada no seu sistema psíquico. A mente, continuamente sobrecarregada, se sente impedida de promover atividades físicas e, conseqüentemente, os processos circulatórios se tornarão insuficientes e a depuração orgânica permanecerá bloqueada. De maneira que terá um intestino obstruído e uma acumulação de ácido úrico. A urtiga é um grande depurativo. A pessoa que sofre de reumatismo deve, especialmente na primavera, comer diariamente as folhas novas de urtiga fervidas. Durante o resto do ano poderá preparar infusões de urtigas secas ou usar o produto em forma de tintura. A dose diária será de dez gotas em pouca água antes das refeições.

Um antiqüíssimo "remédio caseiro" consiste em esfregar cotovelos, pulsos e joelhos enrijecidos com a urtiga fresca. Não é divertido, mas o efeito salutar é notável. Outra possibilidade seria aquela de acompanhar um apicultor e de suportar algumas picadas. Demonstre que o seu "pólo do pensamento" aceita com prazer a obrigação solicitada pelas picadas das urtigas e das abelhas e lhe dá crédito. É assim que se cria o equilíbrio. O seu corpo também necessita de uma consideração efetiva. Se isto não acontecer, o corpo o advertirá e não poderá mais contar com sua disponibilidade como "templo" para o espírito. Porque um espírito sem corpo (aqui na Terra) é como um carro sem rodas ou motor; não pode mais caminhar tampouco no campo psíquico.

O reumatismo é uma triste manifestação deste conceito.

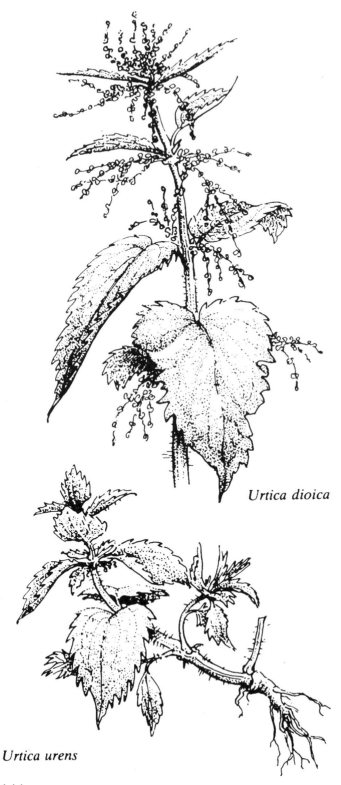

Urtica dioica

Urtica urens

Álamo-preto (*Populus nigra*)

Tudo quanto foi dito sobre a bétula vale também para o álamo. São sempre manifestações do esquema Mercúrio. A única diferença está no fato de que o álamo não age exclusivamente como a bétula, no início do reumatismo, mas pode ser usado também durante o curso da afecção. A infusão de brotos de álamo é indicada sobretudo para a eliminação do ácido úrico. Coloque uma colher das de sopa cheia de brotos secos em meio litro de água, faça uma infusão do modo usual e beba. Também a tintura é aconselhável para reumatismo e dores ciáticas. A dose será de dez gotas em pouca água três vezes ao dia.

O álamo não é indicado ao tipo silencioso e tranqüilo; pelo contrário, é a planta indicada para os reumáticos sujeitos à logorréia. Falar, falar e falar para eles é mais que um prazer, é a vida. Na sala de espera de uma clínica para reumáticos, reconhecem-se os indivíduos deste tipo à primeira vista. São as pessoas sempre prontas (e demonstram até uma grande satisfação!) a falar do processo de sua doença. Não perdem o seu bom humor e todos se sentem admirados pela coragem e pela serenidade que demonstram, malgrado os duros sofrimentos suportados (pelo menos assim pensam aqueles que os circundam).

A bétula e o álamo são o oposto do zimbro. Tente descobrir a diferença no esquema.

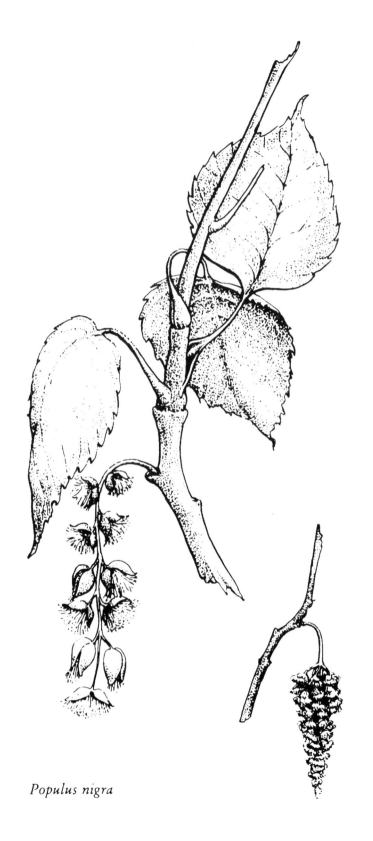
Populus nigra

Arnica (*Arnica montana*)

A arnica é considerada preciosa para o tratamento das várias afecções reumáticas, gota, lumbago, ciática, etc. Facilita a *circulação do sangue* nos pontos doloridos e exerce uma ação saneadora em toda a estrutura óssea. Pode ser usada tanto externa quanto internamente. Externamente, é usada para friccionar os pontos doloridos. O processo continua por longos períodos de tempo e várias vezes ao dia. Para o uso interno, temos a diluição homeopática da planta. Nos casos de reumatismo crônico, lumbago e ciática, usa-se a diluição D6. No reumatismo agudo, recomenda-se o uso do remédio à D200. (Uma dose única de cinco grânulos.)

A ação desta incomparável planta se manifestou claramente no dia em que me pediram um remédio para um cavalo jovem, aparentemente com um sério problema num dos joelhos. Não conseguia mais dobrar a perna e mancava. O veterinário não encontrava uma solução e pensava, de acordo com o Instituto de Veterinária de Utrecht, que o cavalo devia ser sacrificado, porque muito provavelmente não seria curado. Quem pode descrever o nosso espanto quando o cavalo, seis horas depois que eu havia aconselhado ministrar-lhe um forte dose de arnica à D200, se pôs a trotar livremente no prado, sem sombra de um mínimo incômodo!

Também o indivíduo aflito com reumatismo crônico pode recorrer a este remédio. Sete grânulos de cada vez de arnica à D200, a cada dois meses, influem extraordinariamente sobre a regeneração de toda a estrutura óssea.

Arnica montana

Consólida (*Symphytum officinale*)

Segundo a teoria dos esquemas cósmicos, é indiscutível que a estrutura e a ação da consólida são absolutamente análogas ao esquema Saturno: Saturno domina no corpo humano a forma e a estrutura óssea. Na psique, Saturno se manifestava no sentimento do dever, na melancolia e na gravidade. No nosso caso, vemos se concretizar o esquema Saturno na força da gravidade e no transcorrer do tempo com as restrições e os impedimentos que daí resultam. Felizmente, todas estas manifestações são essencialmente análogas. Todas as plantas com flores violetas, campânulas e pêndulos (força da gravidade) são a representação deste esquema. Isto vale também para a consólida. A tintura ou a pomada preparadas com esta planta exercem de fato uma ação saneadora nas osteopatias. Nas farmácias especializadas encontra-se facilmente a tintura de consólida, que pode ser usada interna e externamente; friccionando-a sobre os pontos doloridos, sente-se uma sensação de alívio. A ação da consólida é eficaz também para o uso interno. Sete gotas três vezes ao dia serão suficientes. Este remédio fortifica a nossa estrutura óssea e apressa o processo de cura. Age principalmente sobre as pessoas que têm o aspecto melancólico, sério e formal. Apesar destes indivíduos darem a impressão de serem sobremaneira sérios, o seu íntimo é receptáculo de inumeráveis frivolidades. Estes são de fato os expoentes daquela sociedade dita "de luxo", a fim de simular uma aparência de seriedade e de segurança exterior. Todavia, normalmente não o conseguem. A conseqüência de tal estrutura de caráter é o surgimento da *hérnia*. A tensão entre o mundo externo e o mundo interno é tal que acaba por recair sobre os ombros do indivíduo até encurvar-lhe a espinha (hérnia). Uma carga deste tipo não é, na verdade, *substancialmente* sustentável. Também em tal caso é aconselhável a consólida, combinando-se-a eventualmente com o hipérico e a arnica.

Symphytum officinale

Hipérico (ou Erva-de-são-joão) (*Hypericum perforatum*)

Esta planta é considerada um dos melhores remédios para combater as conseqüências psíquicas do reumatismo que, como vimos anteriormente, é, em muitos casos, uma manifestação do esquema Saturno.

O hipérico faz parte do esquema Sol. Infunde nos homens a força solar (coragem de viver) e consolida o "ego" consciente. É uma fonte de calor que fortalece os nervos, auxiliando eficazmente a condutividade das correntes nervosas, principalmente nos pontos atacados pelo reumatismo. O hipérico levanta o ânimo do sofredor melancólico e frustrado. No meu volume *As plantas medicinais contra o stress* (Hemus Editora) são encontradas outras informações com relação a esta planta.

Use diariamente esta planta: dez gotas, uma vez ao dia, serão suficientes para fortificar a psique e restituir a coragem.

Não hesite em pendurar em sua casa uns macinhos de hipérico, colhidos de preferência por ocasião do Dia de São João, em 24 de junho.

Sirva-se do óleo extraído desta planta para massagens que poderão surtir efeitos "milagrosos", sobretudo sobre o enrijecimento e a contração das pernas, freqüente nas pessoas idosas. Uma massagem regular com o óleo de hipérico será, sem dúvida, benéfico a estes pacientes.

Devo aqui fazer uma diferença entre o óleo extraído das flores e aquele obtido deixando-se macerar as folhas secas no óleo de girassol ou de oliva quente (espremido a frio). O óleo (vermelho) extraído das flores é usado especialmente para as *nevralgias*; o óleo de folhas, para as *dores reumáticas*. Dado que, nos casos de reumatismo, lumbago ou ciática, determinados músculos ou articulações não funcionam, ou pelo menos parecem ineficientes, outros músculos e articulações são submetidos a uma sobrecarga contínua e anormal de trabalho extraordinário.

Providencie, portanto, a cura não somente das partes "doentes" do seu corpo, tratando-as adequadamente, mas reserve também maiores cuidados às partes que trabalharam duplamente. O hipérico o ajudará também neste caso. O paciente que sofre de dor ciática, por exemplo, no lado esquerdo, deverá, após ter massageado o ponto dolorido, pensar também no lado direito da coluna, e também no quadril e na coxa da perna direita, lembrando-se que em circunstâncias similares estes terão, sem dúvida, sofrido um ônus de trabalho.

O hipérico é o "ouro" do mundo vegetal, assim como o ouro é o "hipérico" do mundo mineral.

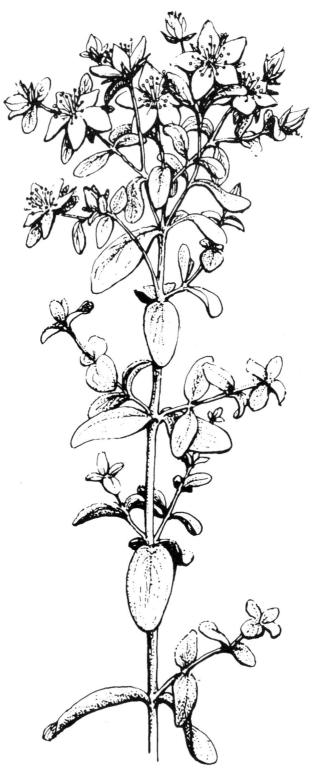
Hypericum perforatum

5 Alguns remédios homeopáticos para o reumatismo

Determinadas expressões do nosso linguajar cotidiano são, até certo ponto, uma transposição da "antiga lei" homeopática. Provavelmente, todos nós conhecemos a expressão "O mal com o mal se cura". A homeopatia conhece um princípio similar: *Similia similibus curantur*. O médico alemão Samuel Hahnemann (1755-1843) é o fundador da homeopatia moderna. A ele pertence a honra de ter posto em prática a norma supracitada. Este cientista descobriu como uma substância que causava, na sua forma pura (isto é, não diluída), determinados fenômenos físicos ou psíquicos, podia curar os mesmos fenômenos se usada em forma diluída. De concreto, se uma pessoa ingerir com o alimento muita segurelha pura, terá, muito provavelmente, cólicas biliares ou intestinais. Contudo, a segurelha diluída é um ótimo remédio para este tipo de cólicas.

Um outro exemplo encontramos na dedaleira (*Digitalis*). Ingerida pura, provoca fenômenos de forte intoxicação (com resultado funesto), particularmente com relação à atividade cardíaca, que se torna cada vez mais fraca. A dedaleira diluída, ao contrário, é um remédio específico para a insuficiência cardíaca.

Uma diluição homeopática chama-se *potência*, isto é, quanto mais se dilui a substância, mais forte será a força saneadora (potência) que ela produz. Na homeopatia é válida a regra: "Nem sempre o muito cura o muito". Quanto menor for a quantidade da substância (ou seja, quanto mais for diluída), maior será o seu poder terapêutico.

As diluições homeopáticas são indicadas com a letra maiúscula D (decimal). D1 é 1:10, D2 é 1:100, D4 é 1:10 000, etc. A determinação da potência apropriada (diluição) é de grande importância e o "leigo" nem sempre é capaz de avaliá-la. Em geral, pode-se dizer que as potências baixas (de D1 a D6) são adequadas para as afecções agudas, enquanto que aquelas altas são usadas para as afecções crônicas.

A freqüência observada na ingestão de um determinado remédio é mais importante do que a dose isolada. Nas afecções agudas pode ser necessário usar um medicamento em doses contínuas (em alguns casos até a cada cinco minutos).

Se a doença for de caráter crônico, é necessário observar uma pausa mais longa (por exemplo, uma vez ao dia ou até uma vez por semana). Os remédios homeopáticos recomendados podem ser comprados em qualquer farmácia.

Se as tentativas empreendidas pessoalmente não levarem a nenhum resultado, será melhor consultar um médico homeopata. No final do último capítulo você encontrará outras informações a respeito.

Passemos à classificação de alguns remédios específicos para o reumatismo. Considere, entretanto, que se trata apenas de uma pequenina parte dos muitos remédios dos quais podemos nos valer. Sobre cada um são fornecidas algumas características determinantes para uma escolha cuidadosa.

De acordo com o tipo dos chamados "sintomas condutores", pode-se avaliar se o remédio indicado se adapta à sua contingência. Determinados elementos, que por si mesmos parecem, por assim dizer, estranhos à doença e superficialmente considerados, aqui, ao invés, têm um papel importante. Não escolha um remédio com características que se adaptam parcialmente ao seu caso. Ou corresponde em tudo, ou em nada. Além disso, será necessário não eliminar a possibilidade de que determinadas características ainda não estão reconhecidas como predominantes num remédio específico.

Também a intensidade dos fenômenos pode variar de caso para caso. Reconhecer os "sintomas condutores" é um dos aspectos mais difíceis da homeopatia. Esta, na verdade, exige uma memória de ferro e um espírito agudo de observação. Entre os remédios mencionados a seguir, não se encontra nenhum aconselhável para o reumatismo agudo. Esta afecção é tão grave que me parece muito irresponsável que um paciente tente se curar sozinho. Seria melhor em tal caso consultar um médico especialista para um tratamento o mais natural possível. De acordo com o diagnóstico e, sobretudo, do nível intelectual do médico, ou você será bem-sucedido ou deverá se submeter aos caprichos da "fábrica dos remédios".

Rhus toxicodendrum

Este remédio é especialmente indicado para a cura do reumatismo muscular provocado pela friagem. Neste caso, além dos sintomas usuais, o mal é caracterizado por uma inquietação constante. A dor diminui com o movimento e se torna aguda durante o sono e as quedas de temperatura. O remédio é indicado sobretudo para as dores reumáticas musculares localizadas na nuca e no pescoço. Em alguns casos, além das dores dos músculos e das articulações, surgem também afecções que afetam o estômago e os intestinos, com especial sensibilidade das mucosas. Em alguns casos, clinicamente conhecidos, durante o curso da própria doença reumática, são produzidas ulcerações no estômago e nos intestinos.

O *Rhus toxicodendrum* é indicado para o quadro inteiro. Use este remédio à D3. Os primeiros sintomas de melhora poderão se manifestar após a ingestão durante alguns meses de quatro doses diárias de cinco pílulas ou de cinco gotas cada dose.

Acidum benzoicum (*Ácido benzóico*)

Este remédio é aconselhável para os reumatismos em geral. É indicado para as pessoas um tanto sérias ou com tendências à melancolia. O seu sono é agitado e não são raras as dificuldades de respiração e as palpitações.

O sintoma para o qual se aconselha este medicamento é o surgimento de uma dor que se irradia de cima para baixo. O "sintoma condutor" mais importante para este remédio é a eliminação de uma urina escura, de odor um tanto penetrante (odor amoniacal). O ácido é indicado especialmente para o reumatismo derivante da ação muito lenta dos rins e de um perigoso aumento de ácido úrico. Use à D4, um comprimido três vezes ao dia.

Bryonia

Este remédio é indicado especialmente para os temperamentos explosivos. É semelhante, num certo sentido, ao *Rhus toxicodendrum*. As características da afecção reumática é a pele avermelhada nos pontos com lesão e inflamados. Em contraste com os resultados verificados nos casos curáveis com o *Rhus toxicodendrum*, o estado do paciente piora devido ao movimento. A *Bryonia* é um remédio que age sobre as dores que estão relacionadas sobretudo com a parte direita do corpo. Os sofrimentos se intensificam bastante quando no inverno sopra o vento "forte" (aquele vento frio e gelado do Sul).

A dor é de caráter lancinante. O reumático, em tal circunstância, obterá um benefício especial do remédio em questão. Use a *Bryonia* de D3 à D6, na dose de cinco pílulas três vezes ao dia.

Ledum

Ao contrário do que acontece com o *Acidum*, as dores do "reuma-Ledum" começam nos pés, estendendo-se gradualmente para cima, e são de caráter lancinante. O calor do leito é quase insuportável. O *Ledum* cura de modo particular as inflamações reumáticas que não apresentam sintomas febris. Freqüentemente se observa que o "paciente-Ledum" é atormentado pelo enrijecimento da coluna, comparável à sensação que se sente quando se fica sentado por um longo tempo na mesma posição. Quando se manifestar um excesso de ácido úrico no sangue, a subministração do *Acidum benzoicum* deverá completar o uso do *Ledum*. O calor e a dor nas "juntas" das mãos e dos pés podem ser comparados aos provocados pela picada de abelhas ou vespas. O *Ledum* é também um ótimo remédio para a picada de insetos. Use-o à D2 na dose de cinco pílulas quatro vezes ao dia.

* * *

Podemos classificar ainda outros remédios, mas, segundo a minha opinião, deverão ser usados somente sob prescrição médica. O mais importante é, provavelmente, o *Acidum formicum* (ácido fórmico), que é subministrado exclusivamente através de injeção. Nos casos de reumatismos nas articulações, graves, crônicos, que ocorrem conjuntamente com as deformações das articulações, vale a pena considerar o *Sulfur* e sucessivamente o *Causticum*. Use-os, porém, exclusivamente com a orientação de um médico homeopata, pois a potência exata necessária é de grande importância.

Mencionarei ainda, para concluir, aquele determinado remédio chamado *Harpagophytum* (garra-do-diabo). A infusão da raiz é usada com sucesso contra o reumatismo dos "feiticeiros" das tribos Bantu, na África. Utilize este remédio à D3 na dose de cinco gotas três vezes ao dia. Os "sintomas condutores" do *Harpagophytum* não são conhecidos. Pode, eventualmente, ser adquirido em farmácias.

6 Uma alimentação adequada pode prevenir o reumatismo e contribuir para a sua cura

Uma alimentação adequada é provavelmente o "remédio" mais importante e eficaz contra o reumatismo. Como já descrevi nos primeiros capítulos, o ácido úrico constitui uma ameaça direta. Vivemos numa época na qual podemos dizer que a maior parte dos gêneros alimentícios "prontos" provoca excesso de ácido úrico. No fim deste volume falarei ainda sobre as pesquisas científicas realizadas no campo do reumatismo. Posso, porém, estabelecer desde já que, se a ciência não respeitar os limites do "humano" e do "natural", toda pesquisa resultará inútil. Por um lado, procura-se uma solução, enquanto que, por outro, estudam-se as elaborações das descobertas mais nocivas, especialmente no que diz respeito aos gêneros alimentícios.

O nosso organismo poderia ser comparado a um automóvel, cujo motor é conservado perfeitamente, enquanto se deixa enferrujar a carroceria.

Nós nos deixamos guiar, e sobretudo nos desviar da nossa tendência à lassidão. Os alimentos cozidos e pré-cozidos, conservas, enlatados e "snacks" prontos estão na moda. Parece mesmo que muitas pessoas não se perguntam nem mesmo qual seja o significado verdadeiro do nosso alimento cotidiano.

Comer não significa exclusivamente "encher o estômago" ou satisfazer algum apetite determinado. Absolutamente! Comer é como qualquer outra atividade intelectual "nobre". Já que a alimentação adequada é de "importância capital" para os reumáticos, tratarei mais uma vez do problema do ácido úrico. Isto terá, em parte, o efeito de puxar da memória o que foi escrito no Capítulo 2, integrando-o com novos elementos. Apesar das repetições não serem comuns, explicarei novamente o princípio do equilíbrio entre base e ácido úrico. Esta noção é de tal importância que se deve captá-la totalmente. Como todos sabem, repetir é o melhor meio de se "aprender" realmente. Conseqüentemente, ainda uma vez, aplicarei um pouco de teoria sobre o metabolismo.

O equilíbrio ácido-básico

No fim do século passado, o médico Alexander Haig descobriu que o metabolismo orgânico era, entre outras coisas, dominado por dois tipos de reações bioquímicas: a reação ácida e a reação básica. Haig estabeleceu, além disso, que determinados alimentos produziam uma reação ácida, enquanto que outros uma reação básica.

As intoleráveis cefaléias de que sofria o impeliram a procurar a causa num possível envenenamento orgânico provocado por alimentos. Tendo testado tudo, decidiu, enfim, não comer mais carne. Para seu espanto, os ataques de dor de cabeça diminuíram sensivelmente. Depois de ter realizado todo o tipo de pesquisa, chegou à conclusão de que a carne e outros alimentos ricos em albumina provocavam uma forte reação ácida no organismo, que, por sua vez, se saturava de acidez. Quando este fenômeno se produzia, o corpo reagia imediatamente para se liberar do ácido úrico superabundante, de acordo com o seguinte processo:

Entre as onze horas da manhã e as três da madrugada, os ácidos predominam no metabolismo. Por volta das vinte e três horas se atinge o ponto máximo de tal período. Durante este intervalo de tempo, o nosso sangue contém pouco ácido úrico (ou absolutamente não o contém). O eventual excesso de ácido úrico se encontrará nos tecidos e nos órgãos. O nosso sangue é puro; conseqüentemente, todos os vasos capilares estão bem umedecidos. Sentimo-nos bem, pois cada ponto do corpo é reabastecido de sangue e oxigenado. Mais ou menos entre as três da madrugada e as onze horas da manhã, o metabolismo é condicionado pelas reações básicas. Durante este período, o ácido úrico passa dos tecidos e dos órgãos para o sangue e poderá ser então eliminado mediante a ação purificadora dos rins. Quando o ácido úrico está presente no sangue, não nos sentimos bem, pois o próprio sangue, carregado de ácido úrico, circula com dificuldade no sistema capilar. Os nossos músculos, durante este período, são insuficientemente abastecidos de sangue rico em oxigênio, através do qual recebem um escasso nutrimento energético e não conseguem funcionar em ritmo normal. É extraordinário que a natureza, ao estabelecer os seus ritmos quase impenetráveis, tenha regulado as coisas de modo a que se durma justamente durante o período do predomínio básico do metabolismo. Durante o sono nos *purificamos.* Podemos, portanto, considerar o sono como um indubitável remédio saneador. Quando, porém, ingerimos alimentos que produzem a reação do ácido úrico, durante o período básico,

* Leia, a propósito, *Dormir bem com as plantas medicinais*, de Jaap Huibers. (N.E.)

o processo de purificação é indubitavelmente sustado e o ácido úrico presente no sangue é expulso imediatamente para os tecidos e os órgãos.

Deve-se então entender por que a xícara de café, uma das maiores fontes de ácido úrico, é tão desejada por tantas pessoas. O café age efetivamente como "reanimador", mas a um preço muito alto. O café desempenha, além disso, um papel importante na vida dos indivíduos que devem ficar acordados à noite. Também isto pede uma explicação completa, baseada na teoria acima descrita. Esta bebida previne e impede que o ácido úrico segregado pelos tecidos chegue ao sangue. Bebendo café ou chá forte nos sentimos bem, mas não é, de certo, uma sensação salutar.

Depois desta "lição de repetição", passemos às regras práticas.

Regras para os que sofrem de reumatismo

O detalhe mais importante do esquema de alimentação adequada para o reumático é que ele não perturbe nunca, mas nunca mesmo, o trabalho de depuração do seu organismo, consumindo alimentos que, durante o período do "fluxo básico" (este termo é do dr. A. Haig), produza uma reação ácido-úrica. Quem sofre de reumatismo deve começar a terapia com uma dieta rígida à base de alimentos crus durante duas ou três semanas. Desse modo o seu corpo poderá se libertar suficientemente dos resíduos do ácido úrico. Provocará, sobretudo, o desaparecimento de eventuais coagulações dos glóbulos sangüíneos (que freqüentemente assim se manifesta nos indivíduos reumáticos). A dieta escrupulosa de alimentos crus fará com que tal ação persista. Durante o período desta dieta, recomendo beber todos os dias tisana de vara-de-ouro para reforçar a ação purificadora dos rins. Em seguida, poder-se-á fazer um esquema diário de alimentação cuja estrutura sustentadora se articulará segundo as seguintes normas:

1. Não consumir nenhum produto de origem animal, como carne, peixe ou gordura. Quanto aos ovos, coma-os o menos possível. São exatamente os albúmenes animais a maior causa de excesso de ácido úrico. Existem outras numerosas possibilidades de desviar a necessidade orgânica de albumina. Farinha de soja, grãos, centeio, feijão, arroz integral, leite (ácido), queijo e lentilha são ótimos produtores de albumina.

2. Consuma diariamente muita verdura fresca, se possível, de preferência crua. Não devem faltar nem batatas nem frutas. Todas as verduras provocam uma reação básica e são, por isso, importantes para a neutralização do ácido úrico.

3. Não se sirva nunca de alimentos muito artificialmente manipulados, como os produtos confeccionados com farinha de trigo (como pão branco e doces), arroz branco, alimentos enlatados, geléia e outros acompanhamentos requintados.

4. Todos os gêneros supérfluos como café, chá, chocolate, álcool, açúcar, xaropes, etc., são uma verdadeira ameaça para a saúde do reumático. Substitua o café normal pelo dietético, o chá por uma infusão de erva (alternando, por exemplo, a menta, as flores de tília, a erva-cidreira ou a camomila). Ao invés de xaropes, será preferível beber sucos frescos de frutas ou de verdura. Existirão, com certeza, leitores que a este ponto torcerão o nariz e pensarão que agora tudo é proibido. Mas isto não é verdade. O fato é que agora estamos a fim de reconhecer o que é *verdadeira* e *intrinsecamente* bom para o nosso organismo.

5. Use um pouco de óleo em cada refeição para facilitar a digestão, mas que seja exclusivamente óleo prensado a frio, e de preferência produzido com as sementes de girassol ou de cardamomo.
Não adicione nunca aos alimentos quentes "um bom molho substancioso e saboroso". Tempere as batatas com um pouco de óleo se achar o "purê" muito seco. Poderá usar também a água da verdura cozida com um pouquinho de óleo.

6. Tente evitar um excesso de cozimento para as verduras e as batatas. Cozinhe as batatas com a casca e esquente as verduras numa panela grande com um pouco de óleo: as preciosas substâncias nutritivas se conservarão melhor. Quando necessário, cozinhe o alimento em pouquíssima água (para não jogar fora após o cozimento).

7. Como acompanhamento, sirva-se de tomates, mel, extrato de carne, e também de rabanetes, aipo, cenouras, acelgas, etc. (e, sobretudo, não passe sobre o pão substâncias que contenham açúcar ou chocolate).

As normas precedentes não são consideradas como uma regra dietética inviolável. O indivíduo não deve se sentir vinculado e limitado na sua liberdade. A dieta não deve lhe parecer uma obrigação desagradável, para renunciar à cura. Seria uma atitude completamente errada. Eis por que no título deste capítulo é mencionada a "prevenção do reumatismo".

Estas são regras válidas também para a pessoa sã. Devemos nos conscientizar sempre de que o alimento verdadeiramente são é a nossa única possibilidade de saúde. Não nos deixemos seduzir e nos desviar das autoridades oficiais neste campo. O conceito adquirido pelas autoridades governamentais e científicas é errado; na verdade, não é sancionado o princípio do "procedimento natural", mas daquele "não-natural" cientificamente aceito. Também aqui triunfa a desarmonia do pensamento.

Recapitulação

1. *Quais os produtos que devem ser evitados pelos que sofrem de reumatismo?*

Todos os tipos de carne e os produtos que a contenham.
Todas as gorduras animais e os produtos que as contenham.
Todos os gêneros alimentícios das "máquinas automáticas" e do "snack bar".
Todos os produtos confeccionados com trigo.
O arroz beneficiado.
As avelãs assadas.
Todos os produtos de "pastelaria".
Os sorvetes.
O café, o chá, o chocolate e as bebidas alcoólicas.
Os ovos (o menos possível).
As refeições semiprontas: comidas ou verduras enlatadas.
O açúcar.
O caldo de carne.
Os molhos, o *ketchup*, a maionese, etc.

2. *Os seguintes produtos devem ser consumidos diariamente em grande quantidade.*

A verdura fresca (de preferência não irrigada, cultivada ou adubada quimicamente).
Alimentos crus em abundância.
Batatas (cozidas com casca).
Meio litro, pelo menos, de produtos lácteos "ácidos", como o leitelho, o iogurte, a ricota, etc. (evitar os pudins de creme).

3. *Os seguintes produtos devem ser consumidos diariamente (com a condição de que haja uma quantidade suficiente dos alimentos da lista 2).*

Os produtos de grãos integrais (pão, doces, etc.).
Os legumes (feijão preto, por exemplo, contanto que cozido em casa!).
O queijo (com exceção de qualidades especiais e de modo particular os queijos franceses).
O óleo vegetal prensado a frio.

As avelãs frescas (não salgadas).

O arroz com casca.

O açúcar mascavo (de cana) para aqueles que não podem viver sem o açúcar (o mel é mais aconselhável).

Para nos adaptarmos às regras precedentes, precisaremos de uma certa habilidade para programar um menu variado. Fantasia, testes, riscos e fracassos serão elementos imprescindíveis.

É necessário lembrar, antes de mais nada, que os seus alimentos cotidianos devem novamente se tornar "alimentos vitais". Quando você se der conta da verdade desta afirmativa, não lhe será difícil compor um menu para cada dia, que é, exatamente, o reflexo da "vida".

Finalmente, desejo ainda alertá-lo contra uma mudança brusca e rigorosa do seu esquema de alimentação devido, geralmente, a uma inconstância inesperada. É melhor modificar gradualmente, mas com determinação, o seu esquema alimentar diário e construí-lo de modo a obter uma dieta o mais natural possível.

7 Pequeno vade-mécum e conclusão

De um modo geral, verifica-se que muitas pessoas fazem uso de prontuários alfabéticos ou de outro modo ordenado quando querem saber rapidamente o que fazer no caso de uma determinada doença. Para a pessoa que deseja um resultado rápido e se satisfaz quando desaparecem os "fenômenos", um vade-mécum pode ser uma alternativa, mas devemos nos perguntar se é realmente *a solução*. Pois bem, limitar-se a "esconder" e combater fenômenos molestos é na realidade uma verdadeira cura. A pessoa não se beneficia consultando uma "relação de remédios para pequenas doenças" (sistema "consulte-leve"), se não tentar igualmente fazer uma idéia das causas reais da afecção. Em todos os meus volumes sobre plantas medicinais — na série da qual constam — não é analisado unicamente o aspecto físico de um doente, mas, sobretudo, os aspectos psíquicos e sociais (afetivos) da pessoa. A cura não é um resultado parcial, mas a manifestação de um fenômeno complexo que interessa ao *indivíduo como um todo*.

Consultando o seguinte vade-mécum, não devemos nos limitar ao aspecto típico do problema, mas considerar igualmente as contingências psíquicas. Não utilize o vade-mécum como um oráculo, mas como uma "orientação".

Leia sempre o que foi escrito sobre a planta ou o remédio mencionado nos capítulos precedentes. Em tal caso, o pequeno vade-mécum não deve ser considerado mais que um compêndio muito sucinto do quanto foi tratado em tais capítulos.

Reumatismo como conseqüência de:

— dificuldade crescente para absorver impactos emotivos: Barba-de-bode

— excesso crônico de ácido úrico:
Bonaga
Groselheira-preta
Urtiga
Acidum Benzoicum
Ledum

— dificuldades sérias e persistentes para estabelecer laços e relações com o próximo:

Solidago
Silicea D12, D13, D200

— impossibilidade de encontrar a si mesmo, estranheza ao próprio ambiente:

Salgueiro

— sensação de "arraso" psicofísico, desejo de fugir da própria situação. Logorréia ilógica do indivíduo, em favor de si mesmo:

Bétula
Álamo

— metabolismo lento demais e "inconstância" espiritual. Comportamento muito sério e melancólico:

Zimbro
Ledum

— estrutura psíquica excessivamente dividida: exteriormente indiferente e alegre, interiormente séria e aborrecida:

Consólida
Acidum benzoicum

— remédios aconselháveis para rejuvenescer os músculos e as articulações:

Hipérico
Arnica
Consólida

— dores reumáticas musculares:

Hipérico (especialmente o óleo).
Rhus toxicodendrum

Para finalizar, alguns remédios antigos.

Há indivíduos que se beneficiam do fato de levarem sempre consigo uma castanha-da-índia. O seu contato direto com a pele sempre produz um ótimo resultado.

Outros "juram" sobre a eficácia de manter uma pedrinha de saibro em contato com o corpo.

Parece que a floração do castanheiro *vermelho* é de grande utilidade na cura do reumatismo muscular e da gota, desde que se obedeçam às seguintes prescrições: colocar duas mancheias de flores de castanheiro vermelho num litro de álcool, deixar descansar pelo menos seis/oito semanas (num recipiente com tampa). Quando surgir alguma dor, aplicar um pouco desta flor macerada e embebida no líquido sobre o ponto dolorido. Cobrir com um pano de lã quente e renovar a compressa, se necessário, a cada duas horas.

Nos casos de reumatismo das articulações e reumatismos musculares muito dolorosos, pode-se usar também a mostarda (não refinada); espalhar nos pontos doloridos uma camada de mostarda e cobrir com um pano úmido, de preferência de linho (ou, eventualmente, de algodão puro), o mais quente possível. Aplicar sobre este um outro pano de lã pura. Se as dores não diminuírem após meia hora, é aconselhável interromper.

Ainda que se possa quase chamá-lo um "remédio para cavalo", é preciso admitir que na prática age maravilhosamente bem. Lembro-me de ter visto aplicar esta terapia várias vezes, quando era criança, em meu avô, pelo médico da casa (filho de camponeses!) e com sucesso! Lembre-se sempre de que não se trata de uma verdadeira cura, mas de um método sedativo para livrar o paciente de um ataque de dores às vezes insuportável. É, pelo menos, notável o fato de que as dores se façam sentir com menor freqüência após o uso da "compressa de mostarda", o que não acontece quando o paciente recorre aos remédios químicos e analgésicos modernos.

Em resumo

É universalmente sabido que, atualmente, a ciência médica não tem (infelizmente!) quase mais nada a oferecer ao paciente para combater os sintomas e as conseqüências do reumatismo. Juntamente com o tratamento farmacêutico e cirúrgico, existe agora a possibilidade de uma fisioterapia. Especialmente esta última pode dar ótimos resultados.

Um dos motivos que me impeliram a escrever este volume foi a atitude dos médicos, em particular dos reumatologistas, durante um Congresso sobre reumatismo (outubro, 1976). Era mais do que evidente que a categoria em questão atribuía pouquíssima importância ao aspecto paramédico do reumatismo. Durante a fase médico-social do Congresso (na qual talvez se poderia aprender bastante acerca das verdadeiras origens do mal), não se via um só médico. Estavam reunidos numa outra sala onde se realizava um "simpósio científico".

Todavia, a atitude destas pessoas que são chamadas em primeira instância para ajudar os "seres humanos" (tarefa bem diversa de apenas curar os doentes), me induziram a tratar a síndrome do reumatismo partindo de uma base não exclusivamente científica, mas segundo uma óptica mais amplamente cognoscitiva, a fim de que a solução talvez possa ser encontrada no exame das atividades do paciente e, sobretudo, valendo-se da sua colaboração. Enquanto a ciência, nos seus esforços para encontrar uma solução para o problema do reumatismo, ignorar o mais essencial de todos os princípios curativos, segundo o qual o homem deve ser considerado uma entidade indivisível com manifestações físicas, psíquicas e circunstanciais, esta não conseguirá nunca chegar a uma solução substancial. Infelizmente, nós percebemos sempre que o mundo dos médicos é um "clube fechado", no qual "o homem" quase não consegue encontrar lugar.

Malgrado estas palavras, talvez um pouco "amargas", devemos todavia reconhecer que também no mundo dos médicos está se delineando um modo diverso de pensar. Infelizmente ainda bem longe de ser aceito.

Devemos novamente enfatizar a *gravidade do reumatismo agudo*. Não tente se curar sozinho desta doença. A ajuda do médico é insubstituível. Não hesite nunca em falar com o seu médico sobre o quanto você leu neste volume. A ponderação e a compreensão recíprocas são as bases sobre as quais é construída a nossa vida social. Esforce-se, por isso, em não obstacular ou se opor à terapia prescrita pelo médico. É sempre uma atitude pouco inteligente, uma vez que o médico (segundo o quanto é admissível) age com base na sua melhor capacidade e conhecimento. Não precisa culpar o médico, sobretudo nestes tempos do chamado predomínio da química, de ter perdido toda noção sobre o quanto possa contribuir a natureza. A sua preparação não foi direcionada para este objetivo. Por isso, colabore com o seu médico, preferindo, no entanto, uma pessoa que não seja "negativa" e, sobretudo, "presunçosa". Em última análise, ele é e será sempre o especialista. Escolha, se possível, um médico sensível em "medida humana", àquelas novas concepções que talvez poderão ajudá-lo a curar-se. Concluirei com a palavra do sábio Confúcio. Ele fala, aqui, sobre o príncipe e seus súditos. A relação entre as duas partes é descrita muito sutilmente e talvez possa representar um fio condutor tanto para o médico como para o paciente:

> Quando ocorreu a desordem
>   (a incompreensão)
> As palavras foram o primeiro passo
>   para nos aproximar.

Se o príncipe não é discreto, perderá os seus servos.
Se o servo não é discreto, perderá a vida.
Se as coisas não forem tratadas com discrição, o diálogo será inútil desde o início.
Por isso, o nobre conserva com cuidado o silêncio e não perde o controle.

4
COMO CURAR O ESTÔMAGO COM AS PLANTAS MEDICINAIS

Ervas medicinais, homeopatia e alimentação correta como terapia nos distúrbios das funções digestivas

Título original:
KRUIDEN VOOR DE SPIJSVERTERING

© Copyright by Uitgeverij Ankh-Hermes bv — Deventer, Holanda.

© Copyright 1983 by Hemus Editora Ltda.
Mediante contrato firmado com o Editor.

*Todos os direitos adquiridos para a língua portuguesa
e reservada a propriedade literária desta publicação.*

Tradução:
Carlos A. Lauand
Ilustrações:
Gerry Daamen

Introdução

"Não tenho tempo para comer! Prepara-me apenas alguma coisa para pôr na boca depressa!" Ao ouvir uma coisa semelhante devemos nos admirar se nosso corpo se rebela?

Infelizmente, porém, o homem é atualmente inclinado a racionalizar — e como racionalização entende-se muito erradamente o utilitarismo — em adequar o ritmo natural diário da sua vida às condições que ele mesmo se impôs: em síntese, ter muito o que fazer para ganhar sempre mais dinheiro. A luta pela existência (o *status* social) viola as leis naturais.

As nossas refeições assumem geralmente um sentido e um peso completamente diferentes dos que normalmente lhes competiriam. Raciocinamos sempre em termos de, por assim dizer, "dieta de trabalho". Nestas condições, o alimento pode realmente beneficiar nosso corpo? Reduzimos a alimentação a um meio justificado de um fim, a um fato marginal, um acessório decorativo daquela que no fundo é uma questão puramente material.

Mesmo nas escolas têm tomado pulso os hábitos alimentares reprováveis. Vê-se agora raramente o espetáculo de uma criança que rói tranquilamente seu pãozinho na pausa para o jantar. Freqüentemente o pão e manteiga preparado com amor e levado de casa nem é tocado; fica mofando na carteira ou acaba no cesto de lixo ou no máximo é jogado fora em qualquer canto onde pelo menos possa agradar aos pássaros. Durante o recreio as crianças, ao invés, fazem um cerco às barracas e enchem-se de salsichas, batatas fritas e doces.*

Mas até no âmbito doméstico as coisas não vão muito melhor. A mãe, antes de ir para o trabalho, prepara o "prato pronto" no forninho, regula o dispositivo automático de acendimento nas 18:00 hs, e assim, quando finalmente às 18:30 hs a família se reúne, encontra pronto seu "bocado quente". Mas não basta! Chega-se até a cantar os louvores da técnica e de suas conquistas, bênçãos para a humanidade não mais condenada ao enfado e ao fastídio de descascar batatas e

---

* No presente texto, faz-se referência, obviamente, aos usos alimentares das culturas do norte da Europa, mas o raciocínio não perde, por isso, o sentido. Uma tortinha qualquer, recheada ou apastelada, "embalada" industrialmente, equivale bem a um *würstel*.

lavar todo dia as verduras. "Não é esplêndido ver-se evitar todos esses incômodos? Pense um pouco: basta cortar as cebolas! Basta chorar e mandar ao diabo o truque!" Assim pensa a grande massa racional e progressista. A indústria alimentícia, com a sua multidão de "estimuladores de apetite" comerciais e propagandísticos, desfruta naturalmente de modo mais amplo a preguiça da humanidade. E por que não o faria? Não queremos outra coisa!

É assim que, nestes anos 80, o regime alimentar humano pode tornar-se distintamente nocivo para a saúde. De um ponto de vista puramente científico, as coisas podem ainda caminhar, mas se raciocinarmos em termos de obtemperação às leis naturais, veremos que isso não é verdade. Todos aqueles que se impuseram sabiamente uma alimentação sadia e genuína acham a situação atual do mercado verdadeiramente catastrófica. A maior parte dos produtos não apresenta nenhuma indicação sobre a composição de seu conteúdo. Aditivos ou conservantes químicos são raramente mencionados. A expressão "genuíno" ou "natural" é cada vez mais enganosa que uma marca sincera de qualidade.

Um meu amigo médico confirmou-me que o número dos casos de distúrbios intestinais e ainda mais de disfunções hepáticas está em contínuo crescimento. Isso não é, evidentemente, separado dos hábitos alimentares reprováveis de muitos contemporâneos, que não conseguem ainda compreender que comer *não* é um mal necessário e *muito menos* uma perda de tempo.

É preciso esclarecer que o "retorno à natureza" não é de fato simples. Vivemos atualmente em uma sociedade que está às margens da "legalidade natural". Para poder viver segundo a natureza devemos, na prática, virar os ombros ao viver social atual, e não está certo estender-se em explicações de como isso é impossível, exceção feita naturalmente aos temperamentos anti-sociais ou solitários.

Podemos porém — somente com um pacto de que nos tornamos cientes de nosso comportamento — contribuir para um melhoramento substancial da situação. Se, por exemplo, uma grande camada da população se recusasse a consumir sal refinado e manipulado (por exemplo, com a adição de iodo), o mercado, e conseqüentemente os produtores, seriam obrigados a adequar-se à procura diferente dos consumidores. Se procurássemos sempre e somente sal marinho, não seria possível não nos darem ouvidos. O produtor, de fato, oferece o que o consumidor pede. É sabido que a procura é totalmente manipulada pela indústria, por exemplo, mediante a publicidade, e é esse o motivo da presença no mercado de tantos produtos nocivos à nossa saúde, tanto física como espiritual; mas também é verdade que de nossa parte somos bastante preguiçosos e muito indiferentes ao problema para nos opormos resolutamente a esse ritmo das coisas. Infelizmente, o homem de hoje faz pouco uso de seus sacrossantos direitos. Com certeza, demonstramos, protestamos, ocupamos terrenos, discutimos, todas coisas atuais comuns de nosso tempo. Não vi até agora, infelizmente, uma demonstração que se opusesse à adulteração dos gêneros alimentícios que nos são diariamente impostos e ao uso no campo alimentício de aditivos químicos. Vivemos em uma época que vê — e é apenas um exemplo — associações de classe e organizações sindicais bater-se no sentido de obter o maior número de benefícios para seus associados e trata-se de um panorama realmente humilhante, mesmo que se deva confiar nos responsáveis de não terem provavelmente compreendido que deste modo estão trocando ouro por pão. Melhor seria certamente exortar publicamente a sobriedade e mostrar a seus seguidores como se pode viver bem até com rendas mais modestas, ao invés de "seduzi-los" com salários e ganhos cada vez maiores para depois deixá-los ao arbítrio de si mesmos.

A máxima "A riqueza não vale a saúde" está atualmente aos poucos sendo reduzida a um mero *slogan*.

Ela se tornará, porém, atual se reconhecermos que a saúde deve produzir-se dentro do próprio homem. Não apenas ele atinge a consciência das leis naturais, às quais está indissoluvelmente ligado, mas já é em parte a personificação da saúde.

Um provérbio antigo diz: "O dinheiro não traz a felicidade". Alguns acreditam ter de acrescentar: " . . . porém torna a vida mais fácil". É neste "facilitar" que se esconde a chave da orientação geral à preguiça e à comodidade da vida na sociedade atual.

O luxo — mesmo na forma de alimentos — se obtém a um preço caro. Merece reflexão saber-se se os alimentos mais simples, preparados de modo menos ostentoso e portanto mais econômicos, não são também mais sadios para nós do que todas as gulodices e prelibações presentes sobre a face da terra.

A civilização em si não deve ser condenada, contanto que não se disponha contra a natureza. A civilização não deve transformar-se em uma manifestação da imaginação humana remota ou diretamente hostil à natureza.

O homem e a sua digestão são como a planta e o seu adubo. O excesso é nocivo, mas a escassez leva ao desaparecimento.

No que concerne aos nossos hábitos alimentares, devemos antes de tudo tomar ciência dos processos que se verificam em nosso corpo. Somente então, de fato, os órgãos que dia após dia são atarefados em ocupar-se da nossa digestão poderão atingir a eficiência ótima. . . e retribuir-nos por isso.

1. As "impressões" psíquicas e físicas que o homem deve assimilar todo dia

Corpo e mente constituem uma unidade. Podemos afirmar também que se trata de duas manifestações do mesmo ser. Podemos por isso encontrar no corpo, e de forma análoga, o que se verifica em nossa esfera mental.

Tomemos um exemplo. Quando estamos psiquicamente excitados, e portanto estamos nervosos, ressentimos seu efeito em nosso intestino. Não é infundado o modo de dizer "fazer nas calças de medo", ou, como se ouve às vezes, "tremer de nervosismo" ou "cansar-se de digerir qualquer coisa". Em algumas culturas encontramos (como na Bíblia ou na tradição budista) asserções explícitas sobre a integração do corpo e da mente.

Atualmente, o conceito de "medicina psicossomática" é objeto de pesquisa e de discussões. O assunto que é a base da medicina psicossomática é que sintomas físicos (*soma* = corpo) podem ter causas psíquicas (*psiche* = mente) e, ao contrário, que doenças físicas podem criar repercussões na esfera psíquica.

Falarei, neste capítulo das percepções, das impressões, que o homem tem que assimilar todo dia. Quero deter-me um pouco no termo *impressões*.

As impressões podem ser de natureza tanto física como mental. As nossas reações a elas indicam-se como "emoções". Com o termo "impressões" entendo tudo que é causado em nós pelo exterior (passivo). Para me exprimir mais simplesmente, as coisas que "tocamos" suscitam em nós determinadas sensações, permitem-nos fazer impressões. Visto que *nós* entramos em contato (ativo), estamos em conseqüência pessoalmente envolvidos no processo. É inevitável que nós reajamos, e indiquemos essa reação pelo termo "emoção".

"Emoção provém do latim *emovere*, que significa "abalar", "agitar" e, em sentido mais amplo, "pôr-se em agitação", "estar em movimento". Concluindo-se, podemos dizer que a cada impressão que adquirimos, somos movidos a reagir.

Como já mencionado, podem-se receber impressões tanto físicas como mentais. As mentais suscitam, movem, os nossos pensamentos. Reflitamos, por exemplo, sobre as impressões que devemos assimilar.

Quando estão em causa as impressões físicas (a nossa alimentação), as coisas são diferentes. Em geral não pensamos nelas, porquanto não entendemos a nutrição como uma obtenção de impressões. São seguramente poucos os que conseguem divisar uma ligação entre uma observação ofensiva jogada em sua face e um prato indigesto.

Assim mesmo, uma tal analogia existe. Com o nosso *pensamento* elaboramos e assimilamos as impressões mentais (as percepções), com o *estômago*, as materiais (os alimentos).

Podemos cientificar-nos da existência de uma ligação entre a eficiência dos órgãos prepostos à nossa digestão, em particular do estômago (aquele que executa a primeira elaboração e assimilação das impressões) e a nossa psique. Se, por exemplo, se conseguem assimilar somente com dificuldades certas experiências, o estômago encontrará as mesmas dificuldades no curso da digestão das "impressões" materiais. Voltarei a este assunto no Capítulo 2. Toda vez que se sofre de distúrbios das funções digestivas é sempre bom prestar uma atenção especial aos procedimentos psíquicos do momento.

A forma e o modo com os quais um homem reage às circunstâncias externas podem permitir um notável conhecimento da forma e dos modos de sua digestão.

Se, por exemplo, a um indivíduo de fácil excitabilidade psíquica se impuser qualquer coisa que ele *rejeita* absolutamente, reagirá fisicamente com *náusea e vômito*. É um fato que entrou na linguagem comum. Quando qualquer pessoa que não se tolera nos importuna continuamente, pode-nos escapar a frase: "Deixa-me! Sinto-me *mal* só em te ver!" Ou, quando qualquer coisa absolutamente não nos agrada, constata-se: "Tenho náusea somente em pensar nisso".

Mas desta correlação entre impressões psíquicas e físicas são influenciadas diretamente determinadas funções. Assim é o caso das pessoas que sofrem de digestão difícil e de prisão de ventre, que podem ser ajudadas impondo-se-lhes o tratamento no plano psíquico.

A prisão de ventre ou adstringência denota, de fato, na realidade a incapacidade de tomar as distâncias das impressões materiais, o desejo da pessoa de conservar tudo. Isso se verifica também na esfera psíquica do indivíduo. São estas pessoas que se escondem dentro de um saco de recordações; nessas pessoas são estagnadas um grande número de impressões psíquicas. Se porém forem induzidas a pôr por escrito, a confiar no papel, pelo menos em parte, seu "lastro" de impressões, muitas vezes até sua adstringência dará lugar a uma defecação regular. O corpo convive com a mente e reage como conseqüência. Um escritor que costuma introduzir em sua obra qualquer coisa de pessoal, elementos autobiográficos, raramente se lamentará de ter um intestino preguiçoso.

Em períodos de apreensão ou inquietude fora do comum o estômago reage com uma superprodução de ácido gástrico. Podemos compreender agora como o cálcio não neutraliza somente este excesso de acidez, mas mitiga também a flutuação contínua das emoções. Quando você sofrer de ardência no estômago, não se limite portanto a combater os sintomas físicos, mas volte também sua atenção às suas condições psíquicas, ao seu estado de ânimo, que está em estreitíssima relação com ele.

Quem goza de constituição robusta, com especial atenção aos órgãos do aparelho digestivo, geralmente também está em boas condições de espírito.

Para exprimir-me diferentemente, se estivermos em condições de assimilar, sem problemas, as impressões psíquicas, também o conjunto gastrintestinal dará neste caso poucos motivos de lamúrias.

É fascinante ver a riqueza de aspectos comuns existente entre as características das impressões mentais e as das impressões materiais. Quem tem muita necessidade de afeto (isto é, de "vínculos") começará, em caso de carência afetiva, a procurar satisfação lambiscando continuamente doces, apresentando em nível físico uma necessidade de "impressões doces". Isso considerado, caramelos e chocolates constituem para muitas crianças certamente de algum modo um "sucedâneo materno". Se uma criança está triste, geralmente se consegue consolá-la com um biscoito ou qualquer coisa doce. "Vamos, coma", diz-lhe então a mãe, "e verá que tudo irá novamente bem". E assim a criança se deixa desviar ainda mais uma vez para um binário alternativo. Os doces, embora não consolem completamente, proporcionam geralmente uma sensação agradável que pode ser sublimada como consolação e servir assim de compensação às carências afetivas.

Existem também correlações entre as condições psicológicas de um indivíduo e a necessidade física que ele demonstra por determinadas substâncias (o gosto). Quando, por exemplo, se tenha exercido um intenso e prolongado esforço intelectual, sentiremos um forte desejo de sal ou, mesmo, de qualquer coisa forte. O sal pertence de fato, analogicamente, à categoria do pensamento. É este o motivo pelo qual uma dieta insípida conduz facilmente à falta de vontade, quando não diretamente a uma certa obtusidade.

Isso também se exprime pelo nosso uso de expressões idiomáticas como: "o sal da terra" ou "esta é uma sopa sem sal". Um idealista, que luta com pertinácia para persuadir quem discorde da exatidão de suas idéias, gostará de qualquer coisa *amarga*. O amargo "reanima" de fato aqueles que devem enfrentar outras experiências amargas. Eles farão bem em se alimentar de verduras muito "amargas" como chicória, almeirão, escarola e semelhantes.

O conservador e o tradicionalista terão predileção especial por alimentos contendo tanino, ou melhor ainda se defumados e, portanto, conservados. Em astrologia fala-se de indivíduos com tendências saturninas. Entre estes encontramos também os amigos de uma xícara de chá, especialmente se ficou bastante tempo em infusão. Se em um tradicionalista insurgirem-se problemas na vida, em sentido amplo, de relacionamento (por exemplo, frustrações amorosas), então ele misturará, de boa vontade, seu chá com uma boa dose de leite. O leite, de fato, é a materialização do amor materno e, conseqüentemente, do vínculo por excelência. Se a seguir projetarmos o raciocínio relativo ao chá em um povo, teremos os ingleses. A Inglaterra é por excelência a terra do chá, onde essa bebida é amada bem misturada com leite. O povo inglês sempre teve dificuldades de relações com o exterior (vínculos insuficientes). O inglês é conservador, ligado às tradições e, vivendo em uma ilha, é por isso já de certo modo isolado.

É portanto evidente a existência de ligações estreitíssimas entre o nosso desejo de gostos particulares e sabores especiais e o nosso estado psicológico. Infelizmente, está fora da finalidade deste livro aprofundar-se nesse interessante tema do "homem-gosto".

Concluindo, posso afirmar porém que o aparelho digestivo e a vida interior de um homem estão intimamente ligados. Sua relação é fora de dúvida.

Do que eu disse, pode-se deduzir que os muitos distúrbios psíquicos presentes atualmente são atribuíveis aos alimentos medíocres e desnaturados que assumimos todos os dias. Se o corpo se acha assimilando somente "impressões decadentes", é óbvio que também a mente terá sua parte. O grande consumo que atualmente se faz de tranqüilizantes terá, provavelmente, uma notável flexão se se fizer retorno a uma alimentação natural, com alimentos não refinados nem tratados quimicamente. Também a alimentação pode tornar-se um remédio!

Vigie atentamente as impressões que você assimila, tanto na esfera mental como na física. O desejo irresistível de determinado alimento ou tempero pode revelar-lhe muita coisa sobre seu estado psíquico. Viva a passo com seu apetite! Quanto mais sadia for sua vida interior, tanto mais natural será a sua alimentação; e quanto mais sadia for a nossa alimentação, tanto mais equilibrada será a nossa psique.

Infelizmente, vivemos hoje entre tentações inimagináveis. Tendências desarmônicas, tanto em relação à nossa vida interior como à nossa alimentação, diferenciam o vulto de nossa civilização. O homem que escolhe conscientemente o retorno a uma vida natural deve estar bem firme em seu propósito, caso contrário corre o risco de capitular miseramente, acusado de hostilidade em relação ao progresso e de anti-socialidade ou mesmo escarnecido como extravagante.

Provavelmente o caminho do retorno à naturalidade é mais praticável para a maioria dos homens se percorrido em pequenas etapas. Se, passo após passo, esforçamo-nos em melhorar o próprio modo de vida, já estamos munidos de uma boa *chance*.

Encontramos portanto na natureza também um lento e gradual curso de coisas. Até a natureza por sua vez muda pouco os seus esquemas de adaptação. Mudanças improvisadas podem de fato provocar catástrofes imensas.

2 A digestão em um contexto cósmico

No capítulo 1 tratei de alguns aspectos das várias relações existentes entre corpo e mente. Os distúrbios físicos podem ser explicados — e isto é o que mais ocorre — valendo-se da lei de causalidade. Afirma-se, por exemplo, que, com o aparecimento dos sintomas, o corpo manifesta a sua reação a qualquer coisa que não tolere. Essa explicação pode até convencer. Um raciocínio semelhante porém permite uma escassa penetração do quadro global das causas realmente possíveis. Se aprendermos a raciocinar por analogias, concluiremos bem rapidamente que um esquema determinado pode manifestar-se sob múltiplas fórmulas. Todas estas diversas expressões não mostram, pelo menos aparentemente, qualquer relação recíproca. Basta, porém, que se comece a aprofundar sua *essência,* para que a sua analogia, a sua afinidade substancial se tornem imediatamente reconhecíveis.

Este é o esquema de pensamento que deve ser adotado. A reflexão nos levará então a concluir que um mesmo esquema fundamental pode manifestar-se em três níveis de modos aparentados de uma estreita afinidade: o mental, o físico e o das circunstâncias externas (isto é, no plano social).

Aquilo que havíamos chamado esquema fundamental é descrito valendo-nos das qualidades e das características tradicionalmente adscritas aos corpos celestes: o Sol, a Lua, Mercúrio, Vênus, Marte, Júpiter, Saturno, Urano, Netuno e Plutão. Tudo isso, a uma primeira vista, parece completamente não-científico e muito misterioso. Que pareça não-científico depende essencialmente do fato de que a ciência, como a conhecemos, se baseia no pensamento dedutivo causal. Quanto ao misterioso, cessa de sê-lo tão logo nos ocupemos mais proximamente do que está por detrás dos esquemas originais.

Na mitologia encontramos os nomes dos nossos planetas a cada momento. Se estudamos mais atentamente as suas personificações, temos meios de perceber que as figuras mitológicas nada mais são que condições ou situações da vida humana. Estamos então defronte à tentativa de compor em representações simbólicas as formas originais das "anomalias", dos princípios diversificadores. Um semelhante processo encontra-se em toda cultura. Podemos encontrar uma especulação análoga até aos dias de hoje nos escritos do psiquiatra Carl Gustav Jung (um discípulo de Freud), que empreendeu estudos sobre os chamados "arquétipos". Seu trabalho que apareceu sob esse título trata dos comportamentos atribuídos a qualquer arquétipo primário. Jung tirou de suas pesquisas a conclusão de que todo homem possui alguma coisa definível como "inconsciente coletivo", composto de uma pluralidade de esquemas e símbolos mentais e presente desde seu nascimento.

Trabalhando nos planetas supramencionados — chamaremos também assim o Sol e a Lua por simplicidade —, podemos caracterizar praticamente com uma única palavra o arquétipo, a forma original, simbolizada pelo respectivo corpo celeste:

Sol: — o nosso Eu individual, o ego
Lua: — a faculdade de reflexão do homem, a sua reação aos fenômenos
Mercúrio: — o pensamento, a circulação, as deduções causais
Vênus: — matrimônio, vínculos afetivos, cooperação
Marte: — ação, energia, vontade
Júpiter: — confiança, fé, exteriorização, desenvolvimento, cura
Saturno: — forma, limitação, lei, poder, autoridade
Urano: — equanimidade, intuição, ritmo
Netuno: — confusão, indefinição, desmaterialização, aparência
Plutão: — superioridade, domínio, "prodígio"

Se permitirmos a essas partes características exercer sobre nós sua influência, é claro que a nossa vida vai consistir de uma sua combinação e interação.

Se em um indivíduo uma determinada série de características é especialmente destacada, podemos, por exemplo, falar de um "tipo lunar" ou de um "tipo venusiano". Em um homem que tenha atingido o equilíbrio total e a completa harmonia (admitido que exista) está perfeitamente equilibrada a relação recíproca dos vários atributos.

Não apenas, entretanto, esteja presente uma certa desarmonia entre algumas dessas "características originais", ela virá a manifestar-se. Tal desproporção cósmica manifesta-se na vida interior de um homem, ou como fator de distúrbio de suas condições físicas, ou ainda influi em suas condições de vida.

Uma desarmonia manifesta-se de modo particularmente sensível sobre um destes três planos — o mental, o físico e o das circunstâncias externas —, mas com uma observação mais atenta pode-se constatar sua manifestação também sobre os outros dois.

Após esta introdução, talvez um pouco prolixa, procuraremos

agora estudar os órgãos isolados da digestão em uma perspectiva mais extensa.

O estômago

Como resulta evidente do Capítulo 1, todo distúrbio gástrico está ligado a uma certa perturbação das condições psíquicas do indivíduo. Um doente do estômago costuma reagir diferentemente de um são, mesmo nas condições de vida.

Ouve-se freqüentemente afirmar que um temperamento colérico é responsável pelos distúrbios do estômago. Em parte é verdade. Devemos, porém, perguntar o que se entende por "colérico" nessa afirmação. Irritação e ressentimentos recaem, em sua maior parte, na esfera de influência da Lua. O indivíduo pode reagir somente de modo limitado, quando a sua faculdade de reflexão é reduzida.

A *mente* não consegue, de certo modo, digerir o que lhe é proposto. A sua reação às várias impressões é, portanto, forçosamente inadequada. Vemos, no *corpo*, processos análogos: o estômago repele parte do que lhe é oferecido.

Também no plano das circunstâncias externas de vida podemos especificar processos análogos. Quem sofre de distúrbios gástricos irrita-se com facilidade e aceita as circunstâncias muito menos do quanto é normal.

Um indivíduo nestas condições consegue afirmar-se socialmente apenas com extrema dificuldade; é psiquicamente transitório e fraco de estômago.

Quando os "influxos lunares" são muito escassos, também a produção de sucos gástricos deixa um pouco a desejar.

O tratamento consiste em uma ação corroborante das funções gástricas, que não é, porém, efetuada usando papinhas ou alimentos para crianças. Isto seria dobrar-se à fraqueza que se quer contrastar.

Um estômago fraco está em relação, quase sempre, com o desejo de poder retornar à infância. Para reforçá-lo, portanto, devemos tentar com os meios que desenvolvam uma ação normalizante sobre a produção de sucos gástricos. O suco de couve (colhida na hora) ou de *toranja* atua positivamente neste sentido. Quando notar que o seu estômago está fortificado, experimente com cuidado a adoção de uma dieta à base de vegetais crus, que exige uma atenção especial para a mastigação, que deve ser cuidadosa. Consulte para isso o que eu disse no capítulo dedicado à alimentação.

A dor de estômago pode ser ajudada pelo lado psicológico, oferecendo-lhe compreensão. Não negue absolutamente um carinho especial ao seu estômago. Até aqui aparece claramente a analogia com a infância. Quem sofre de distúrbios gástricos tem necessidade de muito amor, profundo e sincero, que lhe permita (veja o Capítulo 1) evitar o máximo possível o recurso a alimentos doces.

Existem distúrbios gástricos que dependem de uma excessiva produção de sucos. Neste caso, aparece a bulimia (uma patológica avidez de comida). Sob o aspecto psíquico, o indivíduo sente-a como uma carência de impressões a assimilar. É este um tipo humano ávido de sensações e sentimental. De um ponto de vista astrológico, isso depende de uma conjunção desarmônica de influxos da Lua e de Urano. Urano exalta a capacidade de reflexão lunar. As reações são, portanto, de certo modo excitadas.

Alimentos ricos em cálcio e suco de batatas cruas neutralizam os ácidos gástricos.

A este respeito recomenda-se iniciar cada refeição com uma salada de vegetais crus preparada na hora.

No que se refere às condições de vida, essas se podem ajudar oferecendo-lhe oportunidade de discussões verbais e de controvérsias. O mais certo seria oferecer-lhe uma quantidade maior de "alimentação" no plano intelectual, de modo que tenhamos mais para elaborar e assimilar, para "digerir".

Já falei no Capítulo 1 da rejeição das circunstâncias exteriores e do vômito que daí advém.

Concluindo, pode-se estabelecer a existência de vários "tipos gástricos". Parece conseqüentemente ilógico que todos os membros de uma família devam nutrir-se com um e somente um tipo de comida igual para todos. Um tem necessidade de uma alimentação pesada, enquanto outro deseja, ao invés, "impressões materiais mais leves". Na prática, infelizmente, devem-se levar em conta a muito custo semelhantes exigências. Em nossa sociedade, onde o conceito de normalidade é sobremaneira vinculante, é realmente difícil ir contra a corrente.

Penso porém que, quando se tem apetite por qualquer coisa especial, deve-se ir tranqüilamente à cozinha e preparar em santa paz qualquer coisa. Deste modo, de fato, estamos muito mais participantes daquilo que comemos. Os alimentos tornam-se assim impressões próprias e verdadeiras, que é o que procuramos.

Além do mais, assinala-se o efeito extremamente nocivo que tem o *rumor*, sempre falando de distúrbios do estômago. Pude constatar quantas pessoas pertencentes às gerações mais jovens, que se submetem diariamente à ensurdecedora "ditadura do pop" (como quero permitir-me chamar a *música pop*), sofrem de distúrbios das funções digestivas. De vários estudos e pesquisas concluiu-se que o barulho excessivo tem efeitos nefastos sobre o sistema nervoso. Quem tem um estômago sensível deve, portanto, proteger-se cuidadosamente do barulho. E não somente ele!

O intestino

Falando de intestino devemos distinguir entre intestino *delgado* e *grosso*, pois estas duas partes possuem, cada uma, uma função específica. A função do intestino delgado pode ser descrita com os conceitos de *analítico* ou *crítico*, a do intestino grosso com a de *transformação* e a de *ligação* ou *vínculo*.

Os distúrbios do intestino delgado estão em relação com a expressão mental do homem, que é a um tempo crítica e analítica. É este um tipo humano que critica e tem que repetir tudo. O seu intestino delgado analisa igualmente o próprio conteúdo, adverte logo todo "importuno", como caroços, pêlos ou semelhantes, e o assinala com uma sensação dolorosa.

No que se refere ao intestino grosso, as coisas caminham diferentemente. Como mencionado, o princípio do cólon baseia-se na transformação. É esta a base conclusiva de todo o processo digestivo, durante a qual o quimo, já tratado e analisado, é conduzido ao seu destino final. Uma parte é absorvida pelo corpo, o resto é preparado para a excreção (com a adição de um *ligante*).

Psiquicamente o intestino grosso encontra correspondência no tipo humano do qual se costuma dizer: "A água tranqüila derruba as pontes"; o indivíduo que cala e que – se for o caso – é capaz, sem mais nada, de "ficar de mau humor". Sentimentos de vingança e de ódio são com freqüência o correspondente no plano psíquico dos distúrbios do cólon.

Quem não consegue dar às próprias percepções uma saída prática reage conseqüentemente a nível de intestino grosso. Se o indivíduo é calado e se recusa rigorosamente a externar, mesmo somente em parte, os seus sentimentos, é possível que venha a sofrer de prisão de ventre. Conserva, por assim dizer, com outro tanto rigor o conteúdo do intestino. Se, devido a não externar os impulsos de seu ânimo, se tornar nervoso, o seu intestino grosso sofrerá espasmos e todo o indivíduo será contraído e espasmódico. Cada impressão nova pode piorar este estado. Quem notar em si semelhantes sintomas fará bem em recorrer a qualquer pessoa de sua confiança e abrir-lhe o coração, e que seja particularmente cuidadoso no acolher novas impressões. Todos aqueles cujo intestino grosso dá problemas devem ter presente que a uma *troca de idéias franca e aberta* deve-se atribuir em casos semelhantes uma grande eficácia terapêutica. Não tenha papas na língua! Não reprima seus sentimentos! Não faça de seu coração (ou melhor seria dizer do seu intestino) um covil de bandidos!

Em caso de aparecimento de catarro intestinal, significa que se está, de um modo ou de outro, envolvido emotivamente nas coisas. Estamos, geralmente, flegmáticos (*phlegma* = muco). Em nosso corpo o muco tem uma função de invólucro. Assim, como no corpo o muco envolve as coisas, o flegmático (psicologicamente tal) sabe esconder seus impulsos interiores. Neste caso, procure reagir quanto mais imediatamente for possível. Não "embale" os seus sentimentos e não se deixe — qualquer que seja o motivo — dominar por eles.

Devemos entender que os *intestinos são os pulmões do ventre*. Os pulmões fornecem-nos a energia assumida através da respiração (ar = espírito). O intestino fornece ao corpo a energia material (terra = matéria). Uma antiga sentença popular afirma que "a morte acomoda-se no intestino". Isto cessa de assombrar-nos quando percebemos que o homem, embora criatura espiritual, é uma materialização da energia cósmica.

Até quando estejamos ligados ao nosso corpo material, não devemos esquecer de prestar atenção à analogia existente entre os nossos processos físicos e os psíquicos, espirituais. Tome cuidado, portanto, para que o espírito e a matéria cooperem harmoniosamente dentro de você! Ou, para exprimir-me diferentemente, procure instaurar e manter o equilíbrio entre as suas funções mentais e o seu intestino (matéria). São ligados ambos um ao outro como amigos inseparáveis. O comportamento de um torna-se evidente através das reações do outro.

Em categorias espirituais, o pensamento localiza-se em nosso cérebro. Os nossos intestinos e o nosso fígado ilustram-nos os processos mentais valendo-se de símbolos materiais.

3 O emprego das ervas medicinais

O emprego das ervas medicinais não pode ser de modo algum comparado à administração de remédios sob prescrição médica. Prescindindo de uma única exceção, no emprego das ervas não está em jogo o de uma determinada substância química. Usa-se a totalidade da planta, isto é, a natureza da planta deve corresponder à natureza de sua situação vital global (para não falar da situação que viu insurgir a sua doença).

As ervas medicinais não devem ser empregadas, portanto, para combater determinados sintomas, mas sim para influir sobre o *homem integral* na totalidade de sua natureza. Toda erva tem uma natureza determinada e peculiar. Toda planta é em si um mundo pequeno e completo, como de resto todo homem ou animal. Somente que aprender a decifrar esta natureza exige uma arte refinada, e ainda mais a compará-la com a natureza do homem que se deve curar. É portanto completamente falso que as ervas — não apenas preparadas — podem ser usadas *sic et simpliciter* como um comprimido analgésico qualquer. Para o uso das ervas medicinais apresentam-se diversas possibilidades. Pode-se empregar a erva *fresca* ou *seca* ou servir-se da *tintura* (isto é, o extrato da erva com base alcoólica); atualmente dispõe-se inclusive de *comprimidos de ervas*. O uso da erva colhida na hora pertence atualmente, por força maior, quase totalmente ao passado. De fato, hoje as plantas estão quase todas desnaturadas e prejudicadas em suas virtudes pelo uso maciço de adubos químicos, pelos escapamentos de gás carbônico dos automóveis, pelas águas poluídas. As ervas frescas podem ser usadas somente quando se esteja em condições de excluir, com absoluta certeza, qualquer influxo nocivo. Neste caso, é preciso observar as doses; as plantas frescas possuem, de fato, uma eficácia ótima e, portanto, são empregadas em doses menores que as secas. Todos os seus sucos de certo modo ainda "vivem". O emprego mais difundido é, todavia, o das ervas secas ou das tinturas.

As ervas secas prestam-se ao preparo de infusões. Para isso é indispensável empregar sempre um recipiente de cerâmica, pois o metal pode dar lugar a reações químicas que alterariam o resultado. Usa-se normalmente uma colher de sopa de ervas moídas para cada meio litro de água fervente (cerca de três copos). Deixa-se tudo em infusão de quinze a vinte minutos, a seguir coa-se. O líquido (no qual não deve haver absolutamente mais restos de ervas) pode depois ser conservado em um lugar fresco e escuro até vinte e quatro horas. É possível portanto preparar, de uma única vez, todo o necessário para um dia.

A infusão é bebida diariamente na medida de dois ou três copos, cerca de um quarto de hora antes das refeições.

Quanto ao emprego, procure regular-se sozinho. "Ouça" as vozes de seu corpo. A necessidade pessoal é a única norma a seguir para que o emprego seja eficaz. Se alguma coisa o repugna, há muitas probabilidades de que não se trate do indicado para você. Nosso corpo tem a sua linguagem. Procure compreendê-la. Tudo o que eu disse vale também para as *tinturas*. Em seu uso não basta ater-se à posologia prefixada em termos absolutamente gerais de tantas e tantas gotas por tantas e tantas vezes.

Respeite-se em cada caso a regra básica para as tinturas para procurar a própria dose ótima entre as cinco e treze gotas. Em caso de sintomas agudos ou intensos, não é tanto a dose a ser determinante quanto a freqüência das subministrações. Em outras palavras, três gotas cada dez minutos podem ter um efeito mais benéfico que vinte e cinco gotas uma vez por hora.

As gotas de tintura são tomadas diluídas em água de dez a quinze minutos antes das refeições e eventualmente antes de deitar-se.

Atualmente são disponíveis no mercado também *comprimidos de ervas*, isto é, ervas secas e pulverizadas, prensadas em seguida em forma de pastilhas. Trata-se de um método muito prático para as plantas cujo princípio ativo é pouco ou quase nada solúvel em álcool (por exemplo, a *Tussilago farfara*).

Das ervas medicinais também se faz *uso externo*. Têm-se nesse caso duas possibilidades:

a) Aplica-se uma determinada planta na parte afetada.
b) Prepara-se um extrato de ervas medicinais com base hídrica e se o emprega em banhos nas mãos ou pés.

Foi constatado, de fato, que as palmas de nossas mãos e as plantas de nossos pés são pontos extremamente receptivos das virtudes terapêuticas vegetais. O francês Maurice Mességué fez um grande uso desse método.

A propósito de uso externo das ervas medicinais é o caso de mencionar-se a *folha de couve*. Embora a couve não possa ser enumerada entre as ervas medicinais, a aplicação de uma sua folha esmagada dá geralmente um grande alívio em caso de inflamações. Para isso se aplica a folha de couve sobre a parte inflamada, trocando-a de hora em hora por uma fresca. A couve vermelha é mais eficaz que as outras variedades.

Um remédio conhecidíssimo para uso externo é constituído também de sementes de linho, que, em forma de cataplasmas, ajudam muito em certos processos inflamatórios.

Tenha sempre presente que a sua intuição, juntamente com uma boa dose de sadio bom senso, é, sem dúvida, o seu mais fiel conselheiro na matéria.

Visto que o emprego das ervas — contanto que não se trate de ervas venenosas — é inócuo, você tem a possibilidade de estabelecer empiricamente a dose adequada à sua situação pessoal. Mesmo na dosagem das tinturas não é necessário observar com excessivo formalismo o número de gotas geralmente aconselhado.

4 Algumas ervas para os órgãos do nosso aparelho digestivo, com atenção especial aos diversos tipos humanos

Agrimônia (*Agrimonia eupatoria*)

A agrimônia adapta-se particularmente ao tipo humano que recebeu em dote muito da vida, mas que não consegue produzir de forma equilibrada e harmoniosa quanto, por assim dizer, lhe chove do céu. Trata-se de homens que não se acham nunca na necessidade de aplicar-se mais, pois encontram sempre **alguém que** assume logo toda sua carga.

Em sua existência tudo é liso como óleo, sem que eles tenham necessidade de explicar uma atividade notável. Pode-se dizer que a agrimônia é como o homem para o qual tudo corre com facilidade excessiva e que, exatamente por isso, encalha em qualquer dificuldade. É esta uma descrição das circunstâncias exteriores de vida que, porém, encontra uma correspondência pontual nas condições físicas de um tal tipo humano. Mesmo em nível físico ele não consegue fazer muito do que recebe, por bom e conveniente que seja. As suas funções físicas são, de fato, a insígnia da passividade. Em semelhantes pessoas o metabolismo é quase sempre mais ou menos perturbado. As conseqüências disso fazem-se notar no decorrer dos processos digestivos. A digestão é no máximo indolente, pouco adequada portanto a "estimular as outras funções". Entre os sintomas mais freqüentes menciona-se a prisão de ventre. A elaboração e a assimilação da comida aduzida (das impressões materiais, portanto) não se verificam perfeitamente por si. Há, portanto, necessidade de uma intervenção. É preciso por isso empenhar-se a fundo para reagir à habitual "rotina".

A agrimônia é a mais eficaz entre as ervas para a estimulação do metabolismo. De sete a dez gotas de tintura tomadas toda manhã com o estômago vazio exercem uma ação positiva sobre o metabolismo e sobre a digestão. Se se sofre de prisão de ventre crônica no quadro das condições anteriormente descritas (há, de fato, formas de prisão de ventre de toda natureza, como você poderá constatar continuando a leitura), um uso mais parcimonioso da agrimônia pode levar a uma melhora da situação. Esta erva, sobretudo se em combinação com *Solidago virgaurea,* é um ótimo depurativo do sangue e um estimulante.

Agrimonia eupatoria

O emprego da agrimônia ativa visivelmente o indivíduo e o induz a abandonar a sua disposição mental a deixar que tudo se regule por si. Ela é também um dos mais eficazes estimulantes das funções hepáticas, mas não somente isso: favorece também, de fato, o funcionamento da bílis e isso graças aos princípios amargos que ela contém.

Se nos propusermos a incrementar o metabolismo, pode-se combinar a agrimônia com o dente-de-leão, a aquiléia mil-folhas e a centáurea-menor e preparar uma infusão com a mistura obtida.

Pode-se iniciar bebendo um copo três vezes ao dia. É necessário, porém, esforçar-se, em apoio ao tratamento, para intensificar a própria atividade.

Anis (*Pimpinella anisum*)

Antigamente usava-se em algumas localidades restaurar-se, nas frias noites de inverno, com um copinho de delicioso leite com anis fervente.

Atualmente isso caiu em desuso. Era um dos muitos bons hábitos dos nossos bisavós, que aos poucos estão sendo esquecidos. Nos herbários o anis é recomendado em caso de dores abdominais, meteorismo (cólicas ventosas) e prisão de ventre. Em todos estes casos a eficácia benéfica do anis é incontestada. Deve-se, porém, verificar a que tipo humano ela é adequada.

Qual a razão das dores abdominais e das cólicas ventosas que mencionamos? As dores abdominais às quais se indica o anis são por exemplo diferentes das para as quais, ao invés, convém empregar a *Potentilha anserina* ou das dores lancinantes que exigem a administração da valeriana. Toda erva possui um seu preciso caráter pessoal. O anis é particularmente eficaz na cura dos pacientes que pertencem ao tipo humano que — para exprimir-me com simplicidade — está ainda, mais ou menos, dando os primeiros passos, que é imaturo e incapaz de autonomia (onde se identifica a autonomia e a independência com a idade adulta). Não há nisto o mínimo traço de desestima ou de desprezo. Pelo contrário. Trata-se somente de uma das múltiplas facetas da natureza humana.

O anis ajuda a remover as conseqüências de percepções não ainda completamente assimiladas intelectualmente e que podem por isso conduzir a dores abdominais. Quando as impressões mentais não são "digeridas" completamente (isto é, não são compreendidas), também as impressões materiais (os alimentos) tornam-se indigestas. Conseqüentemente, aparecem dores viscerais, abdominais portanto, visto que o alimento ingerido não é suficientemente elaborado e os intestinos sofrem com alimentos mal digeridos.

O anis é por isso próprio também para o tipo carente de uma certa proteção, que se gratifica de bom grado, mas no fundo injustamente, com o apelativo de ingênuo ou infantil. Estes indivíduos, de fato, não estão totalmente presos a um estado de desenvolvimento correspondente à infância, mas continuam somente a ter necessidade de ser objeto de cuidados quase maternos.

Recordo ainda, como se fosse agora, a minha bisavó colocar-me diante de um copo de leite com anis dizendo: "Bebe-o bem quente, meu menino; faz um bem enorme e faz ver o mundo cor-de-rosa". Era uma mulher realmente sábia. Dar a alguém uma sensação de segurança é o mesmo que mimá-lo como faria uma mãe. A maternidade é irradiação de calor. Somente em idade já avançada tornou-

Pimpinella anisum

-se-me claro o motivo que induzia minha bisavó a pôr sempre — no máximo do verão! — uma gota de água quente na limonada. O calor protege o corpo e a mente como melhor não se poderia.

Não é o caso de pensar-se no fato de que o anis esteja entre as ervas mais calorígenas?

Esta erva serve para quem não consegue desligar-se da imagem materna, a quem ainda encontra obstáculos para apoiar-se sobre suas próprias pernas. É difícil então suportar sozinho a carga das percepções. Recorra sempre às sementes de anis. Prepare com elas um leite com anis ou uma infusão. O leite com anis é realmente o preferido, visto que ele vai exprimir melhor a idéia da mãe. O simples fato de mastigar sementes de anis produz alívio em caso de dores abdominais ou meteorismo intestinal.

Hortelã-pimenta *(Mentha piperita)*

A hortelã-pimenta apresenta até certo ponto as mesmas qualidades do anis. Também ela pertence de fato às ervas calorígenas.

A propósito do anis falava-se da necessidade de amor materno, sem que isso repercutisse necessariamente sobre o comportamento do indivíduo. O tipo anis, malgrado seus sentimentos mais profundos, conserva-se sereno, alegre, vivaz. O tipo hortelã-pimenta, ao invés, é inclinado à depressão e facilmente levado à melancolia. A hortelã-pimenta atua mais sobre o estômago.

O tipo anis tem uma necessidade inconsciente de proteção. O tipo hortelã-pimenta depende já diretamente da figura materna. O estômago é o primeiro órgão elaborador das impressões materiais. O tipo de que falamos consegue assimilar somente com dificuldade o que está fora da proteção materna. De modo perfeitamente análogo à sua disposição psíquica ele possuirá também um estômago delicado e não conseguirá digerir e assimilar bem; tudo para ele deverá ser mais ou menos pré-mastigado.

A hortelã-pimenta serve, conseqüentemente, também no caso do homem que acumula cada impressão sem elaborá-la ou assimilá-la (astrologicamente o tipo Câncer). A nível físico, também o estômago não digere as suas impressões e portanto se revolta. O indivíduo sofre de flatulências e eructações; deve soltar de um modo ou de outro os gases provocados pela fermentação da comida mal digerida. Sob o aspecto psíquico as suas reações serão análogas: obsessões, fixações, nos casos piores até alucinações, se as impressões não assimiladas se acumulam. Toma-se nesse caso a hortelã-pimenta no jantar em forma de infusão, só ou junto com cálamo-aromático, agrimônia, centáurea-menor, camomila e uma pitada de valeriana. Ela é própria antes de tudo – repito – aos que conseguem apenas a muito custo desprender os vínculos com a figura materna para atingir um comportamento independente e autônomo.

Se algumas das características que tracei se adaptam a você, fará bem em plantar a hortelã-pimenta em seu jardim e colher de vez em quando uma folhinha ou passar sua mão em seu caule. Sinta o seu perfume inalando profundamente; isso já pode ter sobre você um efeito salutar. A hortelã-pimenta é uma planta na qual se deve pensar em ocasião de qualquer distúrbio gástrico. Não é sem motivo que nas congregações calvinistas holandesas seja costume tirar do bolso pastilhas de hortelã-pimenta tão logo o pastor inicia seu sermão. O pastor de almas empanturra suas ovelhas com uma quantidade de sentenças e máximas que, se não sábias, nem sempre são muito fáceis de digerir. Duas ou três palavras pronunciadas do púlpito podem já

Mentha piperita

gravar pesadamente no estômago de cada um. Os tradicionais e familiares "kerkpepermuntje" (pastilhas de menta da igreja) conseguem uma certa proteção na frente física, de modo especial se se tiver presente que, se o espírito está bem disposto, a carne é entretanto fraca. A hortelã-pimenta protege justamente a carne (o estômago). Este exemplo basta para intuirmos a existência de um sentido profundo em tais tradições que à primeira vista podem parecer insignificantes, quando não ridículas.

Em caso de distúrbios gástricos, esforcem-se em penetrar a sua natureza e, entre as ervas, procurem a que corresponde a ela. Será, sem dúvida, a mais adequada!

Centáurea-menor *(Erythraea centaurium)*

A centáurea-menor é mais ou menos para a nossa digestão o que o hipérico, ou erva-de-são-joão, é para o nosso sistema nervoso. É uma erva que contém muitos princípios amargos e que estimula, portanto, as funções hepáticas e aumenta a secreção biliar.

A centáurea-menor corresponde ao tipo humano ao qual "tudo se esvai" e que não consegue mais assimilar as impressões nem materiais nem de natureza psicológica, porque lhe veio simplesmente a faltar a força de ânimo. Em uma situação semelhante muitos homens não conseguem ingerir nem mesmo um bocado de comida que já são atacados de náusea. São abatidos e desanimados e toda a sua alegria de viver os abandonou. Eles cansam-se de carregar o fardo da existência.

Fisicamente isso se exterioriza através de uma digestão difícil devida a uma reduzida secreção biliar e a uma inadequada produção de sucos gástricos. Com esta última expressão entende-se uma composição inadequada dos sucos gástricos; todo alimento exige, de fato,

Erythraea centaurium

uma combinação particular das secreções da mucosa gástrica. Retornarei a este assunto no capítulo dedicado à alimentação.

A centáurea-menor restitui a alegria de viver e restabelece conseqüentemente as funções digestivas, porquanto estes dois fatos estão indissoluvelmente ligados um ao outro.

Em caso de distúrbios da digestão que se configuram no modo supradescrito, emprega-se, portanto, a tintura de *Erythraea centaurium*. No início do tratamento, repete-se por três ou quatro vezes ao dia, quinze ou vinte minutos antes das refeições. Os processos digestivos serão favorecidos. A centáurea funciona então, por assim dizer, como guia para as impressões que se esperam.

É recomendável também o emprego de uma mistura para infusão constituída de sete partes de centáurea-menor, cinco partes de agrimônia, três partes de cálamo-aromático, uma parte de menta e uma de absinto. A ingestão dessa infusão confere novo vigor para enfrentar a existência cotidiana, ativa as funções do fígado e do estômago e, por reflexo, estimula as atividades psíquicas que são sua repercussão.

Funcho ou erva-doce (*Foeniculum officinale*)

Ocorre ocasionalmente que os distúrbios entéricos aparecem em relação a afecções das vias respiratórias. Muitas vezes a esse aspecto se adiciona, como terceiro fator, também o eczema. O decurso da doença pode então ser o seguinte: o eczema é curado com a aplicação de uma pomada e com o tempo acaba desaparecendo, pelo menos aparentemente. Mas o que ainda perturba o paciente? O intestino. Expulsos também esses sintomas com todos os meios possíveis, quando ele pensa estar finalmente livre de suas atribuições, eis que depois de algum tempo tem motivo para queixar-se de afecções das vias respiratórias, com sintomas reais e próprios de asma. Naturalmente há remédios também para isso, com os quais ele pode encarar resolutamente o seu mal por esse lado. Acredita que acaba aqui? Qual o quê! Aparece novamente o eczema e o círculo diabólico recomeça novamente.

Entre os distúrbios físicos descritos e as condições psicológicas do paciente existem relações. Podemos falar aqui de "esfera de influência do funcho". O funcho, ou erva-doce, é, por isso, uma planta que assume uma importância notável para o tratamento tanto das vias respiratórias, como do intestino e dos rins (a pele).

O tipo humano que obterá particular auxílio desta planta é o que

Foeniculum officinale

no decorrer de sua existência encontra-se enfrentando continuamente circunstâncias extenuantes.

Sob o aspecto psicológico, um tipo semelhante está constantemente em estado de extrema tensão nervosa. O seu corpo é, portanto, totalmente contraído e a sua capacidade de relaxar-se é escassa e torna impossível determinadas funções. De um ponto de vista astrológico, manifesta-se aqui uma conjunção desfavorável dos influxos de Mercúrio e Urano, em que Mercúrio é "prejudicado" (ou seja, as forças, a esfera vital, que esse planeta representa caem vítimas do mais poderoso Urano).

Sob o aspecto psíquico, é este um indivíduo cujos processos de pensamento estão sempre sob a insígnia do imprevisível, do improviso, do enervante. A nível físico isso se manifesta com o acúmulo e a retenção dos gases. Enfrentam-se, de fato, todas as circunstâncias "com a respiração presa" (o que substancialmente significa interromper por um instante os processos vitais). O corpo não pode digerir relaxado, visto que a produção dos líquidos para isso necessária é reduzida, quando não totalmente interrompida. Pode-se chegar portanto ao aparecimento de processos de fermentação, que conduzem, por sua vez, a uma produção e retenção de gás (= ar) no intestino.

O tipo ao qual o funcho ajuda não está à altura das circunstâncias entre as quais a sua vida se desenvolve. Tudo lhe sucede em torno de um ritmo de tal modo cansativo, que ele não consegue simplesmente "digeri-lo". É típico destes indivíduos que, devido à confusão da situação, acabem por não observar quase mais nada.

Não é supreendente que a erva-doce seja usada em homeopatia para corroborar as faculdades visuais (a capacidade de tornar a ver)? Em caso de acúmulos intestinais de gases em condições comparáveis às descritas, empregam-se as sementes de funcho ou erva-doce.

As sementes de erva-doce deixadas em infusão no leite servem também como antiespasmódico (no caso das contrações supramencionadas). Pode-se misturá-las, com bom resultado, com hipérico, *Potentilla anserina* e camomila.

Em caso de prisão de ventre e acúmulo de gases no intestino é bom uma infusão preparada com cinco partes de sementes de funcho, cinco partes de *Potentilla anserina* e três partes de camomila. Inicia-se o tratamento bebendo todo dia um copo antes das refeições.

Bérberis, espinho-santo ou uva-espim (*Berberis vulgaris*)

O suco amarelento e os espinhos agudos que guarnecem os ramos de béberis reenviam, segundo a *teoria das assinaturas* *, ao mau humor e às contrariedades (zombarias ou "impressões azedas" e ofensivas). E, de fato, o bérberis possui virtudes terapêuticas contra os distúrbios hepáticos e biliares.

O bérberis é indicado particularmente a quem tem problemas de mau humor devido à alimentação muito "difícil". Com esta expressão entendo aqueles alimentos temperados de modo muito picante. Pode-se verificar geralmente que o tipo bérberis cansa-se ao digerir os alimentos contendo enxofre (as "comidas azedas"), como, por exemplo, as espécies comestíveis da família das Liliáceas (cebola, porro, alho), os rabanetes, os rábanos e — para não esquecer — a

---

* Denominação de uma doutrina médica dos séculos XVI e XVII, segundo a qual é possível encontrar na forma de plantas medicinais ou minerais quaisquer indicações sobre sua eficácia.

gema do ovo. A causa disso reside no fato de que se trata de indivíduos que dispõem de muito pouca "força de encarnação" para digerir comidas muito substanciosas (= encarnação). Neles a produção de bílis é escassa e lenta; mesmo se eles se encolerizam igualmente com grande facilidade, têm por isso um temperamento colérico. Eles começam todas as coisas possíveis, mas em lugar de iniciar pela ideação, pela primeira impressão, atacam imediatamente com a forma já madura e completa.

Torna-se assim explicável porque alguns poucos toleram uma cebola crua em jejum. O raciocínio vale até para o enxofre. Este mineral está contido em todas as coisas no estado nascente e portanto também em tudo que se encontra, por assim dizer, em seu estado embrionário, como, por exemplo, a gema do ovo. O enxofre é uma das formas primitivas da matéria.

Quando na vida de uma pessoa se supera a fase embrionária, o corpo reage como conseqüência. A força vital inata no fígado (a vida nos albores) cessa então de atuar, bem como se reduz a produção de bílis. Se se introduz "matéria embrionária" — portanto, enxofre —, verifica-se alguma coisa semelhante a um curto-circuito. O corpo não sabe o que fazer com uma "impressão" dessas e conseqüentemente não a digere inteiramente. As conseqüências são congestão hepática e estase biliar, e às vezes até cólicas.

Procure em primeiro lugar ater-se ao esquema de máxima dos seus distúrbios e contrastá-los tanto criando condições correspondentes externas quanto intervindo a nível psíquico. Agora provavelmente os alimentos antes indigestos lhe parecerão menos fastidiosos.

Para incrementar este processo, pode-se empregar a tintura de bérberis. Em caso de dores na região do fígado (que se entende aqui como manifestação de sua "revolta" e de sua "contestação") tomam-se todo dia, por três ou quatro vezes, de cinco a dez gotas de tintura de bérberis. Às vezes bastam cinco gotas por dia com o estômago vazio. Evite as impressões muito azedas, tanto físicas como mentais (o enxofre é, de fato, uma substância que, quanto ao sabor, é caracterizada como "azeda").

O bérberis é indicado também ao tipo humano que encontra dificuldades na própria purificação/depuração psíquica e física. O processo de purificação é extremamente importante, não há dúvidas, porquanto por ele se desembaraçam todas as impressões físicas e psíquicas ainda não assimiladas e que podem portanto fazer aparecer "sintomas de estagnação". Este é também um quadro que tem correspondências analógicas com o enxofre; basta pensar, por exemplo, que antigamente os potes de conservas eram desinfetados (em suma, purificados) com sufumigação de enxofre.

Berberis vulgaris

Disso deriva o fato de que tantos distúrbios biliares sejam reconduzíveis a uma inadequada purificação/depuração física e, naturalmente, também psíquica. Em homeopatia estas afecções biliares podem ser combatidas com a administração de *Sulfur* (enxofre em diluição homeopática). Como no caso dos potes para conservas, o enxofre elimina do corpo tudo cuja permanência seja nociva.

Purifique a sua psique e a sua situação (as circunstâncias) e dê assim ao seu fígado, e mais ainda à sua bílis, a oportunidade de exprimir uma eficiência ótima.

Celidônia, erva-porrácea (*Chelidonium majus*)

Como no caso do suco de bérberis, a *teoria das assinaturas* permite deduzir que também o suco de celidônia possui uma eficácia contra os distúrbios hepáticos e biliares. Em si a celidônia atua exatamente como o bérberis, com a única diferença que, enquanto este último influi mais particularmente sobre a bílis, aquela é mais eficiente sobre as outras funções do fígado, prestando-se à cura do tipo humano cujas dificuldades de digestão dependem do fato de que este órgão não desempenha suficientemente sua função de filtro desintoxicante.

Uma das funções do fígado é, de fato, a de depurador do sangue no sistema da veia porta. O tipo citado será, sob o aspecto psíquico, hipocondríaco e pessimista. Por quê?

Quando o fígado não exerce de modo satisfatório as suas funções

Chelidonium majus

desintoxicantes, as várias substâncias nocivas difundem-se livremente por todo o corpo, atingindo partes em que têm efeitos deletérios. Pode aparecer conseqüentemente toda espécie de distúrbios, das dores reumáticas às dermatoses, dos distúrbios oculares aos intestinais. Estes porém são somente os sintomas. A verdadeira raiz do mal é uma insuficiente atividade hepática.

O tipo humano em questão purifica e desintoxica logicamente de modo inadequado também a esfera psíquica e o próprio ambiente vital. Permite-se muitas coisas que sabe bem quanto lhe são nocivas e deixa que as mesmas tenham o seu curso. Um dos sintomas característicos é uma sensação dolorosa sob a omoplata direita, onde se encontra o "ápice" do lobo hepático direito.

Empregue sempre a *Chelidonium majus* em D3 ou em D6. Trata-se de diluições homeopáticas, das quais terei oportunidade de falar ainda no Capítulo 5. É necessário aconselhar aqui o emprego da infusão de celidônia ou do suco da erva fresca espremida, porquanto esta planta é venenosa. Em fortes diluições, ao invés, ela é um dos meios mais eficazes para neutralizar os venenos em nosso corpo. A tintura de celidônia pode ser adquirida nas farmácias sem necessidade de prescrição médica.

Dente-de-leão (*Taraxacum officinale*)

O dente-de-leão pertence, segundo a astrologia, à esfera de influência de Sagitário. Este signo do Zodíaco é representado pelo símbolo mitológico do centauro, um cavalo de dorso humano armado de arco e flechas, no ato de soltar uma flecha em direção às estrelas: uma meta ambiciosa.

É um gesto simbólico, que exprime, substancialmente, o conceito de "idealismo".

Na vida social o passional nascido de Sagitário é um "caçador de heréticos", isto é, um homem, que por amor ao ideal (ou à aventura e ao trabalho interior) não poupa nada e ninguém para atingir sua meta. Durante a guerra dos trinta anos apresentou-se uma semelhante situação com a atividade da Inquisição romana (emanação da Igreja Católica). Não é, portanto, surpreendente que já Dodonaeus, em seu herbário datado de 1554, indicasse o *Taraxacum officinale* com o nome de "erva-dos-padres" (*Pfaffenkraut*, às vezes também chamada *Pfaffenröhrlein*) e que, no âmbito lingüístico holandês ela tenha o nome de "flor-dos-cavalos", visto que os cavalos (o Sagitário) não são ambiciosos?

Já na Antigüidade o fígado é colocado em relação com o signo de

Taraxacum officinale

Sagitário, que por outro lado também é o símbolo da *fé confessional*.

O dente-de-leão contém abundantemente princípios amargos que promovem a atividade do fígado e da vesícula biliar; além disso, estimula todas as glândulas e a musculatura da região gastrentérica, influindo desse modo favoravelmente sobre as funções digestivas.

O dente-de-leão revela-se também um excelente depurativo (é uma das ervas preferíveis para uma cura depurativa do sangue na primavera), que manifesta o seu efeito sobretudo em uma melhor eficiência renal e, portanto, em uma eliminação aumentada dos líquidos. Além disso, ele auxilia na redução da pressão sangüínea, fato esse reconduzível também a um melhor funcionamento dos rins.

O *Taraxacum officinale* convém particularmente ao tipo humano que não consegue disciplinar, de modo sensato, suas aspirações existenciais (ou seja, os seus ideais). É uma planta para aqueles que não são capazes de dar vazão com uma ação adequada aos seus propósitos idealísticos e que portanto vivem situações de tensão que se **repercutem a nível físico, com a contração do aparelho digestivo e** podem, sem mais nada, provocar um aumento da pressão sangüínea. Permitam-me aqui fazer uma comparação com um cavalo preso a um arado em um campo aberto e que perde subitamente a confiança em seu companheiro (o camponês ou o trabalhador). No caso de aproximar-se um temporal, ele irromperá num galope desenfreado para conseguir o mais depressa possível a segurança oferecida pelo estábulo, sem qualquer consideração por nada ou ninguém que lhe apareça pela frente. O instinto animal é, de fato, tão forte que, para a sua satisfação, impele-se a correr o risco de prejudicar a si e aos outros.

O dente-de-leão ajuda conseqüentemente os indivíduos que tenham perdido a fé nos próprios semelhantes e se encontram, portanto, em uma situação difícil e penosa. Ele desenvolve uma ação "ordenadora"; restabelece o equilíbrio interior e reconduz, no âmbito das circunstâncias acima mencionadas, os órgãos à sua função normal.

Na primavera, coma todo dia algumas folhas novas de dente-de--leão em salada.

Em caso de distúrbios hepáticos ou das funções digestivas, beba a infusão, preparada com a erva seca, ou empregue a tintura a seu critério. Desta última, porém, veja que não sejam superadas as quinze gotas em cada ingestão. O momento mais propício é um quarto de hora ou meia hora antes das refeições. Procure entretanto determinar você mesmo a dose que mais lhe convém. É possível, de fato, que uma única gota de tintura, tomada todo dia pela manhã em jejum, possa produzir uma sensível melhora.

Já Tabernaemontanus escrevia sobre o dente-de-leão: "...*een gebenedeyde artzeney*" (um medicamento bendito).

Tormentilha (*Potentilla tormentilla*)

Como a valeriana põe ordem na parte invisível (a raiz) de nossa psique (consulte-se a este propósito o meu livro dedicado ao *stress* e às afecções nervosas), assim a tormentilha põe ordem entre as impressões não assimiladas, que procuram um caminho de saída de nosso intestino. Exprimindo-me em outras palavras, o que a valeriana é para o nosso sistema nervoso, a tormentilha o é para o nosso aparelho digestivo.

Quanto ao plano psíquico, manifesta-se em forma de estados ansiosos e de ataques nervosos, conduz muitas vezes a nível de intestino a úlceras e hemorragias. Em ambos os casos, a forma normal (isto é, o invólucro protetor) foi violada, está por isso "fora de si".

Potentilla tormentilla

As virtudes hemostáticas da tormentilha eram já conhecidas pelos antigos. Dodonaeus escrevia em 1554 a propósito desta planta: "Cura a disenteria acompanhada de enterorragia e toda espécie de diarréia, desenvolve ação hemostática em caso de hemoptises, hematúrias, metrorragias femininas ou outras formas hemorrágicas".

Também no caso de gengivas que sangram, a tormentilha mostrou-se muito preciosa. Use-a em bochechos orais na medida de vinte gotas de tintura em um copo de água morna.

Como já Dodonaeus estava em condições de referir, a tormentilha é um dos remédios mais eficazes contra as formas diarréicas. Nesse caso tomam-se de cinco a dez gotas de tintura em um pouco de água cada quarto de hora. Qual é em realidade a base de uma forma diarréica curável com a tormentilha? No início deste parágrafo falei de impressões não assimiladas, que procuram uma via de saída do intestino. Essas impressões são, no fundo, a causa de tais diarréias. Se não se consegue obter ajuda, pelo menos em parte, das impressões físicas (ou das correspondentes impressões psíquicas), elas "desaparecem".

Na vida interior pretendemos com isso emanações de nosso subconsciente, que é mais ou menos desconhecido, e que se manifestam, por exemplo, por ocasião do pânico que nos colhe à véspera dos exames (trata-se no mais das vezes de impressões psíquicas "envenenadas") ou em conseqüência de uma alimentação inadequada à nossa constituição (impressões físicas "tóxicas").

A tormentilha exerce um influxo benéfico sobre todos os espasmos e contrações, de natureza tanto psíquica como física.

Sanícula (*Sanicula europaea*)

Esta planta é indicada também — provavelmente por suas virtudes terapêuticas conhecidas há séculos — com o nome de umbela curativa (*Heildolde*).

Dodonaeus escreve, por exemplo, em seu herbário, que já tivemos oportunidade de citar: "Beber o suco de sanícula cura e seca feridas e contusões tanto externas como internas".

Sanicula europaea

Se pensarmos no espírito do tempo em que essas palavras foram escritas, poderemos interpretá-las tanto física como psicologicamente. Se ouvirmos alguém dizer: "Isso me feriu profundamente", não deveremos nos admirar que com o tempo apareçam no indivíduo também conseqüências físicas, isto é, que lhe apareçam distúrbios gástricos e intestinais.

Aquele, cujo coração sangra (por uma ferida psicológica), pode, por exemplo, estar sujeito a gastrorragias (onde a ferida é física). Quando as impressões psíquicas ferem, geralmente também o estômago não consegue fazer frente às impressões materiais. A sanícula é, portanto, um dos melhores medicamentos contra as úlceras gástricas e duodenais.

Tomando de sete a doze gotas de tintura três ou quatro vezes ao dia, eliminam-se diversos mal-estares.

Sementes de linho ou linhaça (*Semen lini; Linum usitatissimum L.*)

A virtude terapêutica das sementes de linho é geralmente conhecida. Antigamente usava-se aplicar cataplasmas quentes de linhaça em caso de furúnculos, chagas inflamadas e ulcerações para apressar o processo de maturação das secreções purulentas (e portanto a cura). Pode parecer estranho, mas as semente de linho têm sobre o estômago e o intestino uma função nada positiva. Já Dodonaeus escrevia em seu herbário sob o título "contra-indicações": "As sementes de linho, se ingeridas, prejudicam o estômago, que não as tolera, impedem a digestão e provocam excessiva ventosidade". Esta indicacação de Dodonaeus tornar-se-á sem dúvida clara se pensarmos no fato de que as sementes de linho têm função lenitiva em caso de processos flogísticos, mas aceleram também seu decurso. Tudo o que não é "puro", é decomposto e fermenta.

Se, portanto, em condições normais, ingerimos sementes de linho, os alimentos começam a fermentar já no estômago, provocando assim flatulências e eructações. Uma digestão difícil torna-se, conseqüentemente, ainda pior.

Por que então as sementes de linho estão entre as plantas medicinais eficazes para a cura dos distúrbios digestivos?

Porque as sementes de linho são um dos melhores medicamentos vegetais contra as gastrites. Se se inicia o tratamento em jejum e com a ingestão de pequenas doses da infusão mucilaginosa de sementes de linho, os distúrbios diminuem bem rapidamente. Deixa-se para isso uma colher de sopa de sementes de linho amolecendo durante toda a noite em meio litro de água e de manhã põe-se tudo para

Semen lini
Linum usitatissimum

cozinhar cerca de dez minutos em fogo lento. Isso feito, filtra-se e bebe-se o líquido subdividido em pequenas porções no decorrer do dia. Para não deixar qualquer dúvida a propósito, repetimos que, durante o tratamento, o jejum deve ser absoluto! Depois, pode-se beber suco de frutas (melhor se for de murta preta) espremido fresco e muito diluído.

Sanguinária, sanguínea (*Polygonum aviculare*)

Os nossos gatos sabem: quando não se sentem bem, se a grama não ajuda, recorrem à ajuda da sanguinária, mastigando um raminho dela. É uma erva de fato que demonstra uma benéfica influência em caso de distúrbios intestinais e de prisão de ventre.

A sanguinária corresponde à nossa vida emotiva (em astrologia esta planta é posta em relação com uma Vênus desarmônica, por exemplo, em aspecto desfavorável com Júpiter).

É uma erva que se adapta ao homem que não sabe concluir a abundância de suas impressões e que, de certo modo, continua a repetir-se: "Tanto faz, tudo isso não me interessa mais. Quem viver, verá".

Trata-se da capitulação de frente a um fluxo de "impressões impuras", após o indivíduo ter-se desorientado e lhe falta energia para opôr-se ao curso dos acontecimentos. Sentimentos, vínculos afetivos (Vênus) e ideais, a fé em qualquer coisa (Júpiter) concorrem para formar uma única confusão. Ou o indivíduo quer abraçar muitos vínculos sem possuir um modelo (ideal), que lhe renda mesmo só o geralmente possível, ou ele é muito idealista para poder enlaçar também um único vínculo normal.

Todos esses processos psíquicos se expressam em nós a nível físico. Concatenações de tal natureza de fenômenos psíquicos exercem seu efeito sobre o corpo em dois órgãos: o pâncreas e os rins.

Se o pâncreas não elabora suficientemente as "impressões açucaradas", nós consumimos os açúcares do corpo com a ajuda dos rins (como se pode observar pelo exame da urina). Fala-se então de diabete.

Se iluminarmos os bastidores dessa doença, encontraremos sempre uma das duas possibilidades seguintes: ou não se consegue abraçar os vínculos, porque os ideais são impedidos, ou se os abraça, mas se deve para isso renunciar aos próprios ideais.

A sanguinária é uma panacéia para restabelecer a harmonia e o equílibrio, se produtor (Júpiter) e consumidor (Vênus) estão presentes em desproporção recíproca no indivíduo. Os holandeses chamam a sanguinária "erva-dos-porcos", uma denominação de significado mais profundo do que aparenta, pois exprime um nexo entre o efeito da planta e o porco.

Todos sabem de fato que não existe animal mais guloso que esse. "Um bom porco come de tudo", diz-se; desse modo, um porco se encontra "à vontade" quando pode revolver com o focinho em seus próprios excrementos. Não é por nada que a Bíblia apregoa como "impura" a carne de porco. Para muitos ela é indigesta e comê-la faz com que a sua pele se recubra de impurezas (furúnculos e pústulas).

O modo de viver deste animal assemelha-se em certo sentido — se se conseguir pensar por analogia — ao quadro psíquico traçado no início deste parágrafo.

Os porcos são avidíssimos da sanguinária. Parece próprio que essa erva contraste com o impulso de avidez e com a imoderação e possa restabelecer a harmonia.

Em caso de metabolismo insuficiente dos açúcares ou de diarréia,

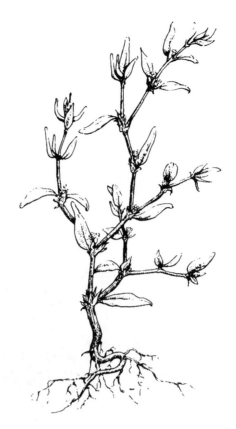

Polygonum aviculare

derivados de uma alimentação contaminada por "impurezas", recorra à infusão ou à tintura de sanguinária. Entre os nossos contemporâneos estão cada vez mais difundidos péssimos hábitos alimentares, como o de se alimentar "dia a dia"; e entendo com isto o apressado empanturrar-se de comida em *self-service*, mesas quentes, restaurantes de bandeja, ou quiosques. Levando em conta tudo isso, é recomendável portanto para muitos o uso regular da sanguinária, acompanhado – é óbvio – de um retorno a um regime alimentar mais sadio.

Em caso de diabete pode-se (naturalmente de acordo com o seu médico) fazer uma tentativa com a sanguinária, em união com folhas de murta preta ou vermelha e com centáurea-menor. Não existe nenhuma outra erva que exerça uma função reguladora tão marcante da "relação oferta-procura" no corpo. Esforcem-se também – para nos atermos ainda à denominação holandesa de "erva-dos-porcos" – por individuar o porco voraz que se esconde dentro de vocês e por purificar a fundo do estrume a sua pocilga (bem entendido, também sob o aspecto psíquico).

Batata (*Solanum tuberosum*)

Além de ser um alimento básico de primeira ordem, a batata, ou melhor, o suco do tubérculo cru, não é de se desprezar como remédio.

O suco cru de batata é um dos melhores remédios contra os ardores do estômago. É facílimo extraí-lo do tubérculo com a ajuda de uma pequena centrífuga elétrica. Se os ardores de estômago lhe dão também náuseas, beba cerca de uma hora antes das refeições o suco de uma ou duas batatas e lhe trará ajuda.

Não esqueça porém de procurar ver as causas de seu distúrbio!

Solanum tuberosum

Camomila (*Matricaria chamomilla*)

Seria uma omissão imperdoável não mencionar entre as ervas que facilitam as funções digestivas a camomila, superior a todo elogio. Ela ajuda em todos os distúrbios que envolvem o tubo digestivo, como conseqüência da tendência profunda que podemos chamar "não poder mais desabafar chorando nos ombros da mamãe" e "não encontrar a coragem para recomeçar". Alude-se aqui ao estado psicológico de quem se sente dominado – como uma criança – pelas circunstâncias externas e não tem mais a possibilidade de exprimir, de realizar, o que lhe nasce dentro (entendo a sua parte criativa). Em toda parte ele encontra obstáculos (para uma criança são as proibições e as reprimendas) e inibições.

A sua "alma sensitiva" está cheia de idéias, mas não consegue expressá-las nas circunstâncias existentes. Pelo menos no que concer-

Matricaria chamomilla

ne à sensibilidade, pode-se não conseguir dar vazão de algum modo ao que realmente se quer.

A camomila acalma. É uma planta que lhe atende e toma parte em tudo o que se desenvolve nas profundezas de seu coração.

O que a camomila tem a ver entretanto com o nosso tubo digestivo? O leitor atento certamente não necessita de explicações posteriores, porquanto existem elos estreitíssimos entre as condições do espírito e os órgãos digestivos. Se nos encontrarmos em uma situação psíquica como a descrita acima, o nosso estômago e o nosso intestino estarão, sem dúvida, envolvidos. Se não estivermos em condições de desafogar o que ocorre dentro de nós, também os órgãos prepostos da digestão se oporão a qualquer nova "impressão" (= inapetência).

Tudo isso que ainda se encontra no intestino será brevemente expulso (diarréia), bem como nos sentiremos, uma vez desembaraçados de todas as impressões, vazios e descomprimidos.

Empregue a camomila em todo caso em que se apresentem espasmos ou contrações conseqüentes a um conjunto de causas análogo ao descrito, sobretudo se esses disserem respeito ao trato astrintestinal.

Beba a infusão de camomila ou empregue a tintura. Desta última, é possível, nos casos mais graves, tomar até de dez a quinze gotas por hora, mas porém por mais de três vezes consecutivas, após o que é necessário interpor uma pausa mais longa.

5 A homeopatia e os órgãos de nosso aparelho digestivo

A homeopatia tem muito a nos oferecer. É um método terapêutico que se baseia em um princípio em si muito antigo, porém retomado e posteriormente aperfeiçoado pelo médico alemão Christian Friedrich Samuel Hahnemann (1755-1843).

A eficácia antipirética da casca de quina, já conhecida em seus tempos, o induziu a experimentá-la em seu próprio corpo. Com notável surpresa, Hahnemann encontrou em si o aparecimento de um estado febril acompanhado de todos os sintomas colaterais próprios da síndrome curável com o mesmo medicamento. Esta observação convenceu Hahnemann da legitimidade da dedução que determinadas substâncias (plantas, minerais, metais etc.), que em um indivíduo são levam ao aparecimento de sintomas morbosos, podem, em diluição adequada, ser usadas com eficácia no contrastamento desses mesmos quadros morbosos.

Dessa noção, Hahnemann formulou o princípio: *Similia similibus curantur* ("Coisas semelhantes são curadas com coisas semelhantes"). Continuemos a ocupar-nos da casca de quina. Em um indivíduo são ela faz aparecer a febre. Se agora alguém sofre de uma manifestação febril acompanhada do mesmo quadro morboso induzido pela administração de casca de quina em um indivíduo sadio, então o princípio ativo, administrado em diluição conveniente, levará à cura.

Um outro exemplo é dado pela administração da *Strychnos nux vomica* ou noz-vômica (um arbusto originário da Indonésia). Não diluída ela provoca o aparecimento de sintomas como língua saburrosa, náusea — especialmente após as refeições —, dores de estômago e uma sensação de inchação. Em homeopatia (isto é, em um determinado grau de diluição) a *nux vomica* se revela, ao invés, um dos melhores remédios contra os sintomas descritos anteriormente.

É necessário, todavia, ter presente que para cada remédio usado em homeopatia são indicados alguns dos chamados "sintomas-guia" de extrema generalidade, bem como não é sempre simples especificar o remédio mais condizente. É preciso, portanto, analisar muito detalhadamente cada caso que se apresenta.

Conhecem-se, por exemplo, em homeopatia remédios operantes

"à direita" e "à esquerda"; mesmo o gosto do paciente por um determinado sabor pode ter um papel notável e até a sua predileção por uma cor mais que por uma outra pode dar ao médico homeopata indicações que o guiem na escolha entre diversas possibilidades do remédio mais adequado a um caso específico. Mesmo neste âmbito, de fato, é coberto pela densa rede das analogias.

Se desejamos empregar com sucesso a homeopatia, é necessário em primeiro lugar e antes de mais nada estudar a fundo as peculiaridades de cada remédio isoladamente. Existem naturalmente remédios específicos contra a febre, o resfriado, as dores de estômago, as náuseas e as diarréias, que podem ser administrados com sucesso mesmo sem uma análise aprofundada do quadro morboso. Em sua quase-totalidade eles representam porém pouco mais que uma "prestação de primeiros-socorros em caso de acidente".

Em tudo quanto já disse, mencionei mais vezes o conceito de "diluição homeopática". Mais precisamente, essa deveria chamar-se "diluição decimal". Ela é indicada nas caixinhas ou nas latinhas com um "D" seguido de um número que indica o expoente da potência de dez ao denominador de uma fração com numerador 1. D1 significa, portanto, "diluição 1/10", isto é, uma parte para cada dez de diluente ou de substância inerte; D2, uma parte cada cem; D6, conseqüentemente, uma parte por milhão.

Quando o preparado não é diluído — por exemplo, uma tintura vegetal —, é indicado pelo sinal $\emptyset$. A tintura não diluída chama-se "tintura primária". Nos meus manuais que tratam do *stress* e de afecções nervosas e das ervas contra a insônia, ocupo-me mais detalhadamente da eficácia das diversas diluições — chamadas também potências.

Quero agora mencionar alguns remédios homeopáticos conhecidos, específicos para a cura dos distúrbios do aparelho digestivo. Infelizmente, exorbitaria deste livro um tratado exauriente dos vários "sintomas-guia". Se desejarmos nos aprofundar conscientemente sobre as possibilidades que nos são oferecidas em homeopatia, é necessário consultar um médico homeopata experiente, ou estudar por conta própria, mas a fundo, os remédios isolados. A última alternativa apresenta, porém, a desvantagem da tentação de provar empiricamente sobre si as curas mais variadas sem possuir o conhecimento indispensável de causa. As experiências têm sentido somente se são conduzidas no âmbito de uma pesquisa ponderada das deduções corretas (ou seja, da verdade).

Entre os remédios específicos do trato gastrintestinal, devem ser mencionados:

Magnesium phosphoricum

Calcium carbonicum
Nux vomica
Arsenicum album
Pulsatilla
Sulfur iodatum
Plumbum
Chelidonium
Lycopodium

Descreverei agora mais detalhadamente estes remédios homeopáticos.

Magnesium phosphoricum

Este remédio pode ser administrado em caso de gastralgias que se irradiam afetando o ventre e as costas e, portanto, envolvendo também o baixo-ventre.

Alimentos e bebidas frias pioram geralmente o estado do paciente, enquanto ficar dobrado sobre si mesmo proporciona algum alívio. O *Magnesium phosphoricum* é indicado também quando a língua, que na maioria dos distúrbios gástricos se apresenta saburrosa, parece normal, e nos distúrbios gástricos de origem espástica (veja também *Camomila*).

Para tais distúrbios, tome-se este remédio à D6 ou à D12 e, mais precisamente, na medida de cinco pastilhas cada meia hora, nunca porém mais que três vezes consecutivas.

Calcium carbonicum

É um dos melhores remédios que se conhece contra as piroses (os ardores de estômago) recorrentes. Ele de fato neutraliza todos os ácidos presentes no corpo. Isso esclarece também a eficácia deste remédio nos distúrbios reumáticos ligados a uma certa hiperacidez corpórea (por exemplo, em seguida a uma alimentação muito rica em proteínas animais ou mesmo de alimentos acidificantes).

É típico dos pacientes que reagem ao tratamento mediante *Calcium carbonicum* demonstrar um insaciável desejo por "coisas indigestas", tanto materiais como de natureza psíquica. Este aspecto característico está em relação direta com o "zelo excessivo" dos sucos gástricos; de fato, eles continuam a formar-se em medida sempre maior se se está à espera de uma grande quantidade de "impressões".

O *Calcium carbonicum* aplica-se ao tipo humano ao qual (aparentemente) tudo vai melhor psiquicamente se o estômago está ocupado em digerir qualquer coisa. Visto que o cálcio (Calcium) abranda nosso estômago, ele acalma também as nossas emoções. Tome-o de D3 a D12, conforme a sua situação psicológica. Quanto maior é o peso assumido pelos bastidores psíquicos, tanto mais elevada deve ser a diluição.

Nux vomica

Este medicamento ajuda no caso de cãibras no estômago que aparecem cerca de duas horas depois das refeições (às vezes muito lautas). É indicado também em caso de dores de estômago acompanhadas de um sabor desagradável (ácido) na boca.

Típico das gastralgias nas quais ajuda a administração de *Nux vomica* é que as dores vão diminuindo depois do final do processo digestivo. O excesso foi agora digerido e é menor desse modo a razão do sofrimento. Este é um remédio que é tomado em diluições de D4 a D12.

Arsenicum album

O *Arsenicum* é um excelente remédio contra as gastrites provocadas por alimentos muito quentes ou muito frios ou pelo consumo excessivo de álcool e de fumo. Os distúrbios que reagem ao tratamento com *Arsenicum album* têm como aspecto característico o fato de estarem ligados a um senso de irrequietação ou de ânsia.

O indivíduo experimenta uma sensação de cansaço difuso e fraqueza. Toma-se esse remédio homeopático de D6 a D12, na medida de cinco pastilhas por três ou quatro vezes ao dia, conforme o andamento da situação. Preste atenção em seus hábitos alimentares! Jejuar (pelo menos no primeiro dia do tratamento) é a melhor terapia para os distúrbios gastrentéricos.

Pulsatilla

A *Pulsatilla* é particularmente eficaz quando se verifica o caso do chamado "estômago desarranjado" no mais verdadeiro sentido da palavra, isto é, de um estômago abandonado, que apresenta um abaixamento patológico (gastroptose) e que não está mais em condições de desenvolver atividades que sejam fora do comum.

Os médicos designam este mal como "gastrite crônica".

Mesas muito lautamente dispostas e alimentos muito gordurosos apresentam neste caso mais que um problema.

Uma característica que aconselha a adoção deste remédio é a disposição emotiva do paciente; um pretexto de nada lhe basta para ter os olhos úmidos, quando não para cair em pranto incontido.

A *Pulsatilla* indica-se mais aos loiros que aos que têm cabelos escuros.

Pode-se tomar este remédio continuadamente por muito tempo, visto que se providencia simultaneamente a correção dos próprios hábitos alimentares e o próprio modo de vida. Basta, portanto, com as guloseimas e os docinhos... e isso tanto sob o aspecto físico como psicológico! Em caso de gastrite, usa-se a *Pulsatilla* de D2 a D6.

Sulfur iodatum

O *Sulfur iodatum* é um remédio excelente contra a colite crônica e é eficaz até em caso de úlcera intestinal. O paciente é levado à prisão de ventre e sofre de irritação crônica do ceco. O ponto de passagem do instestino delgado ao grosso (onde se encontra o ceco unido ao seu apêndice vermicular, o real "malfeitor") é particularmente sensível aos distúrbios.

Visto que o intestino delgado "analisa" o próprio conteúdo, enquanto o grosso o "liga", o tipo ao qual convém o *Sulfur iodatum*, considerado sob o aspecto psíquico, é pouco ou nada capaz de "empacotar" a sua crítica, que exerce sobre e contra tudo, em uma totalidade coerente. Este remédio aplica-se, conseqüentemente, àqueles que têm dificuldade com o seu "trato de comunicação entre intestino delgado e grosso" psíquico. Esforce-se em analisar com maior precisão esta imagem!

Empregue este remédio, sobretudo em caso de fezes mucosas, em D4 ou em D6. Inicie com cinco pastilhas por três ou quatro vezes ao dia.

Plumbum

O *Plumbum* auxilia em caso de cólicas intestinais, quando as dores se irradiam por todo o corpo.

Este remédio (com o nome de *Plumbum* entendem-se, em homeopatia, compostos de chumbo em forte diluição) aplica-se àqueles que não estão em condições de efetuar a última fase da transformação dos alimentos ingeridos. Como os alquimistas dos séculos passados procuravam transformar o chumbo em ouro, assim o nosso intestino (se raciocinarmos em categorias simbólicas) transforma as "impressões materiais" — como havíamos chamado — (chumbo) em força vital (ouro). O nosso intestino converte as impressões materiais em substâncias que podem ser absorvidas pelo corpo. No intestino grosso do "chumbo" (astrologicamente Saturno) é, conseqüentemente, fabricado "ouro" (astrologicamente o Sol). Do lado psíquico verifica-se aqui a representação do indivíduo que não consegue transformar as suas impressões materiais em valores espirituais.

Tome o *Plumbum* de D6 a D12 em caso de dores abdominais,

cujo aparecimento esteja dentro das circunstâncias descritas. Inicie com cinco pastilhas ou um comprimido por três ou quatro vezes ao dia.

Chelidonium

No Capítulo 4 ocupei-me em detalhes dessa planta. Também a homeopatia faz uso da tintura de *Chelidonium*. Ela é aconselhada sobretudo para os distúrbios do fígado e da colecistite. Neste caso são típicas as dores sob a omoplata direita. A *Chelidonium* é um dos chamados remédios "do lado direito". Outros sintomas são estados de ansiedade, depressão e uma sensação de fraqueza, sobretudo nos braços e pernas.

Ela restabelece uma correta função hepática. A tintura de *Chelidonium* se usa de D3 a D12. Na maioria dos casos, cinco gotas de duas a quatro vezes ao dia já são suficientes. Não é preciso fazer uso diário deste medicamento; trata-se mais que tudo de um "estimulante" a longo prazo.

Lycopodium

Somente sobre este remédio poder-se-ia escrever um livro inteiro que superaria de muito as dimensões do presente. A sua eficácia tem uma carga de tal modo ampla e diversificada que, em homeopatia, enumera-se-o entre os chamados "policrestos" (remédios do mesmíssimo campo de ação). O *Lycopodium* presta-se ao tratamento daqueles que sofrem de distúrbios digestivos reconduzíveis à sua repressão, àquele indivíduo sempre mantido sob tutela sem poupança de punições.

O remédio adapta-se, portanto, sobretudo às crianças e aos velhos. Ambos os grupos podem, de fato, incorrer em situações que os vejam certamente como "postos de lado" ou reprimidos; as crianças dos adultos, na maioria das vezes seus próprios genitores, e os velhos não raramente do pessoal de assistência nos gerontocômios.

É possível que tais coerções e inibições encontrem eco a nível físico no aparelho digestivo, de modo particular nas funções hepáticas. Se o nosso ser, a nossa vida portanto, é limitado, o fígado reage.

O *Lycopodium* emprega-se de D6 a D12. No início, somente duas doses diárias do medicamento podem já aliviar muitos distúrbios.

6 A nossa alimentação e o aparelho digestivo

A prescindir de todos os medicamentos, as ervas e os outros remédios descritos, a nossa alimentação cotidiana é, sem dúvida, a principal "medicina" para o nosso aparelho digestivo.

Como a nossa mente perde o seu equilíbrio pela prolongada absorção de "impressões tóxicas", assim também os órgãos que presidem à nossa digestão se rebelam quando se vêm oferecer continuamente alimentos contaminados (desnaturados) e de qualidade inferior.

Nos Capítulos 1 e 2 já comentei amplamente as relações existentes entre a nossa mente e o nosso aparelho digestivo. Se tomamos os impulsos desta ligação, não nos devemos admirar de constatar que aqueles que são continuamente submetidos a "impressões falsas" se exprimem de forma análoga em seus hábitos alimentares. Fique bem claro que me referi neste contexto somente à chamada "dieta cultivável"! Uma profusão de alimentos e bebidas preparados de modo refinado, em parte conservados, é empregada para pôr a mesa no estado de ânimo adequado para concluir uma determinada transação social.

Não há necessidade de posteriores explicações para esclarecer como um tal estado de coisas diverge de – ou, para me exprimir com um termo mais carregado, contradiz – quanto é mais condizente e salutar para o homem.

Não devemos certamente abraçar a idéia de nutrirmo-nos exclusivamente de couves e cenouras cruas colhidas frescas de nossa horta; isto seria o extremo oposto. O ideal seria, podendo ter a certeza, que as verduras não fossem tratadas quimicamente e portanto fossem de irrepreensível qualidade.

Antes de prosseguir nestas considerações sobre nossa alimentação, devo, antes de mais nada, enunciar uma regra basilar.

A cada homem corresponde uma alimentação absolutamente individual, à qual ele deve ater-se o mais possível para o seu próprio bem-estar físico e psíquico.

Esta regra fundamental implica que não há, de fato, necessidade de que sigamos ou aceitemos às cegas alguma recomendação ou diretriz. Não é absolutamente necessário que nos atenhamos estritamente à "macrobiótica" ou a uma alimentação exclusivamente vegetariana ou a uma outra "dieta" qualquer. Devemos, outrossim, tornar-nos conscientes do quanto nosso corpo pede (e que provenha naturalmente de uma situação psíquica sadia). Infelizmente, geralmente as nossas exigências inatas em termos de nutrição têm sofrido violência desde nossa infância. "Deve-se comer o que está na mesa. Basta!" Mas se uma criança diz que não quer isto ou aquilo, não é possível talvez que no alimento em questão estejam contidas substâncias das quais, naquele momento, seu corpo não tenha necessidade?

Não coma nunca somente porque é hora do jantar. Coma somente se o seu corpo exige que sejam supridas as substâncias vitais consumidas. Isso não significa de fato que a organização de sua jornada deva ser completamente desordenada. O nosso corpo é muito mais disciplinado (e sujeito a um ritmo bastante preciso) do que nós possamos imaginar.

O doutor Bircher-Benner escreveu o que segue: "É inútil pensar-se em nutrir o próprio corpo, a menos que disso não se obtenha um novo desenvolvimento, um despertamento da força interior. As maravilhas da mente permanecem para nós um livro fechado se continuamos a não cuidar das regras de uma alimentação correta. A força e a profundidade da experiência interior dependem mais do que imaginamos daquilo que comemos".

Fugiria do tema deste livro adentrar-me mais profundamente na "filosofia" da nossa alimentação e dos nossos hábitos alimentares. Devemos, portanto, limitar-nos a este discurso introdutório.

Tentaremos agora dar um breve compêndio de alguns hábitos alimentares que estão em alguma relação com os nossos órgãos digestivos.

Em primeiro lugar é necessário dizer que está estabelecida uma necessária distinção entre a boca (na qual propriamente se inicia a digestão) e o resto do aparelho digestivo. O que se verifica em nossa boca é um processo voluntário; a função de nossa boca é, portanto, sujeita à nossa *vontade.*

As funções restantes digestivas se desenvolvem, ao invés, sem a intervenção da vontade (não se pode, por exemplo, incitar conscientemente o nosso estômago a uma peristalse mais ativa).

Mediante a mastigação da comida podemos já desenvolver uma considerável quantidade de trabalho preliminar à digestão, e é uma regra ativa, porquanto o emprego da dentadura está sujeito à nossa vontade consciente. "Aquilo que é bem mastigado já está meio digerido", diz o provérbio, confirmando desse modo que com a mastigação se cumpre o primeiro passo (consciente) para a assimilação de nossas "impressões". Mastigue, portanto, tudo conscienciosamente e a fundo! A parte involuntária do processo digestivo tornar-se-á dessa maneira muito menos dificultosa. Existe um grande número de prescrições dietéticas para a saúde do estômago e do intestino e uma quantidade de receitas e conselhos para normalizar os processos digestivos.

Para esclarecer de uma vez por todas os mal-entendidos no assunto, devo chamar a atenção sobre um fato: *a alimentação à base de vegetais crus é uma dieta excelente para os que sofrem de distúrbios gastrintestinais.*

A alface de folhas longas e finas, antes de mais nada, quando é nova e tenra, é uma verdadeira bênção, um remédio para todos aqueles que têm problemas de estômago. Ela, de fato, acalma as emoções e isto, para os que sofrem de distúrbios gástricos, é importantíssimo. Coma, portanto, antes de qualquer refeição, salada crua. Mastigue-a com cuidado e saboreie todo o seu benéfico efeito. Se se tem um estômago ou um intestino sensíveis, é necessário, além disso, evitar impressões (alimentos) pesados.

Adote como norma uma dieta leve e facilmente digerível, com a qual não entendo certamente que você deva limitar-se a comer alimentos insípidos e muito cozidos. Seria irracional alimentar-se exclusivamente de "papinhas" e isso significaria somente favorecer os "desejos infantis" do seu estômago. É preciso outrossim esforçar-se em reforçá-lo (não esquecendo, naturalmente, a mente). É preciso educar os órgãos que presidem a digestão a enfrentar "impressões" normais.

Uma úlcera gástrica ou intestinal pode ser curada mais rapidamente harmonizando as condições de vida ao invés de com farinha láctea, pão de fermento e verduras homogeneizadas.

Os alimentos ou os pratos que mencionaremos agora devem ser sempre evitados em caso de doenças do trato gastrintestinal. São: pão de fermento, açúcar, alimentos gordurosos ou fritos, couve cozida, cebolas tostadas, alhos, pratos à base de leite condensado com amidos (pudins e cremes), café, álcool (exceção feita para um copo de um bom vinho de vez em quando), bebidas contendo anidrido carbônico (água mineral), chocolate, queijos picantes ou fundidos, ovos fritos, como toda comida em lata, em salmoura, com azeite ou mesmo conservada ou "refinada". Isto não vale somente para os doentes de estômago ou de intestino! Mesmo as pessoas sadias devem ater-se o máximo possível a estas recomendações!

Disse, infelizmente, que uma grande parte dos alimentos disponíveis atualmente no mercado é de qualidade inferior e portanto sem uma verdadeira e real força nutritiva. A culpa disso é, em grande parte, do próprio público! Não apenas se tornará consciente do grande mistério que envolve aquilo que comemos, no comércio se exigirão produtos diferentes, e quando a procura for muito grande, os produtores se adequarão (não poderão deixar de fazê-lo!) aos novos desejos dos consumidores. É realmente uma desgraça que nós sejamos geralmente tão preguiçosos e negligentes que deixemos comprimir o tempo dedicado à nossa alimentação (que procuramos poupar o máximo possível!). O que é mais cômodo para a mãe de família que volta do trabalho do que abrir uma lata de ervilhas e uma lata de batatas pré-cozidas e ainda outro saquinho qualquer tirado do armário e aquecê-lo? O pai, nesse meio tempo, vai comprar a carne: um punhado de almôndegas já prontas. Não é assim, por acaso? É de se admirar se depois a gente se lamenta de distúrbios gastrintestinais (para não falar das conseqüências psíquicas)?

Atualmente, ouve-se falar tanto, ou se fala também, de uma "vida adequada ao próprio estado social". Se cada um limpasse a própria casa, toda a cidade estaria bem limpa. Começamos pelo nosso corpo. Muitos não se dão conta de absorver nas mínimas proporções uma quantidade de sujeira que vai crescendo dia-a-dia. Infelizmente não se pode exigir, muito menos torcer, à nossa sociedade tão maravilhosa, sadia e bela, um modo de vida mais sensato. Se estivermos persuadidos de que a face do mundo deva mudar, cada um de nós deverá começar por si mesmo. Uma melhoria da qualidade e uma escolha mais consciente dos nossos alimentos constituem talvez o primeiro passo em direção a um futuro mais sadio.

7 Pequeno vade-mécum e considerações finais

Como em todos os meus livros, cito aqui uma espécie de repertório terapêutico, e como sempre repito a recomendação de não se limitar a combater os sintomas, mas tentar descobrir as raízes do mal e as suas relações possíveis com outros campos que não sejam aquele físico. Uma tal descoberta e a tomada de consciência que com isso se conseguirá podem apenas revelar-se salutares.

Combinados com as simples doenças, eis aqui os nomes de plantas ou de remédios homeopáticos que podem ser administrados no caso em questão. Procure aprofundar-se no quanto se disse e procure portanto tirar as conclusões corretas para a sua situação pessoal.

Estomatite:	bochechos com camomila;
acidez gástrica (em excesso):	batata, *Calcium carbonicum*, tormentilha, camomila, sanguinária;
acidez gástrica (por falta):	centáurea-menor, agrimônia, taraxaco (dente-de-leão) alho;
gastralgias (em geral):	hortelã-pimenta, camomila;
gastrites:	sementes de linho, sanícula, *Arsenicum*;
catarro do estômago (por indigestões ou abusos):	*Nux-vomica*;
contrações no estômago de origem nervosa:	camomila, hortelã-pimenta,

	valeriana, *Magnesium phosphoricum*;
gastrorragias e enterorragias:	tormentilha, sanícula;
distúrbios do metabolismo:	agrimônia, dente-de-leão (taraxaco), celidônia, bérberis;
dores abdominais (em geral):	anis, hortelã-pimenta, camomila, funcho;
diarréias:	tormentilha, sanguinária, *Sulfur iodatum*, sanícula, sementes de linho;
estipticidade (prisão de ventre):	agrimônia, funcho, bérberis, celidônia, *Lycopodium*, taraxaco (dente-de-leão);
flatulências:	anis, funcho, aneto;
insuficiência hepática:	dente-de-leão, bérberis, celidônia, *Lycopodium*, hipérico (erva-de-são-joão)
colecistites:	celidônia, *Lycopodium*, hera (*Hedera helix*), bérberis;

distúrbios do metabolismo dos açúcares:	celidônia, folhas de murta vermelha ou negra, sementes de linho, *Solidago virgaurea*.

Seria possível naturalmente mencionar ainda muitas outras doenças gastrintestinais. Este livro, porém, não é nenhum tratado de medicina, nem uma obra de consulta, e não tem nenhuma pretensão de ser completo. O fim a que ele se propõe é mais o de incitar a ocupar-se desta temática. Considere-o, portanto, somente um convite à reflexão e procure você mesmo o caminho a seguir. Não se deixe porém vencer pela tentação de curar-se empiricamente pela sua cabeça. As conseqüências podem ser nefastas, já que bem raramente é possível encontrar-se na posição de formular uma diagnose correta. *Siga entretanto a sua intuição*. Se você aprender a escutar a sua voz interior, ela lhe dirá também aquilo que é bom para você.

Não tenha medo de discutir o que você leu aqui com o seu médico. Exponha-lhe totalmente a sua avaliação pessoal do seu estado de saúde. Um médico que deseja verdadeiramente curá-lo (no sentido mais amplo da palavra) mostrará a máxima compreensão frente à sua tentativa de colaborar pessoalmente no processo de cura. O médico sabe, de fato, muito bem que mesmo o remédio mais sofisticado e eficaz não tem qualquer valor sem a "cooperação" do paciente (com isso se deve entender que o doente tenha consciência do seu estado e deseje intensamente curar-se).

Não hesite em consultar-se com um médico homeopata. Uma pluralidade de opiniões somente pode ser positiva para atingir a clareza sobre a situação global, desde que não contribua a criar confusões.

É talvez o caso de concluir minha exposição com o provérbio: "O marido se prende pela boca". ("O amor passa pelo estômago", seria a tradução literal.) Nesta frase se esconde talvez todo o segredo dos distúrbios do aparelho digestivo e de sua eliminação. Tudo o que não é preparado e consumido com amor é duro de assimilar, de digerir, para nós e para nosso estômago.

O amor é a medicina mais eficaz para o corpo (sobretudo o estômago) e o espírito!

Bom apetite!

Sumário das plantas mencionadas

(Aspectos característicos, período de floração, época de colheita e partes empregadas.)

Agrimônia (*Agrimonia eupatoria*)
É uma planta perene, que pode chegar à altura de um metro. As folhas são penadas e opostas, distribuídas ao longo do caule piloso, mais fixas em direção à base. De cima para baixo elas vão até aclarando-se. As flores amarelas, de cerca de meio centímetro de diâmetro, são dispostas de modo a formar um grande cacho na extremidade do caule.

Período de floração:	da metade de dezembro a fevereiro.
Época de colheita:	janeiro a fevereiro.
Partes empregadas:	flores, folhas e caule.

Anis (*Pimpinella anisum*)
Erva anual, muito cultivada, com flores brancas em umbela. Os frutos são ovóides e pubescentes. Friccionada entre o polegar e o indicador, desprende o característico odor de anis.

Período de floração:	dezembro e janeiro.
Época de colheita:	fevereiro.
Partes empregadas:	sementes.

Hortelã-pimenta (*Mentha piperita*)
Planta herbosa perene que atinge a altura de quarenta centímetros. As flores com corolas labiadas azulado-violeta são reunidas em glomérulos que formam inflorescências terminais em espigas cilíndricas alongadas. O fuste é avermelhado.

Período de floração:	de dezembro a janeiro.
Época de colheita:	dezembro, janeiro e fevereiro.
Partes empregadas:	folhas.

Centáurea-menor (*Erythraea centaurium*)
Erva anual com fuste quadrado e folhas opostas. Atinge a altura

de vinte e cinco a trinta centímetros. As flores são cor-de-rosa.

Período de floração: de janeiro a março.
Época de colheita: janeiro e fevereiro.
Partes empregadas: folhas, caule, eventualmente até as flores.

Funcho (*Foeniculum officinale*)

Uma variedade do funcho é cultivada difusamente para uso alimentar. É característica a vergôntea comestível (grúmulo) e as flores amarelas reunidas em umbelas terminais do caule e dos ramos.

Período de floração: da metade de janeiro a abril.
Época de colheita: de fevereiro a março.
Partes empregadas: as sementes, eventualmente também a raiz.

Bérberis, espinho-santo (*Berberis vulgaris*)

O bérberis é um arbusto espinhoso que atinge até os três metros de altura, com flores amarelas em cachos pendentes. Também as raízes são amareladas, as folhas vão do avermelhado ao verde.

Período de floração: novembro e dezembro.
Época de colheita: as raízes são colhidas no inverno;
Partes empregadas: raízes e casca.

Celidônia, erva-porrácea (*Chelidonium majus*)

Planta herbácea perene, que atinge uma altura de trinta a setenta centímetros. As flores são amarelas. As sementes negras dotadas de carúncula branca são contidas em frutos siliqüiformes. Partindo o caule, brota um leite de cor amarelo-ovo viva (muito característica).

Período de floração: de novembro a março.
Época de colheita: outubro e novembro.
Partes empregadas: as folhas e, eventualmente, a raiz.

Atenção: A celidônia é extremamente venenosa. Para o emprego homeopático não pode ser vendida em diluições inferiores a uma parte por mil (D3). No emprego da planta seca, misturada em chá (russo), é necessário sermos muito prudentes; na celidônia, de fato, estão contidos alcalóides que podem provocar graves formas de envenenamento.

Taraxaco, dente-de-leão (*Taraxacum officinale*)

Planta herbácea conhecidíssima, perene. As folhas são dispostas de modo a formar uma roseta basal de cujo centro se originam um ou mais pedúnculos floríferos. As flores são amarelas.

Período de floração: primavera.
Época de colheita: durante a floração.
Partes empregadas: a planta inteira.

Tormentilha (*Potentilla tormentilla*)

Planta perene, que atinge a altura de trinta a quarenta centímetros. Possui um rizoma bem grosso, às vezes tuberoso, com a parte interna vermelha. As flores têm cálice de quatro sépalas e corola amarela (ao contrário de muitas variedades parecidas com esta, que têm flores cor-de-rosa).

Período de floração: de novembro a fevereiro.
Época de colheita: outono.
Partes empregadas: o rizoma seco.

Um pedido amigável: Se conseguir ver em qualquer lugar a tormentilha, não extirpe a planta. Está-se tornando cada vez mais rara, tanto que os próprios laboratórios farmacêuticos que trabalham com ervas medicinais cansam-se já em encontrá-la.

Sanícula (*Sanicula europaea*)

Planta perene, com folhas cordiformes profundamente incisas, que pode atingir a altura de cinqüenta centímetros. Tem flores brancas e um rizoma curto.

Período de floração: novembro e dezembro.
Época de colheita: para as folhas, em novembro e dezembro, para o rizoma, no outono.
Partes empregadas: folhas e fuste (*Herba saniculae*), rizoma (*Radix saniculae*).

Sementes de linho (*Linum usitatissimum*)

Se você mesmo não possuir por acaso um campo de linho, ser-lhe-á difícil achar esta planta em campo aberto. Talvez, porém, você conheça um homem do campo que a cultive e nesse caso poderá pedir-lhe permissão para colher algumas plantas e replantá-las em sua casa. Caso contrário, poderá comprar as sementes de linho em qualquer casa de produtos dietéticos.

Sanguinária (*Polygonum aviculare*)

Erva anual com a maior parte dos talos frágeis caídos, mas também ocasionalmente eretos, e folhas sem pedúnculo e lanceoladas. As flores são branco-rosadas.

Período de floração: de novembro a março.
Época de colheita: todo o verão.
Partes empregadas: flores, folhas e talos.

Batata (*Solanum tuberosum*)
Bastante conhecida pelo seu uso alimentar.

Camomila (*Matricaria chamomilla*)
Existem várias espécies de camomila e para reconhecer a farmacêutica é necessário uma experiência considerável.

Período de floração:	dezembro e janeiro.
Época de colheita:	no mês de janeiro.
Partes empregadas:	as flores secas.

Advertência: Se quiser colher e empregar as ervas você mesmo, é necessário que antes de tudo você se certifique de estar diante da planta certa. É mais prudente e sensato procurar as ervas medicinais e observá-las atenta e minuciosamente *in loco*, sem porém colhê-la. Se todos quisessem fazer um herbário para si, o prejuízo que a flora sentiria de um comportamento tão incorreto e inoportuno seria bastante grave.

Existem hortas em que as ervas medicinais são cultivadas e podem ser encontradas praticamente todas as plantas que descrevemos. Elas podem pois ser adquiridas nas casas comerciais de produtos dietéticos e nas drogarias, quando aquelas primeiras estiverem com falta do produto. O preparo das tinturas constitui um assunto em si mesmo. Não se aventure nesse empreendimento; deixe essa função aos entendidos. A maior parte das tinturas pode ser comprada nas casas especializadas, a preços módicos.

Peço-lhes também prestar atenção ao fato de que grande parte das ervas medicinais existentes (ainda!) na natureza são protegidas. Poderá custar-lhe realmente caro uma contravenção às leis de tutela do patrimônio natural ou a qualquer decreto local! (Peça sempre informações sobre o caso às autoridades competentes).

5
PLANTAS MEDICINAIS CONTRA O "STRESS"

Ervas medicinais, homeopatia e
alimentação cotidiana como terapia do "stress"
e das tensões nervosas

Título original:
KALM DOOR KRUIDEN

© Copyright by Uitgeverij Ankh-Hermes bv — Deventer, Holanda.

© Copyright 1983 by Hemus Editora Ltda.
Mediante contrato firmado com o Editor.

*Todos os direitos adquiridos para a língua portuguesa
e reservada a propriedade literária desta publicação.*

Tradução:
Carlos A. Lauand
Ilustrações:
Gerry Daamen

Introdução

Quantos de nós não conhecemos, por experiência pessoal, uma ou outra forma de tensão nervosa? Muitos seres humanos são diariamente atormentados por ela. Portanto, deve haver algo, no mecanismo ou no funcionamento do corpo humano, que nos deixa, de vez em quando, "quase loucos". Tem-se, além disso, a impressão de que esse fato se verifica muito mais freqüentemente hoje do que antigamente.

Por um lado, isso pode nos assombrar, porquanto conhecemos a tradição de que, quanto mais nos referimos ao passado, mais freqüentes se apresentam os casos e situações que certamente não se podem definir como "cor-de-rosa". Por outro lado, porém, existe uma considerável diferença entre o modo de viver antigo e o atual. É uma diferença que se deixa circunscrever pelo conceito de *tensões não-naturais*. Falta de tempo, ritmo "stressante", irrequietude, a perpétua agitação da nossa existência cotidiana, são as causas primárias dos distúrbios nervosos.

A vida na sociedade atual tornou-se tão complexa que muitos não conseguem mais decifrar seu sentido. Sentem-se reduzidos a instrumentos, arruelas na imensa engrenagem que tem a função de manter em movimento a sociedade. Não há propósito em nos interrogarmos sobre o sentido e sobre as finalidades reais do produto. Acaba-se por agir automaticamente, e isso conduz muitas pessoas a uma crise de identidade: percebem nitidamente que o seu Eu, a sua personalidade, é constantemente reprimida. É notável o fato de que os cientistas modernos falam e escrevem tanto sobre o homem como indivíduo e sobre o desenvolvimento da personalidade, porém não se preocupam realmente quando está em jogo o desenvolvimento tecnológico. A tecnologia em contínuo progresso provoca, no entanto, uma desumanização essencial das condições de trabalho.

É alarmante constatar quantos homens são, atualmente, em seu ambiente de trabalho e em sua esfera vital, "solicitados", obrigados a trabalhos sempre maiores, muitas vezes até materiais. São obrigados a lutar espasmodicamente para se afirmar. Não é de espantar, portanto, que não seja fácil para eles "mudar de comprimento de onda" também na vida particular, assumindo o modo de ver indispensável para uma conduta de vida equilibrada e harmoniosa.

Uma situação semelhante pode desencadear uma série de reações. Quando a atividade profissional de um membro de uma família é sujeita à influência de tensões criadas por solicitações cada vez maiores, também os outros familiares vão, quase com certeza, tornar-se negligentes. As crianças, apenas para dar um exemplo, são constantemente desprezadas, com conseqüências que são superadas apenas dificilmente. O adulto a "indeniza" com doces ou algum pequeno presente, mas, não obstante isso, na escola elas têm sempre um comportamento pouco equilibrado, de modo que os professores se inquietam e ficam furiosos, para depois desafogar essa irritação em suas famílias... e assim por diante. Todos concorremos para isso, como bem se vê, e tornamos a vida cada vez mais difícil.

A praxe médica, desde os médicos da família aos especialistas, reflete claramente este inconveniente social moderno, porquanto o número dos pacientes que consomem soníferos e tranqüilizantes é desproposital. A indústria farmacêutica se aproveita muito dessa situação. Devemos nos perguntar, porém, se com o emprego de remédios daquele tipo pode-se resolver o problema real. A resposta pode ser afirmativa, mas somente pelo fato de o paciente experimentar um relaxamento momentâneo, os seus processos mentais são mais tranqüilos (sob a influência do remédio, aceita a realidade como ela se apresenta) e portanto age menos pesadamente no ambiente. Não se trata, porém, naturalmente, de uma *verdadeira* solução. Ocorre constantemente, de fato, que as pessoas que retornam à sua existência cotidiana após terem feito uso de sedativos ou tranqüilizantes não estão à altura de enfrentá-la como antes. Em suma, nada mudou.

Uma melhora real pode ser obtida somente quando o paciente está disposto a encontrar o caminho de volta ao seu autêntico Eu, e a uma convivência harmoniosa com ele. O homem — mesmo se às vezes tenta fazer crer o contrário — deve aprender a viver novamente conforme a sua natureza mais pessoal e espontânea. Somente então poder-se-á pensar em uma vida comunitária, na qual cada homem possa trabalhar com os dotes e as faculdades que lhe tocam por sorte, em sua vantagem própria e de seu grupo. Somente então poder-se-á desenvolver plenamente a criatividade de cada um. A função do homem não se perde na somatória de seus dotes e de seus talentos úteis à sociedade. O homem é, acima de tudo, uma criatura criada e colocada no cosmo e que portanto deve ater-se às leis cósmicas válidas para a totalidade das criaturas. O homem que perdeu o seu equilíbrio tem necessidade geralmente de um certo amparo. Os tranqüilizantes podem certamente assumir essa função, mas existem na natureza colaboradores bem mais amigos: as plantas e os minerais. Eles são de há muito tempo apropriados ao homem mais que qualquer outro remédio existente atualmente no comércio.

O emprego das ervas medicinais apresenta, além disso, a vantagem de não dar lugar a qualquer efeito colateral nocivo, o que não se pode certamente garantir de todos os preparados sintéticos.

Este livro se propõe a ajudar o leitor a sair de um certo número de problemas, sobretudo quando envolvem os nervos. Tenha sempre presente, porém, ao prosseguir a leitura, que em primeiro lugar deve-se procurar as causas do mal. Limitar-se a combater os sintomas é raramente sensato.

As ervas podem ser-nos de grande ajuda desde que estejamos, de nossa parte, dispostos a nos ajudarmos. O tratamento deve se exercer em todos os níveis: o físico, o mental e o ambiente externo. Somente então o resultado que iremos obter será satisfatório.

1 O homem, "criatura nervosa"

Há alguns anos fiz uma visita a um médico homeopata, e no decorrer da conversação, deixei-o entender que muitas vezes acontecia de me sentir nervoso. Imagine minha surpresa quando respondeu-me que deveria estar contente com isso. Exprimi-lhe meu estupor, mas ele me explicou que os indivíduos nervosos podem contar com uma maior receptividade e percebem, portanto, tudo o que os circunda com maior sensibilidade.

Todos somos, no fundo, uma "criatura nervosa", uns um pouco mais nervosos (sensíveis) que outros.

Tão logo a sensibilidade supera um certo limite — torna-se hiper-sensibilidade — apresentam-se situações que chamamos em linguagem comum de "nervosismo", "irritação", ou, na pior das hipóteses, "superexcitação".

Nos casos mais apropriados temos o que fazer com uma sobrecarga nervosa, uma superação dos limites de nossa sensibilidade ordinária, diversos de homem para homem. O que um pode suportar bem, "enlouquece" o outro. Uma sensibilidade aumentada se encontra geralmente nos artistas e nos que se ocupam de alguns fenômenos ou problemas metafísicos, e é um evidente pressuposto pelo aparecimento de um pensamento e de um comportamento criativo.

Apresentam-se geralmente claras relações entre a sensibilidade psíquica e as condições físicas de um indivíduo. Entre estes fatores existe — desde que não intervenha qualquer perturbação — uma interação harmoniosa. Se em biologia se fala de "equilíbrio natural", aqui podemos falar de *"equilíbrio nervoso"*.

Se, porém, um dos fatores – o físico ou o mental – rompe o equilíbrio, assiste-se a uma reação desproporcional do outro.

Este conceito não é absolutamente novo. Encontramo-lo nas mais diferentes expressões culturais, entre outras a Bíblia: "Quando um membro sofre, todos os membros sofrem; se um membro é honrado, todos os membros se alegram com ele" (1. Cor. 12, 26). Ou: "Um coração perverso não encontrará a felicidade; quem tem a língua mordaz, arruinar-se-á" (Prov. 17, 20).

Estas máximas se demonstram verdadeiras na prática, pois geralmente um encorajamento sensato é mais profícuo à saúde de que toda uma mancheia de pílulas e comprimidos.

A medicina moderna parafraseia a antiga sabedoria falando de *psicossomatismo*. Os médicos diagnosticam doenças psicossomáticas. Trata-se de distúrbios, ou respectivamente reações, físicas, que têm origem na natureza psíquica.

Penetramos mais profundamente nas relações entre o físico e o mental e descobrimos que devemos nos tratar com cuidado e solicitude até de nossa saúde psíquica e não somente da física. As "impurezas psíquicas" são geralmente expulsas mediante o nosso corpo. Vêem-se geralmente homens que comem continuamente, são descomedidos no comer e no beber, ou desafogam de outra maneira, mas sempre em um plano físico, as suas tensões nervosas. Os desequilíbrios psíquicos podem provocar também verdadeiros distúrbios físicos (geralmente funcionais). Distúrbios gástricos, cálculos biliares ou renais, exantemas, dores intestinais, são geralmente os distúrbios que podem ser atribuídos a causas psíquicas. Convém, portanto, que olhemos com atenção os limites físicos e psíquicos fixados por cada um de nós.

Vejamos os animais. Um animal que é irritado ou atormentado, morde, torna-se agressivo, arranha e tenta de qualquer modo se livrar de seu adversário. Quando tudo isso se torna insuportável para ele, procura, porém, a tranqüilidade, para recuperar o equilíbrio perdido. Pode-se explicar o pânico que invade muitos animais quando são presos pelo homem; a coerção da reclusão é para eles, de fato, uma situação incompreensível e não-natural. Não é uma indignidade que o homem seja impelido a, além de prender os animais, administrar-lhes em seguida tranqüilizantes? Penso, nesse sentido, nas intrigas da chamada "bioindústria", que fazem com que os animais tratados em seu meio metro quadrado de espaço percam a sua natureza, a sua índole, o seu "Eu".

Muitos homens se encontram em situação exatamente análoga, pois deixam-se aproveitar pelos mais diversos fins e propósitos, inconciliáveis com sua natureza.

O homem possui — é verdade — faculdades de raciocínio e de reflexão e pode, por isso, por assim dizer, seduzir-se, persuadir-se de que isso seja o curso imutável dos acontecimentos. A natureza, porém, não se deixa enganar. As suas leis conservam o seu eterno valor.

É de se esperar que o leitor ou leitora deste livro se esforce cada vez mais para conquistar a ciência do próprio equilíbrio psicofísico. Não temos necessidade de recorrer a medicinas alternativas, se o fizermos com o mesmo comportamento interior que reservamos aos produtos químicos e que se revelaram, de há muito tempo, de nenhuma utilidade. A natureza nos oferece a sua ajuda quando nos arriscamos a ir para o fundo, mas devemos alcançar de novo *sozinhos* a margem. Isso se torna, certamente, mais difícil para uns do que para outros. Cada um deve, porém, descobrir o próprio "amigo" peculiar.

Nos próximos capítulos nos ocuparemos de um certo número dessas "mãos auxiliadoras". Cada um de nós, levando em conta sua situação pessoal, poderá seguramente encontrar nelas a possibilidade de resolver um próprio problema.

2 As plantas, amigas do homem

É realmente tocante ver como as plantas "convivem" com o homem. Somente pouquíssimos, infelizmente, prestam atenção a estes misteriosos fenômenos naturais. Mellie Uyldert, em sua obra, chamou muitas vezes a atenção sobre o fato de que "a sua planta medicinal cresce no seu jardim". Para os que não vêm no raciocínio causal e na racionalidade o ponto de partida de qualquer pensamento, esta indicação não constitui geralmente uma novidade. Eu mesmo fui testemunha do crescimento inesperado, na metade do verão, de uma plantinha, a mil-folhas, no caixilho das janelas da nossa sala de estar. Devia satisfazer-se com pouco mais dos limites do inimaginável, com uma fissura entre os ladrilhos de apenas meio centímetro de largura e uns vestígios de terra. Era também estranho o fato de que no terreno circundante não havia aparecido outras plantas daquela espécie. Visto que examino sempre com minuciosa atenção todas as plantas que nascem espontaneamente em meu jardim e procuro inserir as minhas observações em um esquema mais geral, aquela foi para mim a ocasião de interessar-me com ainda maior diligência que de costume pelas propriedades da aquiléia.

A aquiléia mil-folhas possui algumas virtudes terapêuticas. Uma das mais importantes é a sua ação em prol da diminuição da pressão sangüínea. Em consulta em que fiz um "check-up", descobri que minha pressão estava ligeiramente alta, razão suficiente para que eu tomasse novamente infusão de mil-folhas. A minha pressão não tardou em se restabelecer. Tentarei explicar-me: alguns, lendo estas linhas, sacudirão a cabeça espantados e incrédulos, convencidos de que se trata de um exagero. Se, porém, somos receptivos àquilo que chamarei de "perfeitos processos cósmicos", não poderemos senão reconhecer a existência de muitos fenômenos que não se podem certamente explicar racionalmente, mas muito menos podem ser negados. O meu pensamento vai até as fotografias da "aura". Há somente quinze anos qualquer cientista teria reservado, a um "absurdo" dessa ordem, um sorrizinho de desprezo. Atualmente fotografar a "aura" tornou-se comprovadamente possível. Pode-se dar ainda alguns exemplos.

Os eventos perceptíveis em base científica não nos devem impedir de tornar-nos cientes também de outros fenômenos. A certeza, evidentemente, é tranqüilizante, mas pode conduzir também à insensibilidade de uma nossa faculdade perceptiva de todo particular.

Tive ocasião de constatar que a planta medicinal que é indicada a um homem, cresce nas suas proximidades. Para tirar vantagem disso, é necessária uma análise profunda tanto dos sintomas morbosos como das propriedades das plantas isoladamente.

É triste ter que assistir à destruição que a humanidade impõe à natureza, e o fato de que isso nem sempre se verifica intencionalmente não torna certamente o caso menos inquietante. Como o homem não deve ser visto simplesmente como uma somatória de dotes e capacidades socialmente úteis, assim também a natureza não consiste *tout court* de uma somatória de possibilidades oferecidas ao engenho do homem para melhorar seu ambiente.

A humanidade atualmente está prestes a aniquilar e sufocar os seus melhores amigos com os venenos mais diversos. Atingimos um grau de hipercivilização que destruiu o equilíbrio entre a natureza e a cultura. Deixe que a natureza siga novamente o seu curso! Não impeçamos continuamente o que foi executado com a nossa petulância! Procuremos sempre tornar novamente a natureza nossa amiga, e sobretudo as plantas. Aprendamos a fazer delas um tesouro!

A um bom amigo permite-se *tomar parte* na própria vida, faz-se com ele experiências *comuns*, resolve-se juntos os problemas. Não veja isso, por favor, como uma exaltação sentimental! Trata-se de uma exortação e de um apelo em favor da natureza, que é preciosa para nós todos; um apelo aos homens, para que não recusem a mão caridosa que ela nos estende.

Concedam-se a si mesmos, pelo menos uma vez, o prazer de pôr em dúvida todas as seguranças contidas no nosso esquema de civilização! Cícero dizia: "Mediante a dúvida chegamos à verdade". Também em Goethe encontramos um convite para manter uma atitude indagadora: "Quando você confiar-me suas opiniões, diga-me diretamente no que crê. Sozinho já tenho muitas dúvidas".

3 O emprego das ervas medicinais

As ervas medicinais podem ser empregadas de vários modos: frescas ou secas (em infusão), em forma de tinturas ou como óleo de fricção. Poder-se-ia escrever um volume inteiro apenas sobre as possibilidades de preparo e de emprego.

Parece-me, portanto, sensato limitar-me a citar aqui algumas normas práticas de extrema generalidade para o uso das ervas medicinais.

A erva fresca

Não julgo incondicionalmente recomendável o emprego de plantas frescas, pois quase não existem mais ervas atualmente que não estejam de um modo ou de outro poluídas, quer por adubos químicos, herbicidas, pesticidas, inseticidas (ou de qualquer outro modo que se chamem os agentes químicos usados em agricultura), quer por gases de descarga ou por outros fatores.

Quando estivermos em condições de excluir taxativamente a presença de substâncias semelhantes, poderemos preparar a infusão com algumas plantas frescas, por exemplo a melissa, a verbena ou as diversas espécies de hortelã. Algumas plantas podem ser preparadas sob forma de salada ou em salada mista, como os dentes-de-leão tenros ou pontas de urtiga quando são tenras.

As plantas citadas neste livro todavia prestam-se raramente para serem empregadas ainda frescas.

A infusão de ervas

Calcula-se uma colher das de sopa de ervas trituradas para cada meio litro de água. Coloca-se a mistura em um recipiente de cerâmica ou de barro, joga-se sobre ela água fervente e deixa-se em infusão por cerca de quinze minutos e em seguida filtra-se. O líquido filtrado deve ser conservado em um lugar fresco também por algumas horas, de modo que se pode preparar pela manhã todo o chá que será utilizado durante o dia.

A tintura de ervas

Trata-se aqui de um extrato alcoólico das ervas secas, mas às vezes também das frescas. De uma tintura empregam-se, geralmente, somente algumas gotas, em solução em um copo d'água.

No que se refere às doses e à freqüência das administrações, permita-me dar algumas normas de validade geral, com base na minha experiência.

Se por um lado existem entre uma e outra erva grandes diferenças (uma atua mais prolongada ou mais intensamente que outra), por outro lado pude constatar que também as dosagens variam de caso para caso. Deve-se sempre considerar a situação geral e fazer o quadro exato da situação pessoal no momento. O melhor conselheiro é sempre a sua intuição não desligada, por um lado, de um sadio bom senso.

Quanto mais natural nossa vida, tanto mais claramente escutaremos esta nossa voz interior. É o nosso próprio corpo que nos diz geralmente o que ele necessita. Nunca coma, portanto, nada contra a vontade. Não imponha também jamais nada aos outros. A visita não ousa, geralmente, recusar as ofertas de seu anfitrião, porque não quer passar por descortês; esses são, de fato atualmente, os nossos modelos de comportamento social.

De modo geral, pode-se dizer que os remédios vegetais são tomados de preferência cerca de um quarto de hora antes da refeição do meio-dia. Geralmente, não é necessário beber mais que três ou quatro copos no decorrer do dia. Quando se trata de tinturas, não convém ultrapassar a dose de três ou quatro vezes ao dia. Na maioria dos casos, bastam portanto doses muito inferiores; cerca de cinco gotas em cada ingestão do remédio. As crianças reagem muito bem à fitoterapia. Isso pode ser explicado, talvez, pelo fato de que seu corpo é menos habituado que o nosso, adulto, aos aditivos químicos presentes em muitos de nossos alimentos.

As doses a serem administradas dependem da idade. Pode-se dizer, de um modo geral, que dos seis aos quatorze anos deve ser administrada a metade das prescritas aos adultos, dos três aos seis anos, a quarta parte, e para os lactantes, finalmente, a oitava parte ou até menos.

O chamado princípio ativo

Em algumas obras sobre ervas medicinais, as plantas são classificadas em consideração ao seu emprego conforme os seus princípios ativos. Trata-se de substâncias conhecidas na química e das quais se conhecem as reações produzidas no físico humano. Na medicina moderna, servimo-nos desses princípios ativos; eles são geralmente produzidos também sinteticamente e fabricados depois em comprimidos e pílulas. Visto porém que as plantas não consistem exclusivamente de princípios ativos, indica-se o resto como "material inerte".

Em minha opinião, isto é muito pouco surpreendente. Várias pesquisas têm demonstrado de fato que pelo emprego da planta inteira se obtêm efeitos mais positivos que pelo simples tratamento com os chamados princípios ativos. Os "componentes inertes" se revelam dessa maneira nada supérfluos; pelo contrário, neles encontram-se os precisos efeitos sobre o físico. É compreensível, portanto, que eu não tenha jamais elaborado uma classificação por princípios ativos das ervas e de seu emprego.

A seqüência da exposição tornará evidente também que a eficácia de uma planta depende do quanto as suas características e a sua natureza correspondam aos caracteres da doença. Entre as duas coisas deve haver uma certa analogia. Uma planta é terapêutica em sua totalidade. Devemos, portanto, encarar sempre a cura do homem em sua totalidade. Combater os sintomas isolados não leva jamais a uma cura real.

Não empreguemos, então, as ervas exclusivamente porque estão contidas em uma determinada substância. Coloquemos sempre toda a planta em confronto com todo o homem.

4 Algumas plantas medicinais e suas virtudes terapêuticas, com especial atenção ao sistema nervoso

Camomila (*Matricaria chamomilla, Chamomilla officinalis*)

Não é por acaso que "inauguro" com a camomila a presente relação de plantas medicinais. A flor da camomila está ao nosso lado como uma mãe, como uma mãe pronta pacientemente a nos escutar. É realmente comovente ver o que se manifesta no próprio aspecto da planta. O seu coração amarelo-ouro está dirigido para nós, mas ela retém com modéstia a sua beleza, as pétalas, das quais quase todas as flores fazem seu encanto. As suas pétalas são voltadas para trás. É como se as flores nos quisessem dizer: "Retenho-me um pouco, para melhor poder ouvi-los". Quando estamos tensos e nervosos e tomamos a camomila, nos colocamos realmente em boas mãos. Não é portanto um acaso que esta planta esteja comumente enumerada entre os mais eficazes antepastos. Ela funciona utilmente em caso de espasmos nervosos e nevralgias, sobretudo quando sua origem for psíquica. Experiências psíquicas mal assimiladas, sensações grosseiras, o bloqueio das emoções podem nos conduzir a uma contração nervosa que é posteriormente causa de dores.

Em caso de cãibras dolorosas, dores de dentes, gastralgias nervosas, dores abdominais e sobretudo no caso de espasmos do intestino grosso (perturba-se até a peristalse do cólon), a camomila é de grande valia para aliviar a dor. Geralmente de duas a sete gotas de tintura de camomila, tomadas três vezes ao dia, já produzem um bom resultado.

A melhor solução, porém, é sorver calmamente e com prazer uma xícara de infusão, visto que seu aroma já basta para acalmar nossos pensamentos.

Seja prudente na colheita da camomila. Dela existem várias espécies, de modo que é preciso antes de mais nada se certificar com a supervisão de um bom herborista se se trata realmente de "camomila". Não colha jamais plantas da beira das estradas que podem ter sido poluídas por substâncias tóxicas.

Quando comprar camomila (em uma casa de produtos dietéticos, por exemplo) preste atenção para que não seja muito velha. As flores são então geralmente pulverizadas (não confunda com o pólen que está sempre presente). As flores de camomila muito velhas dificilmente conservam suas propriedades naturais.

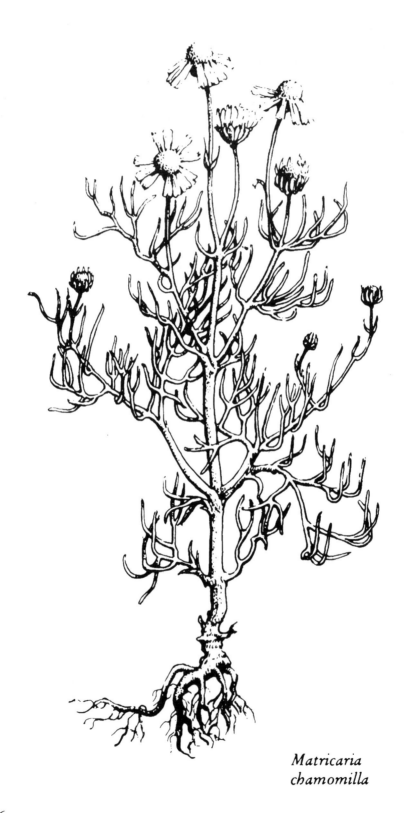

Matricaria chamomilla

Hipérico (*Hypericum perforatum*)

O hipérico atua sobretudo como neurotônico. É indicado, portanto, às pessoas que a vida agitada e o cansaço excessivo tenham levado ao esgotamento nervoso. Pode-se dizer que a tensão da nossa "corrente nervosa" é muito baixa para que ela exerça plenamente as suas funções. Fisicamente, isso se manifesta com o relaxamento da musculatura, às vezes até com mialgias. Falta-nos a energia psíquica para manter nosso aparelho motor em atividade. O hipérico funciona então como corroborante e tônico.

Quem sofre de formas de esgotamento do tipo descrito acima, fará bem em procurar colher para si mesmo a planta. A sua melhora não poderá, certamente, tardar.

Todo verão é para mim uma experiência especial levantar-me antes do Sol aparecer e vagar pelas dunas nativas procurando aqui e acolá, com os olhos, o hipérico, para depois colher alguns ramos dele. A erva colhida no início do verão está no máximo de sua força energética cósmica. Colha também algumas plantinhas e utilize-as com parcimônia. Pendure-as em qualquer lugar de sua casa, porque conservam em si alguma coisa da enorme força solar.

Com o hipérico seco pode-se preparar uma infusão, melhor ainda com a adição de camomila, ou um pouco de arruda e uma pitada de hortelã-pimenta.

No caso da superexcitação nervosa, podem-se tomar de cinco a dez gotas de tintura de hipérico três vezes ao dia. Procure também efetuar uma transformação de sua situação pessoal, de modo que as perturbações do seu equilíbrio psicofísico não possam se repetir.

O óleo do hipérico é excelente para fricções no caso de nevralgias e dores musculares. Alternadamente com a tintura de arnica, é empregado com sucesso no tratamento de lumbagos, ciáticas, nevralgias faciais, as chamadas cãibras do escrivão, do tenista, do violinista, e outras dores musculares. Pode-se preparar em casa o óleo. Cortam-se as sépalas de um punhado de flores e em seguida coloca-se-as em um recipiente de vidro com três quartos de litro de óleo de girassol. O vaso fechado é exposto ao sol durante três semanas. Pode-se então filtrar (com um filtro comum de café) o óleo que se tornou de cor vermelho-sangue e conservá-lo em uma garrafa com fecho hermético. Quando se tem à mão o óleo de hipérico, ele se revela precioso até na cura das feridas de queimadura.

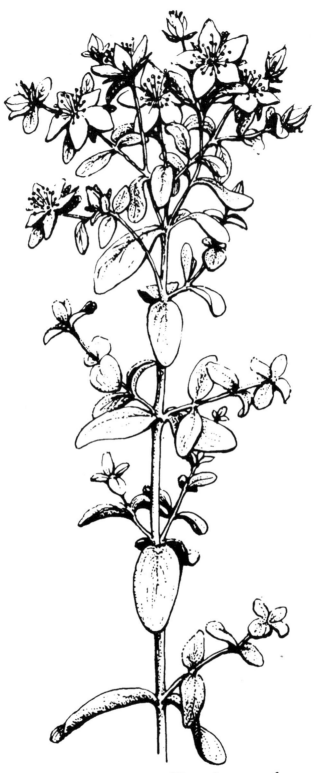

Hypericum perforatum

Valeriana (*Valeriana officinalis*)

Como o nome indica, trata-se de uma erva "oficialmente reconhecida".

Desde quando foram descobertas suas propriedades, há séculos, a valeriana faz parte da relação oficial das plantas medicinais. A este grupo pertencem todas as plantas cujo nome é seguido pelo atributo "officinalis".

Quando, em dezembro ou janeiro, passeamos pelas vastidões de um pôlder, nossos olhos podem alegrar-se copiosamente com o tênue rosa das flores de valeriana, que se avista geralmente até nas beiras dos fossos. A parte aérea da planta não é, porém, usada. Devemos esperar até o outono; somente então podemos arrancar da terra o rizoma e as raízes, limpá-los e deixá-los secar. Essas partes, em seguida esmigalhadas, são usadas para preparar uma infusão.

Como diversas outras plantas, das quais se empregam somente as raízes, a valeriana funciona no "invisível" do homem. Homens e plantas são sujeitos ao mesmo esquema cósmico. Usamos, portanto, a parte subterrânea de uma planta para intervir na parte "subterrânea" do homem. A valeriana atua especialmente nessa parte de nossa mente, no subconsciente, e é empregada principalmente, tanto sob forma de infusão como de tintura, na terapia dos estados de ansiedade.

Como se explica a ansiedade? Geralmente ela é provocada por acontecimentos circunstantes, dos quais não conseguimos captar o sentido com a nossa inteligência e a nossa razão. O desconhecido nos angustia. Recolhemo-nos por um momento no quarto das crianças: tão logo se acende a luz, todo motivo de medo infantil se volatiliza e as "sombras do inferno" se dissolvem.

A valeriana atua em nosso subconsciente como uma fonte luminosa, tentando enquadrar novamente em raciocínios toda nossa sensação ou impulsos. Ela regulariza a nossa intuição, à qual torna acessível o pensamento racional. Quando o desconhecido o ameaçar e você estiver com ansiedade e nervosismo, a valeriana se mostrará sempre de grande ajuda.

Também durante provas importantes ou exames — contrariamente a muitas outras substâncias tranqüilizantes — esta erva acalma a agitação, sem obstruir os dotes intelectuais. A valeriana não ofusca a mente e não entorpece, mas é empregada sempre para reordenar e coordenar, por nós, tudo o que não mais conseguimos manter sob controle.

O consumo deste medicamento vegetal não deve ser, porém, prolongado por muito tempo. Deve-se considerá-lo uma ajuda ocasional,

Valeriana officinalis

e não uma defesa protetora permanente. Trata-se mais de um pequeno guarda-costas. Em caso de grave ansiedade ou de estados de extremo desgaste psicofísico, a dose aconselhada é de dez a no máximo vinte gotas quatro vezes ao dia; em caso de insônias de origem nervosa, de vinte gotas antes de se deitar. A tintura de valeriana e quássia atua neste último caso ainda melhor que a tintura somente de valeriana. É uma erva que "recoloca em bom caminho" muitos "desvios" psíquicos.

Arnica (*Arnica montana*)

A arnica é conhecida popularmente com o nome de "erva das quedas", que é uma indicação precisa de suas propriedades.

Há duas possibilidades: ou a queda é física ou, em sentido mais amplo, psíquica. Em ambos os casos a arnica é recomendada.

Em caso de *queda física* e de trauma, tratam-se contusões, equimoses e transfasamento de sangue com uma aplicação externa de tintura diluída de arnica.

Para isso, misturam-se vinte gotas de tintura em uma xícara com água morna e banha-se a parte ferida, usando um chumaço de algodão ou um lenço limpo. Pode-se também administrar uma gota de tintura diluída em um copo d'água. A ação desta erva se manifesta de duas formas: externamente, cura as conseqüências físicas de traumas e quedas, e internamente, as conseqüências psíquicas, como choque, susto, tremor nervoso e outras.

Por *queda psíquica* refiro-me ao caso de um indivíduo que tenha experimentado uma queda social e moral, que possa influir pesadamente em todo o seu estado psicológico. Suponhamos, por exemplo, que alguém, tão logo tenha-se diplomado, deva enfrentar a perspectiva de ter que se contentar com um posto de responsabilidade muito menor que a pretendida. O interessado experimenta o feito como uma profunda humilhação, mais ou menos como uma degradação psíquica. Também psiquicamente, ele se sente como um cão espancado. Não consegue mais encontrar energia, não vê mais possibilidades para retomar a iniciativa e subir novamente a ladeira da vida. Não ousa mais viver como antes da "queda". Não se retira assim, com o rabo entre as pernas, também um cão, roçando temeroso as paredes, quadro vívido de circunspecção e desconfiança?

As repercussões psíquicas descritas podem exercer uma influência até no plano físico, e provocar o insurgimento de distúrbios de várias espécies.

Em todos estes casos, a tintura de arnica (D12 e D30) produz ótimos efeitos. D12 e, respectivamente, D30 indicam diluições homeopáticas; tratarei mais pormenorizadamente desse assunto no Capítulo 5. Com exceção do caso citado anteriormente, em que se administra ao infeliz uma gota de tintura de arnica em um copo d'água, o emprego dessa tintura não diluída é desaconselhável.

Nos momentos atuais, em que as demissões e o desemprego são freqüentes e, portanto, muitas pessoas experimentam uma "queda" semelhante, a arnica é uma erva muito útil. Tenhamo-la, portanto, em grande consideração.

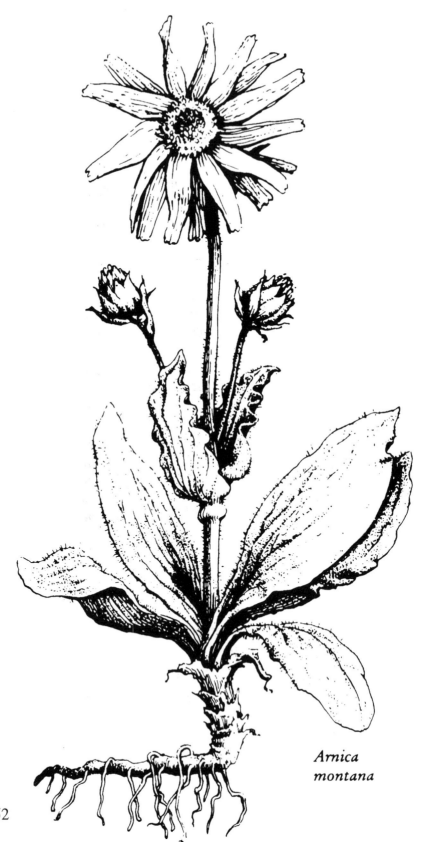
Arnica montana

Líquen-islândico (*Cetraria islandica*)

É uma planta que contém a vitamina B, indispensável para o equilíbrio do nosso sistema nervoso. Trata-se de um dos poucos representantes do mundo vegetal em condições de sintetizá-la. As vitaminas do complexo B têm um grande valor para os nossos nervos, valor esse que não pode ser menosprezado, como falarei mais detalhadamente no capítulo dedicado à alimentação. O líquen-islândico é indicado, sobretudo, àqueles cujos problemas psíquicos são reconduzíveis a um estado de anemia (insuficiente produção de glóbulos vermelhos). A eles falta a energia, carece "solidez". Pode-se vê-los sempre atacados por crises de choro por razões fúteis e inconsistentes — isto também efeito da anemia —, ou porque não se sentem à altura de enfrentar as situações ou os acontecimentos que se apresentam. Os médicos prescrevem, em casos semelhantes, preparados à base de ferro. É, porém, um tratamento que nem sempre se destitui de problemas, e às vezes o êxito esperado não se verifica.

Semelhantes preparados à base de ferro trazem certamente ao nosso corpo substâncias das quais ele tem necessidade, mas podem-se empregar somente em doses muito limitadas.

O líquen-islândico funciona diferentemente, ativando determinadas funções do nosso organismo que o colocam em condições de produzir por si as substâncias faltantes. Trata-se de uma praxe completamente diferente da alopática.

Em todos os casos de neurastenia nas condições descritas, esta erva é recomendável. O líquen-islândico deve ser, antes de mais nada posto para macerar; a seguir ferve-se tudo até que fique somente uma pasta mucilaginosa, da qual se ingere três ou quatro colherinhas, várias vezes ao dia.

Além da *Cetraria islandica*, em caso de anemias, aconselham-se também a urtiga, a centáurea-menor e o aipo.

Em casos graves, o tratamento pode ser integrado com a administração homeopática de ferro fosfórico (D30).

Cetraria islandica

Potentilha (*Potentilla anserina*)

É uma experiência singular observar um estolho de potentilha crescendo rastejando-se no terreno à procura de um lugar nas proximidades para dar origem a uma nova planta e lá instalar-se. Trata-se sempre de um estelo fino e frágil, que tem dificilmente um folíolo; eis então que de repente nasce uma nova planta; o folíolo solitário no estolho rastejante produziu raízes. A *Potentilla anserina* nos revela o que, à primeira vista, certamente nos fugiria. Se seguirmos seus "traços", descobriremos à flor da terra uma vegetação — e não somente plantas mas também animais — que de outro modo não havíamos prestado atenção. Sob um ponto de vista astrológico, esta planta está sujeita à influência de Urano.

Toda a sua natureza encontra resposta no tipo de homem que experimenta constantemente novas emoções, para o qual os imprevistos não são uma exceção. Novas situações, condições, fatos criam-se à sua volta sem aviso prévio. Se ele não consegue adaptar-se rapidamente ao novo estado de coisas, tem uma perturbação do *ritmo* e não consegue mais enfrentá-los, "perde o fio".

Muitos não suportam uma vida tão enervante, que pode dar lugar a conseqüências tanto psíquicas como físicas. Seu corpo reage geralmente com formas de arritmia cardíaca; o ritmo de sua batida cardíaca se torna anormal e eles têm até a sensação, às vezes, de que o coração falha. Sintomas semelhantes encontram-se geralmente em pessoas que — quer pelo seu comportamento, quer pelas circunstâncias exteriores — tenham se desviado de seu ritmo normal de vida. Nessas situações, podem aparecer também perturbações no aparelho respiratório. Sua respiração torna-se espasmódica e acompanhada de gemidos. Nos casos mais graves pode-se atingir a "hiperventilação" (isso acontece quando no corpo tenha-se instaurado uma desproporção entre o oxigênio e os anidridos carbônicos). Esse aumento excessivo da atividade respiratória pode, por sua vez, conduzir ao aparecimento de distúrbios desagradáveis, como palpitações, formigamento dos dedos, dores no peito e, sobretudo, sensações de angústia terrível. Sob o aspecto psíquico o indivíduo pode, por conseguinte, sentir-se profundamente infeliz. Os médicos aconselham aos pacientes que sofrem de hiperventilação levar sempre consigo um saquinho de plástico, no qual eles aspiram, em caso de ataque, para em seguida inspirar novamente o ar rico em anidrido carbônico. É assim reduzida a cota de oxigênio absorvido pelo corpo (redução das novas "impressões"). O tratamento é correto. É necessário, entretanto, tentar atingir o ponto no qual as "novas impressões" não sejam mais recebidas

Potentilla anserina

como enervantes e não abalem portanto novamente toda a constituição psíquica do paciente.

A potentilha pode ajudar muito nessa tentativa. Para quem está continuamente exposto à pressão dos influxos que perturbam sua estabilidade emotiva e o seu ritmo, aconselha-se, portanto, tomar de uma a três gotas de tintura de potentilha, todos os dias no espaço de um mês.

Para obter a máxima eficácia, a tintura deve ser diluída em água, tomando-se o preparado em jejum. Na ocasião de aparecimento de ataques como os descritos anteriormente, a dose pode ser um pouco aumentada. Cada um deve, porém, descobrir por si a dose que mais lhe convém, visto não poderem ser propostas regras gerais sobre isso, o que de resto corresponde plenamente à ação e ao esquema da *Potentilla anserina*.

Em casos de necessidade, não negligencie ouvir a sua intuição: mesmo em semelhantes apuros, ela atinge notoriamente o seu máximo poder.

Melissa (*Melissa officinalis*)

A melissa é uma erva dotada de virtudes terapêuticas para as pessoas sensíveis e apreensivas. É própria para quem vive na obscuridade, tomando incessantemente cuidado com os outros, auxiliando-os e curando-os. Trata-se de seres bons e puros que não sabem enfrentar as realidades muito duras da nossa sociedade. Viver em segundo plano é seu destino. Trabalham em segredo, sem ambição, famas ou honras; mas, em compensação, têm necessidade de segurança. Se, portanto, o destino os atinge e a segurança, qualquer que seja o motivo, é-lhes escassa, eles se abatem, tomados de um sentimento de fraqueza e de vulnerabilidade.

Isso não deixa de ter conseqüências físicas; a pressão sangüínea sobe, tem-se vertigens, chega-se a ter calafrios, insônia, palpitações nervosas (diferentes das tratadas no caso da valeriana), angústia.

Em semelhantes casos, tem-se necessidade de consolo. E quem mais nos poderia consolar melhor do que nossa bastante louvada melissa?

Depois do amargo vem o doce, que encontramos até no nome (*melissa* vem de *mel*). Esta planta age com doçura e proporciona conforto. Ela nos reanima e nos acalma com um sono que nos transporta à infância, à sua segurança, quando, ao adormecer, havia a voz suave de nossa mãe.

No verão, utilize a erva colhida recentemente. Derrame dois copos

Melissa officinalis

de água fervente em quatro ou cinco folhinhas que você teve o cuidado de lavar... e eis uma deliciosa bebida refrescante.

Em caso de desgaste psíquico — já falamos disso anteriormente — recomenda-se de dez a quinze gotas de tintura de melissa três vezes ao dia.

No verão, a melissa pode, além disso, substituir eficazmente os inseticidas. Experimente ter na cozinha ou no quarto uma planta de melissa no vaso e verá que as moscas girarão às cegas. É óbvio que a melissa não é, de fato, de seu agrado.

Vara-de-ouro (*Solidago virgaurea*)

Na literatura, recomenda-se geralmente a vara-de-ouro para o tratamento das afecções renais, visto que ela exerce uma ação diurética. Exato. Além disso, a *Virgaurea* é eficaz também em outro campo, o das emoções. Mellie Uyldert, em seu livro, afirma sobre esta erva: "A *Solidago* alivia as dores de amor, cura as feridas e expele a água dos rins".

Aqui nos é apresentada uma ligação insólita entre a nossa vida emotiva, a nossa esfera sentimental e os nossos rins, que, porém, na prática sempre se apresenta. Quantas vezes não vemos surgirem afecções renais em pessoas, sobretudo mulheres, que são recém-casadas? O matrimônio significa adaptar-se ao caráter do parceiro e isso, depois das núpcias, é bem diferente que antes.

A vara-de-ouro é uma erva de emprego útil em caso de sensações de desengano sem qualquer perspectiva de uma melhora imediata. Sentimo-nos psiquicamente capturados, a própria personalidade está quase totalmente absorvida pela do parceiro e, por assim dizer, aprisionada. O sentimento de opressão, que pode derivar de uma situação semelhante, é enorme.

Os rins têm a função de tolerar esse sofrimento moral e, conseqüentemente, de providenciar um "descongestionamento" do indivíduo. Um modo comum de dizer da nossa língua exprime essa função, quando por exemplo dizemos "examinar o coração e os rins de alguém" (examiná-los a fundo); sentimentos e rins são duas formas expressivas da mesma realidade. Freqüentemente os grandes artistas têm problemas renais, sobretudo quando as "obrigações sociais" (vínculos) entram em contraste com a sua criatividade. Quando os nossos sentimentos ganham vantagem, os nossos rins correm o risco de não fazê-lo.

A *Solidago* ajuda também o tipo humano cujas ligações provocam dificuldades psicológicas, traduzindo-se geralmente em uma série de tensões e complicações.

Se prestarmos atenção nesse esquema, não será necessário certamente chegar absolutamente aos problemas renais. As dificuldades podem ser superadas no âmbito das possibilidades e o meio reequilibrado pode ser justamente a *Virgaurea*, que atua positivamente nos rins e por meio deles em toda a esfera sentimental. Dez gotas por dia constituem uma contribuição válida para evitar a eventualidade de desequilíbrios mentais, porquanto os rins são colocados em condições de enfrentar com mais eficácia a opressão psíquica. Em períodos caracterizados pelo suceder contínuo de abalos psíquicos, a

Solidago virgaurea

dosagem pode atingir a dez ou quinze gotas de tintura três ou quatro vezes ao dia. Pode-se também preparar uma infusão da erva seca, em combinação com alfazema e melissa (1/2 de vara-de-ouro, 1/4 de melissa, 1/4 de alfazema), e tomar uma xícara três vezes ao dia.

As mulheres do tipo descrito precedentemente, que estão inclinadas a sofrer de cefaléias nervosas (sobretudo antes e durante o fluxo menstrual), encontram alívio ao tomar a *Solidago* (de dez a doze gotas de tintura por dia, alternando eventualmente com a alquemila).

Arruda (*Ruta graveolens*)

Todas as flores de arruda são dotadas de quatro pétalas amarelas-claras, exceto a flor central, que, ao invés, conta com cinco pétalas. Encontramos, assim, na mesma planta, a coexistência de duas formas diferentes. Poder-se-ia também dizer que a arruda encerra em si dois segredos. Em uma mesma planta aparecem os números quatro e cinco. Desde a antigüidade, aos números foram atribuídos significados particulares. Quatro era o número da *matéria*, cinco o do *espírito*. Na arruda encontramos, portanto, matéria e espírito reunidos em um só indivíduo.

Como já disse, a flor que tem cinco pétalas ocupa a posição central, enquanto todas as demais se agrupam em torno dela. É o eixo da planta.

Essa constituição exprime analogicamente a situação vivida por muitos, quando a matéria sobrepuja o espírito nos limites da tolerância. As realidades materiais e sociais os dominam até que o próprio espírito atinja os extremos. A arruda é uma planta própria para quem vive a contraposição entre o *dever* social e um *não-poder* psicológico. Para me exprimir diferentemente, intervém nesse caso uma desarmonia entre a matéria e o espírito, que se manifesta, de um lado, em distúrbios físicos, e, de outro, em estados de depressão psíquica. As afecções físicas assumem a forma de palpitações, eczemas, perturbações das funções do fígado e da bílis. Sob o aspecto psicológico, os atingidos caem em estados ansiosos; não conseguem dominar sua *vontade* (quatro) com o seu *espírito* (cinco).

Para todos os casos relacionados utiliza-se a arruda, eventualmente em combinação com a valeriana. Cinco gotas de tintura por dia bastam geralmente para produzir benéficos resultados. Disso deriva a sensação de retomar o controle da situação. O emprego de tintura de arruda não deve, porém, ser prolongado por muito tempo. Ela é indicada, por assim dizer, para ultrapassar a soleira que conduz ao positivo. De sua parte, procure antes de mais nada conhecer claramente sua situação, de modo que a sua vontade (matéria) e a sua atividade mental (ser espiritual) entrem em harmoniosa relação recíproca.

Além disso, procure nutrir em você a consciência do fato de que o seu problema "nasce" também na natureza e por isso também nela se encontra. Nela pode estar, no fundo, a ajuda que você precisa para se tranqüilizar.

Ruta graveolens

Maçã (*Pirus malus L.*)

Pode parecer estranho encontrar a maçã em uma relação de ervas medicinais. Que isso tem suas boas razões, é-nos claro somente lembrando um provérbio inglês: "An apple a day keeps the doctor away" (Uma maçã por dia mantém o médico longe).

A maçã possui incontestavelmente virtudes importantes para o homem. Examinemos com mais precisão a sua natureza: quando descascamos uma maçã, a sua polpa se torna escura. Em nenhum outro fruto isso se manifesta tão claramente como na maçã.

Quando o invólucro (a casca) é removido, a maçã muda de aspecto. Isso nos encaminha, por analogia, ao caso do homem que não tem a função protetora do sistema nervoso. Os seus nervos não estão mais em condições de absorver a sua função protetora e equilibrante.

A maçã é indicada ao tipo humano que não sabe mais enfrentar a sua situação normal, que a vê com cores muito tenebrosas e foscas. Ela assumiu para ele o aspecto de uma "maçã cheia de sumo", que ele, porém, não ousa morder, ou não pode.

Neste caso, o físico apresenta uma carência de *potássio e ferro*, elementos presentes em abundância na maçã. O ferro tem um papel fundamental na produção de nossos glóbulos vermelhos. A sua presença no corpo em grande quantidade torna-o *enérgico e ativo*, a sua falta leva rapidamente ao esgotamento, ao cansaço, à sensação de não mais conseguir fazer nada (veja a esse propósito o que dissemos sobre o líquen-islândico). O potássio favorece o crescimento. As crianças têm muita necessidade de potássio nos primeiros anos de vida. O professor Den Hartog faz referência à importância deste elemento em caso de excitabilidade anormal do nosso sistema nervoso. O potássio é – para nos remontarmos à antiga tipologia chinesa – o *yang*. Possui carga elétrica e favorece no corpo a transmissão dos estímulos.

Portanto, coma todos os dias a sua "maçã suculenta". Perceberá rapidamente que está ficando mais robusto tanto sob o aspecto psicológico como nervoso.

Pirus malus

Alfazema (*Lavandula spica*)

É-nos bem conhecida a maravilhosa fragrância da alfazema e suas delicadas florzinhas azul-violeta.

Essas flores têm também aplicação em fitoterapia.

A sua colheita é efetuada pouco antes que se tenham aberto completamente. Colhem-se portanto os *botões* e prepara-se com eles uma infusão. Alguns os colhem também em quantidade maior e os colocam no travesseiro.

A alfazema é indicada ao tipo humano que durante anos está à véspera de seu desenvolvimento definitivo, sempre desabrochando, mas nunca conseguindo-o. Trata-se de pessoas que possuem substancialmente as melhores capacidades e dispõem de suficientes atitudes, mas que não conseguem levar seus talentos ao total florescimento. É uma situação que leva inevitavelmente ao surgimento de tensões psicológicas.

O indivíduo tem a sensação de estar preso a alguma coisa e de não poder atingir sua plena realização; a conseqüência pode ser uma forma do que se chama, por excelência, de complexo de inferioridade.

Empregue a alfazema em forma de infusão, em combinação com camomila, espinheiro-alvar, aquiléia mil-folhas e eventualmente — depende do indivíduo — com a adição também de um pouco de valeriana.

Essa mistura é empregada geralmente para aliviar as hemicranias, sobretudo no caso de indivíduos facilmente excitáveis e irritadiços.

Algumas flores de alfazema no travesseiro proporcionam um sono profundo e tonificante.

Lavandula spica

Noz (*Juglans regia*)

A noz é um exemplo perfeito da *teoria da assinatura*, antiga doutrina médica baseada na existência de analogias entre as formas existentes nos mundos vegetal e mineral e as do corpo humano.

Se analisarmos um pouco a casca dura da noz, não deixaremos de perceber nela uma certa semelhança com o crânio humano. O fruto contido nesse invólucro tem uma forma que lembra a do nosso cérebro (apresenta, entre outros, como o cérebro, a divisão em dois hemisférios simétricos). Segundo a teoria da assinatura, a noz deve portanto exercer uma certa influência no nosso cérebro.

As substâncias presentes neste fruto são, na realidade, muito importantes para o nosso sistema nervoso. Trata-se sobretudo de cobre, fósforo e potássio.

Todos os que sofrem de alguma lesão ou doença do sistema nervoso central (o cérebro) obterão portanto benefício ao comer todo dia algumas nozes.

A noz é indicada para os indivíduos cujo pensamento é geralmente um tanto confuso, e que reagem com nervosismo e precipitação a uma pluralidade de impressões, sem conseguir colocar ordem em seus processos de pensamento.

O fruto é eficaz também no tratamento de esgotamentos nervosos originados de baixa pressão sangüínea. Deixe tranqüilamente que as suas crianças quebrem nos dentes, mesmo fora das refeições, algumas nozes: trarão a elas, de fato, substâncias muito importantes para o seu crescimento.

Em doses homeopáticas, a *Juglans regia* se revela um medicamento eficaz em casos de perturbação psíquica ou em situações "nas quais se arrisca perder a cabeça" (Dr. W. Boericke).

Tenho a impressão de que o extrato de nozes em fortíssima diluição homeopática influencia positivamente a estrutura da personalidade, nos indivíduos que, por terem "cabeça dura" (como costumamos dizer), metem-se continuamente em dificuldades sempre crescentes. Refiro-me ao tipo de homem que não quer se adaptar, a nenhum custo, às situações que se apresentam, mesmo que, agindo desse modo, consiga muito provavelmente harmonizar as próprias condições de vida.

Juglans regia

Espinheiro-alvar *(Crataegus oxyacantha)*

Esta pertence propriamente ao grupo das plantas medicinais empregadas no tratamento dos distúrbios cardíacos e da circulação, mas apresenta também uma certa importância para nosso sistema nervoso.

Muitos distúrbios nervosos têm de fato no corpo humano uma "caixa de ressonância orgânica", e o coração é uma delas. Entre os sintomas encontramos palpitações, dores na região cardíaca, sensação de opressão no tórax. Não se diz talvez "aperta-me o coração"? O espinheiro-alvar fornece ao coração força suficiente para enfrentar situações semelhantes. O seu emprego é, por isso, aconselhável quando do aparecimento, tão freqüente nos dias de hoje, de estafa, sobretudo no caso de pessoas que exigem um nível tal de trabalho a seu encargo "ser pessoal", de modo a influir negativamente até em sua constituição geral.

Não é estranho que em muitos lugares as beiras das estradas têm plantações de sebes de espinheiro-alvar? Pelo menos durante a floração, esta planta deve funcionar nesse caso como uma bóia em mar bravio. Está de fato no lugar em que é mais necessária sua presença, onde está o homem, em sua constante luta inatural e desarmoniosa pela existência, e que é obrigado a confrontar-se com ela. Pare, portanto, o automóvel na beira da estrada e embriague-se com a fragrância inspiradora dessas céspedes floridas!

Beba a infusão ou a tintura de espinheiro-alvar diluída em água em todas as ocasiões em que o seu coração se rebelar à sobrecarga de tensão a que você tenha submetido o seu sistema nervoso. Em períodos de *stress*, misture ao espinheiros-alvar um pouco de hipérico, de aquiléia mil-folhas e uma pitada de arruda, e faça com isso tudo uma infusão. Em caso de necessidade — quando os nervos estão à flor da pele — pode-se tomar até uma dosagem de cinco gotas de tintura de espinheiro-alvar a cada hora.

O *Crataegus oxyacantha* dá ao nosso coração, cansado das pretensões excessivas a que lhe tenham submetido nossas tensões nervosas, a força do Sol.

Esta planta não deve, portanto, faltar em nenhum jardim. Reserve-lhe também, como a uma pessoa querida, um lugar em seu coração.

Crataegus oxyacantha

Aveia (*Avena sativa*)

A aveia não só é recomendada por muitos médicos naturalistas como um extraordinário neurotônico, mas é reconhecida também como um reconstituinte do sistema nervoso. Para descobrir as razões mais ocultas disso, convém efetuar uma breve digressão na astrologia. Desde a Antigüidade, constata-se uma certa afinidade entre os signos zodiacais e os órgãos de nosso corpo.

Áries, por exemplo, corresponde à cabeça, Touro ao colo, Gêmeos às vias respiratórias e aos braços, e assim por diante. Aparecem, porém, freqüentemente no homem também doenças e distúrbios que não correspondem ao signo zodiacal de nascimento, mas sim ao que se encontra a 180° com ele, e portanto diametralmente oposto ao signo natal.

Quanto à aveia, devemos nos referir ao signo de Gêmeos. A ele pertencem os conceitos de "pensamento" e "inteligência". Os nascidos nesse signo são geralmente intelectuais de mente ativa e vivaz, que, oprimidos por sobrecargas de qualquer espécie, sofrem as múltiplas afecções de natureza nervosa que se manifestam em distúrbios característicos do signo diametralmente oposto ao Sagitário. O Sagitário rege no nosso corpo as costas e as articulações dos quadris. A analogia é muito acertada, visto que também o movimento, o progresso, o avanço do homem residem nos quadris. O versátil geminiano deve aprender a executar algo de bom onde quer que se encontre; deve aprender, outrossim, a endereçar e frear em parte o seu dinamismo para obter efeitos de profundidade.

Na Bíblia, e mais precisamente no Gênesis, em um episódio que tem como protagonista Jacó (segundo a tipologia astrológica, um geminiano), encontramos uma alegoria particularmente ligada ao raciocínio que acabamos de fazer. Enquanto está se dirigindo a seu irmão Esaú, Jacó encontra, na passagem de Jacob, um homem que luta com ele até as primeiras luzes da aurora. Como não consegue abatê-lo, o homem toca o quadril de Jacó, deslocando-lhe, na luta, a articulação do fêmur. ["E Jacó ficou sozinho e um homem lutou com ele até o despontar da aurora. Depois aquele viu que não conseguia vencê-lo e então tocou-lhe a articulação do quadril, e a articulação do quadril de Jacó se deslocou enquanto ainda lutava com ele" (Gênesis, 32, 52).] A capacidade de progredir e a mobilidade de Jacó foram assim reduzidas, e ele chegou à consciência, à reflexão.

Quem quer que enfrente com muito ímpeto as coisas, pode provar o efeito regulador da aveia. Ela é muito própria para os apaixonados sagitarianos. Entre as substâncias nela contidas encontra-se o

Avena sativa

ácido silícico (um composto do silício), que exerce uma forte influência em nosso espírito.

Para o tipo astrológico de Gêmeos (não necessariamente um nativo, mas também que tem Gêmeos como ascendente ou mais de um planeta neste signo) é recomendável introduzir a aveia na dieta cotidiana, pelo menos em determinados períodos.

Podem-se usar os flocos de aveia e preparar com eles e outros cereais um gostoso *Musli*. Coma toda manhã uma pequena porção de aveia, com a eventual adição de uma maçã ralada. Evitará dessa maneira mais que um distúrbio nervoso.

5 Os remédios homeopáticos e o nosso sistema nervoso

Em homeopatia, empregam-se, entre outras, as plantas cujo sumo, se administrado sem ter sido anteriormente diluído, pode originar graves doenças.

O doutor Samuel Hahnemann (1755-1843), o pai da homeopatia moderna, começou por insurgir os sintomas para avançar sua hipótese: "Similia similibus curentur" (Os semelhantes se curam com os semelhantes). Isso significa, na praxe, que uma doença é curável administrando em fortes diluições a mesma substância que, concentrada, levaria à mesma manifestação morbosa. Um bom exemplo é dado pelo ruibarbo.

Se tomar grande quantidade de ruibarbo produz diarréia, em doses homeopáticas ele se mostra, ao contrário, um remédio excelente contra uma certa forma desse distúrbio. É conhecida também a eficácia da digital (dedaleira, *Digitalis*), que em diluição homeopática é um dos nossos melhores cardiotônicos, enquanto concentrada exerce efeitos desastrosos sobre o coração.

A homeopatia trabalha, portanto, servindo-se de *diluições* ou – como o chamou Hahnemann – *potências*. Essas diluições são indicadas por um "D" maiúsculo, abreviação de diluição decimal, preposta a um número. D1 significa, por conseguinte, uma diluição de 1:10, D2 uma de 1:100, D3 de 1:1000, D4 de 1:10000, e assim por diante. Na prática, as baixas potências (em torno de D12) exercem um efeito particularmente positivo em caso de manifestações morbosas agudas, enquanto se houver cronicidade, assiste-se a uma reação mais positiva com a administração de potências maiores (a partir de aproximadamente D30). Mais elevada a potência, mais profunda será a eficácia da substância em toda a nossa constituição!

Há muitos remédios homeopáticos que possuem eficácia terapêutica para um sistema nervoso em más condições, ou em caso de desgaste psíquico, mas ocupar-me detalhadamente desse assunto significaria fugir do assunto deste livro. Quero porém limitar-me a citar algumas substâncias que exercem uma ação mais ou menos equilibrante em nossa constituição. Pode-se, porém, continuar por toda a vida a se sentir impedido pela própria disposição nervosa.

A grande vantagem dos remédios homeopáticos é, como no caso das ervas, a de não dar lugar a qualquer efeito nocivo colateral.

Magnésio fosfórico

O magnésio fosfórico é um dos melhores remédios antepásticos cujo efeito quase equivale ao da camomila. Ele é empregado no caso de pessoas que um excesso de arrojo ou de atividade tenha induzido ao aparecimento de cãibras ou respectivamente de um estado de extremo esgotamento psicofísico. É comum nesse caso a sensação de não mais conseguir respirar livremente e com comodidade. Trata-se geralmente de indivíduos que, não somente com coragem, mas também com orgulho e ambição "leoninos", procuram açambarcar todas as coisas e ambicionam assumir uma posição dominante. Chega, porém, sempre o momento em que eles mantêm tudo o que colheram em torno de si como uma pesada carga. Em momentos semelhantes surgem cãibras e contrações nervosas com todas as conseqüentes repercussões psíquicas. Nesse caso é indicada a administração de magnésio fosfórico a D30. A dosagem é de cinco drágeas por um período de dois a quatro dias (dependendo das necessidades e da discrição de cada um).

Potássio fosfórico

O tipo humano que obtém vantagem com a administração de potássio fosfórico é o do homem decidido e engenhoso, que projeta sempre algo de novo para depois estender com determinação a meta que se lhe é proposta. Quando uma personalidade dessas é constrangida a prender-se no meio de seu "assalto" ao real, torna-se um tanto indefesa, quase infantil, em suas relações com o mundo. Parece então que, não obstante todo o seu arrojo e a sua euforia, semelhantes homens têm sempre vivido, no fundo, de modo bastante egocêntrico. São tão totalmente ocupados com si mesmos que, quando necessário, eles são incapazes de interpor contatos humanos satisfatórios. Todo o seu arrojo, a sua riqueza de inventividade, a sua laboriosidade, vão em prejuízo dos valores psíquicos e de seu aprofundamento. Tão logo surjam as dificuldades, recorre-se portanto ao potássio fosfórico.

Em caso de estados depressivos, quando nos sentimos presos a nossas próprias atividades e conseqüentemente encontramo-nos envilecidos, ajuda tomar diariamente cinco drágeas de potássio fosfórico a D12.

Considere, além disso, que o potássio fosfórico está entre os principais produtos constitutivos do nosso sistema nervoso. Ele nos fornece "energia de encarnação" e nos ajuda a "viver".

Sódio sulfúrico

Esta substância fundamental, constitutiva, é particularmente indicada aos que procuram compensar seus desequilíbrios psíquicos e os seus problemas psicológicos com a gula, empanturrando-se de comida e de doces. Este é um tipo humano que deseja veementemente ligar-se a algo ou a alguém, mas não vê a possibilidade ou se torna impossível de certo modo a realização de seus desejos. Também no corpo encontramos "vínculos", de função ou valor, como por exemplo o constituído pela transmissão do estímulo entre a bexiga e o cérebro. O sódio sulfúrico ajuda, portanto, também no caso de enurese noturna infantil.

Administra-se neste caso o sódio sulfúrico a D6, na medida de alguns comprimidos em três ingestões, no decorrer do dia. Esta é uma substância que nos ajuda a manter relações tanto sob o aspecto espiritual como físico.

Ela age, além disso, como "detersivo", expelindo de nosso corpo a água excessiva e nos permite, portanto, formar novos vínculos e dar vida a novas relações livres e não mais obstaculadas. Para um tratamento reconstituinte, a ingestão de cinco comprimidos de sódio sulfúrico a D30, distribuídos no espaço de três dias, é eficaz.

Zinco metálico

O zinco metálico é um dos mais importantes remédios homeopáticos para o nosso sistema nervoso, ótimo em caso de neurastenia, que aparece simultaneamente a estados de excitação anormal. Experimenta-se então uma sensação difusa de grande irrequietude, que se manifesta também a nível físico. O indivíduo não consegue literalmente manter os pés firmes, e experimenta um impulso quase irrefreável de se mover. Observam-se, geralmente, nos pacientes, também contrações musculares incontroladas (conhecidas comumente como "tiques": contrações da musculatura, do colo e da cabeça, piscamento, etc.). O zinco metálico é administrado geralmente em combinação com a valeriana. Ele ajuda a aliviar as fortes cefaléias caracterizadas por uma sensação de intensa opressão na raiz do nariz. O zinco metálico é empregado a D6 e acima disso. Pessoalmente, achei de grande eficácia a ingestão de cinco comprimidos por dia de zinco metálico a D12.

Este remédio se mostra muito eficaz também no caso da asma nervosa. A eficácia do tratamento é potencializada se se levar pendurada no pescoço uma correntinha com uma plaqueta de zinco. Muitos asmáticos já puderam experimentar o benéfico efeito que se verifica também no caso de asma de origem *nervosa*.

Ácido fosfórico

Vários problemas psíquicos têm suas raízes na vida sexual. O grande psicólogo Sigmund Freud dedica muita atenção a este tema em seus livros.

É um fato bastante conhecido que uma vida sexual sobremaneira intensa leva ao insurgimento de dificuldades psíquicas — como por exemplo sensações de culpa, depressões, desequilíbrios psíquicos. Em semelhantes casos, ajuda a administração de ácido fosfórico a D12 e acima dessa dosagem, até D30. O remédio é válido também para os indivíduos um tanto neuróticos e hipersensíveis, que reagem de modo muito emotivo aos estímulos externos. Geralmente isso é conseqüência de uma disfunção glandular.

Laqueses

A laquese se mostra particularmente eficaz para as mulheres que sofrem de distúrbios nervosos simultaneamente e em conseqüência do climatério, sobretudo em caso de caráter irritável e caprichoso, sensação de calor e vultuosidade. A ingestão de cinco gotas de laquese a D12 em pouca água, duas ou três vezes ao dia, pode ter um efeito equilibrante. No caso de distúrbios prolongados, recorre-se ao preparado a D30; bastam então cinco gotas uma vez a cada três ou quatro dias.

Visto que os remédios homeopáticos atuam de modo totalmente diverso dos alopáticos, convém ter sempre presente que as dosagens aconselhadas devem ser consideradas somente na proporção de indicações bastante genéricas. Nunca empregue ervas medicinais nem os remédios homeopáticos como se faz com uma pílula contra dor de cabeça! Procure antes de mais nada reconhecer o esquema geral do seu distúrbio e depois formar uma idéia precisa de quais possam ter sido suas causas.

Não se apavore se depois de tomar um remédio pela primeira vez as suas condições sofrerem uma recaída. É uma fase que dura pouco e deixa rapidamente lugar à melhora. Se o seu conhecimento sobre o assunto for inadequado, consulte um homeopata ou discuta pelo menos o seu problema com alguém que entenda de ervas medicinais e possua a experiência necessária à sua aplicação.

Nunca dê ouvidos aos que têm sempre à mão um remédio caseiro para qualquer eventualidade. Tape seus ouvidos aos "bons conselhos" de pessoas curiosas e irresponsáveis. Infelizmente, o mundo está cheio delas.

6 Alimentação e sistema nervoso

A afirmação de que a nossa alimentação cotidiana é a nossa mais importante medicina, soa realmente estranha. No entanto, isso é verdade. A prática demonstrou que na raiz dos distúrbios nervosos está, pelo menos em parte, um regime alimentar errado. No decorrer dos anos, escreveu-se muito sobre o tema e muitos tentaram forçar em um esquema predeterminado, as substâncias nutritivas necessárias à constituição e à manutenção do nosso corpo. Apareceram assim as mais variadas escolas e teorias — para citar somente algumas: a de Bircher-Benner, a teoria do professor Den Hartog, o grupo Mazdaznan, a macrobiótica, e assim por diante. Trata-se, porém, sempre de métodos que trazem em si o risco da unilateralidade. O melhor conselheiro para cada um deve ser o próprio "gosto", desde que naturalmente este não seja alterado por anos e anos de péssimos hábitos alimentares, de modo a prejudicar e falsear o nosso natural "dote do gosto". Há, porém, uma regra de validade geral: não comer jamais alimentos conservados e "refinados"!

Como já pudemos argüir na precedente exposição de várias ervas medicinais, existem determinadas substâncias que são indispensáveis à constituição e ao funcionamento do nosso sistema nervoso. Devemos, portanto, cuidar para que elas estejam presentes em nossa alimentação cotidiana. Existe, além disso, uma quantidade de substâncias nutritivas nocivas ao nosso sistema nervoso.

Deve-se mencionar aqui, em primeiro lugar, o branco e refinado *açúcar cristal*. Bircher-Benner diz, a este propósito, que ele é uma substância acentuadamente irritante do trato gastrintestinal, que além disso turba o pH do nosso corpo, empobrece-o de sais minerais e das importantíssimas vitaminas do complexo B e em grande quantidade prejudica gravemente a função de nossa flora intestinal, estimulando um inoportuno processo de fermentação.

Se não conseguirmos reprimir ou compensar o nosso desejo de algo doce, empregamos melaço de cana, ou, melhor ainda, *mel*. Ele de fato preserva a flora intestinal e ao mesmo tempo exerce uma influência positiva sobre as hematopoieses, tanto que em todos os casos em que os distúrbios nervosos podem levar à anemia, esse adoçante natural está em condições de favorecer uma nítida melhora das condições do paciente.

A vitamina B

Todas as vitaminas do complexo B são essenciais para o nosso sistema nervoso. A vitamina B está contida no pão integral (não, porém, no nosso pão branco "desvitalizado"). Os porcos sofrem raramente de carência de vitamina B, pois sua ração é constituída na maior parte do preciosíssimo farelo. De fato, o tratamento em que o homem emprega na maior parte os cereais é tal que este componente importante é empregado como forragem para o gado! Também as verduras frescas contêm algumas vitaminas do complexo B.

A vitamina B12 está presente no leite. Se o intestino funciona em perfeitas condições, esta vitamina pode ser produzida pelo próprio organismo do homem.

O cigarro e o álcool têm uma influência negativa sobre nosso sistema nervoso. O álcool — sobretudo se em alta graduação — pode tornar impossível ao corpo a assimilação das vitaminas, principalmente as do complexo B, e ao mesmo tempo originar no intestino processos de fermentação.

No que se refere ao regime alimentar, uma norma de caráter bastante geral é que, em caso de aparecimento de problemas psíquicos ou mesmo somente de labilidade psicológica, a alimentação deve ser antes de mais nada leve e de fácil digestão. Se, de fato, além da opressão psicológica, já difícil de suportar, você acrescentar uma grande quantidade de comida dificilmente digerível, o organismo atingirá inevitavelmente uma sobrecarga geral. O tratamento deve ser conduzido por todos os meios que apresentarem uma margem de possibilidade. As ervas medicinais sozinhas não resolvem nenhum problema, quando não forem organizados, "sanados" também os hábitos de vida do paciente.

Procure atingir o equilíbrio e a harmonia em toda a esfera vital.

Para concluir, relacionarei agora alguns alimentos que contêm preciosas substâncias constitutivas e reconstituintes do sistema nervoso.

Verduras

Alface repolhuda (apaga as emoções), chicória (ativa as funções hepáticas), legumes (contêm vitamina B), batatas cozidas com a casca (contêm potássio), feijão de soja, cenoura, alho, cebola (ricas em fósforo), aipo.

Frutas frescas e secas

Uva passa, figos, tâmaras, damascos, ameixas, maçãs, nozes, amêndoas, avelãs, amendoins (não torrados).

Alimentos animais

Leite em qualquer forma, exceto engrossado com fécula (pudim), gemas de ovo, queijos.

Tome bastante tempo para as refeições. Mastique com lentidão e consciência e procure constantemente respirar corretamente. Uma respiração diafragmática tranqüila e descontraída favorece a digestão e por conseguinte toda a sua constituição.

Jamais coma algo somente por estar sobre a mesa. Coma somente quando realmente tiver fome. Dê ao seu corpo a possibilidade de pedir o que ele tem necessidade. Evite, assim, qualquer risco de assumir hábitos alimentares errados.

7 Um pequeno vade-mécum

Uma enumeração das doenças e seus respectivos remédios está totalmente fora de propósito neste livro.

O motivo é, em primeiro lugar, o fato de que isso apresentará a tentação de combater um *sintoma* do qual as causas são desconhecidas. Em segundo lugar, sou de opinião que um prontuário do tipo "dorzinha-remedinho" nada mais é que escancarar a porta à charlatanice. A medicina naturalista exige de nós muito mais que possamos imaginar à primeira vista. Ela exige, antes de tudo, o conhecimento de nós mesmos, por assim dizer uma "tomada de consciência". Se empregarmos as ervas medicinais na mesma proporção dos remédios alopáticos, não nos devemos espantar que os resultados esperados venham às vezes a faltar.

Na relação de doenças ou respectivamente sintomas que segue, ligados às plantas medicinais, a intenção é portanto apenas a que nos limitemos a estudar, neste ou noutros livros, sua natureza e ação, para depois tirar suas conclusões corretas. Naturalmente, para cada perturbação, ou quadro clínico, existe mais de uma possibilidade terapêutica.

Resumo

Nevralgias faciais: camomila, potentilha, magnésio fosfórico a D12. Aplicar eventualmente na parte dolorida do rosto uma folha comprimida de couve vermelha ou branca. Em homeopatia: acônito a D4.

Distúrbios intestinais (de origem nervosa): valeriana, camomila, maçã, líquen-islândico. Em caso de diarréias, 10-15 gotas de tintura de sete-em-rama, três ou quatro vezes ao dia.

Fraqueza: arnica, potentilha,

	valeriana, melissa. Em caso de anemia: hipérico, maçã, aveia, noz. (Atenção também quanto a eventuais carências de vitamina B!)
Cefaléias:	camomila, alfazema, aquiléia mil-folhas, valeriana. Em homeopatia: zinco fosfórico a D30 e potássio fosfórico a D12, tintura de valeriana em caso de cefaléias reconduzíveis à *surménage*.
Palpitações:	arnica, espinheiro-alvar, valeriana, mel (o mel é uma verdadeira bênção para o coração!).
Distúrbios gástricos (de tipo nervoso):	maçã, alface repolhuda, zinco valeriânico a D12. Em homeopatia: cálcio fosfórico a D12 e magnésio fosfórico de D12 a D30.
Insônia:	tintura de valeriana e quássia, melissa e lavanda.
Emoções não digeridas ou bloqueadas:	vara-de-ouro, camomila, leite quente com mel. Em homeopatia: sódio sulfúrico a D30.
Esgotamentos nervosos:	procure antes de mais nada a causa! hipérico, arruda, aveia, maçã, noz. Em homeopatia: potássio fosfórico a D12 e D30.

Nevralgias e mialgias:	Uso externo: hipérico, tintura de arnica. Uso interno: de duas a três gotas de tintura de hipérico, duas ou três vezes ao dia.
Sensação de desânimo e de abatimento:	arnica, hipérico. Em homeopatia: potássio fosfórico de D30 a D200.
Distúrbios nervosos simultaneamente à menopausa:	laquese de D12 a D30.

Para quem é inclinado à preguiça, este repertório terapêutico poderá parecer um pouco magro. Admito que não se encontra nada "ao alcance da mão". Deveremos porém nos esforçar, repito, na descoberta das grandes relações cósmicas. As plantas, por outro lado, não são um "remedinho" qualquer.

Microcosmo-macrocosmo
"Uníssono"

Ouça o microcosmo. Canta baixinho na sua cabeça, no seu coração, no seu sangue, nos seus nervos, nos seus cabelos, nas suas unhas. Faz vibrar o ar expirado pelos seus pulmões.

Ouça o macrocosmo. Canta baixinho na sua cadeira, no seu leito, no seu jardim, no vento, no Sol, na estrela-polar, na Via-láctea.

Para o ouvido atento, é um canto em uníssono, uma vibração em uníssono.

E para terminar, mais algumas recomendações práticas

Não "brinque de médico" eternamente a respeito de uma doença, se os seus tratamentos não surtirem qualquer efeito. Consulte sempre um homeopata, que se mostre aberto aos raciocínios desenvolvidos neste livro.

As ervas medicinais secas podem ser encontradas sempre no comércio de produtos dietéticos. Encontram-se à venda também algumas tinturas. Preste porém muita atenção para que as ervas medicinais que você adquirir não sejam muito velhas (quando as ervas se esfarelam e se esmigalham são geralmente colhidas há muito tempo e sua eficácia é reduzida).

6
AS PLANTAS MEDICINAIS E O CORAÇÃO

Plantas medicinais, homeopatia e alimentação correta como terapia dos distúrbios cardíacos e vasculares

Título original:
HELP UW HART MET KRUIDEN

© Copyright by Uitgeverij Ankh-Hermes bv – Deventer, Holanda.

© Copyright 1983 by Hemus Editora Ltda.
Mediante contrato firmado com o Editor.

*Todos os direitos adquiridos para a língua portuguesa
e reservada a propriedade literária desta publicação.*

Tradução:
Torrieri Guimarães
Ilustrações:
Annebet Stam

Introdução

Escrever hoje alguma coisa de cunho naturalista sobre coração e vasos sangüíneos pode ser tomado, ao menos à primeira vista, no mínimo como uma presunção do autor. Não existe, talvez, assunto mais em evidência nos campos médico, social e comercial. Nosso coração acha-se, obviamente, em estado de alerta, e parece natural que esteja se tornando a preocupação número um no âmbito da chamada "saúde pública". O interesse tornou-se universal. As causas dessa preocupação são múltiplas, amplamente examinadas e discutidas: o cigarro, a ausência de movimento, a alimentação rica e abundante, as tensões psíquicas suportadas pelo indivíduo, etc., são conceitos, por si mesmos, dignos de consideração. Mas, se fossem tomados como base de determinada terapia, não levariam a um resultado satisfatório para cada caso em particular. Ademais, muitas terapias são difíceis de seguir numa sociedade de bem-estar como se tornou hoje a nossa. Toda a Economia (cuja tendência determinante é alcançar o bem-estar) parece ter pontos de partida bem distanciados daqueles que poderiam trazer benefícios à nossa saúde. Por sorte, entretanto, numerosas pessoas começam a se preocupar e a se ocupar com este estado de coisas e esperamos que, a longo prazo, juntando nossas forças, consigamos levar o bem-estar a um nível mais humano que o atual.

Partindo dessas considerações, torna-se particularmente desolador verificarmos quão difícil é, para algumas pessoas, abandonarem atos e hábitos, aceitos em geral como parte do *status* pessoal sem qualquer reflexão sobre a validade de tal valoração.

A TV a cores, as máquinas para tudo, as férias, as viagens, as festas, etc., parecem ter-se tornado um bem comum, aparentemente relaxante, em todas as classes sociais. Por outro lado, o que parecia impossível anos atrás é quase corriqueiro hoje... infartos cardíacos também em todos os estratos da população! Até o jardineiro pode ser fulminado por um infarto, apesar de trabalhar sempre ao ar livre, movimentar-se bastante e sem sofrer grandes tensões particulares! Os médicos expressarão seu espanto... e passarão para outros casos!

Como quer que seja, o complexo problema com o qual nos

defrontamos requer a nossa atenta vigilância e, felizmente, a Medicina, aos casos de doenças cardíacas, vem dedicando uma atenção particular.

Questiona-se, entretanto, se os conhecimentos médico-sociais de hoje são tão abrangentes que permitam tratar o ser humano como um todo, visto que a especialização acaba visando apenas parte dele. Aqui poderíamos fazer um paralelo com um indivíduo que é submetido a uma dieta. Esta poderia exercer uma influência tão negativa a ponto de tornar a terapia mais penosa que o próprio mal. As curas médicas são, em geral, tão opressivas, que o indivíduo, mesmo sabendo das boas intenções com que foram prescritas, acaba por encontrar-se em um estado de tensão do qual não consegue sair.

Certos equipamentos médicos e, não o neguemos, o comportamento de muitos médicos, transmitem ao paciente a sensação de um total abandono e desamparo. O "ego", a "energia solar" do indivíduo, parece não ter mais direito a voto.

Estudando a terapia naturalista, podemos prevenir muitos distúrbios. A terapia naturalista apela, em primeiro lugar, para a nossa formação espiritual, que nos permite individualizar muitas das nossas atuais "desarmonias".

O método terapêutico natural obriga-nos — em termos, pois cada um é livre para escolher — a assumir um outro esquema de vida, composto de valores bem diferentes daqueles que, em nossos dias e nesta sociedade, são considerados como "norma máxima".

Um "completo retorno à natureza" não deverá, necessariamente, ser o único ponto de partida. Ao contrário, deveremos procurar um equilíbrio entre o que a natureza nos oferece e a contribuição que damos à cultura, com base em nossas faculdades intelectuais. O nosso coração saltará de alegria, e voltaremos a assumir nosso papel de "mediadores". A natureza e a cultura não mais se tornarão, sob nenhum pretexto, entidades antagonistas ou inimigas! E veremos delinear-se a imagem descrita no "segundo" relato da criação (Gênesis 2: 6-7): "Não havia nenhum homem para cultivar o solo (cultura). Mas um vapor saía da terra e regava toda a superfície do solo (natureza), e o eterno Deus formou o Homem do pó da Terra, soprou-lhe nas narinas um hálito vital e o Homem se tornou uma alma vivente".

Que cada um aprenda a compreender por si o profundo significado simbólico desse conceito: o homem foi criado ser *vivente*. O nosso coração nos será reconhecido se soubermos viver e agir como tais.

A maior força curativa encerra-se nestas únicas palavras: "ser para viver". No atual consórcio humano, o indivíduo efetivamente se tornou, com muita freqüência, apenas "uma máquina de fazer dinheiro", de onde resulta que a alegria pelo trabalho e pela vida, em muitos casos, fica reduzida a um mínimo (quando existe).

Não sejamos um reflexo da TV e coisas semelhantes, pois ficaremos andando em círculos e cairemos da frigideira nas brasas. Experimentemos acrescentar novamente uma profunda concessão de nossa personalidade, em conjunto com todas as outras criaturas. E as tensões que poderiam dar lugar a doenças cardíacas não mais se manifestarão.

Sejamos e permaneçamos nós mesmos em todas as circunstâncias!

1 O coração e nossa índole

Como já descrevemos no livro *Plantas medicinais contra o "stress"*, o indivíduo em nossos dias é submetido a tensões variadas e não-naturais. Desse modo, sofre não apenas o sistema nervoso, mas também outros órgãos, que devem, com freqüência, servir de "centro receptivo". Será, portanto, ainda, o nosso "complexo motor", com seus canais de carga e descarga, a sofrer as conseqüências. Todavia não podemos dizer que cada indivíduo procura libertar-se de suas tensões e da sobrecarga de atividades sobrecarregando o coração. Na prática, parece que, nesse caso, deve haver uma certa predisposição. Individualizar essa predisposição pode constituir a chave para se prevenirem muitos distúrbios e conseguir-se uma ação reguladora.

A humanidade pode ser subdividida em um certo número de tipos, que apresentam, individualmente, uma grande variedade de características muito específicas. Podemos distinguir, em linhas gerais, quatro tipos principais:

a) colérico;
b) melancólico;
c) sangüíneo; e
d) linfático.

Essa subdivisão se origina no significado dos diferentes humores do corpo, respectivamente: fel, atrabílis, sangue e fleuma (muco). Na Grécia antiga, existia um sistema pelo qual esses tipos eram ligados à antiga doutrina dos elementos, isto é: fogo, terra, ar e água. Não existe, naturalmente, indivíduo que apresente apenas as características de um tipo. A maior parte dos homens pertence ao tipo considerado "misto". Apresenta, por isso, características que se colocam sob diversas rubricas. Com freqüência, porém, podemos verificar que um elemento aparece fortemente dominante.

O tipo *colérico* está estreitamente relacionado ao coração. Trata-se do indivíduo de temperamento impetuoso, que facilmente se inflama, enérgico, cheio de iniciativa. São pessoas que têm coração naturalmente forte, pois a "natureza" dotou este tipo de indivíduo, sempre pronto a fornecer energia, de um sólido "motor". Uma outra notável característica sua é o estímulo constante à ação.

O tipo colérico tem, por natureza, uma pressão sangüínea superior à média, isto é, aquela considerada satisfatória pelos médicos. Também a taxa de colesterol apresenta-se mais alta do que os médicos acham normal. É pena que os médicos, em nossos dias, atribuam pouco ou nenhum valor a essa doutrina dos tipos. Se o fizessem, não mais seriam dados, ao tipo colérico, remédios que baixam a pressão sangüínea e a taxa de colesterol, quando se trata dos chamados "casos-limite". O tipo colérico precisa, com efeito, daquele pouquinho de pressão alta, que se adapta à sua constituição, porquanto é a ela inerente.

Com o mesmo critério, coisa bem diferente se deveria esperar do coração do fleumático. O seu coração é diferente. O fleumático, por natureza, terá uma pressão arterial mais para muito baixa que para muito alta. Parece-nos, pois, pouco sensato fornecer-lhe remédios que fazem subir a pressão, uma vez que isso também seria contrário à índole do indivíduo.

Estudando atentamente o esquema do tipo ao qual pertencemos, será possível determinar os nossos "limites" pessoais. Já que não é boa norma ultrapassar esses limites, conhecê-los subjetivamente funcionará como prevenção.

Toda pessoa que "vive segundo o seu coração" saberá avaliar seriamente o que deve escolher e o que rejeitar.

O esquema de vida e de alimentação não mais representará qualquer perigo, já que o indivíduo não abusará de tendências que operem desarmoniosamente. O indivíduo deve procurar viver em harmonia com a sua própria índole. É, pois, fora de dúvida que a capacidade de um indivíduo possa ser superior à de outros.

O tipo *colérico* deverá, porém, ficar atento para que seu "impulso à ação" não lhe faça mal. O *melancólico* deverá procurar dominar o seu "humor negro", o seu senso de responsabilidade e de dever, reduzindo-os às suas justas proporções.

O *sangüíneo*, falando do lado psíquico, deverá observar sua vida "ativa". A pressa excessiva não deve chegar ao ponto de lhe propiciar uma terrível surpresa; evidentemente, deverá procurar evitar os atritos.

O *linfático* deverá dar-se conta de sua congênita passividade. Não se vale suficientemente de todas as sensações que recebe. A digestão de alimentos, tal como a das sensações psíquicas que recebe, se faz lentamente. É o tipo que "acumula internamente", pondo em perigo o próprio coração, se o organismo não é regularmente depurado.

2 O coração como símbolo

A cura não é obtida apenas mediante remédios (entendidos aqui no sentido de substâncias introduzidas no organismo). Existem processos ulteriores por meio dos quais se pode conseguir a cura de uma doença. Um deles pode ser definido simplesmente pela palavra *fé*. A fé não deve ser interpretada como algo que pertence a um ou outro endereço teológico ou concepção filosófica, mas sim como resultado de um entendimento dos princípios cósmicos. Nesse sentido, a fé que um indivíduo tem é sua força curativa congênita.

Um princípio cósmico determinado pode aparecer-nos sob diversas manifestações. Essas manifestações são a base de nossos *símbolos*. Em nossos símbolos, portanto, esconde-se uma pequena parte da verdade "primordial". Se temos fé na força de um símbolo, *cremos* na verdade que ele mesmo representa. O nosso corpo (portanto também os nossos órgãos) pode ter um significado simbólico. Procura-se então esclarecer uma situação imaterial com a ajuda de algo material.

Parece, pois, que, no significado simbólico de nosso complexo orgânico, afirma-se uma outra verdade, além daquela da função física, visível, mensurável. Em nossa linguagem comum, encontramos muitos significados simbólicos de nossos órgãos. Por exemplo: "*humor* negro"; "dar o passo maior que a *perna*"; "*torcicolo*"; "*cabeçudo*"; "não ter *estômago*"; "falar pelos *cotovelos*", etc.

Já quanto ao nosso coração podemos: "falar com o coração"; "fazer aquilo que o coração nos dita". Há quem esteja com "o coração saindo pela boca" e quem fale "de coração aberto". Algumas pessoas "não têm coração"; outras, ao contrário, "têm um coração de mãe". Alguém pode ter-nos "roubado o coração". Para algumas pessoas, "o coração palpita de alegria no peito". Outras sentem o "coração bater apressado". Às vezes alguém "toma a peito" a empreitada. Já quem sofre de "dor de amor" fará melhor se "abrir o coração" a quem o "tenha roubado".

Muitas são as verdades vitais ocultas sob o simbolismo metafórico do coração. Em todas essas expressões, parece o nosso coração ser análogo ao nosso sentimento, à nossa vida afetiva, o que é apenas parcialmente verdadeiro. Mas não é só isso.

No coração reside o nosso mais profundo "ego", o nosso "eu" essencial. É o receptáculo da nossa verdade pessoal. Assim como não é possível mercadejar com o coração, não se pode fazê-lo igualmente com a verdade.

O erro de nosso tempo é considerar tudo com espírito muito racional. Por isso, freqüentemente nos esquecemos de ouvir a "voz do coração", e não lhe damos a devida atenção. Não é, portanto, de estranhar que o coração, como um ser desconhecido, atraia deliberadamente sobre si a nossa atenção. Isso está inteiramente de acordo com a nossa própria estrutura: ele reclama de fato a atenção sobre si de maneira também desarmônica.

No sentido lato, poder-se-ia falar aqui do princípio homeopático: o semelhante reclama reações semelhantes! Hoje em dia, muitas doenças cardíacas, consideradas sob esse perfil, têm uma causa simbólica! A desarmonia entre o nosso pensamento racional e a "voz do coração" é evidenciada por um confronto com a ação dos metais. Paracelso nos ensinou muitas coisas sobre a analogia entre os órgãos humanos e a ação dos metais. Em tempos mais remotos, o coração era comparado ao *ouro* (o coração – o eu –, a força solar individual). O nosso pensamento causal, racional, parte ativa do nosso cérebro, seria semelhante ao *mercúrio* ("prata viva").

O ouro é um metal inatacável; resiste a todas as ações, exceto à do mercúrio! Em outras palavras, com o pensamento (mercúrio) estamos em condições de criar um modo de viver que, em última análise, poderá ter um efeito deletério sobre nosso coração (ouro). Não devemos, por isso, modificar os fenômenos resultantes do trabalho de nossa mente para combater as enfermidades, assim como o nosso próprio pensamento. Um exame científico e uma dieta responsável não conseguirão, por si, obter qualquer resultado se não queremos mudar o nosso modo de pensar e, conseqüentemente, de agir; a dieta, por melhor escolhida que seja, gerará apenas tensões e frustrações, dando ao indivíduo um sentimento de limitação. Em caso idêntico, um "modo de viver" clinicamente justificado poderá até provocar novos sintomas de doença. A humanidade escolheu a "cabeça" (pensamento) em lugar do *coração* (a mais profunda essência de qualquer um). Os dois devem cooperar, e nenhum pode fazer algo sem o outro.

Não é de estranhar, pois, que muitas das chamadas "alternativas", estabelecidas para alterar alguma coisa na situação atual, apenas raramente consigam ser duradouras!

Na maior parte desses casos o coração está ausente, e tudo é levado a efeito usando-se apenas a "cabeça".

Com freqüência, ambiciona-se apenas pela ambição, e disputa-se apenas por disputar. Discute-se a respeito do mundo como se este fosse um feudo pessoal. Uma concepção dessas não pode operar mudanças verdadeiras, pois se afasta muito dos conceitos essenciais. Felizmente encontramos também pessoas que, em geral, trabalhando em silêncio e ouvindo "a voz do coração", estão empenhadas em ajudar o próximo.

Faça aquilo que o coração aconselha e acompanhe suas ações com um juízo sadio! Coração e circulação lhe serão gratos.

3 O uso das plantas medicinais

As plantas medicinais podem ser usadas de vários modos: usa-se a própria planta; ou infusão preparada com planta dessecada; ou toma-se um certo número de gotas de tintura.

A planta fresca

O uso da planta fresca é, efetivamente, desaconselhável. Na realidade, é um tanto difícil encontrar plantas que não estejam mais ou menos contaminadas por produtos nocivos, tais como gás de combustão, corantes artificiais, pesticidas, água poluída, etc.

Se você estiver absolutamente seguro do que faz, é óbvio que poderá usar plantas frescas, especialmente quando se trata de folhas e flores, de céspedes ou de árvores que não se encontram à beira das estradas e crescem em terreno não contaminado por produtos químicos (por exemplo, folhas e flores de espinheiro-alvar, tília, etc.). A planta fresca será sempre usada em quantidades menores que a ressecada.

Com a planta fresca, você pode preparar um sumo ou uma infusão. A planta fresca presta-se ainda muito bem para ser trabalhada como tintura, de base alcoólica. Como as tinturas de todas as plantas, adequadamente preparadas, podem ser compradas, não parece lógico nos determos aqui no método de preparação.

A infusão

Devemos antes de tudo esclarecer que a vasilha deverá ser de cerâmica (eventualmente também de vidro). Não se servir jamais de uma vasilha de metal, pois o metal pode influir sobre as reações da planta, reações que se evidenciam muito claramente quando se usa uma vasilha de alumínio (jamais use panelas de alumínio na cozinha!).

Na maioria dos casos, tome uma colher da mistura por meio litro de água. Coloque esta dose na vasilha, derrame sobre ela meio litro de água quente e, depois de ter deixado ferver a infusão (de dez a quinze minutos), coe-a. Uma vez eliminados os resíduos das folhas, o líquido poderá ser conservado em local fresco, de manhã à noite, e será suficiente para um dia inteiro.

É aconselhável tomar-se a infusão meia hora ou um quarto de hora antes das refeições.

A tintura de plantas medicinais

A quantidade de gotas prescrita é tomada em pouca água. E, mesmo esta, antes das refeições, a menos que haja outra indicação. Nunca deixe de "experimentar" diversas dosagens. Comece sempre com uma pequena quantidade e observe atentamente a reação. Percebemos com ferqüência que, para cada indivíduo, há uma dose estritamente pessoal, a ser fixada apenas com a prática! Por outro lado, pode-se constatar que aumentar a quantidade nem sempre apressa a cura. Uma gota de tintura por dia pode ter resultado mais eficaz do que quinze gotas, tomadas três vezes ao dia.

O lado mais atraente desse tratamento consiste no fato de que não é preciso seguir cegamente as prescrições, mas, antes, dedicar-se à observação da própria compleição e personalidade. Não devemos nos sentir como um número numa série, mas sim um ser individual. O melhor conselheiro será sempre a nossa própria intuição, juntamente com uma dose de bom senso.

4 Ações terapêuticas e ilustrações de diversas plantas medicinais

Espinheiro-alvar (*Crataegus oxyacantha*)

A impenetrabilidade de uma sebe de espinheiro-alvar é quase proverbial. Nos tempos antigos, plantavam-se sebes de espinheiro-alvar para proteção de lugares sagrados.

O espinheiro-alvar parece ser uma das plantas "eficazes para o coração"; de fato, essa planta age otimamente nos casos de distúrbios cardíacos causados por fortes contrariedades, que, por sua vez, são a consequência dos "espinhos" encontrados no ambiente circundante.

Crataegus oxyacantha

Acontece a mesma coisa com a sebe de espinheiro-alvar: deixamo-nos atrair pelo doce perfume das flores sem levarmos em consideração os espinhos. O espinheiro-alvar afigura-se ao tipo do indivíduo que procura e pede o "doce" (quase sempre o "sentimental") mas que, ao contrário, é continuamente ferido pelos "espinhos" da vida. Trata-se de pessoas que apresentam certa cisão em sua própria natureza. De um lado são "ternos", enquanto, de outro, podem manifestar uma dureza de caráter que não perdoa a ninguém.

Muitos, dentre os indivíduos pertencentes a esse esquema, não conseguem atingir um equilíbrio entre esses dois pólos. Em um caso idêntico, será o espinheiro-alvar a agir como "mediador".

Combinado com a aquiléia e o visco, o espinheiro-alvar baixa a pressão arterial (três partes de espinheiro-alvar, duas partes de aquiléia e uma de visco). Use a tintura em todos os casos de palpitação, dores no peito, e nos casos de pontadas dolorosas na região cardíaca, especialmente causadas por contrariedades. Nos estados agudos: três gotas a cada meia-hora. Para regular a pressão: dez gotas, três vezes ao dia, antes das refeições. O espinheiro-alvar aumenta a eficiência do músculo cardíaco, estimulando a irrigação sangüínea.

Aquiléia (*Achillea millefolium*)

A aquiléia tem a propriedade de não se deixar dominar pelo ambiente. Nos lugares onde nenhuma planta poderia sobreviver, a aquiléia resiste tenazmente. Cresce entre pedras e nas mais exíguas fendas de terreno. Dada à exigüidade do subsolo, onde se enraíza, a quantidade das estruturas que consegue fazer despontar, como por mágica, é simplesmente extraordinária.

Não é sem razão que também é chamada de "mil-folhas".

Essa planta condiz com o tipo de indivíduo que vive em bases precárias. São pessoas que em geral dispõem de apenas um pequeníssimo suporte e, apesar disso, procuram parecer sempre mais importantes, mas não vivem efetivamente segundo as suas possibilidades. Uma tal situação poderá, naturalmente, dar margem a tensões. Na maioria das vezes estas se manifestam com um aumento da pressão arterial (o indivíduo quer se afirmar em campos nos quais não é "senhor e patrão"). Uma "pressão" antinatural sobre o indivíduo provocará também uma pressão anormal no organismo.

A aquiléia atende a todos esses casos, regula e reconduz às condições de normalidade. Não se deve usá-la por muito tempo.

Operar com a tintura ou a planta dessecada. Esta última, especialmente em casos de aumento de pressão, combinada com o visco e

Achillea millefolium

com a bolsa-de-pastor.

Serão suficientes quatro a cinco gotas de tintura por dia.

A aquiléia, nos tempos passados, era conhecida como planta medicinal, usada principalmente nas doenças do intestino, do estômago e da vesícula. Para essa terapia terá contribuído, antes de tudo, uma certa conexão entre todos esses males: o nervosismo.

A aquiléia é usada também na terapia homeopática. O dr. Boericke ressalta a ação particularmente curativa desse remédio em todos os casos de hemorragia. A planta contém uma substância amarga: a aquileína, o que provavelmente explica a razão pela qual foi identificada com o coração, segundo o velho provérbio: "o amargo se faz amado".

Cebola (*Allium cepa*)

A cebola, "alimento dos intelectuais". As pessoas que realizam trabalho intelectual ou que empregam muita energia mental fazem bem em comê-la todos os dias, pois a cebola contém um dos melhores reconstituintes do cérebro: o fósforo.

A cebola exerce leve ação redutora da pressão arterial. A causa deve ser procurada, provavelmente, no fato de a cebola ser, sem dúvida, um dos nossos melhores depuradores. A cebola condiz com o tipo do indivíduo que não encontrou um equilíbrio entre "pólo vital" e "pólo racional". É o indivíduo que faz um trabalho muito

Allium cepa

intelectual (tende a idealizar ações físicas) ou vive muito materialmente (tende a agir de modo muito instintivo). Esses dois pólos estão representados na cebola. De fato, o bulbo e a flor apresentam certa analogia.

No primeiro ano, a cebola se desenvolve em um bulbo subterrâneo, que simboliza o pólo racional. No segundo ano, a "força vital" cresce rapidamente do terreno e se exterioriza na floração (o pólo vital). A planta, comparada ao indivíduo, encontra-se realmente sotoposta. Na flor reside a "reprodução" (pólo vital) e nas raízes, o pólo racional. Essa planta medicinal pode combater as afecções cardíacas que derivam de uma frustração do pólo vital. A tintura de cebola, por outro lado, é um anticatarral muito ativo, sendo então aconselhável combiná-la com o timo.

Alho (*Allium sativum*)

Tudo o que foi dito para a cebola vale para o alho, porém de forma ainda mais marcante. O alho exerce forte ação dilatadora das artérias. Entre os egípcios o alho já era tipo em particular consideração. Segundo Dodonaeus (*Tratado das ervas*, 1574), Galeno falava do alho como "príncipe das medicinas dos camponeses e dos aldeões".

É interessante observar como Dodonaeus, no final da descrição do alho, acrescentou uma anotação sob o título "Impedimentos". Assim escrevia: "O alho é nocivo, seja para os coléricos, seja para todos aqueles que são férvidos por natureza". Assim sendo, segundo a doutrina dos temperamentos o alho não condiz com o tipo colérico. A notória força marcial do alho é tal que se adapta muito melhor ao tipo fleumático, sobre o qual agirá como um "depurativo", consideradas as suas tendências para fazer "engordar". O alho, por isso, não é aconselhável para quem sofre de distúrbios cardíacos produzidos por uma energia muito manifesta. Constitui, entretanto, precioso regulador em todos os casos de energia reprimida, pois o indivíduo se inclina, por natureza, a cair numa ou noutra forma de passividade.

Se o indivíduo não se purifica regularmente de todo o supérfluo absorvido, seja espiritual, seja material, pode dar-se uma forma de "auto-intoxicação", que se manifesta pelo irregular funcionamento do físico e do espírito, e o indivíduo perderá assim o próprio equilíbrio natural.

A ação do alho é fortemente desintoxicante, seja dos intestinos, seja dos vasos sangüíneos. As pessoas que sofrem de esclerosamento

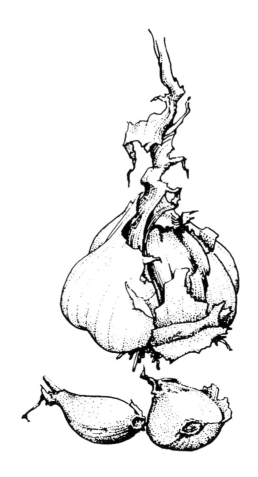

Allium sativum

dos vasos sangüíneos deverão encontrar grande alívio no alho, em particular no que diz respeito ao sistema arterial. O alho é menos necessário ao colérico, porquanto esse tipo de indivíduo dispõe de uma espécie de mecanismo depurador interno. Consegue, assim, queimar tudo rapidamente e apresenta, em geral, uma temperatura corpórea ligeiramente mais elevada que o normal, valendo-se da ação purificadora de uma "febricidade" constante. Não se preocupe, por isso, em combater rápido a febre com qualquer espécie de remédios, visto que, desse modo, estará privando o seu corpo de suas defesas naturais.

Use o alho com leite; será suficiente um dente de alho (não maior que o dedo mínimo do pé) cortado bem fininho; será requintado sobre uma fatia de pão integral, ou mesmo acrescentado à salada mista. Em caso de cefaléia, Dodonaeus aconselha esfregar as têmporas, antes de dormir; aplique também um dente de alho sobre as têmporas.

Bolsa-de-pastor (*Capsella bursa pastoris*)

"Bem-me-quer, mal-me-quer, bem-me-quer, mal-me-quer..." Assim contávamos as nossas possibilidades afetivas com o auxílio das frutinhas em "colherzinha" da bolsa do pastor. Nessa brincadeira se oculta grande parte do segredo da planta. O sim-não, o um ou o outro, enfim o dualismo, são características da ação dessa planta. Ela condiz com o tipo de indivíduo de coração instável, que ainda não atingiu a segurança própria do adulto. O referido tipo, sem ouvir a voz do coração, calcula as suas probabilidades, e deixa-se guiar cegamente pela resposta do "oráculo". Nas circuns-

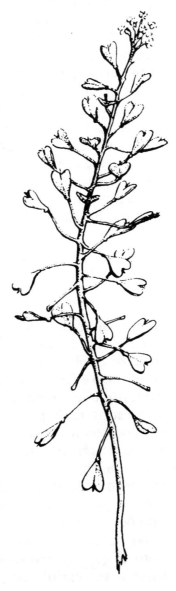

Capsella bursa pastoris

tâncias da vida, parece não estar bastante seguro de si para se empenhar numa conduta e numa linha de ação equilibrada. A função cardíaca, nesse ponto, parece semelhante. Também o coração (o ego) não parece capaz de alcançar um equilíbrio. Como conseqüência, a pressão arterial será, segundo as circunstâncias, muito alta ou muito baixa. Nesses casos, a bolsa-de-pastor será útil, pois contém de fato duas substâncias que influem sobre a pressão arterial.

De um lado, temos a acetilcolina, que baixa a pressão; de outro, a piramina, que, ao contrário, aumenta-a — duas ações reunidas em uma só planta.

Empregue a tintura, segundo o seu caso pessoal, até três vezes ao dia, na medida de dez gotas antes das refeições.

Com a planta dessecada, podem-se preparar também infusões. Em casos de distúrbios cardíacos e vasculares derivados de um esquema psíquico como o descrito acima, uma infusão de quatro partes de bolsa-de-pastor, duas partes de arruda, uma parte de aquiléia e cinco de espinheiro-alvar, tomada diariamente, poderá resolver e harmonizar muitas situações. A combinação dessas plantas reforça o "ego", o "amor-próprio do indivíduo". Conduz à independência do coração e, conseqüentemente, à do próprio "ser", de modo que o indivíduo não deverá mais "registrar" apenas a desconfiança de uma personalidade nervosa, dependente dos outros. A interdependência desaparecerá e o indivíduo chegará a ser *in*-dependente!

Visco (*Viscum album*)

Um mundo de símbolos está encerrado no aspecto dessa magnífica planta medicinal. É um parasita de árvores e não se encontra, portanto, em contato direto com o solo, mediante as raízes. Cresce suspensa sobre a terra, pelo que não é fácil alcançá-la. Se considerarmos atentamente essa imagem, não teremos dificuldade em compará-la com a humana análoga. A estrutura da planta se ajusta perfeitamente ao indivíduo que não pode ou não quer fincar raízes. Diz-se, com freqüência, de uma pessoa do gênero: "É um indivíduo pouco realista, que não vive com os pés no chão".

São essas as pessoas que, tendo encerrado toda a existência em seu mundo estreitamente pessoal, se servem dos outros para tudo o que diz respeito a preocupações terrenas. Não se preocupam com dinheiro, trabalho, problemas da casa, e outros empenhos "materiais". É surpreendente o fato de que tais pessoas sempre encontram alguém disposto a "atrelar-se a seu carro". Se, depois, sobrevêm

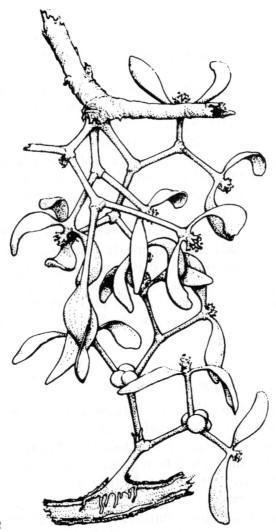

Viscum album

situações pelas quais o indivíduo se vê obrigado a adequar-se à realidade da vida diária, surgirão de repente dificuldades que, na maior parte das vezes, se manifestarão por algum distúrbio cardíaco ou circulatório. O indivíduo não consegue mais, então, "enraizar-se" em um terreno "normal". Seguir um processo vital, válido para a maioria das pessoas, parece quase impossível. Um trabalho estável, uma administração doméstica ordenada e funcional, uma subdivisão regular das atividades, tudo isso não se encaixará nas possibilidades do personagem em questão.

Essa pessoa nasceu com um "esquema" que mostra os sinais de uma vida "parasitária". Esse parasitismo, porém, não deve ser interpretado sempre negativamente. As pessoas que estão, como se costuma dizer, com os pés "plantados na terra" quase nunca têm a possibilidade de avaliar, segundo um critério justo, valores mais elevados, espirituais. Já o indivíduo do tipo visco está em condições de fazê-lo.

Trata-se, em geral, de uma personalidade particularmente intuitiva, que leva a existência de "santo incompreendido", em geral desprezado e ridicularizado pelos outros.

Quando, em um indivíduo, encontram-se sinais do quadro acima descrito, juntamente com um forte e prolongado aumento de pressão sangüínea, um dos melhores remédios aconselhados será o do visco. Em todos os casos de redução na elasticidade das artérias, o uso do visco se mostrará eficaz.

Empregue a tintura, que pode ser encontrada em muitas farmácias e casas especializadas sob o nome de *Viscum album*. Serão suficientes cinco gotas três vezes ao dia. Alguns livros de plantas medicinais falam da ação curativa que o visco exerceria sobre alguns tipos de câncer. O visco é, sem dúvida, uma planta medicinal bastante especial, tida em grande consideração desde o tempo dos druidas.

Cardíaca (*Leonurus cardiaca*)

Se o alho pode aliviar os distúrbios do fleumático, a cardíaca pode exercer uma ação benéfica sobre o tipo sangüíneo, ao qual correspondem, astrologicamente, Gêmeos, Balança e Aquário. (Essa indicação evidentemente é bem geral, já que seria preciso um estudo completo da carta astrológica de cada indivíduo, desde a hora de seu nascimento, para se estabelecer seu tipo e temperamento.)

A cardíaca é útil nos distúrbios do tipo sangüíneo, que, em geral, provêm da excessiva pressa e excessiva superficialidade. Quando esse tipo é bastante exigido, ele geralmente não se mostra capaz; o sangue sobe-lhe à cabeça, causando-lhe uma dor "martelante". Afeta-lhe também a pressão sangüínea, seja a máxima, seja a mínima, e o coração acelera suas batidas. Se não consegue modificar, de algum modo, as circunstâncias, então, na pior das hipóteses, poderá também manifestar-se uma forma de "mal do coração". Esse sofrimento depende geralmente das contrações cardíacas, de tal modo fortes que afetam até os músculos intercostais. Trata-se de uma dor comparável à intercostal, que pode ter conseqüências emotivas tais que ocasionem, por sua vez, as "palpitações" (medo).

A razão de tudo isso é um modo de viver em desacordo com o próprio esquema.

A cardíaca age como regulador em caso de palpitações e sofri-

Leonurus cardiaca

mentos cardíacos de origem nervosa, derivados do esquema supradito. Empregue a tintura nos casos graves, na medida de cinco gotas a cada quinze minutos (não além de uma hora, uma hora e meia). Para a regularização, poderão ser tomadas de dez a quinze gotas, três ou quatro vezes ao dia. Preocupe-se, antes de tudo, com as causas!

A cardíaca, dessecada, poderá ser tomada como infusão, combinada com espinheiro-alvar, um pouco de arruda, um pouco de aquiléia e de bolsa-de-pastor. Uma xícara pequena, três vezes ao dia antes das refeições.

Arnica (*Arnica montana*)

A arnica deve constar em destaque na lista das plantas medicinais para o sistema nervoso. Será, portanto, oportuno tratar a arnica, nestas páginas, considerando que muitas cardiopatias são causadas por distúrbios nervosos.

A arnica é uma planta estimulante que infunde muita coragem. Condiz com o indivíduo que sofreu uma "queda" (seja física, seja espiritual), perdeu o ânimo e não tem mais forças para enfrentar a situação; que está desencorajado, olhando o vácuo diante de si e não consegue tomar iniciativas para fugir disso. Não sente mais

Arnica montana

"a voz do seu coração". Perdeu de vista o contato com a própria identidade e está em perigo de perder o seu "ego" (coração).

Se tal situação se prolonga muito, a ação física do coração se enfraquece por analogia. O coração negligencia suas funções e parece querer isolar-se do resto do corpo. Esse estado de coisas pode derivar para formas particulares de constrições vasculares, que impedirão o sangue de alimentar suficientemente o músculo cardíaco.

Use a tintura de arnica nesses casos. Se se trata da "tintura primitiva", tome, no máximo, uma ou duas gotas por dia. Melhor servir-se da arnica homeopática, como a arnica D30. Tome, uma ou duas vezes por semana, de cinco a sete gotas.

Junípero (*Juniperus communis*)

No bosque de juníperos (ou zimbros), em noite de Lua cheia, aparecem os espíritos. É um ditado muito antigo, que encontramos em muitos contos populares. Sobre o aparecimento de espíritos, nada podemos afirmar, mas é fato que, passeando à noite nos bosques, onde abundam os juníperos, sentimos o coração apertar-se com um pouco de medo. É uma coisa "emocionante". O indivíduo de estrutura mental dirigida para o relativismo e o racionalismo certamente sorrirá dessa afirmação. Já um outro, ao contrário, mais cosmicamente "endereçado", poderá conseguir, nas sensações descritas, descobrir algo dos mistérios ocultos da ação curativa do junípero. Contudo, realmente, nos passeios noturnos, quando da Lua cheia, o medo nos aperta de súbito o coração. O significado dessa estranha sensação é característico. Quando temos medo, o coração se contrai; as funções são freadas e, por fim, detidas. Tendemos a apertar tudo o que tivermos nas mãos nesse momento para "agarrarnos a qualquer coisa".

O coração, fisicamente, pode funcionar tão mal (contrações) que podem surgir fenômenos da chamada hidropisia. Os rins não eliminam mais a água e no organismo se forma um acúmulo de líquidos. Nos casos de "hidropisia cardíaca", o junípero pode dar alívio. Ele age não só nos casos de retenção de líquidos, mas também no caso de "asma cardíaca", porque retira o muco e purifica o corpo.

A razão primeira para o impulso de reter os excretos (água e muco) deriva de um único conceito: o medo. O coração está angustiado, contraído e tomado pelo temor.

Nas afecções cardíacas do gênero, e conseqüentes fenômenos (especialmente a hidropisia), empregam-se as bagas de junípero

Juniperus communis

bienais, quer dizer, aquelas de maturação completa.

Tome o junípero sob forma de infusão unida ao cardo (*Ononis spinosa*), à camomila e à agrimônia. Esta última estimula a ação do fígado, pelo que indiretamente se poderá obter, na maioria das vezes, melhor função cardíaca.

Acima de tudo, procure você mesmo as bagas maduras do junípero. Um passeio em um bosque de juníperos não apenas fará bem, mas poderá se constituir num verdadeiro renascimento!

Valeriana (*Valeriana officinalis*)

Já tratamos a descrição da valeriana em um outro volume — *Plantas medicinais contra o "stress".*

Em relação a quanto ficou escrito, devemos ainda acrescentar os grandes benefícios que pode trazer-nos a valeriana nos casos de palpitações cardíacas de origem nervosa. Situações de tensão e de ansiedade, frutos, em geral, de uma vida social muito intensa, são um verdadeiro e real atentado ao nosso coração. Com nossos discursos, podemos enganar a nós mesmos, mas não nos iludamos quanto aos efeitos sobre o coração.

A valeriana exerce especialmente uma ação reguladora sobre a nossa mente. Acalma, sem provocar fenômenos colaterais desarmônicos, como tontura e sonolência. Como o nosso pensamento fica regularizado, não poderá mais exercer influência negativa sobre o coração. A valeriana favorece o equilíbrio entre o pensamento e o coração. (Veja o Capítulo 2.)

Qualquer um pode empregar a valeriana. Segundo o próprio critério, mas não além de quatro ou cinco vezes por dia, e não mais de quinze a vinte gotas de tintura por vez. Às vezes, o demasiado faz mal!

Inicie, pois, a terapia atendo-se a uma dosagem baixa e experimente atingir, gradativamente e com atenção, a dose correta. Não use a valeriana por períodos longos seguidos!

Valeriana officinalis

Arruda (*Ruta graveolens*)

Todas as flores de arruda têm quatro pétalas, exceto a flor do pedúnculo central, que tem cinco. Aparecem, portanto, duas formas distintas em uma só planta. Podemos também dizer que a arruda guarda dois segredos: na mesma planta, estão presentes o número 4 e o número 5. Já desde os tempos mais remotos que se atribui a esses números um valor particular. Quatro, esotericamente, é o número da *substância* (matéria) e cinco o número do *espírito*. No caso da arruda, encontramos, por isso, a matéria e o espírito reunidos em um único ser. Como dissemos antes, a flor de cinco pétalas constitui o eixo de sustentação e está no centro de todas as outras agrupadas em torno. Essa forma da planta é totalmente análoga à situação na qual tantas pessoas acabam se encontrando: a situação na qual a matéria, dificilmente plasmável, se impõe ao espírito. O indivíduo, efetivamente, é sobrecarregado por situações sociais de ordem material, nas quais o espírito parece "retrair-se".

Ruta graveolens

Essa planta condiz com as pessoas que socialmente são *obrigadas a agir*, mas espiritualmente *não estão em condições*. Há então uma desarmonia entre matéria e espírito, que se exprime em mal-estares físicos e depressões psíquicas. Fisicamente podem sobrevir palpitações, eczemas, distúrbios do fígado e da bile. Psiquicamente, surgirão outros tantos estados de ansiedade. O indivíduo ainda não está preparado para submeter a matéria (4) ao espírito (5). Nos casos supradescritos use a arruda eventualmente combinada com a valeriana. Cinco gotas por dia serão suficientes.

O indivíduo terá a sensação de dominar novamente as circunstâncias. Não usar o fármaco durante muito tempo. Considere-o, antes, como pequena ajuda para transpor um umbral. Experimente especialmente avaliar por si a sua situação, de modo a atingir um equilíbrio entre vontade, matéria, pensamento e vida espiritual.

Dê-se conta, sobretudo, de que a imagem viva de seu problema "cresce" também na natureza. Esse é um pensamento relaxante, que lhe servirá de apoio.

Cavalinha (*Equisetum arvense*)

A cavalinha, ou rabo-de-cavalo, faz parte da antiqüíssima família de plantas. Na Grécia, já era chamada Hippuris, que quer dizer "cauda de cavalo". A planta tem um conteúdo especialmente alto de

Equisetum arvense

ácido salicílico, que, em algumas espécies, pode chegar a 60%. A planta é formada por diversas articulações, mais ou menos separadas.

A cavalinha exerce uma ação especialmente diurética (eliminação de líquidos). Como o juníparo, essa planta se mostra benéfica nos casos de hidropatia cardíaca. A cavalinha ajusta-se ao temperamento colérico.

Nos tempos antigos, era já conhecida por sua fortíssima ação hemostática.

Septo de noz (*Juglans regia*)

"O amargo se faz amado." Há um fundo de verdade neste velho provérbio, e os septos das nozes frescas devem ter uma ação muito salutar sobre nosso coração, pois são amaríssimos.

Segundo a doutrina da semiose (entre outros, praticada e também redigida por Paracelso), a forma da noz indica a do cérebro. A estrutura dos septos deverá, segundo essa doutrina, recordar o coração, isto é, as paredes que dividem as diferentes cavidades de que é formado. No "septo" entre aurículas e ventrículos do coração, encontra-se o chamado glânglio atrioventricular do coração. Em palavras simples, esse centro "elétrico" regula os estímulos para as diversas contrações cardíacas. Pode ser comparado a um magneto que, num sistema elétrico, gera os necessários impulsos elétricos para que cheguem ao ponto determinado no momento certo. Às vezes alguma coisa não vai bem nesse "centro elétrico" cardíaco; estamos nos referindo à *arritmia*, que são batimentos irregulares, chamados *extra-sístoles*. Nesse caso específico, demonstrou-se que um ótimo remédio é mastigar septos de nozes (frescas).

Como a noz fresca é um produto apenas obtenível em certas épocas, pode-se recorrer à tintura, extraída de septos frescos. Desta ainda não se conhece inteiramente a ação, e a terapia correspondente está ainda em fase de experimentação.

A preparação da tintura deverá, portanto, ser executada individualmente, dado que ainda não se acha no comércio. Toma-se um punhado de septos de noz, para meio litro de álcool etílico a 40° (por exemplo, aguardente); derrama-se tudo num recipiente polido, de tampa hermética (o antigo vaso de esterilização), e deixa-se ficar por duas ou três semanas. Filtra-se e derrama-se a tintura assim obtida num frasco de tampa hermética. A dose aconselhável vai de dez a quinze gotas, três vezes ao dia.

Em caso de forte arritmia, tomar cinco gotas a cada dez minutos, eventualmente alternadas com tintura de anserina.

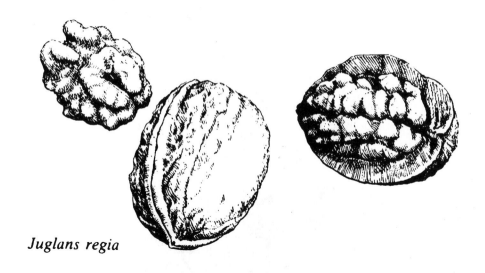

Juglans regia

Dente-de-leão (*Taraxacum officinale*)

Muitas doenças (sintomas) têm origem em um mau funcionamento do aparelho digestivo, o que, por sua vez, pode ser causado pelos maus hábitos alimentares.

O dr. Bircher Benner, há muitos anos, publicou um livro intitulado *O nosso alimento como causa de doenças*. É claro que esse livro está fora de circulação.

Muitas enfermidades vasculares dependem de contaminações: os resíduos não são eliminados a tempo do corpo e fixam-se em diferentes pontos.

No campo psíquico, assistimos a um fenômeno análogo. Trata-se do indivíduo que não purifica o próprio pensamento nem o próprio espírito, chegando assim a um modo de pensar "poluído" com todas as suas conseqüências.

Quando na primavera, despertando de nosso sono hibernal, preparando-nos para nos depurarmos, para iniciar, assim purificados, o novo ano (cósmico), vemos os dentes-de-leão floridos em grande quantidade à nossa volta.

O dente-de-leão faz parte das plantas amargas (coração) e é um dos elementos mais indicados para uma cura depurativa primaveril. Estimula as funções das glândulas e liberta o sistema vascular das impurezas. Por outro lado, o dente-de-leão contém colina, que dilata os vasos sangüíneos. Conseqüentemente, a pressão arterial é influenciada favoravelmente por essa substância em todos os casos de hipertensão.

A ação benéfica do dente-de-leão se exerce em todo o organismo (o colérico deverá usá-la com moderação).

Taraxacum officinale

Aspérula (*Asperula odorata*)

Muitos distúrbios cardíacos são sintomas de disfunções que ocorrem em outras partes do corpo. Podem resultar, por exemplo, de um mau funcionamento do metabolismo. Deficiências hepáticas e biliares causam, com freqüência, uma sensação de "inchaço", que pode ser acompanhada de opressão no peito e palpitações.

A aspérula é uma verdadeira "planta para mulheres"; condiz com o tipo com metabolismo lento e tendência à retenção de muitos ácidos e impurezas no próprio organismo. Na maioria das vezes, esse tipo de pessoa sofre um número tão grande de influxos circunstanciais, que quase não é possível falar-se de uma absorção harmônica. A pessoa é muito agitada e inquieta: logo, a digestão e o metabolismo reagem analogamente.

Quando os "acúmulos" se tornam excessivos, o coração "reclama" e, uma vez mais, nos diz "a verdade".

Para um metabolismo irregular, que vai a par com estados espasmódicos, deve-se tomar todo dia algumas xícaras pequenas de infusão de aspérula. A planta deve ser colhida antes da floração.

Pode-se tomar também uma infusão mista, acrescentando agrimônia, espinheiro-alvar e uma pequena quantidade de aquiléia.

A aspérula apresenta uma característica digna de nota, que poderá servir de indicação a respeito de sua utilização e o correspondente tipo de indivíduo. Para colher um raminho de aspérula, devemos proceder com muita atenção, a fim de não prejudicar os outros raminhos. A planta, à primeira vista, parece dúctil, elástica. Um exame mais atento nos mostrará que não está privada de uma certa obstinação. O raminho, quando forçado para um lado, não volta rápido à posição primitiva. Muitas plantas, ao contrário, quando dobradas, "retornam" depressa ou se partem.

A reação da planta às influências externas é análoga ao tipo de indivíduo correspondente. Este último, de fato, é mais resistente que flexível. É o indivíduo que se sente "fora de linha" em relação

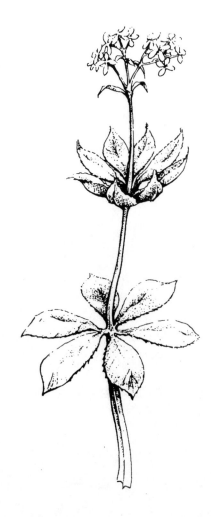

Asperula odorata

a circunstâncias particulares, mesmo não sendo vencido por elas. Trata-se, quando muito, de um desvio temporário do curso dos eventos, pois logo se colocará em ordem para reprovar seu velho esquema. O fato de ter estado "fora da linha" poderá ter temporárias repercussões físicas, como aquelas descritas acima.

Observe você mesmo o comportamento dessa planta sob a influência de um agente externo. Descubra se o seu esquema é encontrável na natureza! Advertência: a aspérula contém um forte percentual de cumarina. É preciso servir-se com parcimônia da planta dessecada (uma porção apenas entre polegar e indicador). Uma quantidade superior poderá provocar violentas dores de cabeça.

Empregue-a, eventualmente, sob controle de um médico ou de um perito em plantas medicinais.

5 Nosso coração e nossa alimentação cotidiana

Admitamos que nossa alimentação diária deva ser composta de elementos equilibrados e saudáveis. Ninguém pode se permitir descuitos nos próprios hábitos alimentares, pois isso lhe será irremediavelmente cobrado.

A uma "manutenção" mais cuidada, seguir-se-á melhor funcionamento do nosso organismo. No mundo agitado em que vivemos, formou-se, de longa data, uma grande confusão relativamente aos produtos alimentícios disponíveis. Em muitos casos, devemos começar a nos questionar se um dado artigo ainda pode ser considerado um alimento autêntico.

A nossa capacidade de conservar os alimentos está de tal modo desenvolvida que, para as pessoas que amam sua comodidade e sua tranqüilidade (pessoas, em geral, destituídas de imaginação), a tentação de poder adquirir a maioria dos produtos alimentícios já prontos para o consumo cresce cada vez mais. Ora, por que, por exemplo, descascar cebolas para fazer uma sopa, se estão à venda pacotes e latinhas? Se podemos economizar as lágrimas e outras amolações, para que procurar aborrecimentos?

Porém esquecemo-nos com freqüência de que, submetendo-nos a essa negatividade, acabaremos por nos encontrar em uma situação alimentar que pode constituir uma ameaça direta ao nosso físico e ao nosso espírito.

Os pontos de partida para nortear nossos hábitos alimentares deverão encerrar-se em duas palavras: fresco e natural. A cebola, cortada por nós mesmos, não terá somente uma eficácia "interna", mas o nosso "choro" durante o trabalho nos preservará, talvez, de um formidável resfriado, visto que, por meio da secreção lacrimal, realizamos também, sem o querer, uma depuração (*emunctoria Paracelses*).

Devemos, pois, começar a tomar "contato" novamente com o nosso alimento. O homem ou a mulher na cozinha significa a presença de uma pessoa atenta a uma das finalidades mais importantes da nossa atividade diária: a preparação dos alimentos.

Desse ponto de vista, é incompreensível, por exemplo, que existam mulheres para as quais preparar um jantar signifique precipitar-se para a cozinha um quarto de hora ou, no máximo, meia hora antes, apenas porque, bem ou mal, é preciso pôr qualquer coisa na mesa.

Se perdemos também, em parte, a capacidade de escolher os melhores produtos, deveremos outra vez procurar um modo de nos orientarmos. Atualmente, encontra-se à disposição uma quantidade enorme de literatura sobre alimentação naturalista, macrobiótica, vegetariana, etc., que muito nos ajudará em nossa dieta diária.

A nossa alimentação, além da função geral, pode ser importante para sustentar um processo inicial de restabelecimento. Em tal caso, formaremos um juízo sobre as substâncias especiais presentes no alimento e sobre a específica influência que exercem sobre um ou outro órgão. Devemos, por isso, adequar o nosso esquema nutritivo à terapia correspondente. A palavra dieta seria aplicável nesse sentido se esse vocábulo não soasse um tanto "constritivo". Uma pessoa sob dieta está barrada em sua liberdade pessoal. Para alguns, a imposição se torna tão frustrante que o remédio acaba sendo pior que a doença.

Se adequarmos o nosso esquema nutritivo a uma função física específica, em lugar da sensação de "estar sob dieta", viveremos na harmonia e no equilíbrio, pois os nossos alimentos estarão de acordo com a situação física do momento. Essa sensação, porém, poderemos adquiri-la apenas mediante o conhecimento do nosso esquema pessoal. Estaremos então convencidos de que a ação de determinados alimentos se desenvolve harmonicamente em nós e teremos, por outro lado, a sensação de atender a nós mesmos criativamente, seguindo um esquema alimentar renovado e pessoal.

No que diz respeito ao coração, devemos ter em vista alguns aspectos do referido esquema. Antes de tudo, comer moderadamente e apenas alimentos leves e facilmente digeríveis. Não seriam, talvez, muitas doenças cardíacas causadas por um excesso de impressões psíquicas (quase sempre desarmônicas)? Se a elas acrescentarmos as "impressões materiais", isto é, o alimento ingerido, é óbvio que este não deverá ser "muito pesado" para evitar o risco de um agravamento do mal.

Em segundo lugar, o coração terá o alívio de uma boa digestão e conseqüente troca de energia, que necessitará, evidentemente, de uma *ação hepática* ótima. As verduras amargas, como a chicória e a chicória-belga, são particularmente eficazes para tal finalidade.

Devemos compreender também que da pureza do sangue depende a "tranqüilidade" necessária ao coração para executar a sua função. Um excesso de gorduras e de albuminas causará forte "poluição" no sangue. Muitas gorduras aumentarão além do normal a taxa de colesterol; muita albumina, especialmente animal, favorecerá o acúmulo de ácido úrico.

Se conseguirmos obter um esquema de alimentação normal (isto é, completamente natural e equilibrado), não precisaremos temer incidentes desse tipo. Mas quem consegue, nesses tempos, alimentar-se de maneira assim natural, para evitar os referidos perigos?

Quem quiser alimentar-se de modo verdadeiramente natural e harmônico, preservando assim o próprio coração, poderá partir das seguintes indicações:

1. Coma sempre verduras frescas, em boa parte consumidas cruas.

2. Não procure os hidratos de carbono no açúcar ou nas féculas desnaturadas, mas use, de preferência, produtos de grão integral, algumas batatas cozidas com casca e, com moderação, feijões escuros e grãos-de-bico cinzentos.

3. As frutas devem fazer parte de sua alimentação diária; e jamais se esqueça da maçã.

4. Não use gorduras animais. Sirva-se, antes, diariamente, de duas colherinhas de óleo de sementes de girassol para temperar sua salada crua. Você pode fazer molhos "densos e ricos"; a saborosa "polpetta" (almôndega), regada de molho, tem uma origem mais psicológica do que pareceria à primeira vista. A massa que a compõe é tão "obscura" (a verdadeira identidade dos diferentes componentes é ocultada) quanto a qualidade psíquica de muita gente. Criou-se efetivamente um reflexo de predisposição espiritual no alimento, que se acha no prato.

5. Evite os produtos afrodisíacos. Todos exercem uma ação nefasta sobre o seu coração, bem como fumo, álcool e doces.

6. Experimente compensar a sua necessidade de albumina com albumina vegetal, como legumes (com moderação), soja, nozes e germes de trigo. Na quota de albumina, é mais importante a regularidade que a quantidade. Não absorva, portanto, doses muito elevadas, pois poderão apenas favorecer a acidez no sangue.

7. Para os líquidos, prepare você mesmo sucos de fruta ou de verdura. Um bom sucedâneo do café não pode fazer mal (o antigo café de chicória, ou o café de fruta-de-vogel). Pode-se tomar também o leite (sempre com moderação). Abstenha-se de modo absoluto de tomar café, pois, caso contrário, estará cometendo um verdadeiro atentado contra seu coração. O café provoca excesso de ácido úrico!

Coma somente quanto tiver fome (que é diferente de "ter vontade") e coma consciente do que está fazendo. Seja grato ao quanto lhe dá a natureza e desfrute-o.

6 Alguns remédios da terapia homeopática

Em homeopatia, usam-se diluições (chamadas potências) de sumos de plantas e minerais. Mediante a diluição, liberam-se forças particulares de planta que podem produzir um efeito curativo.

As potências são indicadas com D, isto é, a diluição decimal. D4 significa então 1:10000. As potências baixas como D1, D2, D4, D6 e D12 agem melhor em casos de fenômenos agudos. As potências mais altas são eficazes, especialmente nos casos crônicos e, em geral, exercem também profunda influência sobre o espírito humano. As potências altas agem profundamente em toda a estrutura do indivíduo. As potências baixas devem, às vezes, ser tomadas, com freqüência, até a cada quinze minutos. As altas, como D30, uma ou duas vezes por semana ou até menos. No emprego de D200, uma só dose é em geral suficiente.

Os resultados não dependem apenas da escolha do remédio adequado, mas são condicionadas à escolha da potência correta. Para se chegar à determinação da potência exata, é preciso ter-se uma certa visão do quadro clínico e dos diferentes aspectos da constituição humana. Esses conhecimentos têm um enorme significado em homeopatia. As pessoas extremamente sensíveis reagem moderadamente às potências baixas ou não reagem. Se, ao contrário, em tais pessoas se manifestarem sintomas de um estágio agudo, deve-se utilizar uma potência relativamente maior que aquela adaptada ao indivíduo de índole mais material.

A respeito do uso dos produtos homeopáticos, você pode ler também o meu livro *Plantas medicinais contra o stress*, publicado nesta mesma coleção.

No uso dos remédios indicados a seguir, é necessário ter-se em conta que, todo aquele que é específico, deve ser empregado com muito critério, se possível sob assistência de um médico homeopata, ou mesmo alopata, desde que possa trazer uma contribuição ao conhecimento da terapia naturalística.

Discuta com o seu médico, e procure convencê-lo de que você não quer usar "charlatanice", mas apenas servir-se daquelas forças naturais que, em certa época, foram consideradas importantes na prática médica oficial.

Seguem-se alguns remédios homeopáticos que têm ação específica sobre o coração.

Aurum (*ouro*)

Em geral consideramos o ouro como sinônimo de dinheiro e, em nosso linguajar diário, temos alguns ditados que nos indicam algo sobre esse significado (dinheiro): "É obcecado pelo dinheiro", ou, então, "O dinheiro não traz a felicidade". Nos dois casos, há uma relação entre o ouro (dinheiro) e uma "situação de caráter", isto é, obcecado e infeliz.

Após pesquisas químicas, concluiu-se que um objeto de ouro puro em contato com nosso físico determinará uma forte reação em nosso estado de ânimo. Surgirá uma sensação de profundo abatimento. Não nos sentiremos, de fato, felizes; antes, "veremos tudo negro". Em alguns indivíduos, a depressão será tão forte a ponto mesmo de fazer surgir tendências suicidas.

O ouro, aparentemente, exerce uma enérgica ação sobre o coração: causa palpitação e um sentimento de aperto no peito, acompanhado de profunda angústia. As pulsações tornam-se visíveis no pescoço e nas têmporas.

O ouro a D6 e a D30 pode servir de alívio nos distúrbios e nas disfunções cardíacas, cuja sintomatologia é análoga ao esquema supradescrito.

O ouro, de fato, não traz a felicidade, mas, tomado com critério (na potência exata), pode tornar-se um poderoso remédio.

Procure jamais se deixar "obcecar" pelo dinheiro.

Zincum valerianicum (*zinco, combinado com valeriana*)

Esse remédio é indicado nos fenômenos de palpitação, quando provocadas por muitas impressões enervantes.

O efeito produzido pela valeriana já foi descrito no capítulo 4.

A ação e a própria natureza do zinco exigem ulterior e mais aprofundado exame. Se dividirmos os metais segundo os planetas, veremos que o zinco está relacionado ao planeta Urano (tal como o ouro está ao Sol, a prata à Lua, o cobre a Vênus, o ferro a Marte e o estanho a Saturno). Segundo a antiga tradição astrológica, a cada planeta corresponde uma esfera de atividade no organismo humano.

Os distúrbios urânicos referem-se geralmente às arritmias. (Urano domina de fato o retorno, a passagem de uma fase para outra.) Um "alternar-se de fase" arrítmico pode resultar bastante enervante para muitas pessoas que não conseguem elaborar ordenadamente as impressões originadas do "sofrer as diversas fases". Esse equilíbrio pode dar margem a tensões que, se favorecidas pelas próprias tendências do indivíduo, degeneram em distúrbios físicos, como, por exemplo, as palpitações. Estas serão provocadas por uma arritmia do centro coordenador dos estímulos, que deve fornecer ao coração, no momento certo, um impulso elétrico adequado. O zinco, que pertence a Urano, em casos de fenômenos desse gênero, influi positivamente sobre os distúrbios funcionais.

Use o *zincum valerianicum* a D4 nos casos de mal-estares imprevistos (isto é, a ação de Urano).

Quando, por motivos circunstanciais, o indivíduo acha-se continuamente em confronto com uma situação difícil, causada pelo quadro supradescrito (pelo qual quase sempre é o próprio responsável!), tomará o remédio a D30, cinco drágeas, uma ou duas vezes por semana.

O *zincum valerianicum* pode ser tomado, ainda, alternado com a argentina (*potentilla anserina*). A dose será de duas a três gotas diárias, de estômago vazio.

Espigélia

Este remédio age em todos os casos de palpitações de tal modo fortes que chegam a ser notadas por sobre as vestes. O pulso bate velocíssimo e irregular. As dores na região cardíaca são violentas.

Características desse estado são as dores iniciais da crise, que se tornam mais agudas ao amanhecer, diminuindo ao pôr-do-sol. Fica impossível dormir ou apenas deitar sobre o flanco esquerdo, e a situação acaba por se tornar desesperadora.

A espigélia é um dos melhores remédios homeopáticos para o coração. Use de D6 a D30.

Viscum album (*visco*)

Já tratamos, em outras plantas medicinais, do visco, que é empregado também nos produtos homeopáticos.

É muito eficaz nos casos de hipertensão, por atribuir-se a distúrbios de nossa vida psíquica (veja também o Capítulo 4).

As moléstias curáveis com o visco são caracterizadas por uma dor que aumenta à noite e melhora sensivelmente de dia, especialmente "fora, ao ar livre" (admitindo-se que o indivíduo tenha a possibilidade de viver assim!).

O visco, além do mais, é usado em D6 e D12. Nos casos de cronicidade da hipertensão supradescrita, empregado à D200, uma ou duas vezes, parece fazer milagres. Ler, sobretudo, o que foi escrito a propósito no Capítulo 4.

Arnica montana (*arnica*)

Já tratamos desse medicamento nas outras plantas medicinais.

Em homeopatia é usado quase sempre a D6 e a D12. Serve nos casos de aumento de pressão acompanhado de avermelhamento do rosto, e quando a constituição da pessoa indica uma certa predisposição à apoplexia (hemorragia cerebral). A congestão cerebral constitui um dos fenômenos característicos e o movimento sempre agrava a situação.

Hamamelis (*amamelide*)

Semelhante à arnica que age sobre os capilares, a *hamamelis* exerce ação sobre as veias. É, portanto, um dos melhores medicamentos para combater as hemorróidas. Use-a externamente (pomada de *hamamelis*). Em caso de hemorróidas sangüinolentas, poderá ser usada internamente D3 e D4. Embora um tanto estranho ao assunto, é preciso acrescentar que a *hamamelis* é ótimo remédio nas inflamações dos testículos e no aumento de potência dos espermatozóides.

Natrium muriaticum (*D30-D200*)

Esse remédio é o correspondente homeopático do "septo da noz" (veja na página 38). É eficaz, como o zinco, em todas as "mudanças de fase" que poderiam provocar distúrbios no centro regulador dos estímulos.

O *natrium muriaticum* pertence aos chamados sais bioquímicos. Segundo a teoria do dr. Schüssler, esse sal é semelhante ao sinal astrológico de Aquário, regido por Urano.(veja *zincum valerianicum*).

Tomando o esquema Urano como ponto de partida (ritmo e mudança de fase) vejamos diversos remédios semelhantes entre si:

No mundo vegetal	*potentilla anserina*
	septo da noz
Na bioquímica	*natrium muriaticum*
Na homeopatia	*zincum valerianicum*
No mundo dos metais	zinco
No mundo das pedras	turquesa

Essas analogias evidenciam diversas manifestações do mesmo esquema primitivo (leia a respeito dos arquétipos de Jung). O *natrium muriaticum* adapta-se, portanto, ao esquema Urano. As circunstâncias colocam à prova esse esquema, como acontece nas situações mutáveis (as mutações de fase são, em geral, quase repentinas). A reação no *espírito* é enervante. No físico, esse esquema produz distúrbios funcionais, conseqüentes dos ritmos irregulares (entre outros, palpitações).

Certamente o limitado espaço desse pequeno volume não nos permite aprofundar os vários aspectos dos diversos esquemas. Valeria a pena procurá-los por si — e o resultado não poderá faltar — para que seja adotado o exercício dos *conceitos análogos* (o que significa começar a distinguir as analogias existentes entre as várias formas aparentes).

Existem diversos outros remédios homeopáticos que, todavia, exigindo adequados conhecimentos da matéria, não devem ser usados "por conta própria" para combater os distúrbios cardíacos. As terapias naturalistas devem, sempre, ser acompanhadas por um médico, que precisa conhecer toda a sua história, pois é nela que o médico homeopata irá encontrar os "sintomas condutores" determinantes para uma terapia adequada. Para ajudar o médico, faça um rascunho preliminar para, no instante da consulta, não se esquecer de coisas importantes, limitando-se a insistir sobre um sintoma particular!

7 Pequeno vade-mécum e conclusão

Neste capítulo, não pretendemos apresentar um breviário com suas correspondentes receitas "adaptadas". Resumir tudo a uma relação sob o título "doença-remédio" seria contrário ao espírito deste pequeno volume, pois o resultado desejado, sem dúvida, quase sempre falharia.

Um fato importante deve ser levado em conta sempre: é preciso conhecer as causas da doença, pois o segredo da verdadeira cura está em conhecê-las e eliminá-las. Esse proceder permitirá, isolada a causa, empregar o medicamento correto para um determinado sintoma.

A seguir, a par da denominação das enfermidades, dos distúrbios e dos sintomas, você encontrará um certo número de plantas medicinais que devem ser levadas em consideração no caso específico. Estude com atenção o esquema da planta, isto é, a sua essência, e experimente compará-lo com o de seu distúrbio. Se existe uma analogia, escolha um remédio que combata as causas do próprio distúrbio.

Arterioscleroses	Alho, visco, pinheiro-alvar, cavalinha e aquiléia
Hemorróidas	Pomada de Hamamelis (uso externo)
"Idem", sangüinolentas	Tintura de Hamamelis (uso interno, até D6 e D12).
Pressão arterial muito alta	Cebola, bolsa-de-pastor, visco, aquiléia melissa, valeriana, arruda, verônica
Pressão arterial muito baixa	Cebola, bolsa-de-pastor, rosmaninho, hipérico, centáurea
Hemorragias	Bolsa-de-pastor e tormentilha têm grande poder hemostático
Palpitação (nervosismo, distúrbios psíquicos)	Valeriana, noz (septo), *natrium muriaticum, zincum valerianicum*, espinheiro-alvar, potentilha anserina

Palpitação (alterações do metabolismo)	Aspérula, dente-de-leão, junípero, agrimônia
Espasmos cardíacos (sensações de aperto no peito)	Cratebus, anserina, *cactus* D4, espigélia D6
Pontadas cardíacas (podem ser também dores intercostais!)	Espigélia D4-D12
Adiposidade cardíaca	*Aurum*, alho
Hidropericardite	Junípero, cavalinha, dente-de-leão, cardíaca (eventualmente unida a solidago e onônide)
Debilidade cardíaca	Espinheiro-alvar, arnica, hipérico, aquiléia, arruda
Constrição vascular	*Viscum album*, arnica, hipérico

Em todas as circunstâncias, procure sempre conhecer a causa (origem). Toda doença é a manifestação de um esquema sobre um plano (nível), isto é, o corpo. Se conseguirmos ler através do esquema, descobriremos que ele se manifesta também em outros níveis: o psíquico e o circunstancial. Os fenômenos visíveis são manifestações análogas de um único esquema. Já que um plano, à sua volta, é composto por zonas diversas, mesmo no âmbito de um mesmo plano, poderemos encontrar manifestações análogas.

No corpo humano, podem-se individualizar numerosas "conexões" do gênero.

Se o "coração" não pode se "desabafar", o afã psíquico será visível nas pernas (veias varicosas). Desse modo, as pernas nos dirão tudo a respeito da situação do "coração". Astrologicamente, Leão (coração) e Aquário (pernas).

Outro exemplo é a garganta. Dor de garganta e relativas inflamações são causadas geralmente por um cólon azedo e obstruído. Dando-se nova vida à flora intestinal, a afecção da garganta desaparecerá e em geral para sempre! Em astrologia, Touro (garganta) e Escorpião (entre outras coisas, o cólon).

A cefaléia origina-se em geral de uma redução da função renal. Cabeça e rins são de novo duas formas de manifestações de um único esquema orgânico, que, por sua vez, é a manifestação de um esquema mais amplo.

Estudar as manifestações físicas em relação àquelas análogas que se produzem em outros níveis é uma ocupação entusiasmante. Para chegarmos a algum resultado, será necessário, antes de tudo, orientar-se no campo das conexões cósmicas.

Para tal finalidade, devemos tomar como ponto de partida o princípio hermético "o que está em cima está em baixo". Ou seja: macrocosmo e microcosmo. Jung descreve-o como a doutrina do "sincronismo". Esses conceitos relacionados ao coração permitem-nos um entendimento mais completo. O nosso coração é um "símbolo vivente", no qual se reflete a projeção dos vários níveis:

1) o coração como órgão físico;

2) o coração como órgão psíquico;

3) o coração como fator vinculante nas circunstâncias.

Mal aparece, em um dos níveis, um distúrbio ou interrupção do equilíbrio, as manifestações do esquema, aferentes aos outros níveis, reagem de modo análogo.

Concretamente: se o coração (psíquico) estiver oprimido por circunstâncias externas, o coração (físico) reagirá e, em geral, sofrerá também as perturbações que, sob a forma de ansiedade ou de rancor, afligem o coração (psíquico).

Ou seja: se alguém "sustenta um seu semelhante de todo coração" (fator circunstancial), o coração (físico) funcionará de modo sadio e enérgico, e o indivíduo terá a sensação de que o coração (psíquico) lhe "salta no peito de alegria". Vejamos, portanto, quão complexa é a posição do coração. Não se trata apenas do funcionamento de uma bomba que fornece sangue aos músculos e órgãos. O coração é, realmente, o símbolo de um esquema total. É o fiador de nossa verdade pessoal e, por conseqüência, o "motor de nossa essência individual".

As doenças cardíacas, assumindo esses conceitos, estão sempre ligadas à nossa mais íntima "existência". É, pois, muito duvidosa a assertiva do filósofo Descartes (1596-1650) contida nas palavras quase imortais *cogito, ergo sum* (penso, logo existo). O ponto de partida de Descartes era a dúvida, a dúvida de poder descobrir a verdade. Seria melhor, talvez, inverter o seu ditado e afirmar: "Existo, portanto penso". O pensamento pode justificar a existência, mas não penetrá-la.

A base de tal existência não pode estar separada de quanto o coração nos sugere. "A voz do coração" é a interpretação de nossa consciência, isto é, de quanto permanecemos cons-ci-en-tes.

Se o indivíduo vive segundo a verdade que lhe é sugerida pela consciência, encontra-se em uma situação de equilíbrio que pode ser chamada de sadia no corpo, no espírito e nas circunstâncias.

Não reduza esses conceitos a mera crença, mas tenha fé no grande encadeamento de todas as coisas. Os chamados milagres e "forças primordiais" voltarão a ser comuns e ao alcance de todos. É a fé, como descrita em Mateus 8: 5-13, para lançar mão de um exemplo tomado da cultura religiosa (considere que essa imagem está em todas as grandes religiões e filosofias). É o relato da fé na totalidade cósmica (porque também terrena!) após o pequeno diálogo entre Jesus e o centurião de Cafarnaum (Mateus 8, versículo 10):

"E Jesus, ouvindo aquilo, *ficou maravilhado* e disse àqueles que o seguiam: 'Em verdade vos digo que em nenhum de Israel encontrei tanta fé'".

E no versículo 13:

"E Jesus disse ao centurião: 'Vá, e *como acreditaste, será feito*'. E o servidor foi curado naquela mesma hora".

Que este relato seja para nós uma realidade.

Descrição das plantas medicinais citadas

(*momento de colheita, algumas características e partes a serem usadas*).

Espinheiro-alvar
Planta cespitosa, muito comum. Flores brancas.
Colheita: as folhas durante e após a floração.
Partes a usar: as folhas.

Aquiléia
Planta perene, alta, cerca de 60-70 cm. Floração em umbela branca.
Folhas fortemente segmentadas.
Colheita: as folhas podem ser colhidas durante toda a estação.
Partes a usar: folhas e flores.
Advertência: a aquiléia deve ser usada com cuidado, e nunca no estado fresco.

Cebola
Vegetal bulboso. Notável como salada.
Colheita: no momento em que os bulbos estiverem bem grandes.
Partes a usar: o bulbo.

Alho
Veja cebola.

Bolsa-de-pastor
Planta anual. Cresce até 30-40 cm. Frutas em forma de coração.
Colheita: toda a estação.
Partes a usar: flores, folhas, pedúnculos e frutos.

Visco
Essa planta cresce sobre os ramos das árvores (de preferência sobre carvalhos). Folhas verde-oliva, sésseis, coriáceas. Frutos (bagas) brancos, que se encontram nas junções das folhas.
Colheita: no início do ano.
Partes a usar: as folhas secas de uma planta anual.
Advertência: se você não é perito na matéria, não experimente sozinho o uso desta planta. Melhor comprar a tintura *Viscum album*.

Cardíaca

Planta perene, que pode atingir a altura de um metro. Flores de cor rosa, dispostas em verticilos (como a valeriana). Pedúnculos quadrangulares, nervados e cavados, às vezes levemente tingidos de violeta.
Colheita: na época da floração.
Partes a usar: folhas e pedúnculos (às vezes, a raiz).

Arnica

Planta perene, que pode crescer até 50 cm de altura. Folhas em roseta, das quais parte o pedúnculo da flor. As flores são de cor amarelo-alaranjado.
Colheita: folhas e flores, durante e depois da floração.
Partes a usar: folhas, flores e raízes.
Advertência: alguns livros de plantas medicinais advertem para não se utilizar a infusão de arnica ou a tintura não-diluída (isto é, aquela de uso não-homeopático), porquanto poderão ocorrer leves sintomas de intoxicação. Você pode servir-se das folhas para uso externo com ótimo resultado, bem como para uso interno, na diluição homeopática (arnica D6 até D200).

Junípero

Arbusto coluniforme, folhas agudas, verticiladas, lineares, de cor verde-claro (agulhas). Os frutos mantêm-se verdes durante dois anos, e depois adquirem cor azulada.
Colheita: o ano todo.
Partes a usar: as bagas maduras.

Valeriana

Planta herbácea, cresce de preferência perto da água. Pedúnculo geralmente liso. Folhas contrapostas, fortemente inciso-dentadas. Flores do branco ao rosa-pálido, em verticilados. Raspando-se uma pequena porção da raiz, percebe-se o típico odor de valeriana.
Colheita: as raízes são extraídas no outono.
Partes a usar: as raízes.

Arruda

Planta perene, que pode atingir os 50 cm de altura. Numerosíssimas folhas, de cor verde-suave. As flores são amarelas e apresentam todas quatro pétalas, exceto a flor central, que tem cinco.
Colheita: durante a floração.
Partes a usar: toda a planta (exceto as raízes).
Advertência: alguns livros de plantas medicinais advertem sobre a eventual intoxicação provocada pelo uso dessa planta. Jamais usá-la durante a gravidez!

Cavalinha

Planta herbácea, muito conhecida, atinge os 30 cm de altura e é composta das chamadas "articulações".
Colheita: depois da floração.
Partes a usar: toda a planta, excetuadas as raízes.

Dente-de-leão

Planta herbácea, universalmente conhecida. Folhas em roseira, das quais parte o pedúnculo da flor. Flores amarelas.
Colheita: durante a floração.
Partes a usar: toda a planta.

Aspérula

Planta perene, com raízes rastejantes, atinge 20-25 cm de altura. Folhas lanciformes, de coroa sobre o pedúnculo. Flores brancas.
Colheita: antes da floração.
Partes a usar: folhas e pedúnculos.
Advertência: se a planta não for usada da maneira correta, poderão ocorrer intoxicações.

As advertências que acompanham as diversas plantas não devem impedi-lo de usá-las. Na prática, nunca me ocorreram efeitos colaterais danosos, utilizando a dosagem certa.

A experimentação das diversas plantas medicinais é uma ocupação interessante, porém podem ser encontradas nas casas especializadas e é oportuno recordar que uma colheita em geral indiscriminada por um número excessivo de pessoas poderá prejudicar a natureza, fato já provado de mil maneiras.

Desaconselhamos vivamente a preparação doméstica das tinturas, porquanto exige trabalho de "peritos". (Entre outras coisas, pela determinação da exata porcentagem alcoólica e pela quantidade de planta dessecada ou fresca, etc.).

O contato direto com a planta será sempre útil. Observe-a e descubra os seus segredos. Todavia, cuide dela e economize-a o mais possível.

7
VENCER A ANSIEDADE COM AS PLANTAS MEDICINAIS

Fitoterapia, homeopatia e uso das
pedras preciosas

Título original:
OVERWIN ANGST EN VREES

© Copyright by Uitgeverij Ankh-Hermes bv – Deventer, Holanda.

© Copyright 1983 by Hemus Editora Ltda.
Mediante contrato firmado com o Editor.

*Todos os direitos adquiridos para a língua portuguesa
e reservada a propriedade literária desta publicação.*

Tradução:
Carlos A. Lauand

Ilustrações:
Gerry Daamen

Introdução

Ansiedade e medo. São estranhos conceitos geralmente usados sem considerar seus vários matizes; mas uma coisa é certa: o mundo não está perdido. A ansiedade condiciona a nossa vida bem mais do que nos parece à primeira vista. Podemos até afirmar que existe uma forma de medo coletivo: o da morte. Estes estados de ansiedade comportam, todavia, inumeráveis pródromos.

Os estados ansiosos podem afligir notavelmente a nossa existência cotidiana e a angústia pode agredir o nosso íntimo, até pelo exterior. As conseqüências implicam uma limitação, uma crítica severa das nossas possibilidades vitais. O indivíduo oprimido pelos efeitos de suas ansiedades perceberá, até bem depressa, que a elas acompanha uma restrição de suas liberdades (como ser humano). A questão, todavia, reside no porquê o homem deve ser oprimido pelas próprias ansiedades e angústias. E nos perguntamos: Então, cada uma dessas sensações é verdadeiramente justificável?

A essência da angústia reside no próprio indivíduo. Ela não é causada por fatores externos (isto é, por causas inerentes ao que se encontra em torno de nós), mas é a conseqüência do modo com que o próprio indivíduo reage a tudo quanto o circunda. Um exemplo explícito na típica angústia social que pode materializar-se no *medo de se enganar*. Não é o próximo que prevê e vê o nosso possível erro, mas somos nós mesmos "mortalmente angustiados" a ponto de não conseguirmos nos ater ao modelo preestabelecido (moldado por nós mesmos). A verdadeira causa de nosso estado ansioso pode ser esclarecida mediante a análise do mutualismo das faculdades à disposição de cada indivíduo em particular. Em resumo: uma pessoa de pensamentos continuamente centrados em seus próprios bens materiais encontrar-se-á irremediavelmente acometida de síndromes ansiosas. Um indivíduo de mente totalmente condicionada e voltada rumo à consecução de um determinado fim, cairá fatalmente, também ele, em um estado de angústia latente. Em resumo, é o mutualismo diversificado das nossas faculdades a causar as nossas angústias. Aprofundar-me-ei no assunto no próximo capítulo.

O temor é um fenômeno bem diferente. Servimo-nos dos conceitos "medo" e "temor", a propósito ou a despropósito. Todavia, entre esses dois conceitos, a diferença é mais que notável. A ansiedade e o temor são, de um certo modo, afins; ao invés, o medo gera, no mais das vezes, o fenômeno que é definido como *síndrome inibitória pelo espanto.*

Em nossa vida diária, podemos desdenhar, sem dúvida, o medo como a uma dor de dentes. O temor, dentro de certos limites, pode ser a escorva de uma existência rica de valores espirituais. Bem diversas são as conseqüências de um medo que degenera em *fobia*. Um mal de que, infelizmente, sofrem muitas pessoas. A nossa obrigação é auxiliá-las. Como se verá mais adiante, no presente volume, são justamente as fobias angustiosas que podem ser totalmente curadas. Não graças à intervenção de um médico ou de um psicólogo (entenda-se bem, também esses obtêm resultados positivos!), mas sobretudo com a ajuda de alguém que, na vida diária, se encontre em estreito contato com a pessoa apreensiva. Várias vezes tenho comprovado o fato de que uma palavra correta, dita no momento correto, guia o indivíduo à descoberta de seu medo "morboso" (fobia), e isso mediante a "compreensão" (isto é, no início da solução).

Na série dos nossos volumes sobre plantas, este é talvez um dos mais marcantes. Nele serão sancionados alguns conceitos que não fazem parte de nossa bagagem de pensamentos cotidianos. Não obstante isso, ele poderá talvez cooperar para vencer os influxos desarmoniosos que nos oprimem. O escopo deste volume é mostrar alguma coisa da essencialidade do homem. Não se trata, por isso, somente de plantas medicinais, mas também de pedras preciosas e de nossa alimentação diária.

À ansiedade não se pode atribuir uma razão específica. Muitas serão as causas a serem indicadas. Sabia, por exemplo, que o uso excessivo de açúcar pode importar fenômenos de ansiedade? Você nunca considerou o fato de que um consumo superabundante de carne pode contribuir notavelmente para o medo de morrer? Sabia, além disso, que um diamante pode reforçar a sensação de angústia, já presente no estado potencial em um indivíduo, quando este não estiver espiritualmente "maduro" para carregar esta pedra? E você já considerou que a balinha de menta, que você deixa na boca durante a cerimônia religiosa na igreja, contribui para harmonizar as sensações ansiosas, evocadas, às vezes, do que você ouviu pregar?

Procuremos descobrir juntos qual a origem dessas sensações. Não será sempre fácil, mas devemos fazer o máximo para atingir uma plena compreensão.

1 O medo é a conseqüência dos acontecimentos dos quais tivemos "consciência"

Como veremos neste volume, há uma grande diferença entre temor e medo. Começarei, antes de tudo, a explicar a base do conceito medo. Aqui não se trata particularmente de uma definição do próprio medo, mas sim do que o determina. Mesmo que saibamos descrever exatamente o que se entende por medo, mas não lhes conhecemos as causas, não poderemos resolver nada. A causa do medo, o esquema que propicia o seu nascimento, é a nossa faculdade de *saber*. O indivíduo está em condições, entre outras, porque lhe foi outorgado um *tempo* para viver, de chegar ao conhecimento das coisas, de aprendê-las, de completar com novos conhecimentos os já adquiridos. A conseqüência desta aprendizagem é dada pelo fato de que, no prosseguimento do tempo podemos, a um certo momento, falar de coisas *aprendidas*. Se sabemos, por exemplo, que vamos nos aproximar de uma pessoa um tanto desagradável, as conseqüências do fato contribuirão para a ampliação de nossos conhecimentos (experiência), de maneira que, se algum tempo depois fizermos novamente a mesma experiência, é possível que nos venha a sensação que já tivemos anteriormente: uma consciência que nos fala e cuja estrutura é formada por aprendizados precedentes. Quando, por exemplo, dizemos: "Aquele indivíduo não tem nenhuma consciência disso!" queremos dizer, na realidade: "Aquele indivíduo é censurável porque *sabia* muito bem a extensão e os motivos de suas ações".

A consciência implica também uma certa *limitação* do indivíduo. O nosso comportamento, a nossa conduta, condicionados pelo que sabemos, adquirem uma certa forma, sofrem uma certa limitação. Não podemos mais nos deixar guiar por nossos impulsos de cólera ou de prazer, mas devemos levar em consideração o quanto já aprendemos. A consciência, portanto, exerce um autocontrole.

Quando, então, nasce o medo? No momento em que o que identificamos (que tenhamos conhecido, a nossa consciência) torna-se um peso oprimente. O medo nasce quando se torna realidade, em nossa vida, a última estrofe da antiga canção de fim de ano: "Horas, dias, meses e anos / Tudo hoje já passou / Já nos está debitado".

São os termos de uma sentença, palavras que soam como "condenação" para os que sentem gravar a sua consciência como um peso insustentável, e arrastam sua existência sem qualquer perspectiva de uma "virtuosa" alegria de viver, mas oprimidos por um espasmódico sentido do dever, de um superdomínio sobre si mesmos (algo de fundamentalmente diferente do autocontrole) e da ansiedade de medos inimagináveis para a punição que os espera, quando não estiverem em condições de justificar-se diante da própria *consciência*. Nas comunidades religiosas de rígida observância calvinista, essa atitude assemelha-se ao conceito de Deus, que é como um "fogo devorador".

Dito de modo mais generalizado: o medo nasce porque tivemos consciência dele. Temos medo, e a angústia nos ataca no instante em que chegamos à consciência do quanto poderá eventualmente ocorrer. A conhecida expressão: "O que os olhos não vêem o coração não sente" significa, em outras palavras: não devemos nos sentir oprimidos (medo) pelas coisas que não tenhamos conhecido. A prova deste conceito nos é oferecida pelo comportamento infantil. Se pusermos uma criança (que ainda não sabe o que significa cair) sobre uma mesa alta e lhe dissermos: "Salte, eu o seguro", ela o fará sem hesitação. Em primeiro lugar, não conhece as conseqüências de uma queda eventual. Se, por acaso, o soubesse, confiaria completamente na mãe ou no pai que lhe disseram: "Eu o seguro". A criança está certa de que o pai ou a mãe cumprirão suas palavras. Não lhe passará pela cabeça que o pai poderá também não segurá-lo. Portanto, a criança conhece menos que o adulto a sensação de medo. *Conhece* (causalmente) muito *menos*, e por isso *crê mais*. Talvez a imagem bíblica nos pareça agora mais clara: "Quem não se tornar uma criança, não entrará no reino dos céus". Ao medo (isto é, a um conhecimento muito extenso e desarmonioso) esbarra a estrada da fé (que significa ousar ter fé porque – felizmente – o homem ainda não sabe tudo). No livro dos Provérbios, que é uma concatenação de antigas máximas, encontramos logo no capítulo 1, versículo 18, o seguinte juízo: "Se alguém aumenta o conhecimento (saber), aumenta a pena (ansiedade)". Talvez vocês pensarão agora que "a felicidade pertence realmente aos tolos". Até um certo ponto é verdade, pois quanto menos soubermos, menos espasmódicos e ansiosos seremos e menos restrito se tornará o nosso comportamento. Diz-se, às vezes: "É de obstáculo à própria felicidade". Em outras palavras: a alegria de viver nos passa sob o nariz, tanto pelo nosso comportamento tão inibido como pela nossa falta de fé. Um excesso de conhecimento (consciência) pode ser causa do "confundir-se": fenômeno, na realidade, de caráter obsessivo, préestágio do medo. Sabemos todas as imagens do homem que está ruminando o que sabe com o olhar fixo na terra, comportamento que impede a "visão" do futuro. De fato, ele não olha de modo social (o olhar não se volta em torno, nem se dirige para cima), mas somente para a terra. Procura com os olhos o que existe de mais imóvel e imutável: a terra.

Se voltarmos o pensamento aos grandes esquemas cósmicos, poderemos imaginar a essência do medo ansioso, como uma forma de manifestação quase completa do esquema primordial chamado *Saturno*. O esquema Saturno se manifesta na alma como *medo*, no corpo como *espasmo*, e nas circunstâncias como *solidão*. Na mitologia grega, Saturno se chamava *Kronos* (tempo). Não devemos, porém, pensar que Saturno seja um "hábil patife" capaz somente de trazer infelicidades e desventuras. Ao lado da restrição e da limitação definida pelo esquema Saturno, também existe a *forma completa*. Encontramos este princípio em uma conhecida expressão: "In die Beschränkung zeigt sich der Meister" (O mestre se revela na especialização). Quando o homem sabe especializar-se, poderá atingir a concentração do que está fazendo. Dar forma é, de fato, também uma questão de definição. Não podemos absolutamente menosprezar o esquema Saturno. Devemos, entre muitas coisas, nossa forma a ele (como foi, por exemplo, plasmada em nosso esqueleto). O medo obsessivo é somente a forma de manifestação desarmoniosa do esquema Saturno; a harmoniosa, ao invés, conduz à forma completa. A nossa educação é endereçada unicamente ao escopo de "saber mais a respeito do próximo". "Cuide para se manter sempre um passo adiante dos outros", aconselha sempre um pai a seu filho. Com isso entende-se que o homem poderá livrar-se do sentido de medo, mediante um conhecimento (consciência) melhor que o dos outros. De maneira que a sua consciência não poderá jamais se tornar muito importuna, dado que outros são bem mais vulneráveis, porquanto menores são seus conhecimentos. Ou: "Saber é poder". Segundo o nexo dos conceitos acima descritos, a afirmação é, todavia, verdadeira, até em sentido negativo!

Podem-se vencer as sensações angustiantes, descobrindo o segredo da *confiança* e desenvolvendo o seu poder. Infelizmente, isso não é fácil: sempre se encontra novamente o falso amigo, pronto a abusar, de um modo ou de outro, da confiança nele depositada. Podemos salvaguardar os nossos sentimentos de confiança e de fé utilizando cuidadosamente o nosso conhecimento (consciência). Tão logo estejamos em condições de empregar o que sabemos como *integração* do conhecimento do próximo, e não como algo que nos sirva para *excluí-lo*, o saber nos conduzirá à felicidade. O saber não deverá jamais conduzir à *oposição*, visto que isso importa a recíproca exclusão de vetores de conhecimentos opostos. O saber deve, ao invés, estar a serviço dos contrastes, para que estes se completem entre si, até formar um todo, como a noite e o dia, o homem e a mulher, o yang e o yin, etc. A esse propósito, leia-se, entre outros, "Chave do I Ching", de Henri van Praag.

O medo é a conseqüência de uma contração do pensamento saturnal, do qual se origina uma falta de confiança e de fé. E desaparece, tão logo com confiança e com fé andemos de encontro à vida. Tudo isso é possível somente se *soubermos com certeza* que o nosso conhecimento é harmonioso, e por isso inclinado para o bem. Quando, ao invés, nos aproximamos de um outro com intenções que nada têm de bom, não podemos jamais nos comportar sinceramente em seus confrontos (isto é, com toda confiança).

A ansiedade de adquirir a segurança, sobretudo social, à medida que ela se prende ao nosso âmbito, deve ser reputada como a origem de todo medo. Todavia, tão logo tenhamos arranjado um mínimo de segurança, seremos novamente tomados pelo medo, pois sabemos que poderemos perdê-lo. Espasmos nervosos serão sua conseqüência.

O medo desaparecerá quando você tiver a coragem de se livrar do peso de sua consciência, substituindo-o por um conhecimento harmonioso, que lhe permita reconhecer que o que você está fazendo é bom, e que as suas intenções se manifestam de modo equilibrado.

A arma mais eficaz contra as sensações de medo consiste na sinceridade, até em se reconhecer vulnerável, mas deste reconhecimento você terá de suportar as conseqüências: de fato, isso poderá lhe causar apreensões e angústias. Terá todavia permitido gozar uma perspectiva mais promissora. De fato, se bem que seja impossível não dizer nunca não ter medo, enfrentar o temor é outra coisa. "Não tema", diz um bastante conhecido versículo bíblico. É mais fácil encontrar o equilíbrio no temor do que no medo. O capítulo seguinte será dedicado ao estudo da origem do conceito de temor. Para ajudá-lo a entender como você pode ser vulnerado, eis uma citação do "I Ching", antigo e sábio livro de oráculo chinês. A citação é de Confúcio: "O perigo nasce quando nos sentimos seguros em nosso lugar. / A ruína ameaça quando procuramos salvaguardar bens e riquezas. / A desordem tem início quando tudo nos parece em ordem. / Por isso o nobre se lembra do perigo quando se sente seguro, / da ruína quando se salvaguarda / e da confusão quando os seus negócios estão em ordem. / Assim, pôr-se-á ele mesmo a salvo e terá condições de proteger o reino".

Tão logo o nosso medo tenha se reduzido a temor, o nosso conhecimento se equilibrará (harmonia). Está também escrito no livro dos Provérbios: "O temor da Eternidade é o princípio da ciência" (Provérbios, 1, vs. 7). Procuremos portanto descobrir — talvez com espanto — qual é a força do "temor" na existência humana.

2 Como o temor pode levar à sabedoria

"O temor do Eterno é o princípio da sabedoria; bom senso têm todos os que põem em prática a Sua lei."

(Salmo 111, vs. 10)

Segundo a imagem antroposófica humana, o homem pode ser considerado, também, como um todo composto de quatro aspectos, chamados *corpos*. Distinguem-se o corpo físico, o corpo etéreo, o corpo astral e o espiritual, ou seja, corpo-eu. O corpo físico se exprime na pura materialidade e, no mundo da natureza, corresponde ao *reino mineral*.

Tão logo a matéria toma forma e nasce, por assim dizer (isto é, torna-se em condições de conduzir uma vida própria), fala-se de corpo etéreo que, no mundo da natureza, se exprime no *reino vegetal*. Quando às duas fases precedentes for acrescentado o fator sensorial, isto é, a vida instintiva e a vida sensitiva, nasce o corpo astral, que encontramos, sempre no mundo da natureza, como o *reino animal*. No momento em que a este conjunto forem acrescentados o "eu-próprio", a mentalidade, o espírito, a imortalidade, terá início o corpo espiritual ou, dito diferentemente, o homem em sua totalidade. Infelizmente, deste corpo espiritual somente pouquíssimas pessoas são conscientes.

Em nossa vida diária, o corpo astral assume um papel importante para as interações humanas. O modo com que estamos em relação com tudo o que nos circunda (portanto, o modo de sentir e experimentar as coisas) é largamente determinado pela "cor" e pelo "caráter" do que podemos denominar o nosso *invólucro* ou *membrana astral*. Do ponto de vista dos princípios cósmicos, são sobretudo Netuno e Saturno que determinam a "densidade", a medida da permeabilidade do nosso invólucro astral. Saturno condensa tudo, concretiza tudo na matéria, é endereçado do espírito para a matéria; enquanto Netuno, volátil, acelerador, é dirigido da matéria para o espírito, em direção ao céu, e trabalha de modo estimulante. As pessoas com um Netuno fortemente dominante no horóscopo de nascimento devem possuir um invólucro astral mais "sutil" do que os que têm um Saturno mais "sólido".

O indivíduo pronunciadamente Netuno tem uma membrana astral finíssima.

Trata-se do tipo muito sensível, e sobretudo receptivo, que está completamente à mercê das vibrações circunstantes. A membrana astral porosa deixa que o ambiente penetre no interior mais do que seria desejável. Esta característica se manifesta sobretudo quando, por exemplo, o indivíduo caminha em uma rua movimentada ou se encontra em pé ou sentado entre uma massa de gente, ou ainda em uma loja apinhadíssima de gente, ou na sala de espera de um consultório médico e semelhantes. O indivíduo, nessas circunstâncias, capta muito facilmente as irradiações de cada um, e cede nesse entretempo, também muito facilmente, parte da própria energia ao ambiente circunstante. Em muitos casos, acontecerá que o indivíduo terá assimilado muitas "escórias" e irradiado muita energia. O temor, nestes casos, é uma advertência. É o instinto positivo que o põe em guarda: atento, não quer andar pela rua ou estar entre todas aquelas pessoas; é muito permeável. O temor se manifesta sobretudo sob forma de fuga silenciosa, de um "sair sem se fazer notar", para fugir de todos aqueles influxos que ameaçam uma violência.

O temor se apresenta, portanto, no indivíduo hipersensível a todas as irradiações ambientais, e das quais o "eu" não está suficientemente protegido. O temor não é causado principalmente pelos acontecimentos "comuns" sensitivamente percebidos, mas geralmente, e sobretudo, é a conseqüência de fatores somente hipersensitivamente perceptíveis. O indivíduo invadido pelo temor recebe as irradiações e as vibrações compreendidas em campos não receptíveis sensorialmente. Razão pela qual outros que têm a "pele dura" não conseguem absolutamente entender. A única reação é geralmente a seguinte: "Mas quanto lhe sucede é tudo 'imaginação' (Netuno): são somente caprichos. Você deveria tornar-se mais sensato!" Isto é fácil de se dizer para a pessoa que se apercebe, exclusivamente, do próprio ambiente sensorialmente reconhecido. Para ele, aparentemente, não é preciso proteção; a sensação de temor lhe é desconhecida. Não é talvez singular que, por exemplo, na Bíblia apareçam muitas vezes as palavras temor e apreensão, ao invés da palavra medo?

Considerando o que se disse até aqui, não podemos nos representar uma expressão mais alta do conceito "temor" que a que aparece no Evangelho de Natal, assim como está descrito no Evangelho de Lucas. Os anjos aparecem aos pastores para anunciar que Cristo nasceu: "E um anjo do Senhor se apresentou a eles, e a glória do Senhor resplandeceu em torno dele e se *apossaram* de grande *temor*. E o anjo lhes disse: 'Não *temais*, porque, eis, vos trago uma boa notícia' ..." (Lucas 2, vs. 9-10). Palavras que revelam o uso profundamente significativo da palavra. Não foi escrito: não ficais angustiados, ou mesmo não tenhais medo, mas: não temais.

Referindo-nos às contingências diárias, estaremos em condições de entender muito melhor o estado de ânimo dos pastores. As pessoas que vivem em estreito contato com os acontecimentos naturais não se deixam atemorizar facilmente. Reagem, porém, com muita sensibilidade às coisas sobrenaturais (que depois são somente os acontecimentos naturais, normais, que nos desacostumamos a ver e a conhecer). Posso, sem dúvida, imaginar que ficar de frente, improvisamente, a um anjo, deve provocar uma "enorme" impressão (entenda-se esta palavra literalmente, algo que em vocês se im-prime!). Evidentemente, os pastores não tinham medo, mas deram sinais de temor. Por isso a frase "Não temais", ao invés de "Não tenhais medo". Igualmente remarcável é o fato de que, em todas as épocas, pintores e desenhistas tenham intuído claramente o significado da anunciação evangélica e a reação dos pastores (tanto remarcável pois, se pensarmos que os artistas estão "sujeitos", por excelência, a uma membrana astral muito sutil). Em quase todas as representações, os pastores aparecem retraídos, em uma atitude de reverente temor. Não têm medo, estão somente atemorizados.

O temor é um elemento importante de todas as religiões. De fato, continuamente estas últimas o evidenciam. Parece-nos oportuno, neste ponto, recordar a palavra alemã *Ehrfurcht* (reverência), onde a combinação de "respeito" e de "temor" aparece claramente.

Agora será evidente como a efetiva consciência de um "eu" espiritualmente mais elevado, o desenvolvimento de uma "fé", dependem estritamente do estado em que se encontra o nosso invólucro astral. É próprio ao indivíduo sensível ao temor, que se manifestam os mundos sobrestantes a este nosso mundo sensorialmente perceptível. Portanto, ser receptivo aos esquemas originais cósmicos (isto é, o temor de Deus) conduzirá o homem ao entendimento e, sobretudo, ao equilíbrio e à harmonia (princípio de toda a sabedoria).

Quando as sensações de temor se tornarem um obstáculo ao desenvolvimento da vida cotidiana "material", significará que se verificou uma descompensação no equilíbrio. Falaremos então, por exemplo, de *fobia*. Esta forma fastidiosa degenerativa do temor em medo poderá certamente ser reequilibrada quando o indivíduo se aperceber das efetivas causas determinantes. Ao tratar, em seguida, das ervas medicinais, aprofundar-me-ei no assunto das bases e me ocuparei do superamento de toda espécie de temores.

Antes de tudo, o indivíduo apreensivo deve ter em mente que as suas multidões não são nem angustiosas nem medrosas. Convencimento que, em muitos casos, já serve de conforto. Como veremos a seguir, o temeroso é sensível, sobretudo às situações que se referem a *questões de poder:* a prepotência de massa, a violência, o transtorno e a sugestão estão entre as maiores causas do temor. Cosmicamente considerados, estes fenômenos pertencem ao *esquema de Plutão*. A terapia da fobia específica deverá então ser completamente endereçada ao combate e à rejeição de um excesso de forças plutônicas e de extrapoder ambiental. O recurso à violência (Plutão) não contribuirá portanto em nada ao indivíduo temeroso. Muito pelo contrário; recorrendo a ela, ele agravará somente, e não pouco, a situação, pois correrá o risco de danificar posteriormente o seu "eu", já muito vulnerável. Uma fobia poderá desaparecer fazendo uso das que, na Idade Média, eram chamadas plantas expulsa-demônios, ou das metodologias antidiabólicas.

O medo gera sempre uma *invalidação* do *raciocínio;* o *temor* favorece o seu desenvolvimento. Em ambos os casos, por outro lado, surgirão dificuldades contingentes na atividade normal cotidiana.

O medo nos enfraquece (Saturno, direção terra, força de gravidade). O temor suscita o desejo de se elevar das coisas terrenas (Netuno, espiritualidade, incentivo).

Ao contrário do medo, o temor pode ser útil no esforço de discernir os fatores que realmente contribuem para o enriquecimento do "eu" mais íntimo, do "ser" pessoal. É também graças aos homens escrupulosos que o mundo não é composto somente de pessoas que "crêem somente no que vêem", mas também das que "vêem o que crêem!" Talvez seja justamente o indivíduo temeroso que pode se tornar "vidente" no sentido mais lato da palavra, isto é, um ser capaz de perceber as grandes forças que tornam existencial a vida biológica.

Não sofra, portanto, o temor como uma "diminuição", mas como um fenômeno fidedigno gerado pelo instinto, na procura da verdade. Experimente atingir um equilíbrio, de modo que o invólucro astral, a membrana permeável, não permita a filtragem excessiva, transformável em fobia.

3 O uso das plantas medicinais

A maioria dos médicos e de todos os defensores da terapia "alopática" considera muito duvidosa a ação curativa das plantas e dos remédios homeopáticos. De um certo modo, têm até razão. As plantas medicinais não são, de fato, agentes curativos no sentido alopático da palavra; mas são algo mais que uma simples medicina.

Para compreender este conceito, devemos admitir a aceitabilidade do tratado dos vários reinos da natureza, como já exposto no Capítulo 2. Conhecemos os reinos mineral, vegetal, animal e humano. Cada um destes reinos constitui uma entidade digna de nota. Se bem que singularmente funcionem segundo os próprios princípios, os vários reinos da natureza são análogos entre si. Isso quer dizer que o reino humano não é uma forma "superior" ao reino vegetal ou animal, como ainda hoje é apresentado. O reino vegetal, em seu "ser", é completo tanto quanto o humano, mas de um outro modo. Todos podemos advertir as implicações que comporta a recepção deste princípio: não existem duas pessoas idênticas, assim como não há duas plantas idênticas. Podemos, é verdade, classificar a humanidade seguindo determinados métodos: por exemplo, segundo a diferenciação caracterizante, ou segundo a cor dos olhos, ou mesmo segundo outras determinadas peculiaridades da estrutura fisiológica. Até o mundo vegetal pode ser classificado segundo determinadas características ou causalidades em diversos grupos. Mas, o elemento essencial é que, tanto o homem como a planta vivem, florescem e crescem segundo os princípios adequados ao próprio esquema. O ponto de partida da fitoterapêutica está na arte de individuar, para um determinado indivíduo com um esquema absolutamente pessoal, uma planta que a este esquema seja análoga (no que concerne às características essenciais). A fitoterapêutica não se adapta, portanto, às pessoas "superficiais". Em linhas gerais, não é possível elaborar uma receita-padrão, pois de cada indivíduo se deve, individualmente, estudar o esquema e o seu análogo correspondente no mundo vegetal.

Na Antigüidade e na Idade Média, as pessoas eram muito mais "compenetradas" nos "segredos" do mundo vegetal do que atualmente. Isso é testemunhado, a propósito, no *Livro das ervas* do século XVI, escrito pelo médico de Mechelen, Dodonaeus. Em muitos casos, ele fornece uma indicação acerca da "essência" da planta. Podemos considerá-lo como uma doutrina sobre os caracteres vegetais. Uma planta pode ser, conforme Dodonaeus, "fria e úmida", ou "ardente", ou ainda "quente e seca". Dessas características é indicado também o grau. Essa classificação do mundo vegetal apresenta remarcáveis analogias com a subdivisão feita segundo a antiga doutrina dos caracteres humanos, com base na qual se pode enquadrar o indivíduo em quatro divisões principais: o colérico, o fleugmático, o sangüíneo e o melancólico. Subdivisão equivalente à botânica, segundo Dodonaeus: ardente, fria, quente e úmida. No que se refere às combinações do que dissemos acima, a prática demonstra que, tanto no mundo das plantas como no dos homens, será bem difícil encontrar o representante típico de um tipo específico.

Qual é o valor prático de tudo isso? Bem, as plantas não são feitas para combater um determinado fenômeno molesto (uma doença), mas devem ser usadas para influenciar harmoniosamente e em seu conjunto um organismo a ela análogo.

Serão justamente a harmonização e o reequilíbrio de todo o organismo que não somente debelarão a moléstia (isto é, uma sintomatologia que o indivíduo manifesta em sua totalidade), mas que agirão positivamente sobre a própria causa da moléstia em questão, ou até a eliminarão, o que é talvez o resultado mais importante.

Podemos admitir, com toda a franqueza, que o uso adequado da fitoterapia é talvez o método curativo mais completo que se possa imaginar. Infelizmente, quase não estamos mais em condições de descobrir e acolher seus segredos (estes, na realidade, nada mais são que princípios comuns para serem desvendados e adquiridos com base em uma determinada concepção). A nossa sociedade não se adapta mais a eles. O paciente e o médico de hoje reputam que, se o fenômeno desapareceu, eles podem se considerar satisfeitos. Também a concepção terapêutica, mencionada anteriormente, está ainda no estado larval, de modo que a fitoterapêutica se conformou, até certo ponto, às aplicações dos métodos curativos oficiais. Podemos constatar claramente pelo modo em que são redigidos os vários livros concernentes às plantas medicinais. Não se estabelece, de fato, uma cura que se baseia na analogia dos esquemas, mas se atua no fulcro da substância paliativa (química ou medicinal que seja) contida em uma planta. Enfim, nada há a objetar, pois determinadas substâncias estarão seguramente presentes e, como tal, exercerão sua ação. Todavia, a substância agente não deve ser o ponto mais importante, visto que, neste caso, o molesto fenômeno (doença) e a sua terapia (substância agente da planta) iriam achar-se desligados da totalidade do esquema específico, violando deste modo a entidade existencial do próprio indivíduo.

Antes de iniciar o uso de uma determinada planta, será absolutamente necessário compreender seu esquema e compará-lo com o próprio. Onde eles concordarem em *essência,* teremos feito a escolha correta. Até a forma na qual é usada a planta terá sua importância. Malgrado a ciência médica tenha sempre constatado essa opinião, o resultado das experiências científicas um tanto recentes, elaboradas com mérito na Universidade de Utrecht, foi o seguinte: existe uma diversidade real no uso sob forma de infusão, pílulas, comprimidos, injeções, xaropes ou supositórios da mesma substância. O exame tem evidenciado, por conseguinte, o chamado efeito-placebo: de maneira que a ação de um determinado remédio se manifesta até na ausência total da substância, que deveria efetuar a cura, a fim de que seja administrada sob uma determinada forma. Há quem reage evidentemente melhor a comprimidos e gotas, enquanto outros preferem as pílulas. Também as plantas podem ser usadas de diversos modos. Distinguimos, entre outros, o uso da planta fresca e o uso da planta dessecada, da tintura e do comprimido.

A planta fresca

Nesse caso deve-se, antes de mais nada, prestar atenção para que o vegetal não esteja contaminado por venenos agrícolas, por gases de escapamento, etc. Se não tenha sido cultivada no jardim particular, desaconselho quaisquer usos da planta fresca.

A sua ação é mais enérgica do que a dos outros preparados, tanto que será suficiente uma pequena quantidade dela. Com a planta fresca pode-se preparar uma infusão ou também elaborá-la na comida. Esta última solução é recomendável, entre outros, com o uso das representantes das Labiadas, conhecidas sobretudo como ervas de cozinha (veja o Capítulo 6).

A planta dessecada

É usada sobretudo para infusões. Salvo diversas indicações, é suficiente uma colher de planta dessecada para aproximadamente meio litro de água: colocar o vegetal dessecado em uma chaleira de *vidro* ou de *barro*; derramar sobre ele meio litro de água fervente, deixar descansar de quinze a vinte minutos, e em seguida passar na peneira. A infusão se conserva durante todo um dia. A dose é geralmente de três a quatro xícaras por dia, sempre meia hora ou quinze minutos *antes* das refeições.

A tintura

A tintura é extraída da planta dessecada. Desaconselho fazê-la sozinho em casa, porque requer muita técnica e experiência. Um fator importante é a determinação do teor alcoólico. Nem todas as tinturas podem ser preparadas com a mesma porcentagem alcoólica. Da tintura podem-se empregar de cinco a quinze gotas (e aqui a intuição pessoal é muito importante), três ou quatro vezes ao dia. As gotas devem ser diluídas em um pouco de água e ingeridas sempre quinze minutos antes das refeições.

Os comprimidos

São confeccionados com o vegetal finamente triturado. Algumas plantas dificilmente podem ser elaboradas sob forma de tintura ou de infusão. O comprimido, nesse caso, é a única solução. Devem ser tomados também três ou quatro vezes ao dia, sempre quinze minutos antes das refeições, cuidadosamente mastigados e engolidos com um gole de água.

Estude sob que forma a ingestão da planta melhor lhe convém. Nunca a tome contra a vontade. Para isso é preciso levar em conta que o próprio "ter vontade" deve ser considerado, de modo muito crítico no que se refere à sua "sinceridade". Isso, além do mais, servirá como prelúdio para um aspecto sucessivo do processo total de cura: isto é, que você sempre deve colaborar "de todo o coração" — o que significa até o empenho de sua consciência — para realizar o processo de cura. O uso das plantas medicinais terá pouco ou nenhum resultado se, por exemplo, você persistir em aplicar uma biometodologia errada em sua alimentação diária. Uma cura efetiva será obtida somente se o indivíduo estiver disposto a fornecer, tanto ao físico como ao espírito e quanto às circunstâncias, as mudanças essenciais ao equilíbrio e à harmonia.

Finalmente, ainda um bom conselho: seja prudente ao "avaliar" a natureza do "ser pessoal". É um exame que conduz ao entendimento e por isso à cura. A impaciência é uma péssima conselheira, se se devem enfrentar os males, quaisquer que eles sejam.

4 Algumas plantas medicinais que atuam como reguladoras nas síndromes de ansiedade e de medo

Valeriana *(Valeriana officinalis)*

Esta planta é grandemente renomada por suas qualidades sedativas. "No tempo da vovó", não se falava de tintura de valeriana, mas de "gotas para os nervos".

Da valeriana se utiliza a *raiz*, assim como se verifica no caso da argentina, da consólida e da arcangélica. Por quê? Como já tive ocasião de explicar, a planta e o homem são análogos, mas o são "às avessas", isto é, a *raiz* da planta, em essência, é análoga ao *pólo do pensamento* do homem (a cabeça, o cérebro). Igualmente, as suas *flores* e *frutos* (fatores de reprodução na planta) são análogos ao *pólo da vida* (os órgãos genitais, o abdômen) do indivíduo. A raiz se adapta, portanto, ao "conhecimento", ao pólo do pensamento. Como vimos, a ansiedade é um fenômeno que tem ligação com a mente, com a consciência. A nossa consciência reside no pólo do pensamento, o cérebro. Devemos agora distinguir entre saber consciente e inconsciente, ou, dito em outras palavras, entre pensamento consciente e subconsciente. A nossa consciência pode ser subdividida segundo esses dois elementos. Para a parte cônscia de nossa consciência não temos nenhuma dificuldade, pois ela se encontra na esfera acessível à nossa influência. Podemos remediá-la. Para que os agentes se mantenham "perceptíveis" (portanto, no interior de nossa esfera consciente), não nascerão ansiedades e temores. Será mais difícil quando enfrentamos problemas de consciência que, em grande parte, se não completamente, provêm do nosso subconsciente. Estas espécies de problemas de consciência podem ser chamadas de *frustrações*. São os erros não compensados, não resolvidos, os enganos e os desequilíbrios que tenhamos cometido e que tenhamos repelido. Mantemo-los afrouxados em nosso subconsciente. Nesse ponto, devemos considerar que todas as leis da natureza são assinaladas por um denominador comum: *depuração-autodepuração*. Isto vale, invariavelmente, para o nosso subconsciente. Tão logo se tenha acumulado um excesso de desarmonias não compensadas, desencadeia-se, automaticamente, um processo depurativo, quer o queiramos ou não. E então começam as dificuldades.

Encontramo-las quando enfrentamos sentimentos que não "dominamos" totalmente. Temos a sensação de "saber" alguma coisa deles, mas não conseguimos dar forma a essas impressões em nosso pensamento consciente. Nascem assim também os medos.

Os sintomas colaterais típicos do temor ansioso-valeriana consistem de espasmos nervosos no estômago, cefaléias e às vezes palpitações. A valeriana organiza nosso subconsciente. Regula as impressões não compensadas e sobretudo as experiências recebidas negativamente ("às avessas", isto é, de modo desarmonioso). Minha avó já havia me ensinado secretamente que a valeriana é um remédio indispensável para as pessoas que, de vez em quando, "têm a cabeça virada". A valeriana se adapta especialmente ao tipo de indivíduo que vive segundo normas inflexíveis quase inseparáveis do esquema de pensamento racional, devotado ao princípio da causalidade. São as "verdadeiras" pessoas conscienciosas, tanto no sentido harmonioso como no desarmonioso. A tintura de valeriana é recomendável nos casos de sensações de inquietude e de temor ansioso, provenientes de situações como as inerentes ao esquema descrito acima.

A dose inicial poderá ser de cinco a dez gotas três ou quatro vezes ao dia. Nas "situações explosivas", podem-se tomar (se for o caso) quinze gotas quatro vezes ao dia. A valeriana, entre outros, usada com prudência, poderá vencer o bem conhecido medo dos exames. Esta tintura tem a grande vantagem de não ter efeito soporífero nem de torpor, provocando, ao contrário, a capacidade de juízo equilibrado que a situação contingente exige.

Não faça uso da valeriana por períodos mais longos que três semanas consecutivas, no máximo, intervalando esses períodos com pausas, também de duração de duas ou três semanas. As pessoas de estômago hipersensível devem ingerir as gotas de valeriana em um copo cheio d'água, e não se limitar à quantidade de uma colher de mesa. A valeriana, de fato, exerce uma notável ação constritória (inofensiva) que poderá, porém, ser causa de qualquer ligeira cãibra nos casos de labilidade gástrica. Tomando as gotas com muita água, este "fenômeno colateral" pode ser evitado. Definindo esse efeito como constritório, evidencia-se uma vez mais a analogia com algumas expressões idiomáticas: nós dizemos de fato "contraído de ansiedade". A valeriana também conduz a reação análoga.

"O semelhante é curado pelo semelhante", ensina a homeopatia; ou, como se disse uma vez: "atingido o momento mais difícil, advém a melhora". Outro "efeito colateral" produzido pela valeriana é a eructação. Também nesse fenômeno é individuável a essência da ação deste vegetal: o efeito constritório (contraente) é seguido da ação eructiva, isto é, liberatória. Constatamos novamente que o esquema

Valeriana officinalis

da planta é totalmente análogo ao esquema psíquico em que o indivíduo se encontra, no caso específico.

Não use "superficialmente" esse remédio natural, mas procure compreender a essência do esquema. Somente então você poderá verdadeiramente curar a alma e o corpo.

Argentina *(Potentilla tormentilla)*

Como no caso da valeriana, também desta planta utiliza-se a raiz. A ação constritora da raiz da argentina é notavelmente mais intensa que a da valeriana, de modo tal que a sua ação hemostática é, de há muito tempo, renomada. Em 1554, Dodonaeus escrevia, entre outros, em seu *Herbário* a propósito da argentina: "Estanca até as hemorragias / a emissão de sangue pela uretra (hematúria) / o fluxo superabundante das mulheres / e extravasamentos sangüíneos de qualquer espécie (hematomas)". O valor efetivo da raiz da argentina não está em sua característica hemostática, mas no fato de que a argentina é um ótimo remédio para as ansiedades. As hemorragias curáveis com a tormentilha, como também é chamada, são a conseqüência evidente da presença de um estado tormentoso; o que em nossa psique se manifesta como um excesso de temor ansioso, no caso uma espécie de "infiltração nervosa" que produz nos órgãos — como o estômago, os intestinos, a bexiga ou o útero — uma hemorragia (isto é, a analogia fisiológica da "infiltração"). Em ambos os casos, de fato, se rompe a camada normal de proteção (no físico a mucosa pituitária e na psique a "soleira de resistência"). O estado nervoso curável com a argentina é de natureza muito mais "violenta" e angustiosa do que o atacável com a valeriana, se bem que, externamente, pareça menos manifesto.

A valeriana se adapta principalmente ao tipo "reflexivo", a argentina é a planta indicada para o tipo "hiperativo". O tipo valeriana é "raciocinador", isto é, pode agir segundo a razão e a lógica para procurar um caminho de saída. O tipo argentina não estará, absolutamente, em condições disso. A sua natureza não se manifesta, de fato, de modo logo-sômico ou intelectual. Os seus "hematomas" psíquicos não encontram saída, de tal modo que o desafogo sobrevém no físico: hemorragias. Também nos casos reagentes à argentina, a causa é procurada em uma vida psíquica não suficientemente controlada. Na eventualidade de "violentos estados de angústia" (transbordamentos da psique — sobretudo se acompanhados de violentas diarréias), será oportuno tomar, a cada dez minutos, quinze gotas de tintura de argentina, dose que se poderá repetir cinco vezes seguidas. Tão logo haja recobrado um pouco de calma, dez gotas de tintura de arruda (*Ruta graveolens*) reforçarão a *vontade*. As peculiaridades desta última planta são descritas em meu livro *As plantas medicinais contra o stress.*

Se você seguir à risca o esquema acima descrito, o uso regular da argentina só poderá ajudá-lo. Dez gotas, uma ou duas vezes ao dia, regularão e harmonizarão o organismo. O uso desta planta pode ser ininterrupto e prolongado. Todavia, você pode se servir utilmente dela somente se se tratar verdadeiramente de distúrbios emocionais do tipo "hemorrágico", que não têm possibilidade de saírem verbalmente, isto é, por meio do diálogo. Aprofunde-se no esquema relativo! Ao indivíduo que costuma ter muito além de seus conhecimentos limitados (interessante constatar como o dito a propósito está em nossa língua: "olhar mais adiante do próprio nariz", e "pôr o nariz nas ações dos outros", isto é, intrometer-se em alguma coisa por meio do próprio meio cognitivo, nariz = cheiro) quero ainda aconselhar o que segue: em caso de hipertensões ansiosas, ou até angustiosas, para as quais não se encontra via de descarga, alterne o uso da argentina com a oração do "Pai-nosso". Reze-a mantendo a mão esquerda estendida para a frente (palma voltada para baixo) e a direita pousada no "plexo solar" (entre o estômago e o umbigo). Você vai descobrir que "os milagres" não se produzem por magia, mas muito simplesmente se baseiam na mística primitiva (a sabedoria divina). Quem quiser se aprofundar no assunto, leia um dos melhores romances parapsicológicos que já foi escrito até hoje, *Miet van Diik*, de Jo van Dorp-Ypma. Infelizmente, este livro se encontra somente no antiquário. Procure-o na biblioteca de uma velha tia, ou de uma avó. Talvez ainda o encontre. Será então que descobriremos o verdadeiro, profundo valor de muitos nossos chamados romances *provinciais*. Aperceber-nos-emos que não se trata somente de "literatura romântica".

Potentilla tormentilla

Consólida *(Symphitum officinalis)*

Planta decididamente saturnal. Qualidade que aparece, entre outras, no que poderemos chamar o seu "uso primário". Ela, de fato, é empregada para sanar eventuais danos da nossa estrutura óssea (como, por exemplo, as fraturas). Essa estrutura é forma de manifestação do esquema Saturno (o esqueleto dá ao indivíduo o seu apoio, a sua forma).

Também a floração da consólida nos indica o caráter saturnal. Perfeitamente saturnais são as suas flores, compostas e em forma de campainha, voltadas para a terra (força de gravidade, melancolia). O tipo melancólico é totalmente representado pela consólida.

A consólida se adapta ao indivíduo eternamente oprimido por medos indeterminados, conseqüência de uma consciência perenemente inquieta. Tipo melancólico por excelência, que vive segundo os dogmas, princípios e esquemas nitidamente delineados (forma). É o indivíduo hipocondríaco que reprime toda a alegria de viver, que se esforça em regulamentar a própria existência na abjuração de qualquer espontaneidade. Regime de vida "predicado" pelas comunidades religiosas de rígida observância calvinista, descrita de modo insuperável nos livros de Herman de Man (entre outros: *A água que sai* e *Ramos e rosas*).

A consólida é indicada ao indivíduo para o qual a religião significa medo e a "fé" não encerra o mínimo traço de "alegria de viver".

A consólida cresce sempre nos locais em que ela se faz mais necessária.

Descobriremos uma posterior conexão, observando o tipo já descrito: melancólico, pessimista, que parece de um certo modo também rígido e inflexível no aspecto físico. Não é certamente o indivíduo alegre e relaxado que se move com desenvoltura. A consólida influi também em nosso sistema motor! O tipo introvertido e hipocondríaco usa dez gotas da tintura de consólida diariamente, melhor ainda empregar a diluição homeopática Symphitum D6, encontrada em farmácias.

Infelizmente, o indivíduo que necessita de uma quantidade maior de "sol" na própria vida não seguirá, provavelmente, os bons conselhos contidos na análise supradescrita, visto que, atendo-se estritamente à própria natureza, a julgará somente um libelo "blasfêmico" ou não-científico. Infelizmente!

O indivíduo de que se trata não será o único a permanecer no "frio" (Saturno); a mesma sensação se propagará ao seu ambiente. O melancólico entendeu muito mal o que significa realmente o amor. Não é um caso que mesmo nos círculos de forte influência saturnal

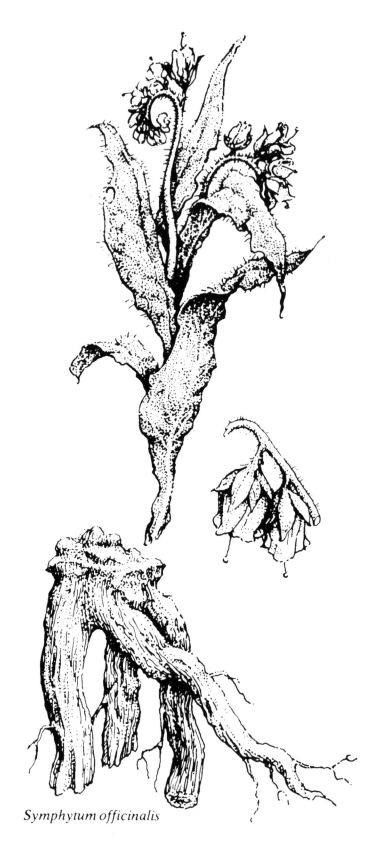

Symphytum officinalis

aconteçam "coisas graves". O fenômeno é interpretado como "castigo do pecado".

O tipo hipocondríaco, saturnal, foi otimamente descrito no livro *Praw! Um céu de temporal,* de Marten Toonder. Refere-se a este contexto a história "O monstro da multidão em trote". Nesta história, Tom Poes e Ollie B. Bommel devem combater um monstro que em muitas ocasiões ameaçou o povo dos trotadores. Esse povo apresenta todas as características do indivíduo saturnal. Finalmente, acontece que esse monstro nada mais é que a encarnação do trote da própria população. De fato, as pessoas pressentem sempre a sua vinda (medo). Há, por outro lado, um grande número das chamadas galerias, onde podem fugir. Tom Poes descobre que essas vias de salvação são ligadas uma à outra por meio de corredores subterrâneos e que a população em fuga, reagrupando-se, acaba por se prender, fechando o monstro, o qual, saindo de uma gruta, no final de sua corrida concêntrica, destrói-se a si e o lugar em que foi gerado. Quando tudo acaba, os trotadores começam a reconstruir tudo com oprimente seriedade, sabendo que a sua obra será novamente ameaçada ou agredida. Esta é a índole do pessimista angustiado e saturnal: ele mesmo é a causa da própria desventura!

Não é por acaso que está escrito na Bíblia:

"Onde vive o amor, O Eterno ordenou a bênção" (Salmo 133).

O homem saturnal é muito ansioso e introvertido, para amar e ser amado; obstacula por isso, literalmente, a sua própria felicidade. Desejamos-lhe que a consólida possa contribuir para a "liberação" de uma doença (temor angustioso), que nasce no próprio indivíduo e que serve de ajuda para reacender um clarão de alegria de viver, que poderemos chamar "reconhecimento".

Arcangélica *(Angelica archangelica)*

H. Kleijn conta, em seu *Léxico Botânico dos Países-Baixos*, que a arcangélica, segundo uma antiga lenda, é dada ao homem pelo arcanjo São Rafael, para combater a peste. Nos velhos herbários (entre outros os de Dodonaeus e Nijlandt) a arcangélica é citada por sua ação protetora contra as doenças infecciosas e, em particular, contra a peste. Por que então a arcangélica deve ser usada como planta medicinal contra a ansiedade e a angústia? Tratando-se de sensações angustiosas, podemos novamente descobrir uma analogia com o esquema saturno. Uma das formas de manifestação deste esquema é a esclerótica contração física e mental do indivíduo que, como conseqüência, não sendo mais habilitado a se purificar suficientemente, retém em si muitas "substâncias nocivas". São justamente essas "substâncias nocivas" (entre as quais até a intoxicação causada por nossa conduta psíquica!) que tornam o homem ansioso e suscetível aos influxos falsos provenientes do exterior. Não é, talvez, sabido que um homem realmente "sadio" não sofreria o mínimo prejuízo, mesmo se caminhasse nu na neve, com uma temperatura de dez graus abaixo de zero? O que o atinge de fora (o frio) não o prejudica. Quão diferente a condição de um indivíduo cheio de humores tóxicos e impuros: resfriado, gripe e pulmonite serão inevitáveis. O indivíduo se protege com a "pureza interior" do organismo, contra os maus influxos de fora.

Existe um vínculo muito mais estreito do que o indivíduo de pensamento lógico e racional possa imaginar entre o aparecimento da gripe e a presença de sensações angustiosas. Atribuímos as doenças infecciosas a uma bactéria ou a um vírus. Do ponto de vista causal, é incontestavelmente verdade. Entretanto, a verdadeira causa é mais profunda. As bactérias e os vírus não produzirão danos de espécie alguma à pessoa imune às sensações de medo e que disponha de um organismo absolutamente "não-contaminado". Apercebo-me perfeitamente que este modo de pensar (esta doutrina) pode se tornar dificilmente aceitável para muitas pessoas (sobretudo para aquelas de formação estritamente racionalista). A crônica, porém, nos oferece a demonstração: Por que aquele homem e não outro é contagiado pelo vírus de uma doença infecciosa? Uma explicação racional não é possível. Segundo o pensamento baseado na causalidade, poder-se-ia dizer: naquele caso, o indivíduo "teve sorte". Infelizmente, esta explicação extremamente irracional é somente um sofisma. A predisposição a determinadas doenças se encontra encerrada no próprio indivíduo.

A arcangélica exerce, antes de tudo, uma ação purificante, e se adapta particularmente ao indivíduo que se ressente de indefinidos estados ansiosos e apreensivos, causados por humores físicos impuros.

Esta planta é adequada às pessoas que dificilmente conseguem dar forma ao seu "eu", e portanto vivem com um certo "medo de errar". Isso quer dizer: considerar não estar à "altura" em qualquer eventualidade. A arcangélica infunde a esperança, a fé, a confiança e, por conseguinte, uma sensação de segurança. Com a sua ação depurativa, a planta estimula a valorização do "eu" pessoal (não entendido em sentido egoístico). Reforça a *fé* (reavaliando as faculdades intrínsecas) e faz de você uma pessoa nova.

Use a planta dessecada ou a tintura. Com a planta dessecada se faz uma infusão, misturada eventualmente com o hipérico. Em caso de abatimento (que determina sempre indefinidas sensações de medo), pode-se tomar três ou quatro vezes ao dia uma xícara de infusão. Pode-se usar também a tintura na medida de dez gotas, em uma colher de água, três vezes ao dia. No caso de uma forma de depressão muito "radicada" (como a do esquema supradescrito), pode-se experimentar também a diluição homeopática Angelica D3: sete gotas, três vezes ao dia.

Dito isto, tenha presente que a arcangélica é ligada à situação exposta no conto seguinte.

No século XVII, enquanto a Bíblia era traduzida por um grupo de "senhores cultos", grassava uma epidemia de peste. Malgrado este fato, nenhum dos tradutores foi atacado pelo terrível morbo. Pode parecer um milagre, se se considerar o número dos que foram afetados. O segredo? Aqueles homens se ocupavam de "verdades primordiais", e com elas viviam, provavelmente, em simbiose. Veja que aqueles tradutores, presumivelmente, não tinham vivido como "devotos", como geralmente querer-se-ia fazer crer. A Bíblia não é um livro "devoto". Ao contrário. É um livro que contém verdades de vida. Os tradutores deviam penetrar em seu núcleo. Caso contrário, não teriam conseguido interpretar sua tradução. E foi o conhecimento adquirido no núcleo das verdades primordiais que os tornou "invulneráveis".

Será o indivíduo "internamente íntegro" que, impelido pela fé (isto é, irradiante), poderá conceber a vida assim como ela deve ser vivida. A liberação se verifica com a compenetração da "consciência pura". Reconhecida a verdade primordial, o indivíduo não mais terá motivo de temer incumbências angustiosas. Será a revelação das prerrogativas do verdadeiro "ser", como foi exprimida pelo sábio Lao-Tsé:

Angelica archangelica

"Quem se mantém na ponta dos pés, não está em equilíbrio.
Quem estende as pernas, não caminha.
Quem se coloca a si mesmo na luz, não brilha.
Quem muito se estima, não sobressai.
Quem se exalta, não tem méritos.
Quem se eleva a si mesmo, não está no alto.
Comparado a Tau, tudo isso é como um resto de comida, como um bocado de vida libertina, detestada por alguém.
Por isso, quem tem Tau, não agirá desse modo".

(Do *Tao Te King*)

Possa a raiz da arcangélica levá-lo a esta "liberação" (que é consciência), sobretudo se lhe atormenta a temerosa ansiedade de poder se enganar.

Passiflora *(Passiflora incarnata)*

Muitas pessoas sofrem de *insônia*, como fenômeno conseqüente da apreensão. Entretanto, sabemos que nem todos os estados ansiosos conduzem à insônia, e que nem todas as formas de insônia provêm da apreensão. A insônia pode ter muitas causas.*

Adentremo-nos mais profundamente na relação apreensão-insônia. Uma combinação ao alcance da mão, dirá o leitor: a apreensão gera a ansiedade que impede o sono. Tomamos um sonífero, e o problema está resolvido. Mas esta não é *a* solução, é um "paliativo". Devemos procurar uma solução mais harmônica, e portanto mais completa. A insônia provoca inquietação, nasce da sensação, que o indivíduo percebe (através da consciência), de uma falta de equilíbrio, ou de uma divergência entre realização e intentos. A consciência se faz sentir de modo particularmente inquietante. O indivíduo está no leito *enfurecendo-se*, com sensações que não consegue concretizar de modo inteligível. *Sofre* por não conseguir materializar (isto é, *dar forma*) as sugestões da consciência. Consideremos o nome desta planta: Passi (sofrer) e incarnata (nascida). A passiflora nos ajuda no que podemos chamar de nascimento (noturno) da nova "vida", resultante de uma forma de sofrimento (o remoer da consciência). Não existe melhor tempo para favorecer o nascimento de algo do que o do nosso sono. Quando as nossas inquietudes (o nosso arquejo saturnal) ameaçam nos dominar, quando não conseguimos de nenhum modo nos acalmar, nem dar a forma harmoniosa aos nossos temores ansiosos, dormir será a melhor solução.

O antigo e sábio livro hebraico, a Bíblia, já nos havia tornado cientes disso. No salmo 127, encontra-se uma passagem muito simples, que torna de modo incomparável o "esquema da passiflora":

> "Em vão você se levanta cedo e tarde você vai repousar, e come o pão de dores (esquema Saturno): ele o dá aos seus amados, enquanto estes estão dormindo".

Admiro-me sempre ao constatar que primordial sabedoria é encontrada nas antigas tradições.

O sono é um remédio sem igual. E a passiflora nos ajuda a adormecer, sobretudo quando nos irritamos (comer o pão de dores) e nos afligimos, não conseguindo fazer senão com que as nossas melhores intenções venham à luz.

---

* Leia-se, a propósito, entre outros, o que foi dito a esse respeito no meu livro *Dormir bem com as plantas medicinais*.

Reflita sobre o nome da planta. Nele está encerrada toda a sua *essência*. Se perceber em você qualquer analogia com o que se disse anteriormente, tome cinco gotas de tintura de passiflora três vezes ao dia, mais vinte e cinco gotas em um pouco d'água antes de deitar-se. Faça-o durante algumas semanas seguidas, de modo que, no sono que você vai desfrutar, desapareçam as ansiedades. Experimente considerar o esquema que se encontra na base do seu problema. Como está escrito no salmo citado: "Ele dá igualmente aos seus *amados*" (isto é, ao indivíduo que quer tomar consciência dos princípios cósmicos e naturais, e tornar-se cônscio de que há coisas maiores entre o céu e a terra que um entendimento racional e conseguinte). "Enquanto eles dormem." O sono é geralmente a melhor solução para toda espécie de problemas e desequilíbrios. Deverá, por isso, ser conscientemente procurado e não limitado a uma tentativa de fuga da realidade. Se você se sentir disposto a dar ao sono uma probabilidade de sucesso, recuperará as suas faculdades, porque o sono trabalhará por você.

Passiflora incarnata

Lúpulo *(Humulus lupulus)*

Como a passiflora, também o lúpulo tem uma ação soporífera. Entretanto, existe uma clara diferença entre a "natureza" do lúpulo e a da passiflora. A passiflora se adapta sobretudo aos casos de insônia causada por irritações ansiosas e "sem sentido" (impossibilidade de se concretizar). A insônia reagente ao lúpulo refere-se mormente às reações mais inquietantes. Os "fantasmas" da nossa imaginação se tornam quase realidade, se bem que nos tenha vindo menos capacidade de atribuir-lhes qualquer relatividade. Esta planta é util também nos casos de agitação e insônia conseqüentes a uma vida sexual muito emotiva. As sensações angustiosas podem tornar-se tão violentas no tipo lúpulo, de modo a fazer nascer o *pânico*, fenômeno que pode se apresentar sobretudo depois de um pesadelo. A pessoa desperta repentinamente e salta para sentar na cama tomada de pânico: geralmente, não é mais possível retomar o sono. Nesses casos, use a infusão ou a tintura de lúpulo. Se essa contingência se apresenta regularmente, duas ou três xícaras de lúpulo o ajudarão. A última dose de infusão deverá ser ingerida meia hora antes de deitar-se. Nos casos acidentais, pode-se recorrer à tintura: eventualmente, de quinze a vinte gotas para adormecer. Se o interessado se levanta de noite tomado de pânico, poderá repetir a dose. O indivíduo "levado à meditação" poderá tomar esta dose combinada com dez gotas de valeriana: aquele que for levado à ação, ao invés, com dez gotas de cinco folhas. Em caso de "temor-pânico" supradescrito, é muito importante que a pessoa não se superexcite sexualmente (por isso, nenhuma "situação particular"). Uma vida sexual harmoniosa e serena é essencial para o tipo sujeito ao "temor-pânico". Mediante isso, poderemos trazer à luz muitos aspectos de nossa experiência inconsciente. A sexualidade não deverá, todavia, se tornar um desafogo em sentido negativo.

As plantas medicinais ansiolíticas

Antes de tratar das diversas plantas em particular, será necessário, para uma total compreensão, antepor algumas observações gerais. No Capítulo 2, vimos que a apreensão é um fenômeno netuniano. Isso significa que se trata do invólucro astral que se tornou finíssimo, pelo que a osmose se verifica com muita facilidade. O indivíduo parece exageradamente sensível aos acontecimentos "ambientais". É, todavia, importante distinguir entre "ambiente normal" (que não opõe dificuldades de espécie) e "ambiente particular" (onde, no caso de um invólucro astral permeável, podem sobrevir influências anormais). A fim de poder penetrar neste conceito, devemos tomar ciência que o nosso caráter é constituído de dez faculdades primitivas (análogas aos dez planetas atualmente conhecidos e às suas combinações).

Temos relação com os corpos astrais abaixo relacionados, ordenados sucessivamente segundo a velocidade de seu movimento aparente em relação à Terra.

Lua (a reflexão, a reatividade).
Mercúrio (o pensamento conseqüente, o raciocínio, a circulação).
Vênus (o relativismo, as relações; sob esse esquema se encontram a arte e o amor, dada a sua natureza relativista).
Sol (a essência mais profunda do indivíduo, o "superego", o Espírito, o eterno, aquele que realmente abriga nas profundezas do coração).
Marte (a energia, a atividade, a força, a vontade, a ânsia de viver).
Júpiter (a confiança, a fé, a "essência" melhor do homem, a cura, a saúde).
Saturno (o princípio formativo, o tempo, a consciência, o medo, etc.).
Urano (a renovação, o inesperado, o influxo desenervante).
Netuno (a solubilidade, o indistinto, o "não-terreno", o espírito, o que da terra se endereça ao espírito).
Plutão (a usurpação, o domínio, o demoníaco, Deus e diabo, o núcleo biológico da própria vida, por isso o controle da taxa albuminosa da natureza. Hipnose e magia, como expressões de domínio do próximo).

Desta enumeração, Plutão é o último planeta na série dos corpos celestes. Visto da Terra, todo corpo celeste pode "atingir" Plutão. Isso quer dizer que Plutão (como agente cósmico caracteriológico) dispõe, mais ou menos, da "última palavra". Percebemos isso em nossa vida cotidiana. De qualquer modo, contra as prerrogativas plutônicas — como magia, hipnose, domínio, violência e semelhantes — não se pode resistir. Estamos em seu poder. Mas passemos agora à apreensão. O esquema Netuno, hipersensitivo, do qual a apreensão ansiosa é uma forma de manifestação, não provém de faculdades humanas simbolizadas pelo Sol, até Urano inclusive. Ao contrário. Netuno não pode encontrar resistência nesses esquemas astrais. Netuno pode unicamente "chocar-se" (isto é, entrar em conflito) com Plutão. Aqui se acha o segredo das causas da apreensão. Essas causas são pesquisadas no confronto com faculdades e elementos quase sobrenaturais da vida humana. De um lado, confronto com o *divino* (isto é, a forma de manifestação harmoniosa de Plutão) e de outro com o *diabólico,* na vida terrena (isto é, a forma desarmoniosa). Até este momento, Plutão é o último na escala dos corpos celestes. É a energia "extrema", como se manifesta ao homem de hoje. Eis por que toda cultura dependente do planeta, que se acha no último lugar na série das energias cósmicas, tem uma *configuração divina* diversamente *colorida.* Para harmonizar as forças desarmoniosas de Plutão, que são a causa da apreensão ansiosa, nos será possível, entre outros, recorrer às ervas *antidiabólicas.* Neste ponto, é o caso de recordar um procedimento sancionado pela homeopatia: o semelhante é curado pelo semelhante (veja a este propósito o que disse amplamente no Capítulo 5).

As ervas que mencionei são vegetais cujo esquema é análogo ao de Plutão, no que se refere à sua ação e à sua essência. Estas plantas medicinais redimensionam o domínio plutônico e, assim fazendo, protegem contra os influxos indesejáveis ressentidos sobretudo pelos hipersensíveis (com membrana astral fina). A este grupo botânico pertencem o licopódio (*Lycopodium*), a celidônia-maior (*Chelidonium majus*) e a família das Labiadas.

Notável é o fato de que, desde a Idade Média, as Labiadas eram qualificadas como *Fugae Demoneae* (expulsa-demônios). Não é por acaso que as plantas plutônicas apresentam uma particularidade em relação às outras plantas. O licopódio, por exemplo, não se produz "dualisticamente". As Labiadas, por outro lado, têm flores que assumem uma posição *horizontal* (não são por isso endereçadas para o Sol ou para a Terra). São plantas que, contra a sua própria natureza, parecem procurar contatos com o ambiente em que vivem, e ao qual tendem a ser ecologicamente afins. A posição de suas flores manifesta uma tentativa de introdução no mundo animal. A planta, obviamente, não pode se deslocar, e uma sua eventual relação biológica está condicionada a quem dela se aproxima. Entretanto, as Labiadas deram um passo no mundo animal. Conseqüentemente, elas pertencem à "ordem superior" do mundo vegetal (análogo ao esquema Plutão, que representa também a ordem máxima dos es-

Humulus lupulus

quemas cósmicos). As Labiadas dão a entender ter quase ultrapassado o confim imposto por sua "natureza vegetal" (uma comparação possível é a tendência do humano em direção ao divino). São os magos das plantas; razão pela qual são denominadas "expulsademônios", segundo o princípio cósmico primordial.

Resumindo, podemos dizer que o esquema Plutão revela sempre algo de uma "extrema" forma de manifestação. Esta, para o homem, pode ser o divino ou o diabólico; para as plantas será, por exemplo, a superação da delimitação da própria essência do vegetal na "experimentação" do reino animal. Para o homem, o divino é a fase seguinte do "ser"; para as plantas, ao invés, o é o mundo animal. Analogamente temos, por exemplo, animais que entrevêm o mundo humano (por exemplo, o cavalo e o macaco).

Procure entender o intrínseco significado dos princípios naturais supradescritos. Refira-se essencialmente às analogias. Não procure uma prova causal ou uma explicação racional. A conexão entre fenômenos que não têm nada de racional em comum é a chave que pode abrir a porta a um entendimento mais profundo. Para ajudá-lo a pensar deste modo, a imagem seguinte poderá ser-lhe útil. Todos sabem que dois e dois são quatro. É uma operação racional de adição. Entretanto, dois e dois podem, em essência, fornecer qualquer número. Como, dirá você? Bem, a soma de dois mais dois depende inteiramente do que o *dois* representa em *essência.* Para dar um exemplo: duas vacas magras mais duas vacas magras são quatro vacas magras. Duas vacas gordas mais outras duas vacas gordas são quatro vacas gordas. Em ambos os casos, parece que dois e dois são quatro. Todavia, o resultado final é diferente. Em um caso estamos diante de uma quantidade quatro que, com *efeito,* é diferente da quantidade quatro do outro caso. Entende agora por que o pensamento conseqüencial, racional do homem não pode dar a última palavra? De fato, não explica nada, pelo conteúdo, da essência, da qualidade do assunto de que se trata. O racional é muito útil, contanto que se refira à quantidade, à medida. Daí que o indivíduo, como totalidade, como criatura entendida em sentido cósmico, jamais pode ser considerado *somente* do ponto de vista racional. Aproxime-se por isso, partindo desta doutrina, das plantas medicinais ansiolíticas, que tratarei a seguir.

Licopódio *(Lycopodium clavatum)*

Esta planta pode ser chamada "o rei" das plantas plutônicas. Heimans, na *Flora ilustrada,* escreve, a propósito das Licopodiáceas: "Família de grandes plantas com estrutura arbórea largamente presentes na era primária (período primordial), que formavam selvas palustres, de onde se originou em seguida o carvão fóssil". Esses enormes licopódios são a herança de um tempo em que o pensamento dualístico ainda não havia nascido. É presumível que se tratasse do tempo em que o homem não havia ainda assumido a aparência atual no corpo e no espírito. O licopódio se concilia com a fase que se pode denominar "trans-humana", referente a um mundo que ultrapassa o primeiro confim com a raça humana. Como já vimos no breve interlúdio precedente, a questão se baseia em vários reinos da natureza, cada um com o próprio limite. A ansiedade é causada por influxos externos às limitações humanas, pelo menos à limitação válida, ao momento atual, para o homem médio. Por esta razão, na Bíblia, se fala sempre de temor, quando se trata de uma manifestação proveniente do "reino divino da natureza". Cosmicamente interpretadas, estas formas de manifestação pertencem ao esquema Plutão. O indivíduo, vivendo segundo as normas da "vida diária", se apercebe pouco ou nada dos influxos desse reino natural "trans-humano". Encontramos o mesmo fenômeno na Astrologia. São justamente os chamados "planetas misteriosos" (Urano, Netuno e sobretudo Plutão) que freqüentemente opõem numerosas perplexidades e problemas à interpretação de um horóscopo de nascimento. Isso ocorre porque esses planetas configuram a essencialidade mais refinada do homem. Talvez em centenas de anos, estes esquemas cósmicos poderão ser observados e percebidos claramente como os "antigos sete" (o Sol até Saturno, inclusive). O homem médio se apercebe apenas das forças primordiais encerradas em sua existência, ou as ignora de todo. Eis a razão pela qual o temor ansioso, *neste momento,* permanece um fenômeno para-humano, primitivo, de tal modo, como mencionei anteriormente, que pertence às formas de manifestação trans-humana. Conseqüência lógica desta consideração é que o temor ansioso se manifesta, provavelmente, de modo muito menos definido que o medo. O medo é próprio do homem, assim como ele vive atualmente, biologicamente condicionado pelos princípios do reino natural humano. São, portanto, somente as pessoas muito sensíveis que vivem segundo os princípios cósmicos que experimentam a ansiedade. Ela se manifesta nos indivíduos dos quais se diz que possuem um sexto sentido, ou que podem perceber "uma outra realidade".

O licopódio se adapta ao mundo da experiência, no qual são dominados (Plutão) pelos sentimentos provenientes de "saber" (percepção) e "não-saber" (em sentido metafísico). Trata-se da experiência de vida vivida, da consciência adquirida, que até os limites humanos racionais são somente *relativos*.

Podemos, por um instante, entrever um "outro mundo", sem conhecer realmente alguma coisa, sem pretender compreender os princípios que o regem. Em momentos semelhantes, temos a percepção de sair de nós mesmos, e nos apercebemos que a existência conhece outras dimensões das inerentes à vida cotidiana. Bem, naquele momento, pode surgir um estado de temor ansioso. Por um instante, havíamos "dominado" a realidade e visto nós mesmos (ou a humanidade em sentido genérico) "como espectadores". Naquele átimo, havíamos percebido a "perspectiva total" da qual (e isso é extraordinário) nós mesmos fazemos parte. São os momentos durante os quais penetramos até a raiz da "existência primordial". Talvez seja justamente aquilo que é entendido no livro dos Provérbios, quando se cita o "temor de Deus" incumbente quando se dirige o olhar em direção ao "outro mundo". É o princípio de toda sabedoria (isto é, do conhecimento das "raízes" do nosso ser). Portanto, quis escrever, a título de segundo capítulo: Como o temor pode levar à sabedoria. Isto é, que os sentimentos de apreensão podem envolver-se, transformando-se em sabedoria. Em outras palavras: a apreensão é um *pródromo* da verdadeira sabedoria que o indivíduo imune de temor jamais possuirá.

O que poderá significar o uso do licopódio para nós, homens viventes na realidade de todos os dias? Bem, a forma de manifestação do esquema-temor (Plutão) até aqui esboçado, apresenta uma tendência harmoniosa. Todavia, existe também uma forma de manifestação desarmoniosa: todas as coisas possuem duas faces.

Se nos encontramos enfrentando a forma de manifestação desarmoniosa do esquema Plutão, o fato poderá, sem dúvida, ter como conseqüência que o nosso próprio "eu", o nosso ser mais profundo, seja aterrorizado pelas forças negativas do "outro mundo". Isso significa que podemos ser vítimas de processos falsos, como ocorre no hipnotismo e nas práticas mágicas. Não experimentaremos somente a sabedoria divina conseqüencialmente ao esquema Plutão, mas sim a forma de manifestação desarmoniosa deste último, como se efetua na "ação diabólica". Deus e diabo não são talvez duas formas de manifestação do mesmo princípio original? São a suprema verdade, seja do positivo como do negativo.

Mas, retornemos ao uso do licopódio na realidade concreta da vida cotidiana. Como ponto de partida geral, podemos afirmar que

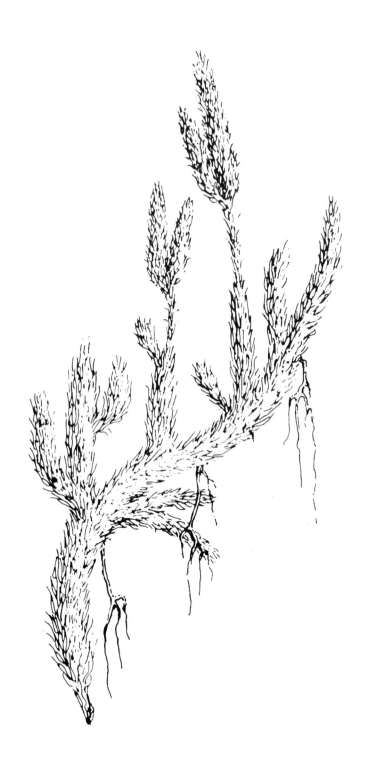

Lycopodium clavatum

o licopódio se adapta a todas as situações em que se trate de uma *questão de prevalência*. Há sempre um opressor e um oprimido. A prática nos ensina que esta planta exerce uma ação particularmente salutar nas crianças muito pequenas e nas pessoas muito idosas. Geralmente, as crianças são *dominadas* pelos pais, educadores, avós, etc., de modo tal que mal conseguem se desenvolver e formar o seu próprio "eu". Essas crianças se tornam, em muitos casos, apreensivas, porque não sabem como e de onde se origina o predomínio (geralmente até muito bem entendido!) a que estão sujeitas, e muito menos ainda conseguem entendê-lo. Segundo a mentalidade infantil, trata-se de uma coisa que vem de um "outro mundo" (vide o início desta dissertação). Uma criança poderá, no máximo, conceber as boas, mas excessivas intenções dos adultos, como uma "violência diabólica", proveniente de uma esfera totalmente diferente da sua.

Encontramos o mesmo esquema na situação hodierna das pessoas idosas. Uma vez "colocadas" em uma casa de repouso, estes velhos, que da vida geralmente adquiriram uma sabedoria filosófica, permanecem aturdidos pelos apelativos de "vovozinho" e "vovozinha", de que, a cada minuto, são feitos objeto. Malgrado toda a "aparente" amabilidade com que são tratadas essas pessoas, são, na realidade, denegridas e ofendidas em sua dignidade existencial. Este quadro o tive claramente diante dos olhos quando um dia ouvi dizer de minha bisavó de oitenta e cinco anos — que infelizmente se achava em uma casa de repouso: "Esses rapazes" (o pessoal da enfermaria, inclusive o médico) não põem na cabeça que devem escolher o que é melhor para mim. Toda a minha vida estive em paz com a valeriana e um belo pedaço de toucinho no pão. Agora não me venham dizer que me sentirei tão bem se emagrecer, chamando em testemunho toda a ciência arrancada de seus livros!". Já, e malgrado a sua porção diária de toucinho no pão — e talvez até graças às gotas de valeriana — a minha bisavó viveria até os noventa e um anos. Ela não era do tipo de se deixar subjugar. Na vida diária não se podia certamente considerá-la uma mulher de caráter fácil. Tinha uma personalidade de quem era aconselhável se levar em conta. Não era realmente uma "vozinha amorosa". Talvez fosse aquela a sua salvação. Mas, para as pessoas mais "brandas" e gentis da natureza, a existência de uma casa de repouso poderia significar a demolição definitiva de seu "eu". O licopódio poderia ser um agente harmonizante em casos semelhantes.

Finalmente, ainda algumas particularidades no uso desta planta. Na forma não diluída, ela não exerce ação relevante. Parece que as propriedades curativas do vegetal se manifestam completamente somente quando o conduzimos além dos limites do "normal".

Particularidade, considerando o que disse anteriormente, completamente análoga à sua essência. As propriedades curativas se manifestam completamente somente quando a usamos em diluição homeopática a D12 (ver, a propósito, o Capítulo 5). Esta diluição será sobretudo adequada às crianças e aos velhos que se encontram na situação já mencionada.

A diluição é igualmente indicada quando se trata de suportar contingentes "excessos de poder". Tomam-se então cinco grânulos de Licopodium D12, uma vez ao dia. O Lycopodium D200 é recomendável para as pessoas muito sensíveis, sobretudo para as apreensivas e ansiosas, conseqüentemente a uma percepção que vai além da realidade "normal" (latente faculdade "paranormal"). Tomar, nesse caso, cinco grânulos no máximo, uma vez a cada dois meses. Esta última indicação vale sobretudo para os que têm uma "percepção" da outra realidade, mas não conseguem arquivá-la em sua vida cotidiana. Eis por que, em casos desse gênero, sucede um estado ansioso.

Este exame minucioso terá suficientemente tornado ciente o indivíduo verdadeiramente apreensivo, de modo que possa receber plenamente apenas as influências realmente favoráveis.

Celidônia-maior *(Chelidonium majus)*

Esta planta adquiriu fama sobretudo como remédio para as afecções hepáticas e biliares. Um fígado entorpecido reage rapidamente aos estímulos da celidônia. Qual é, portanto, o segredo substancial desta planta? O fígado é a sede da nossa potencialidade imaginativa. Seria de fato impossível sonhar, prescindindo da funcionalidade hepática. A ação do fígado poder-se-ia comparar à concepção mitológica. Isso significa que o trabalho "hepático" do cérebro se desenvolve, sem distinção, entre significações humanas e universais. Na era mitológica, eram as potências (os deuses) a condicionar a imaginativa da humanidade, como criadores da organização desta última. A "vida" (o fígado) se encontrava em um nível superior do "pensamento" (entendido como *ratio*, atividade intelectual). Na era mitológica da humanidade, pensava-se em imagens concretas. O pensamento abstrato se desenvolveu somente mais tarde, conseqüentemente ao desenvolvimento da propensão humana para o pensamento intuitivo. Disto pode-se tirar a seguinte conclusão: aquele que pensa em concomitância com o seu "cérebro abdominal" (o fígado), está mais próximo da verdade original que o que vive principalmente seguindo as aquisições do pensamento analítico abstrato. A atividade do nosso "eu consciente" é, em grande parte, dependente da medida em que funciona o nosso fígado, e é justamente esse "eu" que constitui a "central" da nossa atividade humana (fígado). Asserção continuamente confirmada pela prática: as pessoas com funções hepáticas entorpecidas dispõem também de uma consciência do "eu" hipodesenvolvida e de uma capacidade de resistência emotiva insuficiente.

A ansiedade curável com a celidônia não é tanto aquela gerada por situações de "opressão", reagente ao licopódio; refere-se geralmente às impressões "não comuns" que pertencem efetivamente ao esquema diário, mas não podem ser elaboradas devido ao "eu" sem energia. A apreensão atacável pelo licopódio deriva de influxos provenientes do exterior dos limites "coletivos". A apreensão do tipo celidônia é a conseqüência de uma insuficiência muito mais parcial do "eu humano".

Esta planta se adapta totalmente à pessoa que reage com apreensão (e por isso desviando-se de seu curso normal) a tudo que não conhece. Novas impressões e novas situações conduzem facilmente à confusão (ansiedade). Neste caso, o "eu" não está em condições de dar forma ao que experimenta. O licopódio se harmoniza com a pessoa que não sabe mais como se comportar com as impressões metafísicas. A celidônia ajudará as pessoas incapazes de enfrentar

Chelidonium majus

os influxos estranhos suportados pelo homem médio em seu mundo definido. O uso desta planta robustece o "eu consciente", ajuda a elaborar as impressões consideradas "não usuais" do ponto de vista individual, mesmo que interdependentes com a vida "comum". A celidônia amplia as delimitações pessoais. A capacidade de suportar os golpes torna-se maior. Assim como o licopódio, a celidônia não deverá nunca ser usada na forma não diluída. Ambas as plantas têm portanto sempre relação com a "superação de um limite". Mas, exatamente no caso da celidônia, trata-se de uma superação que, de fato, refere-se somente à área da existência diária. Podemos, por isso, nos servir de uma potência mais "baixa" que a usada para o licopódio. Quando o tipo de ansiedade for análogo ao esquema descrito, tome o Chelidonium a D3; serão suficientes de cinco a dez gotas, três vezes ao dia. O remédio deverá, portanto, ser escolhido quando se apresentarem situações que se afastam da existência habitual, como enfrentar exames, solicitar um emprego, convalescer-se em um hospital, visitar personalidades "importantes", ainda desconhecidas, etc.

Para dizê-lo com palavras modernas: a celidônia não se adapta aos estados ansiosos causados por uma opressão "estrutural" (Plutão), mas geralmente com os de origem conjuntural. Quem puder representar os seus estados de ânimo com esses turbamentos contingentes, encontrará alívio com a celidônia.

Labiadas

Já vimos que, na Idade Média, as Labiadas eram chamadas "expulsa-demônios". A origem deste nome se baseia provavelmente no fato de que as Labiadas são um tônico do "eu". Estes vegetais, dada a posição horizontal de suas flores, têm "atravessado" quase imperceptivelmente o limite entre o reino vegetal e o animal (a característica do animal é a andadura horizontal!).

O *calor* tem um papel importante na "faculdade" inerente às Labiadas de reforçar o "eu". O homem é um ser que dispõe de uma endotermia própria, de modo tal que sua temperatura corpórea quase ou não se ajusta às circunstâncias externas. O homem possui um centro termo-regulador que lhe assegura um nível de temperatura interna constante. Nos reinos vegetal e animal, não se passa assim. Pense, por exemplo, nas diversas espécies de animais que podem hibernar, apesar da temperatura externa muito baixa, à qual o seu corpo se adapta completamente (a combustão fisiológica neste caso se reduz a uma mera labareda).

Em sentido metafórico, a palavra calor é significativa na indicação da personalidade de um indivíduo (do seu "eu"). Falamos de caráter quente e frio. Encontramos freqüentemente uma personalidade quente entre as que têm um temperamento *colérico*. Este último temperamento possui, em substância, uma pronunciada consciência do próprio "eu", e é justamente o "eu" que deve ser, conforme o caso, potenciado pela entrada de calor. Vemos produzir-se esta eventualidade na criança apreensiva. Se a criança, não conseguindo elaborar determinadas impressões, torna-se apreensiva, refugia-se na mãe e reforça a consciência do próprio "eu" graças ao calor materno que lhe é dado. Quando a própria mãe não pode dar-lhe esse calor, será o *docinho* (açúcar-doçura-amor) que vai substituir a ternura. O uso do açúcar naquela circunstância não pode nos parecer estranho, se pensarmos que o próprio açúcar é sempre pacialmente convertido em calor! Como se pode então combater a fraqueza do "eu" graças à ajuda das Labiadas? Essas plantas estão entre as mais "ardentes" do reino vegetal. Esse ardor (calor) se explica no elevado conteúdo de óleo etéreo presente nas Labiadas. O óleo etéreo é uma substância particularmente volátil, comburente e aromática. Uma diferença característica entre, por exemplo, o óleo etéreo e o pesado (do subsolo), reside no fato de que o óleo etéreo se mistura com a água. Também nesta característica encontramos o efeito-calor das Labiadas: sem hidrogênio, de fato, nenhum calor é possível. A *forma* e o *sabor* da folha revelam em que medida o calor cósmico se materializou na planta. Mais alto o teor de óleo etéreo, mais "forte" será o gosto e menor a folha. Observamo-lo, por exemplo, muito claramente na melissa e no rosmaninho. O rosmaninho tem um gosto muito pronunciado e uma folha relativamente muito pequena (como também a segurelha). A melissa tem um gosto mais atenuado e uma folha relativamente mais larga. Com base nestes princípios, podemos nós mesmos determinar de que espécies podemos nos servir com proveito, para reforçar a consciência do nosso "eu".

Do que se segue, tornar-se-á ainda mais evidente que parte essencial tem o *fígado* na consciência do nosso "eu".

As Labiadas exercem uma influência particularmente harmoniosa no metabolismo do açúcar no homem. Nos tempos passados, os representantes desta família vegetal eram especialmente usados para combater os diabetes. O fígado é um órgão essencial de controle em todo o processo metabólico do açúcar. Sabemos que o diabético sofre, em geral, de lassidão do "eu" e de apatia. Quando o nosso "eu" ameaça se abalar (por exemplo, quando temos a sensação de desmaiar), um pouco de açúcar (de uva) pode fazer milagres. As Labiadas, o metabolismo do açúcar e o fígado são fatores indissoluvelmente interligados. Antigamente, esta conexão era bem conhecida, e se alguém ameaçava cair em delíquio (fraqueza do "eu", oposição ou evasão do "eu" em relação às circunstâncias), era suficiente fazê-lo inalar o aroma das flores de uma labiada "forte" (por exemplo, o rosmaninho, a segurelha ou a alfazema) para evitar a perda dos sentidos!

A água de lavanda era (e ainda é) um conhecido remédio contra os desmaios.

O "eu" do homem está, além disso, condicionado (de um ponto de vista material) pela porcentagem de açúcar presente no sangue. As Labiadas equilibram esta porcentagem, visto que elas mesmas são ricas em néctar (açúcar).

Consequência da "lassidão do eu" será, entre outras, a mais ou menos definida impossibilidade de o indivíduo elaborar equilibradamente as influências e as vibrações do ambiente. O indivíduo se torna ansioso e apreensivo, estado que geralmente se manifesta em uma crescente tendência a esvaecimentos.

Os mais válidos representantes da família das Labiadas (que reforçam a consciência do nosso "eu") são os seguintes:

Rosmaninho (*Rosmarinus officinalis*)
Alfazema (*Lavandula officinalis*)
Segurelha (*Santureja hortensis*)
Tomilho (*Thymus vulgaris*)

Rosmarinus officinalis

Manjericão (*Ocinum basilicum*)
Sálvia (*Salvia officinalis*)
Hortelã-pimenta (*Mentha piperita*)
Melissa (*Melissa officinalis*)
Hera terrestre (*Glechoma hederacea*)
Lâmio (*Lamium album*).

É notável como todas estas plantas, além de reforçar o "eu", favorecem a digestão e o metabolismo. Nesta particularidade, encontramos a confirmação da influência exercida pelas Labiadas no metabolismo do açúcar e na função hepática.

Em caso de "lassidão do eu", estas plantas podem ser usadas, seja como condimento dos alimentos, seja sob a forma de infusão e tinturas, ou mesmo como óleo etéreo.

Na lista acima, os vegetais específicos estão relacionados segundo uma graduação decrescente; isto quer dizer que o rosmaninho contém o óleo etéreo em quantidade maior e mais concentrada que as outras plantas, imediatamente seguido pela alfazema, enquanto o lâmio deve se considerar relativamente o mais fraco.

Podemos constatar como o princípio já citado, segundo o qual o aroma, o sabor e a grandeza da folha estão em relação com a "força" da planta, concorda completamente com essa classificação.

Infelizmente não me é possível, no contexto deste volume, adentrar posteriormente no estudo das características específicas de cada Labiada em particular. Não despreze, porém, a individualidade da planta, ou seja, a característica que melhor se adapta à sua situação. Em caso de fraqueza do "eu", não pense imediatamente: aqui nos interessa o rosmaninho, a mais forte de todas. Não: toda planta, junto com a intensidade de seu efeito, possui também outras propriedades.

Nos vários volumes desta série sobre plantas medicinais, você poderá achar os esquemas das referidas Labiadas que mais lhe são adequadas.

Se você utilizar estas plantas sob a forma de tintura, será aconselhável tomar quinze gotas três vezes ao dia, durante pelo menos um mês, e observar atentamente que mudanças se manifestam na personalidade. As mulheres *não* devem fazer uso, *durante a gravidez*, do rosmaninho, manjericão e segurelha. Nesse período, a ação dessas plantas seria muito forte. O "eu-consciente" da mãe se tornará de tal modo carregado, que não permitirá o pleno desenvolvimento da nova vida. Pode se verificar até o aborto. Também as demais Labiadas devem ser ingeridas com moderação e muito cuidado.

Se nos servirmos de plantas no estado fresco (por exemplo, como

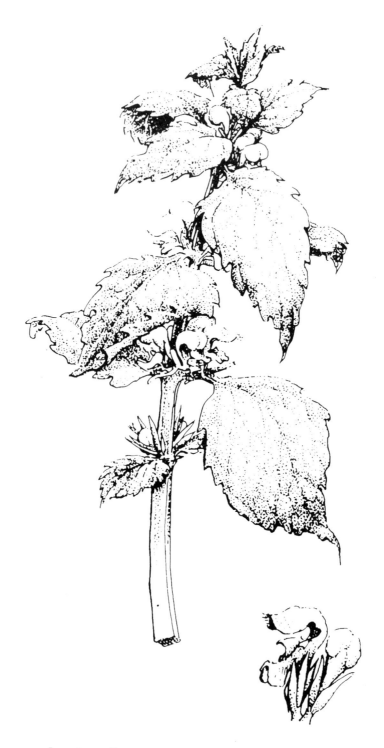

Lamium album

condimento), devemos nos lembrar que nem todos necessitam da ação muito forte exercida por estas plantas no organismo. Se a um tipo colérico for servido um prato de feijões abundantemente cobertos de segurelha, o seu "eu" poderá "reagir" além da medida, e, como conseqüência, ele poderá sofrer uma cólica biliar ou intestinal, tornar-se hiperexcitável, etc. Use estas plantas sempre com bom senso, sem prejudicar o físico. No estado fresco, será necessária somente uma pequena quantidade. Às pessoas que sofrem muito de desmaios (o "eu" muito fraco não consegue elaborar as impressões), aconselho ter ao alcance da mão uma garrafinha de óleo de alfazema ou rosmaninho. Se o indivíduo se sentir mal, a inalação do eflúvio deste óleo, fortemente aromático, geralmente pode operar milagres. Em caso de disponibilidade, pode-se até friccionar levemente, entre o polegar e o indicador, uma folhinha fresca de rosmaninho, de manjericão ou uma flor de alfazema, inalando em seguida profundamente o seu perfume. Depois de algumas longas aspirações (sobretudo inalar lentamente), sobrevirá a sensação de um recarregamento do "eu". Nos tempos idos era comum aconselhar às mulheres "fracas de nervos" para que dormissem em um colchão cheio, pelo menos pela metade, de flores de alfazema secas. O "eu" se fortalece e, por conseguinte, o indivíduo se torna mais em condições de enfrentar as circunstâncias diárias.

5 Quais possibilidades oferece a homeopatia?

A ação dos remédios homeopáticos se baseia no conhecido princípio de Hahnemann (1755-1843): *"Similia similibus curantur"* (os semelhantes são curados pelos semelhantes). Isso quer dizer que os fenômenos patológicos determinados por certa substância *não diluída* poderão ser curados pela própria substância, contanto que *diluída*.

A homeopatia é uma ciência que atribui grande importância às propriedades características das diversas substâncias, mas ao mesmo tempo reputa essencial o conhecimento e a observância de suas diluições corretas. As diluições homeopáticas são indicadas com a letra maiúscula D (decimal), seguida de um número:

D1; 1:10
D2; 1:100
D4; 1:10.000
D6; 1:1.000.000
etc.

Em homeopatia não se fala de diluição, mas de *potência* (força). Com isso se quer indicar que a potência de uma planta se libera (torna ativa) cada vez mais, conforme a diluição do estrato da própria planta. A demonstração desta teoria está no fato de que uma baixa potência (por exemplo, D2) dispõe de uma ação muito mais breve do que a de uma potência alta (por exemplo, D200).

A fim de entender o princípio das diluições, deter-me-ei o mais sucintamente possível na doutrina de base.

No Capítulo 2 mencionei que o indivíduo não vive unicamente segundo os princípios físicos, mas, com efeito, é um ser formado de quatro aspectos ou corpos. Esta quadruplicidade é essencial para tudo o que vive e subsiste de forma natural na terra. Devemos, todavia, distinguir entre mundo mineral, vegetal, animal e humano. O corpo físico atingiu o completo desenvolvimento no reino mineral; os três aspectos restantes são ali representados somente em forma rudimentar. Na planta agem dois dos quatro aspectos ou corpos: o físico e o etéreo. Os outros dois, isto é, o corpo astral e o do "eu" consciente, estão igualmente presentes em forma rudimentar. No mundo animal, dos quatro corpos, três atingiram o completo desenvolvimento. Somente no homem pode-se encontrar a presença completa dos quatro aspectos fundamentais que constituem a estrutura natural do "ser completo".

Quando esses elementos do quadrimorfismo, além dos inatos no estado completo, não se acharem presentes na espécie no estado rudimentar, não será questão de "ultrapassagem dos limites" em um reino contíguo. É necessário que a espécie mesma tenha em si uma peculiaridade qualquer de um mundo diferente do seu, para que possa, mesmo que em medida infinitesimal, "exorbitar".

A totalidade das propriedades de uma planta são atingidas em seu quadrimorfismo. Entretanto, na sua forma de manifestação normal, não vemos senão a metade do ser completo (corpo físico e corpo etéreo). A outra metade está presente, mas ocultamente (forma rudimentar). Para penetrar até a "força espiritual" da planta, comparável ao "eu consciente" (a força espiritual do homem), devemos abrir-lhe uma passagem nas barreiras impostas pela substância material; como conseqüência, devemos diluir a matéria. No reino vegetal, predominam o corpo físico e o etéreo (matéria e vida). Se livrarmos o vegetal destes dois corpos, a sua força espiritual aparecerá em primeiro plano. Esta condição será atingida diluindo os humores da planta. A materialidade não será mais predominante, outras qualidades poderão "se externar". Agora, provavelmente, entende-se por que a planta usada como ela é (isto é, em forma não diluída) age sobretudo em nosso corpo físico (anatômico) e etéreo (fisiológico). As potências até D12 influem em particular em nosso corpo astral (controle psíquico), enquanto a ação das diluições mais altas é exercida sobre a "gestão do nosso eu", sobre o nosso espírito. Uma confirmação mais completa que *"similia similibus curantur"* será dificilmente imaginável. É claro que não devemos jamais nos servir das potências baixas, para curar um excesso de sensações de ansiedade e de temor. A ansiedade pertence ao corpo astral do homem, enquanto o temor tem sempre relação com a "gestão do eu". A diluição homeopática correta para as sensações de ansiedade está entre D6 e D12. O temor requer potências compreendidas entre D30 e D200. A celidônia representa uma exceção. De fato, já a D3, possui a faculdade de fortificar o "eu consciente". Entretanto, a D12 e a D30, exerce uma ação ainda mais profunda sobre nosso ser.

Neste ponto, fica claro por que não falei de diluições, mas de potências. Trata-se, de fato, das forças de uma planta ou de uma substância liberadas quando abrimos os confins de sua restrita normalidade. Ficará igualmente claro por que a medicina acadêmica não se pronuncia a favor das diluições homeopáticas. O conceito adotado pela ciência (causal) é um racionalismo materialístico (materialmente demonstrável), de modo tal que, de um ponto de vista científico, é bastante compreensível que uma substância diluída seja considerada como tendo uma ação mais fraca no organismo; conclusão parcialmente exata. Uma substância fortemente diluída exerce efetivamente uma ação menor, mas somente no corpo físico e etéreo (fisiológico) do homem. Visto que a presença de um corpo astral e de um "eu consciente" ainda não é cientificamente demonstrável, a própria ciência *não pode* considerar os princípios que lhe sejam conexos. De fato, as disciplinas que são, de um certo modo, mais "astralmente" caracterizadas, como, por exemplo, a psicologia, são ainda pouco amadurecidas. A humanidade tem necessidade de muito tempo ainda para atingir o conhecimento de todos os aspectos de seu existencialismo. Não condene jamais, portanto, a ciência *a priori.* Coloque-a bem em evidência no setor do nosso "ser", ao qual ela pertence (com base no princípio do quadrimorfismo estrutural). Assim considerada, a ciência pode ser e é até digna de elogio. Ela de fato tende, em particular, a atingir os limites extremos que encerram os corpos físico e etéreo. O astral e o espiritual (a "gestão do "eu"") não pertencem (ainda) à sua esfera. Todavia, se "apostamos em um *único* cavalo", será provavelmente um outro que vai "levar o prêmio".

Assim acontece também em nossa vida cotidiana. Se vivermos unicamente segundo os ditames da ciência, a balança se desequilibrará para o lado físico e etéreo do homem; como conseqüência, os fatores astral e espiritual se encontrarão irremediavelmente em falta. Sirvamo-nos portanto, com muito reconhecimento, do que nos oferece a ciência, mas ao mesmo tempo nos esforcemos em desenvolver os outros dois aspectos do "ser". Não é necessário condenar a ciência (como geralmente sucede nos ambientes fanáticos das teorias "alternativas"), o nosso dever consiste em procurar uma introdução científica nos "terrenos ainda não cultivados". Tão logo os setores astral e espiritual do nosso ser sejam mormente conhecidos, também o estado de equilíbrio será considerado acessível. O fato de que a ciência tenha tomado a fuga, como é evidente no momento atual, não é atribuível à própria ciência, mas à humanidade. De fato, o homem, em muitos casos, vive em uma consciência que ultrapassa a muito custo o aspecto físico e etéreo do próprio ser. No melhor dos casos, o corpo astral parece ter-se ligeiramente desenvolvido. Mas, viver em conformidade com um esquema harmonioso e equilibrado, como quer o quádruplo aspecto do ser humano, é possível somente a muito custo. Não devemos, porém, nos esquecer que o que fica mais duramente atingido em nossa vida é também o que mais rapidamente e intensamente se desenvolve. Quando a humanidade se atrever a reconhecer as suas capacidades astrais e espirituais, a ciência não mais poderá se impor à sua existência. Não julgue, portanto, *a priori*, mas seja consciente!

O uso dos remédios homeopáticos

Os remédios homeopáticos podem ser usados líquidos, em grânulos e em comprimidos. Na farmácia em que você pedir o remédio lhe será dito com precisão em que forma é fornecido.

Até D12, a dose é de cinco gotas ou cinco cápsulas, ou mesmo um único comprimido, de três a quatro vezes ao dia. De D12 a D30 serão suficientes cinco grânulos, cinco gotas ou um comprimido, uma vez ao dia, até um mínimo de uma vez por semana. O remédio poderá, por outro lado, ser dosado pelo interessado, conforme o tipo específico ao qual ele mesmo pertence. Acima de D30, a dosagem deverá ser prescrita por uma pessoa habilitada.

Alguns remédios

Lycopodium a D12 e acima

O remédio já foi amplamente descrito no Capítulo 4. Use-o para os estados de ansiedade, quando derivam de "questões de opressão".

Chelidonium a D3 e acima

O remédio já foi amplamente descrito no Capítulo 4.

Zincum valerianicum a D6 e acima

Combina as propriedades da valeriana (veja o Capítulo 4) com as do zinco metálico. Ótimo remédio nas neuroses de ansiedade, nas quais a irrequietude física representa o sintoma mais manifesto: quando, por exemplo, não se conseguem manter parados os pés e as mãos.

Este remédio, usado a D2, é substituto digno do *librium* e do *valium*, tão usados hoje em dia, e aos quais se equivalem dez ou quinze gotas, ou mesmo sete grânulos de *Zincum valerianicum*, tomados quatro vezes ao dia.

Ignatia a D6

Um excelente remédio para as viúvas que não estão em condições, ou quase, de reconstruir a própria personalidade, quando o cônjuge desapareceu do mundo sensorial. Indica-se sobretudo aos indivíduos que têm sempre apoiado o seu "eu" com a força do outro. Tão logo este não mais está presente (materialmente), o próprio indivíduo cai em desespero e começa a temer a vida, não tendo aprendido a construir para si uma autonomia e consciência intrínsecas. Bastarão de cinco a dez gotas, três vezes ao dia. Pode-se combinar este remédio com dez gotas de tintura de valeriana, três vezes ao dia, sobretudo "no início do tratamento".

Melissa a D12

Um excelente remédio para os distúrbios do corpo astral, provenientes de uma excessiva espiritualidade. Em concreto: quando a vida se desenvolve muito unilateralmente de um modo espiritual, pode ocorrer que o ambiente comece a fazer "pressão" sobre o ser humano para trazê-lo de volta ao mundo normal. No indivíduo podem manifestar-se, então, sensações de desentrosamento. Trata-se, na realidade, de um temor "às avessas". Isso significa que não se teme a tomada de consciência de uma "fase sucessiva" da existência, mas, muito mais, a possibilidade de se ter que mudar de opinião, fazendo uma "regressão". Esta planta se adapta aos casos de uma possível adaptação negativa (assumida por força dos fatos), e é útil sobretudo quando um indivíduo, fortemente compenetrado de espiritualidades, deve agir em uma esfera rigorosamente científica.

Serão suficientes quinze gotas, uma vez ao dia. Este remédio poderá ser usado durante muito tempo, sem interrupção. Deve-se combinar, eventualmente, com a tintura de *Solidago* (cinco gotas, três vezes ao dia), que reforça a sua ação.

6 As pedras preciosas nos protegem

O que se disse no capítulo precedente a propósito das diluições homeopáticas, pode igualmente ser aplicado aos minerais. Também a pedra possui outras qualidades além das visíveis (desenvolvidas) no campo físico (principal característica do reino mineral). Também em uma pedra está encerrado um ser completo. Como não existe um indivíduo perfeitamente igual a outro, assim não existe uma pedra em tudo e por tudo igual a uma outra. Todo indivíduo tem as próprias características. Toda pedra possui uma essência absolutamente única. Devemos "mobilizar" as forças encerradas na pedra. Em uma planta, esta ação é tornada possível através do uso da diluição, na pedra é um pouco mais complicada. Entretanto, também o mineral pode ser usado em homeopatia.

Todavia, ainda temos uma outra possibilidade: podemos usar uma pedra, por exemplo, como ornamento. O efeito será o seguinte: usando uma pedra, nos colocamos sob seu influxo direto. A ação terapêutica de uma pedra pode-se obter unicamente levando-a em uma montagem de *prata*. Qualquer pedra "incrustada" no ouro não pode transmitir a própria ação ao portador. Em um anel de ouro, a pedra é incontestavelmente um ornamento, mas montada em prata, é outrossim um milagre de força dinâmica. A prata que a circunda poderá *reagir*, sendo o metal ligado à faculdade de refletir, reagir. As pedras mais importantes que podem nos ajudar, em caso de sensações de ansiedade e temor, são: o *ônix*, o *olho-de-tigre*, o *azeviche negro*, a *água-marinha*, o *diamante* e o *cristal de rocha*.

Ônix

Esta pedra negra pertence completamente a Saturno. Repele as vagas sensações de ansiedade e dá à consciência (Saturno) uma forma harmoniosa. O indivíduo espiritualmente endereçado fará bem em não usá-la, pois ela impede muito a "capacidade de recepção".

Use esta pedra se tiver experimentado as sensações de temor ansioso do esquema valeriana (Capítulo 4). Não siga a moda do ônix "somente para fazer como os outros". O ônix pode ter uma ação muito isolante!

Azeviche negro

Esta pedra apresenta um esquema em tudo análogo ao do ônix. A diferença entre as duas pedras consiste na ação mais enérgica do ônix em relação à do azeviche negro. Do ponto de vista prático, infere-se que se pode usar um colar inteiro de azeviche negro, mas não de ônix. Muito ônix importará uma entrada excessiva de forças saturnais.

Sobretudo os tipos melancólicos e muito conscienciosos farão bem em usar um ônix ou um azeviche negro. Ambas protegem contra um excesso de "onerosos" exames de consciência, que poderiam determinar sentimentos apreensivos.

Diamante

Esta pedra preciosa, atualmente tão usada, pode ser considerada como um ônix elevado à oitava potência. Por mais resplandecentes que sejam suas "luzes", a natureza do diamante é em tudo análoga ao esquema Saturno. Todavia, como forma de manifestação, é a extrema sublimação desse esquema. A ostentação de um diamante, de fato, testemunhava, até há pouco tempo, somente a riqueza (material) do proprietário. O portador (ou a portadora) da jóia era, por outro lado, incapaz de se desvincular, seja como for, do materialismo do seu ambiente (Saturno). Vivia exclusivamente em função do seu corpo físico e do etéreo. Mas quando se possui tudo na vida (do ponto de vista material), então se descobre que ter atingido essa condição está longe de representar o verdadeiro fim da existência: neste ponto, intervém o diamante. A sua peculiaridade o coloca no limite entre o mais acentuado materialismo e a primeira espiritualidade velada do ser humano. Ao diamante é atribuída a função de focalizá-la, sublimando-a em "luz do espírito", substituindo-se ao que, em uma situação equilibrada, a intrínseca força espiritual do indivíduo se traduziria ela mesma em luz, refratando-a no opaco mundo material. O sábio adapta o quantitativo de seus bens materiais à força espiritual que lhe será necessária para *iluminá-los*. O diamante é indicado ao indivíduo atormentado por sensações de inquietude ansiosa, derivadas de haver trabalhado muito unilateralmente para construir a sua personalidade, sobrestimando os fatores materiais e negligenciando em atribuir ao espírito a parte esperada.

Para quem, ao invés, está disposto a tomar em profunda e real consideração o aspecto espiritual do próprio ser, usar um diamante poderá se tornar a possibilidade de possuir "uma lâmpada para a viagem e uma luz para o sentimento". Todavia, quem usa um diamante somente para *afirmar* a própria existência material, confirma-se (isto é, fecha-se a si mesmo) no estado material: esta condição é fonte de medo e de melancolia.

A prática mostra, sempre, a verdade do que afirmei. São em geral os próprios portadores e as portadoras de diamantes "da vida agitada" que se acham constrangidos a preocupar-se com a sorte de seus bens "terrenos". Seguros, furto, estabilidade de valores, etc., são os argumentos que atormentam seu pensamento e se revelam em sua conversa.

O diamante poderá ser usado com a condição de você estar espiritualmente preparado. Somente então esta pedra difundirá uma verdadeira luz, que será a "da liberdade espiritual". Em todo caso, quem quiser entesourar os seus bens (posses) mediante a aquisição de diamantes, ficará moralmente desiludido, sobretudo se o "portador de luz" estiver colocado entre outras pedras preciosas, em um cofre (escuro) ou em uma caixinha de segurança. O diamante quer, ao invés, nos indicar o caminho em direção a um mundo "iluminado". Ajudar-nos-á a livrar-nos da apreensão causada por uma bagagem material não equilibrada; mas nos ajudará somente se estivermos psicologicamente preparados para procurar a nossa "própria luz".

Olho-de-tigre

Esta pedra estriada de amarelo-ouro e marrom, variedade particular de quartzo, representa o licopódio entre os minerais. Livra o portador das influências de forças negativas (fenômenos desarmoniosos do esquema Plutão). Sobretudo se nos sentirmos oprimidos pela angústia conseqüencial a uma forma qualquer de fobia, será aconselhável usar, por muito tempo, um olho-de-tigre incrustado em prata. Podemos, além disso, usar esta pedra em ocasiões, por exemplo, que devemos nos dirigir a pessoas cuja influência direta sentimos ser oportuno evitar.

Água-marinha

Pedra que protege dos efeitos de contingências enervantes, que geralmente ocorre a todos nós. Se, por outro lado, esses efeitos fizerem parte de um esquema caracterial constante, será recomendável usar todos os dias um anel ou uma correntinha com uma água-marinha. Não é preciso, de fato, que se trate de uma pedra grande e artisticamente talhada. A água-marinha harmoniza o nosso intuito. Convém sobretudo às pessoas que regulam a própria vida e tomam as suas decisões baseando-se somente em sua intuição. Tão logo a intuição falha, aparecem a incerteza e o temor, pois o indivíduo perdeu a capacidade de reagir simplesmente de modo racional. Esta pedra equilibra a intuição com o bom senso. Ambos são necessários para uma vida equilibrada.

Cristal de rocha

Estas "simples gotas d'água" têm uma forte ação no desenvolvimento do "eu". Assim como a indústria óptica se serve do cristal de rocha para a confecção de lentes e semelhantes, podemos nos servir deste cristal para aumentar a nossa perspicácia (visão clara das coisas). Um "eu" junto ao seu completo desenvolvimento tem sempre a possibilidade de um juízo mais lúcido em tudo quanto o circunda. Sabemos também que, nos tempos passados, os clarividentes se serviam de uma bola de cristal para "ver claramente" o passado ou o futuro.

O cristal de rocha pode ser comparado à família das Labiadas. Ambos ajudam a vencer o temor ansioso, co-auxiliando-nos em adquirir maior consciência do nosso "eu".

Uso das pedras

Muito teria que dizer a propósito do mundo das pedras, mas este assunto ultrapassa os limites desta obra. Não hesite em individuar, você mesmo, qual a ação exercida pelas simples pedras. Poderá adquirir para si toda a coleção por uma modesta importância. De fato, para experimentar a força de uma pedra, não é realmente necessário que tenha sido talhada e moldada à perfeição. Um fragmento de quartzo já é por si um agente notável. A experiência é o melhor mestre.

Finalmente, quero ainda colocar o leitor de sobreaviso para o fato de presentear uma pedra "aleatoriamente". Malgrado as suas boas intenções, o presente poderá ter consequências indesejáveis e inesperadas para quem o recebe. Posso citar exemplos de brigas conjugais que se acendiam espontaneamente quando um dos cônjuges usava uma determinada pedra e o outro externava uma reação contrária às faculdades da própria pedra. Tão logo a pedra era guardada, a briga se aplacava por si e retornava o bom humor. Estas situações não são fruto da superstição. Infelizmente não chegamos ainda ao ponto de prová-lo cientificamente. Já tentei explicar a causa destes fenômenos. Se você presentear alguém com um anel com uma pedra, diga-lhe imediatamente que deve "verificar" se a própria pedra.o agrada realmente. Em caso contrário, é melhor devolvê-la. Deste modo, o outro não será exposto inutilmente a influências que não combinam com a sua natureza. Será bom você fazer uma coleção de várias pedras, incrustadas em uma simples montagem de prata. Assim poderá dispor de várias possibilidades conforme as diversas situações que poderão apresentar-se.

Antes de usar um anel já usado durante muito tempo por outra pessoa, será bom deixá-lo algumas noites (não dias!) em um recipiente de alumínio cheio d'água. Deste modo, livra-se o anel do campo de vibrações (o esquema) induzido pelo portador anterior. Se o proprietário era alguém a quem você estava intimamente ligado e de quem, por um seu progresso posterior, "quisesse seguir as pegadas", simplesmente suspenda esse "ritual de purificação". Jamais use uma pedra somente porque "lhe fica bem", porquanto as suas forças têm um significado muito mais profundo. Isso não tolhe naturalmente que se possa experimentar muita satisfação ao usar a pedra que se sente especificamente afim à própria natureza.

7 Engolimos ansiedade todos os dias!

Você leu certo: engolimos ansiedade. Através da nossa alimentação, conseguimos nos carregar de um bom número de estados ansiosos. A influência da alimentação em nossa mente é muito maior do que geralmente se pensa. A causa desta interdependência é procurada na constante presença de uma unidade inseparável entre o corpo e o espírito. A alimentação, que em primeira instância atua em nosso físico, influencia conseqüentemente, mesmo que indiretamente, o nosso espírito. Nos últimos tempos, tem-se chegado cada vez mais unanimemente à conclusão de que uma alimentação adequada a um organismo onde aparecem dificuldades psíquicas, tem o mesmo valor que poderia ter uma determinada forma de psicoterapia. Os mais importantes fatores das sensações ansiotípicas são o *açúcar* e a *carne*.

Açúcar

Se nos nutrimos com alimentos naturais, ingerimos uma quantidade suficiente de açúcar. Todo o açúcar extra deve ser considerado supérfluo. A quantidade de açúcar extra, absorvida pelo homem, é notabilíssima: bebidas, docinhos, confeitados, tortas, pudins de vários tipos, iogurtes com fruta, e assim por diante; em resumo, os gêneros alimentícios que contêm açúcar são também muito numerosos. A relação açúcar-ansiedade é claramente avaliável nas escolas, onde os doces são vendidos durante o recreio, e os alunos, em geral, literalmente se empanturram com eles. Durante a hora de aula, que se segue ao recreio, é ainda consumido o último caramelo e depois... o comportamento do aluno, sensível por natureza, torna-se subitamente agressivo. Esta forma de agressão não tende ao vandalismo, como talvez o professor suponha, mas reflete um instinto de conservação ocasionado por sensações ansiosas. O que se produz, com efeito?

Devido ao consumo excessivo de açúcar (no caso específico, sob a forma de doces), se desenvolve uma hipoglicemia temporária (porcentagem muito baixa de açúcar no sangue), situação que à primeira vista pode parecer estranha. A ingestão normal de açúcar não deverá geralmente causar uma hiperglicemia (excesso de açúcar no sangue). Na realidade, a entrada desconsiderada e súbita de açúcar perturba o equilíbrio entre o pâncreas, que deve elaborar o próprio açúcar, e o fígado, que deve efetuar o processo evolutivo da glicogênese (produção de glicose). Este distúrbio conduz a um bloqueio por parte do fígado, da emissão de glicose no sangue. Síndrome comparável à que apresentaria um diabético antes do coma. Uma das características referentes à baixa percentagem de açúcar no sangue é o aparecimento de um comportamento anormal na mente do indivíduo. Isto se verifica porque, antes que entre efetivamente em coma diabético, o próprio indivíduo tem a sensação de estar ameaçado na própria existência. Uma porcentagem muito baixa de açúcar causará sempre a sensação de um "aproximar-se do fim". Esta sensação premonitora geralmente se associa a uma ansiedade desmedida. Todo o ser se opõe a ela. O indivíduo se torna arrogante, agressivo e rumoroso, tentando deste modo manter o governo de seu "eu", dominando-lhe sua voz. Em uma situação desse tipo, até o controle dos impulsos se tornará precário. Será muito útil, para isso, indagar até que ponto a criminalidade juvenil pode depender de uma excessiva ingestão de açúcares. São bem conhecidos os delitos cometidos sob a influência do álcool (que, como sabemos, se converte diretamente em açúcar!).

Resumindo, podemos estabelecer que o uso imoderado de açúcar (e, para as pessoas sensíveis, pode ser até uma pequena quantidade) provoca sensações ansiotípicas, pois a hipoglicemia conseqüente é entendida como uma ameaça à vida.

O excesso de açúcar pode não somente prejudicar gravemente as condições da flora intestinal, mas conseguirá distorcer seriamente a nossa vida psíquica. Recomenda-se vivamente limitar o seu uso, especialmente para as crianças. Quero aconselhar aos pais que não punam subitamente os seus filhos por algum comportamento "inconveniente", mas apurem inicialmente se ele não deve ser imputado a um "superconsumo de doces". Se for este o caso, será bom não intervir muito severamente. Será provavelmente muito mais vantajoso cuidar da criança, dando-lhe afeto e real calor, a fim de evitar que ela procure inconscientemente substituí-los pelos doces. O doce é portanto a "grande galinha choca artificial". Todos nós, provavelmente, ouvimos pelo menos uma vez, quando em nossa infância nos aconteceu qualquer coisa desagradável: "Anda, pegue esse docinho, e verá que tudo vai passar". Com este sucedâneo de amor, voltávamos ao jogo, mas um excesso de doçura inatural (açúcar = sucedâneo de amor) pode custar caro! Acata o "eu" mais profundo, e o enfraquece.

Carne

A peculiaridade da refeição quente torna-se sempre mais um "consumo de carne", com contorno de verdura e batatas. O elemento principal permanece a carne: se falta na comida quente, parece efetivamente que não comemos. As estatísticas sobre o consumo da carne nos últimos anos não deixam dúvidas a respeito. Contudo, trata-se de um incremento sem dúvida condenável. O indivíduo crê conseguir força e energia comendo carne. Quantas vezes nos chegam aos olhos *slogans* publicitários do tipo: a carne é força!

No Capítulo 5, expliquei amplamente como o homem médio vive segundo os seus dois aspectos primordiais: o corpo físico e o etéreo. O aspecto sucessivo é o corpo astral, análogo ao do reino animal, como vimos no Capítulo 2. Limitando-se a esta progressão conseqüente, seria muito fácil entender por que o homem médio, nesta terra, sempre tem maior necessidade de carne; ele procuraria, assim fazendo, atingir a compleição da terceira fase, considerando-a sua própria. Mas, na realidade, com este procedimento o indivíduo rebaixa-se, porquanto a condição animal não é mais, de há muito tempo, para o homem, a fase sucessiva da evolução.

Uma outra característica do consumo de carne se manifesta no surgimento de sensações ansiotípicas no indivíduo. O animal é a primeira forma de manifestação, na sucessão dos vários estados naturais, que possui *sangue*. Segundo um antiqüíssimo conceito, o sangue seria o portador do "eu" mais profundo. Isso vale não somente para os homens, mas também para os animais. Além de tudo, na Bíblia, quando é dito que Cristo nos redimiu com o seu sangue, significa que Cristo sacrificou o seu "eu", o seu ser.

Todos sabem que todo ser vivente, sabendo ir de encontro à morte, não se abandona certamente a manifestações de alegria. Temos um exemplo disso no animal, que também não pode se servir, de modo algum, do seu "eu consciente", como o homem. Quando o homem vai pegar uma vaca no pasto para conduzi-la ao matadouro, o animal o entende imediatamente. No momento em que está para ser morto, é presa de uma angústia mortal, que se manifesta em todo o seu ser. Se quiser se aprofundar nesse assunto, não se limite a "cobiçar" as iguarias potenciais, bem dispostas na vitrine do açougue, mas vá ao matadouro, no momento em que o animal é morto. Presumivelmente seria mais discreto no uso da carne! O medo mortal, presente em todo o ser do animal, no momento em que é morto, não se manifesta somente sensorialmente, mas também materialmente e justamente no *sangue*. E aquele sangue portador da "personalidade", nós o ingerimos! Introduzimos, por isso, no nosso organismo, o medo mortal de um outro ser vivente e damos-lhe a possibilidade de despertar-se em nós. Não é por acaso que a Bíblia condena a ingestão de sangue animal, ação, aliás, naqueles tempos severamente proibida. Os sacrifícios *kosher* são seu testemunho.

Os mais parcimoniosos chegam já a colocar um grande prato sob o animal, para que não se perca nada. Com o sangue, fazem-se chouriços. Não será talvez pecado que toda aquela coisa seja esbanjada? Até "a força" de uma bisteca é determinada pela quantidade de sangue ainda presente!

Comendo a carne, absorve-se a angústia mortal do animal morto. A prática ensina que estes raciocínios têm fundamento. Muitas pessoas têm-se livrado de suas sensações de angústia (mortal), aceitando o meu conselho de renunciar à carne. Depois de algum tempo, a pessoa vinha dizer-me, extasiada, ter a sensação que tudo nela tinha mudado. Esses indivíduos haviam entendido a importância do que antes se achava completamente fora da esfera de interesses.

Fique bem claro, porém, que o que disse anteriormente não é publicidade para o vegetarianismo. Nunca senti necessidade de sujeitar-me a uma espécie de ética ou coisas do gênero. Trata-se somente de manter-se humanos do modo mais equilibrado possível. Podemos contribuir para isso com muitos meios. Considere todo entendimento e todo pensamento com base em sua essência e em sua verdadeira natureza. Não será necessário, então, tornar-se vegetariano, antropossófico, teósofo, calvinista, luterano, livre-pensador, etc.; se quisermos realmente procurar a verdade, saberemos também encontrá-la, e descobriremos que nunca está encerrada em um sistema. Todo sistema pode concorrer para alargar o conhecimento. Definitivamente, todo indivíduo chegará por si a uma conclusão, de acordo com o próprio esquema pessoal. Que esse privilégio humano lhe possa dar a verdadeira liberdade, isto é, uma existência sem ansiedade, e com algum temor, contanto que seja fecundo. Certamente, também com algum temor, de outro modo não temos mais nada em nós mesmos pelo que lutar. É preciso livrar-se da ansiedade, mas respeitar um justo temor. Isso pode, às vezes, constituir uma força impelente da vida, oferecendo-nos, de vez em quando, a visão de novas possibilidades ainda não descobertas. Não é por nada que todo ano é novamente Natal e todo ano ressoam em nossos ouvidos as palavras dos anjos, como exemplo, como ensinamento e como força divina:

"Não *temais*, porque eis que vos dou uma boa notícia, de uma grande alegria que todo o povo terá: hoje, na cidade de Davi, nasceu o Salvador, que é Cristo, o Senhor".

8
AS PLANTAS MEDICINAIS E O AMOR

Plantas medicinais, alimentação correta,
metais e pedras preciosas como
"remédios do amor"

Título original:
LIEFDE, KRUIDEN EN VOEDING

© Copyright by Uitgeverij Ankh-Hermes bv – Deventer, Holanda.

© Copyright 1983 by Hemus Editora Ltda.
Mediante contrato firmado com o Editor.

*Todos os direitos adquiridos para a língua portuguesa
e reservada a propriedade literária desta publicação.*

Tradução:
Carlos A. Lauand

Ilustrações:
Gerry Daamen

Introdução

O mundo em que vivemos é regulado de modo maravilhoso. Sentado em um banco, em um lugar qualquer de uma cidade apinhada de gente, dei-me conta de que toda nossa vida é governada de modo tão perfeito por normas e leis, que limitam sensivelmente minha eventual compreensão pela apatia e sobretudo pela insensatez de muitos de meus contemporâneos. A vida diária de diversas pessoas é dominada por tudo o que se *deve* e se *necessita. Devemo-nos* conformar de qualquer modo ao dever e à necessidade, de cidadão honesto, caso contrário toda a organização social vai de roldão.

Olho um belo edifício antigo: trata-se do Palácio da Justiça. É quinta-feira, e disseram-me que é o dia dos "divórcios". Volto a olhar, ainda saem pessoas. Então me pergunto: Tiveram algo a ver com o divórcio? Como é possível que aumente sempre o número dos que não podem mais viver em comum, enquanto temos um contínuo aperfeiçoamento social da estrutura familiar? A vida afetiva do indivíduo não é tão simples. Entramos verdadeiramente, sem atritos, nas engrenagens de todas as *necessidades* e de todos os *deveres*? Se escutarmos a voz do coração, esta nos dirá que tanto as "necessidades" como os "deveres" comportam alguma coisa de coercitivo. Tudo será belo e bem regulado socialmente, nestes tempos, mas onde fica a mais íntima essência do homem? Após todas essas reflexões, volto para casa. E em casa encontro subitamente as crianças que me seqüestram, uma esposa ultra-atarefada que me introduz no enfado da direção doméstica e de seu trabalho; a verdura que ainda não foi colhida, o telefone que toca continuamente, o coelho que deve ter o viveiro limpo, a carta ainda a escrever, o quarto em que eu havia jurado pendurar as cortinas, e depois... descubro que muito não é necessário e muito não se deve, mas que o amor na realidade pode apenas ser vivido. Juntos, empenhados um pelo outro, "viver" e conviver. O amor, como outras faces da vida cotidiana, não se deixa cancelar por uma doutrina e por um dever, mas é a expressão mais existencial da pessoa que vive intensamente. Não me ocuparei, portanto, das especulações sobre o amor, ligadas à ética. Não, o ponto de apoio deste volume é o indivíduo como entidade completa que conduz, em relação ao próximo, uma existência ativa, em conjunção cósmica. Ocupar-me-ei inevitavelmente de problemas particulares no campo do amor. A terapia descrita neste volume não é deduzida de concepções muito rígidas e científicas, mas da própria natureza. Uma excessiva tensão da vida afetiva não é certamente diminuída pelo librium ou valium. Nem pelos preparados hormônicos que aumentam a potência sexual, ou pelas pílulas de vitaminas que devem proporcionar ao homem a eterna juventude. Faremos uma análise muito simples de alguns aspectos da nossa vida afetiva. Devemos procurar a eventual terapia a ela condizente, em primeiro lugar no próprio indivíduo. Tão logo brote uma centelha da respectiva tomada de consciência, a alimentaremos até que se torne chama, empregando, entre outros, plantas, minerais e metais. É inderrogável um primeiro passo no caminho que leva a uma vida afetiva feliz e harmoniosa. Quem tomar consciência disso, descobrirá que "o método da necessidade" e "a norma do dever" são elementos que, em essência, nada têm a ver com o indivíduo, mas são somente expedientes de pessoas que não *escutam* a voz do coração. Precisamente no amor, muitos perderam sua personalidade ou constataram sua instabilidade causada por sua negligência e indolência.

Uma vida afetiva harmoniosa não leva em consideração a questão "o que encontro no outro?" ou "o que quero do outro?", mas "como sou eu mesmo?" em relação ao outro. Devemos descobrir a nossa própria força espiritual para poder irradiá-la para fora. Em nossa alegria íntima, em nosso íntimo otimismo está a gênese de toda relação mais preciosa.

"O otimismo vem de Deus. O pessimismo nasceu no intelecto humano" (Inayat Khan).

Preâmbulo

Dignidade pessoal

Quem se atreve a oferecer a sua vida, a salvará.

(a Bíblia)

Quando torno os outros felizes, sinto a benevolência divina. Se os desprezo, sinto-me culpado diante Dele.

(Inayat Khan)

Você aspira o céu: saiba que ele está em você,
Se o procura em outro lugar, o perderá sempre.

(Angelus Silesius)

Se você não se tornar uma criança, não entrará jamais onde estão os filhos de Deus: a porta é muito pequena.

(Angelus Silesius)

Ó homem, retorne a ti mesmo! Escuta, sonhador;
O que significa:
Desce em teu coração e procura e pensa,
Mas traze para fora qualquer coisa!

(Petrus de Genestet)

E Deus criou o homem à sua imagem, o criou à imagem de Deus, criou o homem e a mulher.

(a Bíblia)

O outro

Tudo o que fizeres ao menor de teus irmãos, o farás a mim.

(a Bíblia)

Quem é puro de coração ama o seu próximo,
oferece a si mesmo a Deus em espírito e verdade.

(Angelus Silesius)

Não brinque com um louco: se lhe atira uma flor, ele lhe atira por sua vez uma pedra.

(Inayat Khan)

O corpo

... pelo qual o homem deixará seu pai e sua mãe e abraçará sua esposa e serão uma só carne.

(a Bíblia)

O homem traz origem em seu próprio mecanismo.

(Jean Louis Barrault)

O espírito peca, não o físico: e onde faltar a intenção, também a culpa estará ausente.

(Livio)

Quem estiver sem pecado, que atire a primeira pedra.

(a Bíblia)

Jan Rap declara: sou um composto químico,
O amigo espiritualista por isso se enfurece:
Não eu, isto me iluminou; tenho pensado muito:
Como poderia existir um tal amontoado de sujeira?

(Petrus de Genestet)

O espírito

O que nasceu do espírito, é espírito.

(a Bíblia)

Quem é imperturbável na alegria, na dor e no sofrimento, deve estar muito próximo da essência de Deus.

(Angelus Silesius)

O espírito é forte, mas a carne é fraca.

(a Bíblia)

Ser homem significa criar novamente.

(Fr. Fröbel)

Só uma coisa é sábia:
admitir o princípio de que tudo é guiado por tudo.

(Heráclito)

1 Amores XYZ

Analogamente ao que se verifica na vida afetiva, você pode considerar o preâmbulo precedente como um prelúdio.

Foi escrito para guiá-lo no mundo do amor, indicando-lhe o caminho com sentenças de teor profundamente filosófico. Como você notou, a palavra amor raramente aparece nas citações, que todavia não foram escolhidas ao acaso. Não seria difícil encher um volume como este de sentenças e citações concernentes ao amor. O mundo está cheio delas. Se submetermos todos esses enunciados bastante conhecidos sobre o amor e paixão a um exame crítico, veremos que não existe provavelmente outro assunto simples mais particularmente analisado. Mas o amor é também um conceito muito abstrato; portanto, parece-me que há pouco sentido, nesta ocasião, sacudir o pó ainda uma vez das velhas expressões que o aferem. Procurarei tomar outro caminho. Não sei ainda se terei sucesso, mas me parece necessário esclarecer alguns conceitos filosóficos antes de chegar ao núcleo da questão, isto é, o uso correto das diversas plantas medicinais; de maneira que cada um poderá fazer por si uma imagem viva do conceito amor. Por isso não direi: "Isto é amor", mas: "Experimente descobrir o que pode constituir para você pessoalmente o amor".

Na introdução, comentei apenas sobre as prevenções que existem no que se refere à vida afetiva. Muito apressadamente se diz: assim deve ser, assim é necessário, isto é justo, isto é errado. Às vezes se faz muito rapidamente um juízo de uma outra pessoa. Se bem que seria auspicioso descobrir-se uma gênese universalmente válida, de fato ocorre que o amor é um fator totalmente ligado à pessoa, que toda forma de generalização deforma essencialmente a experiência individual.

Começaremos, portanto, a formular algumas idéias, por assim dizer, "soltas", a fim de fornecer elementos de *prova*. Compreendamos bem: o assunto é mais que matéria de "meditação": isto significa que você não pode meditar muito sobre o amor. Também a sua expressão, manifestando-se de modo exclusivo, por exemplo somente com o ato sexual, é uma forma de limitação. Para mim, experimentar implica a fusão de dois interessados no pensamento, na ação e no sentimento interior. No preâmbulo, quatro fatores predominavam: a dignidade pessoal, o outro, o corpo e o espírito. Quatro fatores que, a meu ver, têm uma parte essencial em toda a relação amorosa.

Dignidade pessoal

Talvez seja um pouco estranho começar a falar de si, quando se trata de um assunto como o amor. É a natureza do próprio indivíduo que nos torna particularmente inclinados a nos servir de "belas expressões", que testemunham a nossa completa solicitude: o outro é tudo (para *mim*, pensemos a fundo!). O problema é se uma relação harmoniosa entre duas pessoas é favorecida por este sentido único. Quem perde o sentimento da própria dignidade, perde a si próprio e por isso não é mais nada e ninguém. Como pode o outro ser feliz com nada e ninguém?

Uma relação amorosa duradoura começa, na realidade, quando se torna cônscia da própria dignidade, da própria personalidade, das próprias possibilidades e capacidades. Não permita todavia que o sentimento da dignidade pessoal se transforme em intransigência e egoísmo. Isso significa que, no caso de uma relação amorosa já em ação, cada um deve deixar para o outro a própria dignidade. Muitas relações construídas sobre ótimas bases são muitas vezes tornadas uma trágica prisão, na qual cada um impede o outro de ser ele mesmo. O sucesso e a força vital de uma união amorosa não dependem, a meu ver, das contingências externas, mas são a conseqüência da vitalidade do empenho pessoal disponível. Quanto mais se desenvolve a nossa personalidade, tanto mais podemos expandi-la em nosso ambiente, assumindo em seus confrontos uma real compreensão. Mas o que constatamos, infelizmente, em muitos casos? A relação amorosa torna-se o campo específico em que a *avidez da posse* é experimentada no auge do leito. Deixe para cada um a sua dignidade. Não a desnaturalize, mas procure, ao invés, favorecê-la. Uma relação amorosa baseada no respeito recíproco da dignidade pessoal será, provavelmente, mais duradoura do que um magnílóquo amor inicial que, com o tempo, tornar-se-á nada mais que uma ânsia de posse sublimada.

O amor tem início, portanto, precisamente em nós mesmos. Saiba, isso se assemelha à velha estufa de carvão, que antigamente tínhamos em casa. Quando criança, no sábado, à tardinha, me enfiavam no banho. Meu pai tinha intenção, nesse entretempo, de limpar a estufa. Quando eu descia, estava ainda com frio e arrepiado, depois do banho. A estufa estava limpa e carregada com lenha nova. Um pouco de álcool no estopim, um isqueiro, e a estufa começava a arder. O momento crítico vinha sempre quando se jogava o carvão nas brasas ardentes. O fogo parecia se apagar! E no entanto... no fundo da negra massa alguma coisa queimava. Eu me deitava de bruços diante da estufa, quieto e atento, para ver quando o fogo "pegaria". A um certo momento, as chamas saltavam entre o carvão, a estufa se aquecia, e depois começava a irradiar calor. Então chegava mamãe com o chocolate quente e sentávamos todos juntos, gozando o fogo já aceso, fonte de tanto bem-estar. A dignidade da estufa, acreditem, é análoga à do homem. O fogo de lenha, com que ela é avivada, é a rápida combustão. A seguir, caem os pesados carvões negros que a sufocam. Na vida, nos defrontamos com uma dura e muito obscura realidade. Mas como no fogão da estufa, precisamente no fundo, o fogo continua a esquentar (ou talvez não!), assim pode estar ainda presente no homem a centelha do amor. Se o fogo tem "dignidade pessoal" suficiente à disposição, se somos suficientemente fortes, pode triunfar sobre a escura avalanche (o carvão). Assim ocorre também com o homem. Se a nossa força interior, o nosso íntimo sentido de dignidade são suficientes, podemos triunfar sobre aquela realidade que tenderá sempre a sufocar toda forma de amor. Este processo pode exigir muito tempo; pode ocorrer que somente depois de anos de matrimônio o calor interno se liberte. Espere sempre um pouco antes de tirar as conclusões. Muitos matrimônios foram destruídos quando tinham apenas tido o tempo de se envolver em um forno que aquece. Devemos nos oferecer um ao outro a possibilidade de alimentar a nossa mais íntima dignidade.

É uma coisa bonita, transbordante de significado místico, como a antiga estufa, junto à qual eu sonhava quando criança, fixando o fogo das chamas, testemunhas do triunfo sobre a obscuridade.

As citações do preâmbulo sobre a dignidade pessoal ajudarão, talvez, a meditar sobre isso.

O outro

. Agora que estamos revigorados, podemos levar em consideração "o outro". Isso quer dizer que só agora estamos em condições de acolhê-lo do melhor modo possível.

O outro não tira vantagem daquilo que *recebe* de nós, mas de como o *consideramos* (aceitamos!). Muitas fraquezas de caráter pessoal são com freqüência atenuadas por todas aquelas atenções que assumimos um pelo outro. Pense naquele ramalhete de rosas, comprado após ter acontecido isto ou aquilo, e que levamos para casa para influenciar o outro com a nossa generosidade! Muitos floristas ou condutores de trens são filósofos perspicazes. Se você compra "logo em seguida" um ramalhete de rosas em uma floricultura, poderá ouvir: "Certo, alguma coisa para remediar, não? Leve aquelas, uma verdadeira cestinha de jóias, não lhe parece?" No trem, está na plataforma, com o resplendor de sua generosidade, para ouvir uma observação semelhante por parte do motorneiro. Por sorte, há outras circunstâncias que justificam um ramalhete de flores. Continua a tratar o outro com afeto, em todas as suas relações amorosas. Não o deixa nunca esquecer sua "projeção". O amor pode também ser, para o outro, mais mortal que uma gravíssima doença. Muitas relações amorosas se reduzem a fanáticos empreendimentos unilaterais, tendentes a uma nítida vantagem, que podemos com efeito chamar diretamente de interesse. Talvez o maior presente que você possa dar ao outro seja dedicar-lhe "sempre" um pouco de verdadeira e sincera *atenção*. O hábito de ouvir e as experiências mútuas são o melhor fertilizante natural para um são desenvolvimento daquela planta que se chama amor. Somente então a relação beneficiará a saúde de ambos. Medite ainda uma vez sobre as citações do preâmbulo, para reconsiderar o outro em uma nova dimensão.

O corpo

O nosso corpo é o mecanismo genial de que o Criador nos proveu e, como todo mecanismo, exige antes de tudo uma perfeita manutenção, de modo tal que devemos sempre conservar o nosso corpo nas melhores condições possíveis. No âmbito do amor, a sua importância é certamente relevante e muitas vezes surgem problemas no campo específico, derivadas do fato de muito se ter desprezado o físico. Um outro aspecto do corpo é o fato de que geralmente é considerado como "instrumento da nossa libido". Este fator é importante, sobretudo na ética "do bem e do mal". Infelizmente, aquilo que é puramente físico foi e ainda é considerado algo inferior. Recordo-me do juízo expresso por minha tia, a propósito de um rapaz "de nossa rua", do qual se sabia que "corria atrás das moças": "Comparta-se como um animal. Que horror, abusar do próprio corpo por coisas tão baixas!".

Essas expressões são significativas de um modo de pensar de muitas pessoas que, enviscadas completamente na rede de um esquema cultural ocidental e calvinista, não sabem mais, com efeito, como se comportar com o próprio corpo. Muitas delas, cheias de desdém, procedem curvadas sob uma avalancha de sentimentos de falso pudor. Por sorte, as coisas estão mudando nos dias de hoje. Entenda-me bem, não quero advogar pelo outro extremo, isto é, a maior acentuação possível do lado físico: refiro-me somente ao equilíbrio. Quem conhece algo de sua fisiologia, descobrirá sozinho como e de que modo um corpo pode desenvolver uma função harmoniosa em relação a um outro. Não se trata, portanto, de um desdobramento de personalidades que, de um lado, age de modo "espiritualmente" muito elevado e, de outro, se entrega ao "físico", que é depois considerado como alguma coisa de inferior. Quem ousar ensinar ao próprio físico o lugar que lhe espera, não terá mais necessidade de prestar ouvidos às questões tormentosas sobre o que se pode ou não se pode fazer. A narrativa da criação é muito clara a esse propósito. Quando Deus criou o homem, disse as seguintes palavras: *"Que se tornem uma só carne"*. Lendo essas palavras, você não pensa, por exemplo, em considerá-las ao pé da letra. Não se pode desejar uma maior clareza: trata-se de uma simples união física. Nada de espiritual, nenhuma possível condição preliminar. Não se fala de pecado, de ética: todas as sucessivas invenções da humanidade tiveram muitas vezes uma ação deletéria. Faça, sim, com que seu corpo contribua no testemunho da harmonia primordial das coisas e que não lhe seja ensinada uma função secundária das encontradas no nosso cérebro ético e presunçoso. Se durante o contato com o outro o nosso espírito estiver completamente apagado, também o corpo se entorpecerá. Mas a prática diária nos mostra em muitos casos somente indivíduos em estado espasmódico e extremamente frustrados, apenas em condições de rejeitar ou sublimar os únicos sentimentos, na realidade muito normais. Às vezes a situação é tão grave que quase não pode nascer um contato espiritual, porque o indivíduo sabe inconscientemente que a experiência física, que se seguirá de modo lógico ao contato espiritual, não lhe será possível ou permitida. O indivíduo se protege contra "o ser ele mesmo" atrás de toda espécie de incômodas normas comportamentais. Por que você não deve, como homem, manifestar os desejos físicos que se acompanham ao contato espiritual que você possa ter com uma mulher? Por que não, como mulher, desejar um contato físico com o homem com o qual você tem um diálogo perfeito e pelo qual sente nascer uma verdade essencial? Por que não, com efeito? A resposta é tão simples quanto ridícula: não se faz uma coisa dessas! E por que não? Porque não se deve! E por que não se deve? Porque... E então começa uma série de contorções mentais. Certamente, sempre partindo do equilíbrio e mantendo as justas proporções, o corpo pode desempenhar uma função harmoniosa em relação à experiência espiritual. Eu não advogo uma norma do tipo "vá imediatamente para a cama com todos". Procuro esclarecer que muitas pessoas poderiam ser elas mesmas, tanto no corpo como no espírito, se o famoso "leito" não representasse o fator de tensão ética, como parece em muitos contatos homem-mulher. Se nos encontramos "fortuitamente" no mesmo comprimento de onda do outro, por que não devemos gozar também o corpo? Até que não percamos de vista a responsabilidade de *nós mesmos*, não podemos esconder nenhum mal em um contato físico, ligado a uma inspirada relação espiritual. Presumo que muitas relações homem-mulher, portadoras do caráter do esquema harmonioso primitivo supradescrito, sejam muito mais "cristãs" e humanas, e tanto mais sexualmente satisfatórias do que as que se desenvolvem sob a cobertura da virtuosa e honrada instituição que é o matrimônio. Não que eu tenha alguma coisa contra isso. Pelo contrário. Mas o casamento não deve nunca constituir-se numa instituição que sirva de cobertura a uma vida sexual legalizada e muito pouco inspirada. Podemos ocasionar mutuamente danos tanto físicos como espirituais, se abusarmos do matrimônio para legalizar nossa vida instintiva. O matrimônio tem muito menos relação com o amor do que pensa a maioria. Provavelmente, é a verdadeira amizade que "consolida" o matrimônio. Não tenha receio em escutar com ânimo tranqüilo a linguagem dos sentidos, mas mantenha-se próximo também do espírito.

O espírito

Durante uma viagem através da Inglaterra, visitei com minha mulher e minha filha muitas catedrais. Quem pôde admirar, pelo menos uma vez, estas construções imponentes, sabe que podem constituir uma verdadeira experiência. Despertam uma impressão inimaginável e têm uma estrutura grandiosa. Sobretudo a minha filhinha de quatro anos encontrava muitas coisas de seu agrado. Escadinhas nas quais saltitava aqui ou ali, tantos quadros e tumbas esculpidas a se admirar. Tudo a entusiasmava. Porém, faltava alguma coisa. A enorme catedral, se bem que impressionante, parecia um corpo adormecido. Havia de tudo, mas quem sabe se um conjunto assim gigantesco poderia ser acordado? Turistas havia em abundância. A um certo ponto, em um desses impressionantes edifícios o murmúrio dos visitantes se enfraqueceu e subitamente o órgão começou a tocar em tom moderado. Quase imediatamente, ouvimos as primeiras frases do coro misto da catedral: dezesseis rapazes e dez entre baixos e tenores. Não somente o som encheu o espaço, mas com efeito sucedeu ainda outra coisa.

Subitamente, o mesmo espaço enorme começou a respirar, a viver, a se exprimir. "Papai", perguntou minha filha, "você acha que o senhor com o chapéu de Papai Noel, que está ali dormindo, também ouve e sente como nós?". "Sim, filhinha, ele ouve, certamente". "Sim, mas é de pedra, não?". "Sim, isso é verdade, mas...". "Mas eu o entendo bem. Todos estão contentes com o canto. Todas as pedras da igreja agora estão contentes. Olhe, levante-me ainda uma vez, assim vejo melhor: o senhor de pedra tem uma fisionomia diferente de antes".

E agora você, adulto, detém-se hesitante a olhar e a ouvir as reações de uma criança de quatro anos, em uma igreja que dá subitamente sinais de vida e simultaneamente pensa: O que pede desta vida uma massa de pedra morta? O que pode evocar uma presença efetiva, fazer brotar uma fonte viva de inspiração? Qual é a essência deste vazio de forças perceptíveis? Num momento destes você crê literalmente no que está escrito no antigo e único Livro da revelação: "Vim no êxtase do espírito no dia do Senhor". Em um ponto, no decorrer de uma viagem turística qualquer, descobri a realidade concreta de um conceito espiritual tão místico. Ou, como dizia a minha filhinha: "Papai, mesmo que assim não seja, faz de conta que é".

Não se pode argumentar sobre o espírito. Podemos senti-lo se estamos prontos a acolhê-lo. Na realidade, não sei como explicá-lo. Não consigo encontrar as palavras adequadas. É uma coisa tão cheia de energia, de gravidade, de inspiração, que toda comparação é na realidade inadequada. A verdadeira força do espírito pode ser compreendida graças às pessoas que, malgrado a sua gravidade, têm a coragem de "livrar-se". O espírito o conduz àqueles momentos que suscitam a força vital em toda a realidade concreta, que nos circunda diariamente. Sucede como na velha catedral inglesa: o espírito, aparentemente desaparecido, pode ser sempre invocado, quando o sopro humano transmuda as forças cósmicas em realidade espiritual. O sopro inspirador está, com efeito, no limite entre o espírito e a matéria. Uma criança se serve de seu hálito, mesmo harmoniosamente, para dar forma às forças cósmicas, perceptíveis intuitivamente. Se considerarmos todo o universo cósmico como uma analogia do divino (portanto de um "deus eclesiástico" qualquer), está claro por que está escrito em um dos salmos: "Tudo o que respira, rende louvores ao Senhor". Quem respirar assim, enaltecerá o espírito. Esta é a força que pode dar ao indivíduo a grande inspiração. Esta é a força que enaltece o homem acima da materialidade fria e inanimada. É a força que, provavelmente, constitui o mistério da fonte original, por nós chamada vida. Sabemos quase tudo sobre a biogênese. Sabemos alguma coisa sobre o DNA, sobre os átomos, sobre a estrutura genética, etc. A pergunta ainda permanece sem resposta, malgrado todo o conhecimento imaginável: O que é que torna a vida, vida efetiva? A força do espírito e nada mais. Pode-se medir? Certamente, se você estiver pronto a crer que o indicador que deve registrar tudo pode reagir exclusivamente ao calor interno chamado amor.

O coro, nesse meio tempo, tinha terminado seu canto, e também o órgão havia se calado. A criança disse em voz baixa: "Ouve, papai? A igreja está toda cheia! O que quer dizer?". "Bem", respondi, "os rapazes encheram a igreja de canto, entendeu? De fato, o bispo com o chapéu de Papai Noel sorri agora e também os gnomos que estão aos seus pés o acham belo". Depois saímos para fora, onde as tílias estavam em flor e a garota gritou ainda: "Ouça isto, papai, que bom! Acha que as árvores também tenham ouvido aquele lindo canto? Parece até que perfumam felizes. Papai, até as árvores cantam?". "Quer que lhe conte uma história? Escute, era uma vez uma árvore que podia respirar como um homem. E então"... "Sim, eu sei, então chegou certamente um passarinho que foi se sentar em um ramo. Ah! Ah!, que história engraçada. Mamãe, posso comprar um sorvete?"

"Quem não se tornar uma criança não entrará no reino dos céus" (a Bíblia).
Ou: Quem pensa ser um grande homem a custo da objetividade intuitiva, renuncia ao espírito e, por isso, à própria vida.

2 Marte, Vênus e Netuno. Sexo, relação e espírito

Houve um tempo em que o homem estava em condições de descrever, em linguagem simbólica, os grandes esquemas cósmicos dos quais todos fazemos parte. Isto o confirmam, entre outras, a mitologia grega, a Bíblia, o *I-Ching* chinês, etc.

A essência de todas as estruturas de vida era descrita em imagens compreensíveis pelos homens. Desde tempos imemoráveis, o homem tem-se ocupado, entre outras coisas, de analisar e descrever a relação existente entre a *essência* do macrocosmo (o céu estrelado) e o microcosmo (as formas de vida na terra). Um ramo particular da astrologia estuda essas relações, partindo do macrocosmo. Não se trata aqui do significado astronômico do céu estrelado, mas do significado originário filosófico que se considera encerrado nos corpos cósmicos.

A utilidade prática do conhecimento em relação à essência dos esquemas macroscópicos, é que eles permitem aprender a entender melhor muitos acontecimentos terrenos e de compreender a necessidade de aplicar a antiqüíssima lei que ratifica: *como acima, como abaixo*. Existe uma forma de concordância (chamam-na analogia) entre os princípios do macrocosmo e os fatos terrestres. O significado da essência macrocósmica podemos, em parte, exprimi-lo dos contos da mitologia grega, nos quais eram atribuídas aos deuses características encontradas nos corpos celestes conhecidos, e que lhes deram o nome.

Em outras palavras: quem entender a fundo a essência do deus Zeus (Júpiter) compreenderá também alguma coisa da essência *filosófica* do planeta homônimo. Na realidade, não somente a mitologia grega descreve os esquemas cósmicos, mas também o *I-Ching* chinês, a Bíblia, o Tarô e muitos outros textos antigos de teor filosófico, contêm indicações sobre a inter-relação macro-microcósmica. A nossa vida cotidiana é composta de muitos, muitos fatos e fenômenos *exteriormente* diferentes. Quem foi bastante longe no estudo dos princípios cósmicos, sabe que milhares de fenomenogêneses podem se reduzir a dez mínimos múltiplos comuns (m.m.c.), por sua vez correlativos aos dez principais corpos planetários atualmente conhecidos: Sol, Lua, Mercúrio, Vênus, Marte, Júpiter, Saturno, Urano, Netuno e Plutão (neste livro, o Sol e a Lua também são denominados planetas por comodidade).

Quem quiser adentrar no assunto das correlações cósmicas, pode consultar, se for o caso, o meu livro *A saúde mediante os metais* e também *Estar mal... importuno mas salutar*. Nesses livros, procuro esclarecer alguma coisa da essência dos corpos celestes e dos respectivos fatos ou fenômenos terrestres.

O assunto deste livro permite limitar-me somente a uma análise baseada nos esquemas microcósmicos seguintes: Marte, Vênus e Netuno. Devo manter-me no âmbito do próprio volume e procurarei, portanto, somente muito sucintamente, explicar a essência dos três referidos planetas.

Marte

Marte é conhecido na mitologia grega como o deus da guerra. Um detalhe curioso é que não importava a Marte por quem eles combatiam, desde que combatessem. Todos os contos que se referem a Marte comprovam a presença de uma característica comum: *força ativa - energia*. A sexualidade é um fenômeno atinente ao esquema cósmico Marte. O ato sexual é, portanto, uma manifestação estritamente ligada a conceitos de energia e força ativa. Uma pessoa que enumere o planeta Marte em uma posição declaradamente importante no horóscopo de nascimento (por exemplo no ascendente, isto é, no horizonte oriental), "ambicionará" uma vida sexual analogamente ativa. Fisicamente, Marte não domina somente as glândulas sexuais, mas também a bílis. Falaremos novamente sobre esse assunto quando tratarmos da segurelha.

Podemos sempre reconhecer no horóscopo de nascimento, como dependentes do planeta Marte, os problemas referentes à nossa vida sexual, assim como, nesse horóscopo, encontraremos sua solução. Examinarei por isso os aspectos favoráveis de Marte em conjunção com os outros planetas.

Vênus

Esta deusa, mitologicamente, se situa inteiramente sob o signo referente aos conceitos *relação e vínculo*, o que, entre outros, Vênus exprime como deusa da beleza e da arte. Beleza e arte são portanto fatores importantes da vida diária.

Na vida afetiva, e cada um o pode confirmar, o elemento de vínculo tem uma parte extremamente importante. Sem ele não há nem amor nem contato recíproco. Freqüentemente se admira observar que o horóscopo de homens ou mulheres não casados mostre Vênus em uma posição que indica claramente como a falta de um casamento, ou mesmo de uma eventual relação, corresponda a uma situação "sem contatos" no horóscopo. Uma boa conjunção entre Marte e Vênus no horóscopo gera sempre uma vida afetiva rica e intensa.

Força ativa e vínculo são portanto bastante ligados entre si.

Netuno

A essência deste esquema cósmico a encontramos representada por Netuno mitológico (Posêidon). No meu já citado livro *A saúde mediante os metais*, descrevi os fenômenos e os fatos que compareciam na vida cotidiana no momento em que o planeta Netuno foi descoberto, no século passado. A iluminação a gás e a anestesia com éter foram dois elementos mais importantes. O estado físico análogo a Netuno é a forma gasosa, cujas prerrogativas são a volatilidade e a dissolvência (diluição). Para entender alguma coisa da relação existente entre o esquema Netuno e a nossa vida afetiva, devemos nos voltar ainda uma vez ao exemplo da estufa a carvão, citado no capítulo precedente. Se pusermos em segundo plano o quanto de calor e de romantismo é expresso por esta imagem e aprofundarmos o exame do que sucede efetivamente na estufa, descobriremos que: antes há a lenha que, com a ajuda de álcool ou similares, se transforma rapidamente em altas e vívidas chamas. Enquanto se desprende esta força efetiva do fogo, são colocados sobre ela os carvões; resultado: a bela fogueira de lenha se apaga e fica um pouco de fumaça que desliza entre os carvões em direção à chaminé. Sob os negros carvões, porém, continua a arder um fogo que, a um certo momento, se torna tão quente que abrasa os próprios carvões, dos quais se liberta o gás. Em uma fase seguinte, observamos que os gases que fugiam no início incólumes, pegam fogo. Vemos agora belas chamas azuis dançando sobre o carvão. A estufa emite um forte "sopro" no momento em que os gases sobrestantes ao carvão pegam fogo. O momento mais excitante é justamente quando esses gases repentinamente se inflamam. Sabemos agora que o acendimento da estufa se verificou novamente. O fogaréu provocado pelos carvões negros venceu!

A filosofia que se esconde atrás desta "imagem da estufa" pode ser totalmente projetada em nossa vida afetiva. Podemos comparar o fogo de lenha de rápida combustão no primeiro namoro: violento e apaixonado. Quase de repente, por outro lado, somos postos em confronto com a escura realidade da vida cotidiana (por exemplo, nos primeiros anos de matrimônio). Como para o acendimento da estufa, este momento é muito crítico para nossa vida afetiva. Trata-se então de ver se o nosso fogo interior é bastante forte, para suportar os "atentados" provenientes do ambiente externo. Na relação amorosa, analogamente ao que se verifica no interior da estufa, o fogo pode se limitar a ficar incubado por um longo período. No pior dos casos, se apaga e a estufa deve ser novamente predisposta. Se, ao invés, tudo for bem, o fogo continuará a arder no profundo e aquecerá o ambiente (os carvões).

E agora se inicia um extraordinário processo. O fogo que aparentemente não existe mais, porque está profundamente escondido na avalancha das circunstâncias ambientais (os carvões), parece reaparecer subitamente em "forma superior". O fogo interior supera a crise das circunstâncias e queima acima dele.

Só nesse momento, na vida afetiva, nasce o verdadeiro amor. Amor que, na realidade, é a força espiritual e não tem nada a ver com o sexo e as "manifestações de afeto" racionais. Este amor tem origem na força primordial inata no homem e que o próprio homem faz expandir acima dele. Assim como ocorre na estufa, o indivíduo descobre sempre esta força espiritual como em uma labareda improvisada. Com isto, quero dizer que a tomada de consciência, de nossa força espiritual inata, da nossa condição de criaturas existenciais, ainda na gênese e na imagem e semelhança de Deus, é acompanhada muito constantemente de um certo fenômeno derivado de um acontecimento de vital importância. *A tomada de consciência do Divino no homem significa consciência da harmonia originada das coisas, e precisamente esta última é o único fator fundamental de uma realidade que chamamos Amor.*

Ouço ainda meu avô dizer, no dia de seu qüinguagésimo aniversário de casamento: "O amor, meus filhos, eu não sei realmente o que é. O que sei é que durante o decorrer dos anos, *aprendi a querer bem à sua vovó*". Então, penso comigo: e nós, em nosso mundo socialmente civilizado, pensamos saber tudo sobre o amor e sobre sua fisiologia, na maioria dos casos com o aquecimento central, pelos cômodos mas "frios" termossifões ao longo da parede. Devemos procurar em nós mesmos o esquema cósmico de Netuno. Devemos encontrar o equilíbrio entre a paixão e a força espiritual (na estufa: o devorador e violento fogo de madeira e o infinito jogo da chama nos carvões).

Não é talvez estupefaciente que, no caso da estufa, a fogueira inicialmente acesa (o namoro e a paixão) em definitivo se baseia totalmente no fogo final? Assim se verifica também na relação amorosa. Talvez o segredo do fracasso de muitos matrimônios esteja no fato de que o indivíduo não se torna nunca consciente de sua força espiritual interior, pelo que, apagada a chama da paixão, fica o vazio. Não se tem mais nada a oferecer reciprocamente. Agora você entende por que no preâmbulo deste livro iniciei com o conceito da dignidade pessoal, não como fenômeno egoístico, mas como tomada de consciência da força espiritual inata, em condições de sustentar o amor, oferecendo ao outro a ocasião de se encontrar defronte ao seu verdadeiro próximo.

Finalmente, uma observação prática. Se o fogo do amor deva se apagar por qualquer circunstância, trate-o como um bom foguista. Antes esvazie o fogão, a seguir limpe a grelha e somente então recomece do princípio. Somente raríssimas vezes se consegue reativar um fogo apagado, colocando no fogo um pedaço de algodão ensopado em álcool. O resultado é bastante aleatório, quando a estufa está cheia de carvão. Assim se verifica também em nossa vida cotidiana. Se o fogo de nossa relação se apagou, devemos fazer uma "limpeza" cuidadosa em nós mesmos, antes de "acendê-lo" novamente. Não devemos fazer gravar no outro as escórias do fogo anterior: constituem um peso inútil para a nova relação. Resta-nos, em todo caso, a possibilidade de provar que a experiência nos enriqueceu.

Nunca deixe arder muito forte o fogo de uma relação amorosa: poderá produzir escórias e resíduos incombustíveis. Como na estufa, isto impede a aeração, também um fogo amoroso muito chamejante solta fragmentos de combustíveis que podem impedir o curso da relação.

Querer-se bem é uma experiência belíssima. Sentados juntos ao lado de uma velha lareira, aquecendo-se um ao outro e ao calor da própria lareira, não hesite em gozar um bom gole de vinho. Não devemos recusar os dons da mãe natureza, mesmo que vivamos no âmbito de uma consciência cósmica. Façam um brinde recíproco, suscitado pela consciência da força espiritual interior. Não se esqueça que o primeiro "milagre" de Cristo na terra foi a transformação da água em vinho nas bodas de Caná. Não devemos ser muito puritanos em circunstâncias materiais, mas nem nos tornar eleitos ou sublimes em homenagem às nossas presumíveis qualidades espirituais. Não se esqueça de que no vinho genuíno se materializa uma parte de sua força espiritual. Por isso, muitas doutrinas metafísicas muito limitadas têm uma certa repugnância pelo vinho. Provavelmente, os seus adeptos temem o desencadeamento de sua própria força espiritual (espírito — vinho — álcool — espírito!), que poderia evidenciar a limitação de suas verdades. Bem, não hesite portanto em gozar de um bom vinho enquanto sentados ao lado da lareira que vive, seguindo juntos o jogo das chamas (força espiritual). Cosmicamente se exprimindo, isso significa: deixe que o esquema de Netuno atue em você sem restrições. Quem vive deste modo não peca: nem contra si mesmo, nem contra o que é divino. Quem tem cérebro, que se aprofunde no quanto o espírito lhe oferece.

3 Uso das plantas medicinais

Muitos dos nossos remédios atuais, fabricados quimicamente, têm um "ascendente" vegetal. Durante o decorrer dos anos da sua evolução, a ciência química tem-se cada vez mais aplicado à análise dos elementos dos quais a planta é composta. Os cientistas sabiam que determinadas plantas possuíam uma ação terapêutica. Depois, o homem se tornou curioso e começou a pesquisar a substância contida na planta que, segundo ele, era responsável pelo efeito curativo. Sobretudo neste século, foram especificadas substâncias definidas eficazmente como agentes, e em seguida reconstruídas sinteticamente. A planta não era mais necessária. O engenho humano havia vencido. O homem podia fazer melhor que a natureza. Um belo comprimido branco, obtido quimicamente, é muito mais higiênico e funcional, e até mais seguro que uma infusão de ervas! O médico médio, destes tempos, considera o indivíduo como uma entidade funcionando de modo físico-químico. Toda doença é enfrentada sob este ponto de vista. Os remédios modernos influem, conseqüentemente, também no próprio aspecto físico-químico da humanidade. O homem, porém, é alguma coisa mais que uma estrutura funcionando em obtemperança às leis da física e da química. Assim também a planta é alguma coisa mais que as substâncias, quimicamente isoláveis, que ela contém. Um uso das plantas medicinais que se restabelece somente às suas substâncias eficazes e analisáveis não é mais que uma aproximação muito unilateral da fitoterapia. As plantas não curam somente um determinado distúrbio dos processos físico-químicos do organismo, mas têm influência sobre toda a pessoa.

Médicos e filósofos famosos (quero dizer profundos conhecedores da vida) do passado deixaram um grande número de indicações dos processos ativos das plantas medicinais. Entre outras, as obras de Hipócrates e Paracelso são muito significativas. Para tentar penetrar neste segredo imenso, devemos imaginar que existe uma forma de analogia entre a essência do mundo humano e a essência do mundo vegetal. O mundo dos homens é composto de muitas famílias que mostram, até certo ponto, analogias e determinadas características. No mundo vegetal se verifica o mesmo. Recordo-me muito bem quando criança, encontrando-me em uma cidade próxima, vi um velho em seu jardim, sentado a cavalo em uma cadeira, fumando tranqüilamente o seu cachimbo, o qual me investigou minuciosamente enquanto passava a seu lado. Abrindo ligeiramente os olhos, disse-me: "Se não me engano, você deve ser um da família do velho Job Huibers". Eu enrubesci e admiti, um pouco timidamente, que ele tinha razão. Ainda agora, recordo-me como este fato me ficou impresso por longo tempo. Quando me aprofundei no estudo do mundo vegetal, descobri o significado do fato supradescrito. Às vezes não se sabe o exato nome de uma planta, mas conhecendo suas características familiares, pode-se igualmente reconhecê-la parcialmente. Na fitoterapia, não se trata exclusivamente de características botânicas, mas de *características existenciais!* Isso significa que a cada planta corresponde, por assim dizer, um determinado quadro humano. O fato de haver negligenciado esta avaliação da essência das plantas, se reflete de algum modo nas mutações das relações sociais. Quem reconhece atualmente as típicas características somáticas familiares, como o reconhecíamos antes? Assim como nos tornamos desconhecidos um do outro, perdemos o contato com as plantas (e com os animais e os minerais).

Talvez tudo isto seja muito pouco científico. Você deve procurar saber por que um sujeito reage melhor que outro a uma determinada verdura. O comportamento das crianças ao comer verdura nos pode ensinar muitas coisas sobre a relação intercorrente entre o caráter humano e o caráter vegetal. O fato de que a ação terapêutica das plantas às vezes não se explique, não depende do poder curativo da mesma, mas do fato de não escolhermos a planta certa, isto é, aquela que, com base nas características existenciais, se assemelha à nossa situação estritamente pessoal.

No capítulo seguinte, descrevendo as plantas, citarei um "conto *ad hoc*". Quero tentar esclarecer o mais possível a essência vegetal em relação à humana à qual se adapta. Com efeito, é uma matéria que se tornou muito ampla e difícil devido ao fato de termos perdido grande parte de nossa intuição primitiva. Muitos animais selvagens são dotados deste instinto e sabem exatamente que plantas comer em quaisquer contingências. Não use por isso nunca as plantas medicinais com base na avaliação físico-química já mencionada.

Finalmente ainda uma indicação prática: não use nunca plantas afrodisíacas se a ausência, por exemplo, de impulsos sexuais deve ser atribuída à exaustão ou a uma vida cotidiana sujeita a tensões ou pressões humanas.

Neste caso, durma um pouco mais ou dê um passeio. Alimente-se de modo mais sadio e natural possível e procure reencontrar-se. Somente se a "ingestão" de substâncias puras e naturais não der resultado, poderemos procurar outras na farmácia quase incomensuravelmente aberta a nós todos: a natureza (e não é cara!).

4 Plantas que influenciam a nossa vida afetiva

Segurelha *(Satureja hortensis)*

Esta planta, conhecida na cozinha, pertence à família das Labiadas. Uma família de plantas muito vasta, com diversos membros bastante conhecidos, como o alecrim, a melissa, a alfazema e a sálvia. Como no "mundo dos homens", também na botânica cada família apresenta determinadas características. As Labiadas contêm — e esta é uma característica muito importante — o chamado óleo etéreo. O óleo etéreo é um óleo não gorduroso muito volátil. Já nos tempos passados sabia-se que o óleo etéreo das Labiadas possuía sobretudo um efeito pronunciado sobre as glândulas. A segurelha, de fato, exerce uma ação particular sobre as glândulas sexuais. Não devemos acreditar então que a segurelha possa ser usada "sem mais nem menos" como meio para aumentar a capacidade sexual. Significaria seguir uma metodologia alopática. A que tipo de indivíduo se indica esta planta? A segurelha é um vegetal bastante picante, forte e agressivo. Quem já é por si impetuoso, eficiente, facilmente inflamável, etc., não deve abusar muito desta planta. Não tem necessidade disso.

É notável o fato de que a segurelha tem uma ação específica sobre nossa bílis. Esta ação é tão forte, que um uso excessivo pode provocar uma cólica biliar. Por que é tão importante esta última característica? Bem, a prática nos ensina que existe uma relação muito estreita entre o funcionamento da bílis e o dos órgãos sexuais. No ambiente médico, é sabido que a extração da vesícula pode, entre outras, ter como conseqüência um engrossamento da próstata no decorrer dos anos seguintes.

Já de milênios se sabe que a bílis, como também os órgãos sexuais, são formas de manifestação do esquema cósmico representado pela essência do planeta Marte e de sua figura mitológica. A posição assumida por Marte no horóscopo é indicativa tanto da função da bílis como dos órgãos sexuais (e da sexualidade em geral). Antiqüíssimas tradições mostram a relação decorrente entre a segurelha e o esquema cósmico. A segurelha, junto com a hera (*Hedera helix*), constituía um dos mais importantes revestimentos do *Tirso*, que era uma vara levada por *Dionísio* (Baco) como arma (entendida como instrumento de força ativa). Os contos mitológicos nos narram como as bacantes se batiam reciprocamente com essa vara e subitamente começavam a desencadear-se. O próprio Baco bateu com o Tirso em uma rocha, fazendo-a brotar vinho, enquanto Moisés, na narração bíblica do Velho Testamento, golpeava a rocha com o seu bastão, talvez uma versão particular do Tirso, a fim de fazer brotar a água para o povo de Israel, peregrinando no deserto. Nestes contos, há um elemento central: o Tirso, instrumento simbólico completo do desenvolvimento e da materialização de uma *força ativa*, de uma ação e de uma "gênese". É extraordinário que mesmo uma vara com as funções supradescritas fosse envolvida por segurelha e hera, duas plantas que não somente reavivam as funções biliares, mas estimulam também a ação das glândulas sexuais.

Do prefixo "col" (em latim *cholera*: bílis) deriva o termo colérico, que significa irado, impetuoso e violento na ação.

A segurelha é uma ajuda para as pessoas que têm dificuldade em materializar sua eficiência, sua "sexualidade interior". Esta planta se indica muito bem ao indivíduo que, mesmo em condições de abraçar uma relação amorosa, encontra dificuldades no aspecto físico (sexual) irrevogavelmente ligado à própria relação. Neste tipo

Satureja hortensis

podemos encontrar muitas formas do chamado amor platônico. O indivíduo é contrário ao ato sexual "ativo" e até o teme. Não tem a coragem de ousar a prossecução física da experiência psíquica. A segurelha se indica especialmente ao tipo muito tranqüilo, que se atira com vontade para dentro, quando é caso de demonstrar a eficiência pessoal. É remarcável que este tipo, analogamente à sua predisposição psíquica, tenha uma atividade fisiológica biliar muito modesta. A segurelha ativa o pólo colérico (biliar) do indivíduo. Se a planta lhe convém, você a pode usar no verão, fresca, como condimento de diversas verduras, ou mesmo acrescentá-la finamente picada à salada.

O apelativo comum holandês de "bonekruid" (erva feijão) provavelmente não nasceu por acaso. Ele indica que a planta é própria para os feijões, os quais, se sabe, são em geral um alimento muito difícil de digerir. É necessária para esse fim uma notável capacidade digestiva (o que comporta, entre outro, precisamente uma atividade biliar aumentada). Completando um prato de feijões com essa planta, se acelera a secreção biliar e, conseqüentemente, o processo digestivo. Uma outra explicação possível poderá provir da expressão idiomática "não chegar a feijão", ou seja: chegar no momento errado. A planta não auxilia de fato somente no momento da digestão dos feijões, mas exerce a sua ação benéfica também nas pessoas a quem "nada" dá certo, e são portanto indecisas e incapazes de agir prontamente do modo oportuno.

Há muito tempo atrás, foi descoberto que o perfume de determinadas flores de feijão possuía um efeito de tal maneira inebriante, que chegava a atordoar. A segurelha era considerada um remédio ao atordoamento, porque restituía a eficiência correta das pessoas. Nos meses de inverno, você pode fazer uma infusão de planta seca. Geralmente põe-se uma colher de sopa de planta seca em meio litro de água fervente, e se deixa descansar de dez a quinze minutos. Dose a ingestão segundo a sua situação pessoal, mas não tome, em todos os casos, mais que três xícaras por dia, e sempre antes das refeições. Reforçará o seu "eu", a sua eficiência e a sua capacidade física específica.

Alecrim (*Rosmarinus officinalis*)

A essência desta planta concorda, em linhas gerais, com o que foi dito anteriormente para a segurelha. Contém igualmente uma forte porcentagem de óleo etéreo e é também uma representante da família das Labiadas. A diferença entre as duas plantas pode ser

Rosmarinus officinalis

descrita como segue: a segurelha é indicada para o homem, enquanto o alecrim exerce maior influência na estrutura feminina. O alecrim provoca um incremento do fluxo sangüíneo nas zonas inferiores do corpo, aumentando sua sensibilidade. É sabido que, nos tempos passados, o alecrim era empregado como agente abortivo. É usado com sucesso também atualmente, nos casos de menstruação escassa e irregular. Por quê?

Todas as Labiadas exercem uma ação sobre o "eu". Não me refiro aqui ao bem conhecido "eu" egoístico, mas à íntima "presença" de todo indivíduo que, na realidade, é a voz do coração. O sangue é o portador do nosso "eu" individual, de maneira que a contribuição sangüínea na parte inferior do corpo reforçará a "presença" pessoal naquela zona. Agora talvez você entenda por que o alecrim tem uma ação tão tonificante justamente nos órgãos sexuais femininos. Durante o ato sexual, em muitos casos, é precisamente a mulher que deve renunciar a grande parte do seu "eu" mais profundo. O homem pode às vezes ser de tal maneira rapace, pronto somente a agarrar, que a mulher está muito a contragosto em condições de contribuir com a *sua* "presença" individual. Reflita no fato, sempre mais evidenciado por diversas pesquisas recentes, que a mulher, durante o ato sexual, muitas vezes não encontra a satisfação pessoal esperada. O homem, nestes casos, leva muito pouco em conta a *essência* do "outro", limitando-se meramente a seguir a sua inclinação (sexual).

Todo ato sexual, conduzido desta maneira, tolhe o íntimo "eu" da mulher e uma semelhante situação pode levar, com o tempo, a uma forma de frigidez. O uso do alecrim não produz na mulher um estímulo físico que prescinde da situação insatisfatória. O alecrim acrescenta a força espiritual e a eficiência interior da mulher, permitindo-lhe resistir à eficiência predadora do animal macho e tornar-se alguém de quem o homem deverá ter a justa consideração.

A planta contribui para manter o equilíbrio entre homem e mulher nos casos em que esta, no caso da fraqueza do próprio "eu", ameace sucumbir ao "eu" predominante do macho. É estranho constatar que muitas mulheres, durante a gravidez, têm uma leve forma de diabetes, o qual é também, em essência, "uma doença do eu". Muitas sofrem a gravidez como um ataque ao próprio ser. A mulher deve limitar o próprio corpo, para dar lugar ao novo "eu": a criança. No meu livro *Estar mal . . . importuno mas salutar*, me aprofundei, entre outros assuntos, no estudo fundamental do esquema diabético.

Sirva-se do alecrim em todos os casos em que perceber que a integridade de sua mais íntima essência esteja prejudicada pela situação contingente e pelas pessoas com quem você vive.

Não use nunca esta planta em forma não diluída, durante a gravidez. Poderão advir dificuldades, quando o fluxo sangüíneo nas partes inferiores do corpo aumentar consideravelmente.

Também no caso de hipertensão, é preciso ser prudente no uso da planta na forma não diluída. As pessoas com uma pressão arterial constitucionalmente baixa, que dispondo de pouca energia e eficiência, se deixam subitamente dominar por um "eu" mais forte e não reagem à agressividade sexual do outro, encontrarão ajuda no uso da planta em sua forma não diluída. Também o aipo e a salsa são notáveis fatores de potência (força).

Valeriana (*Valeriana officinalis*)

É um antigo remédio, inócuo para os vários estados de nervosismo. A tintura é extraída da raiz. Se bem que a valeriana, em primeiro

Valeriana officinalis

lugar, seja uma planta medicinal neuroterápica, pode também se tornar um determinante equilibrador da vida afetiva. Podemos explicar do seguinte modo os princípios fundamentais desta ação.

Pode haver indivíduos, tanto do sexo masculino como do feminino, dotados de uma forte carga sexual que é percebida particularmente como desejo físico preponderante. A pessoa que tem uma tão grande necessidade de contatos sexuais pode se arriscar a um esgotamento nervoso, sobretudo se o outro experimentar um impulso em menor grau. Este é o momento de usar a valeriana. Ela é indicada ao tipo de indivíduo que, entre outros, tenha um comportamento muito nervoso e excitado, durante as preliminares do ato sexual. A excitação pode às vezes ser tão intensa que o indivíduo está apenas em condições de falar. A superpotência sexual, se for precedida desta forma evidente de nervosismo e de excitação, pode até conduzir à impotência. A impotência sexual se entende nesse caso como a impossibilidade de concretizar a exigência física específica, tão ardentemente perseguida (psiquicamente). Constatamos portanto que a valeriana é uma planta medicinal que regulariza a potencialidade sexual excessiva e os fastidiosos fenômenos relativos, aumentando as probabilidades de uma vida afetiva harmoniosa. Use a tintura de valeriana se o estado comportamental acima descrito se adaptar ao seu caso. Em caso afirmativo, tome diariamente de cinco a dez gotas em um pouco de água; nunca por um período de tempo superior a quatro semanas sucessivas, após as quais é preciso interromper a terapia, pelo menos por quinze dias. Em casos fortuitos e esporádicos, pode-se tomar a tintura de valeriana vinte gotas por vez. O uso da valeriana não implica vício nem astenia.

Aipo (*Apium graveolens*)

Os efeitos de uma planta medicinal muitas vezes se experimentam na prática. Muito evidente é a de um vegetal bastante conhecido, comestível: o aipo, o qual apresenta uma ação decidida no aumento da capacidade sexual. Encontramos sempre esta planta como componente nas poções afrodisíacas. **Neste ponto perguntamos: Por que motivo?** Qual a essência do aipo? Começaremos, antes de tudo, observando a sua estrutura e o seu desenvolvimento. No aipo se notam duas particularidades: a tensão existente no tecido celular do caule e a formação de um tubérculo subterrâneo no segundo ano de crescimento. A tensão do tecido parietal é demonstrada pelo fato de que, quando partimos um ramo de aipo, as fibras do caule quadrangular se enrolam imediatamente em seu *próprio* sentido. Em outras palavras, tão logo diminua a solidez estrutural, origina-se uma forma de caule totalmente diferente da primitiva.

O fato de a planta gerar um tubérculo após dois anos, indica que a força de crescimento da própria planta não se desenvolve acima do solo, mas, sim, faltando-lhe a possibilidade de manifestar-se na superfície, assumindo uma forma subterrânea. Quem for bastante versado em astrologia analógica (veja a este propósito o meu volume *(Estar mal . . . importuno mas salutar)* não terá dificuldades em aceitar o conceito que estas características do aipo sejam análogas ao esquema macrocósmico de Plutão. Na vida cotidiana, reconhecemos este esquema nos seguintes fatores: toda forma de violência e de alteração, os "elementos do mundo subterrâneo", os coeficientes de

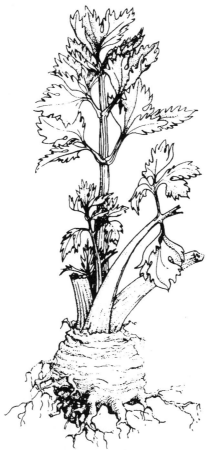

Apium graveolens

fratura e também a criatividade material, a construção monumental, além da força primitiva (primordial). Todos esses elementos são formas de manifestação análogas em *essência*. Também o planeta Plutão foi descoberto no período em que se trabalhava nos fundamentos da primeira bomba atômica! Isso quer dizer que, do ponto de vista cósmico, começava a se delinear um esquema contendo todas as características acima mencionadas. A reprodução humana comporta um aspecto que se deve comparar à força primitiva de Plutão: a fusão do elemento seminal e do óvulo. Materialmente, a reprodução é a conseqüência de uma força incrível que se gera no corpo feminino. Este aspecto da reprodução, em que a cisão das células tem uma parte tão importante (negativamente análoga à desarmoniosa proliferação celular: o câncer!), é a fase essencial da realização da atividade sexual. É o princípio original da única verdadeira força criativa de vida.

A essência da planta de aipo reflete de modo claro e completo o esquema de Plutão e se liga ao princípio mais fundamental da *criação*. Há situações posteriores que demonstram como as pessoas, nos tempos passados, conheciam bem a relação aipo-criação. O famoso naturalista herborista e astrólogo italiano Giambattista della Porta (dezembro 1534 - 4 de fevereiro de 1615) narra, em seu *Magia naturalis sive de miraculis rerum naturalium*, como o bastão ou a cana cavalgados pelas bruxas que andavam no Sabá eram untados com um ungüento mágico composto predominantemente de aipo. O chamado cabo de vassoura assumia, por isso, uma posição comparável à de um pênis ereto. Se esta for uma verdade aceitável ou não, não diminui a capacidade da imagem. As bruxas usavam a força criadora do aipo para poder exercer a sua magia negra, o que, do ponto de vista cósmico, se confirma no esquema Plutão.

Passemos agora à sóbria realeza do século vinte: atualmente não acreditamos mais nas bruxas medievais, mas conhecemos bem outras "bruxas", como a bomba atômica, a produção em série, toda aquela consternante violência em vasta escala e muitos outros negócios plutônicos. Atualmente, o aipo pode significar muito para as pessoas que não disponham de uma energia criativa suficiente interna, ou que sejam vítimas de uma força criativa desarmoniosa.

Para mim, o uso do aipo é muito atual. Vivemos em tempos em que a pílula anticoncepcional e muitos outros métodos contraceptivos adulteram a essencial força criadora que todo homem leva em si por natureza: a capacidade reprodutiva. Esta é a maneira mais natural de desenvolver a própria criatividade. Um amigo médico dizia-me certa vez que a freqüência com que se recorre à prevenção da maternidade depende do fato de a mulher não utilizar mais de modo criativo o seu "terreno" natural (isto é, o terreno de cultura em que o sêmen deve crescer), mas o relega no quadro de uma atividade de mero consumo. Não é mais dada a sua destinação original no terreno feminino, isto é, a possibilidade de *dar forma*. O corpo não o aceita e gera por si outras formas: as células cancerosas! O aipo tem em tudo isso uma parte importante, graças à sua faculdade de favorecer a capacidade criadora. Não é por menos que os romanos haviam consagrado esta planta a Plutão e com ela trançavam coroas funerárias; isto queria significar que se oferecia ao morto a imagem do fator criativo de uma outra vida, a fim de propiciar o advento de uma nova gênese: a sucessiva encarnação.

Conclusão

Se quiser realmente fazer o amor criativamente, o uso do aipo será muito eficaz: facilitará até a concepção da nova criatura (a criança). Quem quiser fazer o amor sem a intenção de ser realmente criativo (por exemplo, utilizando todos os métodos contraceptivos possíveis), deve se guardar do uso desta planta. Um homem que solicita as suas capacidades sexuais criativas com o aipo, mas despreza a sua "criatividade", a qual não pode se opor de modo natural às forças geratrizes evocadas, será, em essência, o responsável por uma desarmonia do esquema Plutão que se verificará na mulher. Fique portanto atento a não usar "para experimentar" as receitas de afrodisíacos como são descritos em muitos herbários.

Com o aipo, despertam as forças primitivas do homem: se lhes falta a possibilidade de tomar forma, procuram um outro caminho. Um artista criativo, ou um casal desejoso de procriar, não comerão nunca uma grande quantidade desta planta milagrosa.

Finalmente, ainda uma indicação para as pessoas que, após haver lido estas verdades primordiais, se sintam quase faltar pelo desdém e pela emoção, para tantas "irrealidades irracionais": pendurem um tufo de aipo em sua cama. Protege contra todos estes sentimentos, porque favorece à expulsão da água (isto é: a emoção) entre os rins. Se não o fizer, o seu coração sofrerá porque não digerirá uma tal quantidade de "água emotiva"! Se não fizer deste modo, um "diabo moderno" achará alguma coisa para seduzi-lo pelo seu "desprezo-vício cardíaco". O mundo não muda jamais: todas as coisas assumem somente um nome diferente. A ciência é muito hábil ao encunhar sempre novas terminologias para velhos conceitos! Alguns indivíduos não têm necessidade deles; crêem tranqüilamente ainda nas coisas extravelhas, como o diabo e semelhantes!

Salsa (*Petroselium sativum*)

Como o aipo e a segurelha, a salsa é uma conhecida planta afrodisíaca, que não faltava jamais nos filtros amorosos descritos nos antigos contos populares. Podemos deduzir sua explicação por dois elementos: 1) a planta contém uma substância chamada *apiol*, que tem uma ação extremamente ativa sobre as glândulas do nosso corpo, especialmente sobre as que segregam os sucos gástricos e sobre as glândulas sexuais. Na prática, porém, o uso da própria planta não parece provocar, inevitavelmente em cada um, um estímulo erótico. Devemos sempre ter presente que toda planta se recomenda a um determinado tipo. O segundo elemento explicativo, já enunciado, esclarecerá qual tipo humano pertence à salsa. 2) Uma antiga fábula alemã narra que a salsa é nascida da união de um rapaz e de uma moça, que se chamavam Peter e Silie (em holandês, salsa: Peterselie).

Petroselium sativum

O conto narra que Peter e Silie sempre discutiam e tinham um comportamento indelicado. Um mago que vivia nas proximidades se irritou de tal modo com a vilania do casal, de modo a fundi-los em um único ser: o *petersilie* (salsa). Peter continuou a crescer como raiz e Silie despontou para cima, como a conhecida planta enriquecida por belas flores. Nesta curiosa e antiga lenda, podemos reconhecer a essência do tipo de indivíduo a que esta planta se recomenda: são aquelas pessoas que não conseguem "fundir-se", devido a pequenas mas contínuas rusgas e dissabores.

A relação afetiva impede geralmente uma vida sexual satisfatória, porquanto cada indivíduo possui, em essência, uma natureza diversa, de modo que o compromisso normal sempre falha. As cortesias recíprocas se exprimem sobretudo pelas mútuas *repreensões*. A salsa defende as pessoas da "vozinha diabólica" que existe nelas. Impede-lhes os impulsos de serem descorteses, enquanto, por outro lado, no profundo do coração, sabem quanto é importuna e injusta a descortesia. A salsa é recomendada, portanto, ao indivíduo que, seguido à estupidez em contraste com a própria consciência, pode-se deixar arrastar por uma seqüência desarmoniosa. É surpreendente também que, no conto, o pólo masculino tome a forma na raiz, enquanto o pólo feminino se expande em folhas e flores. Isso é em tudo análogo ao conceito original no qual o homem representa o *pólo do pensamento* (raiz) e a mulher é a portadora do *princípio da fertilidade* (as flores). Quem quiser se aprofundar nesse conceito, leia o meu livro *Vencer a ansiedade com as plantas medicinais*, dessa mesma coleção.

Coma esta planta agradável, por exemplo, picadinha sobre as cenouras, se acreditar que as características supradescritas se atenham à sua vida afetiva pessoal. Use-a todos os dias, durante algumas semanas. Você descobrirá que existe uma influência particularmente harmoniosa em todo o seu organismo e que diminui a eventual inclinação a provocar atritos. Finalmente, ainda um sério aviso: não transplante jamais a salsa. Na antiga lenda popular, isto era um "pecado mortal", que se deduzia em prejuízo da individualidade!

Alho (*Allium sativum*)

O alho tem uma forte ação dilatadora dos vasos sangüíneos. Já no tempo dos egípcios, o alho era tido em grande conta. Segundo Dodonaeus, o famoso Galeno chamava o alho de "o príncipe dos remédios dos camponeses e dos aldeões". É curioso ver como Dodonaeus tenha redigido um anexo intitulado "Impedimentos" no final de sua descrição do alho, no tratado *Herbário* (1554). Ali se encontra escrito: "O alho é prejudicial e mal para as pessoas coléricas, e a cada um que seja ardente de natureza". Do ponto de vista da antiga teoria dos temperamentos, a planta evidentemente não se aconselha ao tipo colérico. A força marcial do alho é de tal natureza que se adapta melhor ao tipo fleumático e melancólico, ao qual pode ajudar a uma boa "limpeza". Sobretudo o fleumático é propenso à "retenção". Nos capítulos introdutórios, já tornei ciente que uma boa relação amorosa não é favorecida pelo contínuo suportar da exteriorização dos outros, mas um amor equilibrado e radioso é a conseqüência do que *nós mesmos* irradiamos. Em resumo, quanto mais forte for a nossa personalidade, tanto maior será o interesse que o outro experimentará por nós. O alho nos ajuda, leva o nosso "eu" até altas cotas. Dá espaço ao vetor de nosso "eu": o sangue. Quem tem dificuldades em manifestar a própria personalidade na relação amorosa, fará bem em comer regularmente o alho. Ele libera o indivíduo das constrições vasculares e, conseqüentemente, também das constitucionais. Com o uso do alho desaparecem muitos fatores de

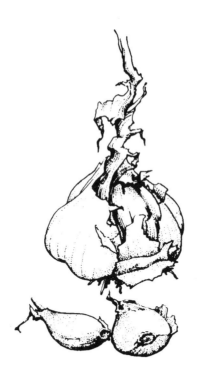
Allium sativum

ansiedade, que perturbam uma relação amorosa inspirada. O colérico declarado não deve se utilizar desta planta: tornar-se-ia muito excitante e instigador. Pode-se usar o alho de muitos modos: por exemplo, deixar amolecer um dente em um pouco de leite, triturá-lo finamente em um pãozinho de queijo, ou cozê-lo junto com muitas outras diversas iguarias.

O alho é um afrodisíaco de grande eficácia, por isso, use-o sensatamente. Equivale à força do "ego" individual: um *ego* excessivo, a manifestação exagerada da própria personalidade, pode repelir o outro. O excesso de alho tem a mesma conseqüência: emana seu odor! Mas um uso sensato pode fazer milagres.

Alfazema (*Lavandula spica*)

A alfazema é, como a valeriana, a melissa e o lúpulo, um remédio calmante; todavia, a sua ação se explica de modo totalmente diverso. A alfazema, representante da família das Labiadas, tem uma grande influência na "personalidade fisiológica" do indivíduo. É uma verdadeira planta para as mulheres, própria aos primeiros anos de matrimônio. É indicada ao tipo de mulher que vive o prelúdio matrimonial em forte tensão: alegra-se verdadeiramente em ter uma casa própria, os próprios bens, o próprio orçamento e tudo o que lhe permita não viver mais sob as saias da mãe; mas uma coisa espera com medo e ansiedade: a conseqüência física que comporta o seu doce amor pelo marido, isto é, a relação sexual. O ato sexual a assusta um pouco. A alfazema ajudará ao tipo de mulher que quer jogar "em casa" de modo infantil, no âmbito de um matrimônio entre adultos. O jogo de infância tornou-se realidade. A cozinha das bonecas tornou-se um verdadeiro serviço: mas, as bonecas? Quando criança, a presenteavam. Mas as crianças não se dão certamente de presente. Para ter crianças, quando adultos, é necessária uma grande "energia do *ego feminino*". Exige uma dura entrada em jogo da interessada. A mulher tipo alfazema não está preparada para esse fim. Ficou parada no tempo da casa de bonecas, de modo que, para esse tipo de mulher, o sexo não aparece absolutamente nas aspirações matrimoniais.

Se o jovem não for exigente e se chegaram assim ao matrimônio, sobrevirá uma crise. O contato sexual desencadeará fortes tensões, pois a mulher, em que predomina o medo inconsciente de engravidar, verá as possibilidades tornadas reais. O sexo, para ela, é uma

Lavandula spica

ameaça tangível. A alfazema, se usada por longo tempo, enrobustecerá a "personalidade fisiológica" deste tipo de mulher. Não é por nada que as nossas avós colocavam saquinhos de flores de alfazema entre os lencinhos de linho do enxoval da noiva. Esses hábitos antigos não eram pois tão extravagantes como se quer fazer entender hoje.

Tão logo percebidos em você mesmo qualquer sintoma do esquema supradescrito e o desejo ou, ainda mais, a necessidade de mudar a situação, tome todos os dias, em várias doses, um copinho de infusão de flores de alfazema: ser-lhe-á de grande ajuda. Também o fato de usar as flores da planta *em botão* indica que devemos enfrentar um esquema em que se enquadra uma individualidade não ainda de todo madura. A flor de alfazema em botão é indicada, portanto, às personalidades ainda não "desabrochadas" e que, com efeito, não apresentam as características de um pleno florescimento.

Lúpulo (*Humulus lupulus*)

Provavelmente não é por acaso que a cerveja inglesa seja rica em lúpulo e que, precisamente na Inglaterra, o lúpulo seja cultivado e elaborado. Entre a primeira refeição inglesa e o culto britânico da cerveja há uma relação, ou, ainda mais, um belíssimo equilíbrio. Pela manhã, o inglês começa o dia com uma primeira refeição composta de um substancioso prato de ovos. Deve ser de seu conhecimento o fato de os ovos terem uma ação energética. O inglês, de natureza um tanto fleumática, tem necessidade, pela manhã, de um impulso que desperte a força ativa a fim de poder dar curso às suas ações e ao seu raciocínio diário. O impulso estimulante matutino é, durante o dia, neutralizado por um contraposto da rica refeição matinal: o descanso no "pub" entre as 17 e as 19 horas. Aqui se bebe, desde os tempos mais remotos, uma grande quantidade de cerveja que, como já disse, contém relativamente muito lúpulo e tem um moderado teor alcoólico. Em outras palavras, a cerveja inglesa protege contra os efeitos da primeira refeição à base de ovos.

O lúpulo é, por isso, um redutor específico de potência: provoca sonolência; não em conseqüência a uma ação direta nos centros encefálicos do sono, mas sobretudo por efeito relaxante exercido pela planta sobre o ânimo.

O lúpulo é indicado às pessoas nas quais o impulso sexual é de tal modo intenso, a ponto de perturbar, em parte, o aspecto da convivência numa relação amorosa. É próprio para todos os casos de hiperpotência e as suas conseqüências. Posso quase dizer: "Beba um

Humulus lupulus

par de copos de uma boa cerveja inglesa, se o esquema supradescrito lhe seja amoldado". Se você o interpretar de modo mais sério e melancólico, prepare para si uma infusão em uma chaleira de *barro* (!), derramando meio litro de água fervente sobre uma colher cheia de lúpulo e beba uma xícara três vezes ao dia: acalmará o excesso de paixão.

Melissa (*Melissa officinalis*)

A melissa é própria para o tipo de natureza doce (do ponto de vista astrológico, é o tipo Vênus). A pessoa de que se diz sempre: "Não faz mal nem a uma mosca" e que, por outro lado, perde o seu equilíbrio se o *vínculo* que tem com o próximo ameaça ser perturbado. Este é o motivo pelo qual o tipo melissa é tão vulnerável à nossa sociedade moderna. De fato, onde ainda hoje é realmente valorizada, no amor atual, a indispensável interconexão afetiva? São os

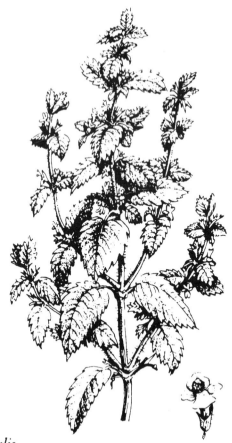

Melissa officinalis

desejos pessoais que têm, o mais das vezes, a parte preponderante. Estranhamente, a melissa contém mais cobre. Este metal, segundo os antigos alquimistas, é análogo à essência do planeta Vênus e, portanto, ao esquema que havíamos sintetizado nos conceitos relação-vínculo. Cotidianamente, a vida prática nos oferece a demonstração de que muitas tecnologias conectivas são realizadas com o cobre. Pense um pouco nas junções de cobre das tubulações hidráulicas e nas redes de fios de cobre que circundam o mundo, em uma trama de ligações telefônicas e elétricas. Do lado prático, podemos dizer que o cobre interliga cada um de nós.

Quando o tipo melissa supradescrito deve enfrentar as conjunturas, bastante difíceis, que a vida cotidiana nos impõe, insere-se um distúrbio do equilíbrio interno que, sucessivamente, degenerará sobretudo em síndromes nervosas, manifestando-se, entre outros, na esfera amorosa. Geralmente esses distúrbios podem atingir uma tal intensidade que destrói a vida afetiva e inibe qualquer atividade sexual.

Quem reconhecer em si o tipo melissa, terá ajuda pelo uso diário da tintura extraída da planta. Quinze gotas, duas ou três vezes ao dia, restauram o equilíbrio e reforçam a coragem íntima. No apelativo *Melissa* encontramos a palavra grega *mel*, que significa mel (a doçura), o que confirma por outro lado como depois do amargo pode vir o doce.

Aveia (*Avena sativa*)

No que concerne à aveia, podemos dizer que ela tem o "melhor cavalo da escuderia das plantas". O seu quadro analítico é verdadeiramente notável. Entre todos os cereais, é o que contém menos carboidratos. Contém, todavia, muito mais albuminas que os outros, e, ao mesmo tempo, relativamente muito cálcio, fósforo, ferro e vitamina B1. Também a porcentagem de gorduras é três vezes superior à dos outros cereais. Se, à parte estes dados, nos concentrarmos na parte que a aveia tem tido, no decorrer dos anos, em nossos hábitos alimentares, podemos afirmar que os famosos flocos de aveia, por alguns deles até tristemente conhecidos, não têm assumido um papel especial. Uma criança jamais crescerá bem nutrindo-se com fermento, centeio ou outros produtos cerealícolas, como ocorreria comendo toda manhã um prato de flocos de aveia.

A aveia possui, mais que qualquer outro cereal, uma força próxima dos limites do mundo vegetal. Dividindo o mundo da natureza em reino mineral, vegetal, animal e humano, somos obrigados a admitir que as forças intrínsecas da aveia não são quase mais de natureza vegetal mas, essencialmente, mostram todas as características do terceiro domínio natural: o reino animal. Não somente pela composição particular dos elementos que neste caso é indicativa, mas também pelo aspecto da planta, que é diferente do das outras espécies de cereais. Estes têm o seu elemento de reprodução encerrado na espiga compacta. Embora, para dizer a verdade, possamos ver plantas semelhantes com graduais variedades, a estrutura da aveia se afasta muito da espiga compacta conhecida. Essa forma foi abandonada para permitir aos grãos receber por todo lado o ar, a luz e as possibilidades de movimento! Um campo de aveia irradia toda uma outra atmosfera que um campo de cevada, trigo ou centeio. A sua espiga dá a imagem de movimento. A aveia agrada aos cavalos. Porém pode surtir um efeito perigoso nestes animais. Quem dá muita aveia

Avena sativa

para o cavalo pode desencadear no animal forças que atingem os limites do inacreditável. Meu avô contava que uma vez havia dado muita aveia a um cavalo da feitoria, onde havia nascido como primogênito. As conseqüências foram desastrosas. Não foi mais possível deter o animal, que arrancou as rédeas em um acesso desenfreado de energia.

Astrologicamente, a aveia pertence aos "cavalos", isto é, ao Sagitário. Na essência da aveia é inata a passagem de um reino natural a outro, vista a imagem anômala característica desta planta. Também o tipo Sagitário (que, por outro lado, não é de todo identificável com o "Sagitário" típico), manifesta a vontade de querer ultrapassar os limites existenciais. Ele representa o idealista de aspirações elevadas. Figurado como meio homem e meio cavalo (o centauro), ele mira a alguma coisa de muito mais longe do que se pode geralmente alcançar. A aveia é necessária para colocar o homem em condições de desempenhar grandes empreendimentos.

Que relação tem a aveia com a nossa vida morosa? Podemos dizê-lo em uma frase: os produtos da aveia podem ser considerados como os ovos do mundo vegetal. A aveia dá ao indivíduo a força primordial, e gera a energia suscitante das forças produtivas nele latentes. A aveia não é própria para os que querem somente tirar prazer do sexo. Certamente, não. É a planta para os que querem fazer o amor com "coerência". A aveia contém, além do mais, muito ácido salicílico. Precisamente esta substância é muito importante para a "completa encarnação". Como o cálcio contribui para dar forma ao corpo material, assim o ácido salicílico (silícia) contribui na formação do espírito (força) no corpo material. Quem é dotado, por natureza, de um fogo espiritual, encontrará ajuda no uso da aveia, que o auxiliará a ocultar esse fogo, que o leva a considerar a sua intrínseca predisposição de modo idealístico, negando-se assim a possibilidade de ter com o outro a relação essencial. A aveia eleva a sexualidade fisiológica a uma "materialização fértil do ideal".

Se bem que seja uma planta realmente funcional somente para poucos indivíduos, assim mesmo ela não deve faltar. Quem não se reconhecer nas descrições precedentes, coma pela manhã uma papa de cevada. Quem possuir a espiritualidade necessária para aprofundar-se na matéria, poderá fazer ricas refeições de flocos de aveia. Será a experiência a indicar os limites pessoais de cada um.

5 O amor passa pelo estômago

Estudando o esquema alimentar diário de muitas pessoas, parece, às vezes, que a nutrição "habitual" se tornou algo de estafante, de enfadonho, bem como uma perda de tempo. Há certa tendência em adotar sempre mais as iguarias únicas especiais. Nas escolas e nas casas comerciais, o pacote de deliciosos pãezinhos de grão verdadeiro é muitas vezes substituído por uma bela porção untuosa e "especial". Uma substanciosa almôndega confeccionada de modo especialíssimo vence o pãozinho escuro com manteiga e mel. Evidentemente, neste comportamento nutritivo há alguma coisa a mais do que parece. Comemos antes de tudo para dar ao corpo a necessária sustentação, mas existem outros fatores que têm uma relação com o alimento. Entre outros, o nosso paladar tem uma parte importante. Também a forma e a cor do que aparece em nossa mesa podem ser determinantes para nos induzir a pelo menos gostar deles. Não somente o nosso corpo, mas até o estado da mente tem uma relação com os nossos hábitos alimentares. Muitas situações psíquicas se exteriorizam no comportamento nutritivo. Podemos afirmar também o inverso: a alimentação é determinante para o funcionamento da mente.

No meu volume *Vencer a ansiedade com as plantas medicinais*, publicado nesta série, expliquei por que o exagerado consumo de açúcar e carne, como podemos aceitar atualmente, contribui consideravelmente no insurgimento de *sentimentos de medo*. Após muitos testes, admiti que o uso dos tranqüilizantes, como os conhecidos librium e valium, torna-se supérfluo se se modifica o esquema alimentar cotidiano, eliminando, entre outros, o açúcar e a carne. Em muitos casos, o comportamento agressivo das crianças na escola se deve atribuir a um excessivo consumo de doces. Em uma instituição em que os escolares podiam comprar doces à vontade, o diagrama da intratabilidade dos alunos mostrava uma linha ascendente com a progressão do tempo escolar diário. Especialmente durante as horas sucessivas ao intervalo para a merenda, apareciam às vezes estranhos "picos"

Em nossa vida afetiva a ansieadade tem muitas vezes uma parte importante, mas também muito modesta. Um esquema alimentar adequado pode evitá-la. Uma nutrição rica em carnes e açúcares não favorece certamente, na maior parte dos casos, uma vida afetiva relaxada.

Um outro elemento de nossos hábitos alimentares é o coeficiente de alimentos ingeridos. O nosso esquema de vida comporta o fato de que, nos dias de hoje, se come "quente" muito tarde da noite. A refeição quente é por si não natural, porque sobrecarrega o nosso físico com uma enorme quantidade de energias e coisas sem nenhum valor, precisamente no momento em que se deve repousar e relaxar. Constatamos pelo menos uma vez: quem ingere à noite uma abundante quantidade de alimentos, corre o risco de um sono agitado e de sonhos inquietantes. Tão logo o processo digestivo entre em função, o afluxo de sangue aos órgãos envolvidos no próprio processo digestivo é maior do que nos momentos que implicam, relativamente, uma fase de repouso. Um estômago cheio torna-nos sonolentos! Isso quer dizer que a atividade gástrica reclama o sangue da cabeça aos pés. Um breve período de descanso físico e espiritual, após as refeições, ajuda muito para uma digestão equilibrada. Os homens do campo não tinham pensado tão mal: até o meio-dia faziam uma boa refeição quente, e depois... todos para a cama, para dormir pelo menos durante uma hora.

Atualmente, a regra é: almoço rápido e imediato exame da ordem do dia. Um velho ditado, para mim bastante verdadeiro, diz: "O estômago cheio não raciocina e não faz amor com prazer". Muitos problemas de digestão desaparecem sozinhos, se o trabalho intelectual exigisse uma quantidade menor de sangue que, durante determinados momentos do dia, deve desenvolver sua função também em outras partes do corpo. Mas também muitos problemas psíquicos e sexuais desapareceriam, se se quisesse desistir desses hábitos incompreensíveis e ilegítimos, que embaraçam a vida cotidiana.

Seguir o ritmo natural e viver segundo as leis da natureza constitui um importante suporte ao constante funcionamento harmonioso daquela estrutura que, além de tudo, já nos foi irrevogavelmente atribuída.

Uma brilhante vida amorosa não é favorecida por alimentos pesados e indigestos, mas exige uma dieta facilmente digerível.

Substâncias que influem na vida amorosa

Os quatro mais importantes grupos em que podemos dividir as substâncias contidas nos nossos alimentos são: *minerais (e vitaminas), gorduras, proteínas* e *carboidratos*. As gorduras e os carboidratos encontram-se em relação sobretudo com a essência psíquica e espiritual do homem. Reflita um pouco sobre como a insatisfação psíquica é sempre compensada fisicamente por um exagerado desejo de alimentos que fazem engordar. Os carboidratos (o açúcar é um dos mais importantes fornecedores deles) têm relação com o nosso "eu" mais profundo. Já acentuei bem: um excessivo consumo de açúcar e de outros carboidratos pode suscitar uma crise espiritual do "eu", que se manifesta em sensações de ansiedade.

A nossa atividade sexual é estimulada por alimentos contendo proteínas e minerais. A sociologia nos ensina que estas correlações são verdadeiras. Nos campos, com uma população para a qual as gorduras e os carboidratos constituem uma parte importante da alimentação cotidiana, não há uma vida sexual tão rica, de modo a se tornar até decadente. A população das classes sociais mais refinadas ingere, ao contrário, alimentos ricos em albuminas e minerais. Seria interessante experimentar em que proporção uma pessoa, afetada por desvios sexuais patológicos, pode ser protegida seguindo um esquema alimentar que, compreendendo o mínimo absoluto de proteínas e minerais, fosse sobretudo constituído de gorduras e carboidratos. Importantes *fornecedores de proteínas* são, entre outros, os derivados do leite, os ovos, o queijo, os derivados das sementes de soja e gergelim. A carne é menos adequada, considerada a influência que o sangue animal pode ter sobre nosso funcionamento psíquico (sensações de ansiedade).

Os *minerais* se encontram especialmente nas verduras (que devem, de preferência, ser comidas cruas e frescas) e nas hortaliças. As que contêm *ferro* dão uma importante contribuição para o aumento da energia sexual ativa, sobretudo se, do ponto de vista cósmico, mostrarem uma analogia com o esquema de Marte ou de Plutão.

A seguir apresentamos uma breve relação de algumas verduras e plantas com o seu teor de ferro. A porcentagem em ferro é indicada em mg por 100 g do vegetal correspondente.

Salsa	10	Espinafre	3
Acelga	4	Agrião	3
Alface	4	Ervilha	2
Pepino	3	Rabanete	2
Beldroega	3	Rábano	2
Brócolis	3		

Quanto às frutas, são o *damasco*, a *uva de Corinto* e a *uva-passa* que contêm o maior teor de ferro.

Uma vida sexual sadia é portanto favorecida por um intercâmbio equilibrado de proteínas e minerais.

Finalmente, ainda duas palavras sobre um elemento da planta que ainda não foi considerado nos capítulos precedentes: as *sementes*.

As plantas não contêm proteínas, com exceção das especificamente venenosas e alcalóides. Com a palavra planta, quero significar o conjunto: raiz, fuste, folha e flor. A semente da planta contém entretanto proteínas e é uma confirmação de que o elemento reprodutivo está sempre ligado às proteínas. Ingerir sementes de plantas tem uma enorme influência nos processos sexuais humanos (e animais). Encontramos finalmente a relação instinto sexual-albuminas, materializada pelas plantas venenosas que as contêm. O uso dessas plantas, em muitos casos, pode produzir fortíssimas alucinações eróticas, como também, em muitos casos. . . a morte.

Tendo pensado muito no que me disse uma vez um velho rabino, a respeito da vida sexual do indivíduo: "Todo ato sexual é a experiência de uma morte sublime que leva em si a gênese de um novo ser". Pergunto-me, neste ponto, como é possível que a fé hebraica não aceite o Cristo? Provavelmente, isso deriva de uma confusão de interpretações históricas. Quem pode exprimir palavras de tal modo ligadas à mais profunda verdade, deve ter também recebido alguma coisa da essência do Evangelho cristão. Não são talvez a morte e a ressurreição o espírito da narração de Cristo? Para os astrólogos, é talvez interessante aprender que o compositor em cujas obras a morte e a ressurreição de Cristo ocupam um lugar central absoluto, isto é, J. S. Bach em sua *Paixões,* tinha decididamente, em seu horóscopo de nascimento, a oitava casa (casa de Plutão) pesadamente empenhada. Isso, portanto, quer dizer que a esfera da oitava casa, isto é, a esfera de Plutão, era totalmente manifesta na vida de Bach. É notável constatar que esta mesma pessoa tivesse nada menos que *vinte* filhos. Talvez mesmo todos os outros esquemas cósmicos haviam surtido efeito!

6 Metais e pedras preciosas podem ter uma influência favorável, mas também muito desfavorável sobre nossa vida amorosa

Tanto as pedras preciosas como os metais pertencem ao mundo material (mineral). A prática nos ensina que, por um *erro* basilar, este reino mineral é considerado um mundo morto. Com a palavra morto, quero dizer sem energia. Os metais e as pedras preciosas resultam, ao invés, possuir um caráter próprio decidido. Isso não vale somente para sua estrutura física, mas precisamente para o caráter "metafísico" que toda pedra leva em si. Sobretudo na cultura dos países orientais, mais que nos nossos esquemas de vida ocidentais, se manifesta esta metafísica das pedras preciosas e dos metais. Cada uma destas pedras, assim como todo metal, exerce a própria influência indiscutível sobre tudo o que existe e vive. Em meu livro *A saúde mediante os metais,* aprofundei-me nestas coesões. Limito-me aqui a citar algumas pedras e metais que têm determinadas relações com a nossa vida amorosa.

Ouro

Este metal nobre é o correspondente material do esquema cósmico denominado *Sol.* No corpo humano, corresponde ao *coração.* Psiquicamente, atua em nosso "eu" *mais profundo*, em nosso espírito. A troca recíproca de uma aliança de ouro por ocasião do casamento, simboliza a mudança do *eu* mais íntimo, do "coração", do sol pessoal. Os cônjuges se oferecem mutuamente o seu mútuo "valor" (dignidade). Talvez agora você entenda por que no preâmbulo iniciei com o título "dignidade".

Se estivermos verdadeiramente em condições de trocarmos sentimentos de amor, é bom retribuir-se também a oferta de uma fé de ouro. Todavia, fique sempre atento ao presentear ou receber um objeto de ouro, suscetível de ser levado ou tocado cotidianamente. Às vezes pode suceder que a pessoa a quem havíamos permitido o uso, depois de algum tempo tenha-se tornado infeliz com sua posse, porque o "eu" do presenteador, inato no próprio outro, perturba a essência do outro. Podemos presentear o objeto de ouro somente quando o outro demonstra opor-se muito à influência do "eu" do doador. Nesse caso, o presente é sensato e construtivo. Se uma relação amorosa for truncada, os interessados não devem jamais esquecer de restituírem-se as alianças reciprocamente ofertadas. Faz-se dessa maneira a devida devolução do "eu" pessoal, dado ao outro sob a forma de anel. Quem negligenciar em fazê-lo, vai se ver privado de uma parte do seu mais íntimo "eu" quando quiser fazer uma oferta posteriormente a um novo "alguém" que aparecer em sua vida. Pude constatar que considerável efeito pode produzir o respeito deste precedimento na vida cotidiana, quando soube de uma mulher que, decorridos muitos anos do divórcio, tentava estabelecer uma nova relação com um homem. Todas as sucessivas conjunturas faziam pensar que o namoro teria gerado uma relação de caráter permanente. Mas as relações propriamente ditas duravam às vezes um ano, às vezes alguns meses, sem jamais atingir o matrimônio. A um certo ponto, um conhecido perguntou à mulher se ela ainda tinha a aliança matrimonial de seu ex-marido. Não somente a resposta foi afirmativa, como a interessada contou que o levava regularmente, por exemplo, no trem, a uma festa e onde quisesse evitar propostas pouco sérias ou pior. O conhecido lhe explicou que ela havia ficado ainda, em essência, ligada ao eu mais profundo do primeiro marido, e a aconselhou restituir-lhe a aliança. Dito e feito, parece que a vida da mulher, no que se referia ao amor, sofreu mudanças relevantes. Relações "movidas com dificuldade" tornaram-se literalmente dissolvidas. Tudo se tornou mais claro e se resolveu até no conhecimento de um homem, com o qual a oportunidade de se unir em matrimônio se demonstrou mais válida do que antes. É extraordinário como um velho objeto de ouro pode impedir o nascimento de uma nova relação.

O ouro é um metal para ser usado com parcimônia. Levar sobre o corpo muito ouro pode, de fato, conduzir a um forte egocentrismo. Fique, por isso, sempre atento aos homens ou às mulheres que se "carregam" de ouro: é um sinal de fraqueza do eu, que as pessoas procuram compensar com uma espécie de revestimento áureo. A quantidade descomedida conduz por outro lado a uma hiperacentuação do *ego*, que degenera facilmente no egoísmo. A aliança de ouro e o anel de ouro com nome gravado reforça o eu do continuador da estirpe e lhe dá a força de conduzir o brasão da família. Muitas vezes a perda do anel indica uma ruptura com a tradição familiar. Essa perda implica um notável simbolismo e pode ter também um significado mais importante e extremamente indicativo, em particular se o mesmo for ligado a uma determinada pessoa. A experiência ensina que tão logo se estabeleçam as relações com a pessoa ou com a família à qual é ligado o sigilo perdido, este é reencontrado "repentinamente" ou "casualmente". Mas não creio propriamente que se possa falar de "acaso".

Prata

Adornar-se com objetos de prata é recomendável para os que têm um escasso poder imaginativo inato. Com poder imaginativo, entendo a capacidade de fazer viver em imagens as sensações percebidas a fim de que possam concorrer na construção de um esquema de vida vivazmente reativo. A prata vai bem para as pessoas que têm dificuldade em se corresponder, especialmente na esfera emotiva.

No âmbito da vida afetiva, conhecemos bem a situação em que um repreende o outro por nunca fazer uma apreciação "carinhosa". "Chega, não seja assim sempre enfadonho!", ouve-se exclamar muitas vezes nessas ocasiões. "Por que não diz que lhe agrada?", diz a mulher ao marido. "Sim, sim, agrada-me, estava justamente pensando nisso", responde então o outro consorte. Mas dizê-lo em alta voz, reagir de repente, dar sinal das emoções pessoais? Não, isto não acontece às pessoas que devem levar consigo a prata. Os indivíduos que, já por natureza, possuem fortes capacidades emotivas e reações vivas, deixam a prata de lado; poderia conduzi-los a uma hiperacentuação das reações específicas, às vezes manifestando-se uma emotividade quase patológica em relação ao outro. A experiência ensina que a prata é útil sobretudo às pessoas nascidas nos períodos de lua cheia. A prata é, por isso, o metal correspondente ao esquema lunar. Este mineral influi também no funcionamento de nossas glândulas. Um sistema glandular funcionando bem é de importância fundamental para uma vida amorosa harmoniosa.

Cobre

O cobre, como metal de Vênus, é próprio para as pessoas que se ressentem de um desequilíbrio em suas capacidades de relacionamento. O cobre reforça a prerrogativa individual de "ligar". Aqueles aos quais falta o fluxo inato deste metal, não conseguirão jamais completamente colocar-se em ressonância com o ambiente. No horóscopo de nascimento salientamos, aos efeitos do esquema cósmico atinente, um planeta Vênus em posição muito frágil. Uma pulseira de cobre pode ser um ótimo catalisador para uma reação harmoniosa. Pessoalmente, observei e estudei com extrema atenção este fenômeno, durante cerca de um ano, e descobri bem rapidamente que deve existir uma relação bastante estreita entre os momentos em que era feito determinado apelo às capacidades relacionais da personalidade e a oxidação da pulseira de cobre levada pelos interessados. Nos períodos em que a necessidade de contatos com o próximo era escassa ou nula (isto é, em que havia poucas relações ou intercâmbios entre esquemas recíprocos), o cobre não se oxidava completamente. Com o acentuar-se de determinadas formas de íntima misantropia, sobretudo em situações tensas, o pulso apresentava uma faixa de cor verde, como conseqüência de oxidações da pulseira de cobre. É como se o físico se adaptasse às necessidades deste metal em determinados períodos. Infelizmente, não pude controlar quanto cobre era absorvido pelo corpo através da pele. Parece que também as pessoas com Vênus em posição fraca no horóscopo de nascimento sentiam menores deságios dos estados de eventual conflito relacional, por exemplo matrimonial, quando levavam a pulseira de cobre. Alguns leitores, lendo estas palavras, proclamarão imediatamente sua incredulidade e logo depois confirmarão: "Tudo sugestão!". Excluí pacificamente a mesma sugestão, sendo esta tornada progressivamente a "caixa de lixo" de tudo quanto possa se enumerar entre os fenômenos racionalmente, cientificamente esclarecidos. Até que a ciência oficial não tenha encontrado uma explicação demonstrável, como, por exemplo, para o efeito-placebo, na verdade cientificamente confirmado, encaminho toda acusação à sugestão, ligadamente a qualquer outra teoria mais ou menos indutiva, ao mundo das loucuras científicas.

Finalmente, não é o indivíduo que crê o que *deduz*, quem tem a última palavra, mas o indivíduo que deduz segundo o que *crê!* Não é talvez o caso de nossa vida amorosa? Quem considera o seu consorte cientificamente (isto é, racionalmente), descobrirá logo que não existe uma razão causal para justificar o sentido do amor. Quem todavia tem a coragem de crer, *sabe* (certo: *sabe*) que o outro encerra em si elementos que não se podem "classificar" racionalmente, mas que eles formam no mínimo uma parte integrante da liga que une duas existências. O cobre é um dos melhores metais para as conjunturas amorosas.

Estanho

A relação estanho-matrimônio aparece, entre outras, de uma antiqüíssima tradição: o presente da colher de estanho à esposa. O estanho é o correspondente material do esquema cósmico de Júpiter; conserva e confirma o valor intrínseco das coisas, como aliás aparece pelo uso cotidiano deste metal. Como componente da liga metálica usada para a fabricação dos tubos de órgão, constitui um elemento importante para as qualidades sonoras do instrumento, por sua vez vetor de uma expressão da fé.

O estanho serve também para proteger contra a oxidação o interior das caixas de conservação de produtos alimentícios, preservando-os e mantendo sua qualidade. Em tempos passados e em um certo período, vigia a norma de comer em pratos com talher de estanho. Se bem que um ornamento de estanho seja desusado, pode contribuir muito para o desenvolvimento espiritual de uma união matrimonial. É próprio sobretudo para as pessoas que têm pouca confiança em si mesmas e escassa fé intrínseca.

O estanho ativa a nossa força íntima de crescimento e encoraja as pessoas, sobretudo nos momentos em que a coragem ameaça fraquejar. Todavia, considere que não é graças ao estanho que se preservará o seu casamento, mas que você mesmo será o responsável. Este metal tem, entretanto, muita influência sobre você e, por conseguinte, sobre tudo o que você consegue conservar. O vetor de força do desenvolvimento interior é um elemento importante do matrimônio, cujo bom resultado não se obtém evitando as lides, e cuja qualidade não é determinada pela ausência de preocupações materiais e similares.

Creio que se pode verdadeiramente falar de uma união viva, somente quando a determinada evolução de ambos os cônjuges seja simultânea. A inspiração se torna recíproca, de modo que tanto um como outro experimentam a sensação de crescer espiritualmente e de edificar juntos aquele pedacinho de realidade invisível chamado matrimônio. É de resto curioso que tanto a importância (moedas) do estanho, como a importância do matrimônio sejam mais que nunca o centro da atenção geral. Falando de coincidências "ocasionais".

PEDRAS PRECIOSAS

Diamante

Alguns homens, sobretudo os ricos, oferecem às suas esposas um anel matrimonial ornado de diamantes. Por si, um anel de ouro com um cintilante diamante inscrustrado pode ser belíssimo de se ver. No entanto, parece que um esquema extraordinário se esconde atrás deste modo de agir. Do ponto de vista cósmico, o diamante pertence ao esquema Saturno. O diamante é também a forma mais pura do carbono por nós conhecida e, portanto, a pedra mais terrestre e material. As prerrogativas de Saturno são: a restrição, a formação, a limitação e o isolamento. Gravidade e melancolia se exprimem neste esquema. Portanto, na Antigüidade o diamante era considerado como uma pedra que preservava a *castidade*, e a castidade tem uma analogia verdadeiramente saturnal. Uma mulher casta deve renunciar a qualquer impulso de prazer, sobretudo se a própria castidade for imposta por um homem que considera a mulher como uma *posse sua*. Um homem rico tem, em geral, um vínculo sólido com os "bens terrenos" e é pessoa que tem em grande conta os bens materiais. O dono do anel matrimonial supradescrito se amolda perfeitamente ao esquema de um indivíduo desses. Com o diamante, impõe à mulher a castidade (isto é, restrição e limitação), assegurando-se dessa maneira a plena posse da mulher. Nada, por si, a objetar que o homem e a mulher sejam reciprocamente fiéis, mas não é a mesma coisa se a fidelidade estiver condicionada a uma forma de mania de posse exclusiva.

O diamante é portanto uma pedra preciosa que todos podem possuir. Uma mulher que, por natureza ou por educação, é um tanto freada em seus impulsos psíquicos e físicos pelo outro sexo, fará bem em não levar diamantes; poder-se-ia gerar uma castidade mórbida: uma forma de auto-segregação, incompatível com a estrutura do ser humano.

Um diamante não deve jamais ser presenteado. Compre-o você mesmo, com a íntima convicção de contribuir à sua formação (Saturno) pessoal. Quem adquire a castidade do outro com diamantes, vai querer que o outro se torne verdadeiramente uma "possessão", mas também verá que o prazer perseguido por meio da aquisição de uma "possessão" jamais será atingido. Este é o preço que se paga no fim e é, provavelmente, bem superior ao do diamante! Compra-se o outro para possuir-lhe o espírito vital que simultaneamente se mata, pois o diamante tem uma ação terminal.

Quem, entretanto, sente a necessidade de levar à luz a sua intrínseca força formativa, não pode imaginar nada de melhor que o diamante.

Esta pedra é, finalmente, uma forma de forças cristalizadas: as mulheres nascidas sob o signo zodiacal de Touro, Virgem, Capricórnio e Escorpião, ou que tenham, em seu horóscopo de nascimento, um destes signos em "forte posição", não devem de modo algum carregar um diamante. Poderá turvar grande parte de sua alegria de viver.

Ônix

Nestes últimos tempos, tem-se visto muito ônix. Esta pedra de cor negra uniforme, obtida artificialmente, é como o diamante, uma analogia do esquema cósmico Saturno. A diferença está no fato de que no diamante vemos uma das manifestações materiais mais excelsas de todo o esquema, enquanto o ônix se harmoniza mais ao Saturno/Capricórnio. Este último esquema se exprime, entre outros, na cor uniforme, adquirida *artificialmente*, condição que se harmoniza completamente com o Capricórnio; se, externamente, tudo estiver em perfeita ordem, o Capricórnio está contente. Visto que Saturno tem relação com o carma, o ônix se adapta sobretudo às pessoas oprimidas pelas conseqüências de um carma desarmônico. Nas relações amorosas, trazer esta pedra pode contribuir muito para dar forma ao sentimento do amor. Não se deve absolutamente levá-la se, no horóscopo de nascimento, Saturno tiver uma posição fraca; neste caso, a pedra poderá causar um estranhamento recíproco completo, como tive ocasião de observar muitas vezes. Dado que o ônix reforça o esquema Saturno, quem tiver um Saturno situado de modo desarmônico no horóscopo de nascimento, levando esta pedra agrava as desarmonias saturnais de seu caráter. Podemos recorrer, com freqüência significativamente menor, aos pais espirituais atuais (psicólogos, psiquiatras e neurologistas) se percebermos as verdades primordiais, sempre ocultamente presentes na natureza e na suas formas de manifestação.

Sei bem que o homem de hoje, de pensamento racional, erguerá os ombros com desprezo, lendo a descrição das analogias supracitadas. Superstição, sugestão e similares são as heresias prontas a serem proclamadas por estes modernos sacerdotes espirituais. Todavia, o indivíduo orientado praticamente deve, sinceramente, admitir que agora como nunca, em uma era de pensamento tão científico, foi aconselhada uma tal necessidade espiritual. Uma vez ouvi alguém dizer: "Confie em sua superstição". Nesta expressão há pelo menos um simulacro de fé. Quem vive exclusivamente em seu pequeno mundo racional, com o tempo acabará morrendo por falta de fé (isto é, o crescimento interior e a íntima confiança nas coisas). Voltando ao ônix, quero dizer ainda: cuidado para não levar esta pedra "somente por fazê-lo", mesmo que ela hoje esteja na moda. Avalie as forças que compõem o seu caráter pessoal, antes de começar a levar a materialização de um dos lados do próprio caráter.

Malaquita

Esta pedra, de uma bela cor verde e saturada de cobre, era muito estimada pelos antigos egípcios. Portar moedas de malaquita ajuda a racionalidade do caráter individual. Em particular, a malaquita é uma pedra que, em essência, convém à pessoa muito lenta e muito preguiçosa para abraçar os vínculos que o outro, homem ou mulher, proponha desejoso. Astrologicamente, refere-se ao tipo Touro. Analogamente aos taurinos, este tipo se movimenta pouco. Onde se encontra, ali fica. Entretanto, uma relação depende antes de tudo da mobilidade dos interesses, e permanece viva com a condição de que seja dinâmica. A malaquita se adapta perfeitamente às pessoas que têm o planeta Vênus no signo do Touro em seu horóscopo de nascimento.

A malaquita representa o cobre no mundo das pedras raras.

Rubi

O rubi é uma pedra muito marcial, vermelha e com características de violência. Aumenta a força de ação do indivíduo e ativa as glândulas sexuais. O que a segurelha é no reino vegetal, o rubi é no reino mineral. Todos os dois têm um efeito decisivo sobre o aspecto sexual de nossa vida amorosa.

Traga um rubi exclusivamente se o horóscopo de seu mês de nascimento indica que o planeta Marte está situado em posição fraca, e por isso não é causa de desarmonias com os outros planetas. Se não se ativer a esta norma, o rubi pode exercer uma ação muito desregulante. A atual antropossofia baseada nas idéias de Rudolf Steiner considera o rubi como a pedra ligada aos órgãos que participam de nossa vida sensorial, e é justamente na relação amorosa que esses órgãos têm uma parte preponderante.

Poder-se-ia escrever ainda muito mais sobre a força e a beleza das pedras preciosas. Por outro lado, para as finalidades a que se destinam este livro, o que foi dito é suficiente.

Conclusão

A melhor planta medicinal conserva sempre a voz interna de sua verdade pessoal.

As teorias, os sistemas, as metodologias, os dogmas, etc., podem ser, às vezes, muito preciosos, mas os resultados dependem definitivamente da situação individual e, nas questões amorosas em particular, isto tem um profundo significado. Quando alguma coisa não vai verdadeiramente segundo o seu desejo em sua vida amorosa, parece-me mais sensato procurar antes de mais nada a causa inata em seu íntimo. Quem tem a *coragem* de indagar, sem enganar a si próprio, encontrará a verdade que lhe é própria. Para chegar a compreender o que nos ajuda e qual é o modo melhor de obtê-lo, não é necessário, em primeira instância, recorrer aos bons conselhos dos outros. Quem solicita sempre o conselho dos outros para encontrar uma linha de conduta pessoal, arrisca-se provavelmente, em maior medida, a perder a sua orientação mais íntima. Desconfie de tudo o que é irrevogavelmente estabelecido e é portanto definido como certo. Creia no movimento cósmico, sobre o que se baseia toda a atividade vital. Quem quiser viver em sintonia com este movimento, descobrirá que a própria personalidade continua a amadurecer. Faça com que a sua vida amorosa seja rica em movimento (dinâmica): o seu desenvolvimento será, sem dúvida, perceptível.

Não encontrará neste livro "prescritos" a planta, o metal, o alimento ou a pedra preciosa adequados. A obra tem unicamente o escopo de estimular, o mais possível, todos os fatores potenciais que, como você bem sabe, estão encerrados em seu ser mais profundo. Você deve descobrir sozinho o que lhe convém. Nenhum livro no mundo o poderá ilustrar.

Quem tem a coragem de pôr à prova livremente a si próprio e os elementos naturais circundantes, verá nascer um vínculo baseado na confiança e na amizade entre a sua própria essência e a da natureza que o circunda. A relação amorosa se baseia na confiança recíproca, seja no outro ser humano como em seu correspondente, pertencente a um outro reino da natureza. Quem aspirar o perfume das rosas e vir brilhar os olhos do outro, saberá que a nossa vida amorosa é o resultado da força transcendental que o Criador concedeu a cada um, quando disse:

"Farei o homem à minha imagem e semelhança".

Jamais procure saber o que é Deus, que você mesmo jamais possa ser. Ele é somente uma nuvem que desliza ao longo do céu.
(Angelus Silesius)

9
CURAR O FÍGADO COM AS PLANTAS MEDICINAIS

Ervas medicinais, homeopatia e alimentação correta como terapia nos distúrbios hepatobiliares

Título original:
KRUIDEN VOOR LEVER EN GAL

© Copyright by Uitgeverij Ankh-Hermes bv — Deventer, Holanda.

© Copyright 1983 by Hemus Editora Ltda.
Mediante contrato firmado com o Editor.

*Todos os direitos adquiridos para a língua portuguesa
e reservada a propriedade literária desta publicação.*

Tradução:
Danuza Scarton Rabello Alves
Ilustrações:
Gerry Daamen

Introdução

Os peritos em estatística comprovaram que 20% das pessoas adultas sofrem de cálculos ou outros distúrbios biliares. Nos últimos anos aumentou também a incidência de doenças hepáticas, sobretudo a degeneração gordurosa do fígado. Do ponto de vista médico, são responsáveis por esta situação principalmente os hábitos alimentares, em particular a composição dos alimentos. É verdade: as doenças, todas, estão relacionadas à alimentação diária.

É realmente estranho: vivemos numa época na qual o pensamento crítico é desenvolvido diferentemente do modo de pensar de antigamente. Viva conscientemente, viva criticamente, viva motivadamente! São "slogans" que hoje se ouvem por toda a parte. No entanto, quando se descobre como vive *realmente* o homem moderno, fica-se desconcertado. Freqüentemente constatamos que os jovens se unem e se dedicam com afinco a fins políticos ou outros, negligenciando o corpo (a alimentação) de modo inqualificável: uma visitinha à lanchonete e o problema está resolvido. As pessoas se agitam desmesuradamente — às vezes agindo corretamente — pelas injustiças sociais, mas, infelizmente, em prejuízo da própria saúde física e psíquica.

Em várias famílias, com o pretexto da "oportunidade", adota-se o hábito de não se cozinhar num dia da semana, na qual triunfam pasteizinhos e croquetes comprados no supermercado.

Na escola, freqüentemente os jovens preferem, ao invés de uma boa merenda, os doces e salgados da cantina. Em muitas firmas os operários e funcionários, que não podem ir para casa almoçar, não levam mais sanduíches. Existe um refeitório onde, por um preço baixo, pode-se comprar coisas boas de todos os tipos, do prato feito rico e variado às salsichas quentes, ao pão com carne. É sempre melhor do que o pão com tomates e a maçã trazidos de casa — pelo menos as pessoas assim pensam. Os distúrbios hepatobiliares não se manifestam de um dia para o outro. O nosso organismo possui uma grande capacidade de adaptação. Por isso mesmo, também os maus hábitos alimentares contraídos durante anos não têm sempre conseqüências visíveis a curto prazo.

Considerando isto, é interessante se perguntar como, não obstante a crescente disponibilidade para a crítica, no que concerne à alimentação, aceitamos, ou melhor, aprovamos esta situação.

Não basta descobrir relações de causa e efeito entre os nossos hábitos alimentares e as alterações hepatobiliares. Devemos ter em mente também que todo comportamento pode derivar de um estado de espírito. O que acontece na nossa psique é co-responsável pelo modo que nos comportamos praticamente, materialmente. Por isso a nossa conduta psíquica influencia indiretamente as capacidades funcionais do organismo.

Um exame mais detalhado nos permite constatar que determinadas áreas da nossa psique estão relacionadas com determinadas zonas do nosso corpo.

Como os outros órgãos, também o fígado e as vias biliares estão estritamente ligados a determinadas esferas da vida psíquica. Na linha de princípios, os distúrbios hepatobiliares estão psiquicamente relacionados com as dificuldades nos campos da *vontade* e da *ação* e, também, com os *dissabores*. Este problema será discutido mais conclusivamente no Capítulo 2.

Às hepatopatias correspondem, no plano psíquico, os problemas de fé no sentido amplo, não exclusivamente religioso. Incluo a desconfiança nos valores da vida. Foi constatado várias vezes que a ausência da coragem de viver se manifesta com distúrbios do funcionamento hepático. Porém, esta formulação pode ser tranqüilamente inversa: os distúrbios do funcionamento hepático podem originar a desconfiança, e daí o desinteresse pela vida. Um fígado sadio confere uma personalidade capaz de resistir às próprias idéias ou opiniões com firmeza e convicção. Esta temática será ilustrada mais detalhadamente no Capítulo 1.

Para finalizar, duas palavras sobre o tratamento destes distúrbios. Como se pode deduzir do título, pretendemos ajudar a quem sofre de distúrbios hepatobiliares através de ervas, preparados homeopáticos e uma alimentação adequada. Este volume, no entanto, não representa uma alternativa da medicina oficial, nem pretende, pelo contrário, discriminá-la. O objetivo é esclarecer os aspectos menos conhecidos das possibilidades de tratamento. Hoje, o médico, bem ou mal, prescreve apenas produtos da indústria farmacêutica porque deve ajudar a numerosos pacientes e não pode se ocupar de cada um com aquela atenção que seria auspiciosa. Então, atualmente o médico é capaz de combater apenas os sintomas, porque não tem o tempo físico para sondar a fundo as causas das diversas doenças, nem para conversar com calma com os pacientes.

Pois bem, neste volume tentarei lhes falar dos seus distúrbios. A verdadeira cura somente pode ser alcançada se o doente colaborar realmente e sem reservas.

A utilização das ervas medicinais é recomendável quando se propõe não simplesmente eliminar os sintomas de uma determinada afecção, mas equilibrar a situação toda harmonizando as várias funções do organismo. Por isso, a planta medicinal é associada não a uma determinada doença, mas à pessoa que perdeu o seu equilíbrio biológico. Sob este aspecto, o sintoma não é senão uma das possíveis manifestações de um desequilíbrio psicossomático.

As ervas são descritas de modo a permitir ao leitor reconhecer os paralelos entre as características das plantas representadas e as próprias alterações psíquicas e físicas. O uso das ervas possui a vantagem da inocuidade. De fato, também no caso de não surtirem efeito, as ervas, de qualquer maneira, não acarretam danos — coisa que, infelizmente, nem sempre se pode dizer dos produtos da indústria farmacêutica. Portanto, parece-me justo — melhor consultar previamente o médico — tentar primeiro os medicamentos naturais e passar àqueles alopáticos somente no caso dos primeiros não terem surtido o efeito desejado.

As ervas são capazes de realizar milagres, mas somente quando o paciente se deixa induzir a se tornar de fato novamente um *ser humano*. Infelizmente, hoje muitas pessoas estão afastadas de sua natureza primitiva a ponto de considerarem milagres fenômenos que, sob o ponto de vista natural, são óbvios. Descubra, antes de mais nada, o elo que o une ao cosmo (natureza). Somente assim poderá aliviar o seu sofrimento porque eliminará a causa real do mal que o aflige.

1 Vivemos graças ao fígado

As funções do fígado são múltiplas. Nos processos metabólicos do nosso organismo, este órgão ocupa uma posição central. Vinte por cento dos processos metabólicos ocorrem no fígado. Uma das suas tarefas mais importantes é a *desintoxicação*. O sangue carregado com as substâncias absorvidas do intestino, alimentos e outros, flui para o fígado, onde é depurado, isto é, liberado das substâncias nocivas à saúde; daí, através da veia cava inferior, atinge primeiro o coração e depois os pulmões, onde se enriquece de oxigênio novo. Se as funções hepáticas forem deficientes, as impurezas contidas no sangue (venenos) atingirão os vários tecidos do organismo e poderão acarretar danos.

Além disso, o fígado produz a bílis. Este assunto será discutido no capítulo que trata das vias biliares.

À parte a função metabólica há pouco mencionada, o fígado também funciona como "depósito" de vitaminas, sais minerais, proteínas e gorduras. Enfim, desempenha um papel relevante na coagulação do sangue, produzindo o fibrinogênio, a protombina e as piastrinas (trombócitos), indispensáveis à realização de tal processo.

As hepatopatias mais conhecidas são: a insuficiência funcional, as flogoses (icterícia) e a cirrose hepática, tão temida quanto famigerada.

Como já disse na Introdução, o médico se limita a combater os sintomas e as causas aparentes. É preciso dizer que este procedimento é unilateral e insuficiente. Falarei, ao invés, também da correlação entre as funções hepáticas e a "existência" psíquica e social.

A expressão idiomática holandesa "... me faz mal ao fígado" (que corresponde ao nosso "... me embrulha o estômago"), neste sentido é oportuna. Como se sabe, a coisa ou pessoa que embrulha o estômago, o fígado para os holandeses, é difícil de "engolir", de digerir. Qual é a razão oculta desta expressão idiomática? A este propósito, a astrologia pode ser de grande ajuda. Os astrólogos associam o fígado a Júpiter (o Zeus dos gregos), pai e soberano dos deuses e dos homens, e ao seu sistema cósmico. Também a metódica natural das coisas, as coisas criadas e a salvaguarda da ordem e do direito, eram consideradas obras de Júpiter. Na mitologia, Júpiter personifica o ideal, a força de convicção, a capacidade de regeneração. Por analogia, os antigos astrólogos consideravam a presença em posição favorável do planeta homônimo no horóscopo natal de uma pessoa, garantia de saúde, de capacidade de renovação, de força de convicção e "fé". A posição favorável de Júpiter no horóscopo natal assegura um forte poder de regeneração, uma personalidade marcante e fantástica.

Quanto ao corpo, Júpiter sempre esteve relacionado ao fígado. Por isso no fígado estão a saúde, a vontade de viver e a capacidade de imaginação. Em outras palavras, no fígado está a sede da vida enquanto tal. Tal axioma é confirmado pela realidade. Quem sofre do fígado tende à hipocondria, é melancólico e desconfiado. Enquanto que um fígado que funciona bem confere coragem de viver, fascínio pessoal e compreensão para com os próprios semelhantes.

Um outro lado deste quadro poliédrico é o fato de que o homem pensa por imagens graças ao fígado. O pensamento racional e causal nasce no cérebro. Ali, desempenha um papel predominante o conceito de "lógica". Ao passo que o pensamento irracional tem sua sede no fígado. Todos conhecem a estranha sensação pela qual surge inesperadamente na mente alguma coisa que não está relacionada com o que se está fazendo, de todo ilogicamente. Os psicólogos falam de imagens derivadas do subconsciente. Um dos campos no qual se manifesta o subconsciente é a vida onírica. O pensamento onírico parte do fígado. Parecem demonstrá-lo numerosos fatos. Sabe-se, antes de mais nada, que o fígado recomeça a trabalhar às três horas da manhã depois de uma pausa de seis horas. Sabe-se também que o homem sonha especialmente nas primeiras horas da manhã. Isto nos autoriza a supor que as imagens oníricas se originam no fígado.

Um outro argumento que depõe para o "pensamento de origem hepática" é o fato de que quem janta tarde alimentando-se de pratos gordurosos e pesados dorme mal, tem sonhos curtos e não descansa como deveria. Este fenômeno pode ser explicado da seguinte maneira: fazendo-se uma refeição muito tarde da noite, obriga-se o fígado a "fazer extraordinários"; por isso, quando se vai deitar, ele não repousa, mas trabalha: ajuda os órgãos do aparelho digestivo a assimilar as substâncias alimentares. E um fígado em atividade, e especialmente um fígado perturbado no seu ritmo natural, produz um sono irrequieto e sonhos perturbadores. Portanto, a fim de assegurar um bom funcionamento do fígado, é aconselhável não comer depois das sete — oito horas da noite e, em particular, não consumir alimentos gordurosos e dificilmente digeríveis. Mas, na prática, as coisas são de modo diferente.

Está se tornando cada vez mais freqüente o hábito de se tomar aperitivos ou "esticar" a noite até mais tarde. Quem se deixa induzir a estes excessos, não percebe que agindo assim prejudica o próprio fígado. Por que alguém sente necessidade de comer novamente a horas tardias? Provavelmente, este desejo está relacionado ao tipo de vida não-natural que se leva atualmente. Vivemos num mundo que é dominado pelo pensamento racional. A nossa razão é solicitada o dia inteiro. Além disso, somos "programados" a reagir racionalmente às múltiplas informações que nos são fornecidas pelo rádio, TV, jornal e discursos variados. É um estado de coisas em contato chocante com as leis da natureza, com as quais, em última análise, devemos considerar.

Tal tipo de vida, do qual freqüentemente não se está ciente, torna, no entanto, insatisfeita a maior parte das pessoas, derivando daí a procura de uma compensação que, por sua vez, porém, resulta pouco profícua. Passa-se de um extremo a outro sem se entender o que realmente acontece. Todavia, naqueles que aprendem a estruturar a própria vida cotidiana de maneira equilibrada e harmoniosa, isto é, a viver de modo humano, também os hábitos alimentares logo se normalizam. A vida atual não-natural de muitas pessoas se reflete nos hábitos alimentares e na atividade hepática. Vivemos numa época na qual a capacidade de pensar por imagens (fantasia, criatividade) se empobrece cada vez mais. Levados a cumprir o programa cotidiano "racional", não somos mais capazes de nos dedicar a atividades diversas.

Um outro aspecto da época na qual vivemos é a evolução do "paladar". No que diz respeito à alimentação, procura-se tornar os alimentos sempre mais estimulantes, "picantes". Também este é um modo de compensar as impressões unilateralmente racionais que somos obrigados a "digerir" dia após outro.

Como se sabe, o sentido do paladar está localizado na língua. Também aqui se pode falar de uma relação entre esquema cósmico (Júpiter), fígado e estanho, o metal. O estanho sempre esteve relacionado ao fígado. Segundo os homeopatas, o estanho tem uma função regeneradora. Seria o "elétrodo do nosso sentido do paladar". A propósito, causa-lhe espanto o fato de que a língua apresenta o mais alto teor de estanho do organismo?

O fígado satisfaz os seus desejos através da língua. Ou também "a língua é a mensageira do fígado".

De acordo com o que foi dito até aqui, pode-se chegar às seguintes conclusões: já que o pensamento unilateralmente racional compromete a atividade do fígado, este reclama os seus direitos através da língua.

Infelizmente, porém, também estas comunicações nós a "interpretamos" de modo racional. Ao invés de alimentar a imaginação, da qual cada um de nós é ditado, interpretamos mal a mensagem do fígado com o desejo de comer e beber. Em outras palavras, prestamos atenção ao fígado, mas o consideramos de modo errado.

De resto, é universalmente sabido que, quem passa uma noite inteira desenvolvendo uma atividade criativa (no sentido mais amplo da palavra), não sente necessidade de se alimentar. Ao contrário, uma refeição ligeira pode paralisar temporariamente a criatividade, pois o fígado "não serve de bom grado a dois patrões".

Portanto, a língua é a "mensageira do fígado". Através da língua, o fígado se conscientiza de quais substâncias o nosso organismo necessita. Isto também equivale para a vida psíquica, com a diferença de que o fígado, ao invés da língua, se serve dos sonhos. Voltarei a falar do assunto no Capítulo 6. .

Depois destas considerações gerais sobre a fisiologia do nosso fígado, ocupar-me-ei das causas das várias hepatopatias. Os distúrbios hepáticos — é notório — estão sempre relacionados a uma alteração da faculdade imaginativa. Freqüentemente a capacidade insuficiente de dar expressão (= imagem, forma) às nossas convicções mais profundas. O nosso trabalho cotidiano, o ambiente doméstico, as nossas relações com os outros, são todos fatores que podem contribuir para "bloquear" a nossa capacidade de expressão. Por exemplo, quando o professor pergunta ao aluno, na escola, que distraidamente está rabiscando no caderno: "Por que está rabiscando, o que lhe passa pela cabeça?", o fígado da criança é traumatizado porque é interrompido enquanto está desafogando a necessidade natural de exprimir a criatividade pessoal da criança. Como já vimos, a criatividade tem suas raízes no fígado. E quando reprimimos a nossa criatividade, o fígado sofre um trauma. O mesmo se verifica quando a criança, absorta a brincar, é chamada peremptoriamente à mesa. Os pais o fazem para habituar a criança a determinadas regras. À mesa, então, se constata que a criança não tem apetite. Pode-se compreender a razão? Em primeiro lugar, o funcionamento hepático alterou-se quando a criança foi bruscamente arrebatada do brinquedo (atividade criativa). Em segundo lugar, após a ingestão do alimento, o fígado é obrigado a *voltar a ser ativo*. Por isso precisamos entender: "Não tenho necessidade de alimento". Em outras palavras: a imposição de se sentar à mesa perturba o fígado da criança, não podendo as substâncias alimentares ser assimiladas como deveriam ser. As coisas são diferentes quando a ingestão do alimento é espontânea, nasce da brincadeira. Neste caso, a criança apreciará realmente aquilo que come, sentirá fome. A língua adverte que o fígado "aceitaria" o alimento e está pronto a recebê-lo. Observe estas correlações entre fígado, criatividade e sensação de fome, e tire daí suas conclusões.

Além de usar ervas medicinais ou outros remédios, é conveniente analisar a situação psíquica, caso ocorram distúrbios hepáticos. Às vezes, as funções do fígado se normalizam graças à maior atenção dedicada ao modo no qual se exprimem as próprias idéias. Portanto, não exija muito nem sobrecarregue este órgão com gorduras, álcool, café, chocolate e carne.

Diferente é a situação no caso da *cirrose hepática*, na qual as células do fígado são atrofiadas e destruídas. A cirrose hepática provém de uma hipersolicitação crônica do fígado, obrigado a uma atividade excessiva, sobretudo com relação ao álcool. Pode se manifestar uma insuficiência aguda do órgão após uma ingestão excessiva de álcool. O sangue não é desintoxicado porque o fígado não é capaz de destruir grandes quantidades de álcool. Nas pessoas que bebem habitualmente, o fígado não mais exerce suas funções normalmente.

Ora, perguntamo-nos por que o homem sente necessidade do álcool. Quando nós, por natureza, sentimos a necessidade de expressar as nossas idéias mas não somos capazes de fazê-lo, sentimo-nos inibidos. Temos a nítida sensação de que não fazemos aquilo que queríamos fazer. Neste caso, o álcool estimula o nosso fígado e nos faz superar o "ponto morto". Infelizmente, porém, muitas pessoas, uma vez superado o ponto morto, "perdem o controle". Com a ajuda do álcool, desabafam tudo aquilo que devem "engolir" um dia após o outro, isto é, falando sem papas na língua. Sob este ângulo, a qualquer um, um cálice de vinho de vez em quando é deveras aconselhável, enquanto age como o zéfiro que sopra a favor; porém, não deve degenerar em "tufão" que joga no chão quem dele faz uso.

Por isso, na autoconsciência, é melhor se ter a possibilidade de exprimir a própria criatividade espontaneamente, sem ter de recorrer a ajudas deste tipo. Procure agir de modo a não recorrer ao estímulo do álcool na luta pela existência; vencer a luta às custas do fígado não traz nenhuma vantagem!

Finalmente, a icterícia (hepatite). Essa pode ter várias causas. A icterícia pode ser conseqüência de uma colecistite, um efeito colateral do uso de medicamentos, ou provocada por um vírus transmitido, por exemplo, por agulhas de injeção não suficientemente esterilizadas. Existe também uma icterícia "a frigore". O denominador comum de todos os fatôres que originam a icterícia é o isolamento psíquico, a solidão, o frio interno e externo. Nas colecistites crônicas, como veremos no capítulo seguinte, o frio é determinado pela bílis. Também alguns medicamentos não-inócuos transmitem a sensação de frio físico e psíquico.

Não se esqueça de que, para prevenir as disfunções hepáticas, é necessário "digerir" todos os dias o que nos está "atacando" o fígado. Deve-se evitar o máximo possível enfrentar a noite com uma montanha de pensamentos "não digeridos". É melhor transcorrer a noite batalhando e ir deitar descarregado do que perseguir com a mente tudo aquilo que não foi dito e dormir com este peso no estômago.

As crianças o sabem. Antes de adormecer, de fato, contam a última façanha do dia (linguagem figurada). Assim podem dar vazão à sua fantasia e desenvolver idéias pessoais.

Além do alimento material, a criança (e o fígado) necessita também do alimento espiritual. O nosso fígado esconde em si o mais profundo segredo da vida. Não é característico o fato de que Cristo, quando fala das primeiras verdades da vida, recorre à parábola (representação figurada)?

"Quem não se arrepender e não se tornar uma criança, não entrará no Reino dos Céus." Em outras palavras, quem renega a criança em si mesmo e esquece a fantasia (linguagem figurada), não vive verdadeiramente, mas passa a sua existência como espectador.

Salve a si mesmo e a seu fígado!

2 A bílis digere o nosso mau humor

A função da bílis é representada pela *energia* e pela transformação. É impensável uma digestão completa sem líquido biliar. Os alimentos facilmente digeríveis necessitam de uma quantidade relativamente pequena de líquido biliar. A bílis pode ser definida como agressiva porque torna possível a destruição e a transformação das substâncias alimentares que o organismo deve assimilar.

Entre as doenças biliares, os cálculos estão entre as mais comuns. Como já foi dito na Introdução, eles afetam 20% dos adultos. Além dos cálculos biliares, há também a colecistite. Às vezes, é produzida bílis em quantidade insuficiente, produzindo distúrbios na digestão.

A função biliar

Se o fígado está relacionado à fantasia, à bílis se atribui um influxo sobre a capacidade de imaginação e, sobretudo, de ação (*energia*). Assim como o indivíduo deve transformar em elementos utilizáveis as impressões que recebe dia após dia, também a bílis faz com que o alimento (= impressão material) possa ser utilizado pelo organismo.

A relação entre a bílis e a capacidade de ação, ou energia, está mencionada na Bíblia. No livro de Jó (16/13), lê-se: "... me destruiu os rins sem pena; me destruiu o fígado". Os rins são o correspondente físico do sentimento, enquanto que a bílis simboliza a capacidade de ação, a energia. Pelo que conhecemos da história do livro de Jó, estas correlações são nitidamente reconhecíveis. Quando Jó faz este desabafo, está exausto, privado de determinação, coragem e energia.

O fígado e a bílis estão estritamente ligados. O fígado produz o líquido biliar, armazena-o e entra em funcionamento quando o organismo deve transformar, "elaborar", seja os alimentos, seja as impressões psíquicas.

Aqueles que produzem pouco líquido biliar sofrem de insuficiência funcional do fígado. Do ponto de vista psíquico, trata-se de temperamentos dotados de pouca energia e de insuficiente capacidade de persuasão. Por isso, as pessoas que sofrem de doenças biliares são vulneráveis e hipersensíveis, e devem evitar o máximo possível as preocupações e emoções, que solicitam excessivamente não só a sua psique, mas também o seu fígado. Já o aspecto externo revela o caráter destes indivíduos de frágil determinação. Mesmo o mais modesto conhecedor da natureza humana compreende logo que com estas pessoas é preciso falar de argumentos "anódinos", evitando despertar-lhes emoções profundas. Quem sofre de doenças biliares deve aprender a desenvolver energia e rapidez de reflexos. Quando se registram progressos no plano psíquico, a função biliar reage positivamente. Lembro-me a propósito de um colega, pessoa delicada, que sofria constantemente de problemas biliares. Não "tolerava" uma porção de coisas, de natureza alimentar e psíquica. Um dia que tinha esquecido em casa a merenda, ofereci-lhe um pão com bastante manteiga e com uma grossa fatia de queijo gordo. Além disso, tratava-se de pão preto, enquanto que ele comia normalmente pão branco. Hesitou um momento, depois a fome se fez mais forte do que o temor dos distúrbios biliares e comeu. Ao meio-dia nos encontramos para uma reunião. Era evidente que aquele era o único alimento que tinha no estômago. Estava sentado um pouco curvado para a frente; estava presente somente "com o corpo" e não participava do debate. Eu estava próximo dele e me apercebi do fato.

De repente, foi levantado um argumento que lhe interessava diretamente. Porém, lhe faltavam a coragem e a iniciativa para protestar contra o que fora dito. Neste ponto, com rápida decisão, tomei a palavra para explicar aos presentes que o meu colega certamente não compartilhava do conceito expresso. Então o presidente pediu-lhe para opinar. Depois de ter hesitado um pouco e de se desculpar, começou a tomar "vulto" (talvez também porque encorajado pelos meus sinais de aprovação), e revelou uma personalidade completamente nova, para nós desconhecida. Apresentou o seu ponto de vista com calor e de modo convincente. Após a reunião perguntei com cautela se tinha digerido o meu tímido pão com queijo. "Muito bem", me assegurou, "poucas vezes me senti tão bem como neste momento." Para mim, era a confirmação da minha convicção de que a bílis e a psique estão estritamente relacionadas. A necessidade de enfrentar a situação de modo decisivo tinha estimulado a atividade biliar. Uma história um pouco "estranha". Mas, se se pensar um momento, deduziremos que nem sempre se deve renunciar a recorrer à força de vontade para poupar a bílis.

Tratarei agora do mérito das diversas doenças biliares.

Cálculos biliares

Os médicos afirmam que pouco se sabe sobre a origem dos cálculos biliares. Existem várias teorias, mas nenhuma delas consegue explicar este fenômeno de modo satisfatório ou com bases científicas. Sabe-se apenas alguma coisa sobre a composição dos cálculos biliares. Estes podem contar cálcio, colesterol ou fosfato. Sabe-se também que há uma maior incidência nas pessoas obesas — especialmente mulheres — do que nas magras, e raramente antes dos vinte anos. Do ponto de vista médico, estes são os elementos mais importantes. Ora, se os considerarmos dentro de um contexto mais amplo, estes elementos constituem indícios importantes para a origem dos próprios cálculos.

Consideremos primeiramente o fato de que os cálculos biliares ocorrem mais freqüentemente nos obesos do que naqueles que não têm problemas de peso. O fato se explica se indagarmos sobre a causa do aumento de peso. Existem várias formas de obesidade. Há pessoas que "comem de tudo". São pessoas que transformam em alimento todas as impressões que recebem e que não sabem ou não querem externá-las de modo normal. Quando esta situação perdura por muito tempo, os sentimentos não expressos podem se transformar em "ádipe do sofrimento". Em outras palavras, pode-se dizer que estas pessoas devoram as contrariedades da vida. As pessoas que "comem de tudo" geralmente preferem os alimentos doces e gordurosos. Não é um fenômeno tão raro quanto poderia parecer à primeira vista. O tecido adiposo exerce uma função protetora. Mediante a ingestão de gorduras (elemento natural), o indivíduo procura construir uma camada protetora para a psique traumatizada (elemento espiritual). A obesidade de quem come de tudo é, de certo modo, expressão da sua constituição psíquica.

Pela sua natureza, os cálculos biliares são "cálculos de mau humor". Sob o perfil causal, a sua origem é atribuível, entre outras coisas, a uma alimentação gordurosa. Este, porém, é apenas *um* dos aspectos do complexo problema. A verdadeira causa é mais profunda.

O segundo fato é a maior incidência dos cálculos biliares nas mulheres. Se recordarmos o que foi dito antes, o fato se explica com relativa facilidade. A mulher vive, talvez ainda hoje, em circunstâncias que são criadas e controladas pelo homem. Geralmente ela tem menos possibilidade do que o homem de manifestar o seu desapontamento e as suas preocupações. E até há pouco tempo atrás a mulher era completamente dominada pelos humores e pelos estados de espírito do marido. Hoje ela se rebela a tal escravidão, porém é obrigada a reprimir uma parte do quanto a oprime. Por isso, a mais freqüente comparsa dos cálculos biliares nas mulheres tem as suas raízes no nosso esquema de civilização.

Seria interessante determinar em que medida a aspiração à emancipação da mulher moderna incide sobre a formação dos cálculos biliares. Isto, todavia, escapa aos limites da nossa discussão. Entretanto, é preciso ter presente que o desejo de emancipação de muitas mulheres poderia assumir formas um tanto arrebatadoras para alterar a conduta. O racionalismo excessivo poderia comprometer o sentimento. Em tal caso, os cálculos poderiam desaparecer totalmente, porém poderiam prejudicar os *rins**.

O terceiro fato é a raridade dos cálculos biliares antes dos vinte anos. Se considerarmos que os cálculos biliares são "expressões de mau humor", o fenômeno se justifica. Na infância o homem sofre dores e preocupações numa escala menor e menos profunda que nos anos sucessivos. Naturalmente, também a psique da criança pode ficar traumatizada; entretanto, a criança é menos inibida que o adulto: externa os seus dissabores, enquanto que o adulto está de mãos e pés atados às concessões e normas de comportamento sociais (isto não se faz; isto não fica bem). Além disso, o jovem até os vinte anos se sente envolvido pelo calor da família, isto é, não é obrigado a suportar sozinho as dores e as dificuldades. É interessante a constatação de que os cálculos biliares surgem primeiro nas pessoas que, por qualquer motivo, na infância não gozaram da proteção da família. Refiro-me, por exemplo, aos estudantes que — talvez não tendo boas relações com os pais — são obrigados a se "virar" sozinhos muito cedo. A falta de direção da família se reflete em maus hábitos alimentares: os jovens que vivem sozinhos não são capazes de levar uma vida regrada. Daí ocorre que, aos quinze anos, muitos ex-universitários "autônomos" pagam este sistema de vida com uma operação nas vias biliares.

A ruptura precoce com a família leva, freqüentemente, a um casamento tardio. Quando não se teve a oportunidade de falar das próprias dificuldades no seio da família de origem — afirmam os especialistas — não se tem coragem de desabafar nem mesmo com o cônjuge. Assim, essas pessoas continuam a ter experiências negativas, tornam-se irremediavelmente pessimistas e se autodestroem continuamente.

Todas essas coisas, porém, não podem ser generalizadas, depen-

---

* Leia, a respeito, *Como curar os rins, a pele e os olhos com as plantas medicinais*, de Jaap Huibers (N.E.).

dem bastante seja da constituição física e psíquica do indivíduo, seja de outros fatores.

Para finalizar, umas poucas palavras sobre a "digestão" ou elaboração do mau humor. É preciso ter sempre em mente que é necessário desabafar as contrariedades. Caso contrário, quando depois se explode, pode degenerar numa grosseira transgressão da "boa-educação", provocando novamente, por sua vez, o mau humor. Nós, muito freqüentemente, queremos estar com a razão, queremos satisfações.

O ego na vida do homem muitas vezes desempenha um papel determinante. Mas não deve ser assim. O melhor é falar das próprias dificuldades com pessoas de confiança sem assumir atitudes arrogantes. Procure ser razoável. Aja de modo a enfrentar a sua vida positivamente. Viva não *contra*, mas *com* os seus semelhantes. É a única maneira de prevenir a formação dos cálculos biliares. Estas não são palavras soltas. São coisas que aprendi às minhas próprias custas.

Quando os cálculos biliares já estão formados

Quando começamos a sofrer as conseqüências físicas destas realidades psíquicas, tentamos verificar as circunstâncias que provocaram a formação dos cálculos. Neste ponto, é natural se perguntar: Como me livrarei destas "coisas" que me atormentam?

Existem várias possibilidades. Primeira: podem ser extraídos através de intervenção cirúrgica. Se bem que uma operação não seja nunca agradável, é preciso ter em mente que os cálculos biliares representam uma espécie de "bomba-relógio" no abdômen. Os primeiros sintomas consistem de uma cólica. No pior dos casos, esta afecção provoca uma colecistite, cujas conseqüências não devem ser subestimadas. A extirpação cirúrgica dos cálculos biliares e da colecistite é certamente o método de tratamento mais radical. Em determinadas condições, existem também outras possibilidades, mas que agem a longo prazo.

Entre estas, a *cura pelo óleo*. Está incluída nos casos em que as dimensões dos cálculos não superam determinados limites. Quando se sabe com certeza que as suas dimensões tornam impossível sua passagem através das vias biliares, este método terapêutico deve ser aconselhado, porque os cálculos poderiam provocar graves complicações. A cura pelo óleo se inicia com dois dias de jejum durante os quais o paciente se limita a beber exclusivamente sucos de frutas. No terceiro dia, bebe 0,2-0,5 l de óleo de girassol batido frio, depois deita-se sobre o lado direito. Durante este período, os cálculos são expelidos. Isto é, o óleo provoca uma cólica biliar artificial fazendo contrair energicamente a colecistite, através da qual os cálculos deixam a cistifeléia junto com o líquido biliar. Dados os riscos acima mencionados, este tratamento somente pode ser ministrado sob orientação médica!

Se as dimensões dos cálculos obrigam a renunciar a este tratamento, pode-se tentar desmanchá-los. Porém, este método somente pode ser eficaz quando se tratar de cálculos de colesterol. Os cálculos com alto teor cálcico ou fosfático se desmancham com muita dificuldade. Nos casos em que é indicado este tipo de tratamento, também se obtêm bons resultados com a hera (*Hedera helix*). De fato, esta planta contém substâncias que desmancham o colesterol. Voltaremos ao assunto no capítulo sobre a hera.

Se a intervenção cirúrgica não puder ser evitada, é aconselhável (sempre que a estrutura dos cálculos o consinta, e depois de ter consultado o cirurgião competente) extrair apenas os cálculos, deixando a colecistite *in situ*. Embora a sua extração não acarrete conseqüências danosas ao paciente, este órgão tem também sua própria função. Devemos, porém, impedir a formação de nossos cálculos. Podem contribuir em tal sentido um regime de vida adequado e uma análise cuidadosa da própria situação psíquica.

Colecistite

Em muitos casos, a inflamação da colecistite (vesícula biliar) é conseqüência da presença de cálculos. O tratamento médico é absolutamente necessário porque, se não for curada, a colecistite pode provocar complicações bastante sérias. Deve ser curada também com medicamentos homeopáticos (após consultar o médico), em particular a colecistite aguda, que pode provocar hepatite, peritonite (com perfuração) e/ou pancreatite.

Aos primeiros sintomas de inflamação da colecistite, até à chegado do médico, pode-se tomar sem temor a *Echinaforce*, um medicamento eficaz em todos os processos inflamatórios. Começa-se com 25 gotas num pouco d'água, após 10 minutos tomam-se 15 gotas, após outros 10 minutos 10 gotas, e depois 10 gotas a cada 15 minutos (não mais de 4 vezes). Freqüentemente este tratamento opera "milagres". Provou ser benéfico também em pacientes com tiflite aguda. Como reforço, pode-se aplicar sobre a região inflamada uma folha de couve roxa ligeiramente esmagada com a mão, que deve ser substituída por uma folha fresca a cada meia hora. A couve roxa (e de certa maneira também a couve branca) desenvolve uma ação antiflogística.

Conclusão

Qualquer que seja a afecção biliar que você sofra, procure descobrir a verdadeira causa. Todas as doenças são, no fundo, provocadas por desarmonias físicas baseadas em fatos psíquicos. Registrar e entender os diversos componentes do próprio temperamento que, por sua vez, podem provocar desarmonias, é uma tarefa não muito fácil que cada um de nós deve cumprir a partir do momento em que se vem ao mundo.

Ter a coragem de reconhecer os próprios erros significa saber viver. Confessá-los a nós mesmos e aos outros custa normalmente um grande esforço.

Quem é bobo quer vencer.
Quem é sagaz quer ter razão.
Quem é sábio quer as duas coisas.

Entretanto, o homem, enquanto tal, sabe se defender. Quem é irascível, é bom considerar o que um filósofo grego expressou, mais ou menos assim:

Existem duas espécies de coisas na vida: aquelas que se pode dominar e aquelas que é preciso tolerar.

As coisas que não se pode modificar devem ser aceitas com espírito sereno.

Aquelas que podem ser modificadas devem ser efetivamente modificadas. O homem é perfeitamente capaz de reconhecer os próprios defeitos. Só que para alguns tal "operação" é mais difícil do que para outros. O ponto de partida deve ser a procura do saber, da harmonia, do equilíbrio. Quem sofre de distúrbios biliares deve refletir sobre a máxima de Lao-tsé.

Conhecer o incognoscível é sublime[1].
Não conhecer o cognoscível é ruim[2].
Quem adoece não está necessariamente doente[3].
O sábio não adoece porque sabe adoecer.
Por isso não adoece.

(Lao-tsé, nascido em 604 a.C.)

---

(1) Aquilo que está acima do conhecimento: as analogias, as correlações.
(2) Não saber coisas que se deve saber.
(3) Quem sabe adoecer já está de certo modo curado, porque demonstra desagrado pelo seu mal. Sócrates mostrou-se mais sábio que os outros porque sabia nada saber.

3 Plantas medicinais usadas de modo correto

Às vezes fica-se desiludido com o efeito de uma planta medicinal. Inicia-se com certo entusiasmo um dado tratamento — beber uma determinada tisana ou uma certa tintura — mas não se processou o efeito desejado. O fracasso pode ser devido a várias causas.

1. Usou-se a erva medicinal errada.
2. Usou-se a erva medicinal certa, mas esqueceu-se de considerar a constituição psíquica e o sistema de vida do paciente (que contribuem ambos para a desarmonia física) e eventualmente de modificá-lo.
3. Usou-se a erva medicinal certa, mas em doses erradas.

Ponto 1:
Achar a planta medicinal adequada, o medicamento homeopático *ad hoc* não é sempre fácil, porque, em geral, a ação dos produtos vegetais é completamente diversa daquela dos medicamentos alopáticos. Estes últimos visam principalmente combater os sintomas, ou seja, de um medicamento alopático se espera o desaparecimento dos sintomas de uma determinada doença. A verdadeira raiz do mal não é levada em consideração. Deriva então daí uma cura rápida mas não duradoura, isto é, uma pseudocura.

Para o homem moderno, para o qual pressa e interesses (econômicos ou políticos) têm importância primordial, o medicamento alopático é "o desejável". Pergunta-se, apenas, até que ponto o homem moderno ainda está "vivo".

Para quem tem pressa, os medicamentos alopáticos representam o ideal.

Vejamos, ao invés, como funcionam as plantas. As ervas medicinais agem de modo diverso. Mesmo se existirem ervas que, em virtude dos princípios ativos que contenham, possam ser usadas para combater determinados sintomas, devemos procurar a principal ação da planta na concordância dos "esquemas". Isto é, entre a *natureza* da planta e o paciente (seus distúrbios físicos, sua índole e sua constituição psíquica) deve existir uma concordância (uma forma de analogia). Segue um exemplo para explicar o enunciado.

Suponhamos que temos diante de nós uma pessoa abúlica, pouco ativa, que sofre de cefaléia e de má digestão, evita contatos com o próximo e demonstra pouco interesse por qualquer coisa. Sem dúvida, temos um caso de *ruminação mental*. Freqüentemente o quadro está relacionado às informações provenientes do subconsciente, que podem ter um papel importante na vida afetiva (presente na consciência). No caso que imaginamos, se optarmos por um tratamento do tipo alopático, podemos escolher entre uma vasta gama de medicamentos: tranqüilizantes ou estimulantes, antidepressivos, analgésicos, etc.

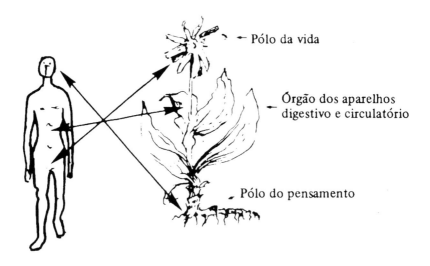

- Pólo da vida
- Órgão dos aparelhos digestivo e circulatório
- Pólo do pensamento

Se, ao invés, quisermos curar o paciente com as ervas, o quadro morboso anteriormente descrito indica um grupo de plantas bem determinado, das quais se usa a *raiz* para fins terapêuticos. Para podermos especificar a planta certa, devemos ter alguma noção sobre a natureza das ervas medicinais. Em todo ser vivo – homem, animal ou planta – existe o *pólo do pensamento* e o *pólo da vida*. No homem, o pólo do pensamento está localizado no cérebro (cabeça), o pólo da vida (vegetativa) nos órgãos sexuais (bacia). Portanto, no homem o pólo da vida está "ligado à Terra", o pólo do pensamento "ao Céu". Na planta se verifica exatamente o contrário. O pólo do pensamento da planta tem sua sede nas raízes e o pólo da vida nas flores e nas sementes (órgãos sexuais da planta). Do ponto de vista do homem, a planta tem a cabeça nos pés. Conseqüentemente, a raiz corresponde ao pólo do pensamento do homem, isto é, à cabeça, à função cerebral.

Os distúrbios que se originam na esfera do subconsciente do pólo do pensamento devem ser curados com a ajuda da raiz de determinadas plantas. A coisa resulta particularmente evidente se considerarmos que o pólo do pensamento da planta não tolera a luz do dia. A raiz pertence à terra. Por analogia, podemos dizer que os distúrbios que se originam no subconsciente encontram correspondência na raiz de determinadas plantas, a qual ajuda o homem, de um outro reino da natureza.

Aqui já se delineam os princípios da homeopatia, sobre a qual tornaremos a falar em capítulo à parte: *Similia similibus curantur*.

Nas situações como aquela acima representada devemos pensar logo na oportunidade de recorrer à raiz de uma planta. Na escolha da planta é preciso se deixar guiar, por um lado, pela *concordância* entre a *índole* da planta (reino vegetal) e, por outro, pelo temperamento do paciente (reino animal).

Baseado neste princípio, não é sempre fácil especificar a planta adequada nas situações isoladas. É preciso observar com grande atenção os sintomas da doença que o paciente acusa. Depois, é necessário colocar estes sintomas num contexto que pode ser definido como *sistema*. Achar a analogia entre os sintomas de uma doença e o mundo vegetal ou mineral é verdadeiramente uma arte. Porém, uma vez especificada a planta exata, a cura é garantida. O desaparecimento apenas dos distúrbios tem uma importância secundária: é marginal. A natureza não tem pressa, não é impaciente. O método exige tempo. Nós não combatemos exclusivamente os sintomas, mas visamos eliminar as discordâncias básicas. É provavelmente o único processo de cura verdadeiro e o mais antigo. Parecem demonstrá-lo muitos exemplos do âmbito cultural antigo — judaico, chinês e egípcio. A medicina chinesa tradicional se baseia há milênios no princípio da contraposição entre *yin* e *yang*. Trata-se do equilíbrio entre duas esferas análogas. Joga-se com a possibilidade da esfera *yang* para curar as alterações da esfera *yin*.

Ponto 2:

Quando, não obstante o emprego das plantas medicinais adequadas, não ocorre uma melhora substancial, significa normalmente que o paciente não colaborou. Comportou-se como o jovem que, censurado pelo professor pela sua má conduta, não se corrige. Se nós não modificarmos a nossa conduta de vida e o nosso comportamento psíquico nos confrontos do mundo (concausas do desequilíbrio físico), o tratamento com as ervas não pode ter o sucesso desejado. Na literatura das culturas antigas se confirma repetidamente a necessidade de não se cometer mais os erros que contribuíram para desencadear a doença. No Novo Testamento,

Jesus recomenda sempre aos curados retornarem à vida cotidiana e não mais pecarem no futuro. Pecar, no meu entender, significa errar, no sentido amplo, e não no sentido exclusivamente teológico. O homem deve ter consciência das leis cósmicas e naturais e, enquanto parte do que foi criado, deve respeitá-las. Não é fácil. Muitas pessoas recorrem a todos os medicamentos que conseguem encontrar e se recusam a reconhecer e corrigir os próprios erros, aqueles erros que contribuíram para o surgimento da doença que as aflige. Se não estiver disposto a colaborar, não espere milagres das plantas.

Antes de recorrer às ervas medicinais, adote uma conduta de vida de acordo com as máximas de Lao-tsé:

Quem conhece os homens, é inteligente;
Quem conhece a si próprio, é iluminado;
Quem vence a si mesmo, é forte;
Quem vence os outros, é poderoso;

Quem se sente satisfeito, é rico;
Quem age com força, tem determinação;
Quem não perde o lugar, permanece;
Quem morre e não passa, vive eternamente.

Ponto 3:

No emprego dos métodos homeopáticos, a dosagem é particularmente importante. Devemos partir do princípio de que *nem sempre o muito cura muito*, isto é, uma gota por dia pode ser mais eficaz do que 15 gotas 4 vezes ao dia. A qualquer um parecerá impossível; mas é assim mesmo. A dosagem homeopática depende das características seja do indivíduo, seja da doença. A experiência ensina que se pode partir das seguintes dosagens:

Tintura de ervas: 5-15 gotas 3 vezes ao dia, em pouca água, 15 minutos antes das refeições.

Infusão de ervas: Uma xícara 3 vezes ao dia meia hora antes das refeições. A infusão é preparada com uma colher das de sopa rasa de erva medicinal em meio litro de água. Depois de ter deixado "macerar" durante vinte minutos, filtra-se. Na infusão não se devem utilizar recipientes de metal!

Pastilhas de ervas: Chupar 1-2 pastilhas 3 vezes ao dia antes das refeições e beber um pouco de água.

A eventual piora das condições gerais imediatamente após o início de um tratamento com plantas medicinais ou métodos homeopáticos pode ser considerada um fenômeno positivo; é sinal de que a terapia "deu certo". Um antigo provérbio popular diz: "Aquilo que se quer melhorar deve antes piorar". Porém, esta piora não deve durar mais de um ou dois dias. Se, apesar da continuação do tratamento, os distúrbios persistirem, é melhor interromper o tratamento e observar se estes regridem. Na medicina herborística não se deve temer efeitos colaterais prejudiciais porque os extratos vegetais são usados diluídos (veja diluição homeopática). Não se acanhe, no entanto, de experimentar doses um pouco maiores ou um pouco menores do que aquelas prescritas. Nos indivíduos particularmente sensíveis, em geral são suficientes doses mais baixas do que aquelas comumente adotadas. Tratarei detalhadamente das correlações entre tipo humano, dosagem e natureza da doença no Capítulo 5. Procure descobrir quais peculiaridades de qual planta estão de acordo com as peculiaridades do seu caráter e com os distúrbios que você sente. Quanto mais as características de uma determinada erva medicinal combinam com os traços da sua natureza, maiores são as perspectivas de um sucesso duradouro.

Não se esqueça de que a verdadeira cura é um processo relacionado à sua conduta de vida e ao seu comportamento psíquico. Freqüentemente os preparados alopáticos oferecem a tão cobiçada segurança de um sucesso a curto prazo. Ocorre, porém, que o paciente, confiando na certeza de ser curado, continua a levar um tipo de vida não condizente com a sua saúde. Não deixe que o desejo de resultados imediatos lhe faça esquecer a necessidade de resultados duradouros. Cada coisa esconde em si o seu efeito contrário! Confúcio disse:

"Na segurança se esconde o perigo.
O prestígio e a riqueza corregam consigo o germe da decadência.
A ordem esconde em si a desordem.
Por isso, aquele que é nobre pensa no perigo quando existe
    segurança, na desordem quando as suas coisas estão em ordem.
Desta forma, põe em segurança a si próprio e ao Reino".

Este exórdio "filosófico" do presente volume pretende mediar o conceito de que o emprego das ervas medicinais e de outros métodos terapêuticos naturais deve ser coadjuvado por um comportamento psíquico que respeite leis e valores autênticos. Faça com que as ervas (e a erva daninha) o induzam à reflexão. Talvez o efeito terapêutico da flora consista sobretudo nisto.

4 Ervas medicinais para o fígado e a bílis

Celidônia *(Chelidonium majus)*

De vez em quando as pessoas perdem completamente a coragem de viver; e isto devido a várias causas. Uma delas é o desequilíbrio emocional. Por um lado, sofrem a necessidade de participar da vida afetiva, mas, por outro, falta-lhes a capacidade ou mesmo a possibilidade de realizar esta aspiração. Crêem na vida e têm confiança nos seus semelhantes, por isso são vulneráveis. Não é de admirar que as pessoas com esta impostação mental às vezes perdem a confiança no próximo, afastam-se. Estão sujeitas a desilusões, sobretudo aquelas que esperam muito da vida. E nas situações negativas, sofrem graves crises de desânimo, nas quais "não *agüentam* mais".

A celidônia é indicada para os indivíduos que "não agüentam mais". Esta é, sem dúvida, uma das melhores plantas medicinais contra as hepatopatias, mas, ao mesmo tempo, faz efeito sobre a *vista*, tanto que também é vulgarmente chamada de "erva para os olhos". Faz "cair a venda dos olhos", faz ver as coisas com clareza. A principal causa desta sua propriedade reside no efeito terapêutico que a celidônia exerce sobre o fígado. E não há falta de vontade própria nas pessoas que sofrem de distúrbios hepáticos? (Veja Capítulo 1.)

A celidônia pode ser utilizada em todas as hepatopatias, pois favorece os processos de regeneração do fígado. Ao mesmo tempo, ela induz à produção (ação clerética) e à excreção da bílis (ação colagoga).

De acordo com os princípios da simbologia, o látex desta planta, que é amarelo-escuro luzente, lembra a bílis. A aplicação tópica de seiva fresca de celidônia geralmente faz desaparecer as verrugas. As razões da formação das verrugas também entram no esquema descrito acima. As verrugas são produtos anormais do nosso organismo, expressões de frustrações. Todas as vezes que o indivíduo não tem como dar vazão à sua fantasia, e de dar forma às imagens (que nascem no fígado), se instauram alterações das funções hepáticas acompanhadas da sensação de frustração e às vezes de formação de verrugas ou – quando a situação perdura por anos ou piora — até o surgimento de um câncer. A celidônia é indicada nos distúrbios que, astrologicamente, são atribuíveis à influência de Júpiter. Este planeta confere otimismo, cordialidade, fé e confiança no próximo. Quando estes aspectos do caráter não têm possibilidade de se manifestar, o órgão correspondente a Júpiter, o fígado, entra em crise. O indivíduo se torna melancólico, triste e se sente "com as asas cortadas".

Esta situação interna, unida às circunstâncias correspondentes desfavoráveis, compromete as funções do fígado. Tome a tintura de celidônia na composição D3 (D = diluição decimal). O caule e o látex contêm alcalóide que pode desenvolver uma ação prejudicial. Dado o caso em que não se tenha consultado um especialista, é melhor renunciar ao uso da própria planta, seca ou fresca, e usar a tintura a D3, encontrada comercialmente. São suficientes — sobretudo no caso de insuficiência funcional do fígado — 10 gotas 3 a 4 vezes ao dia. Pode-se também usar a celidônia como terapia de reforço para curar os póstumos de uma icterícia, com doses de 2-5 gotas ao dia durante 6-8 semanas. Às vezes, os cálculos, obstruindo o defluxo da bílis nos intestinos, ocasionam uma paralisação dela mesma no fígado, acompanhada de dores na região hepática. Neste caso é aconselhável a ingestão de 2 gotas de tintura de celidônia D3-bérberis 3 vezes ao dia.

A dor sob a omoplata direita (sede da "ponta do fígado"), é característica de todos os distúrbios hepáticos nos quais a celidônia é considerada como planta medicinal. Tenha consciência de tudo o que acontece no seu organismo e deixe "cair a venda dos olhos". Os naturalistas observaram que as andorinhas se servem da celidônia para curar os olhos inflamados dos seus filhotes. Isto confirma a validade do nome vulgar desta planta, que o povo chama de "erva para os olhos".

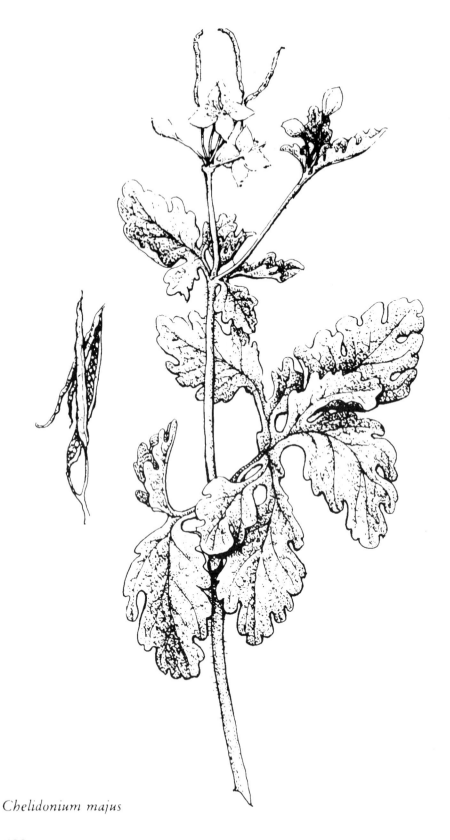

Chelidonium majus

Dente-de-leão ou taraxaco *(Taraxacum officinale)*

Às vezes os cavalos são definidos como "fogosos". Para enfrentar as coisas com fogoso entusiasmo e alimentar ideais, é preciso uma forte *vontade*. A erva do "fogo" é o dente-de-leão, que os holandeses chamam de "flor dos cavalos" e, em algumas regiões, também "erva dos padres". Por que erva dos padres? Tal nome foi impingido provavelmente durante a Guerra dos 18 anos, uma guerra religiosa desencadeada pela Igreja (católica romana), pelos padres para defender os próprios ideais a qualquer preço com um fervor sem precedentes. Naqueles anos desenvolveu-se a figura do "caçador de hereges", pronto a realizar os próprios propósitos com força de vontade e fanatismo inabaláveis.

Considerando-se tudo isto, as denominações de "flor dos cavalos" e de "erva dos padres" usadas na Holanda indicam determinadas características. O dente-de-leão é indicado para as pessoas ricas de ideais mas pobres de força de vontade (bílis), cheias de fervor, de fogo *interno*, idealistas e criativas, mas incapazes de exprimir tudo isto porque não possuem ímpeto, fogo *externo*. O dente-de-leão, planta "fogosa", reforça a vontade e a capacidade de ação. Tal quadro corresponde, no nosso organismo, à insuficiência da capacidade funcional do fígado, ou, mais exatamente, à produção insuficiente de bílis. Mas a pouca força de vontade é devida à pouca produção de bílis e à pouca produção de bílis é devida à pouca força de vontade. Não sem razão, as primeiras folhas tenras do dente-de-leão constituem o elemento principal da "cura depurativa primaveril". De fato, na primavera é necessário reativar todas as funções e ao mesmo tempo eliminar os resíduos acumulados no inverno, seja no corpo, seja no espírito.

O dente-de-leão e, graças a este, a bílis, persegue no organismo tudo o que não faz parte dele (entre outras coisas, os resíduos da digestão) e o trata como um caçador de hereges trata as suas víti-

Taraxacum officinale

mas. Por isso, o dente-de-leão é útil não somente na produção insuficiente de bílis, mas também nos distúrbios do aparelho digestivo*.

No caso de produção insuficiente de bílis, é conveniente beber 2-3 xícaras de infusão de folhas de taraxaco (uma colher das de sopa em meio litro de água) por dia. Na primavera, pode-se misturar à salada algumas folhas frescas de taraxaco. Algumas, não muitas. O entusiasmo fogoso é uma bela coisa, contanto que não degenere em fanatismo! Na hipoprodução de líquido biliar, pode-se recorrer também à tintura de taraxaco, com doses de 10-15 gotas 2 vezes ao dia durante 2-3 semanas.

O tratamento deve ser interrompido por algumas semanas e depois repetido. Não se esqueça de educar e desenvolver a força de vontade.

Tenha sempre em mente, enfim, que o mal-estar psíquico produzido por distúrbios hepatobiliares se manifesta freqüentemente, como já mencionado a propósito da celidônia, com a sensação de "não poder agüentar mais". Evidentemente, as ervas medicinais que agem favoravelmente sobre o fígado e a bílis também agem favoravelmente sobre a vista. H. Klein, no seu léxico botânico, afirma que o nome latino desta planta deriva do vocábulo grego *taraxis*, catarata, uma doença dos olhos caracterizada pela opacidade do cristalino que impede de se ver de modo claro e distinto. Trate esta doença com seiva de taraxaco (como a andorinha cura os olhos do seus filhotes com seiva de celidônia). Se necessário, ative com esta planta as funções hepatobiliares a fim de conservar uma nítida visão da vida. Cuidado, porém, de não fazer uso excessivo, senão tornar-se-á fogoso como os cavalos e como "caçador de hereges" e verá as coisas com pouca objetividade. Planeje um equilíbrio justo.

Hera *(Hedera helix)*

A característica de todas as plantas trepadeiras é a aspiração de subir sempre mais alto sem poder contar exclusivamente com as próprias forças. Nesta aspiração de subir, elas devem sempre se agarrar a qualquer coisa — muro, cerca ou tronco. Sem esta

---

* Veja o vocábulo "Taraxaco" no volume *Cure o estômago com as ervas medicinais*, de Jaap Huibers (N. E.)

base "guia" não conseguiriam. A hera apresenta esta característica de uma forma acentuada, pelo que os holandeses a chamam também "Klimop" (klin = subir, op = no alto).

Outra peculiaridade desta planta é o fato de que, em confronto com outras trepadeiras, não produz "raízes aéreas" para prender-se à sua base.

À hera corresponde o tipo de homem que pode se beneficiar desta planta. Trata-se daquele que demonstra um impulso irresistível em subir sempre mais alto. Estas pessoas, quando solicitadas, não fazem por menos, custe o que custar, demonstram que são capazes de prestarem favores e ações melhores do que os outros.

Isto não seria um elemento negativo da sua natureza se, para realizarem os seus projetos, estas pessoas não precisassem constantemente de apoio (moral). É justamente isto o que falta nelas. Precisam constantemente de alguém em quem se apoiar para subir. Se o esteio não é suficientemente bom, tudo quanto foi cansativamente construído desmorona miseravelmente e deve ser reedificado. Tal dependência torna inseguros estes indivíduos e determina facilmente frustrações e desequilíbrios psíquicos. Nestes,

Hedera helix

existem duas ordens de fatores: de um lado, a necessidade irresistível de exibir uma personalidade forte e rica de propósitos; de outro, a contínua constatação da própria incapacidade em atingir os objetivos com as próprias forças. Até que a base resista ou fique na sombra, não ocorrem problemas: o homem-hera sonha em se destacar sobre todos. E como a hera esconde o próprio esteio, assim também o homem-hera é vaidoso, tende à presunção, a chamar a atenção sobre a própria pessoa e a diminuir o seu esteio aos olhos dos outros. O quadro se altera quando este último demonstra querer participar do sucesso. Nasce então irritação e descontentamento, que podem originar a formação de cálculos biliares. Por que ocorre tudo isso? A pessoa que demonstra o desejo irresistível de subir sempre mais alto, geralmente possui um fígado em ótimo estado. A sua faculdade de invenção e de imaginação é excelente, vê o mundo a seus pés. O organismo desta pessoa raramente tem necessidade de recorrer à "reserva de bílis" contida na cistifeléia. Digere unicamente graças ao líquido biliar que do fígado flui diretamente para o duodeno (ver figura na página seguinte).

Como conseqüência, a bílis armazenada na colecíste sofre uma alteração ou "renovação" insuficiente e sob o efeito da irritação nervosa tende a se cristalizar e a formar cálculos. Resumindo, pode-se traçar o seguinte quadro: o impulso ascendente parte do fígado. A produção de líquido biliar é suficiente. A personalidade ("espinha dorsal") está sob o domínio, entre outras coisas, da vesícula biliar. Esta não é ativada em quem não tem "espinha dorsal" e se apóia numa personalidade de esteio. Na ira, porém, a colecíste é estimulada. O líquido biliar recolhido nela torna-se denso e viscoso e pode produzir cólicas. Se, além disso, o indivíduo tem uma taxa hemática de colesterol permanentemente superior à normal, existe o perigo da formação de cálculos de colesterol com relativos distúrbios acentuados.

No tipo humano acima descrito, a hera é extraordinariamente útil. Numerosas pesquisas demonstraram que a hera possui poder colestérico. Isto é, com a ajuda desta planta — mesmo se muito lentamente — é possível "desmanchar" os cálculos de colesterol. Porém, o efeito colestérico não é a ação mais importante da hera. Decisivo é o fato de que o "esquema" inteiro da hera concorda com aquele do portador em potencial de cálculos biliares.

É conveniente ingerir um comprimido de hera 3-4 vezes ao dia pelo menos durante 6 meses. Se, ao mesmo tempo, se observar uma dieta rigorosa, a dissolução dos cálculos (sempre que forem de colesterol) será realmente possível. Algumas pessoas não aceitam bem os comprimidos, ao qual é dado normalmente a preferência. Neste caso, pode-se recorrer à tintura de *Hedera helix*, na dose de 15 gotas 3 vezes ao dia. Para ajudar a ação da hera, é bom tomar também, em alguns dias da semana, 15 gotas de tintura de celidônia.

Precauções

A infusão de hera – fresca ou seca – tem uma ação hemolítica (= destruição dos glóbulos vermelhos com derramamento da hemoglobina); por isso não pode ser utilizada. Quanto aos comprimidos e à tintura, não existe este perigo porque estes preparados contêm também substâncias (entre as quais cálculos biliares) que impedem o efeito hemolítico. Somente o uso da infusão de hera é nocivo.

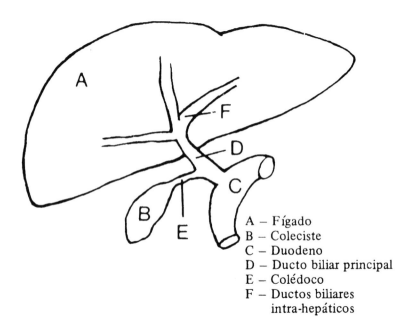

A – Fígado
B – Coleciste
C – Duodeno
D – Ducto biliar principal
E – Colédoco
F – Ductos biliares intra-hepáticos

Agrimônia *(Agrimonia eupatoria)*

A agrimônia é uma "erva para o fígado" com ação branda, isto é, mais do que influenciar expressamente o fígado e a função biliar, estimula, geralmente, o metabolismo. A agrimônia é indicada em particular para aquelas pessoas que "ruminam" demoradamente as próprias impressões e, portanto, "remoem as coisas" por muito tempo. Com as "impressões materiais", ou seja, os alimentos, acontece a mesma coisa. O homem-agrimônia é o tipo que segue a áurea como solução intermediária. Tira vantagem do uso desta planta o conservador que externamente parece ser uma pessoa equilibrada. O seu fígado é ligeiramente hipofuncionante, para quem também a produção de líquido biliar é aquém da necessidade, com conseqüente diminuição das funções digestivas.

Atribui-se a esta planta a propriedade de garantir o equilíbrio (interno) pela bela cor verde que a contradistingue (outrora o seu pigmento era usado para tingir a pele e a lã). O verde é a cor da Balança, símbolo astrológico da garantia do equilíbrio. Uma das características do homem-balança é a indecisão, a incapacidade de optar por uma ou outra causa, porque a sua suma aspiração é a "aurea mediocritas", a conservação do equilíbrio.

Portanto, a agrimônia é indicada para aqueles que temem o "risco" das decisões. Antigamente esta planta também era chamada *lapa* ou *bardana* (sanguessuga do fígado), porque a sua fruta aparente (equilíbrio aparente) possui pequenos ganchos (símbolos da dificuldade e aderência).

Resumindo, pode-se dizer que esta planta é indicada para as pessoas eternamente à procura do equilíbrio com fígado hipofuncionante. Esta erva medicinal é usada principalmente nos casos de prisão de ventre e metabolismo lento. É necessário tomá-la durante muito tempo com doses de 15 gotas 3 vezes ao dia; a primeira dose é ingerida pela manhã *em jejum*. Na prisão de ventre crônica, usa-se a infusão mista de agrimônia, taraxaco, cardo e algumas folhas de sena.

Agrimonia eupatoria

Bérberis *(Berberis vulgaris)*

O caule e a raiz desta planta contêm um látex amarelo luzente que lembra simbolicamente a bílis. Para a especificação do tipo humano para o qual ela é útil, esta característica é muito pouco indicativa. Entretanto, se observarmos bem o arbusto da bérberis, descobriremos numerosos espinhos aguçados. Além disso, constatamos que debaixo das esplêndidas folhas superficiais marrom-avermelhadas existem folhas verdes que se tornam vermelho-escuras quando em contato com a luz do sol. Estes dois elementos nos ajudam a especificar o tipo humano correspondente.

Se transferirmos à situação do homem o fato da mudança de cor das folhas originariamente verdes, emerge o tipo que externamente se apresenta diferente de como efetivamente é. Desde que o aceitemos pelo que quer parecer, tudo bem. As coisas mudam quando o observamos mais intimamente. Então se descobre a "outra cor". Tal descoberta o irrita. Também o arbusto de bérberis demonstra desagrado à verdadeira cor de suas folhas. Quando se penetra no íntimo dessas pessoas, elas tendem imediatamente a mimetizar, isto é, a se adaptar à imagem externa. Geralmente têm necessidade da aparência (as belas folhas vermelho-escuras) para mascarar a sua real incapacidade aos encargos que a vida impõe. Trata-se de uma espécie de autodefesa.

O homem-bérberis não tolera as "dificuldades" do ambiente, mas possui ele próprio um caráter um tanto "difícil". Por isso mantém os outros afastados, defendendo a sua vida interior dos olhos indiscretos. Quando é obrigado a se revelar, ou seja, a mostrar as suas capacidades reais, a sua função biliar (que corresponde à vontade) é bloqueada. Conseqüentemente, a força propulsora é menor. Os distúrbios que surgem consistem geralmente de náusea, dores na região colecística, dificuldade de digestão (acompanhada de prisão de ventre ou diarréia).

As pessoas com o temperamento acima descrito e que sofrem de insuficiência biliar serão beneficiadas com a ingestão da tintura de bérberis. A fim de que a melhora não seja apenas temporária, o tratamento deve ser prolongado. No caso de distúrbios graves, é necessário tomar 10 gotas de tintura 3 vezes ao dia antes das refeições. Quando houver cálculos biliares, deve-se renunciar à tintura de bérberis porque esta estimula a contração da colecíste com o conseqüente perigo de emigração dos cálculos para o colédoco.

Berberis vulgaris

Morango *(Fragaria)*

O morango, além de ter um ótimo sabor, é também uma planta medicinal sempre muito apreciada. Na verdade, é citada na maior parte dos herbários. Eu, pessoalmente, não tenho experiência a respeito e por isso não lhes posso descrever o tipo humano correspondente ao morango. Entretanto, não posso me eximir de algumas observações e exemplos.

Antigamente a medicina popular aconselhava os brotos do morango para "desmanchar" os cálculos biliares. A receita diz: derrama-se meio litro de água fervente sobre uma colher das de sopa de brotos frescos (esmigalhados) de morango e deixa-se macerar. Esta infusão deve ser tomada aos poucos várias vezes ao dia. Não estou a par dos resultados. Também aqui vale o raciocício: se o tratamento não fizer bem, mal também não faz.

O famoso médico e herborista Dodonaeus no seu *Cruydeboek* (*Livro das ervas*) recomenda a seguinte receita: "Voor't Graveel en ontstekige van de Lever: Neemt's morgens nuchteren drie oncen water van de vruchten of Aerdt-besien gedistilleert in". (Para os cálculos renais/vesiculares e nas inflamações do fígado: toma-se pela manhã, em jejum, três onças de água destilada com morangos.)

No *De Nederlandse Herbarius of Kruydt-boek* (1682), de Petrus Nylandt, existe a seguinte receita: "Voor de Geel-sucht: Bereyt een afziedtsel van de bladeren en wortelen met Wijn/en laet hier van twee mael daeghs een roemertje vol drincken". (Para icterícia: prepara-se uma infusão com folhas e raízes no vinho e bebe-se um cálice desta infusão duas vezes ao dia.)

Estas receitas antigas não são sempre difíceis de se executar, por isso vale a pena ao menos experimentá-las.

Fragaria

Segurelha *(Satureja hortensis)*

Não só todos os países, mas também todas as regiões, têm a própria flora. Entretanto, as plantas que aqui se encontram apresentam características que permitem reagrupá-las baseadas em determinadas características. Nesta operação pode ser levada em consideração a forma das flores, das raízes ou das folhas; ou pode-se observar o odor ou sabor da planta.

Se considerarmos como denominador comum o odor/sabor, a segurelha pode ser catalogada entre as ervas mais reconstituintes e mais "quentes" do nosso clima (Holanda). Para nós representa uma exceção. De fato, as ervas quentes e fortemente aromáticas nascem mais nas zonas mediterrâneas do que nos climas frios e pouco temperados. A ação exercida pela segurelha corresponde, portanto, mais ao tipo humano rico de temperamento.

O nome latino de *satureja* deriva da palavra grega *satyriakos*, que significa voluptuoso, luxurioso. É inegável que a segurelha é uma erva "afrodisíaca"; estimularia, principalmente, a produção de espermatozóides.

Depois desta introdução de ordem geral, analisarei as relações que ocorrem entre a segurelha e os distúrbios biliares, especialmente os cálculos.

Antes de tudo, vejamos qual é o tipo humano que corresponde a esta planta. Baseado no nome latino, esta erva está relacionada com o prazer erótico. Por isso é indicada para as pessoas que querem gozar plenamente de tudo aquilo que a vida oferece, que não conseguem ser virtuosas e devem impor continuamente a si mesmas a conservação de uma vida correta. O ponto fraco do homem-segurelha é a manutenção do equilíbrio. O seu temperamento exuberante (física e psiquicamente pródigo) o expõe a desilusões e sofrimentos. O homem-segurelha esbarra continuamente na imprevisibilidade dos eventos da vida, que sabe distribuir felicidade ou infelicidade em profusão.

As impressões que estas pessoas recebem são tão intensas que o seu fígado (imaginação) e a sua bílis (vontade) são solicitados em grande escala. É óbvio que estes indivíduos, dada a sua impostação interior, tendem a exagerar e não sabem se controlar. Se além destas características apresentam também o "esquema" da hera (veja hera), a formação de cálculos biliares ocorre naturalmente. Se já existem, a ingestão de uma pequena quantidade de segurelha pode provocar uma cólica.

Constatei que a segurelha em diluição homeopática é indicada para os pacientes que correspondem ao esquema acima descrito.

Satureja hortensis

Colhem-se algumas folhas de segurelha e coloca-se num copo cheio de água depois de tê-las esmigalhado entre o polegar e o indicador. Coloca-se num copo vazio uma colher das de sopa deste líquido, enchendo-o com água fria. Agita-se vigorosamente esta mistura durante 5 minutos. Depois, coloca-se num outro copo uma colher de sopa deste líquido, enchendo-o com água e agita-se também vigorosamente esta mistura. Bebe-se um gole desta diluição homeopática de 5 em 5 minutos. Com este método obtive bons resultados mesmo em pacientes sujeitos a cólicas biliares. O pressuposto do sucesso é naturalmente o tipo humano acima delineado.

Os portadores de cálculos biliares devem usar a segurelha com prudência, porque esta planta age fortemente sobre a bílis, especialmente quando o paciente está com cólicas. Neste caso, portanto, deve-se ter o dobro de cautela.

Não se esqueça do velho remédio caseiro, a segurelha, e tenha sempre em mente a máxima homeopática: *Similia similibus curantur.*

Chicória *(Cichorium intybus)*

Algumas pessoas sabem que durante a última guerra tomou-se muito, pela manhã, o "café" de chicória. Porém, pouquíssimas pessoas sabem que este "café" (preparado com a raiz da chicória) faz bem ao fígado e ajuda a digestão. Isto nos mostra uma vez mais que nem sempre o mal vem para prejudicar, que preocupações e miséria também podem, às vezes, ter um aspecto positivo.

Durante a guerra, por exemplo, as "doenças do bem-estar" praticamente desapareceram. A chicória é uma planta cujas folhas e raízes são ricas em substâncias amargas que influenciam favoravelmente o fígado e a digestão. Estimulam as funções hepáticas e, portanto, representam o ideal para as pessoas que sofrem de distúrbios do fígado. Os que sofrem de icterícia devem comer chicória (melhor crua) pelo menos 2-3 vezes na semana. A chicória é indicada para as pessoas nas quais os processos de depuração (do corpo e do espírito) se realizam com dificuldade. Sob este ângulo astrológico, esta planta corresponde à quadratura Sol-Saturno. As pessoas que têm esta constelação no seu horóscopo natal

Cichorium intybus

se sentem cansadas ao se depurar porque o Sol (o dia, a coragem de viver) é dominado por Saturno (a noite, a angústia). Geralmente, esta circunstância provoca também distúrbios de sono*.

As pessoas melancólicas, depressivas, facilmente sujeitas ao desânimo, cujo fígado não está à altura de suas funções, se sentem beneficiadas com o consumo sistemático da chicória como verdura e com a ingestão da infusão de chicória (folhas secas). A ingestão do sucedâneo do café, um "café" que é constituído principalmente de chicória, também exerce uma ação benéfica. Não beba café puro; este induz à melancolia e é o maior inimigo do nosso sistema nervoso.

Pode-se usar também a infusão. Verte-se meio litro de água sobre uma colher das de sopa de raiz de chicória finamente triturada (seca), deixa-se ferver em fogo brando durante meia hora e depois filtra-se. Esta quantidade deve ser bebida várias vezes ao dia. Na hepatomegalia, na icterícia e na digestão lenta, bebe-se várias vezes durante o dia uma xícara de infusão de chicória.

Quem está sempre pronto a aprender, qualquer coisa que seja, quem está disposto a tirar lições de qualquer circunstância, pode aprender qualquer coisa, mesmo de um fato terrível como a guerra. O sabor amargo das coisas às vezes esconde o sabor "doce". E o café de chicória é um exemplo "amargo".

---

* Leia, a respeito, *Dormir bem com as plantas medicinais*, de Jaap Huibers, (N.E.).

Rúbia *(Rubia tinctorum)*

O doutor Vogel, conhecido homeopata suíço, prepara com as raízes desta planta comprimidos que têm dado bons resultados nos portadores de *cálculos* renais e *biliares*. Vogel combina a

Rubia tinctorum

rúbia com algumas espécies de *Poligonum*. No comércio, o preparado é encontrado com o nome de "Polygorubia".

A rúbia age sobretudo sobre os cálculos constituídos por concreção calcária e fosfática. Estes cálculos se desmancham com maior dificuldade do que aqueles de colesterol.

O tratamento da rúbia ocorre da seguinte maneira: os comprimidos de Polygorubia são ingeridos segundo as instruções da bula. Durante este período deve-se beber o mínimo possível. Depois, interrompe-se a terapia por uma semana, durante a qual deve-se beber o máximo possível. Toma-se uma segunda receita de comprimidos, depois interrompe-se novamente, etc. Este tratamento é repetido várias vezes. Depois de alguns meses, é necessário um controle a fim de verificar se ocorreram quaisquer alterações. Esta terapia não garante o sucesso, no entanto vale a pena tentá-la.

Cardo-santo *(Cnicus benedictus)*

O cardo-santo possui propriedades inestimáveis. Se considerarmos as causas ocultas (psíquicas) dos distúrbios biliares (veja o Capítulo 2), constataremos que as características deste arbusto concordam perfeitamente com o esquema do indivíduo "difícil". Não é possível colher a planta sem usar luvas, pois é bastante espinhosa. O cardo-santo simboliza os "espinhos da vida", os aborrecimentos, a ira, que provocam distúrbios biliares.

O indivíduo colérico se irritará colhendo o cardo-santo porque os espinhos da planta lhe recordam as circunstâncias negativas de sua vida. Entretanto, como exercício de paciência, capaz de ensinar a enfrentar os "espinhos" da vida, lhe fará bem colher sem luvas um belo ramo desta planta. Comece com este exercício ao ar livre. A natureza quer apenas o nosso bem. E, no entanto, é mais fácil levar a melhor sobre os espinhos desta planta do que sobre aqueles do gênero humano. A natureza tem paciência, o homem não. Além disso, a natureza nos oferece a oportunidade de *aprender* a vencer os aborrecimentos. Os nossos semelhantes, ao contrário, não têm paciência e não nos oferecem esta oportunidade.

O cardo-santo é indicado especialmente para as pessoas que ficam remoendo o seu mau humor. Externamente se mostram calmas e dóceis, por dentro estão em conflito com o mundo e detestam tudo o que as circundam. Nestes indivíduos, o cardo-santo pode evitar a formação dos cálculos biliares.

Prepara-se a infusão com uma colher das de sopa de cardo-santo em meio litro de água. Bebe-se uma xícara 3 vezes ao dia. Pode-se recorrer também à tintura, com doses de 10-15 gotas 3-4 vezes ao dia, antes das refeições.

Nos arrivistas, o cardo-santo não surte efeito. Para estes é indicada a hera. Aprenda a analisar as causas que podem determinar o surgimento dos cálculos biliares.

Cnicus benedictus

Hortelã-pimenta *(Mentha piperita)*

A hortelã-pimenta não é propriamente uma "erva para a bílis ou o fígado". Entretanto, pode agir favoravelmente sobre os sintomas marginais das doenças hepatobiliares. Ajuda a "digerir" (elaborar) as impressões, agradáveis e desagradáveis.

A hortelã-pimenta pode ser administrada durante ou após a cólica. Beba em goles pequenos uma xícara de infusão de hortelã-pimenta quente. Encontrará alívio, se sentirá protegido, não parecerá mais não saber a qual santo rezar. O fato de que na Holanda, país de cunho predominantemente calvinista, os fiéis tiram do bolso pastilhas de menta todas as vezes em que o pároco começa a pregar, tem uma explicação. É como se quisessem se defender das "chicotadas" lançadas do púlpito. Mesmo nestas situações, a hortelã-pimenta ajuda a "digerir" as impressões. Geralmente após uma cólica hepática, as funções digestivas permanecem alteradas por vários dias. A hortelã-pimenta as regula e favorece a cura. Portanto, apesar de não ser uma "erva para o fígado e a bílis", a hortelã-pimenta constitui um auxílio não desprezível.

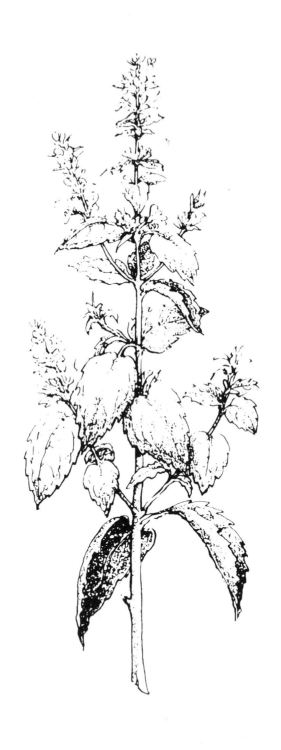

Mentha piperita

Cúrcuma *(Curcuma)*

Costuma-se dizer que "o mais duro para se roer é a cauda"; nós aqui, ao invés, podemos dizer "dulcis in fundo" (o doce está no fundo).

Desta planta, originária da Indonésia, usa-se a raiz. Pela sua cor e o seu sabor, lembra a bílis mais do que qualquer outra planta. Como já havia dito, uma alta taxa de colesterolêmica e determinados fatores psíquicos favorecem a formação de cálculos biliares, que podem ser dissolvidos por substâncias vegetais colesterinolíticas. Duas plantas possuem um poder colesterinolítico particularmente acentuado: a hera, da qual já falei exaustivamente, e a cúrcuma. Decisivo para a indicação é o "esquema" da planta. Defini as pessoas que aspiram subir na vida, mas, não sendo auto-suficientes, procuram apoio, semelhantes à hera. Conseqüentemente, a hera é indicada para os indivíduos que desejam ardentemente subir na escala social. Trata-se do aspecto material do fenômeno.

No que concerne à cúrcuma, trata-se, ao invés, do lado psíquico, ou melhor, *místico* da personalidade. A cúrcuma é indicada para as pessoas que nutrem e cultivam com obstinação aspirações espirituais, que desejam se isolar da vida grosseiramente materialista dos seus semelhantes. Do ponto de vista da filosofia oriental (a pátria da cúrcuma é o Oriente), são indivíduos que se esforçam para atingir o nível da sua vida anterior, que nas circunstâncias nas quais vivem não conseguem tirar proveito das aquisições da encarnação anterior. São obrigados a viver no presente, de todos os tempos: educar verdadeiramente (isto é, ser bons mestres), significa colocar o dicente em condição de renunciar ao docente.

O homem-cúrcuma deve aprender que as conquistas conseguidas graças à consciência mística superior não podem ser impostas àqueles que não estão à altura de entender estas realidades. Deve aprender a colocar os seus conhecimentos e capacidades a serviço do próximo, com humildade.

Não basta pedir ajuda à cúrcuma (em doses de 1 comprimido 3 vezes ao dia, por exemplo), é preciso também aprender a controlar a ira e os aborrecimentos.

A desamornia entre Saturno e Netuno no horóscopo do nascimento é ilustrada egregiamente no "Livro da vida" da Bíblia. Sobre a natureza do conflito entre consciência superior e matéria (vida de todos os dias, vida terrena) nos ilumina a palavra de Cristo: "Não deis aos cães o que é santo nem lanceis aos porcos as vossas pérolas, para que não suceda que eles vos ponham os pés em cima e, tornando-se contra vós, vos despedacem".

Curcuma

5 Medicamentos homeopáticos contra os distúrbios hepatobiliares

O médico alemão Hahnemann (10/04/1755-02/07/1848) é o fundador da terapia homeopática moderna. A homeopatia, porém, não foi descoberta por ele. Hahnemann tem o mérito de ter estudado sistematicamente e aplicado noções já existentes. O tratamento homeopático é uma terapia na qual se descobre o porquê dos sintomas que uma substância não diluída provoca no indivíduo são. Por exemplo: a segurelha em grande quantidade pode provocar cólicas biliares, mas diluída, cura esta condição patológica (veja o capítulo correspondente). Após anos de pesquisas e experiências, Hahnemann chegou ao axioma: *Similia similibus curantur*. Este princípio é a base da terapia homeopática. Até certo ponto pode significar: se se consegue descobrir a substância que provoca os distúrbios dos quais se sofre, pode-se obter a cura recorrendo-se à mesma substância de forma bastante diluída. Na homeopatia, por diluição se entende a diluição *decimal* de uma determinada substância. Esta é indicada com um D maiúsculo. Fala-se de D2, D4, D6, D12, etc. D2 corresponde à diluição de 1:100, D4 de 1:10.000, D6 significa 1:1.000.000. Porém, os homeopatas falam de *potência*, não de diluição. Com isto querem dizer que a diluição tem a capacidade de liberar das respectivas substâncias a força superior nesta inerente. Isto está aparentemente em contraste com a corrente de pensamento segundo a qual a eficácia de uma substância aumenta com a quantidade e a concentração da mesma. Na realidade, a cura, sendo um processo de renovação da harmonia perdida, necessita mesmo da "força superior" contida em toda substância. Os remédios homeopáticos são encontrados à venda sob a forma de diluições, pastilhas e comprimidos.

Diluições

Por diluição se entende a forma líquida de um medicamento. Pode ser comparada à tintura de ervas. Destas diluições tomam-se geralmente 5-7 gotas 3-4 vezes ao dia. Se necessário (doença grave, cólica, etc.), pode-se aumentar a dose.

Pastilhas

Alguns medicamentos são preparados sob a forma de pastilhas (substância triturada com lactose), que são ingeridas normalmente em doses de 5 cápsulas 3 vezes ao dia. Também aqui, nos casos graves, a dose pode ser ligeiramente aumentada.

Comprimidos

Há algum tempo são usados também comprimidos. Ingere-se normalmente 1 comprimido 3 vezes ao dia.

Para se poder especificar o medicamento homeopático às vezes indicado são necessários bom senso, experiência, percepção e, naturalmente, conhecimentos específicos. O que vale para as ervas também serve de máxima para os métodos homeopáticos. O medicamento deve estar em sintonia com o "esquema" do paciente em tudo, e não só com os sintomas. Descobrir esta sintonia não é fácil. Para se escolher o medicamento, pode ser útil indagar sobre os hábitos e as preferências do doente, que a uma observação superficial podem parecer estranhos à própria doença. Nervosismo, predileção pelos doces, agravamento dos sintomas durante a noite, dores mais fortes do lado direito, olheiras, palidez, unhas convexas, sobrancelha cespitosa, etc., são todos critérios de avaliação. É conveniente também consultar o homeopata, o qual é capaz de assimilar as correspondências e possui experiência específica. Os medicamentos mencionados abaixo, no entanto, têm um raio de ação tão vasto que podem ser ingeridos tranqüilamente para todas as afecções hepatobiliares. Mas não experimente por um tempo longo demais por sua própria conta. Consulte, de preferência, um especialista. Cada um de nós é competente no seu campo. Nesta obra não posso entrar mais detalhadamente no mérito dos esquemas gerais dos medicamentos citados abaixo.

Beladona D3

É um medicamento indicado para as cólicas biliares. Logo que se anunciar uma crise coloca-se na boca 5 pastilhas de Beladona D3, deixando-se dissolver e engolindo-as depois. Após 5 minutos tomam-se outras 5 pastilhas, após 10 minutos outras 5 e após outros 10 minutos, mais 5. Se necessário, após os últimos 10 minutos, pode-se repetir a mesma dose. Logo que se notar uma melhora, os intervalos entre as doses podem ser aumentados para 15-20 minutos. Entretanto, freqüentemente a ingestão do medicamento pode ser totalmente suspensa. A meu ver, a Beladona D3 representa um ótimo "pronto-socorro" para aqueles que são sujeitos a cólicas biliares; por isso, é conveniente tê-la sempre à mão.

Atrópio sulfúrico D4

Toda vez que, no caso de cólica, a beladona não surtir efeito, pode-se recorrer a este medicamento. A dosagem é a mesma. Porém, é preciso tentar com a beladona pelo menos por meia hora. Se depois de meia hora não se observar nenhuma melhora, pode-se passar para o atrópio sulfúrico, do qual é preciso poder dispor em qualquer momento.

Celidônia D3

Da celidônia já falei no capítulo dedicado a ela. Também a homeopatia utiliza esta planta. É indicada para combater as dores típicas sob a omoplata direita ou mesmo nos distúrbios hepatobiliares do tipo crônico. Neste último caso deve ser ingerida por longo tempo.

Equinacéia ϕ (= tintura originária)

Este medicamento, preparado com a equinacéia mexicana, é muito eficaz em todas as doenças inflamatórias. Age particularmente nas inflamações da garganta (faringo-tonsilite), do ceco (tiflite) e da coleciste (colecistite). Em muitos casos a equinacéia deteu ou curou a colecistite. Na colecistite aguda a dosagem é a seguinte: começa-se com 25 gotas, após 10 minutos 15, após outros 10 minutos outras 10, após meia hora 15, após 1 hora novamente 10 e após 3 horas, outras 10 gotas. Depois deste ciclo, se se observar alguma melhora, pode-se adotar a terapia de manutenção: 15 gotas de tintura de equinacéia 4-5 vezes ao dia durante 7 dias, e sucessivamente Silicéia D12 durante 3 semanas.

Cardo mariano D2

Este preparado é um ótimo auxiliar como profilático contra as cólicas biliares. É importante observar paralelamente uma dieta apropriada e equilibrada. O cardo mariano estimula o fígado a produzir uma quantidade de líquido biliar superior à normal (propriedade colerética), através do qual a coleciste é solicitada em menor escala. Deste modo se reduz o perigo de uma cólica. Trata-se, portanto, mais do que um simples medicamento, de um método capaz de prevenir o surgimento de cólicas biliares. O cardo mariano (5 gotas 3 vezes ao dia) pode ser administrado durante longo tempo.

Cálculos biliares D4

Este medicamento é preparado com cálculos biliares potencializados (diluídos). Aqui, portanto, aplica-se diretamente e segue-se ao pé da letra o princípio homeopático: *Similia similibus curantur*. O doutor Vogel o recomenda sempre, assegurando a capacidade de desmanchar os cálculos biliares. Pode-se usá-lo 3 vezes ao dia nos casos resistentes à hera e à cúrcuma. O dever de honestidade me obriga a informar aos leitores que eu, pessoalmente, na minha casuística, não registrei ainda nenhum sucesso com este preparado.

Mercúrio solúvel D4

Também o emprego desta substância está perfeitamente de acordo com o axioma: *Similia similibus curantur*. Como salientado no Capítulo 1, os distúrbios hepáticos ocorrem normalmente porque é negligenciada a faculdade imaginativa, porque prevalece o pensamento racional e causal. Astrologicamente, isto corresponde ao planeta Mercúrio, ao qual está associado o metal homônimo. O predomínio de Mercúrio (pensamento lógico e planeta) inibe as funções naturais do fígado, podendo provocar icterícia. Esta é a razão pela qual o mercúrio solúvel (mercúrio em diluição homeopática) pode curar a icterícia. Tomam-se 4 vezes ao dia antes das refeições (o esquema geral desta diluição homeopática é citado no livro *Gesund sein mit Metallen*).

6 Como prevenir e tratar as afecções hepatobiliares mediante uma dieta apropriada

"É melhor um pedaço de pão seco com tranqüilidade do que uma casa cheia de caça, com discórdia" (Provérbios, 17,1).

Nos hábitos alimentares do doente do fígado em potencial se encontram freqüentemente algumas excentricidades. Correspondentemente ao seu esquema psíquico, o doente do fígado quer uma dieta rica em extravagâncias. Não aprecia uma refeição ligeira, mas procura continuamente "impressões" e alimentos difíceis de elaborar (digerir). Prefere os alimentos gordurosos e pesados porque, segundo ele, lhe oferecem a "proteção" da qual necessita. A ira e o mau humor lhe transmitem um "frio intenso" e o hepatopaciente, ao invés de se conscientizar de ser o co-responsável por tal processo, procura combatê-lo nutrindo-se de alimentos "calóricos", que pioram a situação.

Como já mencionado no início, "a língua é a mensageira do fígado". Se dentro de nós algo não vai bem, o fígado nos informa mediante sinais correspondentes. Quando percebemos a realidade dos fatos e procuramos modificar as coisas, mudam os sinais do fígado e os nossos gostos. Cada um de nós já fez a seguinte experiência: durante um certo período, só desejamos pão com manteiga e mel, por exemplo; depois, de repente, nos saturamos destes alimentos e desejamos outros. Por que os estudantes gostam tanto de doces? Porque balas e chocolates compensam o amor (materno) que falta na escola. Foi comprovado que são menos gulosas as crianças que têm professores afetuosos e compreensivos.

Mas não são apenas estes "sinais" do fígado que destroem nosso paladar. Hoje os alimentos contêm cada vez mais condimentos e aromas; e condimentos e aromas alteram o sentido do gosto. Tudo deve ser picante e fortemente aromatizado, a ponto de os alimentos puros parecerem insípidos. Deste modo, compensamos a nossa incapacidade de comer "com extravagâncias", de modo "criativo". Se evitarmos os alimentos fortemente aromatizados, com o tempo o sentido do gosto retornará normalmente.

Comendo então a chicória, nos admiraremos do sabor acentuado, próprio desta verdura. Quem vive de acordo com a natureza, isto é, quem não reprime a própria capacidade de imaginação com um excesso de raciocínio, não precisa de condimentos, molhos e aromas particulares. A natureza nos oferece tudo o que necessitamos. Por que corrigi-la alterando todas as coisas?

O ritmo natural do fígado e da coleciste

O universo, nos seus cursos e recursos, segue leis fixas. Uma das mais importantes é aquela da *construção* (anabolismo) e depuração. Para o homem, é válido o seguinte ritmo: construção das 6 às 18 horas, depuração das 18 às 6 horas. Este ritmo coincide, grosso modo, com o ritmo dia-noite. Durante o sono ocorre o processo de depuração que torna o corpo e o espírito capazes de receber novas impressões. O sono tem uma importância enorme para o nosso bem-estar, físico e mental*. Não apenas o nosso organismo, mas cada um dos nossos órgãos possui o seu próprio ritmo. Durante o processo de depuração alguns órgãos estão no início (fígado e bílis) ou no zênite da fase anabólica.

A vesícula biliar tem sua atividade máxima entre as 23 e 1 hora da manhã. Nestas duas horas realiza a sua depuração cotidiana, ou seja, libera-se da máxima parte do líquido biliar a fim de começar uma nova produção. Para os portadores de cálculos biliares, estas são sempre horas críticas, porque a contração da vesícula biliar pode mobilizar os cálculos e provocar uma cólica. Portanto, não é conveniente que os hepatopacientes façam uma refeição abundante após as 19 horas. Neste caso, a bílis — especialmente se se tratar de alimentos gordurosos e de difícil digestão — é obrigada a modificar o seu ritmo natural.

O fígado retoma a sua atividade às 3 horas da manhã. A esta hora os órgãos isolados realizaram os processos de depuração e o fígado pode começar a se preparar para o novo dia.

No Capítulo 1 falei da fantasia ou poder de imaginação, que tem sua sede no fígado. Se relacionarmos este fato com o ritmo biológico deste órgão, saberemos por que se sonha, sobretudo nas primeiras horas da manhã, pouco antes do despertar. O fígado nos ajuda a elaborar o inconsciente e o subconsciente. Mediante os sonhos, o invisível se torna visível. O fígado está na fase anabólica das 3 às 15 horas; às 15 horas inicia a fase de depuração que atinge o ápice por volta das 24 horas. Se fizermos uma refeição abundante tarde da noite (hábito atualmente imperante), perturbaremos o ritmo do fígado. Após uma refeição abundante se dorme mal e

---

* Leia, a respeito, *Dormir bem com as plantas medicinais*, de Jaap Huibers, (N.E.).

freqüentemente têm-se pesadelos. O fígado manifesta assim a sua contrariedade.

Quem sofre de distúrbios hepatobiliares deve respeitar o ritmo natural dos órgãos do aparelho digestivo. Isto, naturalmente, vale para todos; porém, o hepatopaciente é atingido mais diretamente pelas conseqüências desagradáveis de tais erros.

A dieta para a bílis e para o fígado

A dieta é um tanto aborrecida. Dá a sensação de falta de liberdade, de pressão. Entretanto, se não seguir uma dieta severa, o hepatopaciente não viverá sem problemas. Todavia, observando-se bem a dieta para o fígado não é tão ruim assim. Pelo contrário, é uma alimentação sadia. Seria bom que todos adotassem o sistema de vida e os hábitos alimentares dos hepatopacientes.

No fundo, não são muitas as coisas às quais o hepatopaciente deve renunciar. Se se considerar isto, a observância desta dieta não será considerada como uma pressão, mas como uma "liberação". Ter-se-á a sensação de comer como todos devem comer. Constatar-se-á, além disso, que uma alimentação realmente sadia não deve ser excessiva. Portanto, abandone o hábito de se levantar da mesa com o estômago muito cheio!

Seja crítico e coma de modo conscienciloso. Não se deixe iludir pela publicidade, não se sinta tentado pelas belas e prontas iguarias, anunciadas com tanta arte, e pelos produtos, tão práticos, da indústria alimentícia, picantes e preparados de modo sofisticado. Alimente-se com produtos naturais e genuínos! Estes têm o poder de prevenir e curar as doenças.

Renuncio propositadamente às prescrições dietéticas detalhadas e limito-me apenas a um conselho: *Coma exclusivamente alimentos genuínos, naturais e não falsificados!*

Quem não tem tempo, mas tem possibilidade ou a capacidade de inventar pratos gostosos e variados com ingredientes naturais, pode servir-se de um livro de culinária que contenha uma dieta para hepáticos. Faça de modo a readquirir o prazer da boa mesa dos tempos antigos; aprenda a entender a linguagem do seu fígado e da sua bílis!

7 Pequeno vade-mécum e considerações finais

Normalmente os volumes como este terminam com uma contraposição entre distúrbios, de um lado, e medicamentos correspondentes, de outro. Em geral, as pessoas tendem a seguir a linha do menor esforço, por isso simpatizam com os medicamentos que têm um efeito imediato. Não estão dispostas a pesquisar as causas da doença que as aflige e a eliminá-las. Contentam-se em fazer desaparecer os sintomas. É a política do avestruz. Encare a realidade. Procure as causas dos distúrbios dos quais sofre e elimine-os. Somente assim obterá uma cura verdadeira e duradoura!

O pequeno vade-mécum seguinte é um quadro sinótico das doenças hapatobiliares e os medicamentos correspondentes. Para se especificar a erva indicada para o seu caso, leve sempre em consideração a "conduta" das plantas isoladas e confronte-as com o seu comportamento, com o seu caráter e com os distúrbios que o afligem.

Insuficiência funcional do fígado:	Agrimônia (*agrimonia eupatoria*) Celidônia (*chelidonium majus*) Chicória (*cichorium intybus*) Todas as verduras amargas
Icterícia:	Celidônia (*chelidonium majus*) Morango (*fragaria*) Mercúrio solúvel Dente-de-leão (*taraxacum officinale*) Todas as verduras amargas
Cálculos biliares (dissolução):	Hera (*hedera helix*) Rubia tinctorum Cúrcuma (curcuma) Cálculos biliares
Cólica biliar (crise aguda):	Beladona Atrópio sulfúrico Segurelha (*satureja hortensis*)

	Cardo-santo (*cnicus benedictus*) hortelã-pimenta (*mentha piperita*)
Colecistite:	Equinacéia Equinaforce
Produção insuficiente de bílis:	Celidônia (*chelidonium majus*) Dente-de-leão (*taraxacum officinale*) Bérberis (*berberis vulgaris*)
Distúrbios digestivos provocados pela produção de bílis:	Agrimônia (*agrimonia eupatoria*) Bérberis (*berberis vulgaris*) hortelã-pimenta (*mentha piperita*)

Alguns conselhos suplementares

Se após uma refeição excessivamente abundante ou uma ingestão excessiva de bebidas alcoólicas ocorrer uma cólica biliar, a crise aguda pode ser evitada com a administração de 3 colheres das de chá de aguardente de cereais. Porém, não se deixe enganar pelos rótulos. Aquela à venda comercialmente raramente é autêntica. Deve ser aguardente pura e genuína: se não, ao invés de melhorar, piora a situação.

Não se esqueça de modificar o seu regime de vida, para que no futuro as cólicas não se repitam.

Quando se sentir mal, não demore muito para se tratar, nem se medique por conta própria. Pode ser perigoso. Após as primeiras tentativas infrutíferas, consulte um homeopata e discuta o problema com ele. Notifique-o sobre as experiências já feitas.

Os preparados homeopáticos mencionados neste volume podem ser comprados, sem receita, nas farmácias homeopáticas. O farmacêutico lhe informará sobre as fórmulas encontradas no comércio. Caso não haja, aviará o medicamento. As ervas são encontradas nas lojas especializadas. As *tinturas* não são ainda fáceis de se encontrar. Se desejar colher as ervas você mesmo, pode fazê-lo, contanto que saiba identificá-las.

10
CURA DOS ÓRGÃOS RESPIRATÓRIOS COM AS PLANTAS MEDICINAIS

Resfriado, gripe, tosse, dor de garganta, rouquidão, asma, laringite, faringite, bronquite e alergias respiratórias curados com o uso das plantas e da homeopatia

Título original:
KRUIDEN VOOR DE ADEMHALINGS ORGANEN

© Copyright by Uitgeverij Ankh-Hermes bv – Deventer, Holanda.

© Copyright 1983 by Hemus Editora Ltda.
Mediante contrato firmado com o Editor.

*Todos os direitos adquiridos para a língua portuguesa
e reservada a propriedade literária desta publicação.*

Tradução:
Carlos A. Lauand

Ilustrações:
Gerry Daamen

Introdução

Você e eu, todos nós juntos, estamos ininterruptamente empenhados a nos servir de uma coisa que, até há poucos anos, era considerada propriedade inalienável de cada um: o ar. Desgraçadamente, você e eu, todos nós juntos, vemos gradualmente que também ele pode se tornar alienável. Parece, de fato, que o ar pode ser usado de maneira decididamente imprópria. O nosso precioso ar parece de fato contaminado por "elementos suspeitos". Você terá provavelmente entendido que nos referimos à poluição atmosférica. Entretanto, lhe aconselhamos a não apressar as suas conclusões, dado que devemos nos colocar todos juntos na procura de uma verdadeira solução para o nosso problema, que é o da respiração.

A finalidade do ar para a existência do homem, do animal e da planta é axiomática, assim como é evidente a "não-imputabilidade" das dificuldades atuais, seja aos animais como às plantas. Somente o homem, desgraçadamente, está em condições de desfrutar o *nosso ar,* em sua persecução de fins sem dúvida em contraste com os princípios biológicos fundamentais. Quantas pessoas, que vivem em locais próximos a zonas industriais, onde uma grande quantidade de resíduos é difundida no ar, acordando de manhã, sentem (quase literalmente) oprimir o coração, verificando que o dia se apresenta nublado ou chuvoso, sem o mínimo sinal de vento!

O uso impróprio deste nosso ar fez criar até a instituição dos chamados "centros de controle". Nos casos de sobrecarga de maus odores é possível dirigir-se telefonicamente a essa instituição adequada, para que sejam tomadas providências próprias para trazer a situação sob controle, de modo que a "poluição do ar" possa se encontrar novamente nos limites "aceitáveis".

Que o ar, considerado bem comum, contenha agentes nocivos, deriva não somente da poluição causada por várias indústrias, mas, outrossim, dos gases de descarga dos automóveis. O guarda urbano, encarregado da regulamentação do tráfego em um cruzamento particularmente congestionado, ao exercer um serviço público de grande utilidade, sofre suas conseqüências, sendo "envenenado" pelos gases de escapamento que os automóveis soltam no ar. Cada um de nós, felizmente, acabou se apercebendo que este estado de coisas não pode continuar, e que são necessárias drásticas soluções próprias para combater a taxa de poluição. São dignas de louvor aquelas empresas prontas a destinar somas (consideráveis) de dinheiro para a pesquisa tecnológica, referente à elaboração das escórias, e a conseqüente depuração dos gases de descarga.

Esperando o momento da realização de um automóvel verdadeiramente "limpo", pode-se, por exemplo, fazer um uso mais amplo de motores Diesel a gasóleo. O motor a gasolina, de fato, solta no ar substâncias muito mais nocivas do que as descarregadas pelo Diesel. Devemos então renunciar a uma parte de nossa velocidade (eu chamá-la-ei "fúria"). Renúncia que, por si só, não será tão terrível, considerando que o nosso coração não poderá senão aproveitá-la.

Ao lado dos fatores supramencionados, que podem ser considerados externos, existe outrossim um agente interno. E com este entendemos a fumaça dos cigarros, do charuto ou do cachimbo. O mais nocivo é provavelmente o do cigarro, mas isso não impede que também o charuto e o cachimbo produzam efeitos danosos à nossa saúde. Mesmo admitindo que o fumo não possa ser nocivo, independentemente das circunstâncias, devemos fazer uma distinção. Há duas categorias de fumantes, muito genericamente diferenciadas:

1. O tipo de indivíduo que se põe a fumar conseqüentemente a múltiplas tensões e sensações de dificuldades: se não fuma, não consegue fazer nada.

2. Os fumantes por sociabilidade. Para esta categoria, fumar não assume importância vital. Se não há nada para fumar, o indivíduo se sente o mesmo.

O fumo constitui, para a primeira categoria, um perigo muito maior. De fato, ao organismo já experimentado, se introduz, fumando, um novo fator de tensão e de desarmonia. No indivíduo para o qual o fumo representa uma "absoluta válvula de segurança", uma forma de desafogo, a afecção das vias respiratórias se manifestará de modo muito diverso que no indivíduo que fuma de vez em quando, por sociabilidade, sem fazer disso um hábito. Mesmo que pouco freqüente, é conhecida de todos a figura do cidadão simples que à noite, depois de um dia de trabalho duro, percorre *satisfeito* o próprio campo, com o charuto ou o cachimbo na boca. "Premia-", por assim dizer, a si mesmo com uma fumadinha. A rigor, dever-se-ia efetivamente admitir que esse prêmio não é salutar, mas as conseqüências causadas pelo fumo serão provavelmente menos danosas do que as derivadas do costume ao fumo contínuo, próprio do indivíduo da cidade, acossado por uma contínua tensão nervosa, que o leva a acender um cigarro depois do outro. Seja como for, todo "fumante" deve estar cônscio de que seu vício nunca é um benefício para o organismo. Não o é, também, nem para o próximo, quando o envolvemos em uma nuvem mais ou menos densa de fumaça.

Nos nossos dias, pois, junto a esses fatores poluentes do ar, existe um outro elemento que contribui para aumentar as dificuldades respiratórias de muitas pessoas. Refiro-me à tensão anormal que oprime um grande número de indivíduos. Vivemos de modo tão convulso e somos de tal modo arrastados na corrida desta nossa tumultuosa existência, que o modo de respirar está se tornando cada vez menos natural. Voltaremos a este tema, ampliando-o.

Houve um tempo — mais ou menos há uns cinqüenta ou setenta anos — em que as afecções dos nossos órgãos respiratórios podiam ser classificadas como doença social e endêmica número um. O ápice foi atingido no fim do século passado. No decorrer daqueles anos, de fato, famílias inteiras eram ceifadas pela tuberculose. A tuberculose, é verdade, sempre existiu; mas naquele determinado período, manifestou-se em vastíssima escala. Do ponto de vista causal, isto é, da "imputabilidade", haveria uma infinidade de razões a aduzir a esta patogênese. Se conseguirmos pensar analogicamente (isto é, com uma mente ajustada não à forma, mas sim à natureza das coisas), seremos apanhados pela estreita conexão existente entre o fenômeno "tuberculose galopante", em sua manifestação durante o fim do século dezenove e o princípio do século vinte, e a posição dos corpos celestes naquele momento. Era o período em que o planeta Netuno atravessava o signo zodiacal de Gêmeos. Considerado com base nos esquemas cósmicos, Netuno é sempre portador de fraqueza nas conjunturas e em sua solução. O signo de Gêmeos está em correspondência com as nossas vias respiratórias. No que se refere ao nosso corpo, a tendência debilitante de Netuno se manifesta no âmbito das vias respiratórias, e marcadamente nos pulmões. A tuberculose pulmonar de lento decurso foi exclusivamente obra de Netuno, durante a sua passagem através de Gêmeos. Entretanto, no fim do século dezenove e no início do vinte, encontramo-nos frente a um fenômeno que, antes daquela época e também sucessivamente, jamais havia aparecido: a tuberculose galopante. O processo morboso normal, isto é, aquele gradualmente decorrente, pareceu ser profundamente aguçado. A doença se desencadeou com inaudita violência, apresentando a síndrome, aparentemente inexplicável, de um organismo precedentemente sadio, destruído com êxito infausto no espaço de três ou quatro dias. Até este concurso de sintomas se verificava, mais ou menos sincronicamente, naquele período, com um determinado evento cósmico: a conjunção (isto é, o alinhamento aparente) do planeta Plutão e do planeta Netuno. Netuno era responsável pela tendência debilitante exercida nas vias respiratórias (Gêmeos), enquanto Plutão, durante o período em que se verificava a conjunção, desencadeava sua violência (a forma galopante). Nos dias de hoje, não é mais a tuberculose que deve ser combatida: são, ao invés, e em medida muito maior, as faringites, os ataques de asma, as patologias bronquiais e as "gripes", que tendem a atacar as vias respiratórias. A ciência moderna dispõe de uma considerável quantidade de remédios, que são empregados para as afecções dos nossos órgãos respiratórios. Entretanto, em muitos casos, recorre-se ao uso de medicamentos que não combatem a causa do mal, mas exercem somente uma ação mais ou menos sedativa ou calmante. Quando se procura verdadeiramente recuperar a própria saúde, não basta que a sintomatologia de um determinado mal seja "dessensorizada". Devemos considerar a eventual tosse de uma pessoa como um reflexo de emergência, efetuado pelo organismo em sua defesa. O organismo, de fato, suscita o estímulo da tosse, a fim de favorecer o deslocamento e a expulsão do muco superabundante. Se reprimirmos o impulso que determina a tosse, nos opomos, em um certo sentido, às providências que o próprio organismo reputa necessárias. Em casos desse gênero, será, sem dúvida, mais correto recorrer aos meios capazes de dissolver o muco (por exemplo, determinadas plantas medicinais), coadjuvando assim o estímulo da tosse, para livrar o nosso organismo de excedentes "produtos de refugo".

Quando tivermos aprendido a compreender os processos que se desenvolvem em nosso corpo, conforme a sua "natureza", o uso dos remédios cuja ação é contrária àquela propriamente consonante com o organismo será, provavelmente, diminuído.

Neste volume, analisaremos as causas mais profundas que poderão se encontrar com base de várias afecções dos nossos órgãos respiratórios. Será, com certeza, um modo de contribuir a uma necessária consciência em termos de terapias, que impede o imediato recurso a certos medicamentos e ensine, ao invés, ao indivíduo, como prevenir, pessoalmente, uma doença ou uma predisposição morbosa orgânica. Além disso, como provavelmente você o saiba, a prevenção é sempre preferível ao tratamento.

Em primeiro lugar, todavia, é necessário que você e eu juntos nos preocupemos com o ar que nos foi confiado. Não é preciso tornarnos fanáticos ecólogos. Podemos agir de muitas maneiras diversas. Quando, por exemplo, tivermos percebido que o uso dos quase-famigerados "escapamentos diretos" dos ônibus, qualquer que seja o seu combustível, constitui uma ameaça para o nosso ar, não será difícil efetuar protestos adequados. Em suma, estes "escapamentos" não são de fato indispensáveis. Se não estivermos dispostos, uns junto aos outros, *cada um com sua pequena parte,* a contribuir para uma melhoria da situação, poderemos encontrar-nos em um mundo que apresente as características parodiadas por Wim Sonnefeld, em um seu espetáculo característico: "Você já conhece o novo desodorante? Uma bombinha *spray* maravilhosa! Basta um jatinho, e você desaparecerá e, assim, sumirá a causa do odor!"

Um magnífico achado do ponto de vista satírico. O subentendido, todavia, é mais sério do que você talvez pense. O início do processo de saneamento não coincide sempre com o momento em que os medicamentos entram em jogo. O processo começa muito antes, nos locais e nas situações que, à primeira vista, nada têm a ver com o tratamento. Salvaguardar juntos a pureza do ar será o primeiro passo no caminho que devemos seguir para conservar os nossos órgãos respiratórios em boas condições.

1 Os órgãos respiratórios como transformadores da energia cósmica (divina)

Para quem não se dedica diariamente ao estudo de questões metafísicas e de análises doutrinais, o exórdio deste capítulo poderá talvez parecer muito pedante e obscuro. Muitas pessoas, de fato, assumem uma atitude circunspecta e desconfiada, tão logo as "forças cósmicas" sejam chamadas em causa. E com justa razão! Não acontece, talvez, muitas vezes, de assistir a um filosofar sobre os "fatos" cósmicos que degenera em seguida em um debate sobre o êxito incerto e, em minha opinião, pouco prático? A cosmologia da vida poderá também exercer uma particular atração em alguns indivíduos, mas até que permaneçamos ainda todos sujeitos às leis da gravidade, será mister, segundo a ordem das coisas, ficar solidamente com os pés na terra.

Admitido que o que dissemos acima seja uma interpretação do que poderá vir-nos à mente, em seguida à leitura da primeira parte deste capítulo, estarei, em grande parte, de acordo com você. Por outro lado, o título do capítulo foi escolhido com pleno conhecimento de causa, e com os "pés na terra"! O que for ilustrado posteriormente convirá, de uma parte, ao indivíduo prático e, de outra, constituirá uma tentativa de tornar tangível (isto é, utilizável) o que, *a priori,* aparece como "incorpóreo".

Antes de chegar ao núcleo da questão (as nossas vias respiratórias), devemos inicialmente nos perguntar o que entendemos propriamente com a expressão enfática e quase mística: forças cósmicas. Para um esclarecimento completo do assunto, em resumo, são-nos permitidas duas únicas possibilidades: escrever sobre este assunto um pesado volume, ou tentar resumir o núcleo (isto é, o essencial), com uma única palavra. O caráter deste volume nos constringe (felizmente) a escolher a segunda possibilidade.

A força cósmica, entre outras, é amor. Não demonstrável, mas, não obstante, uma realidade.

A força cósmica é uma sensação de pena, não demonstrável, mas da qual cada um de nós às vezes sofre.

A força cósmica é gênesis de vida (felizmente não ainda de todo esclarecida, mas, entretanto, base de nossa sobrevivência).

A força cósmica é a possibilidade de refletir própria do homem, não demonstrável, mas que todos conhecem.

A força cósmica é o espanto que você sente pelas coisas visíveis, não demonstrável, mas que toda pessoa pode experimentar.

A força cósmica é atingir os princípios do universo do qual fazemos parte. Apenas demonstráveis, mas à cuja realidade você não pode se subtrair.

A força cósmica se manifesta na sua vida como todas as coisas, das quais dizemos: "Existem mais mistérios entre o céu e a terra do que se possa imaginar" (isto é, do que tenha sido possível demonstrar).

Nesta última definição se encontra talvez a chave do conceito "força cósmica". Todo indivíduo bem-pensante estará, certamente, persuadido do fato de que um grande número de coisas é real, mesmo que não cientificamente (experimentalmente) provável. Devemos porém sempre nos lembrar que a "não demonstrabilidade" de uma coisa não implica de fato a sua inexistência. O grande engano do pensamento científico é acreditar que podemos aceitar o confronto com determinados fenômenos, somente quando tenhamos conseguido demonstrá-los experimentalmente, asserção que podemos ilustrar com o seguinte exemplo: do ponto de vista estritamente científico, jamais se conseguirá demonstrar um conceito como o do amor. Em essência, isso significaria que o amor, cientificamente, não existe. Não somos, felizmente, de mesma opinião!

Mas, passemos aos órgãos do nosso aparelho respiratório. Como já dissemos, são os transformadores da força cósmica. A fim de nos aprofundarmos na questão, pelo menos em parte, devemos antes de mais nada nos apercebermos que não existe outra função do nosso corpo, correlata à vida, como a respiração. O indivíduo pode subsistir sem comida por algum tempo, e até, se bem que mais brevemente, sem água; mas, sem oxigênio, a nossa sobrevivência é de duração mínima.

Quando vimos ao mundo, a nossa imediata necessidade não é comer ou beber, mas *respirar*. De fato, é este o primeiro ato do ser humano. E tal será da sua existência, o último: a respiração.

Entre o primeiro e o último suspiro do indivíduo, desenrola-se a sua vida (operativa). No recém-nascido, todas as principais funções orgânicas tornam-se, se bem que potencialmente, já ativas. A única ainda faltante é a respiratória. O coração, os rins, o fígado, etc., tudo está funcionando antes do nascimento. A ativação dos pulmões, a respiração, marca o grande momento que pode ser definido como "o primeiro átimo de vida independente". A faculdade vital de um novo membro do consórcio humano aparece determinada, em primeira instância, pelo normal ou anormal funcionamento dos seus pulmões. O momento do nascimento constitui para cada um o confronto, como ser autônomo, com os princípios (não codificados) do universo (naturais e cósmicos). Este confronto se concretiza na primeira respiração independente.

Respirar, tudo bem considerado, é algo de muito particular. Respirar significa viver *independentemente*. O sopro nos liga, por assim dizer, a tudo o que podemos definir fator existencial do fenômeno chamado vida. O nosso idioma é rico em expressões esclarecedoras; para quem, por exemplo, se encontra em perigo de vida, *falta a respiração*. Muitas vezes se ouve dizer: "prender a respiração de medo", ou "a respiração parou-me na garganta". Quando, de fato, nos sentimos ameaçados no que se refere à disponibilidade da vida, o conceito que queremos exprimir se baseia na respiração. Respirar é uma função incontestavelmente ligada à vida. Mas, em que medida a força cósmica é transformada pela respiração?

O indivíduo é formado por uma parte "material" e por uma parte "imaterial" que muitas vezes é chamada espírito. Podemos, sem dúvida, afirmar aquilo de que todos estamos convencidos, ou seja, que todo indivíduo possui um espírito, se bem que esta forma de existência do homem não pode cientificamente (sensorialmente) ser alimentada mediante substâncias materiais (o nosso alimento); a fim de que o organismo esteja em condições de elaborar os alimentos do melhor modo possível, é necessária a respiração (o ar). Por meio deste último estamos sempre em contato com o universo, o cosmo, do momento que a própria respiração se acha particularmente ligada e inserida na situação cósmica.

A função respiratória do indivíduo é estritamente análoga a toda a evolução do cosmo. O universo não está sempre em movimento? Existe uma contínua circulação; podemos constatá-lo até na respiração do indivíduo. A inspiração e a expiração são comparáveis às fases cósmicas do verão e do inverno, do dia e da noite, da lua nova e da lua cheia, dos períodos de seca e dos períodos de chuva. A inspiração nos permite subtrair do cosmo a energia necessária ao organismo. A expiração tem uma função depurativa, permitindo-nos eliminar continuamente os produtos residuais da transmutação. O nosso ritmo respiratório é uma ressonância do "Grande Ritmo" ao qual estamos intimamente ligados. Desgraçadamente, o número de pessoas que são conscientes disso está em contínua diminuição. Não vivemos mais, ou pelo menos vivemos muito pouco, em concordância com os princípios cósmicos, deixando-nos, ao invés, enganar pelas invenções de nossa mente. A expressão mais divina no homem é a capacidade de pensar, a posse do espírito. Não percebemos suficientemente que este patrimônio divino é, ao mesmo tempo, o patrimônio mais "diabólico" de que o homem pode dispor.

Mediante o nosso pensamento, podemos nos conformar aos princípios cósmicos, mas também, em igual modo, subtrairmo-nos deles, pelo menos durante um certo período de tempo (com todas as conseqüências que o fato comporta). Em ambos os casos, a nossa faculdade de respirar se encontra na linha que delimita dois mundos. A respiração funciona como mediadora entre o espírito e o corpo. No próximo capítulo, voltaremos a ilustrar, amplamente, como é possível demonstrar a inegável existência de uma correlação entre o modo de respirar do indivíduo e o seu modo de viver segundo os princípios cósmicos.

E finalmente passaremos ainda em revista algumas origens das afecções laringofaríngeas, bronquiais e pulmonares. De fato, não teria sentido combater unicamente os nocivos sintomas físicos que nada mais são que sintomas de um esquema muito mais amplo. Devemos deduzir sua motivação, partindo do pressuposto que um sintoma físico deve se reportar a um esquema geral, do qual o corpo humano nada mais é que um elemento constitutivo. A gênese dos fenômenos pode se verificar tanto na esfera psíquica como no âmbito circunstancial próprio do indivíduo (nível social). Muitas vezes descobre-se que um sintoma físico é a conseqüência de dificuldades encontradas em um campo diferente. Assim como o corpo é formado de muitas partes anatômicas, a nossa mente parece subdividida em várias "seções". Entre os dois campos, existe uma analogia que as faz interagir.

Os pulmões e os brônquios

As pessoas que acusam freqüentes distúrbios destes órgãos específicos são geralmente "instáveis" por natureza. Podemos descrever este tipo de indivíduo com a palavra "vetor". Em geral, são fortemente inclinados às relações humanas. Todavia, encontram muitas dificuldades em elaborar as "conseqüências" dos numerosos contatos iniciados, mas dos quais, com efeito, não podem prescindir. Procuram os outros, externando em seguida às vezes o próprio mau humor, pelas contínuas interferências ambientais, e por não ter nunca um átimo de paz. O resultado para este tipo de indivíduo poderá ser o de assumir uma atitude cínica, em conseqüência da qual, mesmo que procurando o próximo, com efeito o rejeitam, entretanto, com a própria atitude. O comportamento do próximo, isto é, da segunda parte em causa, poderá nesse caso modificar-se de tal modo a fazer pensar que ninguém pode propriamente entender. Esta forma de desarmonia entre a mente e as circunstâncias poderá se externar fisicamente com uma diminuída função respiratória. Os "distúrbios do metabolismo", no campo psíquico e circunstancial, parecem ser análogos à função do metabolismo dependente dos pulmões. Assim como não se consegue assumir a conseqüência de uma relação pessoalmente procurada, ficará difícil para os pulmões a relação (indispensável) com o outro mundo (o ar). Em caso de afecção pulmonar, examine sempre a maneira com que as numerosíssimas impressões recebidas são elaboradas. Cuide de seus pulmões, aceitando as conseqüências que você mesmo tenha desconsideradamente proporcionado, e elabore-as em harmonia. Serão preferíveis poucos contatos sociais, mas mais exaustivos, às numerosas relações que se mantêm somente de modo superficial. Mesmo uma inspiração tranqüila e profunda será para você uma entrada de força maior do que a que lhe poderão dar os numerosos e breves respiros superficiais.

Vai daí que o quadro fundamental aqui descrito é rico de esfumaduras. Devemos, todavia, aprender a aceitar a idéia de que a causa de um sintoma patológico não deve ser unicamente de origem física, bacterial, ou mesmo vital. A causa direta poderá, talvez, ser atribuível a uma bactéria (micróbio) ou a algo do gênero, mas a verdadeira razão deve ser procurada em algum lugar.

Garganta, nariz, resfriado e gripe

A ciência médica ater-se-á com certeza irrevogavelmente ao fato de que as inflamações da garganta e os resfriados são causados por uma bactéria ou por um vírus. Na realidade, bactérias e vírus são somente seus agentes. A verdadeira causa se encontra no nosso modo de viver. Afecções da garganta, resfriados e gripe são tentativas de depuração por parte do corpo. Você perguntará agora: Mas do que se deve depurar o organismo? A resposta breve é a seguinte: *do ácido úrico*. Aos perigos de um excesso de ácido úrico no organismo humano, poder-se-á dedicar quase todo um volume. Em poucas palavras, trata-se disto: determinados alimentos provocam em nosso organismo uma reação ácida e produzem o ácido úrico. Outros alimentos produzem uma reação básica, com conseqüente diluição do ácido úrico presente. Se a nossa alimentação for relativamente muito pobre de alimentos básicos, poderemos constatar um excesso de ácido úrico no sangue. Quando então nosso organismo não estiver em condições de opor-se a este processo fisiológico negativo, o mesmo ácido úrico será "armazenado", sobretudo nos músculos e nas articulações, formando os chamados "depósitos" desse ácido.

Depois de uma gripe ou resfriado, perdemos o apetite, e portanto nos mantemos em jejum. A febre provocará sudoração. O ácido úrico poderá transferir-se para o sangue, dos depósitos onde eram anteriormente formados e, desse modo, por meio do suor e da urina, abandonar o organismo.

Especialmente nestes nossos tempos, o preocupante aumento do consumo de carne, café e álcool é sem dúvida a causa de muitas afecções de nossas vias respiratórias. Esses alimentos são os maiores produtores de ácido úrico. Hortaliças, frutas, e em parte os produtos de grão integral, dão, ao invés, uma reação básica. Quando se passa para um regime de vida sadio, isto é, quando a carne, os ovos, o café, o álcool, o chá, o chocolate e muitos doces pertencerem ao passado, será o momento, depois da primeira semana, durante a qual nos sentimos totalmente satisfeitos, nos quais os chamados gêneros alimentícios indispensáveis são abandonados sem saudade. Se estivermos dispostos a "lutar" para superar a primeira difícil semana e, por conseguinte, terminá-la com uma dieta errada, a predisposição às várias afecções — como dores de garganta, gripes e resfriados — assim como sua profilaxia, pertencerão também mais ou menos ao passado. Também neste caso, será sempre a nossa razão que nos colocará em condições de escolher o quadro dietético apropriado. No Capítulo 6 voltaremos a nos ocupar mais detalhadamente do assunto.

2 Algumas normas concernentes à respiração

Na introdução do livro *A arte de respirar,* de Milla Cavin, lê-se: *Uma tensão errada poderá gerar somente um desempenho enganado.* Este precioso princípio é válido, naturalmente, em todos os campos da existência. Considerando que os nossos órgãos respiratórios estão ininterruptamente em movimento (ação contínua), o postulado supracitado se torna axiomático em todo o seu conjunto. Muitas pessoas vivem em condições tão inaturais, que não se pode falar nem de relaxamento. Ser indivíduos dinâmicos não é por si só prejudicial, mas a tensão derivada de *dever* fornecer múltiplos serviços *não* naturais se torna já completamente mortal. A nossa exaustão não provém do trabalho que efetuamos, mas sim da tensão que lhe pode estar ligada. A existência conduzida em um ambiente carregado de tensões enganadas não procede sem incidir sobre nossa saúde física. Não são talvez inumeráveis os estados patológicos conhecidos como a conseqüência de uma condição estressante? Com isso, até os órgãos respiratórios sofrem. E aqui, o nosso idioma oferece novamente um esclarecimento: sentimos medo de "cortar a respiração" com o pensamento que podemos perder o nosso bom emprego que, entre outros, "nos rende muito bem!". Expressões deste tipo, muito difundidas, são particularmente ilustrativas da relação intercorrente entre a nossa respiração (sentir-se "perder a respiração") e uma tensão enganada (a determinante utilidade econômica do nosso trabalho). O indivíduo que, tanto psíquica como circunstancialmente, encontra-se sob tensão, não estará, absolutamente, em condições de respirar de modo relaxado. As tensões erradas influenciam sempre o ritmo respiratório natural. Quando se verifica uma contingência contrária à ordem natural das coisas, "prendemos a respiração" na expectativa de como irá terminar. Tão logo nos apercebemos destas tensões ansiosas, damos o primeiro passo em direção a um relaxamento da ação respiratória.

O segundo passo a propósito deveria ser o de dar dimensão correta aos fatores que podem condicionar as circunstâncias diárias que nos concernem. Todo fator relativo às nossas ações diárias, suscetível de provocar tensões, deverá ser reduzido ao mínimo. Para isto, será oportuno ter presente que ganhar muito dinheiro não representa ainda o prêmio que, no fundo, se deseja como recompensa pelo serviço prestado: *"a alegria de viver";* e que a alegria de viver — graças a Deus — não se compara com o dinheiro.

O terceiro passo a efetuar para atingir o melhor modo de respirar é o de seguir o exemplo da criança, quando dorme tranqüila em seu berço. Observando com atenção um bebê dormindo, imediatamente notamos que tudo nele está relaxado. A expressão do rosto, os membros, e sobretudo o ritmo da respiração são, sem dúvida, a prova de um completo abandono.

Podemos constatar que a criança respira "a meio busto". Este plano muscular, que se encontra entre as cavidades abdominal e torácica, é de fundamental importância para uma boa respiração. O diafragma reage sensivelmente aos nossos distúrbios psíquicos e as contrações espasmódicas do diafragma provocarão, inevitavelmente, um ritmo respiratório igualmente espasmódico, e portanto insuficiente. A arte de respirar começa pelo diafragma. As intenções, principalmente fitoterapêuticas, do presente volume não permitem me alongar no assunto. Quero imensamente estimular o leitor a desenvolver posteriormente os seus conhecimentos a esse respeito.

Caso você deseje especializar os seus exercícios de "recuperação" no modo correto de respirar, será bom basear-se nos numerosos e ótimos livros que tratam do assunto.

Algumas simples indicações sobre os exercícios respiratórios

1. Iniciar sempre o exercício respiratório relaxando o diafragma. Você pode relaxá-lo, por exemplo, mediante o "exercício das risadas". Repita, para isso, várias vezes em seguida: "ah, ah, ah", ou, melhor ainda, cante-o em um diapasão agradável. Isto lhe proporcionará um diafragma flexível e relaxado. Ao efetuar este exercício, será necessário, obviamente, observar que você não está cantando com a garganta, mas com o "ventre".

2. Exercite-se em seguida na prática de uma boa expiração, isto é, expire profundamente pela boca, e em seguida deixe que o novo ar penetre, "por si", nos pulmões, através do nariz, enquanto a boca permanece aberta. Inspire lentamente.

3. A expiração será efetuada conforme um diapasão determinado, que a permita modular-se nas várias tonalidades. Experimente expirar mais lentamente e mais regularmente possível. Um exercício ótimo, mas muito difícil, consiste em expirar comprimindo os dentes no lábio inferior (produzindo um som *ffft*) ou esboçando um apito com ambos os lábios, como se soprasse em uma vela acesa. A corrente de ar provocada pela expiração deverá, neste caso, manter-se

uniforme, de modo que a chama de uma vela eventual não vacile de um lado para outro, mas continue ardendo uniformemente na mesma direção.

4. Inicie o dia com sete profundas inspirações ao ar livre, seguindo o modo acima descrito.

5. Verifique, várias vezes ao dia, se a sua respiração é relaxada, e se você não está às voltas com um diafragma espasmódico. Relaxar-se por alguns instantes, dar algumas gargalhadas ou bocejar são expedientes que fazem verdadeiros milagres.

6. Evite as refeições superabundantes. O enchimento do estômago obstrói o diafragma; provoca, de fato, uma sensação de inchaço, quase de opressão, e até o nosso coração o ressente.

7. Experimente inicialmente atingir uma disposição de espírito (psíquica) harmoniosa, relaxada e serena. Fazer um exercício respiratório enquanto está pensando, por exemplo, no colega que o tenha precedido por um instante, surrupiando-lhe aquele emprego ambicionado e bem remunerado, não tem sentido, dado que a ação física não será mantida por uma correta condição espiritual.

3 O uso das plantas medicinais

Ouvimos às vezes afirmar que a virtude terapêutica e curadora das plantas depende unicamente da sugestão. Se fosse verdade, seria até extremamente agradável, dado que o uso de plantas medicinais não provoca efeitos colaterais. Não se pode, infelizmente, dizer o mesmo de 90% dos produtos farmacêuticos empregados na medicina. Após várias pesquisas (entre as quais as efetuadas na Universidade de Utrecht), descobriu-se a existência de um fator assimilável ao "efeito-placebo". Isso significa que o paciente não reage unicamente às substâncias que lhe são administradas, mas que a forma em que elas são apresentadas exerce, aparentemente, uma influência no processo terapêutico. Um placebo, com efeito, é uma substituição, ou seja, externamente uma determinada pílula ou comprimido pode aparecer exatamente igual ao original, se bem que não contenha a mínima substância farmacologicamente eficaz. Daí deriva a oportunidade de interessantes experiências.

Dessa maneira foi possível constatar que alguns pacientes reagem de maneira semelhante ao placebo e ao original. Que outros pioravam visivelmente se lhes fosse administrado um remédio de aspecto diferente do anteriormente empregado. A forma sob a qual o remédio é apresentado (pílulas, comprimidos, pós, xaropes, tintura, etc.) parece, portanto, ser um fator não desprezível em todo o processo de tratamento.

A mesma observação vale para o uso das plantas medicinais. Também estas podem ser usadas frescas ou sob formas diversas, como, por exemplo, a infusão, as tinturas, os comprimidos, etc. Alguns indivíduos reagem bem aos remédios em comprimidos, confeccionados com uma determinada planta, enquanto outros experimentam melhor cura usando a tintura extraída da mesma planta. No uso das plantas medicinais, devem-se ter presentes essas particularidades. Os preparados fitoterapêuticos mais difundidos e utilizados ainda são a tintura e a infusão. O comprimido é um produto mais recente.

Na escolha do preparado, confeccionado com uma determinada planta, será necessário levar em conta a índole própria do paciente.

A sugestão não será, certamente, um elemento negligenciável, mas não deverá ser julgada negativa por si só, dado que "o fim justifica os meios". Ainda persiste o conceito errôneo de que a ação curadora das plantas medicinais deve, antes de tudo, ser "demonstrada", e com base no tipo de substâncias nelas contidas. O que se conta, ao invés, não é a análise de prova da planta, mas o fato de que o homem é livrado de seus males. Na prática, de fato, muitas vezes resulta que uma planta medicinal não tem o mínimo efeito em um determinado indivíduo, como ao invés se esperaria com base na experiência, muito longa e amplamente provada. Muitas vezes, a causa não deve ser atribuída a uma escolha errada, mas sim à forma não idônea do próprio farmacêutico. Quando nos servimos das plantas medicinais, devemos nos perguntar seriamente se a forma de utilização nos convém. De um ponto de vista global, podemos afirmar o que segue: *os signos da terra e os signos da água* (vistos astrologicamente) parecem reagir de modo melhor à infusão das plantas medicinais secas; *os signos do fogo e do ar* preferem a tintura. Não se trata de uma abstrusidade, dado que em última instância será sempre a índole da pessoa que vai ser determinante. Lembremo-nos, para todo bom fim, que os signos da terra são: Touro, Virgem e Capricórnio; os signos da água: Câncer, Escorpião e Peixes; os signos do fogo: Áries, Leão e Sagitário; os signos do ar: Gêmeos, Balança e Aquário.

Os signos do ar, marcadamente Gêmeos, demonstram-se propensos à tintura ou à infusão da planta medicinal, dependentemente da pessoa que a "prescreve".

Uma outra classificação é aquela baseada na divisão em "tipo nervoso" e "tipo tranqüilo". O tipo nervoso parece reagir melhor à infusão que à planta, enquanto o tipo tranqüilo aceita a tintura como forma de remédio fácil e agradável. Se bem que a indicação seja totalmente superficial, podemos considerá-la no quanto for possível. Caso contrário, devemos experimentar sem hesitação as várias formas em que seja possível o uso de uma planta. As suas experiências somente poderão ser louváveis, dado que podem contribuir para uma ampliação do conhecimento deste assunto. Tomaremos agora em exame o uso das várias formas.

A infusão de planta medicinal

Com as plantas secas, ou com um conjunto de várias espécies delas, pode-se preparar uma infusão.

Usar uma colher das de sopa de vegetal seco para cerca de meio litro d'água. A planta medicinal é colocada em uma pequena chaleira de barro (jamais servir-se de uma chaleira de metal, para evitar eventuais alterações químicas do produto), derramando sobre ela água fervente. Deixar em seguida a infusão descansar por quinze, vinte minutos. Em seguida, pode-se passá-la em um coador, de modo que o líquido fique claro (portanto, sem as folhas da planta). Este líquido será conservado por todo o dia em um ambiente fresco e escuro, por isso será suficiente prepará-lo pela manhã. A posologia normal será de uma xícara três vezes ao dia, um quarto de hora antes das refeições.

Tintura de planta medicinal

A tintura de planta medicinal é uma infusão com base alcoólica. Prepará-la sozinho não é fácil, porque, principalmente, a porcentagem de álcool é variável conforme a planta usada. É questão de perícia e de experiência. Da tintura, podem-se empregar cinco a quinze gotas. A quantidade de gotas necessária, misturadas a uma colher das de sopa cheia d'água, deverá ser tomada como a infusão, isto é, quinze minutos antes das refeições.

Comprimidos de planta medicinal

Algumas plantas medicinais dificilmente se prestam ao preparo de infusões ou de tinturas. Nesse caso, recorre-se aos comprimidos, triturando diminutamente a planta seca. Os comprimidos de plantas medicinais consistem, em geral, de uma composição de plantas diversas, das quais uma é preponderante. A posologia gira geralmente em torno de uma quantidade de três comprimidos por dia, tomados um quarto de hora, aproximadamente, antes das refeições. Mastigar bem e engolir com um pouco d'água.

A dosagem

Estabelecer a dosagem de uma determinada planta medicinal depende estritamente do indivíduo. As regras-padrão anteriormente relacionadas tornam-se suscetíveis, na prática, de toda exceção possível. Verificaram-se casos em que uma gota por dia demonstrou ser suficiente para obter o efeito desejado. Dado que o uso das plantas medicinais, salvo poucas exceções, não provoca jamais efeitos colaterais, é permitido agir conforme o próprio juízo (intuição), para especificar a dosagem exata. No início será aconselhável partir da dose-padrão. Caso não se obtenha um resultado satisfatório, deve-se *diminuir* a dosagem. O fato talvez possa parecer estranho, porque muitos pensam que "quanto mais, mesmo que muito mais, cura". Mas se trata, infelizmente, de um grave erro. Voltaremos a falar sobre isso no capítulo sobre a homeopatia. Se uma dose, mesmo que extremamente reduzida, não se mostrar eficaz, a quantidade poderá ser aumentada, no máximo até vinte gotas quatro vezes ao dia, e, em alguns casos, vinte e cinco, quando se tratar de tintura.

Se se puder constatar, como princípio derrogável, que os sintomas agudos exigem às vezes uma dose muito reduzida, isso não se verifica para os males crônicos, para os quais a freqüência da administração deve se manter muito moderada.

O uso de várias plantas medicinais, durante o mesmo período, não é prejudicial, contanto que se mantenha um intervalo entre as diversas doses. Por exemplo, limitando-se a uma planta medicinal antes da refeição, tomando a outra uma ou duas horas depois de comer. Não se deve jamais cansar o organismo com um excesso de "influxos". Acabará por se confundir e não saberá mais a que influxo deverá ou não reagir. O nosso corpo, lembremo-nos, não é uma máquina. E também em uma máquina não se introduzem qualidades diferentes de óleo. É coisa sabida, no que se refere às intuições da mente humana; com as obras da Criação, porém, poderão surgir dificuldades! O fato não é, pois, surpreendente, dado que os princípios segundo os quais a máquina funciona são mais simples até que os que formam somente a base do mecanismo humano, em seu conjunto. Por outro lado, é preciso se aprofundar também nos princípios (cósmicos ou naturais) vividos pelo indivíduo. Não é sem motivo que possuímos o "raciocínio". Contudo, quantas vezes empregamos este raciocínio, para tantas coisas fúteis e em *"essência"* insignificantes! Não permita jamais ao "racional" que se torne limitado a si próprio. Considere-o também como uma pequena componente do homem, fazendo parte do grande universo, no qual o próprio homem existe.

O uso racional das plantas medicinais repousa, de um lado, em antiqüíssimas tradições que, aparentemente, são completamente novas, e, por outro lado, no conhecimento dos princípios naturais. Este conceito nos parece esplendidamente resumido no Livro do Eclesiastes. Talvez um encerramento um tanto filosófico deste capítulo, caracterizado, na verdade, por um espírito particularmente prático.

As seguintes citações, tiradas do Livro do Eclesiastes, não foram, com toda probabilidade, gratuitamente escritas, uma vez que o interesse pela antiga arte médica já comprova a existência, naquele tempo, de uma formação mais ou menos ideológica. Tenha sempre em mente, no que se refere ao uso das plantas medicinais, o que segue: "Para tudo há o seu tempo, há o seu momento para todas as coisas sob o céu" (Ecl. 3-1). Mas preste a mesma atenção no final do capítulo do Eclesiastes, onde está escrito: "O que existe, já existia antes, e o que existirá, já existiu e Deus conduz o que passou".

A reorientação para a terapia naturalística (a antiga) não é, portanto, tão singular, para não falar da "alternativa".

Pertence à ordem do processo natural das coisas. "A história, a despeito de tudo, continua sempre a se repetir."

Determine o uso da sua planta medicinal na hora adequada a ela, e ela lhe trará saúde.

4 Compêndio de plantas medicinais para os órgãos respiratórios

Tomilho *(Thymus vulgaris)*

São poucas as pessoas que não conhecem o antigo e familiar xarope de tomilho. Era um dos primeiros remédios ao qual se recorria nos tempos passados, no caso de resfriado, dores de garganta e sobretudo tosse. Geralmente se dizia: "Tome uma boa dose de xarope de tomilho, e verá que o catarro de dissolve por si". O tomilho, efetivamente, parece exercer uma ação dissolvente do muco; ajuda a reação do organismo que se manifesta na tosse. Tossir pode ser muito desagradável, todavia é um reflexo orgânico de defesa extremamente útil, a fim de livrar as vias respiratórias superiores do muco supérfluo. Se recorrermos a um remédio próprio para dissolver o muco, a tosse diminuirá, desaparecendo, por outro lado, tão logo as vias respiratórias sejam desobstruídas. Em alguns casos, porém, ao que parece, ao xarope de tomilho acrescentam uma substância química, a codeína (segundo alguns farmacêuticos, trata-se de uma norma conforme a lei!). A codeína é um específico que reprime o impulso da tosse. Como tal, esta substância exerce uma ação de total contraste com as medidas defensivas adotadas pelo próprio organismo. Uma pesquisa que fiz sobre o assunto específico não me forneceu maneira de chegar a uma conclusão satisfatória; de fato, o farmacêutico que vende o xarope de tomilho não parece conhecer sua composição, ou pelo menos não deseja revelá-la.

O tomilho se adapta principalmente à chamada "tosse gorda", isto é, a tosse com presença de muito muco nas vias respiratórias (completamente diferente da "tosse nervosa"). Entre a característica da planta e as condições das vias respiratórais obstruídas pelo muco, existe uma afinidade. O tomilho é uma planta muito aromática, e o aroma encerra em si algo de "muito promissor". É sempre uma experiência singular descobrir, sempre que se apresenta a ocasião, como o aroma refinado do tomilho contrasta com o caule esclerótico daquele vegetal. De fato, parece estranho que a planta em questão, pequena e herbácea, seja dotada de um caule duro e lenhoso. É uma imagem estrutural que se harmoniza com o que astrologicamente chamamos de *esquema Saturno* que, sem levar em conta a rigidez da base (no caso, o que de áspero e de pouco flexível se encontra no caráter do indivíduo), olha particularmente a "aparência", sobretudo se "conveniente". Se projetarmos essas características na mente de um indivíduo, descobriremos que o tipo saturnal é pouco flexível e muito atento à forma exterior das coisas. "Uma refeição preparada com alimentos conservados, mas servida com elegância, é melhor que uma mesa de aspecto pouco convidativo, se bem que preparada com alimentos genuinamente naturais", eis qual poderia ser a declaração de um indivíduo saturnal. Uma preponderante sensibilidade pela aparência das coisas, e em particular no que concerne à "feiúra", cria inevitavelmente um condicionamento constritivo. O indivíduo é de tal modo aprisionado pelas estruturas, que não consegue quase mais respirar como um homem livre. Corre, por isso, o risco de uma aeração insuficiente dos próprios pulmões e, conseqüentemente, sofre a estagnação de todo tipo de elementos nocivos. Quando uma situação desse tipo se prolonga excessivamente, o resultado será o de uma inflamação das mucosas. Teremos, portanto, a formação de muco e, por isso, vai se externar uma medida defensiva posta em ação pelo organismo: a tosse. O xarope ou a tintura de tomilho será de grande alívio nas afecções dessa origem, sobretudo quando a constituição do indivíduo se adapte completamente ao esquema supradescrito. Para isso, será bom certificar-se de que o indivíduo possa estar sujeito, mesmo temporariamente, às referidas tendências. Não se trata então de uma predisposição pessoal, mas sim de um sintoma incidental. Nestes casos específicos, o benefício do tomilho será, naturalmente, igualmente válido. O melhor remédio será sempre, por outro lado, uma respiração natural e um teor de vida física e psiquicamente sadio.

Empregue a tintura três ou quatro vezes ao dia, dez ou quinze gotas, nos casos de tosse, onde se trata claramente de acúmulos de muco nas vias respiratórias.

Também o xarope de tomilho poderá ser eficaz, contanto que tomado sem a adição de codeína, caso contrário o remédio seria pior que o mal (literalmente entendido, no caso específico).

Thymus vulgaris

Para os amadores: o tomilho ajuda de modo particular nas afecções das vias respiratórias resultantes das conjunturas desarmoniosas de Vênus com Saturno, quando Vênus se encontra no signo zodiacal de Gêmeos (correspondente ao elemento ar). A quadratura entrante Vênus-Saturno pode fazer surgir uma tosse incidentalmente bronquial e a conjuntura análoga determina sua cronicidade. Como coadjuvante, em casos semelhantes, pode-se usar o produto homeopático *Cuprum* D6 (um comprimido duas vezes ao dia).

Tanchagem *(Plantago lanceolata)*

Tanchagem-maior *(Plantago major)*

Os antigos gregos deram a esta planta o nome de *eptapleuros* (*epta:* sete, *pleuros:* lados ou lâminas). Não podemos desejar uma indicação melhor para o uso desta planta medicinal. De fato, a estrutura foliácea da tanchagem se compõe de sete nervuras. Segundo a antiga doutrina das assinaturas, nas nervuras da planta podemos encontrar uma analogia com os nervos do corpo humano. No número sete podemos descobrir, outrossim, a analogia com os sete antigos planetas: Sol, Lua, Mercúrio, Vênus, Marte, Júpiter e Saturno.

Você perguntará, certamente, qual a relação que pode haver entre tudo isso e os nossos órgãos respiratórios. Para entendê-lo, deve imaginar uma criança que, sem pensar em qualquer impedimento social, está completamente absorvida no que está fazendo. A criança espontaneamente concentrada em uma determinada atividade manifesta o próprio entusiasmo, não somente em palavras, mas *cantando* alguma modinha ou melodia inventadas por ela mesma. A criança é capaz de dar forma à perfeita harmonia dos princípios cósmicos (isto é, também às coisas "comuns" terrenas). Para poder fazê-lo, é preciso possuir uma grande "confiança". O homem adulto, que se sente sempre tão perturbado, perdeu aquela confiança na vida. Perdeu a visão real dos princípios existenciais originais (simbolizados, entre outros, pelos antigos sete planetas). Está escrito: "Quem não se tornar como criança, não herdará o reino dos céus" (ou seja, quem não tiver coragem de ter confiança em tudo o que o circunda, não atingirá a felicidade). Não dê, sobretudo a estas palavras, uma interpretação dogmática ou teológica. Elas nada têm que ver com a religião ou a Igreja. Aqui se trata de uma verdade secular; de fato, a falta de confiança e de fé no próximo pode provocar uma sensação tão intolerável, de *"perder a respiração"*, a ponto que até as nossas vias respiratórias (físicas) o ressentem. Pode então acontecer de estarmos tensionados até o extremo (tensão estendida a todo o nosso sistema nervoso), em seguida às circunstâncias em que nos encontramos. O mais das vezes, criadas por nós mesmos, até quase o ponto que "nos falta a respiração". Assim que, quem não se tornar como uma criança, isto é, relaxado e livre, não poderá receber as forças cósmicas (isto é, as divinas e as naturais).

As afecções das nossas vias respiratórias, causadas por uma tensão exagerada, derivada da genérica falta de confiança como acima descrito, são aliviadas com o uso da tanchagem. É a planta medicinal indicada ao indivíduo que não consegue mais desafogar os próprios mal-estares, em um quadro de vida normal, por falta de confiança.

Não obstante isso, os mal-estares ocorrem porque os sentimentos procuram uma saída por onde possam externar-se. A tanchagem não é somente um remédio para as nossas vias respiratórias, mas também, e sobretudo, para os nossos nervos. Infunde confiança e, conseqüentemente, favorece uma "livre" respiração. A tanchagem contém numerosas substâncias mucilaginosas. Essa peculiaridade exerce uma ação benéfica sobre nossas vias respiratórias e sobre nossos intestinos (!). A atividade dos nossos intestinos não está, talvez, em estrita conexão com a da nossa pessoa? *

Concluindo, esta planta deverá ser usada sobretudo em caso de distúrbios das vias respiratórias conseqüentes a uma índole supernervosa. Tão logo a sobrecarga dos "nervos" entre em ressonância com os nossos órgãos respiratórios, não devemos hesitar em nos servir da tanchagem. O ambiente desta planta medicinal parece claramente delineado em uma antiga poesia:

"Estou pela rua, pobre plantinha,
importuna, deixando ao passo leve que
me pise, se quiser, e também ao pesado,
sem tomar cuidado comigo que não sou mesquinha".

O uso desta planta pode ser muito prolongado, tanto na forma seca como em tintura. Em caso de hipermucogênese, vinte gotas até quatro vezes ao dia. Também em caso de catarro intestinal, especialmente do cólon.

---

* Ver, a propósito, o meu livro *Como curar o estômago com as plantas medicinais*, desta série.

Plantago lanceolata (em cima)
Plantago major (embaixo)

Sálvia *(Salvia officinalis)*

Nos tempos passados, uma xícara de leite de sálvia não era somente considerada como ótima poção para favorecer o sono.* Era, outrossim, sabido que a sálvia pode ser muito eficaz nas afecções da garganta, do estômago e dos intestinos. Ela era empregada, além disso, nos casos de doenças infecciosas. Resumindo todas as possibilidades de uso oferecidas pela planta, não podemos chegar senão à conclusão de que a sálvia exerce uma ação antisséptica.

O uso interno e os gargarejos com infusão de sálvia, para as inflamações da garganta (da forma mais ligeira à de uma grave angina) baseia-se na relação seguinte: as inflamações da garganta, em quase todos os casos, dependem de um intestino "sujo", em particular do cólon. A obstrução e acidez do intestino são o resultado de um regime de vida nocivo, sobretudo do ponto de vista alimentar. Quando no intestino têm origem processos de fermentação e de putrefação, vemos, até muito freqüentemente, como o organismo toma as suas medidas para se autodepurar. A depuração do intestino pode degenerar, algumas vezes, em uma inflamação da garganta e das amígdalas. Neste caso, é o organismo que vai superar a infecção por outra via. A sálvia será, sem dúvida, eficaz. Virá em auxílio do organismo, exercendo a sua ação antisséptica e depurativa. Limpará não somente o intestino, suprimindo a origem do mal, mas, ao mesmo tempo, também, por meio de gargarejos, as mucosas da garganta, que serão desse modo liberadas das "impurezas", mandadas para fora pelo mesmo processo.

É sempre surpreendente constatar como as ligações físicas se manifestam em seguida à ação de uma determinada planta. A sálvia é indicada ao indivíduo que parece totalmente complexado pelo impulso à ação.

O sábio Lao-Tsé ensinava o Wei-Woe-Wei, que significa "fazer uma coisa não a fazendo". Nestas sábias palavras se encontra a solução para os problemas do indivíduo do tipo sálvia. É preciso aprender que a depuração (considerada por muita gente como uma perda de tempo) é necessária quanto à realização das próprias funções. Mas não tarda, retoma-se a máquina para correr do próximo cliente; com ou sem dor de garganta. Nesse entretempo, chupa-se uma pastilha desinfetante, que proporciona um alívio certamente momentâneo. Mas continua-se a correr a mais não poder... Um erro capital!

Aprenda a distinguir os sinais do seu organismo, e aja como conseqüência: é de importância vital.

* *Dormir bem com as plantas medicinais.*

Salvia officinalis

Para a dor de garganta, empregue de cinco a dez gotas de tintura de sálvia três vezes ao dia, combinadas com *Hepar sulfuricum* ou com *Echinaforce* (veja Capítulo 5). Gargareje com infusão de sálvia diluída (uma colherinha de infusão em uma xícara de água morna).

Hera-terrestre *(Glechoma hederacea)*

Esta planta é o oposto da sálvia. De fato, se esta última for consoante ao tratamento do indivíduo que não quer se depurar porque está muito ocupado em seus negócios, a hera é indicada a quem não se depura porque lhe falta a força para fazê-lo.

O próprio nome da planta já é mais ou menos indicativo: também na Inglaterra ela é chamada *ground ivy*. Traduzida literalmente, a denominação significa hera-terra, de maneira que a definição inglesa, como outras análogas, caracteriza oportunamente a natureza do vegetal. Como *predisposição natural,* seria uma trepadeira (isto é, planta que se projeta, que tende a se desenvolver para cima, a caminhar de baixo), mas na realidade não consegue abandonar o solo e desliza na terra à procura de espaço. Assim faz também o indivíduo do tipo hera-terrestre. Tenta sempre atingir uma determinada manifestação do próprio "eu", mas não o consegue, unicamente porque lhe falta energia. Trata-se do tipo fraco, incapaz de elaborar as impressões que a vida diariamente lhe proporciona. Todavia, não são somente as impressões psíquicas que entram em jogo, mas também as influências físicas (a alimentação). O intestino deve poder dispor de uma certa "força" para elaborar o que lhe chega de fora. No tipo "hera-terrestre", esta força é carente e, por conseguinte, a alimentação é insuficientemente digerida e elaborada. As substâncias importantes não são suficientemente assimiladas: como se verifica no indivíduo do tipo sálvia, surgirá a acidez intestinal, com manifestações nos órgãos respiratórios. A hera-terrestre é um abluente do muco e um depurante do abdômen. Na realidade, a sálvia e a hera-terrestre atuam do mesmo modo; o seu uso será condicionado pelo tipo de pessoa à qual deverão ser destinadas, de maneira que a planta em questão poderá ajudar sobretudo as pessoas que, sofrendo de afecções pulmonares e bronquiais, pertençam ao tipo supradescrito. Pode-se usar a infusão ou a tintura. No que se refere à infusão: uma xícara três ou quatro vezes ao dia; para a tintura: de dez a quinze gotas antes das refeições, sempre três ou quatro vezes ao dia. Um paciente doente de escrófula (o qual apresenta tumefações ou lesões linfoglandulares) fica geralmente atacado até de febre do feno. Está provado, como no caso da febre do feno: é justamente este tipo de paciente que atinge uma notável melhora com o uso da tintura de Glechoma. A febre do feno é também uma das extraordinárias (se bem que fastidiosas) medidas defensivas tomadas pelo próprio organismo. O corpo absorve facilmente as substâncias presentes no ar, que podem excitar as mucosas. Mediante os espirros e todos os ulteriores fenômenos que se manifestam durante a febre do feno, o organismo vai se libertando das "impurezas" acumuladas, especialmente as do intestino. Prova é que as pessoas de teor de vida natural e equilibrada, tanto do ponto de vista alimentar como espiritual, sofrerão muito raramente de febre do feno, ou nunca serão afetadas por ela. O melhor sistema para curar a febre do feno será o de observar alguns dias de repouso, quando o tempo for belo e ensolarado, e, se possível, estender-se no feno espreguiçando-se, e também ofegando e espirrando, mas... sem ingerir alimentos consistentes, senão pequenas quantidades de suco de frutas. Tem-se então a prova de que os milagres existem ainda no mundo. Nesse meio tempo, podemos filosofar um pouco sobre o seguinte pensamento: "É puro – mais puro – o homem à imagem de Deus!". Provavelmente, depois de um dia no feno, a ducha "restauradora" ou o banho de espuma não serão mais necessários.

Glechoma hederacea

Raiz de ênula *(Inula helenium)*

Antes de iniciar o capítulo sobre esta planta, aspirei o seu aroma intenso, quase social. Uma pequena quantidade de raiz de ênula, conservada em um recipiente hermeticamente fechado, representa um *bem* nunca tão apreciado.

Também no caso desta planta medicinal, a relação intestinos-vias respiratórias é importante. No seu *Herbário ou Livro das plantas medicinais,* Petrus Nylandt (1682) escrevia, referindo-se à raiz de ênula: "Uso medicinal: para asma, peito catarroso, estômago fraco, doença contagiosa e obstrução intestinal. Empregue todas as manhãs um pedacinho de raiz de ênula cristalizada, ou então pegue, da raiz seca, a quarta parte de um raminho e administre-o, acrescentando-lhe vinho. O vinho de ênula poderá ser vantajosamente empregado para esses mesmos males". Estas indicações permitem considerar que: "sálvia, hera-terrestre e raiz de ênula têm a mesma indicação".

Mesmo aceitando que a relação intestinos-vias respiratórias seja ainda determinante, há diversas nuances. A raiz de ênula é indicada ao tipo que "pensa" muito e fisicamente não se esforça bastante. Já dissemos que o aroma da raiz de ênula tem algo de quase social. De fato, assemelha-se ao do incenso, tanto que, aspirando-o, podemos nos sentir quase em um mundo espiritualmente elevado. As afecções atacáveis pela raiz de ênula derivam de um excesso de "pólo vital". A raiz de ênula é indicada para o indivíduo ávido de saber, completamente orientado para a intelectualidade, e que encontra satisfação somente no sucesso das suas capacidades mentais. Considera desprezível, se não inferior, tudo o que se refere ao físico: esporte, sexo e toda atividade da vida material. Dado que os nossos órgãos respiratórios, principalmente os pulmões, são os transformadores (estão no limite) das forças cósmicas (espirituais) e materiais, a unilateralidade do tipo de que se trata se exprime nas afecções destes órgãos específicos. Com o acentuar do "pólo do pensamento" será sobrecarregada uma energia física (pulmões). O resultado será o aparecimento de fenômenos asmáticos: o trabalho cerebral é tão intenso, que a respiração vai sofrer com isso. Em outras palavras, o pensamento é supervalorizado de modo tal que, inconscientemente, não mais permite às realidades espirituais a possibilidade de assumir aspecto fisiológico. Dado que os pulmões se encontram no limite entre o espírito e a matéria, é óbvio que os aborrecimentos se sucederão no setor referente a eles. A vida digna e completamente vivida consiste em ter a coragem tanto de realizar as aspirações do espírito como providenciar as exigências materiais. O

Inula helenium

tipo raiz de ênula não ousa ultrapassar a barreira que o separa do mundo material, porque, no momento de ter que fazê-lo, "prende" espasmodicamente a respiração, com conseqüente... ataque de asma! O paciente asmático é sempre alguém que, inconscientemente ou não, não pode (ou não quer) traduzir nas realidades materiais (entre as quais as físicas) os impulsos espirituais. O tipo raiz de ênula deixa que o "pólo vital" se turve e se adultere às expensas do "pólo do pensamento". Não toma qualquer providência no que se refere aos intestinos — que são sempre uma sede do nosso pólo vital — e deixa que tudo corra mais ou menos como quer. É de se admirar, portanto, que nos intestinos de um indivíduo similarmente orientado, os vermes prosperem exuberantes? Os vermes, em última análise, fazem ainda o que um intestino sadio deveria fazer por si, isto é, "degradar" o material impuro. Parece difícil crer que já nos tempos antigos se conhecesse a utilidade da raiz de ênula para os ataques de asma e os vermes!

Sirva-se desta planta medicinal nos casos de asma, bronquite e afecções intestinais, conseqüentes ao esquema supradescrito. Você poderá usar tanto a infusão da raiz como a tintura. Em alguns casos, "carbonizar" um pedacinho de raiz parece dar bons resultados. Pude constatá-lo pessoalmente, por ocasião de ataques de asma. O processo é simples: põe-se fogo em alguns pedacinhos de raiz de ênula, deixando-as a seguir queimar lentamente. A fumaça resultante da combustão será de grande eficácia. Enfim, o aroma que lembra o incenso (espírito), proveniente da raiz (pólo material da vida) desta planta, funciona como mediadora no conflito espírito-matéria. Uma planta medicinal para o indivíduo que ainda deve aprender a compreender que "tudo quanto tem fôlego (matéria) louve ao Senhor (espírito)" (Salmo 150, vs. 6). Quando estivermos em condições de reconhecer a matéria como veículo do espírito, experimentaremos a alegria de "existir". Se, ao invés, nos encerrarmos no medo de "existir", o espírito, altamente empenhado (intelectualmente), não viverá jamais em nós completamente.

Convidamos todo o paciente asmático a cantar e, conseqüentemente, sentir o quanto o espírito se afirma em uma pessoa, graças aos pulmões que o Criador lhe concedeu.

A análise do Salmo 150, já mencionado, esclarece o conceito. Os primeiros dois versos referem-se ao *espírito:*

1. "Louvai a Deus em seu santuário,
   Louvai-o no firmamento do seu poder.

2. Louvai-o por suas proezas,
   Louvai-o, segundo a excelência da sua grandeza".

Os três versos seguintes referem-se à *matéria*, às coisas terrenas:

3. "Louvai-o com o som da trombeta,
   Louvai-o com o saltério e a cítara.

4. Louvai-o com o adufe e a flauta,
   Louvai-o com os instrumentos de cordas e com órgãos.

5. Louvai-o com címbalos sonoros".

Em seguida, vem a síntese, segundo a qual a sabedoria do todo é proporcional à sua "seção áurea".

6. "Tudo quanto tem *fôlego*, louve ao Senhor, aleluia".

Não cante estes versos por devoção ou coisa semelhante, mas faça-o em nome da grande, harmoniosa beleza dos princípios cósmicos, experimentando sua ação milagrosa.

No fim deste volume impõe-se, infelizmente, um limite sobre as investigações das peculiaridades desta extraordinária plantinha. Deixe que a verdade das coisas naturais (a alegria) vença o tom predicatório (o medo). Tenha a coragem de se expandir na vida, com uma respiração harmoniosa, com uma vibração uníssona.

Pulmonária *(Pulmonaria officinalis)*

Nos tempos passados, a pulmonária era usada especialmente para as hemorragias pulmonares. Este vegetal contém uma quantidade relevante de ácido silícico. Trata-se de uma substância que se alinha sob o signo zodiacal de Sagitário, geralmente representado por um Centauro (metade cavalo, metade homem), virado, com o seu arco esticado para cima. Os sagitarianos são, de fato, os idealistas por excelência, prontos a pôr toda a sua paixão a serviço do ideal em causa. Todas as coisas estranhas ao ideal devem ser liquidadas. O exemplo de manifestação negativa derivada do esquema Sagitário pode ser encontrado na Inquisição, durante a Guerra dos Oitenta Anos. Também o ácido silícico assume o aspecto de "caçador de heresias". Tudo o que para o organismo é supérfluo, é eliminado pelo ácido silícico, especialmente os resíduos nocivos das inflamações. Combinado com as outras substâncias contidas da pulmonária, o ácido silícico é de extraordinária eficácia nas seqüelas das inflamações pulmonares e bronquiais. O tratamento não é iniciado durante o processo inflamatório, já que a evolução ficaria obstruída. Tão logo a febre tenha cedido e a inflamação, aparentemente, desaparecido, pode-se servir da infusão ou da tintura. O tratamento deverá ser continuado por três ou quatro semanas seguidas. Os resíduos derivados da inflamação poderão ser considerados completamente eliminados somente depois desse período. O uso desta planta poderá, em alguns casos, alterar a cor da urina, tornando-a mais escura. Esse fenômeno é, sem dúvida, a melhor prova de que o ácido silícico está agindo vigorosamente. A coloração escura, de fato, é causada pelos resíduos inflamatórios (entre outros o ácido úrico), que são eliminados com a urina.

Recorra, portanto, a esta planta para curar as seqüelas de bronquites ou pulmonites.

Pulmonaria officinalis

Cebola *(Allium cepa)*

É inegável que as afecções dos nossos órgãos respiratórios derivam, em muitos casos, da sobrecarga unilateral aferente ao pólo do pensamento. A respiração tranqüila e equilibrada é sacrificada ao contínuo impulso de aprender. Todos nós conhecemos aquelas crianças magras, sedentas de aprender, de olhar quase sempre pensativo, crianças muito sérias para a sua idade. São justamente elas que mais facilmente sofrem de asma e bronquite. Nestes casos, o equilíbrio entre o pólo do pensamento e o vital parece perturbado, e a cebola poderá ser resolutória.

Nesta planta estão presentes dois pólos. No primeiro ano de crescimento, desenvolve-se o bulbo subterrâneo (análogo ao pólo do pensamento), e no segundo ano aparece a flor (pólo vital), que, por outro lado, no que se refere à forma, apresenta uma acentuada analogia com o bulbo subterrâneo. A cebola, nos tempos passados, era chamada, e com razão, "alimento dos intelectuais". Ela ativa o pólo vital, isto é, o abdômen; depura os intestinos e estimula os órgãos sexuais. Além disso, possui uma considerável capacidade de dissolver o catarro. Combinada com o tomilho, a cebola pode ser considerada um dos melhores remédios para livrar o organismo do muco supérfluo. Em caso de catarro obstinado, pode-se obter, sem dúvida, grande benefício com a tintura de cebola-tomilho, tomada conforme a seguinte posologia: quinze gotas em uma pequena quantidade de água, quatro ou cinco vezes ao dia, antes das refeições. A cebola equilibra a nossa polaridade. A própria planta nos oferece o exemplo com a sua forma de manifestação. É indicada, sobretudo, ao indivíduo sobrecarregado pelo próprio intelectualismo, que, por conseguinte, respira mal, de tal modo que as vias respiratórias conseguem somente imperfeitamente depurar-se.

Os que sofrem de asma e de bronquites crônicas farão bem em comer cebolas algumas vezes por semana. No passado, nos tempos difíceis, as pessoas eram quase obrigadas a se alimentar exclusivamente de cebolas e batatas temperadas com óleo, durante meses e anos seguidos. Uma dieta pouco variada, admito-o, mas provavelmente mais sadia que a enorme variedade de alimentos pré-confeccionados, bons somente para encher o estômago, ingeridos atualmente.

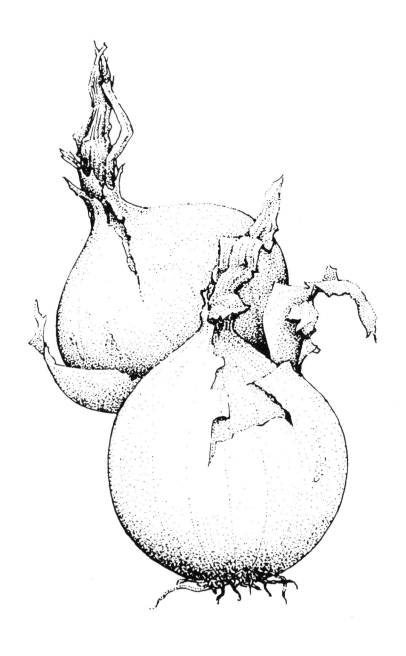

Allium cepa

Funcho *(Foeniculum officinale)*

Ainda uma vez, falo da relação intestinos-vias respiratórias. De um ou de outro modo, a condição dos nossos intestinos parece exercer uma grande influência nas nossas vias respiratórias. A infusão de sementes de funcho trituradas expele os gases do estômago e dos intestinos, depurando-os das escórias de uma fermentação anormal. O próprio funcho libera também o trato intestinal, afetado por uma enorme sobrecarga e, dessa maneira, faz "retomar a respiração" aos órgãos respiratórios. Expele o ar (gases intestinais) das partes do corpo que deles não necessitam, permitindo às outras, para as quais é indispensável, de se armazenar.

A infusão de sementes de funcho trituradas ajuda particularmente às pessoas afetas de asma ou de tosses crônicas, e também dá um alívio parcial em caso de cãibras ventrais. É particularmente indicado para a tosse convulsa. Em casos desse tipo, quatro partes de sementes de funcho, três partes de flores de camomila, três partes de tomilho e uma parte de raiz de ênula constituem uma boa combinação. Prepare a infusão com esta mistura, e a dê de beber ao paciente em pequenos goles, o máximo que lhe for possível. Este remédio pode ser eficazmente acompanhado por uma terapia de sustentação à base de cobre homeopático: *Cuprum* D6 (um comprimido três vezes ao dia). O cobre, como se sabe, exerce uma ação antiespasmódica muito pronunciada. As sementes de funcho podem também ser adicionadas em uma infusão feita para dissolver o catarro.

Como o anis, o funcho é uma planta que "aquece", adequada, sobretudo, às pessoas que são repentinamente invadidas por uma sensação de frio. Não são realmente raros os ataques asmáticos nas crianças, conseqüentes a uma séria repreensão por parte de um pai ou de uma mãe muito severos. Os ataques asmáticos e bronquiais destas crianças tendem geralmente a desaparecer quando o indivíduo, uma vez crescido, não depende mais diretamente dos pais (por exemplo, depois do matrimônio). Infelizmente, os pais excessivamente severos não se apercebem que geralmente dão à criança uma sensação penosíssima de frieza. É de se esperar que, tão logo na criança se manifestam os sintomas de asma ou bronquite, os pais corram em defesa, com a ajuda de uma planta medicinal "aquecedora", como o é a semente de funcho. O verdadeiro tratamento não se obterá, entretanto, somente graças a esta planta, mas verificar-se-á unicamente quando a criança tenha saído da situação muitas vezes "corta-respiração" em que diariamente se encontra. Os pais das crianças que sofrem de asma e de bronquite deverão imediatamente

Foeniculum officinale

perguntar-se se não são eles mesmos, pelo próprio filho, a estufinha (isto é, o calor) que a criança deseja com todas as suas forças, e das quais ela tem necessidade. Nos casos de asma, os "castigos" serão bastante prejudiciais, enquanto o calor (amor) poderá operar milagres.

Drósera *(Drosera rotundifolia)*

A drósera ou rosólida, comumente conhecida também como erva-do-orvalho, é um ótimo remédio para a tosse. Entretanto, as plantas medicinais que podem ser usadas para a tosse são numerosas, como, também, numerosas são as várias espécies de tosse. Devemos, por isso, indagar em que casos específicos este remédio poderá ser empregado. Devemos, antes de tudo, compreender exatamente que a drósera é uma plantinha carnívora que captura os insetos. Noção muito útil, esta, para o uso da própria erva. A nossa alimentação diária provoca no organismo uma reação ácida ou básica. De modo especial, a alimentação rica em proteínas e notoriamente os gêneros alimentícios animais, dão uma forte reação ácida, causa principal do tão temido ácido úrico. O excesso de ácido úrico no nosso corpo não somente determina reumatismos, ciática, dor de cabeça, mas poderá causar inflamações na garganta, nas amígdalas e nos brônquios.

A tosse é o sintoma que acompanha estas afecções das vias respiratórias. As inflamações produzem um excesso de catarro que, tossindo, pode ser eliminado. Quando acontecer de, não obstante um teor de vida extremamente sadio e harmonioso, manifestarem-se afecções das vias respiratórias com conseqüentes acessos de tosse, a drósera será útil. Esta erva é indicada sobretudo ao tipo que sofre de afecções da garganta e dos brônquios, conseqüentes a uma dieta muito rica em proteínas. Quando advêm doenças nas vias respiratórias, o organismo tenta livrar-se do excedente e perigoso ácido úrico. Em casos semelhantes, pode-se recorrer à drósera, também ela carnívora. Como no princípio homeopático, o semelhante é curado pelo semelhante. Nos casos de tosse originada pelo esquema acima descrito, empregue a tintura de drósera: cinco gotas em pouca água, de três a cinco vezes ao dia, antes das refeições.

Drosera rotundifolia

Pinho *(Pinus sylvestris)*

O aroma balsâmico do pinho é benéfico a todos. São as resinas que, no pinhal, determinam aquele perfume inconfundível, extraordinariamente aromático.

Com os cumes dos rebentos novos faz-se um xarope muito eficaz contra a tosse, bronquites e faringites. Esse xarope foi colocado no comércio pelo dr. Vogel (o bastante conhecido homeopata suíço) sob o nome de "Santasapina", e se encontra nas farmácias ou nas casas especializadas.

O pinho é indicado sobretudo ao tipo "saturnal", ao indivíduo muito sério, consciencioso e pesado. O indivíduo que, como o pinho, poder-se-ia chamar um "inflexível". Na prática, resultou que o tipo Capricórnio reage favoravelmente ao remédio supracitado. Entre todas essas coisas, que à primeira vista parecem não ter a mínima relação uma com a outra, existe ao invés uma certa conexão. O Sol segue o seu curso passando pelo signo de Capricórnio, de 22 de dezembro a 20 de janeiro. Nesse período está compreendido o Natal. A nossa "árvore de Natal" encerra certamente um significado mais profundo do que o que lhe atribuímos, de intimidade e sociabilidade. Tenhamos em mente que no Natal, em nossa casa, há uma planta que traz saúde.

Pinus sylvestris

Tussilagem *(Tussilago farfara)*

No início da primavera, quando ainda estamos arrastando o inverno, estão na ordem do dia uma quantidade de pequenas gripes, inflamações da garganta e sobretudo a tosse. Visto que tudo na natureza é perfeitamente regulado, a solução não poderá faltar; a pequena tussilagem é um dos primeiros mensageiros primaveris, como se a natureza nos estendesse a mão para nos ajudar a vencer as últimas ramificações da estação invernal. O nome latino desta planta é *Tussilago,* que significa dirigir a tosse (*tussis:* tosse; *agere:* dirigir).

Em seu *Lexico botânico dos Países Baixos,* Kleyn exalta as qualidades das folhas de tussilagem. Os antigos já costumavam queimar a folha, fazendo com que o doente aspirasse sua fumaça, a fim de proporcionar-lhe alívio nos acessos de tosse mais violentos. Também o famoso médico Dodonaeus exaltava as qualidades da tussilagem. A este propósito, escreveu: "As folhas verdes da tussilagem são, em geral, moderadamente refrescantes e excitantes, e possuem uma força particular para fortificar os pulmões".

A humilde tussilagem pode ser empregada para todos os problemas primaveris das vias respiratórias. Você pode servir-se das folhas secas, sob forma de infusão ou de comprimidos. Um ou dois comprimidos, três vezes ao dia, antes das refeições, proporcionam um grande alívio no caso de "gripes da primavera".

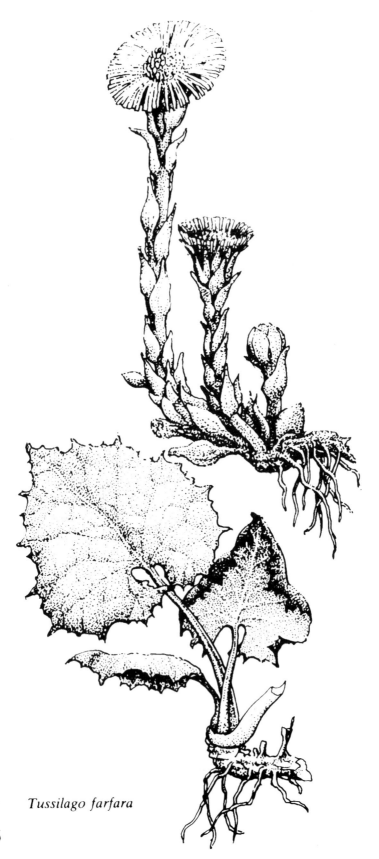
Tussilago farfara

Alcaçuz *(Glycyrrhiza glabra)*

O alcaçuz contém substâncias que exercem uma ação mais que salutar em nossas vias respiratórias. Além disso, o alcaçuz, à semelhança de quase todas as plantas medicinais, atua como depurativo. O suco de alcaçuz estimula as funções intestinais e expele água dos rins. Dela empregam-se as raízes e os brotos. Quando nos servimos da raiz de uma planta, será sempre para os casos que se referem à parte inconsciente do nosso pólo do pensamento (pense na valeriana, na potentilha, na arnica, etc.).

A parte inferior das folhas desta planta se apresenta muito viscosa, particularidade esta que é levada em conta relativamente ao uso que pretendemos fazer. O alcaçuz é adequado para as afecções da garganta, causadas por distúrbios da vida de relação (de adesão) do indivíduo. O alcaçuz é indicado, por isso, ao tipo de pessoa que inicialmente se esforça em ter boa vontade com todos, e depois rejeita o próximo, como muito "importuno". Este último considerará esse comportamento lesivo para sua personalidade. Conseqüentemente, o tipo alcaçuz sofrerá desilusões em cima de desilusões, no que se refere ao seu âmbito relacional. Dado que este indivíduo muitas vezes não consegue exprimir claramente os próprios sentimentos, acabará por se achar, espiritualmente, em uma situação que podemos definir de "frustração". Se as frustrações se acumulam, produz-se uma intoxicação da vida espiritual com manifestações fisiológicas. Quando o indivíduo se tornar ansioso e inseguro, acusará distúrbios nos rins, na pele e nos olhos*; no caso, ao invés, que ele tente mostrar uma falsa e "melosa" sociabilidade, será agredido, especialmente por distúrbios das vias respiratórias, em especial da garganta.

De fato, neste último caso a intoxicação produzida pela desarmonia na vida espiritual procura uma saída na garganta, e a pessoa em questão encontrará alívio no alcaçuz. Prescindindo destas distinções, a nossa planta medicinal exerce, em geral, portanto em todas as pessoas, uma ação benéfica. Por conseguinte, é sempre saudável mastigar, de vez em quando, pedaços de alcaçuz; assim como beber às vezes, em pequenos goles, uma infusão feita com uma colher de alcaçuz amassado. O preparado sólido genuíno, isto é, o feito unicamente com alcaçuz, será naturalmente também um ótimo paliativo para a dor de garganta e a tosse.

---

* Ver o meu livro *Como curar os olhos, a pele e os rins com as plantas medicinais.*

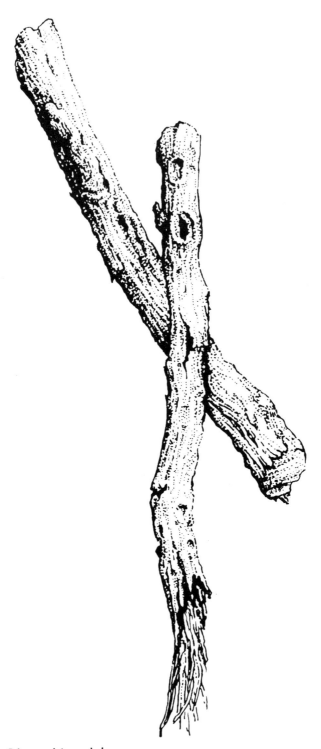

Glycyrrhiza glabra

5 Alguns remédios homeopáticos para as afecções dos nossos órgãos respiratórios

Nem sempre "mais" (o aumento da dose) cura mais: já o dissemos no Capítulo 3, referindo-nos à dosagem de um determinado remédio. O princípio básico da homeopatia depende completamente desta afirmação: "Muito não cura muito, mas o semelhante é curado pelo semelhante". A segunda parte do aforisma é a tradução do célebre *"Similia similibus curantur"*, o credo de Hahnemann.

O doutor Samuel Hahnemann (1755-1843) descobriu, de fato, que o elemento que causa uma determinada síndrome é capaz, outrossim, de curá-la. A questão está toda na exata diluição da substância usada. As diluições se chamam "potências". A palavra, literalmente, significa "forças". Quanto maior for a força de um determinado remédio, tanto mais ele será diluído. À primeira vista, a teoria poderá parecer muito estranha, dado que em geral somos inclinados a afirmar que, quanto mais elevadas se apresentarem as quantidades e a concentração de uma determinada substância, tanto maior, tanto mais enérgica será sua ação. Os dois raciocínios são válidos. Com a finalidade de compreender bem esta matéria, já difícil por si, devemos antes perceber que o mundo das plantas, dos minerais e dos metais é *substancialmente* análogo ao mundo do homem. O indivíduo é formado de um invólucro material. Esse invólucro determina em parte as possibilidades energéticas do indivíduo endereçadas para o mundo material. O homem, além disso, possui também um espírito. Este último escolheu morada no invólucro material (o corpo). Entre os dois agentes é preciso que haja uma situação de harmonia e de equilíbrio. O indivíduo pode utilizar as próprias forças físicas para manifestar-se na vida material. O excesso desta "corporeidade" poderia, por exemplo, ser definido como um macaco mecânico, um vetor de energia, portanto, sem a mínima relação com um fator espiritual. Um outro excesso seria o de viver "nas nuvens", desprezando em grande parte ou totalmente a existência do corpo. Algumas vezes chegamos a confirmar esse comportamento com as palavras: "não vive na terra!".

Para os elementos não-humanos, as coisas são ordenadas analogamente. Uma determinada substância pode exercer uma certa ação no organismo humano: em forma muito concentrada, ela incidirá no elemento material do homem, isto é, em seu físico. Quando, ao invés, se dilui a mesma substância, liberta-se a força (o espírito) da matéria. Vemos, de fato, na prática, que as "potências" homeopáticas muito elevadas incidem principalmente no espírito do indivíduo.

Em resumo, destes princípios podemos deduzir que as potências baixas atuam mormente no físico, enquanto as altas influem mais marcadamente no espírito (são psíquicas). As potências de uma dada substância são indicadas com a letra maiúscula D. Isso significa diluição decimal: D1= 1:10, D2= 1:100, D6= 1:1.000.000, etc. A vantagem da terapia homeopática está no fato de que, por exemplo, com uma única planta será possível tratar de milhares de pessoas, enquanto que para a fitoterapia geralmente é preciso o emprego de milhares de exemplares vegetais para curar um limitado número de indivíduos.

A fitoterapia e a homeopatia podem se combinar maravilhosamente. A fitoterapia trabalha com substâncias não-diluídas, pelo que tem efeito, sobretudo, na parte material do indivíduo (o corpo). Todavia, a maior parte das fisiopatologias não estão desvinculadas do agente psíquico. Com a ajuda das diluições homeopáticas, coadjuvantes da terapia "material", será possível combater o aspecto psíquico do mal.

Na escolha definitiva de um determinado meio homeopático, não devemos unicamente nos basear nos fenômenos físicos, considerados relativamente só ao mal específico. Certo médico homeopata disse: "Para todo remédio queremos uma história". Assim, o modo de estar sentados, uma preferência em questão de gosto, a posição que se assume deitado na cama, a tolerância à luz forte ou fraca, etc., têm significado essencial na escolha de um determinado remédio. No que se refere aos produtos homeopáticos, será melhor consultar um especialista. Não é preciso, de fato, esquecer que, para um determinado mal, os remédios indicados podem ser numerosos. Somente o médico, com base no quadro clínico completo, poderá julgar qual será o remédio mais indicado no caso específico.

Se bem que o presente volume não tencione ser um tratado de farmacologia homeopática, indicaremos mais adiante alguns remédios que poderão oferecer uma solução nas várias afecções dos órgãos respiratórios. Não insista, porém, em curar-se sozinho durante muito tempo com este método. Se depois de alguns dias não se apresentarem melhoras, será oportuno consultar um especialista.

Os seguintes remédios devem ser considerados como "domésticos", e é lícito dizer deles: "Também, se não ajudam, pelo menos mal não fazem".

Remédios contra a tosse

Ipecacuanha (uso: D4)

Este remédio é aconselhável sobretudo para as crianças que tossem amiúde. A tosse é acompanhada de um catarro tenaz, que não se consegue eliminar. O remédio é útil particularmente para os indivíduos jovens, fracos e nervosos. Em muitos casos, a tosse é acompanhada de estados espasmódicos abdominais.

Stannum (uso: D6)

Este remédio deve ser prescrito nos casos de tosse crônica, quando o catarro expectorado é de cor esverdeada. A tosse reagente ao *stannum*, na maioria das vezes, é conseqüência de uma predisposição asmática. Geralmente o rosto do paciente fica pálido, as bochechas são ligeiramente cavadas, e os olhos encovados. A tosse é violenta, com abundante expectoração catarral.

Hepar sulfuricum (uso: D4 e D6)

Nas afecções das vias respiratórias, o *Hepar sulfuricum* é um remédio considerado policresto (de múltipla ação). Ajuda na tosse chamada dissolvida, durante a qual é expectorado um catarro branco e amarelado. Não use, todavia, jamais este remédio para uma tosse seca e tenaz. Neste caso, a própria tosse se agravaria.

Ambra (uso: D4 a D6)

Este remédio é o melhor nos casos de tosse de origem nervosa (tosse histérica). Convém às pessoas de todas as idades. O *ambra* é um notável paliativo, particularmente nos indivíduos do sexo feminino, inclinados ao nervosismo. Vemos geralmente que a tosse nervosa ser manifesta nos períodos em que se acumulam os fatores psicoagentes mais disparatados, tanto no mundo dos negócios como na família, todos, em nível inconsciente, causa de grande tensão.

Remédios para as inflamações da garganta

Hepar sulfuricum (uso: D6)

Ótimo remédio nas inflamações da garganta, evidenciadas pelos chamados "pontos brancos" (não confundir com a amigdalite, quando a "zona branca" afeta somente as amígdalas).

Usado de modo correto, isto é, um comprimido de quatro a seis vezes ao dia e, no primeiro dia, dois comprimidos quatro vezes sucessivas, o *Hepar sulfuricum*, em alguns casos, poderá até substituir o antibiótico. Use-o durante sete dias consecutivos, e em seguida — admitindo-se que a inflamação tenha desaparecido — trate também da garganta com um comprimido de *Silicea* D12, três vezes ao dia, durante três semanas.

O *Hepar sulfuricum* é um composto à base de enxofre. O enxofre tem propriedades depurativas notabilíssimas. De fato, tempos atrás, as garrafas vinham sulfuradas antes de se derramar o suco de frutas a ser conservado. O enxofre é indicado especialmente ao tipo descrito no Capítulo 4, onde se trata do alcaçuz. O resultado de uma terapia à base de *Hepar sulfuricum* é visível sobretudo nos indivíduos com sensibilidade cutânea.

Apis (uso: D3 a D6)

Esta substância exerce uma ação antiflogística. A *Apis* é o veneno das abelhas homeopaticamente diluído. Todas as inflamações que revelam uma certa analogia com as conseqüências de uma picada de abelha são curáveis com a *Apis:* um sintoma característico é a dor queimante e pungente. O remédio é adequado sobretudo para as inflamações da garganta com forte inflamação e dores agudas. Nestes casos, a garganta apresenta-se tão "ardente" que "se pode fritar um ovo em cima dela", por assim dizer.

Use o remédio três ou quatro vezes ao dia, antes das refeições, para que consiga alimentar-se. Melhor seria jejuar ou apenas tomar sucos de fruta diluídos em água.

Echinaforce (receita do dr. A. Vogel)

Esta tintura é preparada com a equinócea purpúrea. É notável constatar que ação antiflogística essa planta exerce. Para resfriados, gripes, estados febris, inflamações oftálmicas, otites e até apendicites, este remédio tem se demonstrado precioso. Tão logo se manifeste uma inflamação da garganta, pode-se iniciar o tratamento, ingerindo com pouca água de vinte a vinte e cinco gotas de *Echinaforce*, e repetindo a dose depois de uma hora. Em seguida, depois de duas horas: vinte gotas; depois de três horas: quinze gotas e sucessivamente, quinze-vinte gotas, de quatro a cinco vezes ao dia. Em muitos casos, a inflamação da garganta não progride e é, por assim dizer, sufocada ao surgir: um resultado mais que apreciável.

Não devemos esquecer que reside em nós a capacidade de ajudar o organismo em seus esforços de depuração, dos quais a inflamação da garganta se revelou como primeiro sintoma. O uso da *Echinaforce* deverá, por isso, ser acompanhado por um teor de vida extremamente sadio e sóbrio. Voltaremos ao assunto no próximo capítulo.

Os dois medicamentos, *Echinaforce* e *Hepar sulfuricum,* devem ser levados em consideração também para as amigdalites, segundo a mesma posologia indicada para as inflamações da garganta.

Remédios contra a rouquidão

Arum triphyllum (uso: de D3 a D6)

Quando a rouquidão provier de um *stress* da laringe, depois de falar ou cantar muito, o *Arum triphyllum* será um ótimo remédio. Os sintomas são mais ou menos os da chamada "garganta áspera": o timbre da voz torna-se agudo, para em seguida cair várias oitavas. Falar normalmente torna-se quase impossível. O remédio em questão poderá ser usado três vezes ao dia. Entretanto, antes procure especificar as causas do problema: às vezes são a mesma logorritmia ou a dicção que são revistas e corrigidas. Este remédio não deverá ser tomado, porém, durante muito tempo e em breves intervalos.

Bryonia (uso: D4 a D6)

Remédio próprio para os casos de rouquidão conseqüentes a tosse (especialmente tosse seca e com sintomas inflamatórios laríngeos). A laringe pode tornar-se, nestes casos, tão sensível que o paciente quase desmaia de dor toda vez que tem que tossir. A *Bryonia* é indicada especialmente ao indivíduo de temperamento colérico (inflamável e enérgico). Em geral registram-se os melhores resultados nas pessoas de meia-idade, especialmente nos indivíduos magros e nervosos.

Existem vários outros remédios contra a rouquidão. A ação destes medicamentos, entretanto, incide tão profundamente no organismo do homem, de modo a tornar injustificado o uso sem a orientação de um especialista.

Remédios contra o resfriado

Echinaforce (veja: Remédios para as inflamações da garganta).

Sulfer (uso: D6)

Há pessoas que sofrem de uma certa predisposição ao resfriado. Em muitos casos, trata-se de indivíduos hiperescrupulosos. A origem da disfunção física deve ser pesquisada em seu estado espiritual. Eles não ousam enfrentar a vida livremente e sem angústia de espírito. Qualquer acontecimento fora do comum os leva a encerrar-se em si mesmos em ansiosa expectativa. O frio tem uma influência perniciosa em seu organismo, dado que não têm nenhuma resistência interna; os atinge como uma bofetada e o resfriado é iminente. O tipo Sulfer pode também ser inclinado às dermopatias e, de modo especial, às dermatoses e síndromes escamosas e eczematóide (função renal carente, causada por frustração na vida espiritual). O indivíduo sulfo-reagente poderá tomar, três ou quatro vezes ao dia, cinco pílulas de *Sulfer* D6, durante os seus resfriados recorrentes.

Euphrasia (uso: D1 a D2).

A tintura de *Eufrásia* ajuda sobretudo os olhos. Segundo o dr. Voorhoeve, é um remédio de comprovada eficiência nos estados de contínua esternutação, lacrimação e secreção nasal aquosa. Posologia: de cinco a dez gotas, três ou quatro vezes ao dia.

Remédios para a epistaxe

Hamamelis (uso: D2)

A tintura de *Hamamelis virginiana* é um dos melhores remédios para a epistaxe. A ação exercida é, em parte, semelhante à da arnica. Deve-se usar especialmente para as epistaxes originadas pela pressão alta. Uma hemorragia nasal nas crianças pode ser estancada, ao invés, com o *Natrium nitricum* D2.

Uso dos remédios homeopáticos e modo de obtê-los

Estes remédios são usados sob forma de grânulos (glóbulos) ou de tintura (diluições) ou mesmo em comprimidos. As tinturas se usam geralmente na medida de cinco gotas de cada vez, preferivelmente quinze minutos antes das refeições.

Os grânulos também são tomados cinco de cada vez; os comprimidos, ao invés, um de cada vez.

Essa dosagem deve ser considerada um tanto genérica. Nas afecções agudas, aumenta-se geralmente a freqüência da dose, isto é, começa-se com uma dose a cada hora, e depois de havê-la repetido por duas vezes, toma-se a dose seguinte depois de duas horas, a seguinte ainda depois de quatro e sucessivamente sempre a mesma dose, de três a quatro vezes ao dia. Se um remédio "funciona", o veremos facilmente. Quando a ação que exerce tiver que ser interrompida, o fato deverá ser igualmente notado, a fim de que se possa constituir o melhor ponto de referência para a hora da dose sucessiva.

Tranqüilização

Não nos devemos alarmar se, depois de ter assumido um determinado remédio, constatarmos uma piora no indivíduo: trata-se, somente, de um sinal para indicar que esse remédio foi eficazmente escolhido. Em geral, de fato, nas condições do paciente deve se manifestar uma certa regressão antes que se inicie uma melhora. Se todavia os sintomas não tendem a se agravar, isso não significa, de fato, que o remédio não é eficiente.

6 A nossa alimentação diária e suas implicações terapêuticas

"Melhor um pedaço de pão seco na paz, do que uma casa cheia de carne na discórdia."

(Provérbios, 17, vs. 1)

O início do presente volume deveria ter-se consistido em um capítulo sobre a alimentação. Apercebemo-nos, de fato, gradualmente, que boa parte das doenças é a conseqüência de uma alimentação carente ou errônea.

Em 1931, apareceu a tradução em holandês do livro escrito pelo conhecido médico suíço Bircher Benner: *A nossa alimentação como causa de doenças*. Infelizmente, a ciência médica pouco se interessou — ou nada — pelas experiências deste médico, também eminente. Se virmos o que oferece diariamente a lista das refeições nas várias clínicas, devemos nos perguntar até que ponto decaiu o entendimento da ciência médica com vistas aos processos efetivos de tratamento. É deplorável que a ciência, depois de ter feito tão incontestáveis progressos, esteja tão afirmada na convicção da própria superioridade, de modo a desconhecer muita sabedoria antiga e natural. A grande interrogação que me preocupa há anos é a seguinte: Por que, portanto, a ciência médica oficial não está disposta a colaborar e confrontar-se com as incontestáveis aquisições e tradições de uma "terapia natural"? Se quisermos nos ajudar reciprocamente, prestaremos provavelmente um precioso serviço à humanidade. Curar é sempre um esforço para o homem, feito pelo homem em favor do homem, e, em última análise, uma confirmação suprema do espírito científico do próprio homem!

No que se refere à nossa alimentação diária, não se pode dizer que tudo vai bem. Do ponto de vista científico, os cálculos talvez confiram; do "natural", porém, não se pode dizer o mesmo. O fetichismo pelas conservas e pelos produtos congelados, como também pelos alimentos precozidos, está em seu auge; basta que seja fácil e nutritivo: este é o credo de muitos, atualmente.

A compilação de uma doutrina alimentar completa nos levaria muito longe dos limites do presente volume. Todavia, poderemos, quem sabe, obter alguma coisa com a exposição de um compêndio, o mais global possível.

Se o indivíduo quer se nutrir de modo sadio e natural, deve aceitar, com efeito, três postulados.

1. A comida contém vitaminas, minerais, etc.

2. A comida contém substâncias que provocam uma reação ácida no organismo (ácido úrico).

3. A comida contém substâncias que provocam uma reação básica.

Estas três proposições servem de fundamento para uma doutrina alimentar cotidiana. Portanto, a nossa alimentação deve conter uma quantidade suficiente de vitaminas e de minerais. Esses elementos estão presentes em quantidade nas verduras frescas, nas frutas e nos laticínios. Quando se perceber uma falta destes elementos, surgirão doenças "de deficit": algum tempo atrás, em nosso país, o escorbuto (falta de vitamina C) constituía o exemplo mais vivo disso. Nos dias de hoje, as carências de vitaminas e de minerais são raras, se bem que, sem dúvida, ainda presentes. O problema do nosso tempo se condensa no segundo postulado da nossa pequena premissa. Atualmente, consumimos uma grande quantidade de alimentos, fatores de um excesso de ácidos orgânicos. A reação ácida é provocada principalmente pelas substâncias contendo proteínas animais. Para que os alimentos básicos consigam equilibrá-las não é preciso nada. Mas são justamente esses elementos que geralmente estão em falta. A carne tornou-se uma parte forte da refeição principal, pior ainda, tornou-se o totemismo moderno: batatas fritas, croquetes, almôndegas. Tudo o que é adquirido dos distribuidores automáticos é produtor potencial de reumatismo, gota, nefropatias, cefaléias, arterioscleroses, cardiopatias e distúrbios psíquicos.

Especialmente os gêneros alimentícios que provocam uma forte reação ácida ameaçam diretamente a nossa saúde. Café, chá e álcool fazem parte integrante deles. Dado que o organismo não está fisiologicamente em condições de neutralizar este excesso de ácidos (ácido úrico), ele é acumulado no corpo (depósitos de ácido úrico). Esses depósitos se acham especialmente em torno das juntas e em determinados tecidos musculares. Eis por que o indivíduo que pratica o jejum por alguns dias se sente excepcionalmente debilitado: porque o organismo está se depurando dos ácidos acumulados, que retornam ao sangue para serem, com a ocasião, eliminados através dos rins, com a urina. Quanto pior você se sentir durante um jejum terapêutico, tanto mais necessário terá esse jejum que ser efetuado. Verduras frescas, frutas e produtos de grão integral dão uma reação básica. Ótima para o organismo, dado que, então, este último não se encontrará às voltas com excessos de ácido úrico e as suas numerosas conseqüências.

Implicações da alimentação para os órgãos respiratórios

Como já pudemos constatar ao tratar das várias plantas, existe uma estreita relação entre a condição dos nossos intestinos e a dos órgãos respiratórios. Um intestino bem regulado é muito importante para o bom funcionamento do aparelho respiratório. Na Inglaterra costumava-se dizer que "a morte habita o intestino". A relação com a nossa respiração parece evidente quando nos apercebemos que morrendo "exalamos o último suspiro". O gênero de alimento que muitos consomem atualmente não é certamente conforme às nossas funções intestinais. O uso exagerado de açúcar, por exemplo, causa processos fermentativos e conseqüente acidez dos intestinos. Até o excesso de gêneros alimentícios animais se torna uma carga gravosa: os nossos intestinos não são adequados para digerir alimento animal; são, de fato, muito longos. Os intestinos de um verdadeiro carnívoro são curtos, dado que para a digestão de carne é preciso menos tempo. O intestino humano é, incontestavelmente, longo, e portanto próprio para a digestão do alimento vegetal. Ao alimento vegetal, mesmo para a quantidade de celulose contida, é preciso um período digestivo muito menor. Numerosas afecções da garganta são causadas pela acidez do intestino grosso. Será então necessário fazer, de qualquer modo, com que o intestino esteja livre e funcione devidamente. As pessoas inclinadas às afecções dos órgãos respiratórios devem evitar o *açúcar* (e, por conseguinte, todos os produtos que o contêm), bem como as proteínas e as gorduras animais, consumindo-os o menos possível. As verduras frescas, sobretudo cruas, assim como a fruta fresca, são determinantes para a saúde do homem.

A fim de que o leitor possa, em seu interesse, a eles se referir, indicamos aqui sete regras alimentares, que poderão funcionar como premissa na redação de um cardápio aceitável.

1. Consuma sempre mais substâncias básicas do que substâncias provocadoras de reação ácida

Básicas são as verduras e as frutas (cruas, de preferência). Formadoras de ácidos são as substâncias ricas em proteínas, sobretudo animais, e as gorduras (ver também a tabela no fim do presente capítulo).

2. Consuma o menos possível alimentos conservados e refinados

Qualquer que seja o método de conservação empregado, a qualidade do alimento será sempre adulterada. A conservação e a refinação degradarão sempre as vitaminas. Os conservantes e as substâncias que conferem sabor são geralmente aditivos. Apesar do controle sanitário exercido sobre as conservas, não podemos negar que estas substâncias químicas não-naturais não possam ser jamais enumeradas entre os reconstituintes de nossa saúde. Não nos pronunciaremos mais sobre a questão "prejuízo", deixando a propósito para cada um para que tire as suas próprias conclusões.

3. Consuma sempre grão integral

Os porcos são sempre mais favorecidos que nós. De fato, a sua alimentação contém as sêmolas, não apreciadas pelo homem, e outros resíduos dos debulhadores, porque atualmente quer-se somente farinha branca. E é justamente naquela parte tirada pelo homem, no bago do grão — a fim de que a farinha seja verdadeiramente branca — que se encontram as substâncias mais ricas. Atualmente, as pessoas consideram o pão branco mais "civilizado" do que o escuro. Contudo, deve-se entender que o alimento desnaturado tem pouco valor nutritivo e constitui um perigo para a nossa saúde.

4. Consuma o menos possível açúcar e gêneros supérfluos

O açúcar é causa de fermentações intestinais e pode anular completamente os elementos válidos dos outros alimentos. Se você não conseguir se eximir do açúcar, prefira, senão outro, o açúcar de cana (mascavo). Melhor ainda se você empregar o mel como adoçante: uma colherinha no chá de hortelã-pimenta é uma bebida excelente!

5. Não use água para cozinhar as verduras

O cozimento na água tira das verduras uma notável parte de suas substâncias preciosas e construtivas que, muitas vezes, acabam na descarga do esgoto. Melhor será estufar a verdura em uma frigideira grande, no fundo da qual você tenha espalhado uma camada fina de um bom óleo (de preferência óleo vegetal, comprimido a frio). O tempo de cozimento será nesse caso muito breve!

6. Consuma pouquíssimo óleo nas refeições

O uso de uma limitada quantidade de óleo favorecerá consideravelmente o processo digestivo. Consuma exclusivamente óleo vegetal, prensado a frio. Este, certamente, é mais caro, mas serão necessárias pequeníssimas quantidades dele.

7. Coma quando tiver realmente fome, e não somente quando tiver vontade

Ter vontade de comer uma dada coisa é geralmente a conseqüência de uma sensação de insatisfação moral, ou depende do fato de na alimentação habitual faltar alguma substância, essencial para você.

Deixe descansar os órgãos digestivos entre uma refeição e outra. Até você se irrita se o perturbam enquanto está trabalhando!

Experimente, com a ajuda das indicações supra-relacionadas, variar o seu cardápio. Deverá, antes de tudo, ter consciência de que o dito "Uma corrente é tão resistente quanto o seu elo mais fraco" é diretamente aplicável ao nosso quadro alimentar; isto é, que o valor do alimento cotidiano, essencial à nossa saúde, é tão grande quanto a mais exígua quantidade de substâncias necessárias ao nosso organismo.

Um quadro alimentar, por natural e balanceado que seja, não terá o mínimo valor se, por exemplo, vier a lhe faltar uma substância essencial à sua saúde.

E, finalmente, eis um prospecto sobre a medida em que determinados gêneros alimentícios produzem um excesso de ácidos, e outros, ao invés, um excesso de base. Esta tabela foi extraída do livro *Natureza e saúde*, de N. Bos.

Vale a pena servir-se destes dados, para experimentos práticos. Como já foi dito no item 1, o nosso alimento deve conter um número de elementos formadores de bases, maior do que os formadores de ácidos. Segundo esta lista (infelizmente limitada), você poderá verificar que possibilidades terá para compensar as bases com os ácidos. Um exemplo: se comer arroz beneficiado (aquele não descascado, naturalmente, é muito melhor), formar-se-ão numerosos ácidos (72,5%); você poderá compensar estes ácidos consumindo, juntamente com o arroz, e em grandes quantidades, tomates, salada, cenouras ou pepinos. Os formadores de ácidos não são por si só nocivos, embora o sejam largamente compensados por portadores de bases. Quando não se verificar a compensação, teremos um *excesso de ácidos* que poderá ser perigosíssimo. Numerosas doenças, de fato, são ocasionadas especificamente por um excesso de ácido úrico.

Quem não dispuser da necessária imaginação e desejar se aprofundar nesta matéria importante (a importância é vital), poderá encontrar idéias e ótimos conselhos num livro de receitas culinárias com produtos naturais. Vença a preguiça e os seus hábitos "mofados" em relação à sua nutrição e você descobrirá o mundo cheio de "vida" que os verdadeiros "víveres" nos proporcionam!

Isto deve constituir um desafio para todo indivíduo cônscio do valor da própria existência.

Excesso de bases e de ácidos

	Bases	Ácidos
beterrabas	78,5%	21,5%
ameixas	76,5%	23,5%
tomates	75,0%	25,0%
salada (alface repolhuda)	75,0%	25,0%
figos	74,5%	25,5%
cenouras	71%	29,0%
pepinos	64,5%	35,5%
batatas	63%	37,0%
mel	62,5%	37,5%
feijões	62,0%	38,0%
rábano	58,5%	41,5%
cogumelos	56,5%	43,5%
couve branca	56,0%	44,0%
espinafres	54,5%	45,5%
leite	53,5%	46,5%
cacau	48,0%	52,0%
feijões brancos	45,0%	55,0%
toicinho	44,0%	56,0%
manteiga	43,0%	57,0%
margarina	42,5%	57,5%
farinha de trigo	41,5%	58,5%
flocos de aveia	41,0%	59,0%
lentilhas	38,0%	62,0%
crustáceos	31,0%	69,0%
carne magra de novilha	29,0%	71,0%
pão branco	28,0%	72,0%
arroz beneficiado	27,5%	72,5%
ovos	27,0%	73,0%

Linha dos 50%

Bases ▨   Ácidos ☐

582

7 Pequeno vade-mécum e conclusão

Se você não estiver firmemente decidido a atacar as causas efetivas de um mal, nem planta medicinal, nem remédio homeopático poderão ajudá-lo. As plantas medicinais não fazem milagres, mas são, elas mesmas, milagrosas. São milagres de equilíbrio cósmico (natural). Quem quiser somente espelhar-se nos milagres da natureza, não poderá utilizar a própria natureza para curas espetaculares. A verdadeira cura nasce de você, e em você mesmo. Compreender o perigo inato na vida desarmoniosa, maior responsável pelas doenças físicas que o perturbam, é a única possibilidade que se lhe oferece de tratamento *efetivo* (isto é, intrínseco, relativo à sua própria existência).

Visto que as plantas medicinais, por si sós, representam um esquema harmoniosamente perfeito que, dependentemente da espécie, pode ser absolutamente análogo à sua condição específica, o uso dessas plantas não poderá jamais prescindir do conceito de um *ser humano completo*. Não se deve fazer, portanto, uso de plantas medicinais, como, por exemplo, de um comprimido de aspirina ou de uma pílula para baixar a pressão. O seu significado é muito mais elevado. Além da peculiaridade indicada pela farmacologia específica, eles possuem qualidades que, provavelmente, fogem a toda pesquisa científica. Devemos considerar estas plantas como exemplos de harmonia e de equilíbrio.

A seguinte relação de afecções físicas e das correspondentes plantas medicinais não está totalmente conforme ao espírito do presente livro. Quase sempre, uma tabela desse tipo é empregada de modo errado. Tão logo tem-se a sensação de que alguma coisa não vai bem, corre-se subitamente a consultar as últimas páginas dos livros, para escolher qual o caso e depois experimentar um dos remédios indicados, sem indagar se realmente a fitoterapia escolhida é adequada à afecção específica. Não se esqueça nunca, por isso, de analisar o esquema detalhado de uma planta específica, antes de fazer uso dela.

Somente o remédio que se harmoniza com toda a sua constituição o ajudará realmente. Somente então você terá individuado a chave dos seus problemas.

Nunca tente deter ou reprimir os fastidiosos sintomas (que são somente manifestações aparentes) com um remédio que parece lhe convir. Mesmo que temporariamente, os distúrbios podem parecer eliminados, a causa mais profunda do "mal" subsiste, e com ela o risco de reiteradas e fastidiosas recaídas.

Asma (nervosa)	tanchagem cebola raiz de ênula funcho
Bronquite asmática	raiz de ênula pinho drósera tomilho Ipecacuanha
Febre do feno	tintura de hera-terrestre
Rouquidão	*Arum triphyllum* *Bryonia*
Gripe	Equinaforce *Hepar sulfuricum* tussilagem infusão de flores de tília como sudorífero
Tosse contingente com catarro tenaz	tomilho cebola drósera pinho tussilagem alcaçuz Ipecacuanha
Tosse crônica com catarro persistente	funcho cebola
Tosse espasmódica	Ipecacuanha *Magnesium fosforicum* D6 (um comprimido três vezes ao dia)

Tosse seca e nervosa	tanchagem âmbar (para tosse nervosa)
Catarro peitoral	raiz de ênula tintura de *Allium* / *Thymus*
Tosse convulsa	funcho *Ambra* drósera tomilho
Inflamações da garganta	sálvia *Hepar sulfuricum* *Echinaforce* (!) *Apis* tussilagem pinho alcaçuz *Silicea* D12 (para a convalescença)
Inflamação das amígdalas	*Hepar sulfuricum* *Echinaforce* *Silicea* D12 (para a convalescença)
Carência da função pulmonar (indivíduo escrofuloso)	hera-terrestre alcaçuz
Pulmonites	*Hepar sulfuricum* D4 *Echinaforce* Pulmonária ou *Silicea* D12 para o tratamento de convalescença
Pulmonites infantis que aparecem sobretudo depois da extração das amígdalas	Juntamente com os remédios usuais, administrar *Argentum metallicum* D6 (no primeiro dia, de quatro a cinco vezes um comprimido, em seguida três vezes ao dia um comprimido. Depois, a cada quatro dias, um comprimido. Depois de sete dias, um comprimido em dias alternados, até o limite de duas semanas do início do tratamento)

Resfriado	*Echinaforce*
	Sulfer
	tussilagem
	eufrásia (pôr uma pequena cebola fatiada em um pires ao lado da cama, durante a noite)
Epistaxe	tintura de hamamelis
Pleurite	*Bryonia*
	infusão de resina de pinho

Para todas as afecções das vias respiratórias, as seguintes verduras são particularmente indicadas:

>   alho porro
>   cebola
>   chicória
>   chicória belga
>   alho
>   pepinos
>   aipo
>   salsa
>   cenouras

Os legumes devem ser usados com moderação, sobretudo os feijões e os grãos de bico. Entretanto, a infusão de vagens secas é ótima para todo o processo de metabolismo.

Conclusão

"O homem é originalmente bom e leva consigo uma natureza divina."

Meng-Tseu

O pensamento que este livro pretende exprimir é talvez, em essência, muito próximo da máxima acima. A questão reside toda no modo em que nós, como seres viventes fazendo parte do cosmo total, sofremos a interferência das circunstâncias (entre outros, do nosso próximo) e também de nós mesmos. Os nossos filhos já são "insensíveis", para enfrentar as adversidades da vida. Esquecemo-nos muito freqüentemente, porém, que é o próprio homem quem provoca essas adversidades. Insensibilizar-se e entrincheirar-se em defesa constitui, em essência, uma atitude não natural, já que o indivíduo, quando está consciente de suas reais possibilidades e qualidades, deverá estar em condições de viver em harmonia com o próximo. Este livro, por isso, não pretende ser uma "alternativa". Foi escrito pelo indivíduo que tem a coragem de atribuir o valor correto ao aspecto humano da existência. Não será a "sabedoria" nem mesmo a ciência que vão livrar o homem de seus problemas e de seus males.

O respeito de uns pelos outros, que poderemos talvez chamar *amor*, é a chave de uma convivência harmoniosa.

As plantas medicinais existem não para serem "desfrutadas", mas amadas. Se estivermos em condições de sentir este "amor", o que nós respeitamos (isto é, aquilo que amamos) também nos amará. Diz um antigo provérbio: "Quando beber a água, pense na fonte", provérbio que poderia também ser aplicado em relação às plantas. Em outras palavras: quando conseguir a cura, pense com amor em quem a proporcionou.

Sem dúvida, haverá quem, lendo os pensamentos acima, dirá, sem dúvida, que se trata somente de sugestão. A única resposta que se poderá dar em um caso desse tipo será a seguinte: os defensores dessa afirmação não entenderam jamais profundamente que o Amor (escrito com A maiúsculo) é talvez a maior força sugestiva à disposição do homem. E um homem sem amor é como um dia sem sol!

Para concluir, ainda uma observação prática: não se trate sozinho durante muito tempo, em qualquer eventualidade, desprezando o conselho médico. Ao procurar o conselho do médico, não deve hesitar em contar-lhe, sem temor, o que pensa a respeito do "tratamento". Não tente, porém, jamais convencê-lo de suas razões. Em última análise, deve partir do axioma que até o médico está animado das melhores intenções em relação a você. Um médico de mente verdadeiramente aberta às implicações mais escondidas da interrogação "O que significa efetivamente curar?", certamente não o censurará se, de modo honesto e franco, você lhe contar o que havia feito para melhorar as suas condições, e poderá, provavelmente, tratá-lo melhor e mais rapidamente.

11
COMO CURAR OS OLHOS, A PELE E OS RINS COM AS PLANTAS MEDICINAIS

Plantas medicinais, homeopatia e alimentação correta na cura natural dos distúrbios e doenças dos "órgãos de relação"

Título original:
KRUIDEN VOOR NIEREN, HUID EN OGEN

© Copyright by Uitgeverij Ankh-Hermes bv – Deventer, Holanda.

© Copyright 1983 by Hemus Editora Ltda.
Mediante contrato firmado com o Editor.

*Todos os direitos adquiridos para a língua portuguesa
e reservada a propriedade literária desta publicação.*

Tradução:
Carlos A. Lauand

Ilustrações:
Gerry Daamen

Introdução

Por meio da pele estamos em condições de sentir se um objeto é frio ou quente, se é agudo ou obtuso, mas é realmente estranho pensar fazê-lo com os rins e com os olhos. Não obstante, mesmo que possa parecer estranho, isso é absolutamente possível. Também os rins e os olhos, de fato, podem ser considerados "órgãos de relação".

Para entender como isso acontece, devemos procurar compreender que não falamos neste livro de "sentidos táteis", mas dos nossos sentimentos. Todo indivíduo tem seus próprios sentimentos em relação a certas pessoas e coisas.

Uma pessoa, por exemplo, irromperá em lágrimas antes de uma outra. Nós dizemos às vezes de alguém: "É um tipo sensível", ou "Aquela mulher reprime todos os seus sentimentos; deveria desafogar-se mais vezes!"

Sobretudo este segundo tipo constitui o assunto do presente livro. Na prática, vê-se que existe uma relação entre as afecções dos rins, dos olhos e os sentimentos reprimidos, sobretudo no "tipo sensível". Malgrado todo o seu bem-estar, há sempre mais pessoas que têm dificuldades em exprimir seus sentimentos.

Exprimir sentimentos pode de fato perturbar muito o andamento "regular" dos acontecimentos, pois os próprios sentimentos são quase sempre individuais. Para dar um exemplo disso: atualmente não há muitas pessoas em condições de cuidar dos próprios progenitores velhos. Este cuidado produz uma tal violação da existência pessoal que pode provocar um verdadeiro desequilíbrio.

Não há motivo, assim pensamos, para ouvir as lengalengas (sentimento) do velho. Não, deve ir para uma casa de repouso. Talvez acrescentemos alguma coisa à pensão, contanto que tudo seja bem feito. Com efeito, nesse caso pode-se aborrecer um ao outro com os sentimentos pessoais. Todavia, o problema está em se verdadeiramente devemos sempre escolher o caminho da mínima resistência, ou se podemos fazer alguma coisa por um outro, conservando boas relações e um pouco de amor recíproco. Os modelos sociais, "de forma aerodinâmica" do nosso tempo, podem significar, malgrado todas as vantagens, um perigo para a nossa vida sensitiva pessoal. Uma vida comunitária, socialmente bem organizada, não significa sempre uma vida comunitária humana. Como são felizes algumas pessoas quando chega alguém que dispõe de tempo para escutar e prosear. A solidão pode ser muito dolorosa. Aumentos de salário, trabalho melhor, ampliação do patrimônio, melhores previdências sociais, e assim por diante: tudo isso pode ser importante, mas onde fica o indivíduo? Ocupamo-nos talvez, de modo um tanto ativo, da verdadeira felicidade humana? Poder-se-ia quase pensar que, nestes tempos, esta mesma felicidade humana seja comerciável. Infelizmente, é a pura verdade! Todo o conjunto de luxo e de bem-estar não poderá nunca substituir aquilo que deve formar o núcleo das nossas relações humanas: "um pouco de afeto recíproco" (ou seja, interessar-se realmente um pelo outro). Não é por menos que muitos jovens dão as costas ao modelo da nossa via comunitária, para refugiar-se naquilo que é denominado "subcultura". O mais das vezes, estes elementos sofrem muito profundamente com a falsidade humana, como ela se manifesta freqüentemente em nossos dias. Nesta sociedade há pouco lugar para os seus sentimentos ou não há quase nenhum. Um outro exemplo de uma vida sensível arruinada é dado pela calamidade do século: a televisão. Se antigamente ainda se possuía, no seio da família, um pouco de tempo para os outros, agora nem isso temos mais. Depois do jantar põe-se em funcionamento o "caixotão" e, em muitos casos, as pessoas ficam sentadas até que os programas tenham terminado. Durante a transmissão, ninguém é bem-vindo. Uma conversa interessante, um jogo, um passeio, um trabalho artesanal comum, são coisas de outros tempos. Na *realidade*, nesse instante as pessoas apenas se conhecem. Não nos encontramos certamente mais no mesmo plano, pois cada vez menos se apreciam as qualidades recíprocas. Até durante as férias algumas pessoas ficam contrariadas porque na casinha de campo não há televisão. "Como passaremos estas três semanas, pelo amor de Deus!", ouve-se dizer, e as pessoas passam toda a noite olhando-se entediadas. Superficialidade, nivelamento e solidão são as três grandes características desta nossa vida comunitária. Felizmente há pessoas que entendem que alguma coisa deve realmente mudar. Volta então a coragem de acabar com a rotina social corrente e o desejo de tornar-se novamente criativas. Um comportamento desse tipo pode ser um verdadeiro benefício para a família. Descobrem-se qualidades recíprocas até então desconhecidas.

Às vezes, o jogo "Homem não se encolerize" revela subitamente como um dos participantes está na realidade "reagindo desafogando-se". Descobre-se o interesse recíproco pelas pessoas e sua atividade. Experimente sobretudo conservar o equilíbrio em sua vida afetiva. Não é um equilíbrio que se possa atingir com qualquer espécie de "resgate": pagamos o devido por isto e, conforme o caso, até por aquilo e a nossa consciência está novamente em paz: "O que se pode fazer mais?", ouve-se dizer. Mas os fatos são bem diferentes. Na verdade, é impossível viver de modo equilibrado se nos encontramos constantemente em confronto com todas as alegrias e as dores da vida sentimental dos outros. Como já dissemos: devemos aprender a atingir o equilíbrio. Nenhum excesso, tanto de uma parte como de outra! O equilíbrio vem por si quando se atinge um interesse recíproco, bem-entendido. Este interesse pode aumentar até tornar-se respeito mútuo. Apenas tenhamos atingido este estágio, não nos importunaremos mais um ao outro com manifestações inúteis, ou pior, fastidiosas, de nossa vida afetiva. Se quisermos enfrentar juntos argumentos mais comprometedores, deveremos antes procurar compreensão recíproca. Não tentaremos então sobrecarregar-nos um ao outro com os nossos problemas. A vida encarada deste modo pode favorecer o desenvolvimento de uma existência comunitária em que aparecerão, muito mais raramente do que acontece atualmente, a solidão, o desconforto silencioso e os sentimentos reprimidos.

O empenho de cada um está em encontrar o real "equilíbrio de vida". Para atingir tal equilíbrio devemos antes aprender de novo a "ver" (olhos) e a "sentir" (pele) as coisas na medida justa, para descobrir o que devemos "conservar" e o que "eliminar" (isto é, "filtrar" espiritualmente). Esta última palavra concretiza-se, em nosso corpo, na ação dos rins. Os problemas de nossa vida afetiva nos desequilibram: provavelmente você começará a entender que, em uma situação análoga, os olhos, a pele e os rins podem ressentir-se disso.

Estes órgãos, no que concerne a seu funcionamento, são totalmente análogos aos responsáveis psíquicos da nossa vida sensitiva. Podemos talvez retomar o que dissemos acima, em uma só palavra, tomada de empréstimo a um livro muito "sábio" de cerca de três mil anos atrás: o *I Ching*. Neste volume encontramos, entre outras, as quatro virtudes cardeais da ética chinesa, como comentário à primeira imagem do mesmo livro: "O princípio criativo".

A nobreza anda junto com o amor,
O sucesso anda junto com os bons costumes,
O progresso anda junto com o direito,
A constância anda junto com a sabedoria.

Do *I Ching*.

Na procura do "equilíbrio de vida", não nos pode ser dada ajuda melhor. Finalmente, ainda duas palavras sobre plantas medicinais. Quando vamos ao médico com as nossas doenças de rins, olhos e pele, ele nos coloca imediatamente em relação com a nossa vida afetiva. As verdadeiras origens não são nunca, ou raramente, manifestas. O homem corajoso não tem provavelmente tempo para ocupar-se de seus "fundamentos", pois há ainda "muitos depois de você que estão esperando". Os remédios usados pela farmacoterapia oficial agem todos, mais ou menos, de modo primitivo e "brutal" sobre nosso organismo. Muitas vezes o nosso corpo encontra dificuldades para absorver os remédios administrados. Os remédios químicos são compostos de substâncias certamente nem sempre inócuas e que podem provocar até distúrbios colaterais (procura-se curar um órgão e com isso descompensa-se outro). Partindo do ponto de vista de que os nossos olhos, pele e rins estão ligados à nossa vida psíquica (emotividades), é óbvio que os preparados químicos não se aplicam totalmente a órgãos tão "delicados".

O indivíduo pode conseguir muito do uso das plantas medicinais. Sobretudo no que concerne à regularização e à harmonização dos vários órgãos. As plantas atuam de modo muito mais "leve" e destemperado que os produtos químicos, e além disso as próprias plantas são um produto harmônico e equilibrado da natureza. A nossa pele obterá maior vantagem com um pouco de óleo de hipérico que com qualquer pomada fabricada artificialmente.

Retornaremos mais amplamente a este assunto nos capítulos seguintes.

1 A dor espiritual é suportada, em nosso corpo, pelos rins, pelos olhos e pela pele

A dor espiritual é um fenômeno autenticamente humano. De fato, não perdoa ninguém. Malgrado isso, há provavelmente poucas pessoas que se detêm a perguntar-se: "Que é na realidade a dor espiritual?" Em primeiro lugar, somos propensos a confirmar que se trata de uma sensação muito dolorosa.

Muito melhor não pensar e levar a vida alegremente: já há muitas desgraças no mundo. Para entender bem a essência da dor espiritual, devemos ter em conta que esta manifestação não aparece espontaneamente.

Tem sempre a ver com o próximo ou, se quisermos ampliar as causas, com acontecimentos externos nos quais, todavia, esta relação, evidentemente, se liga à possibilidade do indivíduo de instaurar uma relação com as coisas que o circundam.

O homem pode estabelecer dois vínculos: este aspecto relacional é um dos princípios originários da humanidade. Na narração bíblica da Criação lemos que Deus disse, após haver criado Adão: "Não é bom que o homem esteja só". Todo indivíduo tem necessidade do próximo, quer queira ou não, ele nasceu para construir e conduzir uma vida em comum. A história nos ensina que mesmo a sociedade tem sido comumente fonte de grandes conflitos e dificuldades.

Como foi dito na introdução, o homem deve considerar sua obrigação atingir uma harmonia completa em sua "vida comunitária". Não é simples para muitos de nós que vivemos em uma época em que a desarmonia está na ordem do dia.

A extraordinária importância do aspecto do relacionamento do ser humano consiste, entre outros, no fato de que ele depende de seu próximo. Não podemos fazer um menor que o outro, é um conceito que vale não somente para o que se refere ao nosso físico, mas, seguramente, também para a nossa vida espiritual: tudo isto torna o homem "vulnerável". O comportamento e a reação de um indivíduo atingem sempre os de um outro. O homem não está perfeitamente cônscio disso; de fato, já durante a educação dos filhos, o conceito é óbvio: os pais procuram preparar sua prole para as conseqüências da vulnerabilidade humana. Se uma criança encontra uma ou outra dificuldade, diz-se-lhe geralmente: "É uma experiência que poderá ajudar-te e sobretudo não te surpreender; não deves te *importar com isso*". Ou então ouviremos dizer de quem se deixa levar muito pelos sentimentos nas contrariedades: "Você deve enfrentar bem os outros na vida. Deve aprender *a calejar a alma*". Ouviremos, ao invés, sentenciar ao indivíduo aparentemente perseguido por repetidas adversidades: "Meu caro, você deve *fechar os olhos* diante desta situação, pois assim sofrerá menos". Quando depois não podemos mais, *irrompemos em lágrimas*. No livro bíblico de Jó encontramos um exemplo claro da relação: vida emotiva (alma-rins). Quando Jó é abandonado por seus amigos, depois que tudo lhe foi tirado, deverá recuperar-se dos traumas sofridos pela sua sensibilidade e manifestando seu estado de ânimo diz, entre outras coisas: "Atravessa-me os rins, e não me poupa" (Jó 16/13). Também no livro dos Provérbios, encontramos um dos muitos exemplos bíblicos da relação sentimento-rins: "Filho meu, se o teu coração for sábio, alegrar-se-á o meu coração dentro de mim. Também se regozijarão os meus rins, quando os teus lábios falarem coisas retas" (Provérbios 23/15-16). Não é talvez singular que a linguagem e as mesmas palavras usadas indiquem claramente as zonas físicas que têm relação com a vida sensitiva (espiritual). Qual é portanto a verdadeira origem dos distúrbios que se produzem nas zonas físicas? A resposta é simplíssima: quando no mundo do relacionamento do indivíduo há qualquer coisa essencialmente errada (de muito tempo) — ou, em outras palavras, quando uma pessoa se encontra constrangida a enfrentar contínuas dificuldades conseqüentes a relações que ela tenta estabelecer com os homens e as coisas que a circundam.

Submeteremos agora a um exame mais aprofundado os rins, os olhos e a pele, sempre em relação à nossa vida psíquica (sensitividade).

Os rins

Os rins são os órgãos que filtram o nosso sangue. Podemos compará-los a uma "instalação de depuração". O líquido (urina), que é expulso por meio dos rins, é o deferente de uma notável quantidade de materiais "tóxicos", que são assim eliminados do corpo. O sangue é purificado nos rins. Sobretudo os resíduos (produtos de demolição) das albuminas são eliminados pelo sangue através dos rins. Ora, parece que há uma relação entre a nossa estrutura psíquica e a composição dos líquidos fisiológicos (por isso também do sangue). Os influxos negativos sobre nossa mente exercem então uma influência desfavorável sobre a composição do próprio sangue. Se nós, por exemplo, tivermos que sofrer muitas contingências "desagradáveis", os nossos rins serão forçados a funcionar mais porque o nosso sangue estará "menos puro". Se na vida sensitiva as tensões duram muito tempo ou são muito intensas, pode acontecer que os rins "se cansem" e, na paior das hipóteses, sem revelá-lo. Como exemplo da eventualidade supradescrita, poderá servir o relato da seguinte situação: sucede freqüentemente que as mulheres sofram inconvenientes renais durante os primeiros anos de matrimônio. Ninguém sabe explicar o porquê. A saúde tem sido sempre boa. Um matrimônio feliz (?). Uma bela casa, um marido com ótima posição, nenhum problema financeiro, contudo... Isso que parece tão belo à primeira vista — se tivermos a possibilidade de aprofundar o comportamento real desse casal — revelar-se-á uma verdadeira tragédia. Antes das núpcias, a relação entre homem e mulher era tal que a mulher podia somente alegrar-se com o pensamento de casar-se com um homem semelhante. Cortesia, sociabilidade etc. aparentavam (pareciam) as características do indivíduo em questão. Após o matrimônio, o homem começou a mudar lentamente, na realidade não era tão cortês e de bom humor como aparentava antes das núpcias. A mulher sentia-se sempre menos atraída pelo marido e, no íntimo, deplorava-se por ter-se casado com um indivíduo desses. Mas não se vai inesperadamente ao juiz para pedir-lhe uma sentença de divórcio. Antes das núpcias, o homem havia "suportado" uma parte especial para atingir a intenção. Uma vez casado, havia-se tornado ele mesmo, revelando sua verdadeira natureza. Tal natureza tinha enchido de terror a jovem esposa: havia-se "entregado" a alguém bem diferente! Queria, mais que qualquer coisa, romper aquela relação tornada odiosa, mas não o conseguia, condicionada que estava pelos elogios, substancialmente verdadeiros em aparência, que todos tributavam ao seu casamento. A mulher estava por isso mais ou menos constrangida a aceitar, todo dia, uma relação que queria repelir.

Eis o exemplo de uma situação em que os rins permanecem vítimas das crises emotivas, em que uma pessoa lentamente vem a encontrar-se. É uma perturbação psíquica difícil de exprimir e por isso não fácil de resolver-se: não existe caminho de salvação para a "dor espiritual". A natureza, todavia, não conhece as mesmas medidas. Se não vai bem de um modo (por exemplo, modificando as circunstâncias), funcionará de outro (por exemplo, afetando o físico). Os acúmulos, os elementos desarmônicos presentes no organismo, devem portanto sair do organismo mesmo.

Será portanto de importância vital não suportar por muito tempo sua dor física. Não "a conserve", mas experimente livrar-se dos fatores desarmônicos, que poderiam tornar-se um atentado ao seu organismo. Em todas as afecções renais, você deve imediatamente verificar se existem relações "tormentosas" com outras pessoas. Examine o seu "mundo relacional" e experimente equilibrá-lo. Este reequilíbrio do âmbito relacional representa provavelmente a melhor medicina para todas as afecções renais. Se não se providencia inicialmente tudo isso, o uso das plantas medicinais não poderá trazer qualquer ajuda durável, pois a causa própria do mal não terá sido eliminada. O urologista tem a sua importância na cura das afecções renais, mas a contribuição do psicólogo é vital.

A pele

A nossa pele é multifuncional. A função tratada neste caso é a sudoração. A pele, como os rins, está em condições de "desintoxicar" o nosso corpo. A sudoração, para isso, é determinante para o corpo humano. Também entre a função da pele e o nosso estado emotivo existe uma relação. Na linguagem comum encontramos uma expressão característica a respeito: "Começou a suar frio de *medo*". O estado da nossa mente (neste caso o medo) constringe a pele a emitir um excesso de humor (suor). Em muitos casos, as afecções da pele são a conseqüência da função renal carente. Em tal caso a pele supre a sua inatividade. Provavelmente na relação pele-vida sensitiva, existe uma correlação levemente diversa da que havíamos tratado falando dos rins. É uma diferença de matiz. Em ambos os casos trata-se do mundo do relacionamento: as afecções renais são, no mais das vezes, a conseqüência das perturbações provenientes de uma relação social existente que, mesmo o querendo, não pode ser interrompida. Nas afecções cutâneas, ao invés, a causa é pesquisada sobretudo na impossibilidade de instaurar um regime de relacionamento baseado no entendimento comum. Freqüentemente, de um modo ou de outro, acaba-se sempre repelindo o companheiro, embora, na realidade, não se deseje fazê-lo.

As afecções cutâneas que podem aparecer durante os anos da puberdade, consideradas no contexto destes raciocínios, não são pois tão simples. Durante a puberdade, o rapaz deve enfrentar pela primeira vez a necessidade de instaurar as próprias relações sociais (ou seja, estranhas às estabelecidas com os pais). Estes contatos relacionais parecem dar origem a grandes dificuldades para muitos rapazes, e por outro lado também para os próprios pais, justamente nos anos da puberdade. Neste período o rapaz não sabe se deve comportar-se, com as pessoas ou com as coisas, como uma criança ou como um adulto. Experimenta manter relações com os adultos. mas descobre não estar ainda, para isso, em condições (entre outras socialmente) suficientemente maduras. Tão logo "o adolescente" está em condições de estabelecer relações mais ou menos "adultas", aparecem as afecções cutâneas (acne). Vemos também manifestar-se tais afecções nos solteiros, que efetivamente prefeririam uma relação séria e estável. Em casos desse tipo, as espinhas (especialmente no rosto) e o eczema são fenômenos muito difundidos. É remarcável, por exemplo, que uma mulher dos trinta aos quarenta anos possa atribuir os seus insucessos às suas erupções faciais, com o seguinte raciocínio: "Ninguém me quer a sério com a face que tenho". A verdade, todavia, é diferente: dado que não consegue manter um verdadeiro vínculo por outros motivos (por exemplo, porque é muito exigente ou muito crítica), não lhe será possível atingir uma condição harmônica. O sofrimento moral que disso resulta não é nunca suficientemente "expresso" e compartilhado com os outros, pelo que o corpo reage nos pontos correspondentes à vida sensitiva.

Muitas vezes ouvimos falar de "sangue impuro" quando se trata de erupção cutânea e, por conseguinte, recorre-se a toda espécie de depurativos. Quase sempre, porém, sem resultados duradouros: você já entendeu o porquê. O sangue é efetivamente impuro, mas os remédios depurativos serão de pouca ou nenhuma ajuda se, nesse entretempo, não for removida a causa do mal. Uma "vida psíquica" (vida emotiva) pura mantém puro o sangue.

Finalmente, ainda duas palavras sobre a "mensurabilidade" dos nossos sentimentos. Existe um aparelho para medir a resistência elétrica da pele. Esta última é sujeita a uma corrente elétrica muito fraca, que permite medir a resistência do condutor. Resulta que, quando se consegue despertar e influenciar a emotividade do examinando, registra-se uma mudança de condutividade cutânea. Na América do Norte utiliza-se um aparelho desse tipo, "a máquina da verdade", que considera o fato de que cada indivíduo sofre uma mudança de seu estado emotivo no momento em que mente.

Os olhos

Aos olhos reserva-se um lugar todo especial na tríade tratada neste livro. Não estamos somente em condições de ver com os nossos olhos, mas também de discernir uma coisa: o humor lacrimal. A lacrimação, além de umedecer os olhos, exerce uma outra função que se manifesta sobretudo quando choramos. Nós choramos, entre outras coisas, quando sofremos. Quando não estamos mais em condições de suportar a natureza da dor, irrompemos em lágrimas.

Não estamos agora mais em condições de absorver as impressões que se nos sobrepõem. Chorar é uma medida de necessidade do organismo, um processo intensamente desintoxicante do físico. Junto com o humor lacrimal, são expulsos outros humores "tóxicos". Que o pranto seja uma mistura de necessidades para o físico parece claro no fato de que uma criança é mais inclinada às lágrimas que um adulto. Uma criança, de fato, não está ainda em condições de absorver completamente as impressões que recebe. A sua vida psíquica é muito mais vulnerável que a de um adulto. Não citamos talvez amiúde a alma infantil? A criança sujeita a acontecimentos que a sua vida emotiva não pode absorver pôr-se-á subitamente a chorar. Agindo dessa maneira, impede que o sedimento tóxico provocado pelos influxos desarmônicos, que freqüentemente é constrangida a enfrentar, permaneça no organismo; não somente isso, mas protege-se de outros fenômenos desagradáveis que poderiam eventualmente manifestar-se em seguida.

Infelizmente, o pranto é amiúde considerado como expressão de fraqueza: "Se você é forte, ranja os dentes e engula as lágrimas", assim era (e ainda é) constantemente repetido. A pergunta que imediatamente nos devemos fazer é a seguinte: "Onde ficam então as lágrimas"? Não há dúvida de que o saberemos logo depois, quando sofrermos as desagradáveis conseqüências de ter sempre desejado "ser fortes", as emoções reprimidas no íntimo terminarão por procurar um caminho de saída. Não será por meio das lágrimas, então, mas por meio da pele, ou pior ainda, dos rins. Chorar, por isso, é um benefício para a saúde.

O pranto é inato no homem. Isso não significa que devemos sempre trazer as lágrimas no bolso. Seria somente uma outra forma de extremismo e também essa pouca harmônica. Quando, todavia, o peso das circunstâncias ameaçar suforcar-nos, as lágrimas poderão ser um verdadeiro alívio. Diz-se às vezes: "Se eu pudesse ao menos chorar, a tensão seria menos terrível".

Uma tensão desse tipo é causada pelo acúmulo dos tóxicos psíquicos, que encontram seu sedimento no sangue. Analogamente à função desintoxicante dos nossos olhos, a nossa vista parece também ligada à nossa vida sensitiva. Também nesta ocasião a língua falada nos dá prova: se um indivíduo sente tédio numa relação com determinada pessoa, dirá, por exemplo: "Não posso mais *vê-la*". Ou, falando de uma situação não muito feliz: "Não posso mais olhá-la na cara". Há casos conhecidos em que a possibilidade visiva é acrescida, uma vez eliminada a situação "que não se podia mais olhar na cara". Pode também verificar-se uma cegueira temporária, como conseqüência do fato de que o indivíduo não está mais em condições de enfrentar a situação (e portanto a relação em que se encontra). Tão logo aparece uma mudança na situação, a capacidade visiva retorna, mesmo se, muitas vezes, não cem por cento.

Resumindo, podemos estabelecer que os rins, a pele e os olhos são os órgãos do nosso corpo que compartilham intensamente a nossa vida sensitiva. Existe efetivamente uma forma de analogia entre os dois mundos. Tanto a nossa vida sensitiva (vida psíquica) como os nossos órgãos (rins, pele e olhos) são manifestações do mesmo "esquema primordial".

Podemos resumir este esquema com uma espécie de "lema": *vínculo-relação*. Para quem tem certa familiaridade com as leis astrológicas (cósmicas) será claro que as afecções dos órgãos considerados caem sob o esquema cósmico denominado de *Vênus*. As características deste esquema constituem efetivamente a base de muitos fenômenos que podem apresentar manifestações análogas. Estudando um horóscopo, relativo ao nascimento, devemos sempre levar em conta a influência do planeta Vênus para as manifestações físicas tratadas no presente livro.

O metal que explica uma ação saneadora sobre a nossa pele, os rins e os olhos é o *cobre*. Os ornamentos de cobre indicam-se às pessoas que encontram dificuldades no âmbito de sua própria "esfera de relacionamento". Por meio do cobre, estamos todos ligados um ao outro (como sucede, por exemplo, na rede telefônica mundial, constituída de cabos de cobre).

Não oprima muito a sua vida sensitiva e aprenda a conhecer os seus limites. Evite em todas as circunstâncias sufocar os seus sentimentos, sobretudo os que lhe afligem. Providencie sempre, em tempo e lugar, a "descarga" de sua vida sensitiva o mais harmonicamente possível. Exprima os seus sentimentos e não conserve nunca em seu íntimo as tendências desarmônicas da sua vida psíquica: trazem somente prejuízos. Mantenha em seu coração os sentimentos que lhe são caros e preciosos e tenha cuidado, porque podem contribuir ao desenvolvimento de toda a sua personalidade!

2 Curar-se amando o próximo

Embora não se possa adquirir na farmácia, o amor é sempre um dos melhores remédios a serviço do homem. O que não se pode obter (ou se obtém somente em parte) consumindo o conteúdo de um frasco de medicamentos, pode ser conseguido com o dom de um verdadeiro amor. Na introdução, havíamos já sublinhado como a estrutura do mundo em que vivemos sofre uma progressiva carência de calor humano. Tudo será talvez regulado de modo perfeito, mas onde ficaram as intenções essenciais do próprio homem? O número de pessoas capazes de amar verdadeiramente o próximo parece cada vez mais reduzido. O motivo torna-se evidente: a superficialidade, o encontro indiferente e sem compreensão tornam-se cada vez mais freqüentes. Cada um de nós está cada vez menos interessado na sorte dos outros. Apesar disso, toda pessoa tem necessidade de amar, mesmo que às vezes tenhamos esquecido o verdadeiro significado da palavra.

No capítulo precedente falamos da relação que existe entre as nossas possibilidades relacionais e os nossos "órgãos sensitivos". Conseqüência lógica é que o amor influencia estes órgãos, porquanto afeta o âmbito relacional do indivíduo. Não tem grande importância o fato de estabelecer um vínculo "por amor" ou de "amar" e conseqüentemente estreitar uma ligação. O amor é sempre uma ligação! O mundo afetivo do indivíduo poderá perder o equilíbrio, se este amor vier a faltar. O amor dá uma sensação de proteção ao próprio indivíduo e, nesse entretempo, o faz sentir-se circundado de respeito e solicitude. Os nossos sentimentos serão sempre entendidos pela pessoa que amamos. "Amar" é o grande mistério escondido atrás da tela protetora: uma espécie de diafragma, do qual todo dia cada um tem necessidade. Embora nenhum homem possa viver sem amor, este último é de importância *vital*, até para aqueles que encontram dificuldades no campo de sua vida afetiva. Mais ou menos com bom direito, você pode perguntar-se agora que valor prático contém tudo o que até agora afirmamos. Se estreitar vínculos e relações tem sido para você uma coisa difícil, já lhe parecerá impossível pôr-se, assim a torto e a direito, a "amar" o próximo. Todavia, pode-se comparar "amar". Em primeiro lugar, não é necessário confundir "amar" com "estar enamorado": são dois sentimentos que essencialmente não têm nada em comum. Pode-se estar enamorado de uma pessoa mesmo sem amá-la realmente; por outro lado, pode-se amar realmente uma pessoa, sem nunca ter estado enamorado dela. "Amar", de fato, é um sentimento que pode também ser considerado completamente fora de esfera "erótica". "Amar" é um sentimento universal, que compreende todos os fatores da vida, nos quais o nosso ser mais íntimo se encontra realmente envolvido. Quando a pessoa relacionalmente inibida descobre qual seja a verdadeira essência do "amar" não achará difícil concretizar os seus sentimentos. A dificuldade de realizar uma coisa é geralmente causada pela ignorância da matéria a que, no momento, se deseja dar forma. Mas não apenas o indivíduo está de novo em condições de "levar em consideração" (olhos) o próximo, surge infalivelmente também o desejo de estabelecer contatos (pele). Tão logo estes últimos se tenham realizado (por meio dos olhos e da pele), o indivíduo provará um sentimento que pode talvez ser descrito de modo melhor pelas palavras tiradas do livro dos Provérbios: "Os rins saltarão de alegria".

Para amar realmente alguém ou alguma coisa, é preciso partir de um princípio de *confiança, respeito e solicitude recíprocos*. Quantas pessoas têm a sensação de não receber dos outros a atenção que quereriam! Naturalmente, tal atenção pode ter um sentido negativo quando se trata, por exemplo, de querer-se "atrair" a todo custo. Todavia, não apenas experimentamos verdadeiramente respeito e confiança um pelo outro, a atenção recíproca nascerá por si. Um pouco de verdadeira atenção (afeto) terá para algumas pessoas maior valor que a posse de um "capital". Também conseguir prestar atenção é parte integrante de uma "vida relacional" equilibrada. Ter em real consideração o próximo significa dedicar-lhe um pouco da nossa solicitude. Também isto faz parte do conceito "amor". Ocorre muitas vezes que o indivíduo não está em condições de amar, porque está hesitante em empenhar-se em qualquer coisa ou por alguém. Esta forma de retraimento depende geralmente da sensação inconsciente da própria *vulnerabilidade*. Bastaria, desde o começo, ter a segurança de conseguir manter o vínculo que nos está no coração. Bem aqui se esconde o núcleo de todas as dificuldades relacionais. O indivíduo adquire o próprio equilíbrio somente quando, malgrado muitas desilusões, continua a experimentar respeito e confiança por todos que o circundam.

Assim como os rins realizam e conservam o equilíbrio químico do sangue, a certeza de conseguir "amar" conservará o equilíbrio da nossa vida emotiva (psíquica). Desilusões e dificuldades no campo afetivo (até relacional) podem ferir os nossos sentimentos (desequilibrando a nossa vida afetiva). Se em seguida esta última sofre uma sobrecarga, os órgãos coligados com a nossa sensibilidade serão sem dúvida envolvidos.

Conclusão

Até que você esteja em condições de "amar" realmente (!) alguma coisa ou alguém, deve perseguir o seu intento a qualquer custo. A expressão do sentimento gera o "equilíbrio emotivo" e do equilíbrio da vida afetiva (psíquica) dependerá a eficiência dos olhos, da pele, dos rins. Este capítulo é certamente carente do ponto de vista "médico". Todavia, é um axioma fundamental que não podemos nunca curar nossos males sem haver especificado as causas mais profundas. Uma verdadeira cura deverá basear-se simultaneamente sobre três "colunas" fundamentais: o físico, a mente e as circunstâncias ambientais. Estamos portanto convencidos de que o presente capítulo deveria ser escrito, dada a inegável conexão entre a nossa vida afetiva, os nossos rins, os nossos olhos e a nossa pele.

Finalmente, uma citação do livro *Meu caro próximo, te amo*, escrito por Phil Bosmans. Este título expõe, de modo extraordinariamente completo, em que devem consistir as relações humanas.

Posso pô-lo em guarda
contra o frio gelo
que está atingindo o nosso mundo
no qual muitos se hibernam.
Homens
vivem isolados
em um árido deserto de seres viventes
como formigas
em casas comerciais e ruas
em trens e bondes
em apartamentos.
Homens sem rosto
e sem coração.
Dependemos completamente do próximo
para alimentar-nos
para vestir-nos
para habitar
para viajar
para distrair-nos

para tudo que se obtém "pagando".
Mas ainda mais dependemos um do outro
para a nossa felicidade
e esta não se consegue com o dinheiro
mas, dependendo do coração,
com o amor que é gratuito.

3 Como servir-se das plantas medicinais

Há muitos modos de usar as plantas medicinais. Quando consultamos um velho livro de fitologia, descobrimos que no passado o emprego das plantas medicinais era muito mais variado e conhecido, diferentemente do que acontece em nossos dias. Em seguida ao condicionamento exercido sobre o público com os remédios da química moderna, alguns procedimentos para o preparo das plantas medicinais foram passados a segundo plano ou, pior ainda, completamente esquecidos. Felizmente, muitos fugiram do esquecimento. Limitar-nos-emos aqui às possibilidades abaixo relacionadas de utilização das plantas.

1. O uso da planta fresca
2. O uso da planca seca (infusão)
3. O uso da tintura extraída da planta
4. O uso dos comprimidos

A planta fresca

O uso da planta fresca comporta algumas vantagens. Antes de tudo, exige conhecimentos fitológicos adequados e diversificados. É indispensável a absoluta certeza de que as plantas colhidas pertençam efetivamente à espécie desejada. Algumas plantas têm características de tal modo determinadas que não oferecem qualquer margem de erro. De outras plantas existem espécies diversas e amiúde, neste caso, as diferenças são levíssimas. Isto se verifica, por exemplo, nas plantas de camomila, de cerefólio e de hortelã. Certifique-se, por isso, de ter colhido a planta certa.

Em segundo lugar, muitas plantas ficam contaminadas de um modo ou de outro, seja pelos gases de descarga como pelos fertilizantes artificiais ou os deservantes, fatores estes que, atualmente, determinam uma fitopatologia química até muito freqüente. Na Holanda, as pequenas zonas em que se podem encontrar ainda plantas não "contagiadas" são muitos escassas. Não colha nunca as plantas ao longo das estradas, nos pastos, ou à margem das valetas. Em 99% dos casos tratar-se-á de plantas contaminadas.

Em terceiro lugar, devemos acrescentar que, se cada um invadir o *habitat* natural com a finalidade de colher as plantas medicinais por conta própria, disso resultará provavelmente uma danificação inútil do patrimônio comum. Assistimos muito freqüentemente ao mau costume de pessoas que, sem ao menos perceber, maltratam as plantas ou colhem quantidades muito superiores ao necessário. Para colher as plantas medicinais, é preciso uma técnica profissional muito desenvolvida do que poderia parecer à primeira vista. Se ao invés estiver cônscio das exigências acima mencionadas, e iniciar seu trabalho com sentimento de respeito para com a natureza, ser-lhe-á perfeitamente lícito entrar no mundo natural para colher as suas "próprias plantas" (isto é, as plantas adequadas ao seu organismo). Pode ser até salutar descobrir sozinho a sua planta e observar suas particularidades.

Em muitos casos a planta fresca é usada para *uso externo*. Aplica-se, por exemplo, uma folha sobre um ponto dolorido do corpo, ou recorre-se à chamada compressa de ervas medicinais. Para o preparo de uma infusão com a planta fresca é necessário saber dosar a quantidade desta última. Não é sempre fácil, pois a ação da planta fresca é muito mais enérgica que a da planta seca. Na prática, o uso da planta seca é muito mais difundido que o da fresca, porquanto esta nem sempre é encontrada nas proximidades.

A planta seca

Para secar a planta colhida é preciso colocá-la sobre uma folha de papel liso (não a página de um jornal, cuja impressão contém chumbo), em um lugar arejado, não muito quente (nunca ao sol). Quando a planta está seca — depois de aproximadamente uma semana, dependendo das circunstâncias — corta-se-a diminutamente (com uma faca de prata, preferivelmente), para colocá-la a seguir em recipientes de vidro com fecho hermético.

Atualmente podem-se comprar quase todas as plantas secas nas drogarias ou em firmas especializadas. Controle sempre a boa qualidade: se, por exemplo, uma planta tiver sido conservada por mais de um ano, terá perdido boa parte de sua eficácia.

A infusão

Nunca se sirva de uma chaleira de metal, que pode alterar a ação de uma planta.

Tome uma colher de sopa (cheia) da planta seca (quer se trate de uma espécie simples, quer de uma mistura), para meio litro de água (cerca de três xícaras). Derrame a água fervente sobre a planta, deixe descansar de dez a quinze minutos e filtre a mistura com o coador.

A infusão (sem resíduo vegetal) pode ser conservada por um dia em lugar fresco. Desse modo você pode preparar a poção para um dia inteiro.

A primeira xícara será bebida quente. Se não houver outras indicações, a dose será de três xícaras de infusão por dia, cerca de 10-15 minutos antes das refeições. Se quiser elaborar uma mistura de plantas medicinais secas, o melhor modo de orientar-se será o de ater-se à medida de uma *colher de sopa cheia*, com base no princípio, geralmente especificado pelos vários livros sobre ervas: "Empregar tantas partes desta planta, e tantas daquela". Por "partes" entendem-se colheres de sopa.

A tintura

Preparar você mesmo a tintura de plantas medicinais é geralmente difícil. Nem todas as tinturas têm a mesma porcentagem alcoólica. Caso você queira igualmente tentar, escolha de preferência a *aguardente* com base alcoólica. Também as tinturas, como as plantas secas, podem-se encontrar atualmente nas drogarias e junto a firmas especializadas. A dosagem depende principalmente da planta respectiva e da índole individual do usuário. No que se refere à quantidade, não seja nunca muito parcimonioso no uso das tinturas. Uma gota a mais ou a menos não tem muita importância. Todavia, lembre-se de que a quantidade nem sempre é sinônimo de eficácia. Muitas vezes obtêm-se melhores resultados com sucessivas doses de duas ou três gotas de cada vez, do que quinze ou vinte em uma única solução. No capítulo dedicado à homeopatia, tornaremos a falar sobre isso.

Os comprimidos

Os comprimidos são fabricados prensando a planta seca. Algumas plantas não são solúveis no álcool, pelo que não se pode extrair qualquer tintura. Em alguns casos, o efeito dos comprimidos parece ser maior que o produzido pela tintura.

Outros modos de uso

A ação das plantas medicinais é fundamentalmente diferente da dos remédios alopáticos (químicos). O capítulo precedente evidencia como um desequilíbrio físico (doença) fazia parte de um esquema psicossomático muito mais amplo. O desequilíbrio se manifestará analogamente em outros campos. Uma verdadeira cura será atingida somente quando a distonia do esquema original, que é a base das manifestações, for eliminada.

Não devemos por isso combater uma doença mediante um específico que produza um efeito particular em determinada parte do corpo (segundo o princípio da chamada "componente ativa" das substâncias), mas seguindo um esquema terapêutico completo que permita uma ação harmônica sobre todo o organismo. Não são portanto somente as substâncias específicas contidas na planta medicamentosa que vão determinar a cura; é o esquema cósmico da própria planta que exerce uma ação sanadora sobre nossa estrutura psicofísica. Infelizmente, as peculiaridades fundamentais primárias (isto é, mais profundas) e os significados implícitos em nossas plantas medicinais de há muito têm sido esquecidos. Não estamos mais em condições de reconhecer, na própria planta, a essência daquele maior esquema, do qual ela é apenas o reflexo. Se aprofundarmos a etimologia fitológica classificativa, encontraremos inumeráveis indicações referentes à "propriedade" da planta. As denominações botânicas não foram escolhidas por acaso. Nos tempos passados sabia-se que, pelos nomes dados às plantas, deveria aparecer alguma coisa de sua *essência* (isto é, do próprio "ser"). Isto, além do mais, não se referia apenas às plantas, mas também aos homens e aos animais. Muitos nomes de plantas indicam um certo fim ou um seu emprego especial: por exemplo, a *erva-médica,* a *consólida,* a *centáurea-menor,* a *cardíaca,* a *euphrasia officinalis* e muitas outras. Estas denominações não dependem absolutamente do acaso.

Determinada planta pode representar um esquema condizente aos fenômenos que, em certo momento, se manifestam em seu organismo.

Além de servir-se da planta própria para uso interno, você pode levar um raminho sobre sua pessoa, prevenindo desse modo muitas distonias. De fato, agindo desse modo, você estará sempre acompanhado de um esquema harmonizante.

Isto vale também para as pedras e os metais adequados. Por que, afinal, não devemos levar conosco uma folhinha da planta ou um fragmento metálico que havíamos começado a "amar", se estamos certos de seu influxo benéfico sobre nosso orgânismo? Não temos talvez conosco, muitas vezes, a fotografia da pessoa amada, convencidos de que ela nos mantém em boa harmonia com o ambiente circundante?

Para um seguidor do princípio da causalidade, tudo o que dissemos pode parecer estranho. Lembre-se sempre de que a estreiteza de uma mentalidade mais ou menos espiritualmente pobre será o primeiro fator das maiores críticas. Não tente, por isso, nunca impor ao próximo as suas razões. Será trabalho perdido. Seja você mesmo e deixe-se atingir pelo seu crescente patrimônio de equilíbrio espiritual. Não apenas você comece a "irradiar a verdade", extinguir-se-á qualquer tentativa de argumentação. Quando você tiver aprendido a compenetrar-se desta realidade, descobrirá que existem muitos outros meios, além dos usuais, de servir-se das plantas medicinais. Será, porém, necessário adotar um outro modo de pensar, que não fira o esquema materialista, baseado na causalidade. Será uma questão de conhecimento e de compreensão (não isenta de perspicácia). A revelação da essência escondida em uma planta lhe indicará, talvez, um terreno fidedigno de cultura para o seu progressivo crescimento espiritual.

4 Algumas plantas medicinais para os rins, os olhos e a pele

Vara-de-ouro *(Solidago virgaurea)*

A vara-de-ouro deve ser classificada entre as melhores plantas medicinais para as afecções dos rins. Adapta-se perfeitamente ao tipo de indivíduo sensível (tipo Vênus). Na Antigüidade, a Solidago já era empregada em casos de feridas: que podem ter uma analogia com as "feridas espirituais". No nome da planta encontramos, de resto, uma indicação de suas propriedades: *solidago* deriva de *solidare*, que significa consolidar (curar). A planta é indicada principalmente ao tipo de indivíduo que se sente prisioneiro de uma relação já subsistente: após havê-la iniciado, cheio de esperanças, com o passar do tempo apercebeu-se de que procedia bem diferente de suas expectativas. A melhor solução seria a de romper a própria relação, de modo que os pares fossem libertados da constrição do vínculo comum. Por outro lado, as circunstâncias podem ser tais a não permitir um desenvolvimento fácil do problema (veja também o capítulo 1). A vida emotiva do protagonista estará sensivelmente ferida.

Quando o indivíduo não está mais fisicamente em condições de absorver todas as adversidades, quem sofrerá são os rins. A Solidago, em casos semelhantes, é um remédio incomparável. Ativa os rins e favorece a drenagem da água: ação esta da máxima importância. A *água*, considerada à luz da antiga doutrina sobre os elementos, é análoga ao *sentimento*. Vemos amiúde surgir a hidropisia nas pessoas que "refreiam" muito os seus sentimentos. Visto que a emotividade não consegue externar-se, também a água permanece no organismo. A Solidago ajuda-o a superar um degrau. Revigora a ação dos nossos rins, levando dessa maneira o equilíbrio ao nosso mundo afetivo. O uso da Solidago deverá sempre prosseguir ao lado da procura de soluções adequadas aos problemas psíquicos e circunstanciais. Somente então se atingirá um resultado permanente.

A Solidago é uma planta depurativa. Ajuda por isso também nas cefaléias que se manifestam antes e durante a menstruação (depuração). Se você sofre desse tipo de cefaléia, tome de dez a quinze gotas de tintura de Solidago, uma ou duas vezes ao dia (começando

Solidago virgaurea

uma hora antes do início da menstruação). Nas afecções renais de qualquer tipo, use dez gotas de tintura de Solidago três ou quatro vezes ao dia, durante bastante tempo; ou beba três vezes ao dia uma xícara de infusão de vara-de-ouro, preparada com meio litro de água para uma colher de sopa de planta seca. A vara-de-ouro poderá ser combinada com outras plantas, conforme a natureza da afecção.

Onônide *ou* resta-boi *(Ononis spinosa)*

Na prática, esta planta é um ótimo substituto das "pílulas diuréticas" prescritas com tanta freqüência nos dias de hoje (entre outros, o remédio químico Hygroton). Embora os médicos, de qualquer modo, não façam qualquer diferença entre formas especiais de retenção de líquidos (água = sentimento), existem efetivamente nuanças, sobretudo no que se refere à causa determinante. Nos casos que consideram o uso da Solidago, a retenção do líquido é de origem completamente diversa da que se cura com o resta-boi. Para determinar o remédio adequado a "expelir" a sobrecarga hídrica do físico, devemos antes aprofundar-nos no significado da expressão "retenção da água".

A característica do *tipo Solidago* é a de sentir-se prisioneiro de um particular vínculo (relação) e de não encontrar o caminho de saída, malgrado a rebelião dos próprios sentimentos. Conseqüentemente, também os rins sofrerão uma sobrecarga.

O *tipo Ononis* não é prisioneiro de determinada relação, mas, por natureza, manifesta muito raramente os próprios sentimentos; não só o faz, como também tem medo de externá-los. Sabe, por experiência, que por ser vulnerável se "mostra" aquilo que se sente. Este tipo de indivíduo julga quase ridículo falar com uma outra pessoa sobre sentimentos pessoais. É notável o fato de que ele também seja exageradamente reservado em circunstâncias especiais. É o tipo que, emitindo uma modesta exclamação, procurará ocultar-se se, por exemplo, alguém que também lhe seja discretamente familiar, tiver que entrar de improviso no quarto

Ononis spinosa

quando ele ainda não esteja totalmente vestido. O fato é que não se expõe voluntariamente, seja no que se refere aos sentimentos, seja no que concerne ao seu aspecto físico. Este indivíduo sofrerá freqüentemente de inchaços e prisão de ventre. O organismo deste tipo de pessoa não consegue depurar-se suficientemente, sofrendo assim acúmulos de ácido úrico e putrefações intestinais.

Se o indivíduo se reconhece no tipo supradescrito, o uso da onônide poderá resolver muitos problemas. Ao invés do não-inócuo Hygroton (a ação deste remédio comporta a expulsão dos sais, pelo que no mesmo tempo o corpo perde grandes quantidades do potássio indispensável), será melhor experimentar a tintura ou a infusão de onônide. Pode-se tomar de dez a quinze gotas de tintura, três ou quatro vezes ao dia, conforme o caso. A infusão, feita com a planta seca, poderá ser composta também de outras plantas diuréticas como: a ulmária, as folhas de bétula, as folhas de morango e de urtiga. Não combine nunca a onônide com a vara-de-ouro, porque estas plantas, consideradas do ponto de vista dos indivíduos aos quais convêm, não podem combinar-se entre si.

Controle as causas: para habituar a si mesmo a externar-se, poder-se-ia, por exemplo, transcrever os próprios sentimentos atrás de um rolo de tapeçaria e em seguida colá-lo na parede. Deste modo, o indivíduo será livre dos próprios sentimentos, mas na realidade ninguém poderá vê-los! Considere-o como uma espécie de exercício para aprender a descarregar a sua emotividade!

Urtiga *(Urtica dioica* e *Urtica urens)*

A urtiga, além de suas qualidades de verdura primaveril, é dotada de uma outra propriedade muito característica. Nos tempos antigos, com a fibra da urtiga, fazia-se a chamada musselina. H. Kleijn conta, em seu *Léxico botânico em uso nos Países-Baixos*, a seguinte antiga novela da "Urtiga e a musselina": "Um malvado tutor não queria concordar com o casamento de sua pupila, antes que ela tivesse tecido o próprio vestido de noiva com uma erva que crescia às margens da estrada: a urtiga. A moça foi para seu quarto e longamente pediu a Deus que a ajudasse. Finalmente, vencida pelo cansaço, adormeceu. Sonhou então que era transportada por dois anjos até um lugar em que despontava uma planta de urtiga. Os anjos então mostraram à menina como colher a planta, quando ainda aparecia molhada de orvalho, e como poderia transformar as fibras dos ramos em fios com que tecer a musselina. Com a musselina teria podido confeccionar o vestido de noiva. No dia seguinte, a

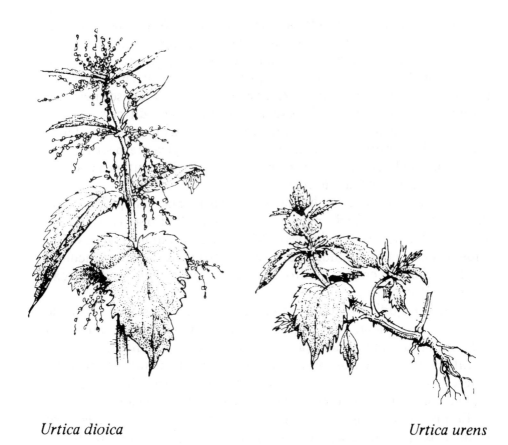

Urtica dioica *Urtica urens*

menina pôs-se ao trabalho e quando o vestido ficou pronto, o seu tutor morreu de repente, deixando-a assim livre para casar-se".

Como acontece em toda fábula, também esta é bem mais que uma simples historieta e poderia ter o seguinte significado: o tutor malvado é o símbolo das pessoas de quem cremos ter que depender (não tem importância essencial que a dependência seja arbitrária). Encontramos diariamente, em torno de nós, relações desse tipo, que provocam conseqüências tangíveis (materiais). Também o tutor exigia uma ação "material". Se o indivíduo for "encaixado" em um esquema material de tal gênero, o seu desenvolvimento espiritual será reduzido e, conseqüentemente, também o seu progresso na vida será limitado. Todavia, tão logo ele esteja verdadeiramente em condições de subordinar o aspecto material de uma relação à consciência espiritual (representada na fábula pelo casamento), a propriedade do elemento material chegará igualmente a faltar. O caminho a seguir será, em qualquer caso, coberto de sarças. Podemos compará-lo ao período transitório que cada um de nós deve passar durante os anos da puberdade. Arrebatamo-nos da relação mais ou menos "forçada" com a casa paterna, na tentativa de andar com as nossas próprias pernas. É justamente neste período que, pela primeira vez, desperta em nós a consciência dos valores espirituais. Para o nosso físico serão anos difíceis. A vida emotiva, especialmente, pode ser envolvida pelas descobertas feitas no campo espiritual. As conseqüências fisiológicas respectivas são mais que conhecidas: todas as possíveis afecções cutâneas. Certa vez se falava de erupção do rosto.

A urtiga é a planta indicada nestes casos. Ela nos ajuda na fase de transição da infância para a maturidade. As fibras (fios) são o símbolo dos vínculo (relações). Não é talvez durante os anos da adolescência que aprendemos a concretizar os nossos vínculos? A dependência criança-adulto é transformada em uma relação entre adultos.

A urtiga ajuda em todos os casos em que a nossa emotividade "transborda" (água), em seguida a uma mutação que, em nossa vida, implica uma mudança do nosso "ser". Atrairemos, conseqüentemente, para nós outras pessoas com quem deveremos estabelecer novas relações. Às capacidades receptivas da nossa vida afetiva competirá a função de absorver cada nova emoção.

Empregue a urtiga para erupções cutâneas, se originadas dos elementos que compõem o esquema supradescrito. Use de preferência a infusão feita com a planta seca. Uma xícara, três ou quatro vezes ao dia, elimina a água e purifica o sangue.

É um fenômeno conhecido que, durante os anos da puberdade, os jovens podem atravessar períodos de esgotamento: inconscientemente hesitam em enfrentar situações completamente novas. A urtiga, nestes casos, constitui um "energético ativante", porquanto suas propriedades se harmonizam perfeitamente com a situação em que vai encontrar-se o indivíduo em tais contingências. Ensine os seus filhos a respeitar esta planta e a não considerá-la como se fosse uma erva daninha: teremos necessidade dela, talvez, uma vez ou outra.

O seu crescimento tão difundido poderia quase ser considerado simbólico. De fato, toda criança (e há muitas) terá que enfrentar o período de transição entre a infância e a maturidade. Procuremos entender as indicações que a própria natureza nos oferece e servir-nos delas com gratidão. A "molesta" urtiga poderia também convidar-nos a considerações mais profundas! O homem nunca é velho demais para programar um sucessivo período de sua vida futura!

Camomila *(Matricaria chamomilla)*

A camomila é, entre as plantas medicinais, um antigo e conhecido remédio de ação múltipla. De fato, pode-se afirmar que em todas as afecções físicas — juntamente com as plantas medicinais de ação mais especificadamente indicada — a camomila exerce um papel integrante. Esta planta atua sobretudo sobre nosso sistema nervoso, e especialmente no que concerne à nossa "vida emotiva" (sentimentos). No meu livro *Vencer a ansiedade com as plantas medicinais* (publicado nesta mesma série) a camomila já foi amplamente tratada. Resumiremos em breves palavras a sua ação.

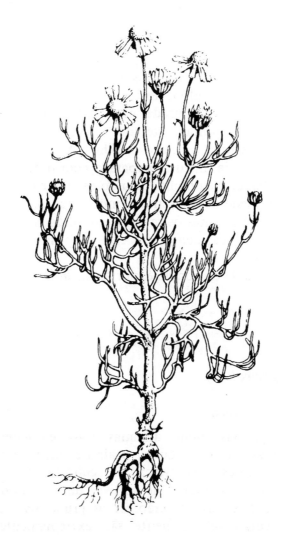

Matricaria chamomilla

A camomila é indicada às pessoas que não conseguem coordenar os próprios sentimentos. Não há quase ninguém que se mostre pronto a escutá-las. A estrutura da flor de camomila mostra-nos a ação da própria planta: as pétalas (isto é, os componentes daquele cálice que toda flor parece querer exibir) são dobradas para trás, enquanto o pequeno coração de ouro nos olha, como se quisesse dizer: "Fala-me, abri uma parte da minha natureza para escutar-te melhor". A camomila é um enérgico antiespasmódico. O espasmo, sabidamente, manifesta-se em seguida a uma situação muito tensa. Se o indivíduo não encontra nunca alguém que lhe dê ouvidos, sente-se frustrado e por isso contraído no pensamento e na ação.

A maior parte das afecções renais são o resultado de um distúrbio do relacionamento, que pode provocar um estado espasmódico, sobretudo na esfera psíquica. O indivíduo tem subitamente lesões tão profundas no mundo das relações humanas, que não tem mais a coragem de comportar-se com desenvoltura frente ao próximo. Uma tensão espasmódica desse tipo poderá constituir um obstáculo posterior ao início de novas relações. Tudo isto conduzirá inevitavelmente a um círculo vicioso.

A camomila pode ser usada para influenciar favoravelmente o equilíbrio psíquico, juntamente com as plantas que exercem ação específica sobre os rins, a pele e os olhos. Adicione por isso, sempre, às cinco partes da mistura preparada com outras plantas medicinais duas partes de camomila, quando se tratar de enfrentar uma situação psíquica como a descrita acima. Você pode usar também a tintura de camomila, mas os melhores resultados se obtêm usando a diluição homeopática; consulte a este propósito o capítulo referente à homeopatia.

A ação principal da camomila é, portanto, *antiespasmódica*.

Aipo *(Apium graveolens)*
e
Salsa *(Petroselinum sativum)*

Ambas são plantas conhecidíssimas. Não se esqueça nunca de comprar, com as outras verduras, o aipo e um macinho de salsa: sem estes ingredientes, você nunca conseguirá fazer uma sopa saborosa. Se tiver a possibilidade de cultivar uma hortinha por conta própria, o aipo e a salsa deverão ser os primeiros a ocupá-la. De fato, estes vegetais não somente são extremamente saborosos, como também curativos, e por isso salutares.

Dodonaeus, em seu *Livro das ervas*, escreve o que segue sobre a salsa: "As raízes desta Salsa molhadas na água e enxutas 'anulam' as prisões do fígado, dos rins e de todos os órgãos internos / diluem a urina / dissolvem cálculos e areias permitindo que eles saiam". Diz ainda Dodonaeus da planta em questão: "As aplicações das folhinhas de salsa, misturadas com miolo de pão, curam os olhos vermelhos e inchados".

O aipo drena a água e é um bom remédio para os cálculos renais. Ponha uma porção deste vegetal fresco em um litro de água e deixe-o macerar por um quarto de hora (sem ferver). Beba todo o líquido obtido, em doses certas, no decorrer de um dia. A salsa exerce também uma forte ação antiácido úrico (especialmente recomendável

Apium graveolens

aos que sofrem de reumatismo e dos rins). Os tipos sensíveis farão bem na primavera e no verão em consumir todo dia uma certa quantidade de salsa fresca, para evitar as afecções dos rins e dos olhos e para aproveitar-se de sua notável ação diurética. A retenção de líquidos orgânicos é amiúde causada pela repressão dos sentimentos!

Nas oftalmopatias e nos cálculos renais, a tintura de salsa pode ser usada por um longo período de tempo, duas vezes por dia, na medida de quinze gotas, meia hora antes das refeições.

Com base na teoria dos elementos, a salsa indica-se sobretudo aos tipos "água" e "terra" (astrologicamente, a água refere-se a Câncer, a Escorpião e a Peixes; a terra a Touro, a Virgem e a Capricórnio). O aipo é indicado aos tipos correspondentes ao "fogo" e "ar" (astrologicamente, o fogo afeta a Áries, a Leão e a Sagitário; o ar, a Gêmeos, a Balança e a Aquário).

Se, no horóscopo do nascimento, o Sol se encontra sob um signo da terra e o ascendente é um signo do fogo, pode-se obter um ótimo resultado usando esta planta.

Eufrásia *(Euphrasia officinalis)*

É uma antiga planta medicinal, que é empregada (o seu nome, como explicaremos a seguir, é indicativo) nas afecções oculares. Os nossos olhos, além da função de ver (da vista), parecem estar sempre ligados com outras partes do corpo. Segundo um velho aforisma: "Os olhos são o espelho da alma". Em Lucas (11/34) lê-se o que segue a propósito dos olhos: "A candeia do corpo são os teus olhos. Quando estes forem bons, todo o teu corpo é luminoso, mas quando forem maus, todo o teu corpo fica às escuras". Os olhos são como o "barômetro da alma" e podem revelar muitos acontecimentos em relação à nossa vida emotiva. Como foi dito claramente nos primeiros capítulos, as doenças dos olhos estão em relação direta com as nossas perdas emotivas. Quando não conseguimos "ver como estão todas as coisas", os nossos olhos reagem de modo análogo. As faculdades perceptivas diminuem e, desde o momento em que tal perceptividade, seja ela física ou psíquica, regride, começamos a sentir-nos desanimados e abatidos. Conseqüentemente, a diminuição da vista limitará as possibilidades de contato com o mundo exterior. O segredo da eufrásia está no significado latino do nome. Ele deriva do verbo grego *eufraino*, que significa alegrar, atrair, reconfortar. Antigamente o nome da planta aludia aos seus

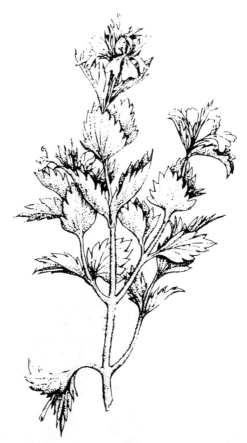

Euphrasia officinalis

"fenômenos colaterais". Quando o olho estava curado, a alma se alegrava. Em outras palavras: quando o olho estava novamente "são" o órgão visivo mostrava-se "claro". Não há, portanto, outro órgão no nosso físico tão implicado nas mudanças relacionais do homem, como o olho. Nas oftalmopatias de qualquer natureza, você pode tomar a tintura de eufrásia, três vezes ao dia, de dez a quinze gotas, antes das refeições. Em caso de olhos inflamados, recorra a um banho ocular de água fervida, na qual tenha adicionado algumas gotas de tintura. Certifique-se de que o líquido não contenha "impurezas" e sirva-se dele para enxaguar o olhos várias vezes ao dia. O uso externo desta planta é aconselhável até nos casos de catarata.

Não esqueça a eufrásia, lembrando-se sobretudo que "o coração alegre é bom remédio, mas o espírito abatido seca os ossos" (Provérbios 17/22).

Arnica *(Arnica montana)*

Vemos, muito freqüentemente, manifestar-se uma forma particular de eczema em seguida a tensões emotivas, cujas características podem ser como segue: há tensões definidas, conseqüentes à ruptura de uma relação existente, pelo que o indivíduo registra uma "perda" tanto espiritual como social. Tudo que o afetado pensava haver construído abala-se na demolição de uma estrutura particular relacional, e ele acha-se subitamente só no mundo ou, pelo menos, ele mesmo "sente" sê-lo. Em muitos casos, não tem mais a força de reagir e passa o dia inteiro sentado olhando o vazio. Se tal situação tivesse que perdurar, a pele do mesmo indivíduo poderia

Arnica montana

ter uma reação negativa. Os sentimentos não conseguem mais exteriorizar-se normalmente, o sujeito sente-se incapaz de novas relações. Os rins, por isso, trabalham menos e o sangue não é suficientemente depurado. Todavia, as chamadas "escórias" devem ser expulsas de qualquer modo. Neste momento a pele cede ao seu impulso para desintoxicar-se. Neste caso a ação da arnica será benéfica. É aconselhável lavar a epiderme com tintura de arnica diluída (vinte gotas em uma bacia de água morna) e, nesse meio-tempo, servir-se da mesma planta medicinal para uso interno, tomando em consideração a diluição homeopática (para isso veja o capítulo 5). A arnica nos ajudará a superar as conseqüências da nossa "perda". Restituirá à pele as suas faculdades regenerativas e reforçará ao mesmo tempo a nossa estrutura nervosa.

Licopódio *(Lycopodium clavatum)*

Esta planta, muito rara, é indicada às crianças e às pessoas idosas. Na introdução deste livro havíamos já comentado sobre a situação em que irão encontrar-se muitas pessoas idosas: passar o "crepúsculo da vida" em uma instituição, ótima talvez do ponto de vista social, que nós chamamos abrigo para velhos. Mesmo não querendo generalizar, sucede que freqüentemente pessoas idosas, uma vez tornadas hóspedes de uma instituição desse tipo, têm poucas possibilidades de reequilibrar a estrutura da sua vida emotiva. As circunstâncias podem ser tais que os indivíduos acabam por perder o próprio "eu" e, por conseguinte, também os próprios "sentimentos". Em alguns casos específicos não estão habituados aos cuidados atenciosos, sem dúvida, mas amiúde tremendamente oprimentes do pessoal. Para muitos velhos os apelativos como "vovozinho aqui" e "vovozinha lá" são expressões de condescendente "mimo" que para eles têm qualquer coisa de aviltante. Têm a sensação de ser tratados como crianças, como se toda a experiência adquirida em sua existência tenha sido subitamente varrida de improviso. Muitos anciãos seriam felizes em poder transmitir às gerações de jovens alguma coisa dessa experiência (quando seja instrutiva). De resto, as pessoas idosas são muitas vezes também cheias de sabedoria. Desde o dia de chegada à casa de repouso a sabedoria do senhor X parece supérflua. O fato de não poder exprimir os próprios e reais sentimentos influirá, cedo ou tarde, sobre o próprio organismo. Uma insuficiente atividade renal será uma das disfunções conseqüentes mais difundidas. Nada de preocupante: as pílulas diuré-

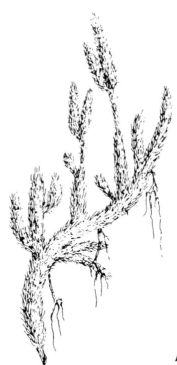

Lycopodium clavatum

ticas estão ao alcance de todos! O médico que está tratando do caso julgará sem dúvida oportuno prescrevê-las aos pacientes idosos: a pressão do "vovozinho" desde quando entrou na casa de repouso não tende, talvez, a subir?

Como já disse em relação à *Ononis spinosa,* a ação destas pílulas provoca a perda de uma notável quantidade de sais orgânicos e, conseqüentemente, também de potássio. Astrologicamente o sal refere-se a Mercúrio, e portanto ao *pensamento*. A falta de sal provoca fraqueza: o indivíduo sofre de sonolência e não consegue mais concentrar-se. As pílulas diuréticas prejudicam por isso as faculdades intelectuais do homem! O licopódio atua sobretudo sobre o fígado e sobre os rins. Reforça o "eu", pelo que o indivíduo se sente novamente em condições de enfrentar as circunstâncias em que se encontra. O uso do licopódio e da onônide (eventualmente também da vara-de-ouro, dependendo do indivíduo) pode prevenir muitos distúrbios da idade avançada. O licopódio é usado quase sempre em diluição homeopática (veja capítulo 5).

Resumindo, podemos estabelecer que o licopódio, como planta medicinal, é próprio às crianças e aos velhos, cuja emotividade se tornou difícil por circunstâncias eventuais, que podem ser julgadas "subordinantes". O licopódio, como a camomila, pode ser um auxílio na terapia mais especificamente orgânica.

Abrunheiro *(Prunus spinosa)*

O abrunheiro exerce uma vigorosa ação purificadora no sangue. A este propósito Petrus Nylandt, em seu *Herbário* de 1682, escreve o que segue: "As flores do abrunheiro desincham o Ventre e depuram os Rins". Esta planta é indicada ao tipo muito impulsivo, que acusa qualquer distúrbio renal intermitente. Neste tipo de indivíduo os sentimentos reprimidos parecem explodir com violência e, às vezes, com um ímpeto tal, chegando a provocar lesões renais com perdas de sangue na urina. Como todos os representantes da família das Rosáceas, também esta planta possui um efeito vasoconstritor, de preciosa utilidade nos casos de hemorragia até das vias urinárias ou derivadas de lesões produzidas por cálculos renais. Aconselha-se a infusão preparada com folhas e flores. Em muitos casos pode-se usar a tintura, na medida de dez gotas duas ou três vezes ao dia. O abrunheiro, além disso, exerce uma ação reguladora particularmente intensa e eficaz sobre todo o nosso metabolismo. A tintura por isso é mais usada nos casos de *adiposidade* (aqui não se trata da gordura provocada por um excesso de alimentos ingeridos!). Em caso de hemorragias renais, usar-se-á o abrunheiro alternado com a tormentilha

Prunus spinosa

Ruiva *(Rubia tinctorum)*

O dr. Vogel, servindo-se da raiz desta planta, prepara comprimidos medicinais, cujo sucesso nos casos de cálculos renais e biliares tem resultado inegável. Vogel combina esta planta com a Sanguinária (Polygonum) e apresenta no comércio os comprimidos com o nome de *Polygorubia*.

Petrus Nylandt menciona esta planta naquele seu texto do qual já havíamos falado, prescrevendo o que segue: "Para congestões do Fígado, Baço e Rins: tome dois Rebentos da Raiz / faça-os ferver em uma mistura de água e vinho / de cada um meia pinta / até que um terço tenha evaporado / do líquido filtrado / beba um jarrinho cheio duas vezes ao dia".

Com a palavra "concrescência" os antigos escritores queriam indicar que certos órgãos tinham a função perturbada por pedras ou concreções. As experiências do dr. Vogel são muito positivas, pelo que é recomendável usar os comprimidos supracitados em

Rubia tinctorum

caso de cálculos renais. Pode-se integrar o uso dos comprimidos de Ruiva com uma infusão de Solidago, útil por suas qualidades diuréticas.

A terapia Ruiva desenvolve-se como segue: utilize uma receita em forma de comprimidos de *Polygorubia*. Durante o tratamento não beba uma quantidade excessiva de líquido. Terminados os comprimidos, não os tome mais por uma semana, durante a qual você deve ao invés absorver muitos líquidos (entre outros a infusão de vara-de-ouro em doses abundantes). Em seguida, tome uma segunda receita de comprimidos. Também depois desta, você deve beber muito. Em muitos casos os cálculos se desprendem lentamente. É recomendável repetir o tratamento a cada três meses.

Flores de tília *(Tilia cordata)*

Não se pode desejar coisa melhor que estar sentados sob a folhagem majestosa de uma tília, em uma noite quente de verão. Cansados pelo calor e não mais inclinados à ação, a tília nos oferecerá o repouso e o refrigério necessários. Desde tempos imemoráveis, a flor da tília é conhecida por suas propriedades sudoríferas. Se um indivíduo tiver gripe ou um forte resfriado acompanhado de febre, poderá usar, com ótimo resultado, a infusão de flores de tília, sobretudo se não conseguir suar. Um gole de infusão de vez em quando estimulará as glândulas sudoríferas, permitindo o necessário resfriamento epidérmico. A tília é indicada ao tipo muito sensível, ao indivíduo que parece efetivamente reagir como "barômetro" a todas as impressões recebidas do ambiente em que vive. Qualquer "variação" de pressão resulta, por assim dizer, "captada" e tudo é registrado. Estas pessoas têm muitas vezes necessidade de muito tempo para absorver as impressões acusadas. Nos indivíduos-tília, os influxos externos parecem acumular-se sobretudo nas pernas, nos pés e na cabeça. Nas pernas e nos pés o acúmulo manifesta-se sob a forma de edemas; na cabeça, com vertigens, até provocar manifestações epiléticas. Petrus Nylandt dá a seguinte receita contra o inchaço das pernas: "Tome as folhas de Tília/ quantas forem necessárias / faça-as ferver em água até conseguir virar papa / estenda-as sobre as pernas inchadas". Para a "vertigem da cabeça", esta outra receita poderá ajudá-lo: "Use água destilada de flores de Tília / e também a conserva destas mesmas flores". Resumindo: a infusão de folhas ou flores de tília poderá fazer regredir o inchaço dos pés e das pernas. Útil também o ungüento feito

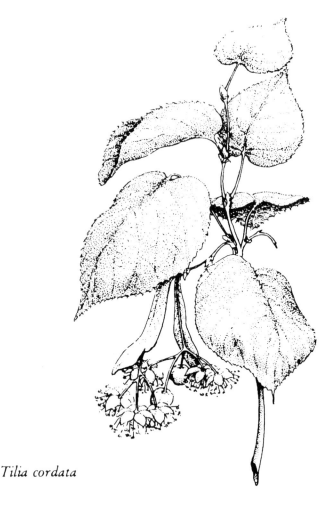

Tilia cordata

com uma papa de folhas de tília. As flores de tília têm uma ação particularmente depurativa e estimulam o metabolismo. Além disso, as flores podem combinar-se otimamente com o Solidago e a melissa. Uma xícara desta infusão, três vezes ao dia, pode considerar-se um eficaz remédio contra todas as formas de edema, sobretudo os que se manifestam na parte inferior do corpo.

Melissa *(Melissa officinalis)*

Se procurarmos "conforto" no mundo vegetal não encontraremos planta melhor que a melissa. É um remédio próprio para as pessoas que não conseguem mais suportar suas disfunções (na vida psíquica) e são dominadas por sensações e tendências desarmônicas. No nome desta planta está encerrado o significado da palavra mel (*mel*: mel), ou seja, "doce". A expressão "doce" representa qualquer coisa que conforta. Pense em todas aquelas mamães que não têm tempo ou vontade de consolar, verdadeiramente a sério, o seu filhinho. Para consegui-lo, igualmente lhe dirão: "Tome este doce, sentirá como é bom! Coma-o e verá que tudo lhe passará". O doce, neste caso, substitui (infelizmente) o amor materno. Aquilo que o licopódio representa para as crianças pequenas e as pessoas idosas, o é a melissa para aqueles que se encontram entre a primeira infância e a idade madura. Podem-se prevenir as afecções renais, oculares ou cutâneas, regulando a própria vida emotiva com o uso da

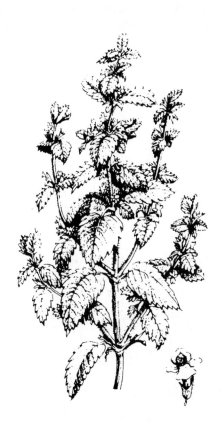

Melissa officinalis

melissa. Este remédio harmoniza a vida emotiva das pessoas muito sujeitas à adversidade e que não conseguem mais quase suportá-la. O indivíduo da personalidade chamada "dura" não terá certamente necessidade de melissa. Esta planta será mais adequada ao tipo afável, cuidadoso, não bastante resistente à "dura" realidade, que se verifica atualmente na sociedade humana.

O tipo de indivíduo acima descrito fará bem em tomar duas ou três vezes ao dia de dez a quinze gotas de tintura de melissa. Ele mesmo poderá, por outro lado, determinar por si a quantidade e a freqüência das doses. A planta, logo após colhida, poderá fornecer, no verão, uma infusão deliciosamente refrescante. Quatro ou cinco folhinhas frescas são suficientes para a preparação de duas xícaras.

A melissa, além disso, é muito eficaz nos casos em que seja necessário abaixar a pressão sangüínea, sobretudo quando a hipertensão é causada por uma carente função renal. A conexão é evidente!

5 Algumas possibilidades oferecidas pela ciência homeopática

O princípio da terapia homeopática é um tanto diferente do fitoterápico. Este último método curativo atua mediante os estratos não-diluídos das plantas. Em caso de tintura, falamos por isso de "tintura original", que é indicada com o sinal Ø. O princípio homeopático baseia-se, ao invés, no uso de diluições especiais das substâncias naturais. O homem que desenvolveu tal princípio é o conhecido médico alemão Samuel Hahnemann (1755-1843). Este estudioso descobriu que determinadas substâncias (plantas, minerais, metais etc.) provocavam fenômenos inerentes a doenças cujos doentes podiam curar-se ingerindo as mesmas substâncias, evidentemente em forma muito diluída. Hahnemann encerrava este princípio em seu conhecido provérbio *"Similia similibus curantur"* (isto é, o semelhante será curado pelo semelhante).

As diluições usadas na prática chamam-se *potências*. Dito desse modo pareceria soar estranho. A palavra potência significa "força". Ora, é evidente que determinada substância perderá grande parte de sua força se começarmos a diluí-la. Não obstante, parece que isso não se verifica. Diluindo de modo certo uma substância, libera-se sempre mais a sua "força". Na prática, quer dizer que, quanto mais alta for a diluição, mais profundamente o remédio penetrará em nosso físico. As diluições são indicadas com a letra maiúscula D, que significa diluição decimal. Conhecem-se, por exemplo, D1, D2, até a D200. D1 quer dizer 1:10, D2 1:100, etc. Até a D12 falamos de baixas potências. De D12 e até a D30, de potências médias. Além destas, fala-se de potências elevadas. Em caso de síndrome aguda, usam-se em geral potências baixas, sendo as afecções crônicas combatidas com as mais altas. Presume-se também que as potências mais baixas atuam melhor sobre o físico e as mais altas sobre a esfera psicossomática. São conhecidos vários casos de cura de doenças psíquicas graves com determinadas substâncias a D1000 (!). Para os nossos rins, olhos e pele, são indicados os seguintes remédios homeopáticos: Apis, Kalium arsenicum, Natrium sulfuricum, Lycopodium, Arnica, Chamomilla, Argentum nitricum, Cineraria maritima, Sulfer e Acidum nitricum.

Apis

É a diluição homeopática do veneno das abelhas. Usa-se nos casos de inflamações renais agudas, acompanhadas dos seguintes sintomas: inflamações edemáticas, urina escassa, sonolência persistente, absoluta falta de sede. Usa-se à D3 até à D6; cinco gotas, quatro vezes ao dia. Se a inflamação é acompanhada de febre alta, pode-se adicionar ao remédio a beladona, ou o Aconitum.

Kalium arsenicum

Este remédio é adequado contra as inflamações renais crônicas. Lembremos alguns sintomas: emagrecimento relevante, pele seca e flácida, dispnéia, edemas nos membros inferiores, expressão ansiosa do rosto, descontentamento e freqüentes lamúrias sem qualquer causa relevante, eczema crônico que se torna pruriginoso por influência do calor.

Pode-se usar o remédio acima referido à D3 e à D4. Serão suficientes cinco pílulas, três vezes ao dia. Ajude essa cura homeopática com uma boa infusão adequada e procure sobretudo a causa do mal.

Natrium sulfuricum

Além dos remédios já citados, também o Natrium sulfuricum pode ser usado em caso de cálculos renais. A característica importante deste mal consiste no fato de que a umidade o agrava sensivelmente. As pessoas que sofrem dos rins deveriam possivelmente evitar as habitações úmidas! O Natrium sulfuricum é empregado à D6: três pílulas quatro vezes ao dia, um quarto de hora antes das refeições.

Lycopodium

Este remédio já foi tratado amplamente no capítulo dedicado às plantas medicinais. Você pode usá-lo quando se tratar de um dos casos já descritos, à D30. Cinco pílulas, uma vez por semana, serão suficientes. Mediante o Lydopodium à D6 e à D12, será possível evitar a formação de novos cálculos renais. Este remédio não somente reforça o "eu", mas estimula todo o metabolismo. Constatou-se amiúde que os cálculos renais podem ser a conseqüência de disfunções hepáticas. Segundo o dr. Voorhoeve, o Lycopodium atua sobretudo em caso de cálculos urinários. Um remédio que se deve considerar precioso!

Arnica

O uso interno da Arnica é indicado em caso de hemorragias renais. Usa-se então à D4 e à D6. Em caso de se desejar harmonizar uma situação de hipertensão emotiva, será oportuno empregar o remédio à D30 e até à D200. No capítulo referente ao uso das plantas medicinais, havíamos falado amplamente desse remédio. Da diluição D30, toma-se cinco pílulas uma vez cada quinze dias, mas para a arnica à D200 serão suficientes cinco pílulas a cada dois ou três meses.

Camomila

Para ajudar a ação de outras plantas medicinais ou remédios homeopáticos (os remédios mais orgânicos) poder-se-á usar a camomila da D6 à D12. Esta diluição da tintura de camomila tem uma ação salutar, sobretudo sobre nossa vida psíquica. No capítulo 4, lê-se o que foi amplamente descrito com respeito aos casos específicos.

Argentum nitricum

O Argentum nitricum é um dos mais importantes remédios para a cura dos olhos e consiste em uma diluição homeopática da prata. Tal remédio é empregado com muito sucesso em caso de inflamações oftálmicas acompanhadas de supuração. Dependendo do tipo de constituição física, usa-se à D6 ou à D30. À D6, na medida de cinco drágeas três vezes ao dia. À D30 são suficientes cinco drágeas, uma vez por semana. No meu livro *A saúde mediante os metais* são amplamente tratadas as razões da ação benéfica exercida pela prata. Sobre ela comentaremos aqui brevemente. A prata é análoga ao esquema cósmico representado pela Lua. A Lua indica as propriedades de reflexão do homem, e ainda mais, as suas possibilidades de reação. Aplicando, por exemplo, um extrato de prata no avesso de uma chapa de vidro, obtemos um espelho. Olhar-se ao espelho nada mais é que, com efeito, determinar o reflexo de nós mesmos: é como reagir sobre nosso "eu".

Como já dissemos anteriormente, os olhos são o *espelho* da alma. Por meio dos olhos refletimos a ídole da nossa vida emotiva (alma). Se considerarmos tudo atentamente, descobriremos que as formas de manifestação supradescritas (olhos, prata, reflexo, lua, possibilidades de reação etc.) são análogas entre si. A prata refere-se ao mesmo esquema básico, do qual também os olhos são uma forma de manifestação: a prata e os olhos se completam!

Cineraria maritima

O dr. Voorhoeve, em seu livro *A homeopatia prática*, escreve o que segue a respeito desse remédio: "A *Cineraria maritima*, chamada Cinerária ou Específico clássico para a *catarata*, é uma planta indígena do Oriente Próximo... Atualmente encontra-se no comércio sob forma de colírio, sob o nome de *Cineralyt* (*Madaus*, em Colônia)... Aplica-se uma gota, uma vez ao dia, no ângulo ocular externo, em seguida fecha-se o olho e se o esfrega levemente para empurrar o líquido para o ângulo interno. As primeiras vezes notar-se-á uma sensação de ardência, indicação de uma reação favorável da superfície oftálmica ao contato do colírio. Depois de quinze dias aproximadamente de aplicações diárias suspende-se o tratamento por uma semana". Considerados os resultados efetivos obtidos com este remédio natural, o mínimo que posso fazer é transcrever a prescrição supracitada.

Súlfur

É um dos mais importantes remédios homeopáticos. A ação que esta substância exerce é tão múltipla, que permite a redação de todo um tratado a respeito. De um lado, podemos deplorar que o Súlfur seja citado neste prontuário, pois no âmbito do próprio livro falta espaço para nos aprofundarmos, como deveria, sobre as peculiaridades nele encerradas. Por outro, ele é muito importante para negligenciá-lo.

O Súlfur (enxofre) tem uma ação fortemente depurativa. Pense somente no uso que se fazia dele no passado: todas as garrafas e vasos para a conserva passados no enxofre!

Existem pessoas sujeitas a atrair, conservando-as, as impurezas (aqui entendem-se sobretudo as impurezas psicobiológicas, ou, se se quiser, congênitas). O comportamento é inconsciente, mas resultante do seu próprio esquema de vida. O "homem-enxofre" sujeita-se a uma regra biológica particularmente "impura" e ignora as verdadeiras alegrias que oferece a existência. Por outro lado, a impureza interna deve externar-se, e tanto os olhos como a pele são os pontos em que mais se manifesta. Aparecem eczemas, formas especiais de acne e oftalmopatias acompanhadas dos fenômenos psíquicos descritos a seguir. Em tais casos, o enxofre é, sem dúvida, um remédio precioso.

Fenômenos psíquicos referentes a "disfunções sulfo-reativas"

O indivíduo é egocêntrico, tem pouca consideração pelos outros, escasso interesse pelas necessidades práticas; continuamente esquecido e negligente em refletir, entrega-se a toda espécie de ilusões; facilmente irritável, amiúde deprimido, às vezes até desconfiado. Malgrado uma boa alimentação, permanece debilitado e excessivamente magro.

O uso do Súlfur à D6 é aconselhável tão logo se constate a presença dos sintomas acima descritos: tanto físicos como psíquicos. Cinco pílulas três vezes ao dia, meia hora antes das refeições: desaparecerá todo mal-estar e o indivíduo se sentirá um "novo homem".

Acidum nitricum

Muito freqüentemente são atribuídas causas particulares a determinados fenômenos físicos, sem havê-los efetivamente especificado. Temos o exemplo nas *rachaduras* e *frinchas* da pele. Sempre acusamos o nosso trabalho manual se as rachaduras se manifestam nas mãos, ou a evacuação dura, se as mesmas aparecem em torno do ânus, etc. Se você conseguiu captar alguma coisa do que procuramos explicar nos primeiros capítulos deste livro, as verdadeiras causas dessas manifestações parecer-lhe-ão, sem dúvida alguma, claras. As rachaduras são recursos de emergência do organismo. Os acúmulos de escórias tornam-se tão relevantes de modo a procurar um caminho de saída por meio das fissuras da pele. Por isso, querer tapar com pomadas de qualquer espécie uma pele rachada é perda de tempo. Agindo desse modo você vai impedir novamente o "caminho de saída" que o próprio físico havia criado. Quando se manifestarem afecções cutâneas desse tipo, será muito melhor combatê-las com uma boa infusão coadjuvante dos rins (Solidago, Ononis, etc.), a fim de estimulá-los a uma maior atividade. O sangue, então, será depurado pelos rins e não haverá necessidade posterior de procurar desafogo através da pele.

Em caso de rachaduras dolorosas, profundas, purulentas, a ação do Acidum nitricum à D4 poderá resultar muito eficaz. Cinco pílulas ou gotas três vezes ao dia serão suficientes.

Finalmente, apresentamos ao leitor a oportunidade de solicitar um diagnóstico a um especialista homeopático. Estes médicos são particularmente experientes na análise de todo o quadro clínico, bem como na determinação dos remédios homeopáticos mais convenientes. Será preferível, sob todos os aspectos, consultar um especialista, ao invés de "você se propor" a combater um mal sem obter o mínimo resultado. Os remédios citados neste capítulo podem ser usados sem perigo. Todavia, se depois de muito tempo não se manifestar qualquer melhora, poder-se-á sempre, em última análise, consultar um especialista (leia a este propósito a conclusão do presente livro).

6 A terapia do nosso alimento cotidiano

O mundo em que vivemos é um recipiente cheio de contradições. Podemos citar várias delas e em diversos campos. Levando-se uma em consideração, podemos descrevê-la do melhor modo possível nestas palavras: de um lado a ciência sublinha todo dia cada vez mais o papel essencial das substâncias nutritivas ao condicionar a doença e a saúde; de outro, a mesma ciência não tem escrúpulos em elaborar produtos que são, sem dúvida, um atentado à própria saúde. E o homem... sofrendo, vai vivendo como pode! De há muito tempo, a escolha dos alimentos adequados tornou-se verdadeiramente angustiosa, se realizamos tudo aquilo que se pode adquirir em matéria de "alimentos". Nos tempos passados, falava-se sobretudo de "víveres". Esta palavra já quase não se encontra mais nos textos (médicos) modernos. Fala-se agora de "gêneros alimentícios". Até certo ponto, o termo é exato e, para honra da ciência, até talvez seu malgrado, honesto. Devemos porém levar em conta que esses "gêneros" não são suficientemente "víveres". Muitos produtos alimentícios são preparados de modo a satisfazer o nosso paladar e encher o... vazio do estômago. Os "víveres" deveriam, ao invés, servir para integrar as substâncias necessárias à nossa saúde, tanto física como psíquica, duas ações fundamentalmente diversas.

Infelizmente, nos tempos em que vivemos, o homem preocupa-se sempre menos com o próprio alimento. O nosso esquema social é, em grande parte, a causa disso. As refeições colocadas à venda "já preparadas", em caixas, em pacotes etc., são a ordem do dia. Contanto que sejam fáceis de preparar e sobretudo "gostosas". Para muitas pessoas são os únicos critérios existentes em matéria de alimentação. Tão logo o homem perceba que um grande percentual das doenças físicas é atribuído a uma alimentação, não somente carente dos valores nutritivos essenciais, mas também prejudicial, poderá novamente considerar o alimento cotidiano como a melhor terapia.

Vemos constantemente distúrbios físicos desaparecer adotando-se uma dieta sadia (o que significa somente: nutrir-se *normalmente*) e reaparecer tão logo se retomem os hábitos desordenados (desamôrnicos) de antes. Certas pessoas procuram compensar sua indigência espiritual comendo "guloseimas", bebendo e "ficando alegres". Nada de reprovável quanto ao estar alegre, contanto que seja a expressão de uma verdadeira sensação de alegria pela beleza do que experimentamos ao nosso redor. Infelizmente, em muitos indivíduos, a alegria manifesta-se somente "sob o influxo" de fenômenos psíquicos desarmônicos.

A seguir, apresentamos algumas regras gerais, isto é, válidas para todos, a ser consideradas com finalidade de uma alimentação sadia e eficaz.

1. *Dê sempre preferência aos alimentos básicos (que se transformam em bases) que aos que produzem ácidos*

Os básicos são: as verduras e as frutas (preferivelmente cruas). Produtores de ácidos são: as substâncias ricas em proteínas e sobretudo proteínas animais. As substâncias ricas em hidratos de carbônio produzem um equivalente quantitativo tanto de ácidos como de bases.

2. *Limite o mais possível o uso de alimentos conservados*

Qualquer que seja o método de conservação empregado, a qualidade do alimento sempre sofrerá. As vitaminas serão as mais atingidas. Muitas vezes os produtos em lata contêm também conservantes e aromatizantes. Malgrado o controle exercido a respeito, cremos poder afirmar que todos os aditivos químicos e "não-naturais" são prejudiciais ao organismo.

3. *Em qualquer ocasião, use sempre e exclusivamente o grão integral*

Os porcos sempre comem melhor que os homens. De fato, a sua comida contém o farelo de trigo (que encerra os componentes mais preciosos do grão) que o homem não quer, porquanto considera o pão branco um produto há muito tempo mais "civilizado" que o grosseiro pão escuro. Qualquer alimento composto de farinha desnaturada nada mais é que coisa sem valor para o organismo.

4. *Coma o menos possível açúcar e doces*

O açúcar produz uma fermentação nos intestinos que pode anular elementos preciosos da nossa comida. Se não puder fazê-lo, pelo menos compre açúcar mascavo. É menos prejudicial que o açúcar branco, refinado. O mel é um alimento precioso e pode satisfazer completamente as nossas necessidades de açúcar. Uma colherzinha de mel no chá lhe fornecerá uma bebida deliciosa!

5. *Não use água para cozinhar as verduras*

Tome uma assadeira de grandes dimensões, derrame uma camada de óleo e aqueça a verdura, qualquer que seja sua espécie. Com este sistema as mesmas verduras não serão excessivamente quentes e reterão por isso muitas substâncias preciosas, geralmente jogadas fora com a água de cozimento. Já se disse a este respeito: "Para adquirir uma saúde perfeita, devemos ter o nosso prato sob o escoadouro da água durante as atividades culinárias".

6. *Use sempre uma pequena quantidade de gordura em cada refeição*

Por gorduras entendemos preferentemente o óleo vegetal a frio, porquanto facilita notavelmente a digestão.

7. *Coma somente se tiver fome e não se tiver "vontade"*

Ter vontade de comer qualquer coisa não significa ter fome. O apetite sadio (infelizmente) não existe mais em nosso país. Geralmente estamos ocupados durante todo o dia para satisfazer o nosso paladar com petiscos de qualquer espécie (os chamados aperitivos). Depois de uma refeição o nosso sistema digestivo tem necessidade de repouso para elaborar o que recebeu (materialmente). Dê ao seu estômago o repouso que ele necessita!

No que se refere aos argumentos tratados no presente livro, podemos acrescentar o que segue: se o indivíduo notar perturbações dos "órgãos sensitivos", deverá limitar o uso do sal. O sal, de fato, ativa a nossa vida racional. Uma atividade intelectual que se exerça já no limite da sobrecarga não será, de fato, favorecida por um estímulo salino. Use, portanto, todo dia o sal com moderação e também que não seja o produto refinado, mas sal marinho natural.

Aos indivíduos cuja vida emotiva apresenta problemas especiais, aconselhamos limitar ao máximo a ingestão de albúmen. Os albumens animais devem ser absolutamente evitados. Coma verduras cruas e fruta em quantidade: esta simples dieta promoverá a desintoxicação do organismo. A comida dos que sofrem dos rins, pele e olhos deve ser completamente indicada a uma ação depurativa. Desse modo os órgãos, já sujeitos à elaboração de excedentes "venenos psíquicos", serão descarregados e o conseqüente repouso permitirá sua recuperação. Ao leitor que queira aprofundar-se no assunto, aconselhamos um livro digno de nota: *O manual Bircher Benner*. Aqueles que sofrem de doenças ou disfunções dos rins ou da vesícula, consultem o respectivo manual. Lá encontrarão numerosos exemplos de refeições diárias, compostas com base nas experiências efetuadas na conhecida clínica Bircher Benner, de Zurique.

7 Pequeno vade-mécum

Os conceitos que formam a base deste livro são na realidade contrastantes com o significado que se atribui a um vade-mécum. Este último, de fato, é geralmente considerado como uma espécie de rubrica "olha-toma": dor de cabeça? ... eis o comprimido; dor de garganta? ... este outro remédio; etc. Em certos casos não se trata nem longe de curar, mas somente de combater os fastidiosíssimos fenômenos. Se quisermos, ao invés, obter um resultado permanente, será absolutamente necessário ter a coragem de enfrentar as verdadeiras causas, tanto físicas como psíquicas. O vade-mécum seguinte nada mais é que um resumo sistemático das diversas formas de afecções dependentes dos nossos "órgãos sensíveis" e dos remédios convenientes aos casos simples.

Antes de resolver-se na escolha de uma planta ou remédio particular, será bom ler o que foi escrito nas páginas precedentes. Procedendo dessa maneira poder-se-á constatar se a planta correspondente se adapta completamente ao seu caso. O uso racional do vade-mécum permitirá desse modo sintonizar a terapia com a situação geral e não usar um remédio unicamente para combater um fenômeno.

Afecções renais

Ação muito lenta dos rins	Vara-de-ouro, onônide, aipo, salsa, arnica, licopódio
Inflamações renais e vesiculares	Apis, vara-de-ouro, onônide, camomila e Echinaforce (Vogel)
Cálculos renais ou vesiculares	Ruiva, Natrium sulfuricum, vara-de-ouro, onônide, aipo, abrunheiro
Hemorragias renais (entre outras em conseqüência de cálculos)	Arnica, tormentilha e abrunheiro
Para prevenir posteriores formações de cálculos	Ruiva, licopódio

Hidropisia conseqüente de escassa função renal	Onônide, álamo
Edemas nas pernas	Folhas e flores de tília

Afecções oculares

Inflamações oculares	Eufrásia, camomila, Argentum nitricum
Diminuição da visão	Suco de cenoura fresca, Argentum metallicum, arnica
Catarata	Cineraria maritima

Afecções cutâneas

Eczema e acne	Vara-de-ouro, Kalium arsenicum, Súlfur, urtiga, hipérico
Rachaduras da pele	Acidum nitricum
Furúnculos da puberdade	Urtiga, Súlfur
Para favorecer a ação de vários remédios, dando alívio à "vida psíquica" do indivíduo	Melissa e camomila

Finalmente, é indispensável frisar a gravidade das afecções tratadas neste livro. Não se façam nunca de "taumaturgos". Se os seus conhecimentos não forem suficientes no campo da terapia médica, não-acadêmica, as ocasiões de consultar os especialistas no assunto realmente não faltarão. Este livro está bem longe de ser completo, mas tenta pelo menos "experimentar" alguma coisa que, por sorte, foi recentemente descoberta: as forças restauradoras da própria natureza.

Não compare nunca o método terapêutico natural com o alopático. Não polarize, mas tente promover uma colaboração. O seu médico (alopata) terá talvez alguma coisa a objetar se você o informar do que está fazendo. O seu eventual ponto de vista não deverá impedi-lo de jogar "com cartas descobertas". Tão logo ele se aperceba de que você mesmo colabora com o processo de cura, procurando sobretudo ir de encontro às verdadeiras origens do mal, não poderá senão alegrar-se. Talvez mesmo será induzido a apreciar a terapia médica natural.

8 Conclusão

Resumo das plantas tratadas neste volume no que se refere ao aspecto, à floração, à colheita e às partes a usar.

Vara-de-ouro

Planta perene que pode atingir cerca de um metro de altura. O caule é rosado e angular. Glabro. As flores amarelas dispostas em espiga.
Floração: de dezembro a março.
Colheita: janeiro e fevereiro.
Partes a usar: as partes superiores dos ramos (inclusive flores).

Onônide ou resta-boi

Planta perene que atinge os 30/60 cm de altura. As extremidades dos ramos terminam em espinhos. As flores são de um rosa belíssimo. A planta tem um odor fétido típico.
Floração: de dezembro a março.
Colheita: no outono e durante a floração.
Partes a usar: a raiz e a planta seca (fuste, folhas e flores).

Urtiga

Planta bastante conhecida. Existem duas espécies: a urtiga grande e a pequena. A ação desta última é maior que a da primeira!
Floração: de novembro a março.
Colheita: durante a floração.
Partes a usar: toda a planta.

Camomila

Planta anual, com flores de centro amarelo-ouro e pétalas afastadas.
Floração: dezembro e janeiro.
Colheita: janeiro.
Partes a usar: flores secas.

Salsa (veja **Aipo**)

Eufrásia

Planta anual. Apresenta flores sésseis de cor branca. Os frutos são capsulares.
Floração: de dezembro a março.
Colheita: janeiro e fevereiro.
Partes a usar: flores, folhas e caule.

Arnica

Planta perene, cujas folhas formam uma pequena rosinha. Desta rosinha levanta-se a haste da flor, de uma bela cor alaranjada.
Floração: dezembro e janeiro.
Colheita: durante a floração.
Partes a usar: as flores e as folhas (em homeopatia usa-se também a raiz).

Licopódio

Planta trepadeira. A haste termina em uma espiga fina que contém o pó.
Floração: janeiro e fevereiro.
Colheita: janeiro.
Partes a usar: toda a planta.

Aipo

Hortaliça muito conhecida. Sirva-se somente das folhas e do caule. Pode ser usada durante toda a estação de crescimento.

Abrunheiro

Planta cheia de céspedes, muito ramificada. Flores brancas. Os frutos, de cor azul-escuro, apresentam um diâmetro de cerca de um centímetro.
Floração: outubro e novembro.
Colheita: durante a floração.
Partes a usar: flores e folhas.

Flores de tília

É usada a floração da tília. A colheita efetua-se em outubro e novembro.

Melissa

Planta herbácea, que atinge os 60/80 cm de altura. Flores brancas. A planta tem um forte odor de limão.
Floração: janeiro e fevereiro.
Colheita: antes da floração.
Partes a usar: folhas e caule.

Colha as plantas com discernimento e o respeito devido ao ambiente natural. Não a destrua inutilmente e poupe a natureza. Goze de todo o bem que o Criador lhe confiou!

12
PLANTAS MEDICINAIS PARA REGULAR A PRESSÃO SANGÜÍNEA

Plantas medicinais, homeopatia e
alimentação correta na cura da hipertensão
e da hipotensão

Título original:
REGEL UW BLOEDDRUK MET KRUIDEN EN VOEDING

© Copyright by Uitgeverij Ankh-Hermes bv — Deventer, Holanda.

© Copyright 1983 by Hemus Editora Ltda.
Mediante contrato firmado com o Editor.

*Todos os direitos adquiridos para a língua portuguesa
e reservada a propriedade literária desta publicação.*

Tradução:
Carlos A. Lauand
Ilustrações:
Gerry Daamen

Introdução

Suponhamos que nos reservatórios de água para as nossas casas viesse a faltar a pressão: não sairia mais uma só gota pela torneira. Nem a causa seria imputável ao movimento, à circulação e à dinâmica dos fluidos. A pressão é sempre a origem principal de tais componentes fluidodinâmicos.

No corpo humano verifica-se, em sentido amplo, a mesma coisa. A pressão sangüínea fornece ao homem uma força própria. Representa a causa material pela qual o indivíduo existe como personalidade própria. Confirmam-no as leis da natureza. Não falamos, talvez, de variações de pressão, quando no interior de um corpo se verifica uma pressão diferente da externa? O indivíduo, portanto, dispõe de uma força interna (pressão). É óbvio que a pressão externa (isto é, as circunstâncias humanas) exerce uma influência sobre a "interna", isto é, a pressão sangüínea. O mesmo fenômeno se verifica no mundo da física: a pressão no *interior* de um corpo (por exemplo, uma caldeira) depende também da pressão exercida pelo *exterior* sobre o mesmo corpo. Se nos detivermos um instante sobre esta imagem para projetá-la na situação humana, veremos que à elevação da "pressão externa" corresponderá dentro de certos limites a "tendência à adaptabilidade" da "pressão interna". O interior tende, portanto, a ser intercomunicante com o exterior.

Pode acontecer que destas constatações comece a delinear-se alguma coisa sobre as causas do fenômeno "hipertensão sangüínea", tão difundido nos dias de hoje. Vivemos, de fato, em uma época em que as circunstâncias de nossa existência atingem um grau de pressão tão elevado que, para continuar a viver como indivíduos, somos obrigados, por assim dizer, a "fechar as válvulas", sujeitando-nos a uma enérgica contrapressão.

São manifestações que nestes tempos se repetem continuamente. E como as executamos? Com um modo de viver (por exemplo, com o nosso esquema alimentar), custe o que custar, suscetível de aumentar a nossa pressão interna. Todos os hábitos alimentares errados — como, por exemplo, ingerir muitas gorduras, consumir muitos albúmens animais etc. — são, efetivamente, uma providência de emergência do próprio organismo. Isto constitui um mero expediente indicado a coadjuvar a necessidade do nosso físico de adaptar-se às circunstâncias diárias, isto é, o crescente aumento da pressão externa.

A origem dos problemas de pressão sangüínea não vem, portanto, propriamente do uso de alimentos errados, ou de um regime de vida irracional — como, por exemplo, repouso insuficiente ou escasso "equilíbrio" (este último, fundamentalmente diverso do "relaxamento", de que hoje tanto se fala) —, mas diz respeito substancialmente à incapacidade de opor resistência à pressão externa excessiva, isto é, às circunstâncias não-naturais em que, atualmente, estamos implicados.

Quem tiver a coragem de libertar-se, de modo responsável, desta "pressão externa não-natural" perceberá que vários hábitos errados referentes à alimentação e ao regime de vida desaparecerão por si, no momento em que o nosso físico não tenha mais necessidade de substâncias hipertensivas. Mas se recusarmos um minucioso exame das nossas condições existenciais diárias, seguir uma dieta ou recorrer às ervas medicinais e a remédios hipotensivos nos dará somente uma sensação de frustração. Com este método privar-se-á o organismo da possibilidade de adaptar-se às circunstâncias, e conseqüentemente o efeito da pressão destas últimas, não mais equilibrado, ficará agravado. Desgraçadamente, a ciência médica presta pouca ou nenhuma atenção a este aspecto essencial do indivíduo. Combatem-se os distúrbios referentes à pressão sangüínea (o fenômeno), mas com isso se despreza a causa mais profunda. Quem vive em um ambiente harmônico não tem certamente necessidade da "iguaria saborosa", rica de gorduras animais, sal refinado e clara de ovo, que submete os seus rins a uma sobrecarga de trabalho; a esta sobrecarga dos rins pode-se conseguir somente um aumento da adrenalina lançada no sangue e, conseqüentemente, a aceleração do círculo sangüíneo e um aumento de pressão. Para as pessoas, pois, que já acusam restringimentos dos vasos sangüíneos, uma situação desse gênero pode resultar extremamente perigosa.

O nosso "bem-estar" contribui para esta situação, em medida certamente não desprezível. Todavia, não se trata de conseqüências do bem-estar entendido como contingência diária, mas sobretudo dos elementos que concorrem para o nascimento do próprio bem-estar: verdadeiras causas das numerosas doenças cardíacas e vasculares difundidas nos dias de hoje. O indivíduo que leva uma vida harmoniosa, e não se inquieta na procura do bem-estar, este sim vive em uma paz harmônica. Na palavra bem-estar está encerrado o núcleo do assunto propriamente dito. "Bene essere", meta que todos se propõem a atingir, sem perceber que será justamente essa corrida angustiada e ininterrupta que exigirá um pesado tributo da nossa saúde, nunca compensado pelo que tivermos podido obter.

Em tempo de guerra, carestia e outras circunstâncias incômodas, os enfartes, as constrições vasculares e as hipertensões são, definitivamente, bem menos freqüentes. É fácil notar que justamente o indivíduo de aspecto "próspero" apresenta certa semelhança com a pessoa que sofre de hipertensão: fisionomia corada e colorido um tanto pletórico.

Curioso também o fato de que associamos amiúde a palavra "bem-estar" ao conceito de "boa saúde". E nem mesmo as expressões geralmente não combinam de fato. O bem-estar material não concorda com a essência mais profunda do homem que vive segundo os princípios naturais. O impulso a "bene essere" (a fazer bem, na acepção dinâmica da intenção), esse, sim, nunca deveria faltar.

O "eu" mais profundo

No decorrer deste livro tal conceito aparecerá regularmente. Julgamos portanto oportuno aprofundar sua essência.

Por "eu mais profundo" entende-se a *essência* íntima do homem, que pode ser diversa para cada indivíduo. Podemos compará-la à voz do coração. É aquela parte do homem escondida em seu mais profundo íntimo e que, no mais, não aflora senão de modo indireto. Podemos compará-la ao conceito de *verdade*. O "eu mais profundo" do indivíduo representa a sua verdade pessoal. Não costumamos por acaso dizer: "Sabia-o bem, em seu coração?", ou seja, que no íntimo mais profundo residia a verdade. Partindo de um ponto de vista animístico, podemos comparar o "eu mais profundo" com o "princípio espiritual". É esta a parte imortal do indivíduo. Todavia, ele não é somente espírito, mas também *alma* e *corpo*. A alma humana revela-se na sua "projeção psicológica" (isto é, entre outras, na vida afetiva e passional de cada um); os processos fisiológicos refletem igualmente as condições essenciais do corpo.

Entre estes três mundos manifesta-se uma relação indissolúvel. Cada mundo encontra um seu ponto de contato com o outro. Nos capítulos seguintes explicarei que o espírito humano — o "eu" mais profundo — se manifesta na matéria (no âmbito corpóreo), ou seja, no coração e na pressão sangüínea.

No que concerne aos metais, o ouro corresponde ao conceito espírito, enquanto no mundo mineral o *magnésio* é considerado seu equivalente. Cosmicamente, a isso corresponde o Sol.

Resumindo, obteremos o panorama seguinte:

cosmo:	Sol
espírito:	o eu mais profundo
físico:	coração e pressão sangüínea
metal:	ouro
mineral:	magnésio
planta:	entre outras, hipérico e girassol
animal:	leão
elemento:	fogo
temperamento:	colérico

Todas as formas de manifestação acima indicadas são essencialmente análogas ao "eu mais profundo" (o que significa para isso próprias). Externamente, podem talvez diferir em forma e função; a sua emanação verifica-se, contudo, segundo o mesmo princípio espiritual. No volume *Estar mal, importuno mas salutar* examinei os dez esquemas cósmicos originais, em conexão com as várias formas de manifestação. O tratamento relativo à pressão sangüínea humana, que será o assunto aqui estudado, é completamente baseado na doutrina originada pelo reconhecimento destes grandes esquemas. E será justamente mediante tal reconhecimento e mediante a avaliação dos mesmos esquemas, postos na base de toda existência no axioma "Assim na terra como no céu", que nos encontraremos em condições de classificar, em um todo mais amplo, os detalhes (as pequenas formas de manifestação) aparentemente do todo independentes um do outro. O indivíduo disposto a pensar aceitando os grandes esquemas não encontrará dificuldade em perceber como, por exemplo, o hipérico e o magnésio constituem ótimos remédios para os distúrbios cardíacos. Em outras palavras: são remédios corroborantes para o nosso "eu" — e deste vocábulo você certamente já compreendeu o significado — enquanto representantes do esquema próprio ao "eu" (esquema do Sol). Também no reino animal não existe representante cônscio do próprio "eu" quanto o leão. Qualquer um que ponha o pé em seu território sem estar autorizado será punido e estraçalhado. É evidente, por isso, a razão pela qual a configuração do leão aparece (não por acaso) em muitos brasões, representando no caso específico uma manifestação simbólica do seguinte esquema: o monarca de um país exprime o próprio "eu" adotando o leão heráldico. Ele simboliza o "espírito" do rei ou do país.

Todas estas interconexões dominam a nossa vida, bem como também a nossa fisiologia e a nossa espiritualidade são partes em causa dessas grandes correlações. A nossa pressão sangüínea, portanto, não deve certamente ser considerada um fenômeno em si. Muito pelo contrário. É uma forma de manifestação e um elemento constitutivo de um universo mais vasto, chamado homem. E é justamente aquele homem que, por sua vez, representa um elemento constitutivo do que podemos chamar macrocosmo. Quem tiver a determinação de aprender esta doutrina perceberá que no mundo as revelações ainda não estão terminadas.

Caminhemos portanto juntos e tentemos descobrir, com nova fé comum, como agir sobre esta difícil pressão sangüínea, quando naturalmente for necessário trabalhar em tal sentido. A este propósito não nos deixemos confundir e dominar por conceitos causais e racionais de toda espécie, porque não enunciava talvez o inesquecível Pedro, o Curador, no século passado, a seguinte sentença:

"Muito que no fundo não é verdade é demonstrado.
E muito, se bem que não subsista a prova,
permanece eternamente verdadeiro".

1 A pressão sangüínea reflete o estado do nosso "eu consciente"

A pressão sangüínea humana é um fenômeno singular. Nos nossos dias, pois, com as afecções cardíacas e vasculares que se desencadeiam, o fenômeno torna-se particularmente atual. Numerosas pessoas têm sofrido, pelo menos uma vez em sua existência, de hiper ou hipotensão. Todos sabem que se trata de uma coisa não certamente útil à nossa saúde. Não obstante isso, subsiste ainda uma escassa compreensão sobre as origens do fenômeno circulatório do qual é manifestação. Quando o médico encontra uma pressão muito elevada ou muito baixa, o paciente toma regularmente os remédios prescritos, até que sua pressão atinja novamente os valores normais. Todavia, a decisão mais sensata seria certamente a de procurar saber qual é efetivamente a causa das perturbações funcionais ligadas às variações da própria tensão. Por que razão a pressão sangüínea depende do indivíduo e por que se manifesta mais elevada em um do que em outro? Por que a pressão muito elevada pode determinar uma sobrecarga especial de trabalho para o nosso coração e para os nossos vasos sangüíneos e por que no indivíduo que acusa uma pressão muito baixa podem produzir-se casos de vertigem? Para responder a todas estas perguntas, podemos seguir dois caminhos. De um lado temos a ciência médica (acadêmica); de outro, as ciências espirituais (academicamente reconhecidas pelo menos) que podem alternadamente fornecer numerosos esclarecimentos.

Comecemos com a primeira possibilidade que se nos apresenta: todo médico estará em condições de ilustrar com uma relação detalhada os aspectos fisiológicos da pressão sangüínea. Embora os próprios médicos estejam cônscios da influência que os fatores psíquicos podem ter sobre nossa pressão, atêm-se prevalentemente às suas contingências físicas. Como, de resto, acontece sempre para todas as direções científicas (do crisma universitário), trata-se exclusivamente de uma aproximação racional e causal do problema. Malgrado toda sua boa intenção, a ciência médica não pode responder à pergunta concernente à relação efetiva entre a existencialidade do indivíduo e a sua pressão sangüínea. Portanto, a ciência médica ocupa-se principalmente da fisiologia e da patologia do *fenômeno* e não cuida da sua intrínseca natureza.

Conseqüentemente a esta orientação, verifica-se que também a terapia é indicada para modificar o fenômeno e não a harmonizar os princípios intrínsecos que o regulam. O médico, não muito "plagiado" por aquele "monstro sagrado" denominado ciência (isto é, uma disciplina rigorosamente unilateral, causal e racional), ao constatar um aumento de pressão perguntar-se-á se não temos contribuído com tensões especiais às quais o paciente tenha estado sujeito. Mas a sala de espera apinhada e a convicção de que a eventualidade de "tensões particulares" não seja de sua competência (não seria talvez o campo do psiquiatra?) fazem com que a visita se reduza a um conselho de alguns segundos: "É preciso fazer alguma coisa por esta pressão". Depois, emite uma receita de um remédio qualquer hipotensivo. E assim se volta para casa, com uma parada na farmácia, "reabastecido" com o último achado da química farmacêutica. Ingerem-se os comprimidos como prescrito e, depois de algumas semanas, volta-se a medir a pressão. Milagre da ciência médica! A pressão sangüínea voltou aos seus valores normais. O médico curador atesta com evidente satisfação que "agora tudo está no lugar". Uma palavra de encorajamento ao paciente e já coloca o dedo no interfone para a consulta seguinte. O potencial hiper ou hipotenso, aliviado e tranqüilizado, vai-se embora. Mas... uma vez chegado em casa – isto é, em seu esquema usual de vida diária – a sensação de paz não durará muito. A fonte, a verdadeira origem da disfunção, voltará implacável a agredi-lo, e é forçoso admitir que as tensões, como, por exemplo, aquelas presentes em seu matrimônio, não se podem combater com uma administração de comprimidos *ad hoc*.

Prestem bem atenção que, no exemplo acima, não é o médico como pessoa a ser contestado, mas sim o sistema que o condiciona: é obrigado a conquistar todos os seus clientes (sala de espera cheia), mesmo que, talvez, preferisse não dever fazê-lo. Dentro de certos limites, o médico atualmente é comparável a um operário edil sujeito à técnica moderna. Ambos estão inseridos em um sistema economicamente idôneo. Para o pedreiro, não se trata mais da beleza e da harmonia da sua construção, mas antes da quantidade de material que poderá empregar utilmente em um dia. O pedreiro, hoje, dispõe do *cimento armado*, particularmente adaptável; o médico, dos *produtos químicos*, também esses de precípua funcionalidade. Mas passemos à realidade. Qual é portanto a essência da nossa pressão sangüínea? Para encontrar uma resposta à pergunta, o antigo provérbio "Não há nada mais variável que o homem" constitui um ótimo ponto de partida. O homem, de fato, pela sua "variabilidade", diferencia-se dos minerais, plantas e animais. No mundo mineral, vegetal e animal, encontramos um número bem menor de fatores "precários" do que no homem. A causa de tal particularidade é investigada no fato de que o homem, contrariamente às outras criações da natureza, dispõe de um "eu" consciente. Isto significa que o homem não é somente uma estrutura regida por leis físicas (mundo mineral), por processos vegetativos (mundo vegetal) ou processos instintivos (mundo animal), mas dispõe de uma *força espiritual* (consciência do "eu"), presente no âmbito das suas possibilidades conscientes. Em contraste com o mineral, a planta e o animal, o homem deve ser portador, de modo consciente, de uma sua força espiritual pessoal: do seu "eu" mais profundo.

Que é, realmente, o espírito humano? Enquanto escrevo estas palavras, apercebo-me da inutilidade da pergunta. Numerosas personalidades de profunda cultura, pensadores e filósofos, já se aventuraram nesta interrogativa. Mesmo assim, arriscarei uma resposta que, apesar de não pretender explicar o que é o espírito, afirma que dele podemos deduzir a energia espiritual humana. O espírito humano, de fato, é reconhecível na criatividade original e intrínseca do indivíduo (isto é, a sua capacidade criativa). O "eu", o espírito, está contido na consciência de poder contribuir ao progresso e à sobrevivência das coisas. O homem, diversamente do mundo mineral, vegetal e animal, pode "transmitir" até a uma sucessiva, superior condição existencial, a sua intrínseca energia espiritual. Este é o segredo da sua versatilidade.

A energia espiritual do indivíduo, durante a sua existência material, está, entretanto, necessariamente ligada às leis físicas. O corpo é o "templo" do espírito. Ambos são importantes e é impossível a materialização do nosso espírito. De fato, ela está presente, pois da nossa força espiritual é portador o *sangue*. Encontramos esta ordem de conceitos nas narrações relativas à última ceia do Cristo: o pão é símbolo do corpo, o vinho é símbolo do sangue (o espírito) que se espalha dentro dele.

No sangue humano está contida a essência da "vida" mais profunda. Não é por nada que quase todas as funções fisiológicas, que entre outras são novamente reflexos do "eu" espiritual, podem-se "controlar" com o exame do sangue. É conhecido também o fato de que a transfusão do sangue pode dar lugar a acontecimentos "singulares". Em casos do gênero, a energia espiritual (o sangue) de um indivíduo é posta em confronto com o sangue (energia espiritual) de um outro. Se entre as duas formas de energia espiritual existir uma diferença essencial, o organismo reagirá com fenômenos de rejeição (entre os outros: febre). Com base nestes postulados podemos presumir que a pressão tenha uma certa influência (tensão) sobre nossa energia espiritual. A presença ou falta de tensão no nosso espírito reflete-se no estado da nossa pressão sangüínea.

Isto permite considerar que a pressão sangüínea seja um fator estritamente *pessoal*, visto que também o espírito humano é estritamente individual. Conhecemos todos os tipos de indivíduo que não perde a calma, qualquer que seja a situação em que se encontra, e aquele, pelo contrário, que se agita pela mínima coisa. Todo homem possui de fato uma índole própria. Em um passado longínquo, esta característica era subdividida em quatro grupos principais: o colérico, o sangüíneo, o fleumático e o melancólico. Na vida diária, porém, não se encontra quase nunca um representante absoluto dos temperamentos acima referidos. Trata-se sempre de combinações diversas. Esta forma de tipologia parece deduzida na medida em que determinados humores físicos exercem um papel mais ou menos importante. Estes humores correspondem, ainda uma vez, aos vários reinos da natureza. O temperamento *melancólico* encontra a sua analogia no reino mineral; o temperamento *fleumático*, no reino vegetal; o temperamento *sangüíneo*, no reino animal; enquanto o *colérico* se reconduz ao "reino humano", com a "*administração do eu*". Os quatro temperamentos acima mencionados correspondem aos quatro elementos: *terra, água, ar* e *fogo*. Também o psicólogo C. G. Jung adota uma quádrupla subdivisão: tipo perceptivo, tipo sensível, tipo reflexivo e tipo intuitivo.

Resumindo, obtemos a seguinte tabela:

reino natural	temperamento	elemento	tipologia de Jung
mineral	melancólico	terra	perceptividade
planta	fleumático	água	sensibilidade
animal	sangüíneo	ar	pensamento
homem	colérico	fogo	intuição

Um certo conhecimento da índole da personalidade (isto é, o "ser-eu") é um requisito fundamental para evitar os distúrbios da pressão e remediar, dentro do possível, as situações já em andamento. Seria absolutamente absurdo combater cegamente uma pressão sangüínea por ser muito elevada ou muito baixa. Nada mais se faria que ocultar a sua síndrome. A compreensão da natureza pessoal, do ser mais profundo, do "eu individual" leva a entender a gênese dos problemas relativos à pressão sangüínea. No capítulo seguinte deter-me-ei mais detalhadamente sobre os quatro grupos principais já mencionados.

2 Qual pressão sangüínea nos convém?

A ciência médica, ao avaliar a pressão sangüínea, parte de certo índice médio. Isto significa que os limites dentro dos quais deve manter-se o valor da pressão são cotados. O exemplo seguinte virá ilustrar a periculosidade deste método. Dois indivíduos que, no que se refere ao temperamento, estrutura física, hábitos e disposição natural, se assemelham de modo surpreendente, vão ao mesmo médico. Ambos são de compleição bastante forte, de temperamento um tanto impetuoso, de aspecto vivaz e de fisionomia simpática. Um dos dois vai ao médico após um aumento casual de pressão arterial, constatado durante uma visita de controle, enquanto o outro acusa uma acentuada indolência. O indivíduo cuja pressão arterial, segundo o controle médico, é muito elevada, sente-se muito bem e não se ressente do mínimo distúrbio. Trata-se de um homem de seus quarenta anos, cuja pressão mínima é 9,5 e a máxima 14. Mas o médico não quer ouvir as razões e prescreve-lhe um remédio hipotensivo. O segundo paciente também é um homem de cerca de quarenta anos. Depois de haver exposto o seu caso ao médico este lhe mede a pressão, presumindo que deva estar muito baixa. Mas, com suma admiração, deve constatar que a pressão arterial do segundo paciente é 7,5/11,5. Uma pressão ótima, conforme o médico, o qual atribui a sensação de indolência, após exame posterior do paciente, a alguma vaga tensão psíquica e aconselha: "Faça movimentos, tire umas férias".

Deste exemplo resulta que o médico (acadêmico) certamente agiu com senso de responsabilidade, mas que o seu modo de proceder é errado. De fato, partiu de um código prefixado: os valores cientificamente prestáveis da pressão humana. O médico atual não tem mais qualquer noção dos importantes significados da doutrina dos elementos e dos temperamentos. Se estivesse a par destes princípios fundamentais, teria tirado conclusões bastante diversas dos exames efetuados. Não teria desprezado o fato de que ambos os homens se enumeram entre os que têm um temperamento colérico.

Como veremos no decorrer deste capítulo, verifica-se sempre que o colérico se sente à vontade quando a sua pressão está relativamente alta. Eis por que o primeiro paciente do nosso exemplo não acusava distúrbios dignos de nota e não teria sido levado ao médico para consultá-lo sobre sua pressão arterial, se um outro médico, durante um exame de rotina, não lhe tivesse "casualmente" constatado valores muito elevados (na acepção científica). A prescrição de remédios hipotensivos era portanto improponível, já que contrastava com a índole pessoal do indivíduo.

O segundo paciente, que clinicamente apresentava uma pressão arterial perfeita, não se sentia bem, e até um modesto conhecimento da doutrina dos temperamentos teria induzido o médico a aconselhar-lhe, por exemplo, alguns alimentos hipertensivos. A pressão sangüínea "cientificamente no ponto" não se adaptava ao indivíduo colérico. Entraremos agora no estudo dos quatro tipos principais já mencionados no capítulo precedente, para verificar em seguida quais as influências que a índole pessoal exerce sobre a "pressão pessoal" do sangue.

Temperamento colérico

O colérico é espiritualmente consciente do próprio "eu". Em todas as suas manifestações esta sua tendência se impõe. Trata-se do tipo enérgico, que quer afirmar a si mesmo (o eu pessoal) em todas as ocasiões. Reconhecemo-lo imediatamente pelo colorido e pela vivacidade do olhar. Olhos escuros, quase negros, que perscrutam ao redor com expressão inquisitiva e um tanto imperiosa. Na figura do colérico reconhecemos certa atitude, como de quem está "pronto para atacar", isto é, cônscio de dever tomar a iniciativa e de querer tomá-la. Parece querer causar impressão em tudo que o circunda com a personalidade agitada do seu "eu". Se age harmonicamente, este tipo de indivíduo pode dar um rumo ao ambiente que o circunda e ser fonte de inspiração (energia espiritual). Que uma pessoa, pois, com semelhantes predisposições seja facilmente inflamável é a dedução lógica. A essência do elemento fogo aparece completamente personificada no colérico. Rudolf Steiner observou que pelo passo do indivíduo se reconhece o colérico. Não caminha simplesmente sobre o terreno, mas anda com tal vigor que parece querer calcar duramente o solo (afirmação do "eu").

O colérico é o tipo de indivíduo *pletórico*; em uma linguagem simples e muito popular, podemos dizer que ao colérico "não falta realmente o sangue nas veias!", e não pode ser diferente, visto que nele o "eu" está sempre em primeiro lugar; por conseguinte, dado que o sangue é portador do "eu", a "tensão" (pressão sangüínea) será sempre relativamente mais elevada que nos outros temperamentos.

Resumindo: o colérico possui muita consciência do próprio "eu", muita energia espiritual, portanto muito sangue para poder assegurar a este "eu" espiritual o adequado asilo material do corpo.

Temperamento sangüíneo

A exemplificação do temperamento sangüíneo pode ser tirada da essência do reino natural correspondente a este temperamento, ou seja, o reino animal.

Este reino é o primeiro a ser caracterizado, na progressão dos quatro mundos naturais, pelo conceito: "movimento progressivo independente". O mundo mineral não conhece movimento, o mundo vegetal é condicionado pelo crescimento estático (movimento dependente), mas ao animal é permitido o movimento cinestético.

No indivíduo sangüíneo reconhecemos por isso o tipo dinâmico (vivaz). O seu andar é ágil e veloz. Deve de fato poder se deslocar celeremente, para aproveitar pelo menos uma parte das inúmeras ocasiões que o circundam. Não escava em profundidade, nem procura confirmação no próprio "eu", mas goza intensamente de toda impressão (superficial). Quer *saber* um pouco de tudo e tem necessidade de *falar* de tudo com os outros. É o tipo cujo pensamento nasce com extrema rapidez; nele se revela uma outra peculiaridade do nosso sangue, a mobilidade, que na função circulatória não atinge nunca a conclusão. Assim como o sangue "visita" e "conhece", por assim dizer, todas as partes do nosso corpo, o sangüíneo quer conhecer tudo aquilo que a aprendizagem (pensamento) põe ao seu alcance.

A pressão do sangüíneo é a que mais se aproxima do valor cientificamente justificável, ditado pelos cânones acadêmicos, valor que, por outro lado, se adapta à sua natureza. O pensamento do sangüíneo é de fato essencialmente causal e racional, pelo que o valor causal e racional fixado pela nossa pressão arterial se harmoniza com a sua índole.

Temperamento fleumático

Vimos como a "consciência do eu" prorrompe no colérico (com todas as respectivas vantagens e desvantagens); no fleumático, ao invés, podemos constatar o contrário. O fleumático não vive conforme o próprio "eu", segundo a própria consciência, a própria *sensibilidade*, os próprios reflexos e a própria "ressonância" com as coisas. Não reflete a sua essência pessoal, mas vive, por assim dizer, a dos outros. O fleumático não impõe o seu eu ao ambiente como o colérico, nem sente a necessidade de ser mantido informado de tudo quanto o circunda, como faz o sangüíneo, mas deixa que, como *inato* no seu próprio ser, o ambiente tome forma, com toda a intensidade disponível. O fleumático é comparável a uma esponja que, absorvendo, enche-se fazendo desaparecer os próprios emissários que a circundam (elemento água). O sangüíneo é o "pensador" (a mobilidade); o colérico é o "inspirador"; mas o fleumático é o "dependente". Encontra-se *à vontade* na sensação de ter-se "realizado".

Apaga-se com o largo excesso de fatores e impressões — registrados por outros tipos — que ele absorve e classifica ampliando-os. Não existe, por isso, outro temperamento que conserve (literalmente) tanto material quanto o fleumático: seja *psiquicamente* (frustrações) como *fisicamente* (água e umidade), como também nas *minúcias* (desde os selos de correio aos pregos enferrujados). Esta função de "reservatório" (psíquico) exterioriza-se, como já dissemos, também fisicamente: o próprio corpo incha-se pela gordura e pelos líquidos. As impressões psíquicas são impedidas tanto quanto as físicas. Com efeito, para um indivíduo de temperamento fleumático esta característica constitui um impedimento à "exteriorização do eu". O fleumático dispõe, de fato, de forças criativas limitadas, e raramente poderá inserir-se no ambiente como fonte de inspiração. É o tipo que tende sempre a replasmar, a reelaborar sempre. Fisicamente, esta tendência à retenção que, como se disse, produz um peso de gorduras e líquidos, é também causa de impedimentos na circulação sangüínea.

A gordura excessiva provoca restrições das vias de que o sangue (o "eu") necessita para circular normalmente, e as conseqüências poderiam apresentar-se sob forma de acentuada hipertensão, atacada pela ciência médica (acadêmica) com a administração de diuréticos. É sem dúvida apreciável que a medicina oficial reconheça a relação entre obesidade e aumento da pressão sangüínea. O remédio, todavia (em muitos casos o diurético Hygroton), é pior que o mal, devido à ação fortemente desarmônica que exerce sobre nossos rins. Numerosos, de resto, são os casos de disfunções renais surgidas depois do uso prolongado de diuréticos. Recuse, portanto, utilizar-se deles. **Melhor recorrer às ervas medicinais adequadas, das quais falarei mais amplamente no Capítulo 4.**

A pressão do fleumático não é tão alta quanto a do colérico. No fleumático, de fato, verifica-se uma pressão sangüínea relativamente baixa. Porém, caso deva absorver uma quantidade muito grande de impressões, não será somente o seu espírito a "inchar-se", mas igualmente o seu físico, com o resultado de um aumento "conjuntural" da pressão arterial, que desaparecerá conseqüentemente a uma "limpeza geral" física e psíquica em grande escala.

Temperamento melancólico

O melancólico pensa em função da matéria; ele é matéria, ama-a (a sua habitação o evidencia). Considerado do ponto de vista do colérico, é um preguiçoso que não se cansará certamente em tirar o pó dos móveis. É o tipo de indivíduo que se deixa guiar por um impulso egoístico de *possessão*: material, espiritual, não importa qual seja. Mantendo sempre as próprias posições, mesmo espiritualmente, apodera-se lentamente do que é dos outros, para tirar vantagem. Identificar o melancólico com o chamado "possuidor de bens terrenos" é um erro. De fato, isso constitui somente um aspecto da sua natureza. O melancólico de "alto nível" não derroga a possessão espiritual. Podemos portanto considerar o melancólico como o pólo oposto do sangüíneo, visto não ser raro que entre um puro sangüíneo e um puro melancólico se estabeleça uma sólida relação. Astrologicamente, vemos o fenômeno exteriorizar-se, por exemplo, na força de atração existente entre o signo zodiacal de Gêmeos (sangüíneo) e de Touro (melancólico). A pressão sangüínea do melancólico é geralmente muito *baixa*. O veículo de seu próprio "eu", manifestação da personalidade, tem uma capacidade bem menor do que o dos outros temperamentos; não tem necessidade de afirmar-se como no caso do colérico; não quer deslocar-se continuamente, como o sangüíneo, nem absorve e retém, como o fleumático. O "eu" mais profundo do melancólico, está encerrado no próprio núcleo do ser material. Ele "existe" por meio do que é tangível na matéria. O seu "eu" é inamovível como a própria matéria. O fleumático absorve o "eu" do próximo para acrescentar-lhe uma força de que o sentimento é o vetor. O melancólico não entra substancialmente em contato real com o ambiente, mas serve-se deste para dar ao próprio irremovível "eu" uma "finalidade" pessoal. Ele representa por isso a força de inércia (estática) no jogo de conjunto dos temperamentos.

O "eu" do melancólico, de tão escasso ativismo, não exige muito do sangue (contrariamente ao "eu" princípio ativo). O melancólico é mais "carne", mais "matéria" (seja física ou psíquica) que "espírito", mais "ter" que "tornar-se". Uma pressão arterial muito baixa para o colérico pode ser ainda alta para o melancólico, e até perigosa.

Resumindo

Com base nos valores da pressão sangüínea, sancionados pela ciência médica, podemos estabelecer o que segue:

1. O colérico, considerada a sua constituição, necessita de uma pressão ligeiramente mais alta. Especificamente, a chamada pressão mínima se acha em geral acima dos valores admissíveis pela medicina (entre 9 e 10).

2. O sangüíneo aproxima-se mais que todos os outros temperamentos do nível ideal da pressão arterial do homem normal, entendida segundo a avaliação acadêmica.

3. A pressão do fleumático, como também a do colérico, manifesta a tendência a estabelecer-se ligeiramente acima da média comumente admitida. A diferença entre o fleumático e o colérico consiste no fato de que, no que concerne ao primeiro, a tendência à elevação manifesta-se sobretudo na chamada pressão máxima. Observações como "a minha pressão tinha subido de modo incrível, havia passado dos 20" são típicas do fleumático. Fa-lo-á em um tom de foz quase satisfeito, como acariciando a idéia. O fleumático, de fato, coleciona e acaricia as impressões. Vive de sua bagagem de impressões. Acolhe a responsabilidade pela própria pressão arterial, "já medrosa", como problemático e excitante ao mesmo tempo: magnífico, eis um novo assunto a tratar em companhia, tomando agradavelmente o café, acompanhado de uma saborosa guloseima. O melancólico não acusará, a não ser raramente, um aumento de pressão "clínica". Por constituição, a sua pressão sangüínea é relativamente mais baixa que os valores médios. Um ligeiro aumento de pressão arterial poderia portanto constituir uma ameaça ao melancólico, dado que, constitucionalmente, não está para isso preparado.

Com base no quanto considerei acima, parece claro que a cada um de nós se adiciona uma pressão estritamente *individual*, análoga ao "eu" (também este estritamente individual). Não podemos, por isso, falar de hiper ou hipotensão em sentido geral, mas sim de um aumento ou diminuição da pressão sangüínea individual. As normas, de resto, podem ser diversas para cada indivíduo. O que para uma pessoa significa um atentado à saúde pode ser para uma outra uma resolução vital. Mas experimente instruir as pessoas em uma época em que se "crê" somente na segurança, aparentemente visível, baseada em "modelos de vida" verificados e aprovados na galeria do vento!

Aproximar-se verdadeira e pessoalmente de tudo o que vive não é econômico e eficiente. O coletivismo, a massificação, aí está a única salvação de uma sociedade economicamente responsável. Se refletirmos seriamente sobre as conseqüências que podem derivar destes modelos de pensamento, aumentar-nos-á verdadeiramente a pressão!

Após haver mais ou menos liquidado a "base unívoca" sancionada pela medicina acadêmica para os valores da pressão sangüínea, ocupar-me-ei dos fatores que podem perturbar o equilíbrio. Além das causas traumáticas, como as lesões no cérebro, a ciência médica conhece quatro fatores potencialmente hipertensivos:

1. Aumento da pressão arterial conseqüente a distúrbios renais.
2. Aumento da pressão arterial conseqüentemente a desequilíbrios hormonais (por exemplo, anomalia das glândulas supra-renais).
3. Aumento da pressão arterial conseqüente a obstrução da aorta.
4. A chamada "hipertensão substancial".

Esta última é uma forma de aumento da pressão arterial que deixa perplexa a própria ciência médica. Existem hipóteses a propósito, mas não se podem indicar causas demonstráveis. Toda forma de pressão arterial aumentada, não enumerável entre as citadas nos itens 1, 2 e 3 é definida pela ciência médica como: sintoma de hipertensão substancial.

A verdadeira gênese do fator hipertensivo

1. Aumento da pressão arterial conseqüente a distúrbios renais

Astrologicamente (no horóscopo do nascimento), vemos delinear-se esta conjuntura na perturbação do *esquema Vênus*. Isto significa que a caracterização total simbolizada pela imagem cósmica chamada Vênus é perturbada.

Cosmicamente, o esquema Vênus manifesta-se em todos os campos da nossa vida diária que têm ligação com o conceito *relação* mediante colaboração, portanto com o amor e a arte. Tão logo em um dos referidos campos apareçam dificuldades, os rins reagem. Todavia, se sozinhos não conseguem elaborar os necessários provimentos e as respectivas adaptações, será a tensão arterial a ressentir-nos. O mais das vezes vemos aumentar a pressão dos indivíduos pertencentes a esta categoria, tão logo se delineia a ameaça de uma recessão do "eu" em seguida a relações forçosas ou a vínculos indesejáveis. Vi muitas vezes insurgir esta forma de hipertensão nas mulheres que, após dois anos de vida conjugal, haviam chegado à conclusão de ter-se enganado; não tinham a coragem nem a possibilidade de romper a relação e o seu "eu", a sua essência mais profunda, era por isso bloqueado pelo sacrifício imposto pela relação assumida. Serão então os rins (os nossos órgãos sensíveis por excelência) a ter que suportar a situação contingente. Se, constitucionalmente, o indivíduo não dispõe de rins suficientemente resistentes, um aumento da pressão arterial é inevitável. Na eventualidade destes distúrbios, considere muito atentamente as suas ligações e conceda um pouco de espaço ao seu "eu" mais profundo. Rins e vasos sangüíneos lhe serão gratos por isso. No meu livro *Como curar os olhos, a pela e os rins com as plantas medicinais,* o assunto é tratado mais detalhadamente.

2. Aumento da pressão arterial conseqüente a distúrbios hormonais

Os hormônios são substâncias ativas, segregadas pelas glândulas endócrinas e por alguns tecidos em seguida a um estímulo autógeno. Produtores de hormônios são, em particular: a hipófise, as glândulas supra-renais, a tireóide, o pâncreas, as glândulas genitais etc.

Uma eventual disfunção das glândulas supra-renais será, sem dúvida, causa primária de hipertensão. A fim de compreender a relação entre a pressão arterial e os hormônios, devemos antes de tudo considerar que os hormônios exercem a função de portadores. Funcionam como mensageiros em nosso corpo. A este propósito vemos que é perfeitamente análoga a eles a natureza do esquema cósmico Mercúrio, chamado Hermes pelos gregos, que o consideravam mensageiro dos deuses. A função de Hermes na mitologia é comparável às funções hormonais no nosso físico. A natureza deste esquema cósmico é definível pelos conceitos: *circulação, transporte, causalidade* (isto é, acontecimento por causa e efeito, sem implicações relativas à natureza do conteúdo). Muitas vezes vemos aparecerem descompensações hormonais nos casos de um esquema Mercúrio perturbado no horóscopo de nascimento.

O fenômeno verifica-se nos indivíduos que, durante a vida diária, encontram problemas em tudo o que se refere à circulação. A projeção natural deste esquema consiste em uma assimilação incompleta, como a que se pode produzir a nível de membrana celular, ou nos alvéolos pulmonares. Aqui a energia cósmica (oxigênio) é transformada em energia fisiologicamente utilizável (pelo nosso sangue e pelos nossos músculos).

Embora o fenômeno não seja "demonstrável" do ponto de vista médico, estou firmemente convencido de que *toda "discrepância" na nossa disposição hormonal encontra a sua causa efetiva no metabolismo incompleto e desarmônico do parênquima celular dos alvéolos pulmonares.* O assunto é mais detalhadamente tratado no meu livro *Cura dos órgãos respiratórios com as plantas medicinais*

3. Aumento da pressão arterial conseqüente a obstrução da aorta

A obstrução da aorta, a principal artéria do nosso corpo, considerada do ponto de vista clínico, pode depender de várias razões. Todavia, a natureza de uma eventual obstrução é claramente identificável com base em conjunturas puramente anatômicas. Após o sangue pobre em oxigênio ter sido bombeado do coração aos pulmões, retorna a ele adequadamente oxigenado. Isto significa que o sangue (o "eu") é novamente provido nos pulmões de energia (cósmica). Carregado com este combustível necessário ao organismo, o sangue retorna ao coração, centro do "eu", de onde, por meio da aorta, é jogado em todo ponto do corpo. É notável o fato de que a aorta, após ter deixado o ventrículo esquerdo do coração, descreva antes um arco, para subir em seguida em direção à área ventral.

Neste sistema vascular encontramos o esquema natural do "eu" cujo tropismo, em primeira instância, é dirigido no sentido do próprio análogo cósmico: o Sol. Propensão inata, outrossim, na planta, que supera a força de gravidade para crescer em direção da luz (o Sol). Após haver pesquisado e assegurado a sua genealogia, o sangue "descende" no microcosmo que lhe compete: o corpo. A obstrução da aorta é quase sempre devida ao já falado arco descrito por esta artéria. Tal constrição impede o fluxo hemático, pelo que se determina um aumento de pressão sangüínea. O arco aórtico é, sem dúvida, o ponto de maior determinante natural do nosso corpo, pois neste ponto preciso é decidido se o "eu" (o sangue rico em oxigênio) pode concretizar-se no físico. Eis por que podemos encontrar no horóscopo de nascimento, nos casos que se manifestam fisicamente como malformações (desarmonias) da ansa aórtica, desarmonias entre a cosmografia do Sol e a de Saturno. Nestas circunstâncias, vemos o esquema subjetivo desenvolver-se de maneira freada na concretização do "eu". Malgrado as melhores intenções, a progressão é carente. O "eu" (isto é, o sangue rico de oxigênio) não falha, mas é impedido no próprio curso (isto é, em sua realização); conseqüentemente, resulta quase impossível concretizá-lo, tanto psíquica como fisicamente. Quando se tratar de uma obstrução congênita do arco aórtico, corresponderá no indivíduo uma "obstrução constitucional do *eu*". Na vida diária, o afetado deverá enfrentar continuamente limitações do seu "eu" pessoal. Um remédio pode ser encontrado no uso das plantas medicinais que favoreçam a elasticidade da parede aórtica e ativem a consciência do eu.

É necessário observar antes de tudo que toda forma vital completa nasce em posição "curva". Pense por um instante no feto: ele se encontra no útero curvado sobre si mesmo. Também no mundo vegetal reconhecemos o mesmo esquema: a planta desponta "encurvada" no solo. Isto ocorre especialmente nas papilionáceas (entre outras os feijões e as ervilhas), que vêm à luz com um pequeno segmento curvilíneo. Não é por nada que os representantes desta família vegetal são enumerados entre os restauradores do equilíbrio entre espírito e matéria.

Tão logo na vida diária ocorram situações que representam um impedimento à concretização do "eu", a pressão sangüínea sobe porque a aorta, em certo sentido simpatética, é implicada (restringe-se, portanto, incidentalmente). Astrologicamente, o fenômeno é chamado desarmonia saturnal. Fisicamente, é sentido como "um círculo estreito em torno do peito". Esta forma de pressão sangüínea anormal encontra-se também nas pessoas que não podem deixar de ser inflexíveis e conseqüentemente tentam com o próprio "eu" impor a sua vontade às circunstâncias. Quando vontade e circunstâncias não formam um todo harmônico e não se admite que a própria vontade não possa ser sempre imposta, nasce a tensão. Tão logo o exterior reage à vontade de conseguir o próprio intento, a qualquer custo, surge uma imediata resistência irracional: não se quer escutar as razões dos outros, que no entanto poderiam também conter alguma coisa de bom, mesmo que não diretamente concordante com o que pessoalmente se exige. Em tais momentos é necessário *aprender a dobrar-se*, analogamente à supradescrita estrutura física da aorta. Desejo precisar que dobrar-se não tem sempre o mesmo significado de sentir-se humilhado; ao contrário. O tipo de paciente que tem os problemas de pressão referidos deve aprender que somente o saber dobrar-se pode conduzir à verdadeira sensibilidade da vida. Isto significa estar abertos aos fatores ambientais, contribuição inexaurível ao desenvolvimento harmônico do "eu" pessoal.

4. Hipertensão conseqüente a outras causas

O assunto, do ponto de vista da medicina acadêmica, é hostil. O médico, em todos os casos, fala de uma "hipertensão substancial". Para dizer a verdade, o médico não sabe o que fazer contra esta doença, porquanto não existe uma síndrome indicativa, referível a uma determinada moléstia. A meu ver, também neste caso os agentes que havíamos anteriormente levado em consideração — isto é, os rins, as glândulas endócrinas e a aorta — permanecem imputáveis; sem contudo o fato de que as anormalidades podem ser avaliadas na óptica da clínica médica tradicional.

Regra geral

Quando sobrevém uma hipertensão, é necessário antes de mais nada verificar se o aumento de pressão (do ponto de vista médico) é verdadeiramente tal a poder constituir um atestado à saúde, ou se o próprio aumento, especialmente se de pouca intensidade, não é geralmente o resultado da índole pessoal (o temperamento).

Uma pressão sangüínea verdadeiramente muito alta será sempre ligada a tensões no mundo do "eu" pessoal. Não recorra, por isso, imediatamente aos remédios (nem mesmo às plantas medicinais), mas examine o seu "eu"; experimente especificar as desarmonias e eliminá-las. A pressão sangüínea é e permanece ligada ao "eu". Toda mudança da situação do "eu" reflete-se fisicamente na pressão sangüínea; não é preciso ser médico para ter diariamente a confirmação.

Pressão sangüínea muito baixa

Crer que a pressão sangüínea muito baixa seja menos perigosa que a muito alta é um grave erro.

A pressão arterial muito baixa está sempre ligada a uma debilidade psíquica do "eu". Não se consegue concretizar a própria existência mediante o "eu": hipotensão e lassidão do "eu" estão indissoluvelmente ligadas. Eis por que uma perda de tensão geralmente se manifesta com *vertigens e desmaios*; desmaiar é a manifestação física de um "eu" que perdeu o seu poder defensivo.

Neste ponto é interessante observar que na Antigüidade e durante a Idade Média já se sabia que a pressão sangüínea (certamente então não era assim chamada) muito baixa podia ser combatida com plantas medicinais próprias para "reforçar o eu", como, por exemplo, as pertencentes à família das Labiadas.

O tipo hipertenso quer que o próprio "eu" se afirme mesmo que de modo excessivo e desarmônico. O hipotenso deve, ao invés, aprender a ter consciência do próprio "eu" e, conseqüentemente, a concretizá-lo. Por isso, em caso de pressão sangüínea muito baixa, não recorra somente aos remédios energéticos, mas experimente também dar ao seu próprio "eu", ao seu ser mais profundo, a parte de sol que o espera. Não é por nada que aqueles que estão sujeitos a quedas de pressão procuram o calor. Macrocosmicamente, o Sol é a maior fonte de calor, o qual, por sua vez, na nossa vida diária e microcosmicamente considerado, emana do "amor", para que seja sinceramente sentido.

3 Uso das plantas medicinais

Infelizmente, muitas vezes ocorre, após o uso de uma planta medicinal, descobrir-se que também estes meios naturais não surtiram o efeito desejado. "Mas então", nos perguntamos perplexos, "o que não funciona?" Se escutamos os conselhos que nos são dados por muitos incompetentes, existe uma erva medicinal específica para cada um de nós. A prática, porém, nos ensina o contrário. Veja, se um médico lhe diz que o valor curativo das plantas medicinais lhe parece bastante discutível, não posso senão dar-lhe razão. Para entender este meu conceito, você deve compreender bem – com largueza de visão – que no momento atual existem dois tipos de pensamento:
a) o pensamento causal;
b) o pensamento analógico.

O tipo causal ocupa-se unicamente de sintomas visíveis e demonstráveis. Percepções racionalmente não-explicáveis, para este tipo de pensamento, não existem. A ciência médica acadêmica baseia-se completamente neste assunto. E é por isso que não posso objetar quando um médico, habituado ao pensamento causal, põe em dúvida a eficácia das plantas medicinais que, precisamente, não se baseia em leis causais. As medicinas alopáticas, ao invés, exprimem perfeitamente a relação entre causa e efeito, tanto é verdade que são o resultado dela. A nossa sociedade ocidental está permeada pelas regras do pensamento causal. Nos últimos anos, porém, parece ter-se verificado uma mudança. Aumenta o número de pessoas pouco propensas aos remédios alopáticos; relações a respeito de seus efeitos colaterais provocam uma sensação de inquietude. Por conseguinte, procura-se guarida nos remédios menos perigosos, como, por exemplo, as plantas medicinais. Decisão sem dúvida elogiável, mas... o mais das vezes não percebemos que nos servimos das plantas medicinais do mesmo modo (isto é, com a mesma mentalidade) assumido em relação aos remédios alopáticos. Pelo contrário, a última coisa para que as plantas medicinais deveriam servir é justamente combater os sintomas. Tais plantas são, ao invés, empregadas para influenciar a efetiva razão do mal. Agora, talvez lhe pareça claro porque também o uso das plantas medicinais muitas vezes conduz somente a desilusões.

Quem não tenciona esforçar-se seriamente a descobrir a verdadeira causa do mal não poderá ser curado, nem mesmo pelas plantas. Razão pela qual as plantas medicinais não convêm nos casos em que se apresenta somente um sintoma físico fastidioso, mas são eficazes quando o paciente pode oferecer o quadro completo da própria situação. Este é o pensamento do tipo analógico. Aqui os sintomas externos demonstráveis não têm importância: há, ao contrário, a *essência* das coisas, o que realmente se esconde no mais profundo do ser. Esta maneira de pensar é *circular*, isto é, encerra e guarda tudo em si mesma (por isso também o pensamento causal, que pode por outro lado ser intrinsecamente precioso). Não esqueçamos que o pensamento causal é *retilíneo*, isto é, que todo seu progresso posterior é deduzido do precedente, e é também *exclusivo*, pois quando não é causalmente interpretável não é reconhecido e não tem nenhum valor.

Uso prático das plantas medicinais

Assumindo o raciocínio exposto acima, seria quase impossível indicar uma posologia do tipo "uma colher de sopa três vezes ao dia". Toda situação, mesmo que puramente física, é única em sua natureza e, portanto, exige um tratamento único. Todavia, é possível – contanto que o procedimento seja correto, e antes de mais nada pertinente – servir-nos das plantas medicinais tomando como ponto de partida uma certa base cognitiva que a prática nos ensina.

É oportuno, portanto, observar as seguintes diretrizes, salvo se forem mencionadas outras peculiaridades específicas das plantas tratadas de vez em quando.

Tintura de plantas medicinais

Para iniciar, de cinco a quinze gotas, três ou quatro vezes ao dia. Deve-se tomar sempre com pouca água um quarto de hora antes da refeição. Procure, todavia, não se deixar escravizar por esta receita inicial, desenvolvendo geralmente uma boa intuição pessoal. Isto significa poder intuir, após um certo tempo, quando o organismo necessita de um pequeno amparo.

Infusão de plantas medicinais

Desta poção tome, no máximo, de três a quatro xícaras por dia, um quarto de hora antes da refeição. A infusão é preparada geralmente derramando sobre a dose de uma colher de sopa de planta medicinal seca, ou de misturas de plantas específicas, meio litro de água fervente, deixando em seguida em infusão a bebida durante um quarto de hora ou vinte minutos, aproximadamente. Em seguida, retire as folhas da infusão e conserve esta última em lugar fresco.

A planta fresca

Numerosas plantas medicinais podem ser consumidas todo dia como verdura. Se isto não posse possível, seria vivamente desaconselhável seu uso. Não que a planta medicinal fresca tenha menos eficácia; muito pelo contrário, podemos afirmar que não existe forma melhor para assimilá-la *in toto*. As razões que me levam a aconselhar esta forma de uso são duas:

a) Pode, algumas vezes, ser difícil estabelecer a dosagem exata, dado que a ação da planta medicinal fresca é muito mais forte que a exercida pela planta medicinal seca.

b) Em algumas regiões, entre as chamadas ervas de cozinha, é muito difícil encontrar plantas medicinais frescas que, de um modo ou de outro, não estejam contaminadas por venenos agrícolas, gases de descarga e outros fatores poluentes do ambiente.

De qualquer modo, em qualquer momento e sob qualquer forma que use a planta medicinal, lembre-se sempre que as palavras escritas pelo poeta nos Provérbios indicam o verdadeiro apoio para o uso de qualquer medicamento:

*"O coração alegre é bom remédio,
mas o espírito abatido seca os ossos".*

(*Provérbios*, 17, vers. 22)

4 Algumas plantas medicinais para regular a pressão sangüínea

Visco (*Viscum album*)

Esta planta destina-se ao indivíduo que vive às expensas de uma outra pessoa: esquema existencial análogo à natureza do visco, planta de fato que "vive às expensas de uma outra". É um parasita. As virtudes medicinais do visco, que cresce em cima dos carvalhos, são as mais fortes.

Por que motivo o visco exerce uma ação favorável nos casos de alta pressão sangüínea? É uma planta que cresce acima do nível da terra e não põe raízes no solo, mas sim em um outro vegetal. Se considerarmos bem essas particularidades, descobriremos que o visco, efetivamente, é desatacado da terra, da realidade (terrena). Não quer dobrar-se (submeter-se) às leis do mundo mineral (a matéria), e levanta-se acima deste. Também o indivíduo ao qual esta planta se destina é um tanto obstinado (na pior das hipóteses, direi presunçoso), e dever submeter-se ao curso diário e normal das coisas custa-lhe um grande esforço: considera-o, de fato, muito "material". É a pessoa que, mais ou menos, vive nas altas esferas e liberta-se das dificuldades terrenas transferindo-as aos outros. Estranho que este tipo de indivíduo encontre sempre alguém disposto a sacrificar-se por ele e pelos seus ideais!

As dificuldades aparecem no momento em que é mister "abaixar-se" até ao nível das responsabilidades cotidianas. Antes de tudo, o indivíduo fará o possível para tentar fugir destas incumbências terrenas. Se não der certo, irá produzir-se, em muitos casos, um relevante aumento de pressão, que apenas com remédios alopáticos enérgicos poderá a custo ser abaixada.

Quando este tipo de indivíduo (contra sua vontade) é obrigado a curvar-se sob as responsabilidades terrenas, a analogia física desta "curva psíquica obrigada" reagirá *pari passo*. Como já vimos no capítulo precedente, esta é a curva que a aorta descreve logo acima do coração. Neste ponto produz-se uma constrição pelo que a aorta reage menos elasticamente aos movimentos sistólicos do coração. O indivíduo parece psiquicamente enrijecido, porque obrigado a fazer frente aos esforços terrenos; a aorta, por sua vez, também reage

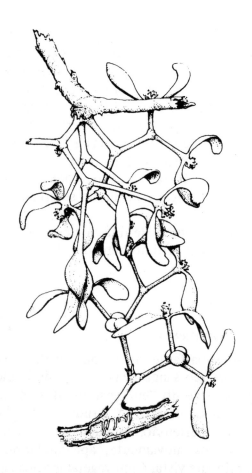

Viscum album

rigidamente e, na pior das hipóteses, se obstrui: disso resulta um aumento de tensão. O tipo Visco, com efeito, não se adapta facilmente ao esquema de uma sociedade solidamente positiva e rigidamente definida. Preferiria muito mais viver no próprio mundo, em um clima bem distante das rixas diárias. Sentimento não reprovável por si mesmo, desde que quem o professa esteja cônscio de que não é possível comer em dois pratos: isto significa que é preciso aceitar as conseqüências de uma vida espiritualmente elevada, ou submeter-se às obrigações terrenas. Ai de mim, devemos constatar, uma vez mais, que de um lado se quereria viver no mundo elevado da espiritualidade, e de outro se crê ter também direito a todas as satisfações materiais! Não se compenetra de que, para gozar as satisfações terrenas, é preciso "plantar raízes na terra" (isto é, submeter-se aos princípios materiais).

A incongruência supradescrita, inata no tipo Visco, é o problema esssencial a resolver para evitar a hipertensão do indivíduo aqui tratado. Ao tipo Visco quero aconselhar o que segue: seja você mesmo em seu mundo superior e sirva-se com reconhecimento das pessoas que se oferecem para ajudá-lo. Veja bem, eu disse *sirva-se com reconhecimento*. Isto não significa absolutamente que você deva "rastejar" diante das pessoas que o livram de suas preocupações terrenas, mas que deve saber *apreciá-las*. Não permita nunca que a aspiração a uma elevada espiritualidade se torne parasitismo. O resultado não seria somente o de um posterior aumento de pressão, mas do afastamento de pessoas dispostas a "fazer-se de carvalho". Se do esquema acima descrito você reconhecer algo de você mesmo, o visco poderá, sem dúvida, ajudá-lo. Todavia, isso ocorrerá somente se estiver pronto a julgar com muita severidade o seu desequilíbrio interno.

Use a tintura de visco de duas a três vezes ao dia. Comece com cinco gotas por vez. Ótimo remédio é a tintura *Viscum album-crataebus*.

Arruda (*Ruta graveolens*)

Detivemo-nos bastante no fenômeno da estrita correlação existente entre a pressão sangüínea e o "eu" do homem. As irregularidades na administração do "eu" (psíquico) refletem-se imediatamente nos valores da nossa pressão. A arruda é uma planta importante em certos casos de hipertensão. Para descobrir o significado desta planta medicinal devemos, novamente, aprofundar-nos em sua essência. A arruda, à primeira vista, é um vegetal gracioso e não muito vistoso. Entretanto, encerra em si alguma coisa de muito especial. De fato, se observarmos atentamente a florescência desta plantinha, veremos que todas as florzinhas são compostas de quatro pétalas, com exceção daquela que se encontra em cima do caule central da própria planta. Esta florzinha tem *cinco* pétalas. Uma peça de natureza extremamente curiosa, da qual não é possível dar uma explicação causal. Voltar-nos-emos, de fato, à simples forma de manifestação da planta procurando uma explicação, mas não poderemos dar o mínimo passo adiante. Mas, se considerarmos a essência das formas de manifestação como ponto de partida do nosso pensamento, veremos um mundo abrir-se diante de nossos olhos. Nesta planta convivem dois números: quatro e cinco. Discutir, no quadro deste livro, os significados ocultos destes números, já seria ir muito longe. Por ora, basta saber que o número *quatro* é o da matéria, enquanto o *cinco* está relacionado com o espírito. No caso da arruda, encontramos dois mundos personificados em uma só planta: substância (matéria) e espírito. Na florescência da arruda vemos a substância, a matéria (quatro) que em plena multiplicidade quer impor-se ao

Ruta graveolens

espírito (cinco). Esta planta medicinal destina-se ao indivíduo cujo "eu" espiritual se ressente penosamente das circunstâncias materiais. Leia literalmente este último substantivo: circun – stante, isto é, aquilo que está em torno de você! É o quadro que a planta evidencia: a florzinha de ci co pétalas (espírito) é circundada (e as que estão presentes são nume.)sas) por flores com quatro pétalas.

Na vida cotidiana, vemos que este esquema é próprio do indivíduo que, com base no próprio "eu", quer agir mas não encontra uma possibilidade substancial e adequada. A matéria revela uma natureza muito intensa e invasora. Esta planta medicinal adapta-se principalmente ao indivíduo de certa idade que tem a coragem de auscultar a própria voz interior, mensageira de verdades espirituais, interferida porém pelas circunstâncias invasoras materiais que se aglomeram em torno. Embora o "eu" espiritual constitua o eixo da nossa vida (a analogia está no aspecto da planta), as circunstâncias materiais são tais de modo a obstruir-lhe o espaço ulterior. Pense, por exemplo, nas pessoas abrigadas em casas de repouso, onde amiúde se vêm obrigadas a sacrificar parte de seu patrimônio espiritual às circunstâncias materiais, muitas vezes humilhantes. Perderam a liberdade! Como se verifica um aumento de pressão sangüínea em uma situação desse gênero? A fim de poder entendê-lo, devemos compreender que a matéria é menos flexível que o espírito. Não costumamos talvez falar de "solidez" substancial (material)? Quando um indivíduo se achar em circunstâncias em que a matéria obtém vantagem às expensas do "eu" espiritual, o físico reagirá analogamente. Em outras palavras: se alguém for obrigado a viver em circunstâncias materiais que não se harmonizam com o "eu" espiritual (como, por exemplo, sucede a muitos velhos nos chamados "asilos") manifestar-se-á uma forma de *"endurecimento"*. Este esquema se patenteará em uma menor elasticidade da parede aórtica. A ciência médica costuma defini-la como "pressão sangüínea normal do velho". Conceito, todavia, muito injusto, já que um relevante percentual de pessoas velhas não sofre de hipertensão conseqüente ao endurecimento da parede aórtica. Verifica-se, ao invés, amiúde em indivíduos de idade muito avançada, que se ufanam de pressões sangüíneas "de meninos". Se você sofre de hipertensão e reconhece em você mesmo qualquer afinidade com o esquema acima indicado (sem prejuízo de sua idade), faça uso desta planta, seja como infusão, seja sob a forma de tintura. De cinco a dez gotas três vezes ao dia, tomadas antes das refeições, não somente favorecerão a elasticidade da parede aórtica, como também reforçarão o seu mais profundo "eu". Aconselho, todavia, não se tornar escravo desta planta medicinal, mas empregá-la sobretudo para *alargar o espaço do seu "eu" espiritual*. Não o deixe calcar-se de todas as atraentes circunstâncias materiais, assim agradavelmente reguladas. Siga a voz do seu coração e não perca a consciência da sua própria dignidade. Conserve o seu "calor" pessoal; que sempre se exprimirá no amor por todas as coisas. O tipo Arruda poderá atingir força da antiga máxima reproduzida nos *Salmos*:

*"Eis quão bom e quão agradável é
Habitarem juntos os irmãos!...
Pois ali Jeová ordenou
a bênção".*

(Salmo 133)

Aqui reside a força de um "eu" espiritual que não se deixa envolver pelas circunstâncias materiais, mas que sabe ser forte mediante o amor, mais forte que qualquer matéria. Que o quatro e o cinco, reunidos nessa única plantinha, lhe tragam sorte.

Espinheiro-alvar (*Crataegus oxyacantha*)

Nos tempos antigos, plantavam-se sebes de espinheiro-alvar como proteção dos *lugares sagrados*. Um respeito semelhante deveria ser dedicado, no organismo, ao nosso coração. O lugar sagrado não era talvez um pedaço de terra do qual continuamente se conseguia energia vital? As forças cósmicas aí eram captadas e "trasladadas" em elementos e energias de dimensão humana. Toda comunidade possuía um lugar semelhante, e esse constituía o centro da vida comunitária. Todo indivíduo deixava-o pronto para pôr-se na própria estrada, carregado de novas energias, e tal primitiva fonte de vida ficava sempre como patrimônio da comunidade. Um lugar do gênero era considerado patrimônio vulnerável: como o nosso coração. Também este último torna-se o centro da nossa personalidade (sangue = espírito). Partindo do coração, o sangue segue o próprio caminho, ao longo das veias (vasos sangüíneos) que se lhe oferecem.

Assim como a sebe de espinheiro-alvar se erguia para proteção dos lugares sagrados, esta planta protege também o nosso coração, assegurando-lhe um funcionamento imperturbável. O espinheiro-alvar destina-se sobretudo ao indivíduo que se sente perturbado e inseguro frente às dificuldades da vida: indivíduo que somente consegue à custa de muito cansaço concretizar o desenvolvimento efetivo da consciência do "eu". O espinheiro-alvar protege dos intrusos que atentam contra o nosso "eu" e o nosso coração (lugar sagrado de cada um).

O indivíduo que acusa um aumento da pressão sangüínea conseqüentemente ao fato de que – por causa, justamente, do próprio coração – não pode deixar-se envolver pelos acontecimentos como realmente desejaria, conseguirá, sem dúvida, auxílio do uso do espinheiro-alvar.

Sirva-se das folhas secas para infusão ou tintura. Com cinco, dez gotas, duas ou três vezes ao dia, durante algumas semanas, poder-se-á atingir, em muitos casos, uma notável melhora.

O espinheiro-alvar favorece a boa irrigação sangüínea do coração e exerce uma ação positiva sobre a elasticidade das paredes vasculares. Um "eu" temeroso, que se sente ameaçado, determina a contração da aorta. Esta reação, por sua vez, conduz a uma diminuída elasticidade, da qual consegue um aumento da pressão sangüínea.

Proteja portanto e relaxe o seu "eu" com o uso dessa planta, nunca bastante louvada. Em um dos meus livros sobre plantas medicinais, fiz notar que nos últimos anos, especialmente ao longo das rodovias, o espinheiro-alvar cresce viçoso. Parece que a natureza intervém nesses locais em que a constrição, a tensão e a fúria da

Crataegus oxyacantha

corrida atingem o ápice. Seja racional por uma vez, e nos meses de maio e de junho, quando aquelas moitas de espinheiro-alvar estão em flor, pare o carro em um dos estacionamentos e, pelo menos por cinco minutos, procure tornar-se você mesmo, respirando e gozando o perfume deste salutar "determinador".

Pode acontecer que esta planta não determine o caminho que (casualmente) você pensava seguir, mas, de uma forma ou de outra, o caminho do homem não é exclusivamente indicado pelas "placas indicadoras azuis". As indicações A e B são perfeitamente reguladas em nossa sociedade atual: cada um de nós, de fato, o reconhece, e é grato de encontrá-lo em seu próprio caminho. As indicações de estradas sobre "sentimento da nossa vida", atualmente, são ao invés implantadas de modo muito menos vistoso. Todavia, quem tiver olhos para ver saberá certamente encontrar as indicações que lhe convêm.

São os "sinais verdes", que ilustram normas com uma grafia muito peculiar. Experimente lê-los: ajudará certamente sua diretiva pessoal.

Melissa (*Melissa officinalis*)

A melissa é indicada às pessoas sensíveis e serviçais por natureza. O "eu" deste gênero de pessoas transmite aos outros uma sensação de calor. São, de fato, capazes de ser verdadeiramente "boas" com o próximo. Sempre prontas a vir em auxílio dos outros de todos os modos; entretanto, não obstante o seu "eu" disponha de uma notável força irradiante, é muito vulnerável. De fato, o indivíduo Melissa estará em condições de prestar auxílio, ser serviçal e amar o próximo, a fim de que não venha a enfrentar os inatacáveis, desarmônicos desenvolvimentos de nossa vida cotidiana. Tão logo se apresentem situações adulteradas por desarmonias, ao indivíduo Melissa apresentam-se duas eventualidades:

a) fugir da situação e procurar uma outra, harmônica, caso contrário

b) a sua pressão sangüínea será forçada a atingir valores perigosos.

O mais das vezes esta forma de hipertensão acentuada é acompanhada de *vertigens*. Este último sintoma manifesta-se sobretudo quando o indivíduo Melissa é envolvido em problemas que se referem aos membros da família ou até a pessoas a quem ele quer parti-

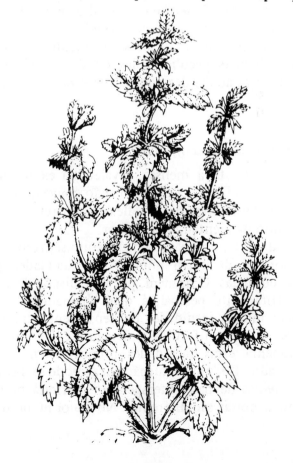

Melissa officinalis

cularmente bem. O tipo Melissa percebe então que não pode subtrair-se à situação, embora não tenha a capacidade de resistir a ela. O "eu" não é suficientemente forte e, especialmente, não bastante "duro" para fazer frente aos acontecimentos (vertigens). Na prática, vemos então quanto uma pessoa desse gênero sofre por tudo quanto compartilha em silêncio. A tensão interna atinge o ápice. O indivíduo torna-se nervoso, acusa calafrios e até palpitações cardíacas: chega a ter insônia e aumento da pressão sangüínea. Ao indivíduo que entra no esquema supradescrito, o uso da tintura de melissa será extremamente útil. Como já dissemos, o indivíduo Melissa é alguém capaz de amar, isto é, de irradiar calor. Pode-se dar o exemplo da *verdadeira* mãe que, por meio de um vínculo invisível, é associada à alegria e à dor dos filhos. Logo que estes últimos, queiram ou não, danifiquem essa ligação ou, na pior das hipóteses, a rompam, a situação para a mãe (tipo Melissa) se tornará difícil.

O nome desta planta é indicativo, porquanto especifica o seu campo de ação. *Mel* não significa talvez mel (o doce)? O indivíduo afetuoso, tipo Melissa, desfrutado em sua índole generosa, encontra apoio em uma das plantas mais próprias para elevar o espírito. *Ao amargo segue o doce* e não por acaso este ditado se encontra na natureza da melissa. O perfume e o sabor representam o acre (melissa-cidreira). O nome alude ao doce (*mel* = mel).

Se tiver problemas de pressão sangüínea e reconhecer em você mesmo algumas peculiaridades do esquema acima descrito, tome algumas vezes ao dia dez gotas de tintura de melissa.

Valeriana (*Valeriana officinalis*)

Analogamente à melissa, a valeriana exerce uma influência calmante. Esta planta, entretanto, não convém ao tipo de pessoa sensível e materna, mas sim à reflexiva. Entremos mais profundamente no assunto para entendê-lo melhor.

O indivíduo, como totalidade, é um ser resultante da combinação emulsionável de certo número de qualidades primordiais ou, se quiser, cósmicas. O homem, por isso, dispõe de uma profunda essência, estritamente pessoal, à qual chamamos "consciência do eu". Existem muitas faculdades de pensamento causais: a faculdade de abraçar relações, a faculdade de agir etc. O indivíduo, na vida diária, experimenta estas faculdades primitivas como em um complexo amontoado. De uma situação ideal pode-se falar somente quando os esquemas de base interagem em perfeita harmonia. Na prática, porém, as coisas são diferentes. No maior número dos casos, produz-

Valeriana officinalis

se uma desarmonia (tensão, incapacidade de colaborar, indiferença) entre determinadas faculdades humanas. Desarmonias desse tipo não são um mal. Se aprofundarmos em sua essência, perceberemos que se trata somente de uma ocasião que nos é oferecida para atingir uma maior consciência do nosso ser. Na prática, poder-se-ia afirmar que "as dificuldades refinam o homem!" A valeriana é indicada ao tipo de indivíduo que experimenta as dificuldades de uma desarmonia presente entre o seu pensamento causal (a voz do cérebro) e o seu "eu" (a voz do coração). É, portanto, alguém que vive amiúde intensamente, segundo a aproximação causal e racional das coisas. Um modo de viver racional poderia (até certo ponto) oferecer determinada segurança. Crê-se, de fato, no que é sensorialmente perceptível, enquanto tudo o que se afasta da possibilidade de ser demonstrado deve ser removido. Não se trata, por outro lado, de uma atitude absolutamente inatacável. As impressões inexplicáveis, e portanto a eliminar de modo racional, devem depositar-se forçosamente *em qualquer parte*. Esta "qualquer parte" é o *nosso subconsciente,* que representa o recesso clandestino do pensamento humano. Aqui fica *escondida* a escória das impressões, não conscientemente elaboradas e *vividas*.

Tudo, na natureza, parece ter um limite determinado. Isto significa que todas as funções naturais dispõem de um nível próprio peculiar de capacidade, até o nosso subconsciente. Tão logo ultrapassamos o nosso nível pessoal, somos postos em confronto com o que se *aninha* em nosso subconsciente. Neste momento, aparece em primeiro plano a tensão entre o pensamento causal e o "eu" mais profundo. O coração, então, não conseguirá mais decompor as impressões que normalmente desviamos no subconsciente. Com isso advêm estados de nervosismo, sensações de medo, inquietude, pânico. O método de pensamento habitual está fora de época.

O coração (considerado como centro do eu) não está preparado, neste tipo de indivíduo, a absorver os impactos que, em condições normais, são amortecidos pelo raciocínio. Tão logo, portanto, no tipo Valeriana, o nível de capacidade do subconsciente é superado, a mente não mantém mais o passo, e isto pode provocar uma sobrecarga que afeta o coração. Conseqüentemente, verifica-se com freqüência um aumento de pressão sangüínea. Em uma situação dessas, o "eu" estará sujeito a uma pressão que não é própria da constituição e do temperamento do tipo em questão. Poder-se-á recorrer à valeriana quando sobrevenha uma hipertensão ligada à sensação "de não estarmos mais com a cabeça". Este último sintoma deve ser considerado uma das mais claras indicações da necessidade de recurso à valeriana. Faça uso dela, eventualmente, em combinação com o espinheiro-alvar, por um período de três a quatro semanas, tomando dez gotas três vezes ao dia.

O uso exato deste medicamento aprendi-o com minha avó. Ela era verdadeiramente um tipo Valeriana: logo que sentia "não poder estar mais com a cabeça", como costumava definir o seu distúrbio, tomava algumas gotas de valeriana. Preferia as chamadas gotas fortes, isto é, a tintura não devia ser muito diluída. No primeiro dia, começava a cura com uma boa quantidade de gotas (até vinte e cinco por vez); no segundo dia tomava menos e no dia seguinte afirmava "sentir-se novamente no luga ". Na família dizíamos, então: "A vovó está de novo nos trilhos". Em outras palavras: havia retomado o controle do próprio subconsciente e podia novamente considerar racionalmente fatos e contingências.

O tipo de indivíduo eminentemente emotivo não deverá fazer uso desta planta. Obteria somente um reforço das emoções, ao invés de uma sensação de calma. Eis por que as pessoas de estômago particularmente sensível (característica dos emotivos) devem evitar o uso prolongado da valeriana: poderiam aparecer distúrbios gástricos. Um uso racional, ao invés, produzir-lhe-á muita calma e equilíbrio.

Vara-de-ouro (*Solidago virgaurea*)

A vara-de-ouro é uma das melhores plantas medicinais para os distúrbios renais. É particularmente indicada para os indivíduos afetados por hipertensão conseqüente a insuficiência das funções renais. Essa planta é o remédio ideal para o indivíduo cuja mente não está em condições de reagir aos golpes infligidos à sua sensibilidade e cujos rins são obrigados a suprir a necessidade. A vara-de-ouro, por isso, não é planta medicinal que exerce uma ação direta

Solidago virgaurea

sobre o coração ou sobre o sistema vascular, mas liberta os rins e, conseqüentemente, o nosso "eu" (o sangue). O coração, como bem sabemos, é a "sede central" que paga os débitos contraídos em outras áreas: pense somente nas várias "linhas quentes" que ligam os órgãos ao coração. Funcionamentos carentes dos rins, do fígado, dos pulmões e de muitos outros órgãos têm sua repercussão na atividade cardíaca. O nosso "eu" mais profundo (o coração) é, no fim das contas, o agente que suporta os ônus de muitas capacidades especializadas (órgãos). Encontrar-se-á uma detalhada descrição do vegetal em questão no livro *Como curar os olhos, a pele e os rins com as plantas medicinais.* Em caso de hipertensão ligada a insuficiência nefrítica, será aconselhável um longo tratamento com tintura de Solidago: dez a quinze gotas pelo menos três vezes ao dia. Esta planta poderá eventualmente ser usada em combinação com a arruda (veja o capítulo correspondente).

Verônica (*Veronica officinalis*)

Em seu *Léxico Botânico dos Países-Baixos* H. Kleijn aventa a hipótese de que o nome Verônica provavelmente tenha tido origem de uma contração das palavras *vera* e *única*, isto é: *a única verdadeira*. Embora a alguns leitores a afirmação seguinte possa parecer muito simplista, resta o fato de que essa planta presta ótimos serviços nos casos de hipertensão derivada da procura da "única verdade". Como explicar este conceito?

O indivíduo é um ser concreto. Isto significa que não poderá nunca, sozinho em si mesmo e unicamente por si mesmo, atingir o desenvolvimento completo da própria personalidade. Não é por acaso que na narração bíblica da criação está escrito: "Não é bom que o homem esteja só". Não obstante esta máxima seja "natural", nos apercebemos de que, na prática, encontrar a própria metade verdadeira (na acepção mais ampla da palavra) torna-se muitas vezes um problema insuperável. Quantas vezes uma relação entre pessoas é explodida em desencontros violentos e totalmente desarmônicos! Contudo, o ser humano continuará a procurar a sua "contraparte", aquele outro ser ao qual quer sentir-se ligado. A causa dos problemas na colaboração e na relação com o próximo deveria ser pesquisada em muitos campos. Não se *pensa*, por exemplo, com base nos mesmos sentimentos: a *energia* de cada um manifesta-se de modo diverso etc. Todavia, estas diferenças particulares são conciliáveis. Mais difí-

Veronica officinalis

cil torna-se a situação quando não se consegue encontrar o acordo do *próprio eu* (o coração) com o do outro, ou quando o "eu" do outro parece interpor-se à aspiração de tornar-se real e socialmente seres humanos (colaborando juntos). Tão logo o "eu" se acha envolvido, também o fica infalivelmente o nosso coração e, conseqüentemente, a nossa pressão sangüínea. Talvez fique claro então porque pude afirmar que o nome da verônica representa realmente alguma coisa da sua natureza, ou seja: a *única verdadeira*. A medicina acadêmica, em casos semelhantes, limita-se a falar de hipertensão de nervosos. O nervosismo, até certo ponto, tem a sua importância, todavia não deve certamente ser considerado causa determinante. O "eu" do tipo Verônica tende a encontrar-se "sob pressão" porque não pode descarregar-se em colaboração com o único verdadeiro: o ser humano com o qual aspira coexistir. Esta forma de superpressão sangüínea é o resultado de uma sobrecarga do "eu" no interior da pessoa.

Psiquicamente, tem-se a impressão de permanecer fechado no círculo criado pela própria unicidade, com todas as sensações de tensão que daí derivam. Fisicamente, serão o coração e a pressão sangüínea (materialização do "eu") a ressentir-se disso.

Se achar que a sua hipertensão possa ser a conseqüência da situação ora descrita, far-lhe-á bem tomar a tintura de verônica durante dois ou três meses, baseando-se na posologia seguinte: dez gotas, três vezes ao dia, ou uma xícara de infusão preparada com a planta seca. Conforme a índole pessoal, esta planta poderá combinar-se otimamente com o espinheiro-alvar, a arruda ou a valeriana. Não se esqueça, todavia, de verificar se a própria planta se harmoniza com a sua natureza pessoal.

Aipo (*Apium graveolens*)

O aipo deve provavelmente ser enumerado entre as plantas aromáticas mais conhecidas na cozinha. Usam-se suas folhas, os talos e o bulbo. É uma planta diurética e exerce uma função altamente depurativa. O consumo diário do aipo é aconselhável às pessoas que sofrem de um aumento de pressão devido a distúrbios das funções renais.

Qual é a natureza desta planta? A quem convém? Para entendê-lo, deve-se *colher* um aipo maduro, a seguir cortá-lo com uma faquinha afiada. Uma vez na cozinha, você verá que a extremidade do talo, onde foi cortado, está enrolando-se. Parece até que os vários segmentos, de que o talo é formado, se preparam para conduzir vidas independentes. Se dermos a este fenômeno uma explicação física, chegaremos à conclusão de que os vários planos direcionais dos talos, em circunstâncias normais, são sujeitos a uma certa tensão. Tão logo esta tensão venha a faltar — porque foi cortado o talo — todo plano se dobra na própria direção, seguindo a força de tração exercida pelo peso do segmento correspondente. É um fenômeno de importância essencial nesta planta.

Também na situação psíquica do homem encontramos um fenômeno semelhante. Trata-se da condição que reconhecemos em certos indivíduos os quais, até que façam parte de um conjunto estreitamente ligado (na planta são os segmentos específicos do talo, que se mantêm em equilíbrio um com o outro), integram-se otimamente. A coesão, porém, analogamente ao que sucede no talo do aipo, implica uma certa tensão, sentida como um ônus. Tão logo a coesão do conjunto é eliminada, as partes iniciam uma vida própria. Em outras palavras: no momento em que as circunstâncias se tornam menos graves, tornamo-nos nós mesmos. Não há nada de mal, por si, em proceder "entre os varais". Todavia, poderá ocorrer que isso seja causa de tensões internas tão pronunciadas que possam repercutir no "eu". Em casos do gênero, ter-se-á um aumento de pressão sangüínea, porquanto a tensão psíquica se manifestará com uma correspondente tensão física.

Não nos esqueçamos de que o tipo Aipo, por natureza, mal se adapta a proceder "entre os varais". Prefere fazer a seu modo. Entretanto, como de resto havíamos podido constatar na planta, esta predisposição irá em detrimento da união social, isto é, a aliança com outros, em quaisquer circunstâncias, provocará certa tensão, mas seguir unicamente a própria vontade também poderá parecer aos outros uma atitude anticonformista, privará o indivíduo em questão do desenvolvimento harmonioso, fruto da colaboração

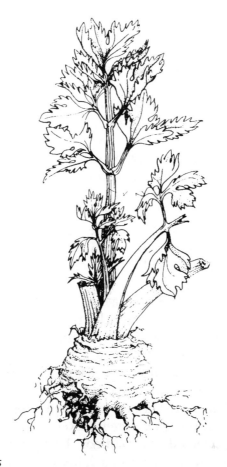

Apium graveolens

com o próximo. Não é talvez assim também no caso da planta, que continua a crescer até que os talos estejam ligados uns aos outros? Assim que a união é interrompida, todo talo adquire a faculdade de atingir um próprio esquema individual, mas isso, por outro lado, implica a interrupção do crescimento e da própria vida. Faça uso diariamente do aipo para reforçar uma união natural entre seres humanos. Eliminará um excesso de tensão que algumas ligações humanas poderiam fazer aparecer. A planta é aconselhável tanto para os rins como para o coração.

Para quem estiver interessado nos princípios cósmicos, precisamos o que segue: o aipo é indicado particularmente a todos os aspectos da quadratura entrante Sol – Plutão e Vênus – Plutão. O aipo, como planta plutônica, harmoniza o influxo de Plutão, pelo que os planetas presentes não tentarão mais superar a desarmonia do próprio Plutão, mas deverão aprender ao invés a colaborar para a harmonia do esquema.

Mil-folhas (*Achillea millefolium*)

Muitas vezes tive a ocasião de fazer ver que a ação das plantas medicinais não é tão direta ao órgão quanto, amiúde, ao esquema existencial do indivíduo. Isto quer dizer que uma planta medicinal nunca deverá ser usada para debelar um sintoma molesto como, na maioria das vezes, fazemos, por exemplo, com os remédios químicos. A planta medicinal harmoniza o indivíduo como conjunto e não atua especificamente sobre um órgão ou sobre determinada parte do corpo. A ação da mil-folhas fornece um magnífico exemplo deste princípio. A fim de compreender, pelo menos em parte, a ação da mil-folhas, devemos como sempre aprofundar-nos no estudo da forma de manifestação que ela apresenta. Não é por nada que a planta se chama mil-folhas. Isto significa que, provavelmente, não existe outra planta cuja folha seja dividida em um número tão grande de pequenas seções. Neste caso a denominação deve ser interpretada literalmente.. Devemos agora lembrar-nos das funções da folha: a planta *respira* por meio dela, isto é, a planta, graças à sua morfologia, absorve energia que não provém do solo (estranha à matéria). À energia ligada à matéria a planta provê com o sistema radicular. O que acontece na folha da planta é comparável ao que se desenvolve nos pulmões do homem.

Segundo a antiga doutrina dos temperamentos e elementos, o *ar* é análogo ao conceito do *pensamento*. Relação encontrável também em astrologia (os signos do ar, Gêmeos, Balança e Aquário, são próprios do pensador). A subdivisão da folha nas inumeráveis pequenas seções acresce consideravelmente a superfície foliar. A mil-folhas, por isso, encontra-se em contato com o ar (energia cósmica) muito mais que, por exemplo, a consólida.

Vejamos agora uma comparação entre a imagem do indivíduo, na sua forma de manifestação, e a acima descrita natureza da mil-folhas. Esta planta medicinal é própria para o homem de espírito versátil: a sua mente é carregada por inúmeros interesses e parece ter uma atividade quase ilimitada, ocupando-se incessantemente dos mais variados assuntos. O tipo Mil-folhas, efetivamente, é uma "centopeia" do pensamento. Uma constituição desse gênero exige grande flexibilidade. Todavia, tão logo este tipo de indivíduo se detenha longamente sobre determinado assunto terá a sensação de que lhe falta o tempo. De fato, quanto mais a tensão se concentra, mais diminui a versatilidade. É então que se manifesta uma tensão interior.

Esta tensão se acresce posteriormente quando o tipo Mil-folhas — pelo fato de deter-se durante um pouco mais de tempo sobre

Achillea millefolium

determinado assunto — descobre que o seu multiforme interesse espiritual não comporta necessariamente um desenvolvimento paralelo do seu "eu" mais profundo. O indivíduo tem sido constrangido a distribuir a sua atenção de modo tal a incorrer quase em uma forma de fragmentariedade mental. De fato, o conhecimento, o saber, por mais amplos que se possam tornar, não garantem ao mesmo tempo a sabedoria espiritual e a harmonia. Esta planta medicinal adapta-se perfeitamente ao indivíduo rico de uma infinidade de condições ambientais, mas que à pergunta feita de chofre, "Quem é você verdadeiramente?" perturba-se e, malgrado a sua profusão de conhecimentos (sabe um pouco de tudo), manifesta uma efetiva pobreza. O sistema nervoso deste indivíduo exige, sem dúvida, uma resistência particular para elaborar todas as impressões que recebe. O "eu" mais profundo (o coração) dessa pessoa, o mais das vezes, não sofrerá. Verificam-se disfunções e atrasos e, como conseqüência, um aumento da pressão sangüínea.

Use a tintura da mil-folhas, ou a própria planta seca, para reordenar, pelo menos em parte, as desarmônicas conseqüências da psicotipia "Centopeia".

Não exceda, porém, na quantidade do remédio, nem na duração do tratamento. De fato, se você reexaminar o esquema supradescrito, entenderá que, sem dúvida, ele não completa o tipo Mil-folhas. Não se sirva por isso nunca desta planta em caso de hipertensão obstinada e "irremovível". A sua ação deverá explicar-se unicamente em caso de aumentos incidentais da pressão sangüínea.

Posso facilmente imaginar o tipo de indivíduo que, tão logo constatada a tendência ao aumento da própria pressão, recorre imediatamente a uma pequena dose de mil-folhas, a fim de poder retomar, sem demora, as suas múltiplas ocupações.

Na Idade Média a esta planta era atribuída uma ação antidiabólica e antimágica. Uma crença compreensível, se levarmos em conta o tipo de indivíduo ao qual a planta se adapta. O tipo Mil-folhas, de fato, é tão versátil que as más influências não conseguem encontrar apoio na sua personalidade; no momento exato em que o mal está para atacar, o tipo Mil-folhas já está desaparecido e de novo ocupado em outro lugar. Singular também o fato seguinte: quando uma planta mil-folhas cresce espontaneamente nas proximidades de uma casa (por exemplo, no canto da alameda, atrás da porta da cozinha), você pode estar certo de que na mesma casa vive um "centopeia", o qual ou a qual tem uma necessidade efetiva desta planta. Desta última peculiaridade pude, na prática, conseguir exemplos surpreendentes e também ver o processo no ato!

Plantas medicinais hipotensivas

As pessoas que dispõem de pouca força de vontade interior são geralmente aquelas cuja pressão sangüínea é muito baixa. O "eu" não tem, evidentemente, uma necessidade especial de manifestar-se. Em outras palavras: o "eu", qual promotor existencial, parece estar ausente. As plantas que momente contribuem para o reforço do "eu" pertencem à família das Labiadas. As peculiaridades desta família particular são detalhadamente ilustradas no meu livro *Vencer a ansiedade com as plantas medicinais*.

Se a hipotensão é preeminente na síndrome, pode-se fazer uso de:

Rosmaninho (*Rosmarinus officinalis*)

Esta planta é usada quando a hipotensão é acompanhada de vertigens. Parece-nos então, subitamente, ser apanhados pela sensação

Rosmarinus officinalis

de que todas as situações se desenvolvem por sua conta, enquanto somos incapazes de tomar parte nelas, como se quiséssemos segurar uma coisa do patamar de um armário, mas o eixo que procuramos atingir ficasse ligeiramente mais alto. E no entanto não temos a energia de alcançá-lo, levantando-nos nas pontas dos pés. Esta metáfora caracteriza bem o esquema rosmaninho.

As mulheres grávidas não devem usar esta planta medicinal, como também não a segurelha. Tais plantas medicinais carregam tão energicamente o "eu" da gestante, que deixam somente um espaço limitadíssimo ao novo "eu" da criança, que se está desenvolvendo. De fato, o rosmaninho é considerado um ligeiro abortivo e também um incentivo para as menstruações carentes.

Segurelha (*Satureja hortensis*)

O uso desta planta medicinal tem uma característica particular, porquanto a hipotensão é geralmente acompanhada de apatia sexual. É na procriação que o indivíduo demonstra a sua faculdade criativa ótima, originada do mais profundo "eu", impulso essencialmente diferente da procura do prazer atingido no jogo que interessa unicamente à sensualidade. Não se pode negar que nestes tempos de exasperadas precauções anticoncepcionais, a questão é de particular atualidade.

Para uma explicação mais intensa a propósito, consulte o meu livro *As plantas medicinais e o amor*.

Satureja hortensis

Alfazema *(Lavandula spica)*

Esta planta medicinal ajuda o indivíduo a combater os fastidiosos sintomas de uma modesta hipotensão. Em casos de breves insuficiências, aspirar o perfume da água de alfazema terá certamente um êxito favorável. A alfazema é indicada para as pessoas sensíveis e é tipicamente feminina. Nos casos de hipotensão, além do uso das Labiadas, é preciso prestar atenção na alimentação diária; regra que, de resto, vale igualmente para a hipertensão. Voltaremos posteriormente ao assunto, no Capítulo 6.

Lavandula spica

5 Alguns remédios homeopáticos para a hiper e a hipotensão

Algumas frases idiomáticas particulares do nosso linguajar comum são, de certo modo, um reflexo da lei homeopática primitiva. Provavelmente todos conhecem a expressão: "Quem quer agarrar um ladrão, faça-se ladrão". A homeopatia conhece uma alocução análoga: *similia similibus curantur* (o semelhante é curado pelo semelhante). O fundador da homeopatia hodierna, Samuel Hahnemann (1775-1843), aplicou literalmente a máxima supracitada. Experimentou em vasta escala as reações do organismo humano a determinado elemento, descobriu como certas substâncias absorvidas pelo próprio organismo são causa de determinados sintomas físicos e psíquicos. Estes sintomas, atentamente observados por Hahnemann, deram partida à estruturação da sua terapia: o semelhante é curado pelo semelhante. Entendido genericamente, quereria dizer que, por exemplo, uma substância que produz uma dor de cabeça em uma pessoa sadia poderia, ao invés, curar o mesmo tipo de dor de cabeça surgido como sintoma de doença.

A fim de beneficiar-se da ação restauradora das várias substâncias especificadas, as mesmas não são utilizadas em homeopatia no estado puro, mas sim depois de ter sofrido oportuna *diluição*. A homeopatia, então, fala de potências. Potência significa *energia*. Neste caso, quer dizer que havíamos liberado a energia encerrada em determinada substância, mediante o processo da diluição. Os fundamentos e as indicações desta história encontram-se amplamente descritos no livro já mencionado: *Vencer a ansiedade com as plantas medicinais*.

As diluições homeopáticas são indicadas com a letra maiúscula D, que significa decimal: D1 é 1:10, D3 é 1:1 000.

O procedimento equivalente é objeto de dois métodos aplicativos no mundo "homeopático". Um, entendido a ser empregado repetindo uma determinada dose. O outro, que se reporta à doutrina clássica de Hahnemann, quer confirmar que uma simples dose de alta potência deve bastar para curar uma doença. Em ambos, a metodologia tem um lado positivo; assim, pelo menos, constatei na minha prática. Todavia, aprofundar aqui posteriormente as noções relativas às duas escolas significaria ultrapassar em muito a intenção do presente livro. Os remédios aqui relacionados poderão porém ser usados no modo indicado. Quem tiver necessidade de uma terapia mais especializada poderá sempre consultar um homeopata experiente ou os numerosos livros publicados sobre o assunto.

Os remédios mais importantes para a hipertensão são: Viscum album, Arnica, Kalium iodatum e Aurum metallicum.

Para a hipotensão é aconselhável a Naja tripudians. Os outros remédios hipotensivos podem ser usados unicamente após consulta ao médico.

Viscum album

O esquema deste remédio já foi descrito no Capítulo 4. "Sintomatologias características homeopáticas importantes" (em alemão chamam-se muito acertadamente "sintomas condutores" são: tendência depressiva, palpitações e um determinado tipo de cefaléia.

Use o Viscum à D6. Uma vez por dia, cinco pílulas ou um comprimido.

Arnica

Em homeopatia, este remédio é especialmente usado para a chamada "hipertensão vermelha". Isto significa que convém às pessoas de rosto vermelho e um pouco inchado, conseqüente às contínuas tensões, causadas por situações de responsabilidade a que devem fazer frente. No quanto resulta, a arnica demonstrou-se eficaz nos casos das hipertensões características do homem de negócios, atormentado por problemas. Não esqueça, entretanto, que apenas o uso da arnica não poderá normalizar permanentemente a pressão sangüínea. A situação ambiental própria deverá ser seriamente reexaminada.

Use este remédio à D6. Diariamente, de cinco a dez gotas ou pílulas.

Kalium iodatum

Este remédio convém ao estágio inicial da arteriosclerose (calcificação da túnica interna das artérias), processo degenerativo que reduz a elasticidade do vaso sangüíneo e aumenta a pressão arterial. Tão logo um médico diagnostique um início de calcificação, será oportuno tomar cinco pílulas de Kalium iodatum uma vez cada oito dias. Use o remédio à D12.

Aurum metallicum

Trata-se do ouro homeopaticamente diluído. O ouro é o metal que mais estreitamente está ligado ao nosso profundo "eu".

Um dos mais importantes "sintomas condutores" para o uso do Aurum é um estado psíquico hipocondríaco e fortemente deprimido. As tensões internas acrescem-se de tal maneira que a vida se torna uma esfera de desespero, não excluindo eventuais impulsos ao suicídio. O ouro é indicado nas violentas e profundas crises existenciais do indivíduo. Importante sinal característico deste mal é a cefaléia, que aparece principalmente durante a noite. Pode manifestar-se com tanta violência que leva o indivíduo ao desespero.

O ouro atua lentamente; isto é, somente depois de algumas semanas se poderá avaliar o efeito salutar. Quando atua verdadeiramente, a sua eficácia prolonga-se no tempo.

Use o Aurum metallicum nos casos de hipertensão análoga à apresentada pelo esquema supracitado que, do ponto de vista fisiológico, amiúde está ligado a uma *contração dos vasos sangüíneos* (coisa muito diferente de uma obstrução!).

Use o preparado à D12, ingerindo-o sob forma de um comprimido ou de cinco pílulas, cada seis ou oito semanas.

Contra a hipotensão

Naja tripudians

Este remédio é às vezes administrado com sucesso nos casos de hipotensão devida a distúrbios cardíacos. Usa-se na eventualidade de insuficiência do ritmo cardíaco e de crescimento do coração, bem como para palpitações e desmaios.

O uso, todavia, dependerá unicamente da responsabilidade do médico homeopata consultado a propósito, vista a seriedade das indicações físicas!

6 Valor terapêutico da nossa alimentação cotidiana

Tratarei agora do elemento, talvez mais importante, na luta contra a hiper ou hipotensão: *a nossa alimentação cotidiana*.

Uma boa alimentação previne e cura a maior parte dos males. Uma boa alimentação é a mais importante medicina que nos deu o Criador. Mas, que se entende verdadeiramente por "boa alimentação"? Os cientistas não vão certamente concordar sobre o assunto. Uma única olhada à minha biblioteca já me demonstra que o número de publicações sobre várias técnicas alimentares está bastante longe de ser limitado. Fazer uma escolha é muito difícil, porque em cada sistema "há alguma coisa de verdade". Vale dizer, toda técnica alimentar contém determinados e preciosos elementos. Se quisermos ater-nos a tudo que é recomendado pelas várias metodologias, poderemos correr o risco de "não ver o bosque por causa das árvores" e perder de vista a questão principal.

A meu ver, não existe "um sistema de boa alimentação". Bircher Benner, Waerland, Nolfi, Mazdanan, Den Hartog e numerosos outros, todos, de algum modo, têm razão.

A alimentação correta parece-me sempre ainda aquela que mais se adapta à nossa condição pessoal, temperamento e situação. E, como todos sabemos, não existe indivíduo perfeitamente semelhante a um outro. Conseqüentemente, um sistema alimentar válido para todos os homens é definitivamente excluído. Cada um deverá aprender a especificar por si a comida que lhe convém. Aquilo que para um pode ser saudável poderia ao invés agir como autêntico veneno no organismo de um outro. E a este ponto surge uma pergunta lógica: Como descobrir a alimentação "ideal" para cada um?

Um expediente útil para encontrar uma resposta à pergunta seria o de eliminar todos os agentes declaradamente considerados nocivos para cada um de nós. Abandonando os nossos nocivos hábitos alimentares daremos ao nosso organismo, e em particular ao nosso *fígado*, a oportunidade de indicar-nos aquilo de que ele realmente necessita. Em outras palavras, quando estivermos prontos a abandonar os hábitos alimentares em seguida aqui relacionados, o nosso gosto *genuíno* renascerá, recomeçará a funcionar, como verdadeiramente convém. A maior parte das pessoas perdeu o gosto original e adequado às reais exigências do físico em seguida ao consumo de alimentos cada vez mais nocivos, pois não está mais em condições de escutar e muito menos de entender os apelos de seu próprio organismo. As crianças ainda possuem esta "sensação do gosto", pelo menos quando não tenham estado já repletas de alimentos aditivados, homogeneizados e assépticos!

Comecemos inicialmente a definir as regras alimentares que valem para todo indivíduo e que, definitivamente, sancionam tudo que lhe é nocivo.

1. Alimente-se exclusivamente de produtos frescos e, obviamente, genuínos. Os nossos supermercados estão repletos de alimentos desnaturados, refinados e cheios de aditivos químicos. O homem é um ser natural. Tudo aquilo que resulta contrário a esta sua condição, como, por exemplo, o alimento não-natural, será no mínimo uma escória para o organismo.

2. Consuma todo dia verdura e fruta fresca. Pelo menos um terço da quantidade total de verduras é comido cru.

3. Seja muito prudente no uso do albúmen animal, como a carne etc. Melhor seria absorver os albúmens de outro modo, por exemplo, comendo legumes (não porém em lata ou supergelados). A soja é um ótimo fornecedor de albúmen!

4. Recuse os produtos de gordura refinada e solidificada, como a margarina. Para passar no pão, sirva-se somente de manteiga de leite integral, e para as refeições quentes de *óleo de girassol*, prensado a frio. Qualquer outro gênero de gorduras representa um ônus pesado para o organismo.

5. Todos os gêneros voluptuários, como açúcar (e por isso também os produtos já confeccionados que contenham açúcar), café, chá, álcool e fumo, constituem um jogo extremamente penoso para o físico e para a mente.

O alimento é a materialização do nosso pensamento

Não é preciso ser um especialista em medicina para constatar que os nossos hábitos alimentares estão estreitamente ligados à nossa condição psíquica. Até nossa língua falada é cheia de referências: "Não consigo engolir um doce! Tenho a garganta fechada: estou muito tenso!" Ou: "E agora bebamos à saúde do aniversariante: cem destes dias!" Comida e bebida estão estreitamente ligadas às contingências psíquicas do indivíduo. Considere por um momento o comportamento das pessoas gulosas por doces: elas são levadas a compensar com "o doce" a carência de consideração e sobretudo de afeto (calor) da parte dos outros. Em um dos meus livros afirmei:

a este propósito, que o doce deve ser considerado "a galinha choca artificial" para todas as ocasiões.

Analogamente a toda patologia corresponde a necessidade de um esquema alimentar determinado. Isto significa que, ao surgir um mal, não somente existe um esquema psíquico de base, mas também, em igual medida (como conseqüência), a necessidade de determinado alimento. Assim, o tipo característico reflexivo necessitará de muito sal. O verdadeiro tipo sentimental terá necessidade de açúcar em quantidade relativamente grande. O indivíduo economicamente orientado demonstrará uma preferência pelos alimentos ácidos, enquanto o "pregador" (isto é, o homem capaz de encorajar o desenvolvimento espiritual do próximo) preferirá as iguarias amargas.

Em resumo, os nossos esquemas alimentares são muito menos arbitrários do que poderiam parecer à primeira vista.

A hipertensão e o nosso alimento cotidiano

A pressão sangüínea depende da situação em que se encontra o nosso "eu" mais profundo. Em caso de hipertensão será oportuno, por conseguinte, evitar o mais possível os alimentos excitantes do eu. Em primeiro lugar, a comida contendo albúmen, especialmente quando se trate de albúmen animal. Informações mais detalhadas sobre este assunto estão contidas no meu livro *Vencer a ansiedade com as plantas medicinais*.

O uso da carne, para algumas pessoas de determinada sensibilidade, poderia representar um ônus excessivo ao funcionamento do mais profundo "eu". De fato, alimentando-nos de carne absorvemos também o medo mortal do animal abatido.

Não se pode generalizar afirmando que o aumento excessivo de peso em um indivíduo deva necessariamente dar lugar a um aumento de pressão sangüínea. Pelo contrário, há alguns indivíduos muito gordos que têm sempre apresentado pressões sangüíneas normais. É todavia indiscutível que o excesso de gordura depende o mais das vezes de um excesso de alimentação, agravada por uma escolha errada de alimentos. Neste caso o indivíduo gordo sofre verdadeiramente de hipertensão. A precausão mais importante para o hipertenso tem sido e sempre será o controle do próprio albúmen. Experimente nutrir-se por duas semanas com produtos de grão integral e muita verdura crua. Em alguns casos (senão em todos), a pressão sangüínea registrará uma notável queda.

Os albúmens são os portadores da própria vida. Quando nos

encontramos em uma situação perigosa "desta própria vida" — o que se evidencia no aumento de nossa pressão sangüínea — devemos evitar, o mais possível, posteriores estímulos externos. Estamos já sobrecarregados das nossas próprias ansiedades!

Um esquema alimentar contendo um mínimo de albúmens é de importância vital para o hipertenso. Quando pois a pressão sangüínea aumentada estiver ligada a uma forma de obesidade, como no tipo de "açambarcador" (fleumático) que acumula toda sensação e por isso retém também a própria água (fisicamente análoga esta última à sensação), será aconselhável uma dieta diurética. A melhor dieta diurética é o *jejum*. Por exemplo, durante um longo fim de semana ou umas férias curtas pode-se observar um repouso completo e um jejum absoluto, com a exceção de infusões adequadas de plantas medicinais (o melhor é sem dúvida o da Solidago), sucos de fruta fresca e de verdura. Eventualmente, durante o dia, podem-se beber dois copos de leite (no espaço de doze horas). Não se preocupe se durante estes dois ou três dias você se sentir decididamente mal. Sensação de fraqueza, vertigens, suores, palpitações, mau gosto na boca, tremores, são todos sintomas que fazem parte da "norma". Transcorridos os dias de jejum, experimente elaborar um esquema alimentar sadio. No primeiro dia, limite-se ao mel e a poucos "biscoitos" integrais. No segundo dia, sucos frescos, mel, verduras cruas (por exemplo, salada ou chicória). Evite porém estimular o apetite com molhos para salada ou outros condimentos picantes.

Finalmente, é preciso acrescentar que o hipertenso deverá usar o sal com muita parcimônia. O sal exerce uma ação muito ativante sobre nossa mente, sobre nossa vontade, sobre nosso "eu". Eis por que em alguns países a dieta dos prisioneiros é sem sal. Esta carência torna-os sonolentos e abúlicos. O sal é um "instigador": estimula o nosso "eu". Por conseguinte, o hipertenso, já atormentado por problemas de gestão do "eu", deverá, se não propriamente excluir, pelo menos empregar pouco sal. Evite portanto o violento e refinado sal de mesa. É preferível o uso do sal bruto de cozinha: é um sal precioso, contendo muitos minerais importantes, que não estão presentes no sal branco e extra-refinado.

Acrescentarei agora o que segue: o uso regular de alho e cebola é altamente recomendável em todos os casos de hipertensão. São dois grandes depuradores dos vasos sangüíneos e dos intestinos.

A hipotensão e o nosso alimento cotidiano

Não se deixe nunca tentar a seguir conselhos, até bem-intencionados, mas de grande veneno para o organismo, como, por exemplo:

"Faça uma bela sopa de carne gordurosa e comece logo a comer uma bisteca de pelo menos duzentos gramas por dia!" Guarde-se bem contra a velha terapia dos alimentos energéticos. Ela de fato é saturada de produtos que determinam um fortíssimo excesso de ácido úrico e, conseqüentemente, comporta um ônus pesado para o próprio organismo. Muito melhor consumir gêneros alimentícios estimulantes do "eu" e por isso aptos a aumentar a pressão sangüínea, como de fato ocorre.

Em caso de hipotensão, consuma geralmente uma porção de *legumes*, preparados à moda caseira. São ricos em albúmen, que exerce uma influência estimulante sobre a potencialidade do "eu". Coma também todos os dias nozes, não salgadas, e preferivelmente não torradas. Especialmente a noz exerce uma notável influência sobre a hipotensão. Não esqueça de adicionar diariamente, a determinados alimentos, sal marinho grosso. O tipo hipotenso, fraco e um tanto abúlico, tem a possibilidade — relativamente entendida — de elaborar uma discreta quantidade de sal. Este último reforça-lhe a mente e a vontade (mas cuidado para não exagerar!). Vegetais amargos e picantes são particularmente aconselháveis na hipotensão: segurelha, rabanetes, rábano, basílico, chicória-belga, chicória, urtigas etc., pertencem a essa categoria. Lembre-se também de que um pomelo maduro por dia é um ótimo remédio para a hipotensão.

O esquema individual

Procure sempre um esquema alimentar que se adapte à sua natureza. Como já dissemos no início deste capítulo, será necessário antes de mais nada purificar o sentido do gosto das influências desregradas. Coma unicamente quando tiver verdadeiramente fome. Somente então o seu organismo pede as substâncias de que necessita para um bom funcionamento. Lembre-se sempre de que "o torpe deforma", e isto vale particularmente no que concerne à nossa alimentação; portanto, também a excessiva e exagerada mania pelos alimentos "genuínos" pode tornar-se perigosa. Se possível, mantenha sempre o meio justo. Para meditar sobre o assunto, oferece-se-nos uma maravilhosa parábola no *O autêntico livro do vazio absoluto*, de Lieh Tze e Yang Tsjoe. Yang Tsjoe disse:

"Pai I não era privado de ambição, cobiçava de fato uma excessiva pureza e, por conseguinte, morreu de fome. Tsjan Tsji não era privado de paixão, mas cobiçava uma excessiva castidade e morreu solitário, sem descendentes.

Isto prova como também a pureza e a castidade, sendo um bem, também podem tornar-se um mal". Desejamos que do vazio perfeito (físico) possa surgir um genuíno (isto é: puro) uso do alimento.

Conclusão

Como já tive oportunidade de escrever: o homem é um ser social. O próximo será sempre parte da vida de cada um, em torno de nós gravitam sempre um ou mais personagens! Se conseguirmos tornar nosso este conceito, não nos será difícil constatar que o homem é um ser que vive graças à *tensão* originada da relação com os outros. O próximo permite ao indivíduo a sua *expansão*. Aquele que vive em absoluta solidão não obtém nada. Todo indivíduo tem necessidade de uma certa tensão e esta tensão indispensável lhe é fornecida pelo contato com o que lhe está próximo. Tão logo, porém, se chega ao "esgotamento nervoso", os órgãos reagem de modo simpatético. Podemos por isso afirmar que toda forma de hipertensão é devida a um "esgotamento nervoso" de origem relacional. Antes de recorrer precipitadamente a qualquer espécie de remédios hipotensivos, seria talvez mais racional considerar bem a sua situação (as suas relações), concomitantemente a tudo quanto o circunda. De fato, quem vive com o mais profundo do coração em harmonia com o próprio ambiente não sofre jamais de distúrbios da pressão sangüínea.

Não se esqueça nunca de que as palavras que mais vezes aparecem nas obras de um dos pais da medicina (natural), isto é, Paracelsus, continuam sendo o núcleo de qualquer terapida: *"O maior fundamento do remédio é o amor".*

Você se surpreenderá agora a pensar quão carente se é, em nosso pequeno mundo clínico e químico, de "vitamina A" (em que o A maiúsculo está para Amor). Embora não haja realmente a intenção de ofender ninguém ou de censurá-lo, convenço-me sempre mais de que a nossa medicina atual está-se adaptando ao antigo versículo bíblico:

"Muitos são chamados, poucos são escolhidos".

Algumas informações práticas

Dirija-se sempre ao tipo de médico que lhe dê a sensação de saber auscultar as suas confidências. Isto não quer dizer que deva ser um médico disposto a escutar "lengalengas" sem fim. Às vezes, uma conversa de cinco minutos com um médico que se identifique em seu caso favorecerá a cura muito melhor do que poderia fazê-lo uma visita de horas, durante a qual o médico estivesse somente "auscultando-o".

Não hesite nunca em pôr em destaque, o mais claramente possível, e do seu ponto de vista, os problemas que o perturbam. Procure não convencer o médico do "método natural de cura", dissertando com ele sobre seu desejo de experimentá-lo. Espere antes uma reação negativa da parte do clínico: evitará desse modo sentir-se frustrado. Mas não deve entretanto renunciar a confiar-se a um médico antes de pedir conselhos a outras pessoas, mais abertas às verdades da natureza. Deixe falar o seu coração em qualquer circunstância em que você se encontre. Não será nunca demais e a sua pressão sangüínea lhe será reconhecida.

Este livro O LIVRO DE OURO DAS PLANTAS MEDICINAIS de Jaap Huibers é o volume de número 1 da Biblioteca Prática Mandala. Impresso na Editora Gráfica Líthera Maciel Ltda, a Rua Simão Antônio, 157, Contagem, para Editora Mandala, a Rua do Serro, 1399 - Santa Luzia - MG. No Catálogo geral leva o número 952/2B. ISBN 85-319-0586-9.